KiWi

1584

Das Buch

Ende des 21. Jahrhunderts arbeitet der Londoner Galahad Singh als Quästor. Sein Job ist es, verschwundene Personen wiederzufinden. Davon gibt es viele, denn der Klimawandel hat eine Völkerwanderung ausgelöst, neuartige Techniken wie Holonet und Mind Uploading ermöglichen es, die eigene Identität zu wechseln wie ein paar Schuhe. Singh wird beauftragt, die Computerexpertin Juliette Perrotte aufzuspüren, die Verschlüsselungen für sogenannte Cogits entwickelte – digitale Gehirne, mithilfe derer man sich in andere Körper hochladen kann. Bald stellt sich heraus, dass Perrotte Kontakt zu einem brillanten Programmierer hatte. Gemeinsam sind sie einem großen Geheimnis auf der Spur. Der Programmierer scheint Perrotte gekidnappt zu haben. Je tiefer Singh in die Geschichte eintaucht, umso mehr zweifelt er daran, dass sein Gegenspieler ein Mensch ist …

Der Autor

Tom Hillenbrand, geboren 1972, studierte Europapolitik, volontierte an der Holtzbrinck-Journalistenschule und war Ressortleiter bei SPIEGEL ONLINE. Seine Sachbücher und Romane sind in viele Sprachen übersetzt und mit Preisen ausgezeichnet. Für »Drohnenland« erhielt er den Glauser-Preis (bester Kriminalroman des Jahres).
www.tomhillenbrand.de

Weitere Titel bei Kiepenheuer & Witsch

»Teufelsfrucht« (KiWi 1204), »Rotes Gold« (KiWi 1262), »Letzte Ernte« (KiWi 1325), »Tödliche Oliven« (KiWi 1405), »Gefährliche Empfehlungen« (KiWi 1514), »Drohnenland« (KiWi 1265), »Der Kaffeedieb« (KiWi 1566), »Schräge Schilder« (KiWi 1128) und – als Tom König – »Ich bin ein Kunde, holt mich hier raus« (KiWi 1293)

Tom Hillenbrand

HOLOGRAMMATICA

Thriller

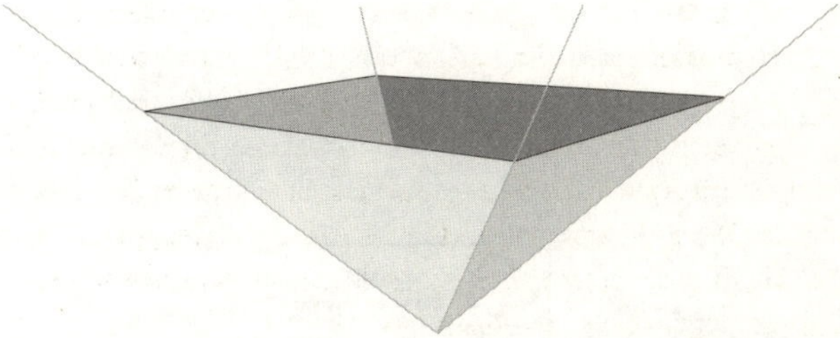

Kiepenheuer & Witsch

MIX
Papier aus verantwortungsvollen Quellen
FSC® C083411

Verlag Kiepenheuer & Witsch, FSC® N001512

1. Auflage 2018

Umschlaggestaltung: Barbara Thoben, Köln
Umschlagmotiv: Ouchi-Spillmann-Vasarely illusion
© Akiyoshi Kitaoka 2012
© KANZEN
Gesetzt aus der Quadraat
Satz: Buch-Werkstatt GmbH, Bad Aibling
Druck und Bindung: CPI books GmbH, Leck
ISBN 978-3-462-05149-0

Für Jan, der mir das lustigste Raumschiff des Universums zeigte.

Gern träume ich
Von einer kybernetischen Lichtung
In der Säugetier und Computer
Zusammenleben in einträchtig
Programmierter Harmonie

Richard Brautigan,
»Behütet von Maschinen der liebevollen Gnade«

Do you think we're robot clean
Does this face look almost mean
Is it time to be an android, not a man?

The Misfits, »We are 138«

Ein kleines Hologrammlexikon finden Sie am Ende des Buches

Ich hatte es fast. In der Mitte gibt es diese Stelle, wo das Tenorsaxofon wie ein betrunkener Gigolo um die Trompete herumscharwenzelt, sich entfernend, sich heranpirschend. Wenn Trane die Passage spielt, hört man die blaue Lok förmlich durch die Nacht stampfen. Mein »Blue Train« klingt, als ob der Heizer vor dem Ofen eingeschlafen wäre. Aber diesmal war ich ganz gut, auf jeden Fall näher dran als je zuvor. Das Sax tat, was es wollte. Was es sollte. Das Tao des Bebop. Ich hatte es fast.

Aber dann haute mich die Türklingel raus. Womit der Zug für heute wohl abgefahren ist.

Es klingelt schon wieder. Seufzend setze ich das Instrument ab. John Coltrane schaut mich fragend an.

»Das war besser«, sagt er. »Versuch es gleich noch mal.«

Ich ignoriere den holographischen Musiklehrer, stelle das Instrument auf den Ständer und sage dem Haus, es möge eine Verbindung zur Gegensprechanlage herstellen. Vor mir erscheint ein Fenster, in dem eine Frau mit asiatischen Gesichtszügen zu sehen ist. Ich tippe auf Japanerin.

»Ja, bitte?«, sage ich.

»Guten Abend. Darf ich hochkommen?«, fragt sie auf Englisch, mit leichtem französischen Akzent.

Es ist schon nach zehn. Nicht, dass ich Öffnungszeiten

hätte, aber die meisten Klienten tauchen zwischen acht Uhr morgens und fünf Uhr abends auf. Was keineswegs bedeutet, dass mich nicht schon welche um Mitternacht aus dem Bett geklingelt hätten. Aber dass jemand in Fleisch und Blut so spät vorbeikommt? Eher ungewöhnlich.

»Abend. Geht es um einen Auftrag?«, frage ich.

»Ja.« Kurze Pause. »Es geht um Ihr Spezialgebiet.«

Mein Saxspiel meint sie bestimmt nicht. Ich bitte sie hoch, vierter Stock links, die Tür mit dem Milchglas und der Aufschrift: »G. K. Singh. Quästor«.

Einen Fahrstuhl gibt es nicht. Das verschafft mir ausreichend Zeit, von meiner Wohnung in mein Büro im selben Stockwerk gegenüber zu wechseln und mich hinter dem Schreibtisch zu verschanzen. Im Vorbeigehen werfe ich einen Blick in den Garderobenspiegel. Ich trage ein graues Kapuzenshirt mit einem prominenten gelben Fleck in der Bauchgegend (es gab Vindaloo). Außerdem könnte ich eine Rasur gebrauchen. Ich kann eigentlich immer eine Rasur gebrauchen, verdammte Bengalen-Gene. Kurz erwäge ich, einen Anzug über mein Freizeitoutfit zu projizieren, entscheide mich jedoch dagegen. Wer zu dieser späten Stunde kommt, muss den Froschprinz nehmen, wie er ist.

Ich lausche dem Knarzen der Treppenstufen. Kurz darauf höre ich, wie sie die nur angelehnte Vordertür öffnet und eintritt. Sekunden später steht sie vor meinem Schreibtisch. Sie ist um die sechzig und in etwa so kurvenreich wie ein Röntgenbild. Ihr schwarzer Businesszweiteiler ist angesichts der späten Stunde entschieden zu knitterfrei – Holopolish, vermutlich. Ob sie ihr Gesicht ebenfalls digital glatt gebügelt hat? Ich stehe auf und reiche ihr die Hand. Sie greift danach. Meine ist schön warm. Ihre ist eisig.

»Guten Abend, Mrs. ...?«

»Pierrette Mumeishi.« Sie lässt meine Hand los. »Mister Singh? Mister Galahad Singh?«

»Derselbe.«

Wir setzen uns. Sie lehnt mein Getränkeangebot ab. Stattdessen holt sie eine Mappe aus ihrer Aktentasche.

»Ich möchte Sie beauftragen, eine Person zu finden.«

Ich nicke. Sie wischt in der Luft herum, das Eins-zu-Drei-Holo einer Frau erscheint auf meinem Schreibtisch. Sie ist schlank, ganz in schlichtes Schwarz gekleidet. Die dunkelblonden Haare sind zurückgebunden – insgesamt eher der praktische Typ. Sie dürfte Ende dreißig sein. Ihre dunklen Augen verraten mir, dass sie intelligent ist und außerdem unglücklich. Könnte zusammenhängen.

»Juliette Perrotte, siebenunddreißig, wohnhaft in Paris. Sie ist Softwareentwicklerin und arbeitet bei Cryptocarbon.«

»Sagt mir nichts«, erwidere ich.

Sie mustert mich einen Moment lang und beschließt dann, dass ich nicht die verlorene Tochter meine, sondern die Firma.

»Klein, aber fein. Cryptocarbon entwickelt Verschlüsselungsverfahren für Uploads.«

Ich tippe mit einem Finger gegen meine Schläfe und schaue Mumeishi dabei fragend an. Sie nickt.

»Genau solche Uploads, ja. Juliette ist am 14. April nicht zu einem Geschäftstermin erschienen, persönliches Meeting mit ihrem Chef, morgens um elf, unweit des Trocadéro. Zumindest ist das bisher mein bester Anhaltspunkt. Vielleicht ist sie auch schon vorher verschwunden – die zwei Tage davor hat sie von zu Hause gearbeitet. Wie ihr Privatleben war, mit wem sie abends ausgegangen ist, das wissen wir nicht genau. Insofern lässt sich auch nicht mit Bestimmtheit ermitteln ...«

»Entschuldigen Sie, wenn ich Sie hier kurz unterbreche, Mrs. Mumeishi. Aber könnten wir noch mal einen Schritt zurückgehen?«

Sie guckt etwas unwirsch, ärgert sich offenbar, dass ich sie unterbrochen habe, wo sie gerade so schön in Schwung war. Ich denke an mein entgleistes Saxsolo. Ausgleichende Gerechtigkeit ist das, mehr nicht.

»Zurück?«, fragt sie.

Ich lächele einen Tick zu breit. Ist eine meiner Maschen. Der dunkle Teint lässt mein Lächeln besonders strahlend wirken. Dazu mache ich meine tiefbraunen Augen weit auf. Das verfehlt selten seine Wirkung. Mumeishi scheint für mein Geklimper jedoch nicht empfänglich zu sein.

»Könnten Sie mir zunächst sagen, in welchem Verhältnis Sie zu Miss Perrotte stehen?«

»Ich bin Anwältin, Mister Singh.«

Das wusste ich natürlich schon. Mumeishi redet schnell und sie redet viel, immer ein Hinweis auf Jurisprudenz. Mein Vater sagt gerne: Wenn du einen Anwalt erschießen willst, ziel einfach auf seinen Mund. Den zu verfehlen, ist unmöglich.

Was ich eigentlich wissen will: Wer hat Mumeishi mandatiert? Sie tut mir den Gefallen.

»Ich arbeite für Chenelle Perrotte, die Mutter von Juliette«, sagt sie. Sie schnippt mit den Fingern. In ihrer Hand erscheint eine blütenweiße Visitenkarte. Sie wirft sie. Das Ding dreht sich vor mir in der Luft und verharrt dort. »P. Mumeishi. Avocat. 45 r. Érard, 75012 Paris«.

Ich sage dem System, es möge die Karte archivieren, woraufhin diese auf die Schreibtischplatte hinabsegelt und allmählich transparent wird. Albern, so was. Anwälte eben.

Als Nächstes erzählt mir Mumeishi die Geschichte. Sie ähnelt jener, die ich meist zu hören bekomme, eigentlich immer. Nachdem sich die kleine Juliette in Luft aufgelöst hat, bekommen es ihre nahen Verwandten, in diesem Fall die Mama, mit der Angst zu tun. Sie ruft Juliettes Ex-Freund an, ihren Ex-Ex-Freund und ihre beste Schulfreundin. Keiner von denen hat die Vermisste gesehen, seit Jahren. Spätestens in diesem Moment dämmert der Mutter, dass sie erschreckend wenig über das Leben ihrer Tochter weiß und niemanden aus deren sozialem Umfeld kennt. Als Nächstes läuft Chenelle Perrotte zur Polizei, um eine Vermisstenmeldung aufzugeben. Die Beamten erklären ihr, dass es jedermanns gutes Recht sei, spontan zwei Wochen in die Berge oder ans Meer zu fahren, ohne Mutti Bescheid zu sagen.

»Madame Perrotte ist äußerst wohlhabend«, fährt Mumeishi fort. »Sie hat mithilfe ihres Amanuensis eine immense Menge an Datenquellen angezapft. Doch es ist rein gar nichts dabei rausgekommen. Deshalb ist sie davon überzeugt, dass Juliette das Opfer eines Verbrechens geworden sein muss.«

»Voreilige Schlussfolgerung«, erwidere ich.

»Inwiefern?«

»So ein Amanuensis ist nicht sehr clever.«

»Mister Singh, Sie können mir glauben, dass meine Klientin den Besten besitzt, den man kaufen kann.«

»Bestimmt. Wenn die Vermisste trotz mehrtägiger Beobachtung nicht auftaucht, ist sie möglicherweise gekidnappt worden. Oder aber«, ich zeige auf Mumeishis perfekt sitzenden Hosenanzug, »sie hat einfach ihr Aussehen verändert. Weil sie nicht gefunden werden will.«

»Eine Holomasque ist natürlich denkbar. Meine Klientin hält diese Erklärung allerdings für unwahrscheinlich. Sie kennt ihre Tochter sehr gut. Juliette würde so etwas nie tun.«

Auch den Satz habe ich schon oft gehört.

»Also. Übernehmen Sie den Fall?«

»Gerne«, lüge ich.

»Ihr Preis?«

»Tausend Eurodollar am Tag, für die ersten zehn Tage. Plus Spesen. Fünftausend Vorschuss.«

Mumeishi macht ein empörtes Gesicht. »Das ist eine stattliche Summe.«

»Ja. Aber dafür gehe ich der Angelegenheit auch persönlich nach. Keine automatisierten Suchroutinen. Hand- und Fußarbeit vor Ort.«

»Und wenn Sie sie nicht finden?«

»Haben Sie die Wahl. Entweder entziehen Sie mir das Quästorat. Oder ich lasse die Sache niederschwellig weiterlaufen. Kostet dann nur noch tausend die Woche.«

Mumeishi zieht die Brauen hoch. »Also doch automatisierte Suchroutinen.«

»Suchroutinen basierend auf Daten aus zehn Tagen persönlichen Ermittlungen. Ich werde ihre Wohnung auf den Kopf stellen, ihre Bekannten interviewen, ihr ganzes Leben inspizieren. Das erhöht die Treffsicherheit erheblich. Aber wenn sie in den ersten zehn Tagen nicht wieder auftaucht, liegt die Wahrscheinlichkeit, dass sie überhaupt noch gefunden wird, statistisch betrachtet bei unter einem Prozent. Das ist dann wirklich eher ein Fall für einen Amanuensis.«

Sie legt eine Hand auf die Mappe. »Es gibt noch eine Sonderbedingung.«

»Und zwar?«

»Sie können mit jedem sprechen, aber nicht mit der Mutter.«

Meine Stirn legt sich in Falten. »Warum nicht?«

»Sie ist sehr angegriffen, gesundheitlich. Die Sache mit Juliette hat Madame Perrotte stark mitgenommen – sie ist ihr einziges Kind. Wenn Sie Fragen an sie haben, müssen Sie das über mich machen.«

»Meinetwegen. Noch was?«

»Bitte, Mister Singh.«

»Warum ich? Warum kein Quästor aus Paris?«

»Aus Gründen der Diskretion. In Paris kennt jeder jeden. Außerdem habe ich Gutes über Sie gehört.«

»Hm. Dann haben wir einen Deal«, erwidere ich.

Sie schiebt mir die Mappe rüber. »Das sind alle relevanten Unterlagen, die meine Mandantin und ich besitzen. Außerdem ist eine Schlüsselkarte drin, für Juliettes Apartment.«

»Gut. Ich melde mich, sobald ich etwas habe, Mrs. Mumeishi.«

Wir erheben uns. Ohne sie anzuschauen, sage ich: »Menschen tun manchmal seltsame Dinge. Deshalb ist jedes Detail wichtig. Falls Ihnen also noch etwas einfallen sollte, rufen Sie mich an, jederzeit.«

Dann wende ich mich Mumeishi zu und halte ihr meine Hand hin. Sie greift danach und schaut mir in die Augen, so kurz wie irgend möglich. Anschließend macht sie auf dem Absatz kehrt und verlässt mein Büro. Ich bleibe neben dem Schreibtisch stehen, bis das Geräusch ihrer Stilettos verhallt ist.

Ich kehre in mein Apartment zurück. Es besteht aus einem Schlafraum, einer kleinen Küche, einem großen Gym und einem loftmäßigen Wohnzimmer, durch dessen Panoramascheiben man einen spektakulären, genauer gesagt spektakulär hässlichen Blick auf den Eisenbahnknoten nördlich von King's Cross hat. Mein Ex wollte immer, dass wir stattdessen eine Panoramasicht des Regent's Park hineinholographieren, oder vielleicht das Themseufer nahe der Tower Bridge. Nicht mit mir. Ich will das echte Camden sehen.

In einer Ecke sind neben dem Sofa meine beiden Saxofone aufgebaut, ein Tenor und ein Alto. Dahinter erstreckt sich eine gut sechs Meter lange weiße Wand, meine Milchtütenwand. Ihr wende ich mich nun zu. Das mit den Milchtüten ist ein etwas makabrer Scherz, den heutzutage keiner mehr versteht. Vor über hundert Jahren war es üblich, die Gesichter von vermissten Kindern auf Getränkekartons zu drucken. Warum man das tat, erschließt sich mir nicht. Die Polizei war offenbar der Meinung, es würde zu sachdienlichen Hinweisen führen, wenn sich schlaftrunkene Menschen morgens beim Müsliessen von einem verschwundenen Kind anstarren lassen. Klingt bekloppt, aber so war's. Deshalb nennen wir unsere Vermissten ebenfalls Milchtüten. Ist nicht übermäßig witzig, zugegeben. Es sei denn, man hat so einen verkorksten Humor wie ich.

Die Milchtütenwand ist nicht wirklich weiß. Sie ist voller Notizen, die man aber nicht sieht, weil Holotextur darüberliegt. Auch wenn es mein Job ist, möchte *ich* beim Frühstück nämlich nicht von Vermissten angestarrt werden. Nun aber bitte ich das Haussystem, die Holocamouflage auszublenden. An der Wand erscheinen drei Fotos, zwei Männer, eine Frau. Das Mädchen ist vorletzte Woche reingekommen. Einer der Männer hängt seit Monaten dort. Seine Verwandten zahlen dennoch brav weiter, sie geben die Hoffnung nicht auf. Niemand versteht das besser als ich. Die andere männliche Milchtüte ist ein Spezialfall, lange Geschichte.

Ich nehme mir Mumeishis Mappe vor. Die darin liegenden Blätter sind natürlich holographiert. Als Erstes clippe ich Perrottes Foto und klebe es an die Wand, und zwar so, dass darunter reichlich Platz für Notizen bleibt. Danach lasse ich mich aufs Sofa fallen und lese. Ich erfahre im Wesentlichen, was mir Mumeishi bereits berichtet hat, angereichert mit weiteren Details. Juliette Perrotte scheint eine sehr talentierte Programmiererin gewesen zu sein. Statt allerdings bei einem Supernational anzuheuern, arbeitete sie bei Cryptocarbon, als Chefentwicklerin. Ihre Wohnung liegt im Marais. Perrottes Mutter macht nichts, sie ist einfach nur vermögend. Einen Vater scheint es nicht zu geben.

Zwischendurch stehe ich immer wieder auf und schreibe mit einem Holopen an die Wand. Ich lege außerdem ein paar leere Karten an: »Wohnung«, »Masques (?)«, »Freunde« und »Arbeit«. Dies sind die Punkte, die ich baldmöglichst abarbeiten muss. Man tut das besser heute als morgen, bevor die Spur erkaltet. Bei der Polizei gilt die Regel, dass die ersten achtundvierzig Stunden entscheidend sind. Danach ist den Erinnerungen der Zeugen nicht mehr zu trauen, Fußabdrücke sind verwischt, DNA-Partikel verweht.

Bei Verschwundenen ist die Sache nicht ganz so dramatisch. Wenn sie einem Verbrechen zum Opfer gefallen sind, gilt selbstverständlich auch für Quästorate die Achtundvierzig-Stunden-Regel. Falls die Milchtüte sich aber schlichtweg aus dem Staub gemacht hat, produziert sie weiter Daten. Niemand kann sich ewig in einem abgelegenen Motel verstecken. Irgendwann muss er oder sie essen, sich die Beine vertreten, dunkle Begierden befriedigen, was auch immer. All dies spielt dem Quästor in die Hände. Vor allem dann, wenn er den Vermissten kennt, mit all seinen Macken. Eine

Wohnungsbegehung ist folglich das Erste, was ich absolvieren muss. Danach will ich mit Juliettes Arbeitgeber sprechen. Ich suche mir die Adresse von Cryptocarbon heraus und diktiere eine Mail. Als Nächstes bitte ich meine Amanuensis-Software, mir die Verbindungen nach Paris anzuzeigen. Der letzte Flug von London-Britannia geht in einer halben Stunde, der nächste morgen um sechs Uhr fünfzehn. Ich frage nach Alternativen. Mit einem Nightcar wäre ich schon um vier Uhr morgens dort. In diesen rollenden Särgen schlafe ich immer wahnsinnig schlecht. Doch irgendein Gefühl sagt mir, dass es ein Fehler wäre, bis morgen früh zu warten.

Seufzend sage ich dem Amanuensis, dass er mir eines rufen soll. Bevor ich zum Packen ins Schlafzimmer gehe, werfe ich einen wehmütigen Blick auf das Tenorsax. Ich war so nah dran. Ich hatte es fast.

Ein gemeiner Ton dringt an mein Ohr. Kurz nach der Ausfahrt aus dem Tunnel muss ich weggedämmert sein. Nun liege ich in dem nach hinten geklappten Sessel des Nightcars und reibe mir den Schlafsand aus den Augen.

»Wo sind wir?«, frage ich.

»Sie haben Ihr Ziel erreicht«, schnarrt das Nightcar. Ich setze mich auf und schaue aus dem Fenster – zweifelsohne Paris, zweifelsohne Perrottes Adresse – 75, rue Vieille du Temple. Das Display zeigt halb vier Uhr morgens an. Welcher Teufel hat mich da bloß geritten? Egal, ich ziehe das jetzt durch. Nachdem ich ausgiebig gegähnt habe, fahre ich den Sessel in eine aufrechte Position, greife nach meiner Tasche und steige aus. Lautlos zischt das Nightcar davon. Nach der

Fahrt in dem leicht überheizten Auto empfinde ich die kühle frische Luft als sehr angenehm. Ich schaue die Rue Vieille du Temple auf und ab. Eine hübsche Straße, mit alter Bausubstanz, Cafés und kleinen Boutiquen. Im Erdgeschoss von Perrottes Haus befindet sich eine Patisserie, die ich später vielleicht aufsuchen werde. Darüber thront ein Gebäude aus dem siebzehnten oder vielleicht sogar sechzehnten Jahrhundert, vier Stockwerke. Juliette Perrotte gehört eine der Dachgeschosswohnungen. Früher einmal wäre eine Immobilie dieser Art für Normalsterbliche unbezahlbar gewesen. Aber in Zeiten der Unterbevölkerung muss man nicht mehr obszön reich sein, um so zu wohnen. Da können sich das mitunter auch Angestellte leisten. Ich gebe den Digicode aus dem Dossier ein und drücke die Haustür auf. Es gibt einen Fahrstuhl. Ich nehme die Treppe, in der Hoffnung, dass dies meinen Kreislauf in Gang bringt. Oben angekommen, ziehe ich Mumeishis Schlüsselkarte aus der Jackentasche und halte sie gegen die Tür. Mit einem Schnappen springt das Schloss auf.

Der Flur ist lang und mit Parkett ausgelegt, an den Wänden hängen einige Gemälde. Sie zeigen düstere Gestalten, unter anderem einen Riesen, der gerade einen Menschen auffrisst. Ich halte meinen Fingerring darauf und frage die Amanuensis-Software. Goya, sagt sie. Es handelt sich nicht um Drucke, die Bilder sehen echt aus. Aber was heißt das schon, heutzutage.

Bevor ich weitermache, hole ich meine Strippergoggles hervor. Die Wohnung ist eher unordentlich, die Flächen sehen aber alle aus wie geleckt. Es mag daran liegen, dass Juliette Perrotte einen Putzfimmel hat. Wahrscheinlicher ist, dass sie Holopolish auf Wände und Böden gekleistert hat. Macht fast jeder. Wir leben eben in einer oberflächlichen Welt.

Meine Stripper sind nur Level III, aber das sollte reichen. Mit der Brille kann ich die oberen Schichten des Holonets verschwinden lassen. Nun, da ich sie aufhabe, bemerke ich kleinere Abweichungen. Der Parkettboden ist etwas stärker abgewetzt, als man zuvor sah. Die hübsche Kommode zu meiner Rechten wird nun durch einen unschönen Kratzer verunziert. Es sind Kleinigkeiten, aber vielleicht ist eine davon wichtig.

Vom Flur gehen vier Türen ab: Bad, Küche, Wohnzimmer, Schlafzimmer. Ich schaue mich in allen Räumen kurz um. Dabei wechsle ich immer wieder zwischen der kompletten Hologrammatica und der abgespeckten Stripper-Ansicht. Als ich fertig bin, mache ich mir in der Küche einen Kaffee und setze mich damit auf Perrottes Designersofa.

Mademoiselle haben es nicht nötig, etwas in ihre Fenster zu projizieren. Das echte Panorama ist spektakulär genug. Ich öffne die Glastür und trete hinaus auf den schmalen Balkon. Wie es sich für einen echten Touristen gehört, suche ich zunächst nach dem Eiffelturm. Meine geografischen Kenntnisse der Stadt sind eher rudimentär, aber eigentlich müsste man ihn von hier aus bewundern können. Doch er ist nirgends zu sehen.

Ach, natürlich. Der eine Kaffee hat augenscheinlich nicht gereicht. Der Eiffelturm, also der ursprüngliche aus Stahl, ist vor fünfzig Jahren gesprengt worden, von Terroristen. Was für Terroristen? Habe ich vergessen. Auf jeden Fall ist der neue Eiffelturm eine Holographie, doppelt so hoch wie der alte, damit man ihn besser sehen kann.

Dass *ich* nichts sehe, liegt an den Goggles, die sich noch immer auf meiner Nase befinden. Öffentliche Gebäude sind Level IV, weswegen meine Strippergoggles sie herausrechnen. Ich nehme die Brille ab. Gegenüber erscheinen Geranien in einem Balkonkasten, an den Häuserfronten flackert Werbung auf. Und über den Dächern von Paris taucht der Eiffelturm auf. Er ist wirklich wunderschön.

Okay, genug Sightseeing. Zeit, ein wenig zu arbeiten. Ich fange im Wohnzimmer an. Perrotte mag offenbar Ledergarnituren – Ledersofa, Ledersessel, lederner Sitzsack. An den Wänden hängen noch mehr Bilder. Diesmal sind es alte Fotografien. Sie zeigen Männer in Helmen und Schutzbrillen, außerdem Fahrzeuge. Es scheint sich um irgendwelche archaischen Rennszenen zu handeln. In einem Regal stehen ein paar Bücher und Zeitschriften. Ich sehe viele französische Klassiker, aber auch eine Menge russisches Zeug im Original. Goya, Tschechow und Camus bestärken mich in meinem ersten Eindruck, dass diese Milchtüte eher der grüblerische, schwermütige Typ ist. Außerdem ist sie unordentlich. Überall liegt Zeug herum.

Während ich die Schubladen und den kleinen Sekretär in der Ecke flöhe, mache ich mir ein bisschen Musik.

»Die zehn zuletzt gespielten Songs nochmals spielen«, befehle ich dem Haussystem. Es kommt meiner Order umgehend nach. Perrotte hört Klassik. Auch meinen alten Jazz bezeichnen Banausen inzwischen als Klassik, aber dies hier ist das richtige Zeug. Tschaikowsky, glaube ich. Nach dem ersten Stück kommt dann allerdings Sib Stuk, wummernde, von Computern generierte Musik, nicht unbedingt mein Fall.

In Perrottes Schreibtisch finde ich nicht viel Interessantes, außer einem Kuvert mit einer Einladung – Büttenpapier, gedruckt, nicht holographiert. ›Aubrie lädt ein‹ steht da. Es scheint sich um eine Geburtstagsfeier zu handeln. Die Party findet heute Abend statt, in einem Laden namens ›La Marmotte‹. Auch der Dresscode ist auf der Einladung vermerkt:

»Crazy Funky India«. Ein Lächeln schleicht sich auf mein Gesicht. Da kann ich ja gehen, wie ich bin, als lustiger Camden-Town-Maharadscha. Ich rufe mir eine Karte von Paris auf und lasse mir den Ort zeigen. Dann stecke ich die Einladung in die Innentasche meiner Jacke.

Als Nächstes knöpfe ich mir die Küche vor. Sie erzählt mir, dass Juliette so gut wie nie zu Hause isst. Sie hat eigentlich nur Kosmostars-Frühstücksflocken da und, wie ich bestätigen kann, ziemlich guten Kaffee. Es gibt auch ein paar Kochbücher, aber die sehen nicht gerade zerlesen aus. Ich will die Küche schon wieder verlassen, als mir ein dickes, in grünen Stoff gebundenes Buch auffällt, das zwischen »Die neue sibirische Küche« und »99 Brasserie-Klassiker« steht. Es sieht aus wie ein altmodisches Fotoalbum. Ich schlage es auf. Es ist tatsächlich eins. Abzüge auf weißen Papierbögen, darunter befinden sich handschriftliche Bildbeschreibungen. Ich schalte die Stripper ein, aber die Bilder verschwinden nicht. Sie sind allen Ernstes auf das Papier aufgeklebt.

Ich hocke mich an den Küchentisch und fange an zu blättern. Es gibt Bilder, die Juliette als Kind zeigen, an einem Strand, mit vielleicht fünf oder sechs Jahren. Darunter steht in akkuraten Druckbuchstaben: »Korsika, Winter 2060«. Dann sind da welche, auf denen sie um die zehn sein muss. Juliette trägt blaue Shorts und ein T-Shirt, neben ihr kniet eine Frau, die vermutlich ihre Mutter ist. Sie hat Wanderklamotten an – Kakishorts, Karohemd, klobige Stiefel. Dennoch erkennt man, dass sie eine Schönheit ist. Auch ein Mann ist im Bild, ebenfalls in Trekkingausrüstung. Aber er steht am Rand – ein Arm, ein Bein, sonst nichts. Im Hintergrund erkennt man einen Torbogen, wie von einer mittelalterlichen Befestigungsanlage. Die Bildunterschrift lautet: »Wandern mit der Familie«. Mit meiner Ringkamera fotografiere ich das Bild ab. Vielleicht kann der Amanuensis den Ort später identifizieren.

Je weiter ich blättere, desto älter wird das Mädchen auf dem Bild. Es bestehen keine Zweifel mehr, dass es sich um Juliette handelt. Als ich beinahe am Ende angekommen bin, ist da eine Seite ohne Foto. Man sieht noch Reste des Klebers, mit dem das fehlende Bild befestigt war. Darunter steht: »Unverkennbar Vater und Tochter«. Ich blättere zurück, suche nach weiteren Fotos des Vaters. Es gibt das bereits erwähnte angeschnittene Bild, auf dem nur Arm und Bein eines Mannes zu sehen sind. Ist das ihr Vater? Oder nur irgendwer, der durchs Bild lief?

Nachdem ich das Album zurückgestellt habe, gehe ich ins Schlafzimmer. Perrotte besitzt ein großes Futonbett. Daneben steht ein Nachttisch. Darauf befinden sich ein halb volles Wasserglas, ein altmodischer Notizblock und ein paar Stifte. Ich greife mir den Block und blättere mit dem Daumen durch die Seiten. Sie sind allesamt unbeschriftet. An der Decke über dem Bett hängt ein großer Holospiegel. Von dort schaut ein Kerl auf mich herab. Er hat Augen wie Kohlestücke und einen Fünf-Tage-Bart, der in Wahrheit ein Zwei-Tage-Bart ist. Seine Haare sind kaum länger als die Stoppeln an seinem Kinn. Er trägt eine grüne Lederjacke zu einem engen schwarzen Rolli und noch engeren schwarzen Chinos. Seine Züge wirken indisch, sein Teint erinnert an Milchkaffee. Apropos, er könnte noch einen gebrauchen, denn er sieht müde aus. Außerdem schaut er schon viel zu lange in den Spiegel, der eitle Fatzke.

Ich wende mich dem Kleiderschrank zu, der nach amerikanischer Fasson in eine Wandnische gebaut ist. Hinter den Schiebetüren verbergen sich einige säuberlich auf Bügel gehängte Blankoanzüge, mattweiß, in verschiedenen Schnitten. Das Gros der Garderobe ist jedoch leger und in frischem Schwarz gehalten. Gerade will ich den Schrank wieder schließen, als ich ein kaum wahrnehmbares Summen vernehme. Ich benötige ein, zwei Sekunden, um zu kapieren, dass es von dem Fahrstuhl herrührt, der sich irgendwo hinter der Wand befinden muss. Wir haben vier Uhr morgens, weswegen ich lieber auf Nummer sicher gehe. Ich sage dem Haussystem, es möge die Musik abstellen und außerdem die Beleuchtung löschen. Rasch verschwinde ich im Wandschrank. Damit ich nicht an die Anzüge komme, schiebe ich sie etwas von mir weg und hocke mich auf den Boden, bevor ich die Schiebetür zuziehe.

Es dauert nicht lange, bis jemand zur Vordertür hereinkommt. Eine Stimme undefinierbaren Geschlechts sagt etwas, woraufhin das Licht im Schlafzimmer angeht. Der Kleiderschrank hat Lamellen. Ich kann nach draußen schauen. Zunächst sehe ich nur die Beine des Neuankömmlings. Die Gestalt misst etwa eins siebzig und ist mit ziemlicher Sicherheit eine Frau. Ich kann erkennen, wie sie vor dem Nachttisch niederkniet. Ich atme flach, bringe meine Augen so nah wie möglich an den Spalt zwischen zwei Lamellen. Sie hat mir den Rücken zugewandt und begutachtet den Notizblock. Die Frau trägt Jeans und Lederjacke. Braune Haare, kaukasische Züge – aber nein, das habe ich wohl nicht richtig gesehen. Ihre Haare sind eher blond, und ihre Hautfarbe ist weniger hell als gedacht, ähnelt eher meiner. Und sie trägt einen Samtblazer.

Moment mal.

Die Frau hält den Notizblock in der Linken, in ihrer anderen Hand hat sie einen Bleistift. Ich kann nun ihr Gesicht erkennen. Sie besitzt asiatische Züge, ihre schwarzen Haare sind zu Zöpfen geflochten. Ich muss mich beherrschen. Beinahe entfährt mir ein Laut des Erstaunens. Sie – wenn es denn wirklich eine Sie ist – trägt offenbar einen Jedermann-Anzug, auch Dickie genannt. Ich weiß um die Existenz dieser Dinger, aber ich hätte nie gedacht, jemals einen zu Gesicht zu bekommen. Nein, ich muss das anders formulieren. Es ist durchaus möglich, dass schon einmal jemand in einem Jedermann-Anzug an mir vorbeigelaufen ist. Aber es wäre mir entgangen, denn das ist schließlich der Sinn des Ganzen. Die Idee dieses Tarnanzugs ist schon über hundertfünfzig Jahre alt. Aber zu Zeiten des Pharmazeuten Kindred P. Dick, von dem das Konzept stammt, fehlten die technischen Voraussetzungen, ihn herzustellen. Der Dickie ist ein holographischer Anzug, jenen mattweißen Dingern, die in diesem Schrank über meinem Kopf baumeln, nicht unähnlich. Statt jedoch eine im Wesentlichen statische Holotextur zu projizieren – das Schwarz eines Smokings, ein Hahnentrittmuster –, ändert sich das gezeigte Bild ständig. Nicht nur die Kleidung, auch Gesichtszüge und Frisur changieren unaufhörlich. Dies geschieht langsam und fließend, damit es dem flüchtigen Betrachter nicht auffällt. Die Projektionen stammen aus einer Datenbank, welche die Holos von Millionen Personen enthält – daher der Name Jedermann-Anzug. Die Software des Dickie berücksichtigt dabei die Demografie der lokalen Bevölkerung. Wer den Anzug in Peking trägt, wird zu fünfundneunzig Prozent asiatische Gesichtszüge aufweisen. Wer darin durch Moskau spaziert, wirkt meistenteils kaukasisch.

In Städten ist der Jedermann die perfekte Tarnung. Er macht seinen Träger zum Mann in der Menge, zu einer Erscheinung, an die sich niemand richtig erinnern kann. Jedermann-Anzüge sind ziemlich rar – sie sind quasi militärische Ausrüstung. Es dürfte einfacher sein, ein Sturmgewehr zu kaufen, als einen Dickie. Spezialeinheiten des EURUS-Innenministeriums benutzen so etwas, Profispione und vielleicht die Tunichtgute von der Solntsevskaya Bratva.

Ich betrachte die Umrisse der Frau. Zu wem gehörst du wohl? Sie ist immer noch mit dem Block zugange, schreibt etwas. Was macht sie da bloß? Als ich verstehe, was sie tut, spüre ich eine Mischung aus Scham und Ärger. Dass mir das nicht selbst eingefallen ist. Miss Dickie wendet einen der ältesten Schnüfflertricks an. Er funktioniert heutzutage nur noch selten, weil die meisten Menschen holographisches Papier verwenden. Aber neben diesem Block lagen Stifte. Und Stifte hinterlassen beim Schreiben Druckstellen auf der Seite darunter. Sie schraffiert deshalb mit einem Bleistift das leere Papier, um zu sehen, was auf dem darüber stand.

Es scheint, dass sie fündig geworden ist. Sie reißt das oberste Blatt ab und lässt es in einer Tasche verschwinden. Danach steht sie auf und geht. Ich höre die Vordertür zuschlagen. Das Licht erlischt.

Ich bleibe noch einige Minuten in meinem Schrankversteck, bevor ich herauskrieche. Sobald ich wieder im Schlafzimmer stehe, nehme ich mir ebenfalls den Block vor, in der schwachen Hoffnung, dass der Schraffiertrick auch beim nächsten Blatt noch funktioniert. Viel kommt dabei nicht heraus:

A me d a

Andromeda? Achmed am irgendwas? Es könnte vieles bedeuten.

Das Schlafzimmer enthält ansonsten nichts Interessantes – ich hatte auf Sexspielzeuge oder Pornos gehofft, um etwas über Perrottes Präferenzen zu erfahren, aber leider Fehlanzeige. Vermutlich ist sie hetero, so zumindest ist mein Eindruck. Das ist eine etwas dürftige Erkenntnis. Sexuelle Vorlieben sind einer der besten Datenpunkte, vor allem, wenn sie ausgefallen sind. Ich muss mehr über ihre Sozialkontakte herausfinden. Ein weiterer Grund, heute Abend auf diese Party zu gehen.

Es wird hell. Die Patisserie im Erdgeschoss hat allerdings noch nicht offen. Bedauerlich, denn mein Magen knurrt vernehmlich. Ich rufe mir die Adresse des Hotels auf, das der Amanuensis gebucht hat. Es liegt nicht allzu weit entfernt, irgendwo in der Nähe des Place des Vosges. Kann man laufen. Vielleicht macht mich das wacher. Ich spaziere verlassene Straßen entlang. In London wären um diese Zeit schon relativ viele Menschen unterwegs, aber hier nicht. Wie die meisten europäischen Großstädte hat Paris in den letzten Jahrzehnten massiv Einwohner verloren – nicht nur wegen der Seuche. Alles strebt nach Osten, ins Gelobte Land. Die Leute wollen nach Sibirien, ihr Glück machen oder zumindest keinen Hitzeschlag kriegen. Ich war vergangenes Jahr in ein paar mittelgroßen Städten im Süden und in der Zentralregion von EURUS. Auf den Straßen nur Alte und Asoziale, aber die Fassaden und Trottoirs durchweg proper, Holopolish sei Dank. Paris hat den Vorteil, dass es auch als begehbares Museum einen Wert besitzt. In ein paar Stunden wird die Stadt voller Chinesen und Sibs sein, die gaffend durch dieses Disneyland europäischer Kultur stapfen.

Ich stapfe auch, nehme mir aber heraus, mich nicht zu den

Touristen zu zählen. Ich passiere eine Kirche namens Saint Paul sowie irgendein Museum. Alles ist tadellos in Schuss. In den vergangenen Jahren hat hier ein Rückbau stattgefunden. Etliche der modernen Scheußlichkeiten wurden herausretuschiert, darunter auch der entsetzliche Tour Montparnasse und die Neue Oper.

Nach einer Viertelstunde erreiche ich mein Domizil, ein Businesshotel mit zu viel Marmor in der Lobby. Ich bin natürlich zu früh, aber der Concierge verspricht mir, das Zimmer eiligst herrichten zu lassen. Währenddessen frühstücke ich. Nach einer großen Portion Rührei und zwei Croissants fühle ich mich deutlich besser. Mit einem Becher Kaffee hocke ich mich in die Lounge und vertreibe mir die Zeit mit den Nachrichten. Im Tal des Todes haben sie eine neue Rekordtemperatur gemessen, einundsiebzig Grad Celsius. Ein Streik droht, den Spacelift in New Albion lahmzulegen. In der Nähe von Jakutsk sind zwei neue Siedlungen eingeweiht worden, die zunächst vier Millionen aufnehmen können, später aber die fünffache Zahl beherbergen sollen. Außerdem haben die London Lions gegen Moskau verloren und liegen in den Lacrosse-Playoffs nun hinten. Da mir völlig schleierhaft ist, wie es zu diesem Desaster kommen konnte, rufe ich mir ein paar Spielszenen auf. Bevor ich sie anschauen kann, winkt mir der Concierge.

Ich schalte das Fenster ab und fahre hoch. Das Zimmer sieht okay aus. Man merkt, dass der Amanuensis dem Hotel meine Vorlieben übermittelt hat. Über dem Bett hängt eine Fotografie von Ryan Pfluger, im Flur eine von Robert Mapplethorpe. Es gibt viel helles Holz, große Fenster, gedeckte Farben. Über dem kleinen Schreibtisch ist reichlich Platz für meine Milchtüten.

Nachdem ich mir mit der Zimmermaschine einen weiteren Kaffee gemacht habe, beginne ich, meine Inbox durchzusehen. Da ist eine Erinnerungsmail für den Cocktailempfang der INTERQUEST-Konferenz. Ich klicke sie weg. Viel wichtiger ist, dass ich eine Antwort von Juliette Perrottes Arbeitgeber erhalten habe. Ihr Vorgesetzter, ein Mann mit dem interessanten Namen 77C Faucheux, wird mich empfangen, gegen elf.

Mir bleibt also ausreichend Zeit, noch ein paar Sachen zu recherchieren und ein kleines Nickerchen zu machen. Zunächst überspiele ich der Amanuensis-Software die Fotos aus Perrottes Album, mit der Bitte, die Aufnahmeorte zu recherchieren. Außerdem übermittle ich ihr den Namen der Dame, deren Party ich heute Abend crashen werde. Und ich bestelle mir ein Kostüm. Diese Feier scheint schick zu sein, weswegen ich da nicht in einem billigen Holofummel auftauchen kann.

Vor meiner Abreise hatte ich außerdem ein paar Streams eingekauft. Es gibt Millionen von Menschen, die auf ihren Häusern oder an ihrer Kleidung Kameras angebracht haben und ständig den öffentlichen Raum filmen. Die auf diese Weise generierten Videos sind in der Regel uninteressant und folglich ziemlich wertlos. Man kann sie kaufen, ein paar Tausend Stunden Material kosten nur wenige Cents. Mein Amanuensis, der ja im Wesentlichen eine Suchmaschine auf Steroiden ist, gleicht die Streams kontinuierlich mit Bildern von Perrotte ab. Die vage Hoffnung ist, dass meine Milchtüte an irgendeinem Flughafen oder sonst wo gesichtet wird. Wahrscheinlicher ist jedoch, dass sie eine Holomasque verwendet.

So muss es auch in diesem Fall sein. Dem Amanuensis ist nichts ins Netz gegangen. Ich reibe mir die Augen. Eine letzte Sache noch, dann haue ich mich hin. Ich gehe ins EURUS-Personenregister, für das ich über einen Strohmann einen halblegalen Account besitze. Ich rufe mir Juliette Perrottes Stammdatensatz auf. Die Infos stimmen mit denen von Mumeishi überein. Als Vater ist ein Jacques Perrotte eingetragen. Ich gehe zu seinem Datensatz. Dieser wurde außer Kraft gesetzt, da Jacques Perrotte seit zwanzig Jahren verschwunden ist.

Noch einer, der sich in Luft aufgelöst hat.

Verwunderlich ist es nicht. Vor zwanzig Jahren war der Sibtrek voll im Gange. Eine enorme Zahl von Westeuropäern machte sich aus dem Staub. Viele von ihnen ließen ihr altes Leben ganz bewusst zurück.

Ich verzichte darauf, für den alten Jacques ebenfalls eine Suchroutine einzurichten. Erstens ist es zu lange her. Zweitens jage ich bereits genug Geistern nach. Ich muss lächeln. Anfang des einundzwanzigsten Jahrhunderts soll es fast unmöglich gewesen sein, zu verschwinden. Es gab Überwachungstechnologien, die jeden binnen Sekunden aufspüren konnten. Nach dem Turing-Zwischenfall hat man diese ganze Spitzelsoftware abgeklemmt. Das ist gut so. Andernfalls wäre ich arbeitslos.

Mehr aus Gewohnheit denn aus Hoffnung schaue ich noch kurz nach, ob es irgendwas von Percy gibt. Aber natürlich ist mir auch zu dieser Milchtüte nichts ins Netz gegangen.

»Weckruf um zehn«, sage ich dem Zimmer.

Dann lege ich mich aufs Bett. An der Decke über mir ziehen blaue Schäfchenwolken vorbei. Kurz darauf bin ich eingeschlafen.

Als der Wecker klingelt, fühle ich mich, als sei ich gerade erst eingeschlafen. Ächzend erhebe ich mich. Ich schaue aus dem Fenster. Die Stadt wirkt wie eine schlechte Monochromprojektion. Ich wasche mir das Gesicht und fahre hinunter in die Lobby.

Als ich aus dem Hotel auf die Straße trete, trifft der Schub mich ohne Ankündigung und mit voller Wucht. Meine Brust fühlt sich an, als habe jemand sie mit Beton ausgegossen. Jede Bewegung fällt mir schwer. Depressionen gelten als mentales Problem. Den meisten Menschen ist deshalb nicht klar, wie enorm körperlich die Symptome sind. Es ist, als stecke man bis zum Hals in Industrieschlacke. Selbst der Griff nach einem Glas Wasser wird zu einer mühsamen Angelegenheit. Mal abgesehen davon, dass man gar keine Lust auf Wasser hat.

Normalerweise warte ich, bis die Scheiße vorüberzieht, wie ein Kapitän, der einen Sturm abwettert. Ich lege mich in meinem Apartment stundenlang auf den Teppich oder spiele den immer gleichen Saxlauf, in der Regel »Lonnie's Lament«. Aber nun muss ich zu diesem verdammten Interview und später sogar ... auf eine Party. Das Interview würde ich noch irgendwie hinkriegen. Als Depressiver lernt man, sozial zu funktionieren. Ich kann im tiefsten Tal sein und bei einem kurzen Gespräch oder Telefonat dennoch extrem gut gelaunt rüberkommen. Das kostet natürlich Kraft. Und danach ist alles noch viel schlimmer. Aber eine Party? Mit lauter Menschen? Nie und nimmer.

Ich hasse es, das zu tun, aber es muss wohl sein. An eine Hauswand gelehnt, hebe ich langsam meine Betonhand. Mit tonloser Stimme spreche ich in das Mikro meiner Armbanduhr: »Dispenser. Fluxovint, dreihundert Milligramm.«

Vor mir erscheint leuchtender Text: »Dosis wird vorbereitet. Doppelte Authentifizierung. Retina-Scan.«

Ich halte die Uhr vor mein rechtes Auge.

»Erste Autorisation erfolgt. Sagen Sie bitte das Passwort.«

»Bitches Brew«, antworte ich.

»Zweite Autorisation erfolgt.«

Ohne dass ich etwas davon merke, schleust der Dispenser dreihundert Milligramm Glücklichmacher in meine Blutbahn. Ich warte. Es dauert vielleicht eine Minute. Dann fühle ich, wie meine Glieder leichter werden. Die Welt scheint nun heller. Erstmals nehme ich den hübschen Jungen wahr, der ein paar Schritte weiter auf einer Parkbank sitzt. Ich bin nun wieder ein guter Quästor und ein miserabler Saxofonist. Gott, wie ich dieses Zeug hasse. Ich fahre mit der Linken über meinen Nacken und atme ein paarmal durch. Nicht ärgern. Zeit für die Show. Federnden Schrittes gehe ich auf eines der Taxis vor dem Hotel zu.

Eine Viertelstunde später stehe ich vor einem nichtssagenden Bürogebäude in der Nähe des Trocadéro. Aus der großen Zahl Namensschilder schließe ich, dass hier viele kleinere Firmen sitzen, die meisten vermutlich nur auf Zeit. Man nennt diese kleinen Start-ups Hit-and-Runs. Sie verlegen ihren Sitz alle paar Monate in die Stadt, die ihnen gerade die besseren Konditionen oder Subventionen bietet. Da die Räumlichkeiten in diesen Bürotürmen in der Regel genormt sind, müssen die Firmen lediglich ihre Holotexturen über die Einrichtung legen, und schon ist alles wie zuvor, inklusive Gummipalme und Mitarbeiter-des-Monats-Urkunde an der Wand.

Cryptocarbon sitzt im siebenundzwanzigsten Stock. Wie erwartet, handelt es sich um ein Blankobüro. Es gibt viel Holz und eloxiertes Aluminium, ganz nett eigentlich. Die

Vorzimmerdame begrüßt mich mit einem reizenden Augenaufschlag, für den ich nicht empfänglich bin. Ich klimpere trotzdem zurück. Vermutlich bin ich etwas manisch. Vielleicht hätten hundertfünfzig Milligramm auch gereicht.

Sie schickt mich den Gang hinunter, in einen Konferenzraum. Dort angekommen, nehme ich mir eine der bereitstehenden Limos und stelle mich damit ans Fenster. Es ist ein sonniger Apriltag, draußen hat es inzwischen um die sechsundzwanzig Grad. Noch vier oder fünf Wochen, dann wird es in Paris unerträglich sein. Ich vernehme Schritte und drehe mich um. Der Mann, der durch die Tür tritt, ist Ende vierzig. Er trägt ein Stehkragenhemd unter blauem Anzug in Windowpane-Muster, was ich ziemlich mutig finde. Sein Vollbart wirkt gepflegt, sein Körper einen Tick zu wohlgenährt.

»Monsieur Singh?«, sagt er. »Ich bin 77C Faucheux, der Geschäftsführer.«

Wir reichen uns die Hände. Ich bedanke mich, dass er sich die Zeit nimmt. Wir setzen uns. Er legt seine haarigen Hände auf den Konferenztisch und spreizt die Finger. »Sie versuchen also, Juliette zu finden.«

»Das ist mein Job.«

Ich hole mein Notizbuch hervor. »Wenn ich richtig informiert bin, hatten Sie beide vor drei Tagen einen Termin, am vierzehnten?«

»Korrekt. Aber sie kam nicht.«

»Und wann haben Sie sie davor zuletzt gesehen?«

Faucheux überlegt einen Moment. »Ist schon etwas her. Ich war ein paar Tage in Toronto, geschäftlich, bei einem unserer Partner dort. Danach wollte ich mit Juliette etwas durchsprechen. Sie leitete eines unserer wichtigsten Projekte.«

Ich schlage die Beine übereinander. »Worum ging es dabei?«

»Monsieur Singh, das ist ... sehr vertraulich.«

Statt zu antworten, schaue ich ihn fragend an. Er scheint einzusehen, dass er mir zumindest ein paar Details verraten sollte, wenn ich seine Chefprogrammiererin auftreiben soll.

»Sie wissen, woran wir hier arbeiten?«

»An Verschlüsselungsverfahren für irgendwelche Daten.«

»Nicht irgendwelche. Wir verschlüsseln ausschließlich Cogits. Unsere Verschlüsselungsverfahren sind sehr speziell. Maßgeschneidert für Uploads. Wie Sie sich vorstellen können, sind das so ziemlich die sensibelsten Daten, die es gibt. Darf ich fragen«, er lächelt, »ob Sie Quant sind, Monsieur Singh?«

Vor etwa gut vierzig Jahren gelang es erstmals, ein menschliches Gehirn komplett einzuscannen und digital nachzubilden. Das Ergebnis bezeichnet man als Cogit. Als Faucheux fragte, ob ich auch Quant sei, fragte er eigentlich Folgendes: ›Haben Sie Ihr Gehirn scannen und auf eine Festplatte bannen lassen? Haben Sie danach Ihr Kranium aufsägen und das Cerebrum herausnehmen lassen? Haben Sie sich stattdessen ein e-Cephalon einsetzen lassen, einen kleinen Quantencomputer, der sich nun dort befindet, wo vorher Ihre grauen Zellen waren?‹

»Nein«, erwidere ich. »Ehrlich gesagt sind mir Uploads ein bisschen suspekt.«

Faucheux nimmt sich eine Pervi Pepsi. Damit will er von dem ablenken, was in seinem Gesicht passiert. Er runzelt die Stirn, presst die Lippen aufeinander. Augenscheinlich hält er meine Einstellung für altmodisch und überkommen.

»In meinem Job bin ich keinen sonderlich großen Gefahren ausgesetzt«, fahre ich fort. »Und wenn ich die Sache richtig verstehe, bringt der Wechsel ansonsten nicht allzu viel.«

Der Vorteil eines Cogits ist, dass man den Körper wechseln kann. Ein digitaler Verstand lässt sich in einen entsprechend präparierten Klon hochladen, allerdings nur für ein paar Tage. Danach muss man in die eigenen vier Wände zurück – in seinen Stammkörper. Ansonsten stirbt man. Warum? Niemand weiß es. Sicher ist lediglich: Geht man zu lange fremd, geht man drauf. Der einzige Vorteil der Upload-Technologie sind folglich Body Holidays. Hätte ich die heimliche Fantasie, einmal eine langbeinige blonde Quarktasche zu sein, würde ich es vielleicht machen. Habe ich aber nicht.

»Ich verstehe, was Sie meinen«, sagt Faucheux. »Die meisten denken so, noch. Aber die Technologie wird immer populärer werden, je näher wir der Lösung des Descartes-Conundrums kommen.«

»Des was?«

»Wissen Sie, was das Ein-Körper-Problem ist?«

Ich nicke. »Ein Quant kann seinen Stammkörper nicht länger als einundzwanzig Tage verlassen. Sonst ist es aus.«

»Korrekt. Braincrash – Absturz des Cogits mit kompletter Zerstörung der Datenstruktur. Gleichzeitig erleidet das Gefäß einen letalen anaphylaktischen Schock.«

»Gefäß?«

»So nennen wir einen uploadfähigen Klon.«

»Komischer Begriff«, sage ich.

»Ist aus dem Korintherbrief. ›Wir haben den Schatz in irdenen Gefäßen.‹ Auf jeden Fall kommt das Cogit nicht dauerhaft ohne den Stammkörper aus. Und ganz ohne Körper schon gar nicht: Wenn man versucht, ein Cogit in einer virtuellen Umgebung laufen zu lassen, also im nackten Rechner, dann tritt der Braincrash sofort ein, nach Millisekunden. Es scheint eine Verbindung zwischen Körper und Geist zu geben, die wir noch nicht kennen. Und diese Verbindung, dieses Rätsel, wurde nach dem Philosophen René Descartes benannt.«

»Weil?«, frage ich. Philosophie ist eines der vielen Schulfächer, in denen ich ziemlich schlecht war.

»Descartes postulierte, dass Geist und Körper voneinander getrennt sind. Er nannte sie res cogitans und res extensa, die denkende Sache und die ausgedehnte Sache. Er glaubte, beide würden über einen geheimen Ort und auf unbekannte Weise miteinander interagieren. Neuroprogrammierer suchen fieberhaft nach diesem Ort. Wenn sie ihn finden, wäre es eine große Sache. Denn wenn man wüsste, wie Körper und Geist verknüpft sind, könnte man diese Verknüpfung vielleicht manipulieren oder sogar auflösen.«

Er schmunzelt. »Der Heilige Gral. Dann könnte man ewig leben, sich alle paar Jahrzehnte in ein frisch geklontes Gefäß uploaden lassen.«

Ich trinke noch einen Schluck Limo und mustere Faucheux. »Und? Sollte man schon die Luft anhalten?«

Faucheux schüttelt den Kopf. »Das wird noch Jahrzehnte dauern. Jahrhunderte, vielleicht. Aber es regt die Fantasie der Leute an.«

»Sie glauben nicht?«

»Bisher wissen wir ja nicht einmal genau, wie das menschliche Gehirn überhaupt funktioniert. Wir wissen nur, wie man eine Kopie macht und sie in einen Emulator lädt. Aber was da oben genau vor sich geht … ich befürchte, die Natur lässt sich nicht überlisten.«

Ich nicke abwesend. Irgendwie habe ich das Gefühl, dass

Faucheux ein bisschen von dem Perrotte-Thema ablenkt. Aber vielleicht ist er auch einfach nur ein Schwätzer.

»Und was genau war jetzt Perrottes Aufgabe bei Ihnen?«

»Sie war Kryptoanalytikerin. Uploads sind ein Boom-Markt. Die Technologie wird immer billiger. Inzwischen gibt es an die zehn Millionen Quants, Tendenz stark steigend. Zehn Millionen digitale Gehirne, da braucht man absolut unknackbare Verschlüsselungsverfahren.«

»Ich dachte, Cogit-Krypto wäre schon ziemlich gut. Oder ist das nur ein Werbeversprechen?«

»Ist es. Cryptocarbons Verschlüsselung gilt, und das sage ich nicht nur so daher, als der Goldstandard. Juliette war maßgeblich an der neuesten Version beteiligt. Die Verschlüsselung erfolgt nun schon im Moment des ersten Brainscans, sodass die Cogit-Daten niemals ungeschützt sind. Zudem arbeiten wir mit einem sogenannten Matrioschka-Modell.«

»Diese russischen Puppen?«

»Ja, wie eine Matrioschka hat unser Krypto mehrere Lagen oder Hüllen, durch die man nacheinander hindurchmuss. Entschlüsselt man Hülle eins, lässt sich das Cogit kopieren. Aber nur, wenn man auch die Codes für Hülle zwei hat, kann man es auch mounten, also in einem Gefäß laufen lassen. Und selbst dann schützt Hülle drei immer noch davor, dass jemand den eigentlichen Inhalt des Cogits zu sehen bekommt. Wir verwenden zudem Quantenkrypto. Sobald ein Hacker die Schlüssel auch nur betrachtet, verändert sich deren Zustand. Es ist so gut wie unmöglich, ein Cogit zu knacken. Dennoch arbeiten wir stetig daran, unsere Standards noch weiter zu verbessern.«

»Ich verstehe«, sage ich. »Könnte Ihr Sekretariat mir Perrottes Reisen der vergangenen Monate schicken, ihre Termine?«

»Im Prinzip schon. Ich müsste allerdings erst unseren Justiziar fragen, ob wir das alles rausgeben dürfen. Sie sind ja kein Polizist.«

»Das nicht. Aber meine Auftraggeberin, Madame Mumeishi, ist die Anwältin von Perrottes Mutter. Sie bestätigt Ihnen sicherlich gerne, dass ich von der Familie mandatiert bin, falls das den Justiziar beruhigt. Ich nehme an, Perrotte war auch ein Quant?«

»Natürlich.«

»Okay. Noch eine ganz andere Frage.«

»Hm?«

»Was glauben Sie denn, warum Perrotte verschwunden ist?«

Faucheux saugt an seinem Strohhalm. Ein röchelndes Geräusch ist zu hören. Konsterniert mustert er die Flasche, so als sei es ein Desaster, dass ihm gerade jetzt die Cola ausgeht.

»Ich habe keine Ahnung. Juliette war eigentlich sehr zuverlässig.«

»Ist sonst irgendwas weg?«, frage ich.

»Wie weg?«

»Daten, Unterlagen. Zeug, an dem sie gearbeitet hat.«

»Nein, soweit ich weiß nicht.«

An seinem Gesicht kann ich ablesen, dass er noch nicht überprüft hat, ob Perrotte möglicherweise mit irgendwelchen Forschungsergebnissen durchgebrannt ist. Mir scheint, ihm dämmert überhaupt erst, dass diese Möglichkeit besteht. 77C Faucheux sagt einen Moment lang gar nichts. Dann entfährt ihm ein einziges Wort: »Industriespionage?«

»Ist auf jeden Fall denkbar«, erwidere ich. »Sie wusste doch sicher eine Menge Dinge, die für Wettbewerber von Nutzen wären, oder?«

»Ja … ja, natürlich.«

Ich bringe meinen Block in Schreibposition. »Wer sind Ihre Hauptkonkurrenten?«

Faucheux greift nach einer weiteren Pervi Pepsi, sieht dann aber ein, dass er das seinem Herz besser nicht antun sollte. Er wendet sich wieder mir zu.

»Das ist kein sehr weites Feld. Wir sind zwar eine kleine Firma, aber es gibt nur noch drei andere Kryptoboutiquen, die auf diesem Feld tätig sind – 123 Outcomes, Alumia, BGT Security.«

»Ich verstehe. Nun, Monsieur Faucheux, ich danke Ihnen für Ihre Zeit.«

»Ich habe zu danken. Wir versuchen, Ihnen so schnell als möglich Perrottes Kalender zu besorgen. Und falls Sie etwas hören sollten – vor allem, wenn es auf Industriespionage hindeutet …«

»… verständige ich Sie sofort.«

Wir erheben uns. Ich schüttle Faucheux' Hand, dann bringt er mich zur Tür.

»Eine Sache noch.«

»Hm?«

»Ihr Monsieur Descartes. Hatte der eine Theorie, was das für ein Ort ist, wo sich Geist und Körper treffen?«

»Zuerst dachte er an die Zirbeldrüse. Später an Gott«, erwidert Faucheux.

»Gott?«

»Descartes nannte es concursus dei. Er glaubte, dass die Interaktion durch Gott geschehe. Anders gesagt: Er hatte keine Ahnung.«

Ich bedanke mich nochmals. Als ich mich ein letztes Mal umdrehe, die Hand zum Abschied erhoben, fällt mir ein Bild an der Wand auf, zwei Meter breit und nicht sehr hoch. Es handelt sich um einen Klassiker, die Evolution des Homo sapiens. Anders als beim Original kann man den hintereinander herlaufenden Affen, Neandertalern und Menschen auf dem Bild allerdings in die Köpfe schauen. Das Affengehirn ist ziemlich klein, bei seinen evolutionären Nachfahren wird es größer und größer, bis zum Menschen mit seinem Riesengerät. Danach folgt noch ein weiterer Mensch. Er hat einen Quantencomputer im Kopf – einen Qube, höchstens so groß wie eine Walnuss.

Eine Kopfnuss, haha.

Der ist natürlich nicht von mir. Irgendwann werden vermutlich alle so ein Ding im Schädel haben, umpackt mit viel Füllmaterial, damit es beim Laufen nicht klackert. Die Avantgarde, die sich bereits ein Cogit hat implantieren lassen, nennt sich Quants. Uns Normalos nennt sie Schwammschädel. Die weiterhin analog denkende Mehrheit hat sich für diese Schmähung revanchiert. Sie bezeichnet die Quants als Hohlköpfe.

Ich streife durch die Straßen, auf der Suche nach einem Happen zu essen. Eigentlich ist es dafür zu heiß. Ich wünsche mich zurück nach London, wo es zu dieser Jahreszeit noch deutlich kühler ist. Die meisten Passanten, die mir entgegenkommen, scheinen Touristen zu sein. Echte Pariser haben sich vermutlich schon in ihre Frühlingsfrische in der Bretagne zurückgezogen oder sich gleich nach Quebec verabschiedet.

Als ich mich endlich für ein kleines Bistro entscheide, ist

mein Hemd bereits durchgeschwitzt. Ich nehme im klimatisierten Innenbereich Platz und bestelle einen Salat, den ich nicht aufesse. Es liegt an der Hitze oder, was wahrscheinlicher ist, an dem Fluxovint.

Ich gehe meine Notizen durch. Falls die Konkurrenz Perrotte gekidnappt hat oder sie freiwillig übergelaufen ist, bin ich am Arsch. In beiden Fällen wäre ihr Verschwinden von langer Hand vorbereitet worden. Sie hätte sich auf jeden Fall eine gute Holomasque zugelegt. Theoretisch kann man mit der richtigen Software unter die Holotextur von Personen gucken – Level II rausstrippen, wie das im Jargon heißt. So etwas vermag nur die Polizei, mit richterlicher Anordnung. Aber selbst dann könnte die Suche aussichtslos sein. Das Holonet wurde so konzipiert, dass Individuen darin möglichst wenig Spuren hinterlassen. Datenechos werden nach kurzer Zeit gelöscht. Man darf außerdem nicht vergessen, dass Perrotte Kryptologin war. Unwahrscheinlich, dass so jemand digitale Spuren hinterlässt.

Eigentlich ist es noch schlimmer. Mein Zielobjekt ist ein Hohlkopf. Ich überlege, wie ich an Juliette Perrottes Stelle vorgegangen wäre. Sicher hätte ich keine Holomasque verwendet, um meinen Abgang zu kaschieren. Stattdessen wäre ich in ein anderes Gefäß gewechselt und hätte meinen Stammkörper irgendwo geparkt. Wenn man sich vorab diskret einen Klon anfertigen lässt, findet einen nicht einmal der Geheimdienst.

Ich überlege. Perrotte ist vor drei Tagen verschwunden. Sollte sie sich in einem anderen Körper hochgeladen haben, müsste sie diesen in spätestens achtzehn Tagen wieder verlassen, damit ihr Gehirn nicht durchschmort. Tot wäre sie in diesem Fall zwar nicht. Man müsste sie aber aus einem Back-up wiederherstellen und in ihren Stammkörper uploaden. Alle ihre Erinnerungen an die vergangenen einundzwanzig Tage wären futsch.

Ich überprüfe meine Inbox. Der Amanuensis hat eine Nachricht mit Suchergebnissen eingestellt. Das eine Foto ist auf einem Tennisplatz in der Nähe von Tromsø aufgenommen worden. Das ist nicht sonderlich überraschend. Die Gegend rund um Tromsø ist beim EURUS-Geldadel beliebt, da sie im Sommer angenehm kühl bleibt. Wer auch immer Perrottes Vater war, er muss wohlhabend gewesen sein. Es gibt nämlich keinen Anhaltspunkt dafür, dass ihre Mutter je einer Arbeit nachgegangen wäre. Reich geboren wurde sie allerdings nach meinen Unterlagen auch nicht. Weshalb das Geld von Daddy stammen muss.

Mumeishi hat den vereinbarten Vorschuss überwiesen. Außerdem ist da eine Mail von der Flughafenbehörde, wegen eines Koffers. Ich kann mich an keinen erinnern. Es dauert ein paar Sekunden, bis es mir dämmert. Quästorat Nummer fünfhundertsiebenundsechzig, den Fall hatte ich fast vergessen. Es handelt sich um einen Londoner Börsenmakler namens Hugh Iverson. Er hat seinen Arbeitgeber um mehrere Millionen Eurodollar beschissen, was jedoch nicht der Grund ist, dass ich hinter ihm her bin. Seine Ehefrau hat mich beauftragt, die Countess of Mertonshire. Sie ist ein entsetzlicher Drache, der ihren Gatten anscheinend seit Jahren tyrannisiert. Vermutlich verdrosch sie ihn sogar regelmäßig. Ich kann gut verstehen, dass der arme Hugh sie nicht an seinen ergaunerten Millionen teilhaben lassen wollte. Meine Theorie ist, dass er den ganzen Wertpapierbetrug nur deshalb einfädelte, um endlich finanziell unabhängig von seiner Frau zu sein und das Weite suchen zu können.

Ich bin etwas baff, dass das mit dem Koffer wirklich funktioniert hat. Iverson ist nach Amerika geflohen, nach AM-EAST, und hat am Kanye-West-Airport allen Ernstes einen seiner Koffer auf dem Band vergessen – ein echter Profi. Dort war das Gepäckstück mehrere Wochen in Verwahrung, ich bin eher zufällig darauf gestoßen. Mithilfe von Iversons Hausdrachen habe ich es tatsächlich geschafft, mir den Koffer zustellen zu lassen, frei Haus. Meine – eher schwache – Hoffnung ist, dass er einen Hinweis auf Iversons jetzigen Aufenthaltsort enthält. Ich werde also später in seiner Unterwäsche herumschnüffeln.

Ich zahle und verlasse das Bistro. Es ist noch wärmer geworden, zumindest kommt es mir so vor. Ich will mein Hemd kein zweites Mal durchschwitzen, deshalb rufe ich mir ein Taxi, das mich zurück ins Hotel bringt.

Als ich das Zimmer betrete, finde ich auf dem Bett eine voluminöse Schachtel vor. Das muss das Kostüm sein. Ich packe es aus. Es besteht aus Churidar-Pyjamahosen und einem knielangen Gehrock. Außerdem gibt es ein Seidenhemd mit Stehkragen sowie eine Kappe. Die Sachen sitzen wie angegossen. Ich mustere mich im Spiegel. Mit der Kappe sehe ich ein bisschen aus wie Nehru. Ohne ist es besser. Die Kleidungsstücke sind safranfarben und eher schlicht, was mir angesichts des Partymottos »Crazy Funky India« ein wenig langweilig erscheint. Da ich nichts Besseres zu tun habe, verschwende ich die nächsten eineinhalb Stunden darauf, mir verschiedene Farben und Texturen auszusuchen und mit einem Holoeditor einige Designs auszuprobieren. Als ich fertig bin, ist die Hose goldfarben, der Rock azurblau. Letzteren zieren nun ebenfalls in Gold gehaltene Blumenstickereien, die sich die Ärmel hinabschlängeln und in prächtigen, mit

Pailletten bedeckten Manschetten enden. Ich überlege, aus der freudlosen Nehrukappe einen maharadschamäßigen Turban zu machen, aber das wird nicht funktionieren. Kleidung mit Holotexturen ist so eine Sache. Zwar kann man einen Minirock wie ein Ballkleid aussehen lassen – die Trägerin wird sich aber nicht so bewegen wie jemand in einem Ballkleid. Sie kann schließlich nicht fühlen, wie der schwere Rock hin- und herschwingt. Selbiges gilt für Turbane von der Größe des Tadsch Mahal. Wer solch ein Ungetüm auf dem Kopf hat, bewegt sich anders als jemand mit einer Kappe. Das Ergebnis wäre auch hier, dass Gang und Haltung nicht zum Outfit passen. So etwas raubt dem Träger jegliche Anmut und Eleganz. Also werde ich barhäuptig gehen.

Inzwischen ist es später Nachmittag. Da ich immer noch etwas müde bin, lege ich mich wieder hin. Dazu gönne ich mir einen Scotch aus der Hotelbar und lese mich ein wenig in das Thema Uploads ein. Ich schaffe nur ein paar Seiten, bevor ich wegdöse.

Verdammt. Ich bin so was von underdressed. Nun, vielleicht ist das nicht das richtige Wort. Indisches Maharadscha-Gepränge war zwar die richtige Richtung, aber während der »India«-Aspekt passt, habe ich das »Crazy Funky« unterbewertet. An den meisten Gästen haftet mehr Farbe als an den Teilnehmern eines Holi-Festivals. Einige tragen im wahrsten Sinne des Wortes haushohe Turbane, holographisch vergrößerte Monstrositäten, die wie Minarette emporragen. Realismus und Authentizität hätte ich mir schenken können.

Von einem Kellner lasse ich mir ein Glas regenbogenfarbenes Blubberwasser in die Hand drücken. Ich nippe daran und schlängele mich durch die Menge. Das ›Marmotte‹ besteht im Wesentlichen aus einem riesigen Raum, die Kubatur ist bestimmt fünfzehn Meter hoch. Ich tippe auf eine alte Schalterhalle. Ob die Innenarchitektur diese These bestätigen würde, kann ich nicht sagen. Denn natürlich hat man Texturen über Wände und Decke gelegt. Nun sieht der Raum aus wie die große Halle des Akshardham-Tempels, nur farbenfroher.

Die Gäste sind durchweg jung, reich und schön oder sehen zumindest so aus – definitiv *upper crust*. Eine Menge Leute haben sich nicht als Maharadschas oder Nawabs verkleidet, sondern als indische Gottheiten. Auf der Tanzfläche sehe ich einen Elefantenmann, der schüttelt, was er hat. Weiter hinten lümmelt eine vierarmige Frau mit tiefschwarzer Haut auf einem Sofa.

So viele Verrückte, so viele Farben. Ich muss mich erst einmal setzen. Das Fluxovint hellt meine Stimmung immer noch etwas auf, dennoch ist das alles nicht leicht zu ertragen. Um die Tanzfläche herum gibt es Emporen mit Sitzgelegenheiten. Die meisten sind besetzt. Ich finde jedoch ein Sofa, auf dem nur eine Person sitzt, eine junge Frau in einem Sari, der unaufhörlich zwischen orange und lila changiert.

»Ist da noch frei?«, frage ich.

Sie lächelt. »Klar doch.«

Ich setze mich und proste ihr mit meinem Champagner vom Mars zu. Sie hebt ebenfalls das Glas.

»Ich bin Francesca«, sagt sie.

»Sehr erfreut, Francesca. Galahad«, erwidere ich. Francesca ist Ende zwanzig und hat einen Wahnsinnskörper, meltingpot-style: ein bisschen Schweden, ein bisschen Asien, dazu eine Prise Karibik. Echt ist der sicher nicht. Handelte es sich um eine Holomasque, müsste sie einen Brassard tragen, eine farbige Armbinde. Tut sie aber nicht. Also ist es vermutlich ein Gefäß, ein Designerklon vom Allerfeinsten. Ich könnte fragen, aber das wäre ein Bruch der Etikette. Man fragt ja beim ersten Treffen auch nicht, ob die Titten echt sind.

Eine Weile sitzen wir da und lauschen der Musik, wenn man das rhythmische Gewummer als solche bezeichnen mag. Irgendwann sagt sie: »Jetzt wäre der Moment, wo du mich fragen könntest, ob ich eine Freundin von Aubrie bin.«

Francescas Gesichtsausdruck verrät mir, dass sie die Frage wahnsinnig langweilig fände. Okay, dann eben anders.

»Keinen blassen Schimmer, wer Aubrie ist. Ich bin mit einer geklauten Einladung reingekommen.«

Sie lacht, schlägt die Beine übereinander, stützt das Kinn auf die Hände und schaut mich aus ihren sehr großen grünen Augen an. Ich müsste nun wohl dahinschmelzen.

»Und wem hast du die Einladung geklaut?«

»Einer Freundin von Aubrie.«

»Klingt logisch.« Sie legt mir eine Hand aufs Knie. »Hör zu, ich muss mal kurz für kleine Mädchen. Hältst du mir solange den Platz frei?«

»Wird gemacht.«

Francesca steht auf und verschwindet in der Menge. Es besteht natürlich die Gefahr, dass sie die Sache mit der Einladung der Security petzt und ich gleich getasert und rausgeworfen werde. Aber ehrlich gesagt glaube ich das nicht. Sie will zunächst den Rest meiner Räuberpistole hören. Danach ruft sie entweder die Security oder sie versucht, mich zu vögeln. Beides gilt es zu vermeiden.

Sie braucht ziemlich lange für ihre Toilette. In der Zwischenzeit unterhalte ich mich mit einem Russen, der links von mir in einem Sessel hängt und schon ziemlich besoffen ist. Die Basisinfos aus ihm herauszuholen ist einfach. Bei Aubrie handelt es sich um die Tochter eines EURUS-Industriebarons, der mit Rohstoffen aus dem Asteroidengürtel reich geworden ist, vor allem Europium und Yttrium. Das Mädchen ist berühmt für seine extravaganten Partys. Der Russe, er heißt Sergei, erinnert sich nur sehr vage an Juliette Perrotte. Wenn er immer so viel säuft, ist das wenig überraschend. Seiner Meinung nach besteht die Verbindung zu Aubrie darin, dass Perrotte regelmäßig mit der Schwester der Gastgeberin Tennis spielte. Aber ganz sicher ist er sich nicht.

Irgendwann taucht meine Sofabekanntschaft wieder auf, ohne Sicherheitsleute. Sogar neue Getränke hat sie mitgebracht. Francesca reicht mir ein Glas mit etwas Knallgrünem, das wie Scotch riecht.

»Praskoveyskoye«, sagt sie. »Ich fand, du siehst wie ein Whisky-Mann aus.«

»Volltreffer«, erwidere ich und proste ihr zu.

»Sind deine Features eigentlich echt?«, fragt sie. »Passen gut zur Party.«

»Alles original. Ich bin ein echter Inder. Bengale, um genau zu sein.« Das ist die Wahrheit, zumindest zu dreißig oder vierzig Prozent. Der Rest von mir stammt aus Irland und weiß der Himmel woher noch.

»Du trägst keinen Brassard«, bemerke ich.

Francesca zuckt mit den Schultern. »Ein Gefäß«, erwidert sie, »ich hab mehrere davon.«

Wie ich schon sagte: *upper fucking crust.* Um sich mehrere Klone dieser Güte leisten zu können, ist es mit ein bisschen Wohlstand nicht getan. Man muss stinkend reich sein, was vermutlich auf die meisten Gäste zutrifft. War Juliette Perrotte ebenfalls stinkend reich? Es scheint so. Aber warum arbeitete sie dann als angestellte Programmiererin? Wenn jemand so viel Geld hat, warum tut er sich das an? Auf einmal wird mir klar, dass ich die Antwort natürlich kenne. Ich müsste das hier auch nicht machen, tue es aber dennoch – mein eigenes Ding und so weiter. Das Fluxovint scheint nicht gut für die Selbstreflexion zu sein.

Francesca ist ein bisschen näher gerückt. Wieder sagt eine Zeit lang keiner von uns etwas. Das ist immer ein gutes Zeichen, finde ich. Die meisten Leute tanzen inzwischen. Der Holi-Farbpuder fliegt, die Turbane wippen. Einige Meter entfernt steht ein Gogotänzer auf einer Säule und windet sich. Er hat den Körper eines Catchers und den Kopf eines Affen. Ich meine das nicht im übertragenen Sinne – der Typ sieht wirklich aus wie der indische Gott Hanuman.

»Erzählst du mir jetzt deine Story?«

Der heiße Affe muss mich abgelenkt haben. Ich wende mich wieder meiner neuen Freundin zu.

»Du meinst die mit der Einladung?«

Sie nickt.

»Die Einladung gehörte einer Frau namens Juliette, Juliette Perrotte. Kennst du sie?«

Sie macht eine Handbewegung, die wohl andeuten soll, dass sie eine vage Erinnerung an den Namen hat. Ich beobachte ihre Gesichtszüge, in der Hoffnung, dass sie mir mehr verraten. Aber entweder beherrscht Franzi Pokerface oder die Gesichtsmuskulatur ihres Gefäßes ist eingerostet.

»Juliette konnte nicht kommen«, sage ich.

»Und da hat sie dir die Einladung gegeben?«

Sie verschränkt die Arme vor der Brust und macht einen leichten Schmollmund. »Das zählt aber nicht als geklaut.«

»Nein, sie ist spurlos verschwunden, vor drei Tagen. Keiner weiß, wo sie ist. Also habe ich mir die Einladung geschnappt.«

Nun muss es langsam raus. Mal sehen, wie sie es aufnimmt.

»Ich bin Quästor.«

»Oh ... ein Privatdetektiv?«

»In der Art. Quästoren machen keine Scheidungen oder so was. Nur Suchaufträge für Personen.«

»Und du suchst Juliette?«

»So ist es. Deshalb hatte ich auch ihre Wohnungsschlüssel. Weißt du was über sie?«

Sie weiß etwas, etwas Interessantes. Ich kann es an ihren Augen erkennen, die einen Moment lang hin- und herzucken. Sie überlegt, ob sie es einem Schnüffler erzählen soll. Die meisten Leute mögen keine Schnüffler. Aber Francesca mag mich. Zumindest findet sie mich attraktiv, und das könnte schwerer wiegen. Just in diesem Moment geht die Musik aus. Eine Frau tritt ans DJ-Pult. Es scheint sich um Aubrie zu handeln, die Gastgeberin. Sie begrüßt alle Anwesenden herzlich, dankt allen möglichen Leuten, erklärt den weiteren Ablauf des Abends. Das dauert ein paar Minuten. Als die vorüber sind, ist der Moment verstrichen. Francesca hat es sich anders überlegt.

»Ich muss grad ein paar Leuten ›sdrastwuj‹ sagen. Wir sehen uns noch.«

Mit diesen Worten verschwindet sie in der Menge. Ich könnte ihr nachstellen, könnte sie bitten, mir zu helfen. Aber Druck bringt in dieser Situation wenig. Also erhebe ich mich ebenfalls und mische mich unters Volk. Ich hasse diesen Zirkus hier, was aber nicht heißt, dass ich nicht in der Lage wäre, mitzuspielen. Wie gesagt, superreiche Schnösel sind etwas, womit ich durchaus vertraut bin. Und so ziehe ich von Grüppchen zu Grüppchen, knüpfe ein halbes Dutzend oberflächliche Bekanntschaften, lasse immer wieder Perrottes Namen fallen. Einige kennen sie, aber niemand kennt sie gut. Nach drei Stunden bin ich kaum weiter als vor der Party.

Was soll's. Vielleicht habe ich morgen mehr Glück. Zumindest scheint das Gerede mit den ganzen wildfremden Leuten einen therapeutischen Effekt gehabt zu haben. Die depressive Phase scheint vorbei. Auch die Musik ist nun eher mein Ding, sie wird grooviger, fährt mir regelrecht in die Glieder. An einer der Bars ordere ich einen doppelten Scotch, den ich sofort herunterstürze. Danach strebe ich zur Tanzfläche, lasse den Beat schalten und walten. Zusammen mit den anderen Gästen tanze ich im Schein der bunten Lichter, bis mir der Schweiß aus allen Poren dringt. Ich checke die Leute um mich herum ab. Es gibt den einen oder anderen hübschen Kerl. Aber irgendwie ist nicht der richtige dabei. Dabei wäre das nicht schlecht heute.

Als ich die Tanzfläche verlasse, steht sie mit gekreuzten Armen am Rand und grinst mich an. Ich trage nur noch die Pyjamahosen und ein Muskelshirt. Den Rest habe ich nach dem dritten oder vierten Drink von mir geworfen, wenn ich mich richtig entsinne. Francesca legt eine Hand auf meine Brust.

»Wir ziehen gleich weiter. Kommst du noch mit?«

»Wohin?«, frage ich.

»Auf die richtige Party«, sagt sie und streckt ihre Hand aus.

Nachdem ich mir den ganzen Scotch aus dem Körper getanzt habe, kann ich wieder halbwegs klar denken. Und so wird mir bewusst, dass ich vielleicht doch noch eine Gelegenheit bekomme, Francesca zu Juliette zu befragen. Die

Frage ist, was ich dafür tun muss. Mal sehen – aber mehr als Händchen halten ist auf keinen Fall drin.

Wir streben dem Ausgang zu, gemeinsam mit vielleicht zehn oder zwölf weiteren Partyvögeln. Draußen warten mehrere Limousinen. Francesca schubst mich spielerisch in eine davon und verpasst mir einen Klaps auf den Hintern. Zwei weitere Gäste steigen ein. Dann brausen wir durch die Nacht. Der warme Wind lässt unsere Haare flattern, na ja, meine natürlich nicht. Francesca stellt mir Ramon vor, einen drahtigen Typen aus Cali, halb Mex, halb Koreaner, würde ich tippen. Seine Freundin heißt Rio und ist Russin. Die beiden sitzen uns im Fond der Limousine gegenüber und fangen schon nach wenigen Minuten an, wild zu knutschen. Rio steckt eine Hand in Ramons Hemd und schlägt ihr nacktes Bein über seines, sodass ihr Schienbein an seinem Ständer reibt.

Francesca beobachtet die Sache mit unverhohlenem Interesse. Sie schaut mir in die Augen.

»Deine Chance, Galahad.«

»Ich …«

Sie schüttelt den Kopf. »Nicht dazu. Später. Falls wir was finden, das dir zusagt.«

Die Antwort verwirrt mich. Um das zu überspielen, hole ich eine Flasche Schampus aus dem Kühler und schenke uns beiden ein Gläschen ein. Dabei muss ich achtgeben, nichts zu verschütten, denn die beiden Turteltäubchen gegenüber sind inzwischen völlig außer Rand und Band. Ramon nuckelt an einem von Rios Nippeln und sie reibt sein glücklicherweise immer noch eingepacktes Gemächt. Francesca und ich drücken uns in unsere Sitze, jeder in eine Ecke des Fonds, damit unsere enthemmten Mitfahrer uns nicht dauernd ihre zuckenden Knie gegen die Schienbeine rammen.

»Ich meinte wegen Juliette«, sagt Francesca.

»Du kanntest sie flüchtig?«

»Sie war auf ein paar Privatpartys, auf denen ich auch war.«

»Und wie war sie so?«

Francesca zuckt mit den Schultern. »Sie war auch ein Quant. Aber wohl nicht wegen ...« Sie zeigt auf die beiden gegenüber.

»Sondern?«

»Weiß ich nicht genau. Ich hab nur gehört, dass sie ziemlich viele Gefäße besaß, und dass es keine Sexsache war.«

»Sport vielleicht?«, schlage ich vor.

»Vielleicht. Es gab das Gerücht, dass sie aus einer ziemlich einflussreichen Familie stammt.«

»Hm. Ihre Mutter ist reich«, erwidere ich.

Francesca macht eine abfällige Handbewegung. »Iswiniti, sorry, ich hoffe, das klingt jetzt nicht arrogant. Aber die alte Perrotte? Die ist nur wohlhabend. Ich weiß nicht, ob du eine Vorstellung davon hast, wie reich einige dieser Leute sind.«

Man sieht es mir vielleicht nicht an, aber die habe ich. Allerdings möchte ich das Francesca nicht unbedingt auf die Nase binden. Denn sobald ich ihr erkläre, dass ich nicht irgendeiner von zig Millionen Singhs bin, sondern *der* Singh, beziehungsweise dessen Sohn, werden wir den Rest des Abends nur noch über meine verdammte Familie reden. Also halte ich meine Klappe.

»Weißt du«, fragt sie, »wer Pallas-Vestas ist?«

Pallas und Vestas sind zwei größere Brocken im Asteroidengürtel. Folglich kann sie nur einen meinen – den reichsten Mann der Welt, den Großherzog von Pallas-Vestas, besser bekannt als:

»Der Kieselkaiser?«

»Genau der. Juliettes Mutter hat Verbindungen nach Berg Orbital, sagt man.«

»Sagt wer genau?«, frage ich.

»Partytratsch, Baby. Man weiß nicht, wo's herkommt. Aber alle schnattern drüber.«

Sie schaut aus dem Fenster. Wir scheinen irgendwo im Osten der Stadt zu sein.

»Wo fahren wir eigentlich hin?«, frage ich.

»In seine Wohnung«, sagt Francesca und zeigt auf Ramon, der seine Hand inzwischen unter Rios Rock hat und ihr kleine Quietschlaute entlockt. Eine Weile betrachtet Francesca die Sache, dann sagt sie: »Du machst dir nichts aus Muschis, oder?«

»Nicht wirklich«, antworte ich.

»Hab ich mir schon gedacht, als ich vorhin gesehen habe, wie du den Affenmann beäugt hast.«

»Hanuman?«

»Nein, er heißt Saul.«

Ich muss lachen. »Kann schon sein. Aber sein Kostüm stellte Hanuman dar, einen indischen Gott.«

»Ach so.«

Sie nippt an ihrem Champagner und schaut mich an.

»Wir finden bestimmt was für dich«, sagt sie.

Wir erreichen ein Palais aus dem siebzehnten Jahrhundert, mit einem über korinthischen Säulen thronenden Tympanon und unzähligen Engelchen und Sagenfiguren an den Wänden. Früher hat es vermutlich einem Marquis gehört. In der Neuzeit könnte es ein Museum oder der Sitz irgendeiner Behörde gewesen sein. Nun ist es das Wohnhaus unseres kalifornischen Gastgebers.

Die Limousine hält direkt vor der Freitreppe, die zum

Hauptportal führt. Die Straßen scheinen menschenleer. Wir sind, so zumindest kommt es mir vor, die einzigen Leute in Paris. Francesca legt ihren Arm um mich, wir gehen dem Eingang entgegen. Aus den anderen Limousinen torkeln weitere Menschen die Freitreppe empor. Insgesamt müssen es an die zwanzig sein.

Drinnen gibt es eine riesige Halle mit gigantischen Kristallleuchtern, die ein seltsam rötliches Licht verbreiten. Zwei geschwungene Treppen führen nach oben. An deren Aufgängen stehen livrierte Kellner mit venezianischen Karnevalsmasken, in den Händen Tabletts. Sie offerieren Drinks, Joints und verschiedene Pillen. Mir fällt auf, dass kaum jemand etwas von den Drogen nimmt. Vermutlich haben fast alle hier ihren eigenen Dispenser.

Oben geht es durch ein doppelflügeliges Portal in einen riesigen Spiegelsaal. Er erinnert ein bisschen an den von Versailles. Das liegt daran, dass er es ist. Man hat den Raum mit entsprechenden Holotexturen in eine etwas kürzere und fensterlose Version der Galerie des Glaces verwandelt. Es gibt Sitzecken, einige überdimensionierte Betten und allerlei Spielzeug – Böcke, Slings, Andreaskreuze sowie eine riesige Auswahl an Dildos und anderem Zeug, dessen Sinn und Zweck sich einem Langweiler wie mir nicht erschließt.

Die meisten scheinen es wie Rio und Ramon gemacht und sich bereits während der Fahrt mächtig aufgegeilt zu haben, denn sie legen umgehend los. Höchstens ein Drittel der Leute schaut zu, die anderen fallen übereinander her.

»Komm mit«, sagt Francesca. »Ich will dir was zeigen.«

Sie nimmt mich an der Hand und führt mich durch den Saal. Links gibt es Durchgänge, hinter denen sich weitere Salons befinden, für die verschämteren Zeitgenossen vermutlich. Am Ende des Raumes biegen wir ab und gelangen in einen kleineren Saal. Ich bleibe wie erstarrt auf der Schwelle stehen. Auf einer Reihe von Tischen liegen insgesamt zehn leblose Körper, alle nackt. Das Ganze hat etwas von einem Leichenschauhaus. Francesca schaut mich an, wartet. Ich mache einen Schritt in den Raum hinein und schaue mich um.

»Heilige Scheiße«, entfährt es mir.

Bei den Körpern auf den Tischen handelt es sich um fünf Männer und fünf Frauen. Ihre Körper sind makellos und wunderschön. Obwohl sie völlig leblos daliegen, strahlen sie Anmut und Grazie aus.

»Welcher gefällt dir am besten?«, fragt Francesca und zeigt auf die Männer, die linker Hand von uns liegen. Mein Herz hämmert. Ich mache einen Schritt zurück und fühle, wie der kalte Marmor der Wand gegen meine Schulterblätter drückt. Francesca kommt auf mich zu. Sie streicht mir mit einem Finger über die Wange.

»Du musst keine Angst haben. Das ist immer so beim ersten Mal.«

»Ich ... ich kann nicht.«

»Musst du ja auch nicht. Aber schau's dir doch erst mal an.«

Sie führt mich zu den Tischen. Jetzt sehe ich, dass die Körper nicht vollkommen nackt sind, denn da ist eine Stoffbahn, die jeweils quer über der Scham liegt. Mir fällt auf, dass jedem der Gefäße eine Infusion gelegt wurde. Einer der Finger steckt zudem in einem Kunststoffclip, vermutlich für Pulsoxymetrie. Bei den Tischen handelt es sich nicht um gewöhnliche Möbel. Die Tischplatten weisen Vertiefungen auf, mehrere metallene Kontakte sind sichtbar.

Wer der Schönste der fünf ist? Schwer zu sagen. Es ist, als solle man fünf Supermodels vergleichen. Einer ist schwarz, einer weiß, die anderen sind Melting-Pot-Style, mit variierenden Anteilen von Asiate, Kaukasier, Latino und Afrikaner. Einer sieht vom Mix so ähnlich aus wie Francesca, nur eben als Mann. Er hat die langen glatten Muskeln eines Schwimmers, strubbelige kupferfarbene Haare mit einer leichten Naturkrause und dazu einen milchkaffeefarbenen Teint, mit Sommersprossen.

»Es ist der da, hm?«

Ich glaube, dass ich nicke. Francesca nimmt mich wieder an die Hand und führt mich zurück, durch den großen Saal, vorbei an den ganzen zuckenden Körpern. Wir gehen in eines der Separees. Sie zeigt auf eine kleine Bar voller Spirituosen.

»Mix dir einen, Baby«, haucht sie, »und mach's dir gemütlich.«

Dann verschwindet sie. Ich gieße mir einen sehr großen Bourbon ein. In dem Raum gibt es außer der Bar nur ein großes Bett und einen Sessel. Ich setze mich in Letzteren und trinke ein paar Schlucke. Durch den Durchgang kann ich keinen der Bacchanten sehen. Aber hören kann ich sie, ihr Stöhnen und Grunzen. Ich trinke den Whisky aus. Einen weiteren sollte ich nicht trinken.

Ach, scheiß drauf.

Als ich mit dem zweiten Drink zum Sessel zurückkehre, sehe ich einen Mann vorbeigehen. Es ist der Kerl mit der Hanuman-Holotextur. Sein Affenkopf ist emporgereckt, breitbeinig stolziert er durch den Raum. Sein erigierter Penis ist riesig, beinahe grotesk. Mit offenem Mund starre ich ihn an. Er sieht mich, winkt mir zu. Dann verschwindet er aus meinem Blickfeld.

Es dauert einem Moment, bis ich kapiere, was mich so fassungslos gemacht hat. Es war nicht das Gemächt des Typen. Ein beeindruckendes Gerät, keine Frage – nur eigentlich zu groß, um etwas Vernünftiges damit anzufangen. Nein, ich habe gerade bemerkt, dass der Typ keinen Brassard trug. Das war kein Affenmann-Holo. Es war ein Affenmann-Klon.

Bevor ich weiter darüber nachdenken kann, tritt jemand durch die Tür. Es ist der Mann von dem Tisch. Nur dass er nun voller Leben ist, beseelt, im wahrsten Sinne des Wortes.

Er lächelt mir zu. »Da bin ich wieder.«

Der Mann kommt auf mich zu. Das Ganze ist total unwirklich. Die Stimme ist anders, der Körper, die Art, wie sie ... wie er sich bewegt. Aber trotzdem kann ich sie erkennen. Es klackert, als mir der Tumbler beinahe entgleitet und einige der Eiswürfel sich über den Boden verteilen. Der Surfertyp mit den Sommersprossen kichert albern, kniet vor mir nieder und hebt einen der Eiswürfel auf.

»Francesca?«, sage ich.

»Nenn mich Francesco«, antwortet er. Dann führt er den Eiswürfel zum Mund, lutscht daran.

»Mmh«, murmelt er.

Ich merke, wie meine Hose zu spannen beginnt. Der Kerl sieht unglaublich heiß aus, keine Frage. Wenn so einer vor mir niederkniet, würde ich normalerweise keine Sekunde zögern. Aber in diesem da steckt eine Frau. Oder vielleicht auch nicht: Francesca könnte schließlich auch ein Mann sein, den ich zufällig in einem weiblichen Gefäß getroffen habe – als Dragqueen, quasi. Also, was jetzt? Eigentlich wüsste ich das gerne, bevor ich mich von Sommersprosse bedienen lasse. Man hat ja Prinzipien, oder?

Beherzt greift Francesco nach dem Bund meiner Pyjamahose.

Als ich aufwache, muss es gegen halb zehn sein. Das zumindest legt das grelle Licht nahe, das durch eines der Fenster ins Zimmer dringt. Der splitternackte Francesco liegt bäuchlings eine Armlänge von mir entfernt und atmet ruhig. Ich schaue mich um. Während wir schliefen, muss ein Engel ins Zimmer gekommen sein. Auf der Bar stehen ein Korb voller Croissants und eine Kanne Kaffee. So leise ich kann, krieche ich aus dem Bett und schenke mir eine Tasse ein. Ich setze mich damit in den Sessel. Während ich meinen Kaffee schlürfe, bewundere ich Francescos gottgleichen Arsch.

Da ist ein seltsames Gefühl, das ich nicht einordnen kann. Ist es immer noch mein Unbehagen, mit einem Gefäß gevögelt zu haben? Ich sehe, wie Francescos Augenlider zu flattern beginnen. Leise erhebe ich mich und schenke ihm einen Kaffee ein. Damit setze ich mich auf die Bettkante. Ich verzichte darauf, ihn wach zu knutschen. So gut kennen wir uns nicht. Stattdessen warte ich, bis ihn der Duft aufweckt. Er schlägt seine grünen Augen auf und blickt mich verschlafen an.

»Kaffee?«, sage ich.

Er grunzt zustimmend, setzt sich auf und greift nach der Tasse. Nachdem er einen Schluck genommen hat, betrachtet er mich. Ich bilde mir ein, dass er ein kleines bisschen verliebt dreinschaut – beunruhigend.

»Gut geschlafen, Galahad?«

»Danke. Selbst?«

»Mmh.« Francesco gähnt ausgiebig. Dann beugt er sich vor und drückt mir einen Kuss auf die Wange.

Auch das finde ich ein bisschen beunruhigend. Ich weiß ja nicht, wie das bei Heteros läuft. Aber mir ist ein Morgenkuss irgendwie zu ernsthaft. Als Nächstes fragt er mich womöglich, ob und wann wir uns wiedersehen.

Stattdessen sagt er: »Wieso hast du dir ausgerechnet diesen Namen ausgesucht?«

»Galahad?«

»Ja.«

Ausgesucht? Die Vermutung liegt natürlich nahe. Mitte des einundzwanzigsten Jahrhunderts setzte sich bei vielen Menschen die Erkenntnis durch, dass es kaum etwas Individuelleres und Persönlicheres gibt als den eigenen Namen. Die Vorstellung, dass einem der Vorname von den Eltern und der Nachname von den Ahnen oktroyiert wird, behagte den Leuten nicht mehr. Deshalb suchen sich heutzutage viele ihre Namen selbst aus. Könnte ich auch, aber ich bin zu traditionell veranlagt – oder zu faul.

»Ich hab mir den nicht ausgesucht. Das war mein ... meine bekloppten Eltern.«

»Echt jetzt.«

»Ja. Hast du dir deinen Namen selbst ausgesucht?«, frage ich.

Im selben Moment wird mir bewusst, wie seltsam die Frage ist. Ich sitze neben jemandem, der sich in gewisser Weise seine ganze Person ausgedacht hat. Was ist da schon ein Name?

»Selbst ausgesucht, ja«, antwortet Francesco. Er überlegt. »Galahad ist doch so ein edler Ritter, oder?«

»Hm, Artussage, Ritter der Tafelrunde. Der Sohn vom schwulen Lancelot.«

Francesco ist inzwischen aufgestanden und zieht sich den Bademantel über, in dem er gestern ins Zimmer gekommen ist. Er schaut mich etwas verwundert an.

»Lancelot? Lancelot war nicht schwul. Er war in die Frau von König Artus verliebt. Guinny, Jenny ...«

»Guinevere«, sekundiere ich.

»Genau, die.«

»Das war nur Show. Lancelot hat so getan, als ob er auf Guinevere scharf ist, um an Artus ranzukommen.«

Er grinst. »Ist das eine historisch gesicherte Tatsache?«

»Ohne jeden Zweifel.«

Francesco lehnt sich an den Türrahmen und mustert mich: »Liebe ist kompliziert, was?«

Ich schaue in meinen Kaffee. »Hm. Noch komplizierter als ich dachte.«

Francesco setzt sich neben mich auf die Bettkante.

»Mach dir keinen Kopf. Ich war nur ein Trick, okay? Wann fliegst du zurück nach ... wohin auch immer?«

»London. Wahrscheinlich heute Abend. Die Arbeit ruft.«

Von irgendwo zaubert er ein Kärtchen hervor und reicht es mir. »Meine Nummer. Wenn du mal wieder in Paris sein solltest. Würd' mich freuen.«

Ich bedanke mich und suche ebenfalls meine Sachen zusammen. Francesco verschwindet kurz. Ich erwarte fast, dass er als Francesca zurückkehrt. Doch als er zehn Minuten später wiederkommt, ist er immer noch ein ganzer Mann, und ein gut angezogener obendrein: grauer Glencheckanzug von Joy Tagumi, mit Krawatte und Einstecktuch. Zusammen gehen wir zum Ausgang. Der Schauplatz der Orgie ist verlassen, wir scheinen zu den Letzten zu gehören. Nur ein grell geschminkter Mann in einem Cleopatra-Kostüm ist noch da. Schnarchend liegt er auf einem Sofa.

»Ich habe da noch eine Frage«, sage ich, während wir die Freitreppe hinuntergehen, »zu diesem Bodyswapping.«

»Und zwar?«

»Ich hab mir sagen lassen, es sei gefährlich, den eigenen Körper zu lange zu verlassen.«

»Stimmt. Drei Wochen max.«

»Ist es nicht auch gefährlich, sehr häufig zwischen Gefäßen hin- und herzuwechseln?«

Francesco kichert. »Wer hat dir denn das erzählt?«

»Habe ich irgendwo gelesen.«

Die Lobby ist so leer wie der Saal, die Diener haben ebenfalls die Biege gemacht. Wir gehen nach draußen.

»Baby, du kannst so oft wechseln, wie du willst, solange du nach einundzwanzig Tagen wieder zu Hause bist. Es gibt bei jedem Swap ein kleines Braincrash-Risiko, aber so what? Wenn du zwischendurch Back-ups machst, bist du auf der sicheren Seite.«

»Ist das nicht unangenehm, so ein ... äh ... Braincrash?«

»Ziemlich. Allerdings kannst du dich natürlich nicht dran erinnern, wenn du aus dem Back-up wiederhergestellt wirst. Kein Risiko, kein Spaß. Ich hatte übrigens Spaß.«

»Ich auch«, erwidere ich.

Er wirft mir einen Handkuss zu, dann lässt er mich stehen. Ich schaue ihm nach, wie er mit federnden Schritten den Platz vor dem Palais überquert und einen von Palmen gesäumten Boulevard ansteuert. Dann ist er weg.

Mit dem Taxi fahre ich in die Vieille du Temple. Ich möchte mich noch mal in Perrottes Wohnung umschauen. Seit meinem letzten Besuch sind allerlei neue Informationen über meine Milchtüte eingetrudelt. Vielleicht fallen mir beim zweiten Mal noch ein paar andere Sachen auf. Perrotte, diese Tochter reicher Eltern, war anscheinend Teil der Pariser jeunesse dorée. Sie war ein Hohlkopf, und sie soll eine Swapperin gewesen sein – eine, die ständig die Gefäße wechselt. Darauf zumindest deutet Francescos Äußerung hin, Juliette Perrotte habe sehr viele Klone besessen. Wofür? Vermutlich für irgendwelche ausgefallenen Kicks. Welche? Unklar. Mein One-Night-Stand mutmaßt, es sei nicht um Sex gegangen, was ich allerdings für unwahrscheinlich halte. Es geht meistens um Geld oder Sex. Und Geld besaß sie ja. Perrotte war hochintelligent, arbeitete als Programmiererin. Sie versuchte, Cogits sicherer zu machen, damit diese nicht gehackt werden können. Ferner hat sie eine Verbindung ungeklärter Natur zum Kieselkaiser. Und zu guter Letzt ist da noch jemand im Spiel, der ebenfalls herumschnüffelt – unser Freund im Jedermann-Anzug.

Passt alles zusammen wie Hamlet und Omelett. Während das Taxi lautlos über das Pariser Kopfsteinpflaster gleitet, rufe ich Mumeishi an. Ich würde von meiner Auftraggeberin gerne wissen, ob sie etwas über den Kieselkaiser, das Bodyswap-Hobby oder andere Aspekte weiß. Frau Anwältin geht allerdings nicht ran, was möglicherweise ganz gut ist. Während ich an sie denke, beginnt meine Kiefermuskulatur zu arbeiten, mein ganzer Körper spannt sich. Vermutlich hätte ich sie angemaunzt. Ich mag es nicht, wenn man mir Sachen über eine Milchtüte verschweigt. Theoretisch könnte Mumeishi bezüglich der oben genannten Details ahnungslos gewesen sein. Ist aber eine schwachsinnige Theorie.

Ich spreche ihr auf die Mailbox, bitte um Rückruf, dringend. Nachdem ich aufgelegt habe, lasse ich das Taxi an einer Straßenecke anhalten. Bis zu Perrottes Wohnung ist es noch ein kleines Stück, aber ich will diesmal nicht vorfahren. Falls weitere Parteien im Spiel sind, könnte es sein, dass jemand die Bude observiert. Ich steige aus und steuere das nächstbeste Café an. Dort öffne ich mir ein paar Fenster und recherchiere bei einem Kaffee mithilfe der Amanuensis-Software einige Dinge, die ich wissen muss.

Da ist zunächst die Sache mit den Klonen – Gefäße, wie die Hohlköpfe das nennen. Wie ich erfahre, gibt es alle Varianten. Wer sehr reich ist, kann sich die Dinger von einem Klondesigner maßfertigen lassen. Das Gros der Bodyswapper, Gefäß-User, Schlüpfer – wie auch immer man sie nennen möchte – verwendet hingegen Klone von der Stange. Die Auswahl scheint ordentlich zu sein, wenn auch nicht riesig. Der Markt ist noch zu klein. Dem Amanuensis zufolge gibt es weltweit zehn Komma drei Millionen Quants, ein viertel Prozent der Weltbevölkerung.

Wer es billig braucht, kann sich auch ein Leihgefäß besorgen. In Paris gibt es zwei, und die heißen tatsächlich so, Klonerien, die derlei anbieten. Leihen ist jedoch, das erfahre ich bei meiner Lektüre, nicht jedermanns Sache. Hygiene ist das eine. Wer weiß schon, welche Sauereien die vorherigen User mit dem Körper angestellt haben? Dann wäre da der Sicherheitsaspekt. Man muss sein Cogit in das e-Cephalon des Leihgefäßes uploaden. Dies geschieht per Funk, und zwar in der Regel dort, wo man den Klon mietet. Nicht jeder möchte seine hochheiligsten Daten durch ein fremdes Netzwerk jagen.

Perrotte ist erstens IT-Expertin und zweitens wohlhabend. Die Leihklonerien scheiden also aus. Sie hat sicher ihre eigenen Gefäße. In ihrer Wohnung waren die allerdings nicht. Wo dann?

Ein weiterer Punkt ist der Kieselkaiser. Der Amanuensis kollatiert mir ein mehrminütiges Holodossier, das ich auf dem Tisch abspielen kann. Kieselkaiser ist lediglich ein Spitzname, den die Klatschpresse für Charles II. verwendet. Ein anderer lautet Lord Pebbles. Korrekt tituliert wird er als ›Seine königliche Hoheit Charles Leopold Guillaume Félix, Großherzog von Pallas-Vestas, Herzog von Ceres, Graf von Makemake und Hamea, Edler von Oort‹.

Sein immenses Vermögen verdanken Lord Pebbles und das Haus Pallas dem Spacemining. Charles' Vorfahren gehörten zu den Ersten, die verstanden, dass Asteroiden sich irgendwann würden ausbeuten lassen. Als der Abbau von Edelmetallen aus dem Geröllgürtel zwischen Mars und Jupiter an Fahrt aufnahm, zahlte sich diese Weitsicht aus. Die Familie des Kieselkaisers kommt dem Bericht zufolge ursprünglich aus Luxemburg – ein kleines Land, das irgendwo zwischen den EURUS-Sektoren Est-Bourgogne und Rheinland lag.

Ich lasse das Dossier weiterlaufen. Als die Nationalstaaten zerfielen, ließ Charles I., der Vater des jetzigen Herzogs, die Station Berg Orbital bauen und verlagerte seinen Sitz ins All. Zudem rief er sich zum Herrscher über den Asteroidengürtel aus. Dass irgendein Staatsoberhaupt einfach unten dichtmacht und seinen Regierungsapparat nach oben verlagert, klingt irrwitzig. Aber das kleine Land war im damals noch weitgehend leeren All eine Art ökonomische Weltmacht, so wie Holland im siebzehnten Jahrhundert oder Portugal im sechzehnten. Die luxemburgische Marine besaß mehr Raumschiffe als EURUS und CANFED zusammen. Aufgrund der Probleme nach dem Turing-Zwischenfall waren die meisten Länder und Föderativen außerdem anderweitig beschäftigt. Last but not least bot der Großherzog an, für seine neu geschaffenen Territorialrechte zu bezahlen – mit Bergen von Palladium, Platin, Kobalt, Silber. Deshalb kam er mit der Nummer durch.

Ich schalte das Dossier aus und diktiere eine Nachricht an Neon Chapelle vom ›Tatler‹. Der Chefredakteur des Londoner Klatschblatts weiß vermutlich noch mehr interessante Sachen über den Kieselkaiser. Praktischerweise ist er mein Ex-Freund. Ich frage ihn, ob er mit mir essen geht. Als ich fertig bin, zahle ich und mache mich auf, um Perrottes Wohnung einen weiteren Besuch abzustatten.

In alten Filmen haben Privatdetektive stets verschiedene Visitenkarten zur Hand, damit sie sich als Gott-weiß-wer ausgeben können. Ich hingegen habe an die fünfzig Holomasques gespeichert, die ich jederzeit überstülpen kann – Elektroinstallateur, Verkehrspolizist, Penner und so weiter. Sie sind natürlich gehackt, damit ich sie ohne Brassard tragen kann, auch wenn das ein bisschen illegal ist.

Heute nehme ich den Pizzaboten. Es ist etwa halb zwei, weswegen das eine durchaus passende Verkleidung ist. Bevor ich die Masque aktiviere, kaufe ich mir bei einem Take-away eine Capricciosa. Kurze Zeit später stehe ich in rotem Overall und mit einem Pappkarton in der Hand vor der Hausnummer 75 und tue so, als klingelte ich. Nach einer kurzen Wartezeit gebe ich den Digicode ein.

In Perrottes Wohnung sieht es noch genauso aus wie beim letzten Mal – falls hier inzwischen jemand herumgeschnüffelt haben sollte, war er diskret. Ich stelle die Pizza in der Küche ab und nehme mir ein Stück. Schmeckt nicht besonders.

Ich esse es dennoch. Währenddessen wandere ich ziellos durch die Räume. Mein Augenmerk gilt vor allem Hinweisen auf Perrottes hypothetisches Gefäßlager.

Dummerweise bin ich mir sicher, dass ich beim ersten Besuch bereits sämtliche Schubladen und Schranktüren geöffnet habe. Wäre da irgendwo eine Schlüsselkarte mit der Aufschrift ›Geheimes Klonlabor‹ gewesen, hätte ich sie gefunden. Wo also könnte ich noch suchen? Eigentlich nur in der Küche. Als ich dort herumstöbere, wird mir bewusst, dass ich beim ersten Mal schlampig vorgegangen bin. Zwar habe ich in die Schränke geschaut, aber nicht in sämtliche Teedosen, Müslipackungen oder Becher – ein verdammter Anfängerfehler. Wie man am Rest der Wohnung sehen kann, ist Juliette Perrotte kein besonders ordentlicher Mensch. Man muss also damit rechnen, dass sie Dinge auf unorthodoxe Weise verstaut oder sie schlichtweg verlegt.

Tatsächlich finde ich so einiges: zwischen den Marmeladengläsern eine Zahnpastatube, hinter dem Reis einen Stapel mit einem Gummiband zusammengehaltene Einmalfahrkarten für die Metro, noch gültig. Das alles bringt mich nicht weiter, bestätigt aber meine Theorie bezüglich Perrottes Naturell – auch schön.

Dann finde ich es. In einer roten Blechdose von »La Olga«, der berühmten Petersburger Konditorei, sind keine Kekse, sondern Pässe, insgesamt sechs Stück. Ich habe irgendwo gelesen, dass Leute früher nur einen Pass besaßen, ausgestellt für das Territorium, in dem sie geboren wurden – eine absurde Vorstellung. Heutzutage verkaufen die meisten Föderativen ihre Pässe an jeden, der zahlen kann. Papiere für quasi unbewohnbare Territorien wie Australien oder den Großkongo kosten weniger als ein Monatsgehalt.

Da Geld bei Perrotte kein Problem ist, hat sie sich richtig eingedeckt. Sie besitzt unbefristete Pässe der EURUS, der CANFED, und der Kalifornischen Hegemonie, außerdem ein unbefristetes All-Access-Visum für die Sib-Siedlungsgebiete. Ich finde zudem einen Pass für New Pretoria und einen für Berg Orbital, den Sitz des Kieselkaisers.

Eine meiner Theorien kann ich damit wohl beerdigen. Sie lautete, dass Perrotte sich ins All abgesetzt hat, auf irgendeine Station im Asteroidengürtel – wegen ihrer Kieselkaiser-Connection. Dann hätte sie vermutlich ihren Berg-Orbital-Pass mitgenommen. Überhaupt erscheint es seltsam, dass jemand abhaut, ohne seine teuer erkauften Papiere mitzunehmen. Die Antwort könnte lauten, dass sie überhastet abreisen musste – oder dass sie gekidnappt wurde.

Ich fotografiere die Pässe ab, bevor ich sie wieder in die Dose zurücklege. Nochmals streife ich durch die Wohnung. Im Schlafzimmer bleibt mein Blick am Kleiderschrank hängen. Wo bewahrt man seine Klamotten auf? Direkt im Schlafzimmer, damit man einfachen Zugriff darauf hat. Gefäße sind auch so eine Art Klamotten. Darum will man sie ebenfalls in seiner Nähe haben. Ich denke an Ramons Palais, an die Gefäße auf den Tischen. Perrotte war vielleicht nicht so reich wie dieser seltsame Kalifornier, aber wohlhabend genug, ihre Gefäße nicht in irgendeiner Lagerhalle in den Vororten aufbewahren zu lassen. Die Klone sind ganz in der Nähe, ich bin mir sicher.

In der Küche greife ich mir die Pizzaschachtel und verlasse damit die Wohnung. Wie viele Namen standen unten an der Klingel? Acht, glaube ich. Ich checke zunächst die Wohnung gegenüber. Laut dem Messingschild an der Tür handelt es sich um eine Anwaltskanzlei. Im dritten Stock wohnen ein

Riccioli und ein Métis, darunter Gerard und Muller. Im Erdgeschoss residieren zwei Arztpraxen. Es bleiben außer Perrotte also vier nicht gewerbliche Mieter. Ich klingele bei allen. Nur Monsieur Muller ist zu Hause, ein Herr in den besten Jahren, um die fünfundsiebzig. Statt zu öffnen, schaltet er die Tür lediglich auf transparent. Er mustert mich misstrauisch.

»Ja?«

»Verzeihen Sie, Monsieur. Ich habe eine Pizza für eine Madame Métis.«

»Sie meinen wohl Monsieur Métis.«

Ich nicke. »Kann sein – die schreiben uns nur die Nachnamen auf.«

Er zeigt mit dem Daumen nach oben.

»Über dieser Wohnung. Können Sie nicht lesen?«

»Es öffnet niemand, Monsieur.«

»Ich glaube, da hat sich jemand einen Scherz mit Ihnen erlaubt, junger Freund. Monsieur Métis ist nie da. Habe ihn höchstens dreimal gesehen. Und ich wohne hier seit über zehn Jahren.«

Ich bedanke mich und gehe wieder in den dritten Stock. Die Wohnung von Métis liegt unter der von Perrotte. Laut Monsieur Muller ist sie so gut wie unbewohnt.

Bingo.

Zunächst gehe ich zurück in Perrottes Wohnung. Ich wechsle die Holomasque und sehe nun aus wie ein Fensterputzer. Im Blaumann betrete ich den Balkon. Ich überlege, wie ich auf den darunterliegenden gelange, ohne mir alle Knochen zu brechen. Mit den Strippergoggles auf der Nase schaue ich mich um. An Hausfassaden sind häufig Leitern angebracht, für Wartungsarbeiten oder als Fluchtweg. Weil so etwas nicht sehr hübsch aussieht, wird es meist mit Holotextur camoufliert. Meine Minusbrille entfernt diese Schminke aus Licht, sodass ich erkennen kann, dass es links von mir Stiegen gibt, die bis hinunter zur Straße führen.

Ich klettere über das Geländer und greife nach den Stiegen. Ein paar Sekunden später stehe ich auf dem Balkon des – vermutlich imaginären – Monsieur Métis. Hinter den Scheiben hängen schwere, dunkle Gardinen. Hätte ich mir eigentlich denken können.

Damit mich niemand sieht, gehe ich in die Hocke. Auf der Wohnungsseite des Balkons befinden sich ein Fenster und eine verglaste Tür. Nachdem ich mir beide angeschaut habe, bin ich mir sicher, dass es keine Alarmanlage gibt – halbwegs sicher. Falls meine Milchtüte über sehr exklusive militärische Technologie verfügen sollte, ist ihre Alarmanlage vielleicht mit holographischen Effekten der Level II oder I kaschiert und ich kann sie mit meinem Unterseher schlichtweg nicht ausmachen.

Es gibt nur eine Möglichkeit, das herauszufinden. Ich hole einen Lasercutter aus meiner Jackentasche und beginne, ein Loch in die Tür zu schneiden. Meine Hand greift hindurch, öffnet die Balkontür. Und schon bin ich drin. Mit der Linken schiebe ich den Vorhang etwas zur Seite. Dahinter ist es erwartungsgemäß zappenduster. Bevor ich weitergehe, krame ich eine kleine Taschenlampe hervor. Viele meiner Kollegen brächten nun eine Knarre in Anschlag, aber ich mache das nie. Ich glaube nicht an Feuerwaffen. Ich glaube an Novaja Sistema.

Ich schließe die Tür und schiebe mich, die Lampe in der Linken, am Vorhang vorbei in den Raum. Der kleine Lichtkegel fällt zunächst auf einen jener Tische, die ich bereits einmal gesehen habe: etwa zwei Meter zwanzig lang und breit genug, dass ein Körper darauf Platz findet. Der Tisch ist leer, ebenso wie ein weiterer daneben. Der Lichtkegel wandert weiter.

Da steht jemand, eine vermummte Person.

Ich mache einen Satz nach hinten und gehe in Kampfstellung. Aber mein Gegenüber bewegt sich nicht. Nun erst sehe ich, dass es sich um ein Gefäß handelt, das leblos in einem zylindrischen Tank schwebt, der mit einer bläulichen Flüssigkeit gefüllt ist. Was wie eine Vermummung aussah, ist eine Art Gesichtsmaske, von der mehrere Schläuche wegführen.

Und genau deshalb mag ich keine Knarren. Besäße ich eine, wäre mir nun möglicherweise der Zeigefinger ausgerutscht. Ich hätte ohne Grund ein Loch in den Tank und seinen Insassen geschossen, nur weil ich dazu in der Lage war. Ich sage dem Haussystem, es möge das Zimmer heller machen, doch nichts passiert. Ich frage, ob es hier statt Holo-Illumination vielleicht herkömmliche Lampen gibt – wieder keine Antwort. Nachdem ich ein wenig die Wände entlanggeleuchtet habe, entdecke ich einen altertümlichen Lichtschalter. Ich betätige ihn, woraufhin über mir mehrere Neonröhren aufflackern.

Vom Grundriss gleicht das Apartment Perrottes, dient jedoch eindeutig nicht als Wohnung. Es gibt ein Sofa, aber keine Bilder, keine persönlichen Gegenstände, nur die zwei Transfertische sowie insgesamt zehn Tanks. Vier davon sind leer. In den anderen schweben weibliche Gefäße, aber nicht die, die ich erwartet hätte. Da ich Perrotte von Fotos kenne, hatte ich mir eine Theorie zurechtgelegt, was für Gefäße sie bevorzugt. Sie ist schlank, beinahe dürr, mit einem schmalen Gesicht und einer zu großen Nase. Ihre Haare sind straßenköterblond und etwas strohig.

Folglich, so dachte ich mir, würde sie Gefäße wählen, die all das besitzen, was sie nicht hat: weibliche Rundungen, Lockenpracht, Stupsnäschen, vielleicht ein paar Muskeln. Aber da habe ich mich getäuscht. Die Gefäße in den Tanks sehen alle aus wie Perrotte, womit ich nicht meine, dass sie ihr vom Typus ähneln. Nein, in den Tanks stecken sechs exakte Kopien von Juliette.

Ich muss mich setzen. Vom Sofa aus betrachte ich die Gefäße. Ihre Augen sind geschlossen. Sie sehen ein bisschen aus wie frische Wasserleichen. Nach einiger Zeit erhebe ich mich wieder und nehme den Rest der Räumlichkeiten in Augenschein. Die Küche ist leer, im Schlafzimmer stehen ein weiteres Sofa sowie vier kleine Tische. Einer ist leer, auf den anderen liegen drei identische Rucksäcke. Ich hebe einen davon probeweise an. Darin ist etwas, das ein paar Kilo wiegt, eine Box aus Metall. Ich versuche, sie herauszuholen. Das ist nicht ganz einfach, da die Box über mehrere Befestigungen mit dem Rucksack verbunden ist. Erst, als ich diese gelöst habe, kann ich die Kiste begutachten. Sie ist so groß wie ein Schuhkarton und scheint keinerlei Öffnungen zu besitzen. Auf der rot lackierten Oberseite steht in gelben Lettern: MIND RECORDER. DO NOT OPEN.

»Heilige Scheiße«, entfährt es mir. Wenn man ein Hohlkopf ist, das habe ich gelesen, macht man regelmäßig Back-ups seines Cogits. Aus Sicherheitsgründen tut man dies jedoch normalerweise zu Hause oder in einer speziell dafür vorgesehenen Einrichtung. Aber diese Dinger sind tragbar. Warum sollte jemand unterwegs Back-ups anfertigen? Es macht keinen Sinn. Und wozu die Kopien ihrer selbst? Was hat Juliette Perrotte in ihrer Freizeit bloß gemacht? Irgendetwas Gefährliches, so viel ist sicher.

Mir kommt ein beunruhigender Gedanke: Wer sagt eigentlich, dass die sechs Dinger da drüben in den Tanks alle Klone sind? Ich gehe zurück ins Wohnzimmer und schaue mir die Körper nochmals an. Ich kann keinerlei Unterschiede entdecken. Vermutlich handelt es sich um Gefäße. Theoretisch könnte einer davon aber auch die echte Perrotte sein, ihr Stammkörper. Um das zu überprüfen, müsste ich die Fußsohlen in Augenschein nehmen. Alternativ würde ein Retinascan oder Fingerabdruck helfen. Für jedes dieser Identifikationsverfahren müsste ich die Klone zunächst einmal aus den Tanks holen. An jedem befindet sich ein Touchpad. Ohne die Codes komme ich hier nicht weiter, es sei denn, ich schlage die Scheiben ein.

Ich gehe zurück ins Schlafzimmer und schnappe mir einen der drei Rucksäcke, nebst roter Box. Mit dem Sack auf dem Buckel gehe ich auf den Balkon und klettere die Stiegen zu Perrottes Wohnung hinauf.

Wenig später hocke ich in einem kleinen Park auf einer Bank. Zwischen meinen Beinen steht der Rucksack mit der roten Kiste. Da ich bis eben nicht einmal wusste, wie solche Boxen korrekt heißen, habe ich der Amanuensis-Software einige Fotos übermittelt. Ihr zufolge handelt es sich tatsächlich um eine tragbare Cogit-Back-up-Einheit – genauer gesagt um das, was man in der Luftfahrtbranche als Blackbox bezeichnet. Zumindest ist das die beste Analogie, die mir einfällt. Ein Flugschreiber ist so konzipiert, dass er selbst einen Absturz übersteht, damit man die Daten später auslesen kann. Die Kiste in Perrottes Rucksack macht etwas

Ähnliches. Sie wird von einer Firma namens Memnos hergestellt. Dies ist das Modell ›Explorer Extreme 3‹. Es kostet über dreißigtausend Eddies. Memnos produziert die Boxen in relativ kleinen Stückzahlen, da die Anwendungsszenarien begrenzt sind.

Die Idee des tragbaren Mind Recorders scheint folgende zu sein: Menschen, die gefährlichen Beschäftigungen nachgehen – Kosmonauten, Soldaten, Tiefseetaucher –, verwenden für ihre Einsätze häufig Gefäße. Sie stecken ihren unersetzlichen Stammkörper in den Tank und uploaden ihren Verstand in einen Klon. Vor jeder Mission fertigen sie eine Sicherungskopie ihres Cogits an. Falls ihr Raumanzug leckt, ihr Kopf zersiebt oder ihr Boot von einem unterseeischen Leviathan gefressen wird – halb so schlimm. Diesen Typen gilt ein Gefäß als Verbrauchsmaterial. Nach ihrem Abgang transferiert man einfach das Back-up zurück in den Stammkörper. Und schon ist alles wie vorher.

Es gibt aber Situationen, in denen dieses Vorgehen unpraktikabel ist. Möglicherweise erlebt der Gefahrensucher unterwegs etwas, an das er sich auf jeden Fall erinnern möchte. Hier kommt der Explorer Extreme ins Spiel. Mit ihm kann man jederzeit Sicherheitskopien machen.

Allerdings ist mir noch nicht klar, was Perrotte mit solch einer Kiste – genauer gesagt mit dreien davon – vorhatte. Ich schaue auf die Uhr. Ich muss noch dreieinhalb Stunden totschlagen, dann geht es zurück nach London. Meiner Inbox entnehme ich, dass Neon Chapelle für heute um einundzwanzig Uhr im ›Veldt‹ einen Tisch reserviert hat. Mumeishi hingegen stellt sich weiterhin tot.

Letzteres nervt, und vielleicht bedeutet es, dass ich ein Versprechen brechen muss. Wenn Mumeishi toter Anwalt spielt, werde ich es direkt bei meiner Auftraggeberin Chenelle Perrotte versuchen. Mumeishi hatte mir bedeutet, dies sei nicht erwünscht, aber scheiß drauf. Unwahrscheinlich, dass Maman Perrotte mir helfen kann, aber ich muss es zumindest versuchen. Ich rufe mir ein Taxi und gehe zum Parkausgang. Ich scheine der Einzige zu sein, der sich am Nachmittag hier aufhält, keine Menschenseele ist zu sehen. Ich verlasse den Park und warte am Straßenrand auf meinen Wagen.

Manchmal erwischt mich diese tiefe Verzweiflung ohne Vorwarnung. An anderen Tagen kann ich fühlen, wie sie sich von hinten heranpirscht. Es ist dann wie bei einem Gewitter, das man erahnt, lange bevor es da ist. Heute scheint es Variante zwei zu sein. Während ich an der Straßenecke warte, fühle ich, wie die Verzweiflung ganz langsam ihre nachtschwarzen Pranken auf meine Schulter legt. Sofort leite ich Gegenmaßnahmen ein. Zunächst kein Fluxovint – stattdessen hole ich ein paar Kopfhörer hervor und stöpsele sie in meine Ohren. Sekunden später ertönt ein flegelhaftes Saxofon, kurz darauf gesellt sich eine nachgerade schweinische Trompete dazu. Das Stück heißt ›Moanin‹ und genauso klingt es auch. Ich muss an Francesco denken. Das schwarze Monster hebt seine schweren Pfoten von meinen Schultern, und ein verträumtes Grinsen legt sich auf mein Gesicht.

Das Taxi kommt. Ich steige ein und sage dem Autopiloten die Adresse von Maman Perrotte. Dann lasse ich mich in den Servositz sinken und lausche den *groans* und *screams* der Plunger-Trompete. Nach einiger Zeit, inzwischen läuft etwas Ruhigeres, dimmt die Musik weg. Ein Holotext erscheint: »Anruf von 77C Faucheux, als ›dringlich‹ markiert.«

Ich nehme den Anruf an.

»Monsieur Singh?«

Faucheux klingt etwas aufgeregt. Ich würde sogar sagen: sehr aufgeregt.

»Hallo, Monsieur Faucheux. Was kann ich für Sie tun?«

»Es geht um Juliette. Es gibt da eine Entwicklung.«

»Eine Entwicklung welcher Art?«

»Es wäre mir lieber«, erwidert er, »wenn wir das persönlich besprechen könnten. Sind Sie noch in Paris?«

Ich schaue aus dem Fenster. Wir sind irgendwo nahe der Messe, noch fünf Minuten von Chenelle Perrottes Domizil entfernt.

»Ja. Ich könnte noch mal zu Ihnen ins Büro ...«

»Nein, das ... kommen sie ins ›La Couronne‹, das ist eine Bar im Ersten. Sobald es geht.«

Ich nenne dem Autopiloten das neue Ziel.

»In etwa fünfzehn Minuten wäre ich da.«

»Gut. Bis gleich.«

Faucheux kappt die Verbindung. Am nächsten Kreisverkehr wendet das Taxi und fährt auf dem gleichen Boulevard zurück Richtung Innenstadt. Inzwischen ist die Musik wieder angesprungen, aber ich habe keine Muße mehr dafür. Ich verstaue die Kopfhörer und schaue aus dem Fenster. Kurz darauf biegen wir in die Zielstraße ein. Das ›Couronne‹ befindet sich in einem Eckgebäude, vor dem zwei breite Straßen in einem spitzen Winkel aufeinandertreffen. Ich glaube, wir sind nahe der Place Vendôme, aber sicher bin ich mir nicht. Es würde auf jeden Fall erklären, warum hier derart viele Touristen unterwegs sind.

Ich steige aus und schultere den Rucksack. Durch die Glasscheibe des Cafés kann ich Faucheux erkennen. Er sieht nervös aus. Ich schlängele mich durch die Menge und gehe hinein. Faucheux erhebt sich, um mich zu begrüßen. Wir schütteln uns die Hände und setzen uns.

»Schießen Sie los«, sage ich.

Faucheux greift in seine Jackentasche und holt einen Ausdruck hervor. Er schiebt ihn über den Tisch. »Das sind ihre Geschäftstermine der letzten vier Wochen. Ich habe keine Auffälligkeiten feststellen können.«

Ich werfe nur einen kurzen Blick auf den Zettel, dann scanne ich ihn mit meiner Ringkamera und ich stecke ihn weg.

»Danke. Aber das ist nicht der Grund dafür, dass wir uns persönlich treffen, oder?«

»Das stimmt. Es geht um ... etwas anderes. Wie ich Ihnen sagte, arbeitete Juliette an der Verbesserung unserer Verschlüsselungen. Sie ist bombensicher, aber ...«

»... kann immer noch besser werden. Und weiter?«

Ich habe diese Geschichte schon beim ersten Mal nicht so recht geglaubt. Wenn ich Faucheux' Blick richtig interpretiere, war sie nur die halbe Wahrheit.

»Juliette glaubte wohl, eine Sicherheitslücke ausgemacht zu haben, allerdings keine gravierende.«

Ich schaue ihn an, mit einem Ausdruck gespielter Verwunderung. »Ich dachte, wenn es um Cogits geht, sind alle Sicherheitslücken gravierend.«

»Ja. Man muss allerdings sagen, dass es eine sehr theoretische Lücke ist.«

»Moment mal, langsam. Juliette Perrotte hat herausgefunden, dass es eine Möglichkeit gibt, sich in verschlüsselte Cogits hineinzuhacken? Und das haben Sie der Öffentlichkeit verschwiegen?«

»Nein, habe ich nicht. Ich weiß erst seit gestern davon.«

»Wieso das?«

»Nachdem wir bei unserem letzten Treffen über Industriespionage geredet haben, bin ich ein wenig nervös geworden. Also bin ich sämtliche Unterlagen von Juliette durchgegangen.«

Faucheux wischt sich mit einer Papierserviette Schweiß von der Stirn.

»Juliette war sehr fleißig, hatte sogar eine Art Hobbyprojekt, von dem ich nichts wusste. Aber das ist nicht so wichtig. Ich habe ... ihre Schreibtischschublade aufgebrochen. Und darin habe ich etwas gefunden, ein Notizbuch.« Wieder greift Faucheux in seine Jacke und holt etwas hervor. Es ist ein kleines Heft aus Papier, mit dunkelblauem Umschlag. Er schlägt es auf. Die Seiten sind mit einer ausladenden, kringeligen Schrift gefüllt.

»Holographiert?«, frage ich.

»Nein, das ist richtige Tinte, auf richtigem Papier. Ich habe sie so was nie benutzen sehen. Weil es mir ungewöhnlich erschien, habe ich es durchgeschaut. Es enthält Anmerkungen zu einer möglichen Sicherheitslücke, die es einem Angreifer ganz theoretisch erlauben würde, die Cogit-Verschlüsselung zu brechen.«

»Und was könnte er dann machen? Erinnerungen auslesen?«

»Nein, so was geht nicht. Wir wissen ja gar nicht so genau, wie das Gehirn funktioniert.«

»Aber wir können es doch digitalisieren?«

»Ja. Aber mit den Uploads ist es wie so oft in Medizin und Wissenschaft. Die Menschen haben rausgefunden, dass ein Mechanismus funktioniert. Aber nicht wie. Gehirnscan machen, Daten in den Emulator laden, e-Cephalon an den Neokortex anschließen – das funktioniert. Aber wie genau die Prozesse im Gehirn ablaufen, das weiß keiner. Gedanken kann man nicht auslesen wie einen gewöhnlichen Datenbankeintrag. Aber ein Hacker könnte das geknackte Cogit von A nach B kopieren. Er könnte es in beliebige Gefäße hochladen, ohne Zustimmung des Besitzers.«

Faucheux fährt sich mit der Hand über den Nacken. »Jeden anderen, der behauptet, man käme irgendwie durch unser Krypto, hätte ich verlacht. Aber Juliette hat die Matrioschka-Verschlüsselung quasi erfunden.«

»Und wie glaubte sie, käme man ... äh ... durch?«, frage ich.

»Krypto ist pure Mathematik. Sie basiert letztlich immer darauf, dass sich bestimmte Codes nicht knacken lassen, weil das mathematisch zu aufwendig ist. Verstehen Sie?«

Ich lächele traurig. »Nein.«

»Nehmen wir an, Sie wissen, wie ein Schloss beschaffen ist. Sie haben Zeichnungen des Zylinders und des Schlüsselhauses. Sie wissen, welche Art von Schlüssel theoretisch hineingehört. Aber all das nutzt Ihnen nichts.«

»Weil?«

»Weil der Bart des Schlüssels einen Kilometer lang ist und Sie ihn erst zurechtfeilen müssen. Mit einer Nagelfeile. Das ist die beste Analogie, die mir einfällt. Man kann unsere Codes nicht knacken, weil selbst Quantenrechner dafür Jahrhunderte bräuchten.«

Ich sitze zwar mit dem Rücken zum Eingang, an der Wand vor mir sind jedoch große Spiegel angebracht. Deshalb sehe ich ihn lange vor Faucheux. Der ist ohnehin abgelenkt von seiner Rede über Codes, von Juliettes Entdeckung, von irgendetwas anderem.

»Trotz dieser mathematischen Unmöglichkeit war Juliette beunruhigt«, sagt er. »Und das ...«

Der Mann trägt unauffällige, aber robuste Kleidung – Cargohosen, HiTops, Jeansjacke. Er tut so, also suche er einen Platz. Dabei bewegt er sich wie zufällig auf unseren Tisch zu und schaut immer wieder in Faucheux' Richtung.

»... kann eigentlich nur eines bedeuten«, sagt der Softwareexperte, »nämlich, dass ...«

Ich schneide ihm das Wort ab. »Wir bekommen Besuch.«

Faucheux blickt suchend in den Raum. Ich stehe auf und trete vor den Tisch. Mein Gesprächspartner will es mir gleichtun.

»Zurück«, zische ich Faucheux zu. »Bleiben Sie hinter mir.«

Unser Tisch befindet sich im linken Teil des Cafés, auf einer von einem Geländer umgebenen Empore. Wenn es zu einem Handgemenge kommen sollte, habe ich somit einen kleinen Geländevorteil. Natürlich kann es sein, dass der Unbekannte gleich eine Pistole zückt, aber das halte ich für unwahrscheinlich. Nicht nur ich mag keine Feuerwaffen, auch die EURUS-Bullen hassen sie. Ihr Besitz ist in dieser Föderative strengstens verboten. Audiosensoren würden jeden Pistolenknall augenblicklich registrieren und binnen Sekunden die Cops auf den Plan rufen.

Der Mann, ein muskulöser Kerl mit einem Pferdeschwanz, ist am Fuße der kleinen Treppe angelangt, die auf die Empore führt. Ich bedeute ihm mit einem Kopfschütteln, er möge unten bleiben. Er hört nicht auf mich. Aufgrund des Höhenunterschiedes könnte ich mit meinem Fuß ohne Mühe seinen Kopf erreichen. Aber das liefe den Grundprinzipien der Novaja Sistema zuwider. Wann immer möglich, überlässt man dem Gegner die Initiative. Dann glaubt er, er habe die Kontrolle, agiert aggressiv, impulsiv.

So ist es auch bei Pferdeschwanz. Während ich betont entspannt oberhalb der Treppe stehe, kommt er wie eine Lokomotive auf mich zu und will mich umwerfen. Kurz bevor sein rechter Arm auf meine Schulter trifft, drehe ich mich um etwa siebzig Grad nach links und versetze einen Fuß nach hinten, während ich gleichzeitig seinen ausgestreckten Arm oberhalb des Ellenbogens umfasse und daran ziehe. Er fliegt an mir vorbei und knallt mit dem Kopf gegen einen der Spiegel. Auf der Glasfläche bildet sich ein Spinnennetz.

Jemand schreit. Es ist Faucheux. »Hinter mir bleiben«, brülle ich. Er hört nicht auf mich. Stattdessen rennt er weg, stürmt den Treppenaufsatz hinunter, Richtung Ausgang. Fluchend folge ich ihm, nicht ohne im Vorbeilaufen mit der Hand nach Perrottes Notizbuch zu greifen, das immer noch auf dem Tisch liegt. Faucheux hat inzwischen die Tür erreicht. Er will einfach nur raus hier, ein nachvollziehbarer tierischer Instinkt. Allerdings ist es das Dümmste, was er tun konnte. Was, wenn der Kerl nicht alleine ist?

Faucheux erreicht das Trottoir. Gehetzt blickt er sich um und rennt dann nach rechts, den Boulevard hinunter. Ich mache, dass ich hinterherkomme. Einholen werde ich ihn zweifelsohne. Er ist nicht sehr schnell und außerdem in Panik. Es setzt allerdings voraus, dass ich es schaffe, ihn im Auge zu behalten. Alles ist voller Menschen. Die meisten strömen in die entgegengesetzte Richtung, irgendeiner Sehenswürdigkeit entgegen. Ich brülle »Faucheux, warten Sie!«.

Touristen beiseitestoßend renne ich weiter. Immer wieder sehe ich für einen kurzen Moment Faucheux' Hinterkopf. Dann verschluckt ihn die Menge, bevor er etwas später erneut auftaucht. Noch zwanzig Meter, bis ich bei ihm bin. Von irgendwo vernehme ich das Quietschen von Autoreifen. Die Menge vor mir scheint dichter zu werden, kaum ein Durchkommen. Nun kann ich das Auto sehen. Es ist eine

Limousine mit abgedunkelten Scheiben. Sie schießt vorbei und bremst kurz vor der Stelle ab, wo Faucheux sich befinden muss. Ich sagte doch, dass es mehrere sind.

Zwei Männer steigen aus, kräftige Kerle, ähnlich gekleidet wie jener, der im ›Couronne‹ sein Spiegelbild geküsst hat. Sie haben es eindeutig auf Faucheux abgesehen. Das ist gut, so bin ich nicht in ihrem Radar. Der eine steht noch in der Autotür, als ich ihn erreiche. Ich packe seinen Schopf und knalle ihn gegen die Dachkante. Das müsste ihn eigentlich erledigen, doch zu meiner Überraschung kommt er wieder hoch und verpasst mir eine vor die Brust. Ich taumele einige Schritte zurück und muss feststellen, dass ich den zweiten Mann aus den Augen verloren habe. Er ist inzwischen in der Menschenmenge verschwunden. Das Gleiche gilt natürlich für Faucheux.

Eine Platzwunde verunziert die Stirn meines Widersachers, Blut rinnt sein Gesicht herab. Er greift in seine Jackentasche. Ich erwarte, dass er eine Knarre herauszieht. Stattdessen kommt etwas anderes zum Vorschein, eine Art Messer mit tiefschwarzer Klinge. Nein, dieses Ding geht nicht als Messer durch. Es ist eher ein Schwert. Der Effekt, als er die Waffe zieht, ist unwirklich. Er erinnert mich an den Trick eines Bühnenzauberers. Der Kerl trägt einen Blouson, der ihm lediglich bis zur Hüfte geht. Die Klinge jedoch ist länger als ein Männerarm. Immer mehr schwarzes Metall kommt zum Vorschein, bis nach einer gefühlten Ewigkeit die Spitze folgt. Mit einer geübten Drehung des Handgelenks positioniert der Mann die Waffe vor sich und umfasst das Heft mit beiden Händen. Es handelt sich eindeutig um ein Schwert, wenn auch um ein seltsames. Die schmale, lange Klinge erinnert an ein japanisches Katana. Die Spitze ist allerdings leicht gebogen, und der Griff sieht moderner aus. Das Ungewöhnlichste jedoch ist die Farbe der Klinge. Sie ist mattschwarz und irgendwie ... beunruhigend. Vermutlich hat es nichts mit der Farbe zu tun. Sondern mit dem Umstand, dass dies ein wirklich scheißgroßes Schwert ist.

Als geübter Sistema-Kämpfer weiß ich, wie man das Messer eines Angreifers gegen ihn einsetzt. Man verdreht ihm geschickt die Hand, sodass er sich am Ende selbst erdolcht. Aber ein anderthalb Meter langes Schwert, in der Hand eines, so wie es ausschaut, geübten Kämpfers? Ich weiß nicht, ob ich das ausprobieren möchte.

Schon stürmt er auf mich zu, das Schwert über dem Kopf erhoben. Ich mache einen Satz hinter das Auto, rolle mich ab und komme auf der Fahrerseite wieder hoch. Die Tür steht offen, das Fahrzeug scheint noch aktiv zu sein. Es besitzt ein Lenkrad. Im Fußraum kann ich Pedale erkennen. Ich bin noch nie mit so einem Ding gefahren. Selbstfahrer sind selten. Aber wenn ich nicht in Stücke gehauen werden will, sollte ich es schnell lernen. Ich springe hinein, umfasse das Lenkrad und drücke aufs Geratewohl eines der Pedale durch. Nichts passiert. Ich will gerade das andere ausprobieren, als ich eine Bewegung links von mir erhasche. Als ich den Kopf drehe, sehe ich den Möchtegernsamurai, der sein Schwert nun wie eine Lanze führt und mich damit aufspießen will.

Ich drücke das andere Pedal durch. Der Wagen macht einen Satz, wodurch die offene Tür zuschlägt. Die Klinge klemmt dazwischen. Es gibt ein hässliches, kreischendes Geräusch, als sich der Wagen vorwärtsbewegt und das Schwertblatt an der Karosserie entlangschrammt. Dann ist nur noch das Summen des Elektromotors zu hören. Ich verringere den Druck auf das Beschleunigungspedal. Rechts von mir huschen die Gesichter der Touristen auf dem Trottoir vorbei. Wo ist Faucheux? Ich schaue in den Rückspiegel. Etwa fünfzig Meter hinter mir kann ich den Schwertschwinger ausmachen.

Die Straße, auf der ich mich befinde, führt anscheinend auf die Tuilerien zu. Vorher kommt noch eine Querstraße. Ich überlege, wo Faucheux hingelaufen sein könnte. Er war ziemlich von den Socken. Falls er noch ein kleines bisschen Verstand hatte, wäre er kaum in die Tuilerien gelaufen. In einem Park mit langen Visierlinien ist man ein viel zu gutes Ziel. Ich an seiner Stelle hätte lieber die Querstraße genommen. Als ich Faucheux zuletzt sah, war er auf der von mir aus rechten Straßenseite. Also wäre er wohl rechts abgebogen, weil er sonst die Straße hätte überqueren müssen.

Einen Versuch ist es wert. Ich reiße das Steuer nach rechts und bin überrascht, dass ich nach links geworfen werde. Bei normalen Autos passiert so etwas nie. Etliche Passanten müssen ausweichen, um nicht niedergemäht zu werden. Ich schieße nun die deutlich schmalere Querstraße entlang. Ein Warnhinweis ertönt. Vor meinen Augen taucht ein durchgestrichener Pfeil auf. Offenbar kurve ich gerade in der falschen Richtung durch eine Einbahnstraße. Als ich sie fast bis zum Ende durchfahren habe, sehe ich ihn. Faucheux rennt, sein Verfolger ist ihm dicht auf den Fersen. Beide verschwinden in einem Supermarkt.

Ich drücke das Bremspedal durch, woraufhin es mich aus dem Sitz hebt. Ich fühle, wie meine Visage in einen Airbag gedrückt wird, dann knalle ich mit dem Hinterkopf an die Kopfstütze zurück. Etwas benommen klettere ich aus dem Fahrzeug und renne auf den Supermarkt zu. Drinnen sieht es aus wie in so ziemlich jedem Supermarkt. Es gibt lange Gänge voller knallbunter Packungen, von denen mir Cartoonfiguren oder schöne Menschen zuwinken. Dazu kommt eine verwirrend große Anzahl in der Luft schwebender Pfeile und Vignetten, die Sonderangebote anpreisen.

Ich kann die beiden nicht sehen, aber hören. Sie veranstalten ein paar Regale weiter einen Mordslärm. Als ich mich dem Krach nähere, rennt eine kreischende Verkäuferin an mir vorbei. Ich trete in den Gang. Faucheux ist zu Boden gegangen. Halb sitzend, halb liegend kriecht er rückwärts über den funkelnden Kachelboden, während der Angreifer in aller Seelenruhe in sein Jackett greift und etwas viel zu Langes herauszieht.

Die Nummer kenne ich bereits, weswegen ich diesmal keine Zeit mit Gegaffe verschwende. Ich nähere mich dem Häscher von hinten, fieberhaft nach irgendetwas Ausschau haltend, das ich als Schild benutzen könnte. Doch leider befinden wir uns in der Abteilung für Toilettenartikel. Falls es irgendeinen ausgefallenen Novaja-Sistema-Trick gibt, der einem hilft, Klingenwaffen mithilfe von Tampons abzuwehren, ist er mir unbekannt. Als Notlösung greife ich mir eine Dose Haarspray und schreie: »Hey! Heckenpenner!«

Als er sich umdreht, sprühe ich ihm den Haarlack in die Augen. Eigentlich müsste ihn das erblinden lassen, zumindest für ein paar Sekunden. Doch der feine Nebel scheint ihn überhaupt nicht zu stören. Sein Schwert saust nieder. Ich weiche aus, aber er trifft die Sprühdose. Es gibt einen lauten Knall. Ich spüre eine Druckwelle, irgendetwas trifft mich an der Schläfe. Dann habe ich kurz Pause.

Jemand schreit auf. Ich versuche hochzukommen, aber es geht nicht. Ich kann sehen, wie der Angreifer mit einer eleganten Bewegung sein Schwert wegsteckt und fortrennt.

Faucheux liegt drei, vier Meter entfernt von mir. Genauer gesagt liegen dort Stücke von ihm.

Irgendwie zwinge ich mich auf die Beine. Vielleicht kriege ich den Typen noch. Ich laufe durch die bunt blinkenden Gänge in Richtung Ausgang. Auf dem Weg dorthin passiert es. Es wird kurz sehr hell, wie bei einem starken Kamerablitz. Einen Moment lang glaube ich, dass ich blind bin, dann ist die Welt wieder da. Ich stehe zwischen den Regalen, die nun jedoch anders aussehen. In ihnen stehen immer noch Schachteln, Dosen und Tüten, aber alle sind mattweiß. Ich schaue nach oben. Die Decke des Ladens war ein blauer Himmel mit Schäfchenwolken. Nun blicke ich auf eine hässliche, unverputzte Fläche voller Kabel und Lüftungsschächte.

Das Holonet ist weg.

Ich renne weiter zum Ausgang, trete hinaus. Straße und Gebäude sehen deutlich schmuddeliger aus als vorhin. Solche Lightouts kommen vor, allerdings nur sehr selten. Ich frage mich, wie viel vom Stadtgebiet betroffen ist. Der Kerl ist auf jeden Fall nirgendwo mehr zu sehen. Auch die Limousine ist verschwunden. Ich könnte wieder reingehen und nach Faucheux schauen. Aber er hat es hinter sich. Besser, ich sehe zu, dass ich hier wegkomme. Mit etwas Glück bin ich daheim im Commonwealth, bevor die EURUS-Cops auch nur meinen Namen recherchiert haben.

Die Welt scheint erneut zu flackern, dann ist das Holonet zurück und Paris sieht wieder manierlich aus. Von meiner Jacke kann man das leider nicht sagen. Mir fällt nun auf, dass sie in Fetzen hängt. Die untere Pattentasche ist halb weg, Papier hängt heraus. Ich greife danach. Es handelt sich um Perrottes Notizbuch. Die obere Hälfte ist futsch, nur der untere

Teil hat es überlebt. Wahrscheinlich liegt der Rest irgendwo im Supermarkt.

Aus der Ferne kann ich das Heulen der Polizeisirenen hören. Zügig, aber nicht zu schnell laufe ich die Straße hinauf. An der nächsten Ecke lege ich eine Holotextur über mein lädiertes Outfit und mein möglicherweise mit Blut verschmiertes Gesicht. Am Louvre steige ich in ein Taxi, und als die ersten Eilmeldungen zu laufen beginnen, bin ich schon fast am Flughafen.

Sie schlägt die Augen auf. Die Decke über ihr ist himmelblau. Jemand hat Schäfchenwolken darauf gemalt. Sie setzt sich auf, entfernt die Kanüle aus ihrem rechten Arm, streift den Pulsmesser vom Finger. Der Raum ist fensterlos und schlicht, weiße Wände, ein paar gerahmte Van-Gogh-Drucke. Die Einrichtung hat etwas von einem Krankenhaus, mit einem wesentlichen Unterschied: Das Bett fehlt. Stattdessen gibt es eine Liege. Sie ist ergonomisch geformt. In der Mulde für den Kopf sind metallene Kontakte eingelassen.

Seltsamerweise gibt es keinen Spiegel. Aber auch so weiß sie, dass sie sich in ihrem eigenen Körper befindet. Trotzdem sagt sie: »Eigenprojektion.« Nichts passiert. Aber die Stimme ist ihre. Sie schaut an sich herab. Bis auf einen Einmal-Lendenschurz aus Papier ist sie nackt. Verletzungen kann sie keine erkennen, ihr Gesamtzustand scheint gut zu sein. Sie ist sie, ohne Zweifel.

Aber ist sie auch die Richtige?

Während sie darüber nachgrübelt, geht sie zum Schrank. Darin hängen Klamotten, allerdings nicht ihre eigenen. Nie würde sie etwas derart Farbenfrohes tragen. Die Kleidungsstücke gehören augenscheinlich jemandem, der einen Trekkingtrip machen will: blaue Cargohose, roter Fleecepulli, gefütterte Softshelljacke in Gelb-Schwarz. Es gibt auch Schuhe, je ein Paar Wanderschuhe und schwere Bergstiefel, ferner einen Rucksack. Sie probiert die Sachen an. Sie passen ihr ziemlich gut. Dasselbe gilt für die Wanderschuhe.

Sie überlegt, was ihre letzte Erinnerung ist. Da waren der Notizblock und die Autofahrt. Sie wollte die Sachen einsammeln gehen, eine Auswertung vornehmen. Was genau ist dann passiert? Sie geht zur Tür, drückt die Klinke herab und findet sich in einem Gang wieder, der ebenfalls nach Spital aussieht. Außer ihr scheint niemand hier zu sein. Ihr Zimmer hat die Nummer 107 und befindet sich am Ende des Ganges. Davor erstreckt sich ein Flur, von dem an die zehn Türen abgehen. Sie probiert auf gut Glück eine aus. Dahinter liegt ein weiteres Zimmer, dieses jedoch mit einem richtigen Bett. Dafür, dass niemand hier zu sein scheint, wirkt alles erstaunlich sauber. Vielleicht gibt es irgendwo Roboter, die das erledigen.

Sie geht weiter, guckt in ein paar Zimmer, findet jedoch nichts von Interesse. Irgendwann kommt sie zu einem Glaskasten mit einem Büro dahinter, das Schwesternzimmer. In die Scheibe sind die Lettern ›STATION 1‹ eingeätzt. Sie betritt das Büro. Es ist so gut wie leer. Jemand scheint sämtliche holographischen Beschriftungen entfernt zu haben. Die Aktenordner und Blöcke, die sie findet, enthalten nichts als Blankoseiten. Es gibt eine schwarze Schreibtischunterlage aus Gummi. Sie hebt sie an. Manchmal befinden sich Zettel darunter. Nicht unter dieser. Die einzigen schriftlichen Relikte sind ein paar Kinderzeichnungen, die an der rückwärtigen

Wand hängen. Sie schaut sie sich an. Die Zeichnungen zeigen einen grünen Pinguin, eine Wiese mit einem windschiefen Haus sowie eine kleine blaue Box oder Truhe, vermutlich eine Schatzkiste. Statt mit Gold ist sie mit Blumen gefüllt und hat ein lustiges Gesicht. Ein Bild hat sich abgelöst und liegt zu ihren Füßen. Sie hebt es auf. Es muss von einem älteren Kind sein, denn die Zeichnung ist ziemlich detailliert und wurde mit allerlei Beschriftungen versehen. Über dem Bild steht auf Französisch ›Unsere Insel‹. Darunter ist eine Landmasse zu sehen, geformt wie ein verbogenes Rechteck. Die Küstenlinie ist gezackt. Es sieht so aus, als habe der Zeichner oder die Zeichnerin sie irgendwo durchgepaust – die Linienführung ist klarer als beim Rest des Bildes. Auf der zweidimensionalen Insel wurden, perspektivisch sowie maßstäblich inkorrekt, Berge, Flüsse und Seen eingezeichnet. Das Ganze hat etwas von einer selbst gemalten Piratenschatzkarte.

»Mehr Licht«, sagt sie, woraufhin es heller wird. Sie setzt sich auf die Schreibtischkante und schaut sich die Beschriftungen genauer an. Im Süden der Insel gibt es einen See, der ›Verlorener See‹ heißt. Von dort fließt ein Fluss ins Meer. Der Fluss heißt ›Styx‹. Sie runzelt die Stirn. Der Kartenzeichner hatte auf jeden Fall eine Menge Fantasie. Einen Berggipfel hat er ›Das Jenseits‹ getauft. Es gibt außerdem einen ›Berg des Unheils‹, ein ›Kap Antares‹ und ein Flussdelta namens ›Moby Dick‹. Aber die Krönung ist ein Massiv im Norden: die ›Jules-Verne-Berge‹.

Ein Lächeln schleicht sich auf ihr Gesicht. Sie war ebenfalls ein verträumtes Kind, genau wie diese Kartenzeichnerin. Irgendwie spürt sie, dass es sich um ein Mädchen gehandelt haben muss, eine Seelenverwandte. Sie scheinen dieselben Sachen gelesen zu haben – Melville, Tolkien, Verne, Lewis, alte Sagengeschichten. Und in einem Moment der Langeweile, von denen es auf Station 1 bestimmt viele gab, entwarf die unbekannte kleine Patientin mithilfe der Geschichten in ihrem Kopf ihre eigene Insel, bannte all ihre Traumorte auf die Karte.

Sie steht auf und pinnt die Karte neben die anderen Bilder an die Wand. Dann geht sie weiter. Sie gelangt zu einem Treppenhaus. Laut einer Hinweistafel an der Wand befindet sich im zweiten Stock die Station 2, im Erdgeschoss der Ausgang und die Cafeteria. Weil sie Hunger hat, beschließt sie, zunächst nach unten zu gehen. Obwohl sie wenig Hoffnung besitzt, dort etwas Essbares vorzufinden.

Auch unten ist keine Menschenseele. Im Erdgeschoss gibt es wie oben nirgends Fenster, dafür aber eine solide Tür mit einem Bullauge. Sie schaut hindurch. Auf der anderen Seite liegt eine abfallende Wiese. Man kann erkennen, dass es draußen windet und vermutlich nicht sehr warm ist. Zwar liegt kein Schnee, aber die Vegetation sieht sehr kärglich aus. Sie unterdrückt den Impuls, die Tür zu öffnen – erst die Cafeteria, dann der Spaziergang.

Sie geht durch die Empfangshalle, in Richtung des Cafés, das hinter einer gläsernen Doppeltür liegt. Sämtliche Stühle sind hochgestellt. Während sie hineingeht, fragt sie sich – nicht zum ersten Mal –, wie zur Hölle sie hierhergekommen ist. Und, denn das ist die entscheidendere Frage, warum man sie hergebracht hat. Vielleicht lassen sich irgendwo da draußen Antworten finden.

Zu ihrem Erstaunen stellt sie fest, dass die Speiseautomaten in der Cafeteria einwandfrei funktionieren. Viel ist nicht im Angebot, aber zumindest gibt es Cornflakes mit Milch, Gulaschsuppe und Spaghetti Napoli. Sie nimmt die Spaghetti und eine Cola. Die Maschine summt, und nun fällt ihr auf, wie unglaublich still es ist. Ein Tablett mit einem Teller voller Nudeln erscheint, dazu abgepacktes Brot, außerdem die Cola. Die Nudeln riechen essbar und sind es auch. Die Cola ist so spritzig wie Leitungswasser, aber trinkbar.

Ein Wunder, nach so langer Zeit.

Der Gedanke irritiert sie. Es gibt hier nirgendwo eine Uhr, alles ist sauber und gut in Schuss. Wie also kommt sie darauf, dass dieses Krankenhaus seit langer Zeit verlassen ist? Sie weiß es nicht. Es ist nur so ein Gefühl. Sie hebt sich einen Stuhl herunter und isst. Vielleicht ist es auch mehr als ein Gefühl. Es gibt gewisse Hinweise. Der Einrichtungsstil der Cafeteria deutet darauf hin, dass all das hier aus den Vierzigern oder Fünfzigern stammt.

Sie schiebt den Teller weg. Zeit, frische Luft zu schnappen. Nachdem sie das Tablett auf ein Laufband gestellt hat, geht sie zu der Tür mit dem Bullauge. Sie ist verschlossen. Es gibt eine Pförtnerloge, aber dort findet sie weder Schlüssel noch ein Kontrollsystem. Was sie aber sieht, ist ein roter Kasten, in dem sich ein Feuerlöscher und eine Axt befinden. Sie drückt das Glas mit dem Ellenbogen ein und nimmt Letztere heraus.

Die Tür ist stabil, aber nach ein paar Axthieben gibt sie sich geschlagen. Sie stößt sie auf, spürt einen Widerstand. Es ist der Wind, der auf der Außenwand steht, eine ziemlich steife Brise. Sie tritt ins Freie. Mit bestimmt sechs oder sieben Beaufort peitscht ihr der Wind ins Gesicht, kalte, salzige Luft fährt in ihre Nase. Sie stapft ein paar Schritte den Hang hinab. Tatsächlich – das hier ist eine Insel. Die Wiese entpuppt sich als Kliff, das weiter vorne jäh abzufallen scheint. Dahinter liegt die graue, ruppige See. In einiger Entfernung kann sie eine weitere Insel ausmachen, schwarz und schroff, vermutlich vulkanischen Ursprungs, mit hohen Gipfeln, die halb von Wolken verborgen sind.

Nach der Stille im Hospital erscheint ihr das Brausen des Windes enorm laut. Sie brüllt einige Kommandos. Doch es gelingt ihr nicht, eine Karte mit ihrer aktuellen Position aufzurufen. Nicht einmal das Datum bekommt sie eingeblendet. Sie stapft weiter auf das Kliff zu. An der Kante geht es mindestens fünfzig Meter steil nach unten. Linker und rechter Hand sieht es nicht besser aus. Wenn man auf dieser Insel irgendwo anlanden kann, dann ist dieser Ort meilenweit entfernt. In ihrem Blickfeld gibt es nirgendwo eine Bucht. Zwei, drei Meter, bevor die Klippen abfallen, ragt ein Wegweiser aus dem Boden. Auf einem Pfeil steht ›Kap Gauss 300 m‹, auf einem anderen ›Felsen der Fortuna, 1700 m‹. Darunter ist ein weiterer befestigt: ›Der Weiße Turm, 9800 m‹.

Sie muss schlucken. Das alles sind Orte, die auf der Fantasiekarte im Spital verzeichnet waren. Um ganz sicherzugehen, dass sie nicht irgendeinem Holoprank aufsitzt, fährt sie mit den Fingerkuppen über das Schild, über die seltsamen Namen. Die Buchstaben bestehen aus Klebefolie. Das Schild ist also echt. Sind die Orte es auch? Sie wendet sich vom Meer ab, dreht sich das erste Mal um, in Richtung des Landesinneren. Es erscheint ihr seltsam, dass sie dies bisher nicht getan hat. Oder vielleicht auch nicht. Irgendetwas hat sie davon abgehalten. Irgendein Instinkt riet ihr, sich erst ein wenig auf diesen Moment vorzubereiten. Sie hat ja bereits die andere Insel da draußen gesehen, einen dunklen Ort der Verzweiflung.

Als sie sich umdreht, trifft es sie dennoch mit unbeschreiblicher Wucht. Ein Schluchzen entfährt ihrer Kehle. Vor ihr liegen vier graue Fertigbauten, alle einstöckig, bis auf das Spital, das zweistöckig ist. Dahinter türmen sich vor dem grau-tristen Himmel Berge auf, zerklüftete Monstren aus schwarzem Basalt. An ihren Hängen wachsen keine Bäume oder Büsche. Bis auf das bisschen Gras unten an der Klippe gibt es überhaupt keine Vegetation und auch keine Tiere, nicht einmal Möwen. Über den Bergen erheben sich bedrohlich aussehende Wolkenriesen, kurz davor, vom Himmel herabzusteigen.

Aber das Schlimmste sind die Berge. Es sind Berge des Wahnsinns, sie erdrücken alles andere. Diese dunklen Gipfel, dessen ist sie sich gewiss, sind die unumstrittenen Herrscher der Insel, eifersüchtige Regenten, die kein Leben zulassen. Die schwarze Wand aus Basalt scheint auf sie einzudringen, will sie, den frechen Eindringling, ins Meer stoßen. Und tatsächlich weicht sie zurück, taumelt. Sie fällt auf die Knie. Scharfe Lavasteine bohren sich ihr in die Schienbeine. Sie schließt die Augen und brüllt, brüllt wie ein verwundetes Tier. Doch der brausende Wind weht ihre Schreie einfach fort.

Am späten Nachmittag lande ich auf dem Britannia Airport. Während ich zu meiner Wohnung fahre, blicke ich die meiste Zeit aus dem Zugfenster. Es tut gut, wieder in London zu sein. Eigentlich seltsam, dass diese verregnete Stadt mein Gemüt so aufhellt. Ich glaube, Paris ist mir zu künstlich, zu puppenstubenhaft. Natürlich hilft auch die Londoner Stadtverwaltung mit Holotexturen nach, um die Straßen sauberer und die Häuserwände weniger verschimmelt wirken zu lassen. Ansonsten herrscht jedoch munterer Wildwuchs. Anders als Paris und viele andere Städte kennt London keinerlei

Beschränkungen für Holoadvertising. Als wir die Old Docklands passieren, sehe ich am Horizont zwei haushohe Ritter mit Morgensternen, die sich gegenseitig die Schädel eindreschen – eine Werbung für irgendeine Vid-Serie. Kurz darauf sind wir auf Höhe von Canary Wharf. Ich kann sehen, dass Arkenziel wie zu jeder vollen Stunde seinen riesigen, doppelten Regenbogen angeschaltet hat. Er beginnt auf der südlichen Flussseite bei Greenwich. Sein höchster Punkt liegt über dem immensen Arkenziel-Hauptquartier auf der Isle of Dogs, das alle nur »The Castle« nennen. Ganz schlimmer Kitsch, aber die Touristen lieben es. Man kann sogar an die Stelle fahren, wo der vielfarbige Strahl weiter im Norden auf den Boden trifft. Ich glaube, es ist irgendwo bei Stratford. Dort, am Ende des Regenbogens, steht ein riesiger Kessel voller Gold, genau wie im Märchen. Die Leute von Arkenziel lassen sich wahrhaftig nicht lumpen.

Während ich warte, dass wir King's Cross erreichen, schaue ich mir Perrottes zerfetztes Notizbuch an. Es ist nicht das erste Mal. Das Heft ist voller Formeln, die ich auch dann nicht verstünde, wenn sie vollständig wären. Falls meine Milchtüte irgendwelche erhellende Überschriften über den Zahlenwust geschrieben hat, nützt mir das herzlich wenig. Immerhin hat Perrotte an einigen Stellen Schlussbemerkungen ans Ende der Blätter geschrieben:

Seq: Hack theor. möglich, wenn Vermutung bew. → Peter Wang

Und wenn es eine gibt?

Mal so eine Kiste auseinandernehmen!

Nichts davon sagt mir etwas. Ich stecke das Notizbuch wieder weg. Weil es immer noch zehn Minuten bis zu meinem Umsteigebahnhof sind, schaue ich Nachrichten. In der Aufmachermeldung geht es wieder einmal um den Fahrstuhl und den drohenden Streik. Der Lordprotektor will den Ausstand verbieten lassen, was die Syndikate natürlich noch wütender macht. Ich finde, unser Staatschef hat recht. Der Fahrstuhl muss fahren. Es gibt auf der Welt momentan exakt einen funktionierenden Spacelift, der erfreulicherweise meiner Föderative gehört. Das Ding ist zu einem nicht unwesentlichen Teil dafür verantwortlich, dass es dem Commonwealth so gut geht. Der Ast, auf dem man sitzt, und so weiter.

Danach kommt eine Meldung zu Paris. Der Mord an Faucheux wird allerdings gar nicht erwähnt. Es geht vielmehr darum, dass es einen der größten Lightouts seit Jahren gegeben hat. In sieben Arrondissements war das Holonet für über zwei Minuten offline. Sogar der Eiffelturm war weg. Danach kommt ein Herzschmerzbericht über ein Kind, das bei einer Bergtour in den Alpen abgestürzt ist. Der zwölfjährige Arnold kämpfte zwei Tage um sein Leben, vergeblich. An diesem Morgen ist er verstorben. Ich merke, wie sich meine Augen mit Tränen füllen. Ein Chefarzt in weißem Kittel erscheint. »Wir haben getan, was wir konnten. Die Eltern haben zudem einen Brainscan anfertigen lassen. Sie hoffen, ihren Sohn eines Tages wiederherstellen zu können, wenn die Technologie so weit ist.«

Ich schalte ab, bevor ich völlig auseinanderfalle. Niemand kann tote Kinder ertragen, aber ich am wenigsten. Meine Station kommt. Ich steige aus und nehme für das letzte Stück die Tube. Wenig später bin ich daheim. Aufgrund des überhasteten Aufbruchs ist mein Gepäck in Paris geblieben. Es lagert immer noch in der Bagagekammer meines Hotels. Dafür steht ein anderer Koffer vor meiner Tür, ein ziemlich großes, graublaues Ding aus Krokolederimitat. Ich stelle den Blackbox-Rucksack ab und gaffe den Koffer einen Moment lang an. Dann erst fällt mir ein, dass es sich dabei um das von Milchtüte Nummer fünf sechs sieben am Flughafen New York zurückgelassene Gepäckstück handeln muss – Hugh Iverson, der Börsenfuzzi, der vor seiner Ehefrau Reißaus nahm.

Ich parke den Koffer im Flur und gehe in die Küche. Dort widerstehe ich der Versuchung, den immer noch durch meinen Kopf spukenden toten Zwölfjährigen mit einem doppelten Whisky wegzuspülen. Ich habe seit zwei Tagen nicht trainiert, und bevor ich irgendetwas anderes tue, ist erst einmal Sport fällig. Ich hole mir zwei Energieriegel und meine Sportklamotten.

Nein, eines muss ich vor dem Training noch tun: Juliette Perrotte beerdigen. Dieses Quästorat ist absurder und überraschender als die letzten zehn, ach was, die letzten fünfzig. Manch einer wäre deshalb wohl der Ansicht, es handele sich um eine besonders reizvolle Aufgabe. Sehe ich anders. Mir geht es bei meinen Milchtüten ausschließlich ums Geld. Reizvoll kann mich mal. Außerdem habe ich keine Lust, ein Schwert zwischen die Rippen zu bekommen. Und noch weniger Lust habe ich, für eine Auftraggeberin zu arbeiten, die mir wichtige Details verschweigt und nie zurückruft. Also werde ich eine Art Abschlussbericht verfassen und danach in der Sache keinen Finger mehr rühren. Ich setze mich auf meinen Bürostuhl, aktiviere den Holorekorder und fange an:

»Guten Tag Madame Mumeishi, hier Galahad Singh. Leider habe ich Sie immer noch nicht erreichen können. Es gibt Entwicklungen, über die ich Sie informieren muss. Juliette

Perrotte war bei Cryptocarbon mit einem sehr wichtigen Projekt betraut. Man ist dort über ihr Verschwinden sehr beunruhigt und befürchtet, dass ein Fall von Industriespionage vorliegt. Dafür gibt es noch keine stichhaltigen Beweise, allerdings«, hier mache ich eine Kunstpause und schaue ernst, »ist Monsieur 77C Faucheux, der Vorgesetzte Perrottes, heute in Paris von Unbekannten ermordet worden.

Ich muss Sie außerdem darüber informieren, dass Perrotte unter ihrer Wohnung ein zweites Apartment unterhält, in dem sie Gefäße lagerte. Sie hat dort sechs Doppelgänger liegen. Möglicherweise ist auch ihr Stammkörper darunter. Sie sollten die Klone überprüfen lassen, um sicherzugehen.

Madame Mumeishi, ich habe den Eindruck, dass ich von Ihnen weit weniger Informationen erhalten habe, als zur effektiven Bearbeitung dieses Quästorats notwendig gewesen wären. Um es kurz zu machen: Ich habe keine Lust mehr. Wenn ich bis morgen Abend, acht Uhr Londoner Zeit, nichts von Ihnen gehört habe, sehe ich mein Engagement als beendet an. Einen guten Tag.«

Ich kappe die Verbindung. Hoffentlich ruft sie nicht zurück. Dann gehe ich in mein Gym. Dort mache ich Aufwärmübungen und hebe ein paar Gewichte. Danach absolviere ich mein Sistema-Programm. Zum Schluss beschließe ich, noch ein wenig mit dem Antipod zu trainieren. Dabei handelt es sich um einen Holoprojektor, der Angreifer generiert. Der Erste, der auf mich losgeht, ist ein unrasierter Halunke mit einem Bowiemesser. Er ist nicht sehr schnell. Vermutlich ist die Einstellung zu einfach für mich.

»Intensität sechs«, sage ich. »Nächster.«

Der nächste Kontrahent besitzt einen Baseballschläger. Das verschafft ihm eine gehörige Reichweite. Dennoch erwischt er mich erst nach anderthalb Minuten. Keuchend stemme ich die Arme in die Seiten. Zeit für etwas anderes.

»Gegner mit Schwert.«

Ein Japaner mit einem Katana kommt auf mich zu. Er braucht nur zwei Angriffe, dann hat er mich. Mir scheint, ich habe eine Schwachstelle gefunden, an der ich arbeiten muss. Dass ich vorhin weggelaufen bin, hat mir möglicherweise das Leben gerettet. Ich übe noch eine weitere Viertelstunde, bevor ich duschen gehe. Bald muss ich los, ansonsten komme ich zu spät zu meinem Abendessen mit Neon Chapelle. Das wäre schlecht, denn Chappy hasst Unpünktlichkeit. Das war früher immer ein Streitpunkt zwischen uns.

Ich ziehe mich an. So richtig gut fühle ich mich nicht, also will ich wenigstens gut aussehen. Deswegen schlüpfe ich in meinen teuersten Anzug. Er ist von Yudaschkin, sehr schmal geschnitten, Hahnentrittmuster. Vor dem Spiegel überprüfe ich den Sitz meiner Krawatte. Eigentlich ist der Grund für meinen Termin mit Neon inzwischen entfallen. Ich wollte ihn zum Großherzog von Pallas-Vestas befragen, der irgendwie mit Perrotte zu tun zu haben schien. Aber das war, bevor ich beschloss, die Sache an den Nagel zu hängen. Ich könnte absagen. Dann jedoch müsste ich allein hier herumsitzen, während mich von irgendwo aus der Dunkelheit des Raumes ein Paar Kinderaugen anstarrt, groß und grau und voller Schmerz, voller Vorwürfe.

Das ›Veldt‹ ist eine Kellerbar in Soho. Genauer gesagt sind es sechs Kellerbars. Der Besitzer hat es irgendwie geschafft, die Untergeschosse von einem halben Dutzend nebeneinanderliegender Häuser in der Beak Street zu kaufen und außerdem eine Genehmigung für die erforderlichen Durchbrüche und Umbauten zu bekommen. Das Ergebnis ist ein mehr als neunzig Meter langer Raum mit insgesamt drei Bars, einem Restaurant und vielen verwinkelten Ecken, in denen Nachtschwärmer ungestört tun können, was Nachtschwärmer eben so tun. Als ich vor dem Haupteingang aus dem Taxi steige, sehe ich als Erstes die lange Schlange. Es ist Freitagabend, und für Normalsterbliche sieht es heute wohl schlecht aus. Neon hingegen ist Stammgast und außerdem Londoner Promiadel von nicht geringem Rang. Ich drängele mich an der Menge vorbei. Als ich dem Türsteher sage, mit wem ich verabredet bin, erscheint umgehend der Maître. Er führt mich höchstpersönlich zu Neons Tisch. Dieser befindet sich in der besten Ecke, etwas abseits der Laufwege der Kellner, aber nicht weit von der größten Bar. Man sitzt mit dem Rücken zur Wand und kann den Jungs an der Theke auf den Arsch gucken.

Ich muss dazu sagen, dass die Begriffe ›Ecke‹ und ›Wand‹ im ›Veldt‹ etwas fehl am Platze sind. Das Thema der Bar ist die südafrikanische Savanne. Die meisten Wände sind deshalb holographiert, sodass man beim Essen in die Weite des Veldts hinausschaut, während in der Ferne Gazellen und Elefanten vorbeitrotten.

Als wir uns dem Tisch nähern, erhebt sich Neon. Er steckt in einem kohlschwarzen, doppelreihigen Anzug mit extrem breiter Schulterpartie, der ihn ein bisschen wie Al Capone aussehen lässt. Wie immer trägt er sein Markenzeichen, eine schmale knallbunte Holokrawatte. Sie ist zweidimensional und besitzt keinerlei Tiefe, so als habe man sie aus einem Warhol-Siebdruck geschnitten und auf Chappys Hemd transferiert. Zurzeit ist die Krawatte neonblau.

Mit ausgebreiteten Armen kommt er auf mich zu, herzt mich, küsst mich auf beide Wangen. »Guten Abend, Darling. Wie schön, dich mal wieder zu sehen.«

»Finde ich auch, Neon.«

Wir setzen uns. Mein Ex hat bereits einen Singapore Sling vor sich stehen. Ich bestelle einen Old Fashioned. Neon lehnt sich zurück und seufzt vernehmlich. Er ist etwas älter als ich, Anfang fünfzig. Sein tropfenförmiges Gesicht endet in einem sehr spitzen Kinn, das er nun auf Daumen und Zeigefinger stützt.

»Gut siehst du aus, Darling. Der Anzug steht dir. Bisschen blass aber. Solltest etwas Holoteint auflegen.«

»Ich hatte die letzten Tage nicht viel Schlaf.«

Der Kellner bringt meinen Old Fashioned. Wir prosten einander zu. Nachdem er einen Schluck seines roten Gesöffs genommen hat, schürzt er die Lippen und sagt: »Du kommst also wegen der Arbeit, hm. Stellst wieder jemand nach?«

Statt zu antworten, schaue ich in meinen Drink. Ich greife nach dem kleinen Spieß mit der Cocktailkirsche und führe ihn zum Mund.

»Vielleicht.«

»Och, wortkarg heute, hm? Der mürrische Schlapphut, der allein gegen die Welt kämpft – früher fand ich diese Performance ja mal wahnsinnig reizvoll, Süßer.«

Während ich die Kirsche zerkaue, schüttele ich den Kopf. Rasch trinke ich einen Schluck, damit die grelle Süße der kandierten Frucht sich mit der Bitterkeit des Angostura und dem Feuer des Bourbon mischt. Das ist der beste Moment bei einem Old Fashioned. Er versöhnt mich kurz mit allem – mit der Welt, mit meinem Job und mit meinem Ex-Freund, der mich schon wieder triezen will.

»Nein, das ist es nicht. Ich habe da einen Fall, ja. Aber er ist entsetzlich, und ich werde ihn abgeben. Es sei denn, mein Auftraggeber legt noch mal kräftig was drauf. Deshalb das ›Vielleicht‹.«

»Legt was drauf?« Neon schnalzt kaum hörbar mit der Zunge. »Als ob du Geld bräuchtest, Darling.«

Ich antworte nicht. Neon kennt mich lange genug, um zu wissen, dass er mich nun erst einmal in Ruhe meinen Old Fashioned trinken lassen muss. Also schlürfen wir unsere Cocktails und schauen uns die Jungs an der Bar an. Chappy setzt sich auf meine Tischseite, damit wir das Angebot besser begutachten können. Wir verteilen Noten und lästern. Während wir das tun, suchen wir uns außerdem etwas zu essen aus. Das ›Veldt‹ serviert südafrikanische Küche, was sonst. Wir bestellen ein paar Sachen, die man teilen kann.

Neon setzt sich wieder auf seinen Platz mir gegenüber.

»Ich muss dir demnächst mal wen zuführen«, sagt er.

»Hm?«

»Cho Ferraganti. Ist unlängst bei mir im Haus eingezogen, ein sehr gut aussehender Kerl. Und wenn ich mich nicht täusche, genau dein Typ.«

»Inwiefern?«

»Schwimmerbody, dunkle Locken – italienischer Beachboy wie aus dem Katalog.«

Neon murmelt etwas, und ein etwa vierzig Zentimeter großes, statisches Holo eines jungen Mannes erscheint zwischen uns auf dem Tisch.

»Und?«

»Nicht übel«, erwidere ich.

»Nicht übel? Hast du Fieber? Und das Beste über Cho habe ich übrigens noch gar nicht erzählt.«

Ich erwarte, dass jetzt irgendwelche expliziten Details kommen. Neon kann ziemlich ordinär sein. Vor allem, wenn er beim dritten Singapore Sling ist. Aber er überrascht mich.

»Der Junge spielt Trompete.«

»Echt?«

»Ja, er mag Klassik, genau wie du.«

Ich runzele die Stirn. Wie die meisten Leute hört Chappy ausschließlich Algo-Pop, jenes ebenso eingängige wie seelenlose Gedudel, das von Maschinen statt von Menschen komponiert wird. »Ich mag Jazz, Neon. Klassik ist was anderes, was völlig anderes. Beethoven oder Mozart, zum Beispiel.«

Neon wedelt mit der Hand, als sei mein Argument eine nervtötende Fliege.

»Natürlich, Jazz. Also, es klingt eindeutig wie dieser Lä... äh ... was du hörst. Seine Trompete hat so ein Mundstück.«

»Alle Trompeten haben ein Mundstück, Chappy.«

»Nein, das, was so ein quakendes Geräusch erzeugt.«

»Ein Aufsatz. Ein Cup Mute.«

»Genau. Ich höre ihn ab und zu proben, er wohnt nämlich über mir. Ihr könntet zusammen ... ah, wie heißt das? Jammen.«

Ich nicke uninteressiert. Neon legt den Kopf schief und mustert mich ungläubig. Dann fängt er an zu kichern, so laut, dass die Leute an den Nebentischen zu gucken anfangen.

»Was, Neon?«

Er klatscht in die Hände. »Sie ist verliebt! Meine Güte, dass ich das noch erleben darf.«

Ich verdrehe die Augen. »Er. Und dieser Er ist nicht verliebt.«

Neons Augen blitzen triumphierend. »Nicht wenigstens ein ganz kleines bisschen?«

»Ich …«

Er nimmt meine Hände. »Also, wir können auch gerne das Thema wechseln. Aber falls du es dir von der Seele reden willst …«

Auch wenn er es so formuliert, als besäße ich die Wahl, weiß ich, dass er nicht lockerlassen wird, bis er es aus mir rausgeholt hat. Sich dagegen zu wehren, ist zwecklos. Der Mann ist nicht umsonst einer der besten Klatschreporter der Welt. Außerdem möchte ich es in Wahrheit tatsächlich gerne jemandem erzählen. Ich bin mir nur nicht sicher, ob es Chappy sein muss.

Ach, scheiß drauf.

»Dafür brauche ich mehr Bourbon«, entgegne ich.

Sofort reckt Neon den Arm empor. Wie von einem Magnet angezogen biegt ein vorbeilaufender Kellner zu unserem Tisch ab.

»Jackie, wir brauchen hier mal ganz schnell einen weiteren Sling und einen Old Fashioned. Mit zwei Kirschen, hm? Tausend Dank!«

Als die frischen Drinks da sind, berichte ich Neon von Francesco. Ich erzähle ihm von der Party in Paris, von der orgiastischen Afterparty, von dem Bodyswap. Mein Ex stellt kaum Fragen, und er lacht auch nicht. Nur ab und zu macht er Bemerkungen wie »Das kann ich mir denken« oder »Wirklich?«. Neon ist ein guter, ein sensibler Zuhörer. Anders gesagt, er ist eine menschliche Saftpresse. Ich beichte ihm alles.

Irgendwann zwischendurch kommt das Essen, aber das meiste bleibt liegen, weil ich so viel rede. Als ich endlich fertig bin, sagt er: »Klingt auf jeden Fall aufregend.«

»Vielleicht zu aufregend.«

»Darling, du musst wirklich immer alles verkomplizieren. Freu dich doch einfach – du hast einen hübschen Jungen kennengelernt.«

»Ich weiß ja nicht mal, ob er wirklich ein Junge ist. Er, sie, könnte auch eine Frau sein.«

»Ist das denn wichtig?«

»Ich denke schon. Zumindest dachte ich das bisher immer.«

Neon überlegt einen Moment. »Herrje. Und es ist ja eigentlich noch viel komplizierter.«

»Inwiefern?«, frage ich.

»Du weißt nicht nur nicht, ob du in einen Mann oder in eine Frau verliebt bist. Sondern auch nicht, ob in einen Kopf oder einen Körper.«

»Ich kann dir grad nicht ganz folgen.«

»Doch, Süßer. Du gibst dir nur keine Mühe.«

Ich nicke. Bei dem Körper, in dem Francesco mit mir zusammen war, handelte es sich um ein Gefäß. Vielleicht hat mich der Klon optisch angemacht. Vielleicht haben mich seine Pheromone angetörnt. Eventuell lag es auch gar nicht so sehr an dem Klon, sondern an Francescos Art. Schon bei einem normalen Mann sind diese Dinge schwer auseinanderzuhalten – eigentlich gar nicht. Aber was wäre, wenn Francescos Cogit auf einem anderen Fahrgestell daherkäme? Fände ich ihn dann immer noch interessant? Ich trinke den restlichen Cocktail in einem Zug aus.

»Vermutlich ist mir diese Hohlkopf-Scheiße echt zu viel«, sage ich.

Neon schiebt mir den Teller mit den Zebrasamosas herüber.

»Iss mal einen Happen.«

Während ich das tue, sagt Neon: »Und diese Begegnung hing mit deinem Fall zusammen? Die Einladung zu der Party …?«

»Hatte ich aus Juliette Perrottes Wohnung. So heißt meine Mil… meine Zielperson«, erwidere ich.

»Und zu der wolltest du auch was von mir wissen? Nie gehört, ehrlich gesagt.«

»Ist klar. Aber Francesco erzählte mir, Perrotte habe eine Verbindung zum Kieselkaiser.«

»Zum Großherzog von Pallas-Vestas? Bist du sicher?«

»Nicht sicher. Ist wohl so ein Gerücht, in Pariser Schnöselkreisen. Aber«, ich beuge mich etwas vor und senke die Stimme, »Perrottes Vater ist unbekannt. Na ja, nicht unbekannt, aber vor zwanzig Jahren verschwunden. Ich finde nichts über ihn. Ich habe ein paar Fotos, aber mein Amanuensis hat nichts dazu gefunden, ich schicke sie dir, wenn du willst. Die Mutter hingegen ist sehr wohlhabend, vermutlich stammt das Geld von ihrem Mann. Oder ihrem Liebhaber.«

Neon pfeift leise. Zwar sieht er völlig ruhig aus, aber ich weiß, dass er am Putz kratzt. Er wittert einen Riesenscoop.

»Wenn Pallas-Vestas der Vater wäre«, frage ich, »wäre das denn was, das geheim gehalten werden muss? Ich meine, reicher Mann mit Mätresse und unehelichem Kind – so ungewöhnlich ist das ja nicht.«

»Gehört fast zum guten Ton, ja. Es wäre trotzdem ein Skandal. Und vor allem könnte die Sache für den Herzog teuer werden. Im Mittelalter hatte ein königlicher Bastard keine Ansprüche auf Titel und Güter. Aber wir leben schließlich im ausgehenden einundzwanzigsten Jahrhundert. Wenn sich diese Perrotte ein paar gute Anwälte nimmt, könnte sie vermutlich eine Menge rausholen.«

Er schaut nachdenklich. »Ich werde mal ein paar Erkundigungen einholen.«

Ich mustere ihn streng. »Schreib bloß nichts, Neon.«

»Darling, das ist mein Job.«

»Solange ich den Fall nicht offiziell los bin, habe ich eine gewisse Verschwiegenheitspflicht gegenüber meinem Klienten.«

Eigentlich erwarte ich, dass Neon noch ein bisschen rumzickt. Doch er verspricht mir, nichts zu veröffentlichen, ohne vorher mit mir Rücksprache zu halten. Ich schiebe den Teller weg. Mit dem Essen im Bauch wäre ich bereit für einen letzten Cocktail. Neon ist einverstanden. Wir beschließen, unseren Absacker an der großen Bar einzunehmen.

Als ich die ersten paar Schlucke intus habe, ahne ich, dass dies der eine zu viel ist – der eine, der mich morgen ächzen und stöhnen lassen wird bei dem Versuch, aus dem Bett zu kommen. Die Theke beginnt, einen leichten Spin zu entwickeln. Immerhin erübrigt sich damit die Frage, ob ich versuchen sollte, diesen Abend noch irgendjemand abzuschleppen.

»Kennst du viele so Leute?«, frage ich Neon.

»Wie, so Leute?«

»Hohlköpfe.«

»Ein paar. In London gibt es einige davon. Ist aber sehr kostspielig. Du musst schon für die Regierung oder einen Supernational arbeiten. Oder selbst ein paar Millionen übrig haben.«

»Warum bloß? Ich versteh's nicht, Neon.«

»Die Gefäße. Was glaubst du ...«, ein kleiner Rülpser entfährt seiner Kehle, »... wie praktisch das ist, in vielen Berufen?«

»Wie zum Beispiel?«

»Schauspieler, Stuntman, Nutte. Alles Mögliche. Und du kannst ... sein, wer du willst.«

Neon lässt seine mit einem halben Dutzend Ringen verzierte Rechte über der Theke schweben und macht eine schwer zu deutende Handbewegung. Dann sagt er: »Oh Gott, ich muss in mein Bett.«

Arm in Arm wanken wir zum Ausgang. Er verspricht, mich anzurufen. Danach geht ein jeder seines Weges. Ich laufe ein Stück die Beak hoch, dann die Regent Street entlang, in Richtung Piccadilly. Ich hoffe, dass mich der Spaziergang zur Tubestation ein wenig ausnüchtert und ich bei der Ankunft in Camden wieder so frisch bin, dass ich schlafen kann, ohne dass sich das Bett unter meinem Arsch dreht wie ein Brummkreisel. Die Idee scheint vernünftig. In meinem Komitee der diversen Selbste sind die vernünftigen Stimmen an diesem Abend allerdings in der Unterzahl. Der Rest hat Lust, noch ein wenig durch Soho zu streifen, das so verheißungsvoll vor mir liegt, glitzernd und leuchtend. Letztendlich einigen wir uns auf einen Kompromiss. Ich hatte viel Schnaps und wenig Essen. Also macht es Sinn, zunächst noch ein Häppchen einzuwerfen. Danach sehen wir weiter und vielleicht auch klarer.

An der nächsten Ecke kann ich die Kuppel des ›Taj Mahal‹ sehen, eines indischen Take-aways. Der Besitzer hat den mittleren Teil des Mausoleums mit der großen und den zwei kleinen Kuppeln über ein vermutlich edwardianisches Haus legen lassen und es farblich stark aufgepeppt. Anders als das knochengraue Original ist dieses Taj mangofarben und leuchtet wie ein biolumineszenter Riesenpilz. Von meiner letzten nächtlichen Tour entsinne ich mich, dass es im ›Taj‹ hervorragendes Vindaloo gibt.

Etwas später sitze ich auf einer Parkbank und löffele scharfes Curry aus einer Kunststoffschale. Dazu trinke ich kaltes Bier. Als ich fertig bin, ist die Stimmung im Komitee der Selbste gekippt. Die meisten wollen doch lieber heim. Also stemme ich mich von der Parkbank hoch und mache mich auf den Weg. Ich setze die Bierdose an, doch sie ist leer. Erst zehn Minuten später fällt mir auf, dass sich sowohl in meiner linken als auch in meiner rechten Jackentasche je eine weitere Dose befindet – so ein Glück.

Eine Dreiviertelstunde und zwei Dosen Kingfisher später tapse ich durch meinen Flur. Dabei schramme ich mit der linken Schulter an der Wand entlang. Das sieht sicher unwürdig aus, aber ich habe Angst, dass ich ansonsten umfalle. Wie konnte ich mich derart verschätzen? Keine Ahnung, wann ich das letzte Mal derart betrunken war.

Ich spüre einen stechenden Schmerz, als mein Schienbein gegen etwas Hartes knallt. Reflexartig hebe ich den Fuß. Da mir jedoch bereits das Gehen auf zwei Beinen einige Mühe bereitet, ist das eine schlechte Idee. Mit den Armen rudernd falle ich vornüber. Meine Schulter prallt gegen ein kantiges Objekt, vermutlich das Ding, gegen das ich gerade gestoßen bin.

Fluchend setze ich mich auf und reibe mir die Schulter. Ich orientiere mich. Es war der Koffer, der mich zu Fall gebracht hat – der von der Milchtüte. Von irgendwo weht Jazz herüber. Habe ich die Musik angestellt? Scheint so. Und seltsam: Ich kann mich gerade beim besten Willen nicht daran erinnern, wie der Typ heißt, dem der Koffer gehört. Irgendwas mit I, glaube ich. Hingegen weiß ich ganz genau, dass der Song ›Dr. Beauchef, Penguin Dentist‹ heißt und diese Aufnahme aus dem Jahr 2027 stammt, von einem Festival in Toronto.

Seltsam, wie das Gehirn funktioniert. Wie läuft das eigentlich bei Hohlköpfen? Können die sich überhaupt betrinken? Oder bekiffen? Denken sie schneller? Wer weiß das schon. Francesco, bestimmt. Während ich über diese Mysterien nachgrübele, greifen meine Hände völlig eigenmächtig nach den beiden Reißverschlüssen des Koffers und versuchen, diese aufzuziehen. Das klappt nicht, weil sie von einem kleinen Schloss zusammengehalten werden, das einen dreistelligen Code besitzt. Ich muss zunächst eine Kneifzange aus der Kammer holen, um das Ding aufzumachen. Einige in meinem Komitee der Selbste merken an dieser Stelle an, es sei besser, sich aufs Bett fallen zu lassen und die Sache morgen anzugehen. Diese kritischen Stimmen werden jedoch von den restlichen Selbsten niedergegrölt.

Es gelingt mir, den Koffer aufzubekommen, ohne Finger einzubüßen. Ich gehe den Inhalt durch. Bald ahne ich, warum Dingsbums mit I, also die Milchtüte, sein Gepäckstück nie abgeholt hat. Wohl aus Gewohnheit hatte er gepackt wie einer, der auf Geschäftsreise geht – holographierbarer Blankozweiteiler, Krawatte, Necessaire, zwei Oberhemden in einer Spezialtasche, die Verknittern verhindert, ferner ein kleiner Projektor für dreidimensionale Powerpoint-Präsentationen. Er hat sogar schwarze Lackloafers dabei, mit Bommeln.

Mister I. packte sein altes Leben in ein Gepäckstück und stieg in einen Flieger nach New York. Und als er dort ankam, war es weg – das Leben, nicht der Koffer. Ein Mann auf der Flucht braucht alles Mögliche. Lackloafers und 3-D-Powerpoint gehören nicht dazu. Als ihm dies dämmerte, holte er sein Gepäck nicht ab.

Dings mit I war die Art von Typ, der stets penibel ist. Ich wusste das schon aus meiner Recherche. Er war ein Erbsenzähler, und ein ziemlicher Langweiler. Keine außerehelichen Affären, keine Laster. In seinem Koffer befindet sich allen Ernstes eine Tube Sonnencreme mit Lichtschutzfaktor zweihundert. Die ist in London gar nicht so leicht zu kriegen. Meine vorausplanende Milchtüte wollte offenbar von New York weiterreisen, in den Süden. Das ist ein wichtiger Hinweis, den ich an meiner Pinnwand vermerken sollte. Ich lege das auf dem Boden verstreute Zeug zurück in den Koffer, will bereits aufstehen. Da rutscht etwas aus einer Tasche des Blankojacketts. Es ist ein kleines blaues Etui. Man könnte es für ein Brillenetui halten. Ich weiß aber sofort, dass es keines ist.

»Eine Mundharmonika?«, murmele ich. »Echt jetzt?«

Ich klappe das Etui auf. Darin liegt eine silbern funkelnde Mundharmonika, genauer gesagt eine Chromonica von Hohner-Tombo. Das Besondere an dieser Variante ist ein kleiner Schieber an der Seite. Drückt man darauf, verschiebt sich der Ton um einen Halbton. Ich weiß gar nicht, ob solche Dinger noch hergestellt werden. Auf jeden Fall lässt die Mundharmonika auf ein ernsthaftes Interesse an Musik schließen, das ich Dingsbums mit I gar nicht zugetraut hätte. Hatte er gar ein Faible für Blues? Oder Jazz? Ich führe die Chromonica zum Mund. Zaghaft blase ich in den ersten Kanal, ein C erklingt. Ich ziehe, ein sauberes D. Noch mal mit Schieber, Cis und Dis.

Und dann sehe ich es. Da ist noch etwas in der Schachtel, ein kleiner Zettel. Darauf steht eine Telefonnummer. Die Vorwahl sagt mir, dass es eine Nummer in der Federativo del Sur ist. Ich überlege kurz. Die Zeitverschiebung beträgt acht bis zehn Stunden.

»Verbindung herstellen«, lalle ich. »Nummer +567 27282 27292.«

Das Heimsystem bestätigt mir, dass die Verbindung aufgebaut wird. Schnell schiebe ich hinterher, dass meine Rufnummer unterdrückt werden soll und dass ich eine reine Sprechverbindung wünsche. Es klingelt zweimal, dann sagt eine Männerstimme: »Buenas Noches, La Gata Negra Jazz Club?«

»Gata Negra?«

»Si, Senor.«

»Der legendäre Gata Negra Jazz Club?«

»Si, Senor.« Und dann, auf Englisch, mit einem etwas ungeduldigen Unterton: »Wie kann ich Ihnen helfen?«

»Ich … Entschuldigung, ich habe mich verwählt«, erwidere ich. Dann kappe ich die Verbindung. Ich gehe ins Wohnzimmer. Dort starte ich die Amanuensis-Software. Ich weise sie an, einen Flug und ein Viersternehotel in Miami Resurreción zu buchen.

Als das erledigt ist, aktiviere ich die Milchtütenwand und suche nach dem Mundharmonika-Mann. Iverson, das war es. Er heißt Hugh Iverson. Ich musste das noch klären, ansonsten hätte die Sache mich vermutlich die halbe Nacht wach gehalten. Was dann auf die ganze hinausliefe, denn es ist bereits halb drei.

Ich gehe ins Schlafzimmer. Dort setze ich mich aufs Bett, ziehe die Schuhe aus. Als das erledigt ist, lasse ich mich einfach nach hinten fallen. Ich schließe die Augen. Die Mundharmonika habe ich immer noch in der Hand.

Miami Resurreción – sie nennen es das Venedig der Ostküste. Ich finde, das ist kein sehr origineller Name. Wegen des Klimawandels gibt es inzwischen verdammt viele Möchtegern-Venedigs, nur das Original leider nicht mehr. Das ursprüngliche Miami ist ebenfalls abgesoffen. Weil lukrative Legenden nicht sterben dürfen, hat man die Stadt wiederauferstehen lassen, auf Höhe von West Palm Beach. Mein Taxi fährt die New Collins Bridge entlang, vorbei an zahllosen künstlichen Inseln und Strandpontons, an Apartment-Hochhäusern und Palmen. Letztere dürften Holographien sein. Als ich am Flughafen aus dem Terminal trat, habe ich mich gewundert, wie frisch es hier ist. Das alte Miami soll heißer gewesen sein, wegen des Golfstroms. Als der abbrach, wurde es in Florida kühler, genau wie an einigen anderen Orten, London zum Beispiel.

Nach einiger Zeit biegen wir gen Westen ab, aufs Festland. Der ›La Gata Negra Jazz Club‹ befindet sich in North Miami, mein Hotel liegt in der Nähe. Die Sonne kommt nun von vorne, weswegen ich meine getönte Brille aufsetze. Obwohl mein kleines Gelage mit Neon bereits einen guten halben Tag her ist, brummt mir immer noch der Schädel, daran hat auch das Nickerchen während des zweistündigen Flugs von Britannia hierher nichts geändert. Trotzdem habe ich gute Laune, warum auch immer. Vielleicht, weil ich den Perrotte-Auftrag vermutlich los bin. Mumeishi hat sich noch immer nicht gemeldet, die von mir gesetzte Deadline läuft in wenigen Stunden ab. Ich sage dem Dispenser, dass er eine einfache Dosis Tebanicilin einspeisen soll, gegen das Schädelgebrumme, außerdem ein bisschen Pervi gegen den Jetlag.

Als das Taxi vor dem Hotel hält, ist der Kopfschmerz fast weg. Ich fühle mich ein wenig übermütig, weswegen ich spontan beschließe, ein Foto von mir zu machen, mit falscher Palme im Hintergrund. Danach betrete ich die Lobby. Sie ist natürlich in Art déco gehalten. Früher gab es das nur in South Beach. Dank des Holonets scheint es in Miami inzwischen jedoch mehr Art-déco-Gebäude zu geben als normale Häuser. Der Portier gibt mir eine Zimmerkarte und lässt meinen Koffer hochbringen. Ich gehe derweil frühstücken. Nachdem ich Maisküchlein, Bohnen und Speck verdrückt habe, ordere ich eine weitere Kanne Kaffee und rufe mir die Nachrichten auf. Mir bleibt schließlich noch viel Zeit. Ich habe keine Ahnung, wo Iverson wohnt oder wo er arbeitet – ich weiß ja nicht einmal, wie er nun heißt und wie er aussieht. Mein einziger Anhaltspunkt ist dieser Club, der aber erst gegen acht Uhr abends aufmacht.

Als ich mit der Kaffeekanne beinahe durch bin, ruft Neon an. Ich lasse die Nachrichtenholos verschwinden und hole ihn mir auf den Tisch, etwa fünfzig Zentimeter groß. Er trägt einen sehr geschäftsmäßig aussehenden Anzug. Seine Krawatte leuchtet türkisfarben. Ich wüsste gerne, ob er genauso verkatert ist wie ich. Aber das kann ich aufgrund seiner Holoschminke natürlich nicht sehen.

»Guten Morgen, Neon.«

»Morgen ist gut. Liegst du etwa noch im Bett, Darling?«

Er hebt die rechte Augenbraue. »Hast gestern noch was Hübsches aufgegabelt?«

»Nein. Ich musste kurzfristig in die Federativo del Sur.«

»Heute Paris, morgen Buenos Aires? Du hast ein Leben!«

»Miami«, erwidere ich grinsend.

»Ja, dreh den Dolch auch noch.«

»Verzeih mir. Du hast was für mich?«

»Vielleicht, vielleicht auch nicht. Der Großherzog hat drei

Kinder, alle brav von seiner Ehefrau. Sie heißen Pierre, Hugue und Leopoldine. Und bevor du mich wie üblich unterbrichst, weil du das alles schon weißt, hör erst mal zu, Darling.«

In der Tat wollte ich ihm gerade ins Wort fallen. Stattdessen schüttele ich nun entrüstet den Kopf.

»Früher muss der Großherzog ein ziemlicher Schürzenjäger gewesen sein. Es ist also durchaus plausibel, dass er seine DNA auch anderswo eingebracht hat.«

»Aber jetzt ist er ein treuer Gatte?«

»Jetzt ist er ein uralter Knacker.«

»Mit Alzheimer?«

»Kaum. Er ist natürlich ein Quant.«

»Wieso natürlich?«

»Die meisten, die dauerhaft im All leben, sind Hohlköpfe. Zumindest die reichen. Wegen der großen Entfernungen.«

Ich gucke verständnislos.

»Einen Menschen beispielsweise von New Pretoria nach Luna City zu verfrachten, dauert mehrere Wochen. Wenn man stattdessen nur sein Cogit sendet und es am Zielort in ein Gefäß uploadet, dauert die Sache nur ein paar Sekunden. Aber wir kommen vom Thema ab. Worauf ich hinauswollte, ist, dass es durchaus eine Verbindung zwischen deinem Fall und dem Kieselkaiser gibt.«

Eigentlich müsste ich Neon nochmals darauf hinweisen, dass sich die Sache möglicherweise erledigt hat. Aber dann wird er ausrasten. Erstens, weil er seine ach so kostbare Zeit verplempert hat. Zweitens, weil das Ende unserer Beziehung aus seiner Sicht etwas damit zu tun hatte, dass ich ihn ständig ins Leere laufen ließ. Das sehe ich anders. Aber um Streit zu vermeiden, lasse ich ihn nun einfach weiterreden.

»Die Bilder aus diesem Fotoalbum, die du mir überspielt hast, habe ich Hobbes gegeben.«

»Hobbes?«

»Mein Amanuensis. Er hat sie mit dem privaten Fotoarchiv des ›Tatler‹ abgeglichen, und siehe da.«

Der kleine Neon hält mir ein Blatt hin. Ich tippe darauf, woraufhin es sich vergrößert und vor mir in der Luft schwebt. Es handelt es sich um einen Artikelausriss. »Rauschendes Fest auf Schloss Chenonceau« steht über der Seite. Darunter ist ein zweidimensionales Foto zu sehen, das feiernde Menschen zeigt. Einer davon ist laut Bildunterschrift der Großherzog, ein sportlich aussehender Mann im Smoking, vielleicht sechzig Jahre alt. Er ist umringt von schönen Frauen.

»Die Kleine in dem blauen Cocktailkleid«, sagt Neon, »ist mit einer Wahrscheinlichkeit von über fünfundneunzig Prozent Chenelle Perrotte. Geht aus der BU nicht hervor. Aber sie war wohl in den Fünfzigern ein bekanntes Society-Girl.«

»Reich?«, frage ich.

»Nicht an Geld.«

Ich betrachte sie und zoome etwas heran. Ich verstehe, was Neon meint. Chenelle Perrotte ist schön und unfassbar sexy. Ihre Augen, ihre Lippen, ihre Hüften, alles ein einziges, sinnliches Versprechen. Wäre ich ein unwiderstehlicher heterosexueller Milliardär und dürfte ich mit einer der Frauen auf diesem Foto ins Bett, wäre es auf jeden Fall die Perrotte.

»Danke, Neon«, sage ich. »Das ist ... das ist großartig.«

Er macht eine Geste, die andeuten soll, dass dies alles nicht der Rede wert ist.

»Ich schulde dir einen großen Gefallen.«

»Sowieso. Du könntest deine Schuld übrigens ganz schnell tilgen, Darling.«

»Du willst die Story.«

»Ja, vielleicht. Ich bin mit meiner Recherche noch nicht ganz fertig. Aber sollte sie sich in die Richtung entwickeln, die sich sehr zart andeutet, wirst du möglicherweise eine Schusswaffe brauchen, um mich von einer Veröffentlichung abzuhalten.«

»Du hast noch mehr?«, frage ich.

»Vielleicht. Noch nicht ganz sicher. Ich muss erst mit ein paar Leuten reden.«

»Kannst du mir grob sagen, worum es ...«

»Nicht am Telefon, Darling.«

»Nicht am ...«

»Du hast mich schon verstanden. Bewege deinen bald vermutlich sonnengebräunten Körper in meine Redaktion, wenn du wieder in London bist. Dann weiß ich bestimmt schon mehr.«

Ich merke, wie ich ungehalten werde. Bevor ich jedoch etwas erwidern kann, sagt Neon: »Ich tue das nicht, um dich zu ärgern, Darling. Sondern weil die Sache noch äußerst vage ist. Und weil man sie nur unter vier Augen besprechen kann. Also meld dich die Tage, okay? Ich verspreche dir hoch und heilig, bis dahin rein gar nichts zu veröffentlichen.«

Widerwillig stimme ich zu. Neon verabschiedet sich und kappt die Verbindung.

Wie es sich für einen ordentlichen Jazzclub gehört, befindet sich das ›Gata‹ in einem Kellergewölbe. Es ist ein kleiner Laden, sechzig, siebzig Plätze vielleicht, außerdem eine kaum erhöhte Bühne und eine Bar. Höchstens fünfundzwanzig

Besucher sind anwesend. Dekor gibt es keines, sieht man von Dutzenden Plakaten ab, die an den unverputzten Backsteinwänden neben- und übereinanderkleben. Mit Stripperbrille sähe der Laden vermutlich fast genauso aus. Der Club ist quasi Naked Space. Soll vermutlich ein künstlerisches Statement sein.

Ich schaue mir die Poster an und komme zu dem Schluss, dass der Besitzer etwas von seinem Job versteht. Die meisten Bands kenne ich nicht, was bedeutet, dass hier lokale Künstler abhängen, miteinander jammen. Die internationalen Acts, die mir etwas sagen, sind alle klein, aber fein. Auf der Bühne stehen Posaune, Sax und Schlagzeug, aber keine Musiker. Vermutlich ist das erste Set gerade vorbei. Ich setze mich, bestelle eine Pervi Pepsi und warte. Nach einiger Zeit betreten zwei Männer und eine Frau die Bühne. Sie sind in strenges Schwarz gewandet und ignorieren das Publikum. Ohne Ansage legen sie los.

Kein Wunder, dass der Club so leer ist. Das ist guter, aber harter Stoff. Die schlingernden Melodien werden immer wieder von atonalen Ausflügen und *stutter steps* unterbrochen. Ich glaube, mir gefällt's. Während ich der Musik lausche, behalte ich das Publikum im Auge. Dass Iverson ausgerechnet heute Abend hier auftaucht, ist eher unwahrscheinlich. Aber wer weiß.

Nach einer halben Stunde geht das Set zu Ende, die Leute klatschen, was die drei Jazzer auf der Bühne mit einer Mischung aus Genugtuung und Verachtung quittieren, bevor sie in Richtung Backstage verschwinden. Der Laden beginnt sich zu leeren. Als der Trubel abgeebbt ist, pirsche ich zur Theke. Der Bartender mustert mich.

»Was kriegst du?«, fragt er auf Spanisch.

»Cola«, antworte ich auf English, »ohne Pervi.«

Als er mir die Flasche hinstellt, sage ich: »Spielt der Mundharmonika-Typ heute Abend nicht?«

»Der wer?«

»Na dieser Typ mit der Chromonica, keine Ahnung, wie er heißt. Ein Kumpel hat mir gesagt, der würde immer hier jammen und wäre sehr gut.«

Viele wissen das nicht, aber Bartender besitzen einen eingebauten Laserblick. Der verrät ihnen, ob Typen, die dämliche Fragen stellen, Bullen sind. Ich fühle, wie seine Augen mich abtasten. Aber sie scheinen keine Spuren von Polente zu finden.

»Der war ewig nicht mehr hier«, antwortet er.

»Weißt du, wie er heißt? Dann könnt ich mir vielleicht was von seinem Zeug laden.«

»Jimmy. Jimmy Irgendwas. Keine Ahnung. Frag Pedro.«

Er deutet auf einen Schwarzen, der weiter hinten an einem Mischpult steht. Ich bedanke mich und lege einige Holoeddies auf den Tisch. Der Barkeeper macht eine Handbewegung, woraufhin die Scheine in der Theke versinken wie nasse Stofffetzen im Wasser. Ich nehme meine Pepsi und gehe rüber zu dem Techniker, einem Mann mit Afro und Kinnbärtchen.

»Hi, Chef. Der Barkeeper sagt, du kennst den Mundharmonika-Mann, Jimmy.«

»Jimmy Reeves? Ja, der hat früher jede Woche hier gejammt, immer donnerstags, mit den Bluesleuten. Zuletzt kam er nicht mehr.«

»Warum nicht?«, frage ich.

Er zuckt mit den Achseln. »Manchmal tauchen Leute einfach nicht mehr auf. Vielleicht ist er weggezogen. Was willst du von ihm?«

»Ihm was zurückgeben.«

Er schaut misstrauisch. »Und was?«

Ich hole die Chromonica aus der Jackentasche und halte sie ihm hin.

»Hat Jimmy liegen lassen, bei einem Jam drüben in Lauderdale. Keiner da hatte seine Adresse, aber ich dachte, das Ding ist wertvoll. Er hat erzählt, das ›Gata‹ wäre sein Stammladen.«

Der Tontechniker kratzt sich den Zauselbart. »Wie gesagt, Jimmy war länger nicht hier, Mann. Seit Wochen nicht. Ich glaube, er wohnte drüben in Claro de Oro. Ich schau mal, ob ich ne Adresse habe.«

Er öffnet ein Holofenster und sucht in seinen Kontakten. »Nur ne Nummer. Die kann ich dir geben.«

Ein Zettel erscheint vor mir. Ich greife danach, woraufhin er mit einem kleinen Puffen verschwindet.

Pedro beäugt die Mundharmonika. »Ist wirklich ein schönes Stück, Mann.«

»Hab ich auch gedacht. Jimmy vermisst das Ding bestimmt. Ich guck mal, ob er zu Hause ist. Vielen Dank.«

Ich verlasse den Club. Draußen ist es inzwischen dunkel, insoweit es dunkel werden kann in einer Stadt, die sich aufdonnert wie eine brasilianische Karnevalstänzerin. Neonlichter allerorten, über Bars und Restaurants schweben riesige Holofiguren – cartoonhafte Surfer, Flamingos, Marlins. Ich gehe ein paar Schritte, bevor ich den Amanuensis aufrufe. Ich lasse ihn checken, ob die Telefonnummer von Jimmy Reeves mit einer Adresse verknüpft ist. Bingo, sie gehört zu einer Wohneinheit in Golden Glades, 96700 Northwest 149th Street. Es scheint sich um ein frei stehendes Gebäude zu handeln. Als Nächstes zapft die Software ein paar private Datenbanken an. Fünfzig Eurodollar später weiß ich, dass die Wohneinheit einer Juanita Perez gehört. Ob sie dort auch wohnt, oder ob sie die Vermieterin ist, vermag mir der Amanuensis nicht zu sagen.

Ich seufze. Früher hätte ein Computer so etwas vermutlich in null Komma nichts herausgefunden. Da war die Menschheit der Meinung, man könne gar nicht genug Daten speichern. Ferner fanden die Leute, es sei für Gesellschaft und Wirtschaft vorteilhaft, diese Daten allen zugänglich zu machen und sie auf jede erdenkliche Weise miteinander zu verknüpfen. Seit Turing wird hingegen alles, was man nicht unbedingt behalten muss, gelöscht oder zigfach verschlüsselt.

Ich setze mich in Bewegung. Um das durchzuziehen, benötige ich ein bisschen Ausrüstung. Normalerweise würde ich die mit mir führen. Aber da ich mit dem Flieger gekommen bin, habe ich nur ein bisschen Überwachungselektronik dabei, kein schweres Gerät. In einiger Entfernung ist mir vorhin ein riesiges purpurnes Z aufgefallen, umzuckt von gelben Blitzen – das Logo von Z-Mart, einer Gigamarktkette. Dort sollte ich alles finden, was ich benötige.

Eine Dreiviertelstunde später setzt mich ein Taxi in Golden Glades ab. Sonnendurchflutete Lichtungen gibt es hier nicht, geschweige denn Bäume. Es handelt sich um ein etwas heruntergekommenes Wohngebiet. Ein Bungalow reiht sich an den nächsten, und alle sehen sie gleich scheiße aus. Die Straße ist leer, nur ab und zu summt ein Sharecar vorbei. Mit meinem nagelneuen Rucksack auf dem Buckel gehe ich bis zur Hausnummer 96700. An dem Tor des zwei Meter hohen Maschendrahtzauns hängt leider kein Schild, das mir den Namen des Bewohners verraten würde. Drinnen brennt

Licht. Hinter der halb heruntergezogenen Jalousie befindet sich ein Wohnzimmer – Sofa, Regale, das Übliche.

Ich suche mir ein paar Meter weiter eine ruhige Ecke. Aus meinem Holomasque-Fundus wähle ich diesmal den Blumenkurier. Ich laufe zurück zum Eingang. Vor dem Tor aktiviere ich meinen Audiodämpfer, ein nützliches kleines Gerät, das die in der unmittelbaren Umgebung entstehenden Geräusche aufnimmt und negiert. Das Tor ist mit einer Kette und einem Vorhängeschloss gesichert. Aber wo ein Bolzenschneider ist, ist auch ein Weg. Ich halte ihn bereits in meiner Rechten – darüber liegt ein Holo, das den Bolzenschneider wie einen großen Strauß roter Rosen aussehen lässt. Ein aufmerksamer Beobachter würde sich wundern, warum ein Blumenkurier versucht, dreißig rote Baccaras durch einen Maschendrahtzaun zu rammen. Aber ich setze darauf, dass in dieser Gegend niemand allzu genau auf mich achtet.

Ein Zwack und die Kette ist durch. Ich platziere den Dämpfer in der Nähe der rostig aussehenden Scharniere und drücke das Tor langsam auf. Sobald ich drin bin, krame ich einen Stift Everglue hervor. Damit klebe ich das Kettenglied, das ich gerade durchgeschnitten habe. Einmal andrücken und es ist wie neu – zumindest in der Dunkelheit sollte die verklebte Bruchstelle niemandem auffallen. Vorsichtig pirsche ich mich an das Haus heran. Den Dämpfer muss ich nun ausschalten. Ansonsten könnten sich die Bewohner wundern, wenn ihre Stimmen plötzlich versagen oder die Musik ausgeht.

Als ich das Haus einmal umrundet habe, bin ich mir ziemlich sicher: Es ist keiner daheim. Dass dennoch Licht brennt, ist nicht ungewöhnlich. In so einer Gegend würde ich mein Heimsystem ebenfalls anweisen, die Beleuchtung zu variieren, damit es so aussieht, als sei jemand da. Das schreckt Einbrecher ab.

Die meisten jedenfalls.

Es gibt anscheinend einen Keller, aber keine Kellertür, über die man von außen reinkäme. Schade, das ist meist der am schlechtesten gesicherte Eingang. Aber es gibt ein Fenster in Bodennähe, das kaum Widerstand leistet. Als ich mich hindurchzwänge, zerkratzt mir der Rahmen den Rücken. Ich lasse meine Lampe aufflammen. Der Keller steht voller Gerümpel – unausgepackte Kisten, ein kaputter Heimtrainer, Teppichrollen, ein zerlegtes Regal. Über allem liegt eine dicke Staubschicht. Hier war lange niemand mehr. Ich nehme die Treppe nach oben und öffne vorsichtig die Tür zum Obergeschoss. Einen Moment lausche ich. Es ist sehr still.

Ich trete in den Flur. Unwahrscheinlich, dass hier eine Juanita wohnt. Es sieht eher nach einem Jimmy aus. Zweckmäßig-einfallslose Einrichtung in Braun- und Beigetönen, die selbst meine Oma ablehnen würde, kaum Deko. Außerdem ist es ein bisschen schmuddelig. Damit meine ich nicht, dass Bierflaschen oder Pizzakartons herumstehen. Der Bewohner von Nummer 96700 müsste einfach dringend mal wieder saugen und die Flächen wischen.

Insgesamt gibt es vier Räume, alle so lieblos wie der Flur. Ich finde keine Fotos von Kindern, Eltern, irgendwem. Iverson mochte Bücher, soweit ich weiß, aber in dieser Wohnung gibt es keine. Zur Sicherheit mache ich ein paar Aufnahmen. In einem Kleiderschrank sind Männerklamotten – Freizeitmode, sehr farbenfroh, verwunderlich für solch eine graue Maus wie meine Milchtüte. Außerdem hängen dort zwei weiße Arbeitsoveralls. Letztere sehen recht neu aus. Ich hole einen heraus und lege ihn aufs Bett. Wenn ich raten müsste, würde ich sagen, ihr Besitzer verrichtet keine harte körperliche Arbeit, sondern ist eher eine Art Wartungstechniker. Darauf deuten auch die beiden Stifte hin, die in der Armtasche stecken. Auf der Vorderseite sind zwei Streifen aufgenäht, die vermutlich für Holobeschriftungen vorgesehen sind. Der untere ist rechteckig, der obere sieht aus wie ein auf dem Kopf stehendes, plattes U. Irgendein Konzernlogo? Ich öffne die Taschen des Overalls. Sie sind leer.

Als Nächstes durchwühle ich alle Schubladen. In einer Kommode im Wohnzimmer finde ich ein Holoheft namens »Blues Harp«, außerdem zwei Mundharmonikas.

»Hallo, Jimmy«, murmele ich. Ein Gefühl der Euphorie steigt in mir auf, gepaart mit Wehmut. Jimmy Reeves, früher Hugh Iverson, ist aus dem Commonwealth geflohen, vor seiner fürchterlichen Frau, vor seinem grässlichen Job, vor dem Londoner Wetter. Wer kann schon sagen, was letztlich den Ausschlag gab? In Miami begann er ein neues Leben. Den Löwenanteil des Geldes, das er ergaunert hatte, ging vermutlich für seine neue Identität drauf, vielleicht auch für Cocktails und South-Beach-Nutten. Auf jeden Fall musste Jimmy sich nach ein paar Monaten einen Job suchen. Er wählte einen, der nichts mit seinem alten Leben zu tun hatte. Keine Tabellen voller Zahlenkolonnen, keine Verantwortung – stattdessen eine simple Sache, 24-Stunden-Klimaanlagen-Wartung, Hausmeisterdienste, etwas in der Art. Den meisten wäre das zu piefig gewesen. Aber Jimmy war ein piefiger Typ. Er wollte einfach nur seinen Frieden. Er wollte seine Stunden abreißen, ein paar Bierchen trinken und in Ruhe seiner heimlichen Passion nachgehen – der Bluesharmonika.

So zumindest reime ich mir das zusammen. Variationen dieser Geschichte sind mein täglich Brot. Häufig suche ich

Menschen, die gar nicht gefunden werden wollen. Aber irgendwer akzeptiert diesen Wunsch nicht und gibt mir Geld, damit ich den oder die Abtrünnige aufspüre. Wenn ich die Milchtüten finde, sind sie mit ihrem neuen Leben oft viel zufriedener als mit ihrem alten. Trotzdem muss ich sie verpfeifen. Ist halt mein Job.

Ich nehme eine der Mundharmonikas aus der Schublade und betrachte sie. In Jimmys Fall wird es mir ein bisschen schwerer fallen als sonst. Seine Liebe zu altertümlicher Musik macht ihn zu einer Art Seelenverwandten. Ich seufze leise, lege das Instrument zurück, schließe die Schublade. Sorry, Jimmy. Es lässt sich nicht ändern. Jazz ist Jazz. Und Geschäft ist Geschäft.

Es wird Zeit, sich aus dem Staub zu machen und zurück ins Hotel zu fahren. Der Rest ist Routine. Ab morgen werde ich das Haus beschatten. Sobald Jimmy auftaucht, fotografiere ich ihn, folge ihm zu seiner Arbeitsstätte. Dann informiere ich seine Ehefrau, die mir daraufhin meinen Judaslohn überweisen wird. Wie es danach für Jimmy weitergeht, weiß ich nicht. Vermutlich beauftragen Lady Mertonshire oder Jimmys Ex-Arbeitgeber ein Rudel Anwälte damit, den armen Kerl binnen Wochenfrist nach Hause zu schaffen.

In dem Moment höre ich knirschende Schritte. Jemand kommt die Einfahrt hoch. So schnell und so leise es geht, bewege ich mich zur Kellertreppe. Auf dem Weg dorthin komme ich am Schlafzimmer vorbei. Ich unterdrücke einen Fluch. Der Overall liegt noch auf dem Bett. Man muss alles sofort wieder zurücklegen! Haben mir die Club-Jazzer das Hirn vernebelt? Ich mache zwei Schritte auf das Bett zu.

Hinter mir kann ich hören, wie jemand die kleine hölzerne Treppe zur Haustür emporsteigt. Ich werde nicht genügend

Zeit haben, den Overall wieder in den Schrank zu hängen. Deshalb greife ich ihn mir und renne in Richtung Kellerabgang. Das Schloss der Haustür klackert bereits. Trotzdem werde ich es schaffen, die Kellertür hinter mir zuzuziehen, bevor Jimmy (wer soll es sonst sein) in den Flur tritt. Genauer gesagt hätte ich es geschafft, wenn ich nicht solch ein Vollidiot wäre. Als ich an der halb offenen Schlafzimmertür vorbeieile, reißt es mir den Overall aus der Hand. Das Ding besitzt ein Dutzend Taschen und Werkzeugschlaufen, und eine davon hat sich anscheinend am Türgriff verhakt. Da ich renne und das Kleidungsstück fest in der Hand halte, reißt es mich herum. Ich muss aufpassen, dass ich nicht gegen die Wand knalle.

Die Haustür schwingt auf, ein Mann tritt ein. Die Frisur ist anders und er hat sich einen Bart stehen lassen. Seine Augen sind hinter einer verspiegelten Sonnenbrille verborgen. Doch es ist eindeutig Iverson. Er trägt einen Overall, der so aussieht wie jener, der an der Schlafzimmertür baumelt. Der einzige Unterschied ist, dass die weißen Patches bei seinem beleuchtet sind. Auf dem unteren steht ›Hi, I'm Jimmy‹. Das obere zeigt einen doppelten Regenbogen mit insgesamt vierzehn Farbbändern, die ständig oszillieren – das Arkenziel-Logo. Mit der Vermutung, dass Jimmy irgendeinen Wartungsjob hat, lag ich also richtig. Er arbeitet anscheinend als Holotechniker.

Nun steht er drei Meter von mir entfernt und schaut mich an. Die meisten Menschen würden im Angesicht eines Einbrechers weglaufen, um Hilfe schreien oder vielleicht handgreiflich werden. Aber Jimmy steht einfach da und wartet.

Beschwichtigend hebe ich die Hände. Noch ist nicht alles verloren. Ich bin zuversichtlich, dass ich ihn k. o. schlagen könnte, wenn es drauf ankäme. Vielleicht wäre das die beste Lösung. Dann würde er glauben, dass ich ein gewöhnlicher Einbrecher bin. Aufgrund seiner Vorgeschichte wird er vermutlich nicht einmal die Blaumeisen rufen. Falls er jedoch spitzkriegt, dass ich Quästor bin, wird er umgehend untertauchen. Und ich kann wieder von vorne anfangen.

»Was wird das hier?«, fragt er schließlich.

»Ich ... lass mich einfach gehen, dann gibt's keinen Ärger. Ich hab nichts eingesteckt, echt, Mann«, sage ich, einen amerikanischen Akzent imitierend. Das kann ich ganz gut. Dachte ich jedenfalls, aber Jimmy runzelt die Stirn. Er tippt gegen seine Brille. Nun wird mir klar, dass ich schon wieder einen Fehler gemacht habe. Da er Holonet-Wartungstechniker ist, besitzt er eine Stripperbrille – und zwar eine, die runtergeht bis Level I. Er kann jederzeit in den Naked Space schauen. Statt einem braun gebrannten, kubanischen Blumenkurier sieht er folglich einen Inder in modischen Eurostyle-Klamotten. Er greift in seinen Overall und zieht etwas heraus.

Oh nein, nicht schon wieder.

Die Spitze der ansonsten schnurgeraden Klinge ist leicht gebogen. Und wieder ist das Schwert viel zu lang, als dass man es unter der Kleidung hätte verstecken können. Die Waffe in der Linken, kommt Jimmy auf mich zu. Das Schlafzimmer scheint die beste Option zu sein. Ich renne hinein und schlage die Tür hinter mir zu. Einige Sekundenbruchteile später sehe ich etwas Langes, Tiefschwarzes durch die Tür brechen. Holzsplitter fliegen in alle Richtungen, als habe jemand die Tür mit einer Kettensäge bearbeitet.

Obwohl ich dieses Szenario vor meiner Abreise ein bisschen trainiert habe, ist meine Lust auf einen Kampf mit einem Schwertschwinger nicht größer geworden. Deshalb renne ich weiter, auf das Schlafzimmerfenster zu. Als ich hindurchfliege, birst die Scheibe in tausend Stücke. Ich rolle mich auf dem Rasen ab. Sofort bin ich wieder auf den Beinen und renne in Richtung des Zauns. Er ist vielleicht zwei Meter hoch, Maschengitter, ohne Stacheldraht oder ähnliche Gemeinheiten. Ein Satz und ich hänge halb über dem Zaun. Während ich das erste Bein hinüberschwinge, schaue ich zurück in den Garten. Er liegt in beinahe völliger Dunkelheit. Ich kann kaum das Haus erkennen. Aber ich sehe einen bunten Schriftzug, der sich auf und ab bewegt.

Hi, I'm Jimmy.
Hi, I'm Jimmy.
Hi, I'm Jimmy.

Da kommt Jimmy, um mir den Schädel zu spalten. Ich lande auf der anderen Seite des Zauns und renne los. Währenddessen aktiviere ich den Amanuensis und schreie: »Ruf ein Taxi!« Ich laufe die ausgestorbene Straße entlang. Normalerweise verbringe ich zwei, drei Stunden die Woche auf dem Laufband. Meine Kondition ist gut, vielleicht kann ich ihn abhängen. Als ich mich umdrehe, sehe ich, dass dies eine falsche Hoffnung ist. Jimmy, den ich im fahlen Schein der Bordsteinholos nun gut erkennen kann, bleibt nicht nur dran. Er holt auf, und zwar gewaltig. Ich renne weiter. Die Straße ist kerzengerade und scheinbar endlos. Als ich mich erneut umdrehe, hat Jimmy mich fast erreicht. Ein Stück vor mir sehe ich eine Querstraße, auf der Autos vorbeizischen. Werbeholos schweben darüber. Wenn ich ihn irgendwo abschütteln kann, dann dort.

Ein sengender Schmerz fährt durch mein rechtes Bein. Ich falle, schlage bäuchlings auf dem Asphalt auf. Ich drehe mich auf den Rücken und halte nach meinem Verfolger Ausschau. Er steht höchstens zwei Meter von mir entfernt, das Schwert in der Hand. Er muss versucht haben, mir die hintere Beinmuskulatur durchzutrennen. Scheint, dass ihm das nicht gelungen ist. Er hat nur die Hose und die Haut erwischt. Bevor ich hochkommen kann, hält er mir die Spitze des Schwerts vor die Brust.

»Wer bist du?«, will er wissen.

»Ein Quästor aus London. Ich wurde beauftragt, Sie zu finden, Mister Iverson.«

Er scheint einen Moment lang zu überlegen, was es mit diesem Namen auf sich hat. Während er das tut, kommt ein Taxi die Straße hoch. Es muss jenes Fahrzeug sein, das die Amanuensis-Software geordert hat. Das Auto hält direkt auf uns zu.

Als der Wagen näher kommt, kann ich das helle Sirren des Elektromotors hören. Jimmy dreht sich um. Ich kann sehen, wie er das Schwert in seinem Overall verschwinden lässt. Das Auto hat angehalten, eine der Flügeltüren gleitet lautlos auf. Über dem Fahrzeugdach erscheint ein blinkender Schriftzug: »Control de identidad«. Darunter ist ein Polizeilogo zu sehen. Das ist nicht der Wagen, den ich bestellt habe.

Na, ich will mich nicht beschweren.

Jimmy und ich werden in grelles Licht getaucht, als die Bullen im Wagen das Holonet um uns herum hochdimmen. Ich kann erkennen, wie mich ein auf dem Fahrzeugdach befestigter Autosniper ins Visier nimmt. Ich bleibe liegen. Jimmy rührt sich ebenfalls nicht.

Ein Beamter kommt auf uns zugelaufen, zweihundert

Pfund miese Laune plus Schnauzbart. Er baut sich vor Jimmy auf.

»Was ist hier los?«, sagt er. Zumindest glaube ich, dass er das sagt. Ich kann so gut wie kein Spanisch. Jimmy sagt nichts. Vermutlich parkten die Bullen in irgendeiner Einfahrt und aßen Donuts, als wir vorbeiliefen, ich vorneweg und Jimmy mit dem Schwert hinter mir her. Ich bin eindeutig das Opfer. Trotzdem sollte ich mir eine gute Geschichte überlegen. Vielleicht versuche ich es ausnahmsweise sogar einmal mit der Wahrheit.

Es bleibt bei dem guten Vorsatz, denn ich bekomme keine Gelegenheit, meine Geschichte vorzutragen. Der Cop schaut ungehalten, legt die Hand auf sein Pistolenholster und flippt mit dem Daumen den Verschluss auf.

»Auf den Boden! Arme hinter den Rücken!«

Bevor ich der Aufforderung nachkommen kann, begeht Jimmy eine Dummheit. Er macht einen Satz auf den Bullen zu und packt ihn. Der Beamte versucht, seine Pistole zu ziehen, aber Jimmy ist schneller und schlägt sie ihm weg. Er ist wirklich flink. Aber natürlich nicht so flink wie der Autosniper auf dem Dach. Ein menschlicher Scharfschütze würde nie in ein Handgemenge schießen. Für einen Computer hingegen ist das kein Problem. Dreimal kracht es. Jimmy wird zurückgeworfen. Der Bulle hingegen ist völlig unversehrt.

Aber nur kurz. Jimmy Reeves, Hugh Iverson, wer auch immer, stolpert ein Stück rückwärts. Dann fängt er sich und macht einen Satz nach vorne. Auf einmal hält er wieder seine seltsame Hightechklinge in der Hand. Als sie den Bullen trifft, ist das kein schöner Anblick. Der Typ verwandelt sich augenblicklich in Gulasch. Wäre ich nicht so sehr mit anderen Dingen beschäftigt, würde ich mir die Seele aus dem Leib kotzen.

Jimmy rennt mit erhobener Klinge auf das Polizeiauto zu. Der Autosniper nimmt ihn weiter unter Feuer. Jimmy ist vielleicht noch zehn Meter von der Kühlerhaube entfernt. Wenn ihn die großkalibrigen Geschosse treffen, treibt ihn das jedes Mal ein, zwei Meter zurück. Danach rennt er weiter. Eigentlich kann das alles gar nicht sein. Bereits die erste Salve hätte ihn umbringen müssen. In seinem Brustkorb sollte inzwischen ein Loch sein, durch das man einen Rugbyball werfen könnte. Stattdessen ist er immer noch auf den Beinen. Eine kugelsichere Weste?

Er erreicht das Fahrzeug und schlägt nach dem Autosniper. Funken sprühen. Bevor er sich den zweiten Beamten vornimmt, blickt er kurz zurück zu mir. Sein Arkenziel-Overall hat sich so gut wie aufgelöst. Darunter trägt er ein eng anliegendes, seltsam schillerndes Kleidungsstück. Sichtbare Verletzungen hat er keine. Vor seiner Brust schwebt immer noch der Schriftzug: »Hi, I'm Jimmy«.

Von den vielen Schüssen klingeln meine Ohren, und so höre ich das Taxi gar nicht kommen. Ich sehe es erst, als es neben mir hält und der große gelbe Pfeil über dem Fahrzeug aufleuchtet. »Bitte einsteigen« steht darüber. Ich komme hoch und sage dem Autopiloten irgendeine Adresse. Das Taxi fädelt sich auf der Hauptstraße ein und fährt los.

»Was zur Hölle ist hier los?«, frage ich. »Wer war dieser Irre?«

Niemand antwortet mir. Die Wolkenkratzer von Miami kommen näher. Der Wagen biegt ab und fährt über eine Brücke, auf eine Gegend zu, wo der Horizont hell leuchtet, in zahllosen Farben. Meine Glieder fühlen sich plötzlich enorm schwer an. Vermutlich ist es nur der unvermeidliche Crash nach dem Adrenalinschub. Vielleicht kriecht mir aber auch wieder die dunkle Schwere in die Glieder. Es wäre kein Wunder.

Nach zwanzig Minuten erreichen wir South Beach und rollen die Washington Avenue entlang. Draußen ist es beinahe taghell, Holos in jeder Form und Größe werben für Pervixotin Coladas, Thunfisch-Steaks, Blowjobs. Alles ist voller Partyvögel, die entweder schrille Kostüme oder so gut wie gar nichts anhaben.

Das Taxi hält. Offenbar sind wir da. Einen Moment lang bleibe ich einfach sitzen und starre in das pulsierende Lichtermeer, bis meine Augen schmerzen. Ich rufe ein Holodisplay auf und scrolle durch die Bars und Restaurants in der Umgebung. Ein Teil meines Kopfkomitees rät mir allen Ernstes, auf diesen Schreck ein paar Cocktails zu mir zu nehmen, unterfüttert mit einem Surf-and-Turf-Teller, und mir danach einen braun gebrannten Partyboy zu suchen. Aber diesmal sind jene in der Mehrzahl, die für ein Clubsandwich auf dem Hotelzimmer plädieren – und am Morgen für den ersten Flug nach London. Es ist der bessere Plan. Nach nichts sehne ich mich in diesem Moment mehr als nach Stille und Dunkelheit. Ich setze meine Stripperbrille auf, damit die allzu bunte Welt um mich herum verschwindet. Dann sage ich dem Wagen, er möge mich zum Hotel fahren.

Es ist noch ziemlich früh, als mich der Amanuensis weckt – ein wichtiger Anruf. Misstrauisch öffne ich die Augen und schwinge mich in die Vertikale. Die Software besitzt eine ziemlich lange Liste von Dingen, wegen der sie mich außerhalb der normalen Bürozeiten behelligen darf, und eine weitaus kürzere für die Nacht und den Morgen. Gute Gründe, mich zu wecken, sind beispielsweise als dringlich deklarierte Nachrichten aktueller Klienten, jeder Hinweis bezüglich Quästorat Nummer eins und ein paar andere Dinge. Meistens interpretiert der Amanuensis meine Vorgaben korrekt, aber nicht immer. Manchmal stellt das Programm in aller Herrgottsfrühe irgendwelche Knallis durch.

Als ich sehe, wer es ist, wallt Zorn in mir auf. War ja klar, dass ich diese verfluchte Geschichte nicht so einfach loswerde. Ich bestätige die Verbindung. Pierrette Mumeishi erscheint vor meinem Bett. Auf der Kante sitzend, sage ich: »Mrs. Mumeishi.«

Sie schaut auf mich herab. »Mister Singh, guten Tag. Ich habe versucht, Sie zu erreichen.«

Ich wische mir den Sand aus den Augen und sage: »Da sind wir schon zwei.«

Normalerweise würde ich ein Holo-Make-up aktivieren, damit meine Klientin keinem unrasierten Mann in einem verblichenen London-Lions-Trikot gegenübertreten muss. Aber bei Mumeishi spare ich mir das.

»Ich war verhindert«, brumme ich. »Ein wichtiger Klient. Und Sie? Wo waren Sie? Ich habe drei Nachrichten hinterlassen.«

Mumeishi, genauer gesagt ihre holographische Projektion, macht jene zur Decke gerichtete Handbewegung, mit der Leute für gewöhnlich anzeigen, dass etwas im Orbit oder noch weiter weg passiert. Die Anwältin war im All? Das ist keine gute Ausrede. Als ob es dort kein Netz gäbe. Ich beschließe, gleich zur Sache zu kommen.

»Sie haben mir nicht gesagt, dass Perrotte die uneheliche Tochter von Charles II. von Pallas-Vestas ist.«

»Ich ...«

»Sie haben mir auch nicht gesagt, dass sie ein Hohlkopf ist. Und dass sie in Industriespionage verwickelt war.«

Mumeishi versucht, ein aufrichtiges Gesicht zu machen – angesichts ihrer Profession ein hoffnungsloses Unterfangen.

»Dass Sie vielleicht«, fahre ich fort, »einen oder zwei dieser für ein Quästorat wichtigen Sachverhalte nicht kennen – kann sein. Aber alle drei? So hat das keinen Zweck. Suchen Sie sich einen anderen Idioten. Ich habe keine Lust mehr.«

»Ich verdopple Ihr Honorar.«

»Nein danke.«

»Ich verdreifache es.«

»Das ist keine Frage des Geldes. Es geht mir ums Prinzip.«

Sie lächelt. Sie weiß, dass sie mich gleich hat. »Und wenn ich es vervierfache und mich außerdem bei Ihnen entschuldige?«

Allmählich komme ich mir wie ein schmollendes Kind vor. Sie macht das recht geschickt. Mein Gott, wie ich Anwälte hasse. Viermal so viel ist ... viel. Ich kreuze die Arme vor der Brust, schaue zu Boden und sage leise: »Entschuldigung akzeptiert.«

»Dann können wir ...«

»Ich habe noch nicht Ja gesagt. Da wären drei Fragen. Wenn Sie die zu meiner Zufriedenheit beantworten, mache ich weiter.«

»Also gut, Mister Singh. Schießen Sie los.«

Ich schaue ihr in die Augen. »Ist der Kieselkaiser ihr Vater?«

»Ich bin nicht befugt, dazu etwas zu sagen. Es ist mir sogar ausdrücklich verboten worden.«

»Also ja.«

Ihr Mund sagt nichts, aber ihre Augen. Neon lag also richtig.

»Wussten Sie von Perrottes Doppelgängerkabinett in der Rue Vieille du Temple?«

»Nein, wusste ich nicht. Ich kann mir auch nicht vorstellen, was sie damit beabsichtigte. Aber ich habe jemanden dort vorbeigeschickt.«

»Wen?«

»Einen Klon-Spezialisten. Er sagt, die dort gelagerten Körper seien alle Gefäße. Die echte Juliette Perrotte muss folglich woanders sein.«

Ich erwidere nichts, überlege einen Moment. Dann schaue ich sie wieder an. »Sie arbeiten gar nicht für Perrottes Mère.«

»Nein.«

»Sondern?«

»Das darf ich Ihnen nicht sagen.«

»Dann endet unsere Zusammenarbeit hier.«

»Ihr Honorar ...«

»Einen schönen Tag noch, Mrs. Mumeishi.«

Das erste Mal, seit ich sie kenne, verliert die Japanerin die Fassung. Ihre Unterlippe zittert, ihre Hände krampfen. Ich frage mich, ob sie tatsächlich so eine gute Schauspielerin ist. Vielleicht.

»Verdammt noch mal, Singh! Sie wissen es doch eh schon. Warum wollen Sie mich zwingen, es auszusprechen?«

Ich arbeite also für den Kieselkaiser. Das macht diese Geschichte zugegebenermaßen ziemlich interessant.

»Also«, sagt Mumeishi. »Haben wir jetzt einen Deal oder nicht? Ich lege nochmals zehntausend drauf, nicht rückzahlbarer Vorschuss. Ein Zeichen des guten Willens.«

»Wir haben einen Deal. Aber sagen Sie mir noch eins.«

»Was?«

»Warum ausgerechnet ich?«

»Sie wurden mir empfohlen. Darüber hinaus existiert kein spezieller Grund. Außer diesem: Die Sache eilt, sie eilt mehr denn je. Finden Sie Juliette Perrotte, und finden Sie sie schnell. Es geht um Leben und Tod.«

»Ich tue mein Möglichstes.«

»Rufen Sie an, wenn Sie etwas haben. Guten Tag.«

Dann legt sie auf. Ich erhebe mich. Um Leben und Tod? Ich kann mich des Eindrucks nicht erwehren, dass es Mumeishi nicht so sehr um Perrottes Wohlergehen geht. Sondern um das von jemand anderem.

Verstimmt darüber, dass ich mich habe breitquatschen lassen, tapse ich in die Dusche. Während ich mich ordentlich durchweichen lasse, denke ich darüber nach, wie es weitergeht. Da ist zunächst die Frage, wie ich Jimmy mit der Mundharmonika abhake – *ob* ich ihn abhake. Ich muss Lady Mertonshire etwas berichten. Was sage ich ihr bloß? Dass sich ihr Ex-Mann nun Jimmy Reeves nennt und in Golden Glades wohnt? Auf jeden Fall. Dass er neuerdings ein Psycho mit einem riesigen Schwert ist und außerdem völlig kugelsicher? Lasse ich vielleicht besser weg.

Was auch immer ich ihr erzähle – es wird wohl dazu führen, dass Jimmy bald wieder Besuch bekommt. Vermutlich ist er dann bereits weg. Falls Mertonshire sich beschwert, kann ich mich darauf berufen, dass nicht ich es war, der ihren Gatten aufgeschreckt hat, sondern die Tölpel, die ihm nach mir einen Hausbesuch abstatteten. So mache ich's. Während ich mich abrubbele und rasiere, diktiere ich dem Amanuensis einen entsprechenden Brief. Danach weise ich die Software an, die Quästoratsakte Iverson/Reeves zu schließen. Eine Milchtüte weniger, um die ich mich kümmern muss.

Danach gehe ich frühstücken. Das Hotel hat einen gefliesten Innenhof, auf einem Schachbrettmuster stehen Regiestühle in verschiedenen Farben. Ich lasse mich in eine Ecke nieder. Ein blonder Kellner kommt an meinen Tisch und gießt mir Kaffee ein. Er heißt Sven und sieht auch so aus. Ich bestelle Huevos Rancheros und den großen Fruchtbecher. Das skandinavische Prachtexemplar schenkt mir ein strahlendes Lächeln und wackelt von dannen. Ich schaue ihm nach. Er sieht irgendwie unecht aus, wie ein fleischgewordener Cartoon von Tom of Finland – breite Schultern, schmale Hüften, dazu ein Kinn wie ein Amboss. Verwendet er eine Holomasque? Ich habe keinen Brassard gesehen, allerdings auch nicht darauf geachtet.

Ich nippe an meinem Kaffee. Vielleicht ist er holographiert. Aber vielleicht handelt es sich bei Sven auch um einen Hohlkopf und sein Körper ist ein Gefäß. Das ist eigentlich unwahrscheinlich, da er sich die notwendige Prozedur – Digitalisierung und Entfernung des Gehirns, Einsetzen eines e-Cephalons, Erwerb maßgeschneiderter Klone – mit seinem Kellnergehalt vermutlich nicht leisten kann. Aber vielleicht hat er sich das Geld anderweitig verdient, indem er seinen Arsch am Beach feilgeboten hat. Ich muss an Faucheux' Worte denken: »Uploads sind ein Boom-Markt. Die Technologie wird immer billiger.«

Wenn die Zahl der Hohlköpfe weiter ansteigt, wer soll dann eigentlich noch durchblicken? Wer sieht so aus, wie er aussieht? Und wer nicht? Das alles ist enorm verwirrend. Und auf einmal muss ich wieder an Francesco denken: Ein Mädchen in einem Jungenkörper – oder ein Junge in einem

Mädchenkörper. Ein Junge, der auf Jungs steht. Und auf Mädchen. Oder nur auf Jungs? Oder vielleicht ein Mädchen, das immer schon mal einen Homo rumkriegen wollte? So was gibt's. Oder vielleicht spielt das Element der Täuschung eine Rolle: zu wissen, dass der Typ, mit dem man schläft, eigentlich nur mit Männern schlafen will, es aber dennoch hinzukriegen, dass er es mit einer Braut macht, ohne dass er merkt, dass sie eine ist und ...

Sven bringt mein Frühstück. Dankbar lächele ich ihm zu. Er verharrt einen Moment zu lange, wartet auf meine Anmache, aber ich tue so, als bekäme ich von diesem Teil nichts mit. Als er fort ist, rufe ich mir das Foto auf, das ich gestern Nachmittag vor dem Hotel gemacht habe: Galahad mit verspiegelter Sonnenbrille und weit aufgeknöpftem Shirt auf dem Boulevard, im Hintergrund Palmen und das haushohe Holo eines fluoreszierenden Flamingos.

Es gibt viele gute Gründe, Francesco das Bild nicht zu schicken. Der Wichtigste ist, dass mein Leben dadurch kompliziert werden könnte, möglicherweise außerordentlich kompliziert. Ich ahne bereits, dass es mir schwerfallen wird, die Sache auf der Ebene geschäftsmäßigen Gefickes zu halten. Wenn es weitergeht, werden Gefühle im Spiel sein. In Wahrheit ist das bereits der Fall, Chappy hat es mir auf den Kopf zugesagt.

Es gibt aber auch Gründe, das Bild abzuschicken. Zum Beispiel den, dass ich jemanden brauche, der mir diese Hohlkopfszene erklärt. Was hat es mit den Doppelgängern und den Mind Recordern auf sich? Francesco wüsste so was. Mit ihm in Kontakt zu bleiben, ist somit schon aus professionellen Gründen kaum vermeidbar. Von seinen grünen Augen reden wir besser gar nicht. Ich schreibe unter das Bild: ›Grüße aus Miami! XXX, G.‹, und schicke es ab. Das werde ich noch bereuen, aber erst später.

Nachdem ich meine Huevos vertilgt habe, schaue ich Nachrichten. In Bhutan gibt es Massenproteste gegen die Einführung des Holonets. Bisher ist das ganze Land Naked Space, völlig unvorstellbar. Ein Sprecher von Arkenziel erklärt, welche enormen Vorteile vollimmersive Holographie mit sich bringe. Danach berichten sie über Wissenschaftler von der Uni Vancouver, die eine »sensationelle neue Theorie« zur Entstehung der Knossos-Anomalie entwickelt haben. Sie zeigen Archivaufnahmen des hoch in den Himmel aufragenden Lichtdoms. Eine Frau in einem weißen Kittel erzählt etwas von einer »Krasnikov-Röhre«. Offenbar ist das so eine Art Wurmloch. Ich klicke auf weiter, da mir dieser Physikkram immer Kopfschmerzen bereitet.

Als Nächstes kommen die Society-Meldungen. Wieder will ich weiterzappen, als der Sprecher den Kieselkaiser erwähnt. Da mich das naheliegenderweise interessiert, rufe ich mir die Langversion auf.

»... wurde Hugue von Pallas-Vestas, der älteste Sohn des Kieselkaisers, gestern bei seiner Ankunft in New Albion von Commonwealth-Sicherheitskräften in Gewahrsam genommen. Scotland Yard zufolge geht es dabei um einen Vorfall, der bereits zwei Jahre zurückliegt.«

Man sieht, wie der Erbgroßherzog von zwei Bobbys abgeführt wird. Er ist ein aus dem Leim gehender Mittfünziger in einem schlecht sitzenden dunkelblauen Anzug. Da Hugue milliardenschwer ist, trifft seinen Schneider mutmaßlich keine Schuld. Er sieht aus, als habe er in seinen Klamotten geschlafen. Sein Gesicht verrät mir, dass er ausgiebigen Gebrauch von seinem Dispenser macht. Eine Reporterin erscheint. Sie steht laut Banderole in der Ankunftshalle des Raumflughafens von New Albion.

»... soll der Asteroiden-Prinz bei einem privaten Aufenthalt in London ein Zimmermädchen des Mandarin-Carlton belästigt haben. Erst vor wenigen Tagen reichte das mutmaßliche Opfer eine Klage gegen den Thronfolger ein. Polizeikreisen zufolge ist die Beweislage ›erdrückend‹. Dass der Verdächtige kurz nach Eingang der Strafanzeige mit dem Fahrstuhl zur Erde reiste, bezeichnete ein Ermittler als ›glückliche Gelegenheit‹. Der zurzeit einzige funktionsfähige Spacelift steht auf der Äquatorialinsel New Albion. Diese ist Teil der Commonwealth-Föderative, weswegen Hugue bei seiner Ankunft sofort in Gewahrsam genommen werden konnte. Ein Sprecher des Prinzen erklärte ...«

Es werden nochmals Bilder von Hugue gezeigt, der offensichtlich nicht ganz bei sich ist. Er scheint gar nicht zu kapieren, wie ihm geschieht. Die Bullen führen ihn ab, ein Haufen Reporter und Flugkameras umringen den Prinzen. Ich will schon abschalten, da sehe ich es.

»Holo anhalten«, befehle ich. »Fünf Sekunden zurück, extreme Zeitlupe.«

Sie ist es, kein Zweifel.

Ich tippe mit dem Finger auf die Frau in der Menge.

»Ausschnitt vergrößern.«

Pierrette Mumeishi steht im Hintergrund, die Stirn in Falten gelegt. Was ich zu neunzig Prozent wusste, ist nun sicher: Meine Auftraggeberin arbeitet für den Kieselkaiser und seine Familie. Als die Klage gegen Hugue einging, saß er offenbar bereits in einer Kabine des Koimala Orbital Crawlers, auf der mehrtägigen Reise aus dem All zur Erde. Wenn man einmal drin ist, kann man nicht mehr aussteigen. Vermutlich haben sie Mumeishi nach New Albion beordert, um den Sohnemann ihres Chefs rauszuhauen. Deswegen hat sie nicht auf meine Anrufe reagiert.

Ich lasse das Display verschwinden. Nach einem weiteren Kaffee erkundige ich mich nach den nächsten Flügen. Ich könnte den um zehn Uhr nehmen. Dann wäre ich gegen dreizehn Uhr wieder in der City – eine gute Zeit, um Neon Chapelle einen Besuch abzustatten. Ich hoffe, dass er mir weiterhelfen kann. Ansonsten wäre ich nämlich gezwungen, jemand anders anzurufen – jemand, der diesen verrückten Kieselkaiser vielleicht sogar persönlich kennt. Aber das tue ich nur, wenn es unbedingt sein muss. Meinen Vater um einen persönlichen Gefallen zu bitten würde ich gerne vermeiden.

Die Redaktion des ›Tatler‹ liegt in der Nähe des Russell Square. Zwar sind die Immobilienpreise in London wie überall auf einem Allzeittief, aber Bloomsbury ist relativ gesehen eine teure Gegend. Man kann also anscheinend immer noch Geld damit verdienen, sich über andere Leute das Maul zu zerreißen. Chappys Arbeitgeber hat an der Südseite des Square insgesamt acht jener Reihenhäuser gemietet, die wir Engländer als Terraces bezeichnen. Vor ein paar Hundert Jahren stand an dieser Stelle ein hochherrschaftliches Haus. Als es keine hohen Herrschaften mehr gab, teilte man das Gebäude in viele kleine Einheiten. Der ›Tatler‹ hat nun Durchbrüche machen lassen, sodass aus den Terraces wieder ein Gebäude geworden ist: Zaman House.

Ich betrete die Lobby. Sie wird von der Statue einer Frau dominiert, die eine Trompete bläst. Mit Jazz hat das allerdings nichts zu tun. Es handelt sich um Pheme, die griechische Göttin des Gerüchts. Ein paar Minuten, nachdem ich mich bei der Empfangsdame angemeldet habe, erscheint Neon. Er trägt einen blauen Kampfpilotenoverall zu feuerroten Lacrosse-Stiefeln. Den Reißverschluss seines Einteilers hat er geöffnet, sodass man darunter ein weißes Hemd und eine – derzeit knallgelbe – Krawatte erkennen kann.

»Galahad, Darling. Geht's gut?« Er mustert mich von oben bis unten. »Viel Farbe hast du ja nicht bekommen.«

Ich zucke mit den Achseln. »Nachtschwärmer.«

»Ah.« Er lächelt wissend. »Hast die Schönheiten von South Beach erkundet. Beneidenswert.«

Ich lasse meinem Ex seine schlüpfrigen Fantasien und zeige auf die Treppe. »Gehen wir zu dir ins Büro?«

»Lass uns lieber raus in den Park. Es ist so schön heute, ganz bewölkt. Außerdem brauche ich einen ordentlichen Kaffee. Das Gesöff aus der Büromaschine, na, kannst dir ja denken.«

Wir verlassen das Gebäude und laufen die Straße hinunter, bis zur nächsten Ecke, wo eine Tasse über dem Trottoir schwebt. Sie ist so groß wie eine Badewanne und dampft verführerisch. Während Neon noch schnell einen Anruf entgegennimmt und irgendwelche Anweisungen gibt, besorge ich uns zwei Kaffees. Ich nehme einen großen Americano. Neon trinkt Cappuccino. Dieser muss, Sonderwunsch Nummer eins, aus Kagoshima-Bohnen gemacht sein. Der Schaum muss, Sonderwunsch Nummer zwei, mit normaler statt mit halbfetter Milch zubereitet werden. Statt Schokopulver will er Zimt. Als ich bestelle, kommt mir die Order über die Lippen, ohne dass ich nachdenken muss. Dabei ist es sechs Jahre her, dass wir ein Paar waren. Manche Dinge vergisst man nie.

Wir gehen in den Park. Er ist voller Schatten spendender Laubbäume. In der Mitte befindet sich eine Art Rondell. Dort stehen ein halbes Dutzend seltsame Konstruktionen. Sie sehen aus wie abstrakte Statuen von Bäumen. Es sind Pineta. Ich hatte nicht gewusst, dass die inzwischen auch in Londoner Parks aufgestellt werden. Wir setzen uns auf eine Parkbank. Neon zeigt auf die Pineta. »Deepaks Werk?«

Ich betrachte die Fake-Bäume. Sie sind an die acht Meter hoch, ihre Form ist konisch. Sie erinnern entfernt an Koniferen, besitzen allerdings keine Nadeln, sondern schmale Blätter, die streng genommen keine sind.

»Vermutlich. Ich wusste nicht, dass Dad auch so kleine macht.«

»Weißt du, wo er grad ist?«, fragt Neon.

»Keine Ahnung. Irgendwo in Afrika, glaube ich. Oder vielleicht Arabien.«

Neon runzelt die Stirn. »Du redest nicht viel mit deinem Vater, hm?«

»Zum Glück nicht. Aber vielleicht muss ich es bald tun, aus geschäftlichen Gründen.«

»Dein seltsamer Fall?«

»Jep.«

»Was hat er damit zu tun?«

»Ich könnte mir vorstellen, dass Dad den Großherzog persönlich kennt.«

Neon macht eine zustimmende Geste. »Davon ist auszugehen. Diese Superreichen treffen sich immer mal irgendwo. Und vermutlich bezieht Deepaks Firma Rohstoffe aus dem Asteroidengürtel.«

»Anfangs vielleicht«, erwidere ich. »Jetzt geht das alles von selbst.«

»Inwiefern?«

Ich zeige auf die Pineta. »Jeder von denen absorbiert tausendmal so viel Kohlendioxid wie ein normaler Baum. Sie zu bauen ist allerdings aufwendig. Aber sobald ein Pinetum steht, produziert er zum einen Energie und zum anderen Kohlenstoff und Sauerstoff. Daraus kann eine vollautomatische Fertigungsanlage dann weitere Pineta machen. Und je mehr man hat, umso schneller geht das vonstatten.«

Ich habe diesen Vortrag von meinem Vater so oft gehört, dass ich gar nicht mehr sagen könnte, wie oft. Exponentielle Wachstumskurven, Changefunktionen: Je mehr Pineta, desto mehr CO_2 lässt sich umwandeln, desto mehr Pineta kann man errichten. Und, schöner Nebeneffekt: Desto reicher wird die Familie Singh. Nie hat es sich besser angefühlt, den Planeten zu retten. Ich könnte kotzen.

»Lass uns von was anderem reden«, sage ich.

»Über Pallas-Vestas, meinst du.«

Ich nehme einen großen Schluck. »Zum Beispiel. Das mit diesem Hugue hast du ja sicher gehört.«

Neon schürzt beleidigt die Lippen. »Nein, sollte ich? Natürlich habe ich, Darling. Es ist die größte Geschichte des Jahres, zumindest in meinem Universum. Ein leibhaftiger Kronprinz vor dem New Bailey – besser wird's nicht.«

Neons Augen glänzen. Würde der Becher in seiner Rechten dies nicht unmöglich machen, riebe er sich die Hände.

»Hugues Anwälte«, fährt er fort, »wollen durchdrücken, dass die Verhandlung unter Ausschluss der Öffentlichkeit stattfindet. Aber daraus wird nichts. Wir haben bereits Widerspruch eingelegt. Wir werden das gesamte Verfahren holographieren, damit die Welt dabei sein kann!« Er lächelt. »Gegen eine geringe Gebühr, versteht sich.«

»Apropos. Hugues Anwältin, Pierrette Mumeishi.«

Neon schaut erstaunt. »Du kennst sie?«

Ich berichte ihm, dass Mumeishi mich auf Perrotte angesetzt hat. Er nickt langsam. »Ich hatte vor dieser Sache noch nie von ihr gehört. Ist keine typische Promianwältin, sonst wäre sie mir bekannt.«

»Ich bin inzwischen davon überzeugt, dass sie Pallas-Vestas' Hausadvokatin ist. Und Juliette Perrotte ist definitiv seine uneheliche Tochter.«

»Wir lagen also richtig?«, fragt er.

»Sieht so aus. Mumeishi hat es mir so gut wie bestätigt.«

Neon nimmt einen Schluck. Seine Krawatte leuchtet inzwischen in konturlosem Pink. Dann sagt er langsam: »Diese Juliette Perrotte … was ist das für ein Typ?«

»Hochintelligent. Arbeitet als Programmiererin. Quant. Wurde bei ihrem Arbeitgeber Cryptocarbon für schwierige Projekte eingesetzt.«

»Ist sie eine Vollidiotin?«, fragt Neon.

»Hast du nicht gehört, was ich gerade …«

»Ich weiß, was du gesagt hast, Darling.«

Einen Moment lang sagt er nichts – sehr taktvoll von ihm. Aber ich weiß, was er meint. Ich kann mich noch sehr gut an den Tag erinnern, als er *mich* einen Vollidioten nannte. Wie der Cappuccino ist das etwas, das ich niemals vergessen werde. Auf dem Höhepunkt einer unserer dramatischen Trennungen, ich glaube es war die vierte, stand Neon vor mir, Tränen in den Augen, und brüllte: »IQ von 137, englischer Meister in Novaja Sistema, erbt irgendwann Milliarden. Aber ein Vollidiot! Ein unfassbarer Vollidiot.«

Es sticht immer noch ein wenig, wenn ich daran denke, vermutlich weil es die Wahrheit war. Auch wenn man alles hat, kann man unglücklich sein. Auch wenn man alles kann, kann man am Leben scheitern. Und bei Perrotte stellt sich diese Frage in der Tat. Sie besitzt Grips, Talent, reichlich Geld. Sie ist beruflich sehr erfolgreich und hat einen Haufen wunderschöner, oberflächlicher Freunde. Trotzdem stimmt irgendetwas nicht mit ihr. Die Doppelgänger-Gefäße in ihrem Geheimkabinett – das ist doch nicht normal.

»Sie ist seltsam. Aber ich glaube nicht, dass sie eine Vollidiotin ist. Zumindest«, ich lächele Neon an, »nicht in der Weise, wie du es verstehst.«

»Hm, okay. Man würde ihr also Verantwortung übertragen, viel Verantwortung, ohne Sorge zu haben, dass sie alles in den Sand setzt?«

»Vermutlich. Ich verstehe aber nicht, worauf du hinauswillst.«

»Ich glaube«, erwidert er, »dass sie Charles' beste Chance ist.«

Neon steht auf, wirft seinen Becher in einen Papierkorb neben der Bank. Nachdem er sich wieder hingesetzt hat, sagt er: »Hugue geht für diese Geschichte ins Outback. Vermutlich wird er den Rest seines Lebens Bumerangs schnitzen, denn es werden weitere Klagen hinzukommen.«

»Warum?«

»Der Typ ist ein Monster. Außerdem schwer abhängig.«

»Von was?«

»Von allem, was er kriegen kann. Und er kriegt natürlich alles. Die anderen beiden sind leider auch total missraten.«

»Die anderen Kinder des Kieselkaisers?«

»Pierre und Leopoldine. Der Junge ist debil. Nicht unbedingt im medizinischen Sinne. Er ist einfach unfassbar schlicht, weswegen er als Erbe des Asteroidenimperiums eher ausscheidet. Und Leopoldine, das Jüngste der Kinder, ist Ultraallergikerin.«

»Und das ist ein Ausschlussgrund?«

»Sie wird vermutlich nicht sehr alt. Falls doch, dann nur, weil sie in einer Blase lebt. Ich meine das nicht metaphorisch. Das Mädel ist gegen alles allergisch, ist bei Spacern eine häufige Krankheit. Sie hat seit dem Kleinkindalter die Reinraumluft von Berg Orbital geatmet, war nie dem Dreck der Erde ausgesetzt. Sie kann niemals da weg. Außerdem interessiert sich Leopoldine dem Vernehmen nach nur für Musik und Kunst. Sie hat sich angeblich ein holographisches Märchenschloss errichten lassen, das sie nie verlässt.«

Allmählich kapiere ich, worauf Neon hinauswill. »Du meinst, Charles II. will Juliette Perrotte zu seiner Erbin machen?«

»Wenn ich an seiner Stelle wäre, würde ich das sehr ernsthaft in Betracht ziehen.«

»Aber geht das denn so einfach?«

»Der Großherzog ist von königlichem Rang. Könige können Bastarde legitimieren. Der alte Charlie kann Juliette Perrotte, wenn er möchte, zu Juliette von Pallas-Vestas machen.«

»Und seine anderen Kinder? Denen wird das nicht gefallen.«

Neon zuckt mit den Achseln. »Pierre könnte man den Thron unterm Hintern wegziehen, und er würde sich nicht mal wundern, warum ihm plötzlich der Arsch wehtut. Und Leopoldine darf ja nicht mal ihre Zimmerflucht verlassen. Der Einzige, von dem in der Sache nennenswerte Opposition zu erwarten gewesen wäre, war Hugue.«

»Und der ist erst mal beschäftigt.«

»Ja. Seltsamer Zufall übrigens.«

In der Tat hatte mich der Umstand, dass Hugue verklagt wurde, just nachdem er in den Fahrstuhl stieg, bereits misstrauisch gemacht. Nun scheint sicher, dass ihn irgendwer abservieren wollte. Aber wer? Sein eigener Vater? Seine Stiefschwester Juliette? Jemand anderes?

»Das Problem an diesem tollen Erbfolgeplan ist«, sage ich, »dass die neue Kronprinzessin verschwunden ist.«

»Finde sie«, erwidert Neon. »Und dann frag sie, ob sie uns ein Exklusivinterview gibt.«

»Sehr witzig. Charles' Anwältin sagt übrigens, ich soll mich beeilen, es ginge um Leben und Tod. Hast du nicht neulich gesagt, Lord Pebbles wäre schwer krank?«

»Nein. Ich sagte lediglich, dass er uralt ist. Ich habe vor einigen Tagen ein Liveholo seiner wöchentlichen Audienz gesehen, da wirkte er recht rüstig.«

»Könnte auch ein Gefäß gewesen sein.«

»Du meinst, er liegt in Wirklichkeit auf der Intensivstation und transferiert für öffentliche Auftritte sein Cogit in einen gesunden Doppelgängerklon? Interessante Theorie. Wäre eine Mordsstory.«

Ich muss wieder an Perrottes Klone denken, sage aber nichts. Ich traue Neon ziemlich weit, aber so weit dann doch nicht. Irgendwann könnte diese ganze Geschichte aus seiner Sicht so unglaublich verlockend werden, dass er sie einfach veröffentlichen *muss*. Und ich werde den Teufel tun und der Auslöser dafür sein.

Wir erheben uns und gehen noch ein paar Schritte durch den Park, bevor wir uns voneinander verabschieden. Ich schaue Neon einen Moment nach, dann gehe ich durch den Park zur Tubestation. Als ich an den Pineta vorbeikomme, bleibe ich kurz stehen. Auf dem Boden ist eine kleine Messingtafel eingelassen. »Gestiftet von Avalon Inc., 2083« steht darauf. Ich gehe weiter. Dank Neon weiß ich nun einiges über Perrottes Familienverhältnisse. Vielleicht kenne ich sogar das Motiv. Meine bisherige Arbeitshypothese lautete, jemand habe Juliette gekidnappt, weil sie über wertvolle Informationen zur Upload-Technologie verfügte. Genauso probabel scheint es, dass die Kinder des Wolkenkaisers sie abserviert haben, genauer gesagt Prinz Hugue. Möglicherweise hatte er spitzgekriegt, dass sein Vater ihn enterben wollte.

Trifft Hypothese eins zu, arbeitet meine Milchtüte nun bei einem Supernational. Großkonzern bedeutet höchste Sicherheitsvorkehrungen, neuer Look und neuer Pass. Perrotte zu finden dürfte in diesem Fall sehr schwierig werden. Hypothese zwei: Hugues Auftragskiller haben Juliette entführt, und sie ist bereits tot. Ihre Überreste wird man niemals finden. Vermutlich haben die Mörder ihre Leiche in einen Tank mit genetisch modifizierten Bakterien gesteckt. Ein paar Stunden später war sie Suppe.

Nur eines dieser beiden Szenarien ist schlecht für Juliette Perrotte. Aber beide sind schlecht für mich. Wie zur Hölle soll ich sie nun noch finden?

Ich starre die verdammten Pineta an, so als könnten sie mir darauf eine Antwort geben. Vielleicht können sie es sogar. Aber das wird mich einiges kosten – Zeit, Nerven, Antidepressiva.

Ich rufe den Amanuensis auf und erkundige mich, ob er weiß, wo mein Vater ist. Es dauert einen Moment, bis er eine Antwort von Dads Amanuensis hat. Anscheinend hält sich mein Vater derzeit in Nadschaf auf. Ich rufe mir eine Weltkugel auf. Nadschaf liegt in der Persischen Föderative, irgendwo im Norden der arabischen Halbinsel. Dort gibt es nur Sand und Sonne, sehr viel Sonne. Die Gegend gilt als unbewohnbar. Im Sommer steigt das Thermometer dort auf coole fünfundsechzig Grad im Schatten. Was nur bedeuten kann, dass Bābā wieder einmal ein Wäldchen anlegt.

Sobald ich in der Tube sitze, schreibe ich meinem Vater eine Mail. Aber was schreibe ich ihm? Wenn ich behaupte, ich wolle mich einfach wieder einmal melden, kann ich mir einen schnellen Rückruf abschminken. Mein Vater ist der Ansicht, dass die Pflicht stets Vorrang vor weniger wichtigen Dingen hat – familiärem Geplauder, zum Beispiel. Da er als Vorstandschef der weltumspannenden Avalon Group ziemlich viele Pflichten hat, kann es Wochen dauern, bis er zurückruft.

Deshalb schreibe ich ihm lieber, dass es um ein lukratives Geschäft geht, Asteroidenmining. Das ist zumindest nur halb gelogen – na gut, drei viertel. Ich schicke die Mail ab. In meiner Inbox finde ich außerdem einen Schrieb der EURUS-Sicherheitsbehörden. Sie bitten um Rückruf, es geht um Juliette Perrotte. Es war zu erwarten, dass die irgendwann auftauchen. Eine gewisse Praporschtschik Natascha Duerte schreibt, man wisse von meinem Termin bei Faucheux und habe dazu Fragen. Ich schlage den Euro-Bullen für den Nachmittag eine Holoschalte vor.

Und dann ist da noch eine Nachricht von einem Monsieur F. Bittner. Der Name sagt mir zunächst nichts. Dann fällt der Groschen. Die Mail ist von Francesco. Sie enthält nur Text und ist kaum zwei Zeilen lang: »Bin an diesem Wochenende in London – sollen wir uns treffen?«

Ich schreibe zurück, dass ich mich gerne mit ihm treffen will. Mein Herz klopft dabei mehr, als es mir lieb ist.

Zu Hause gehe ich ein paar Stunden ins Gym. Das hilft mir beim Nachdenken. Vielleicht ist das der falsche Ausdruck. Wenn man versucht, nicht von einer sechzig Kilo schweren Langhantel erwürgt zu werden, denkt man eigentlich überhaupt nicht mehr. Aber sobald ich fertig bin, fallen mir meist die Fragen ein, um die ich mich längst hätte kümmern sollen, manchmal sogar die Antworten.

Als ich schweißgebadet ins Wohnzimmer trete, bin ich in der Tat voller Fragen. Und ich habe noch siebenundzwanzig Minuten, bis der Bulle anruft – also los. Ich öffne ein paar Holofenster und schalte die Milchtütenwand ein. Als Erstes suche ich nach Peter Wang. Mir ist gerade wieder eingefallen, dass sein Name in Perrottes Notizbuch erwähnt wurde, genauer gesagt in Perrottes halbiertem Notizbuch. Peter Wang war anscheinend ein Mathematiker – Träger der Fields-Medaille, Professur in Harvard. Er beschäftigte sich mit den Grundlagen der Mathematik und bewies eine bis dato ungelöste Vermutung, die Guralnick-Thompson-Vermutung. Ferner arbeitete er an der Silbervlies-Vermutung. Ich versuche gar nicht erst zu verstehen, was das ist. Ich schaue nach, ob Wang auch zu Verschlüsselungsverfahren geforscht hat oder zur Digitalisierung des menschlichen Gehirns. Hat er nicht. Wäre ja auch zu schön gewesen.

Als Nächstes recherchiere ich zu dem seltsam aussehenden Schwert, mit dem man mich in den vergangenen Tagen zweimal umzubringen versucht hat. Da ich nicht genau weiß, wo ich anfangen soll, zeichne ich das Ding. In Kunst war ich besser als in Mathe, weswegen die Skizze recht brauchbar gerät. Ich gebe sie dem Amanuensis und bitte ihn, nach ähnlichen Waffen zu suchen. Aber das, was er auftreibt, ist alles antik. Die Schwerter von Jimmy und Faucheux' Mörder waren gerade, mit leicht gebogener Spitze. Sie ähneln dem maurischen Scimitar oder dem osmanischen Yatagan, aber nur von der Form. Ich bin mir nicht einmal sicher, ob die Klingen aus Stahl waren. Für mich sahen sie eher nach Keramiklegierung aus – oder nach etwas völlig anderem.

Immerhin erfahre ich, dass tatsächlich noch Schwerter benutzt werden oder genauer gesagt: wieder. Ich ging bisher davon aus, dass Klingenwaffen höchstens noch in Holo-Rollenspielen Verwendung finden. Aber viele moderne Armeen scheinen Schwerter in den vergangenen Jahren wiederentdeckt zu haben. Mit dem Aufkommen von Keramikrüstungen und Exoskeletten ist die Wahrscheinlichkeit, einen Kontrahenten mit einer Feuerwaffe unschädlich zu machen, erheblich gesunken. Moderne Schwerter können Panzerungen mitunter besser durchdringen als Projektile.

Noch beliebter sind Schwerter demnach bei Spacern. Ich habe noch nie darüber nachgedacht, aber eigentlich ist es logisch: In einem Flugzeug eine Schusswaffe abfeuern – schlechte Idee. Dasselbe in einem Raumschiff zu tun – noch schlechtere Idee. Nirgendwo ist der Mensch verwundbarer als im All, weswegen Feuergefechte dort oft an Selbstmord grenzen. Hinzu kommt die Schwerelosigkeit. Der Rückstoß einer großkalibrigen Knarre reicht anscheinend aus, um ihren Besitzer auf dreißig bis vierzig Stundenkilometer zu beschleunigen – deshalb Schwerter.

Statt Stahl verwendet man dem Vernehmen nach heutzutage metallisches Glas. Ich suche nach Schwertern, die man zusammenschieben kann wie einen Teleskopschlagstock. Aber so etwas scheint es nicht zu geben.

Ich will mir gerade einen Kaffee besorgen, als Praporschtschik Natascha Duerte anruft. Rasch lege ich einen Anzug über meine Trainingsklamotten und nehme den Anruf an. Vor mir erscheint eine Frau, wohl um die sechzig, in der graugrünen Uniform der EURUS-Staatssicherheit. Unter ihrem Béret lugt ein feuerroter Pferdeschwanz hervor. Ich lege meine rechte Handfläche auf meine linke Brust, die holographische Form des Händeschüttelns. Sie tut es mir nach.

»Guten Tag, Mister Singh. Mein Name ist Starschi Praporschtschik Natascha Duerte, ich leite die Untersuchungen im Fall Faucheux.«

Ich lasse mich auf einem der Wohnzimmerstühle nieder. Duertes Holoprojektion setzt sich ebenfalls.

»Wie kann ich Ihnen weiterhelfen, Praporschtschik?«

»Sie hatten kurz vor seinem Tod Kontakt zu Faucheux.«

»Das ist korrekt.«

»Sie haben ihn am 17. April in seinem Büro aufgesucht?«

»Ja. Es ging um einen Fall.«

»Quästorat?«

»Korrekt.«

»Und wen suchen Sie?«

Normalerweise würde ich meine Hacken in den Sand stemmen und mich weigern, diese Information preiszugeben. Wer meine Klienten sind, geht niemanden etwas an, auch die Bullen nicht. Vor allem die Bullen nicht. Aber mein Rechercheergebnis in Sachen Perrotte ist immer noch dürftig. Vielleicht kann ich von Praporschtschik Pferdeschwanz ein paar Dinge erfahren, die ich noch nicht weiß.

Ich mache ein Gesicht, als koste mich der nächste Satz sehr viel. »Mein Klient ... eine Mitarbeiterin von Monsieur Faucheux. Juliette Perrotte.«

»Seit wann suchen Sie sie und für wen?«, fragt Duerte.

»Für die Mutter. Seit fünf Tagen. Ich habe Faucheux in der Sache befragt.«

»Und was hat er Ihnen erzählt?«

»Dass Perrotte eine pflichtbewusste Mitarbeiterin war, die an einem wichtigen Projekt arbeitete.«

Es ist an der Zeit, einen Köder auszulegen.

»Faucheux«, sage ich, »schien mir beunruhigt.«

Duertes tonnenhafter Oberkörper schiebt sich einige Zentimeter vor. »Inwiefern?«

»Wegen Perrottes Verschwinden. Ich glaube, er befürchtete, seine Mitarbeiterin könnte etwas entwendet haben – Firmengeheimnisse.«

Sie nickt. »Ja, das vermuten wir auch. Hat er Ihnen gesagt, was Perrotte gestohlen haben könnte?«

»Nicht im Einzelnen, nein. Vermutlich irgendwelchen Programmcode. Perrotte arbeitete an Verschlüsselungssoftware für Cogits.«

»Moment«, sie schaut etwas nach. »Sie meinen wohl Back-up-Software?«

Ich antworte mit einem fragenden Gesichtsausdruck.

»Perrotte«, sagt Duerte, »soll meinen Informationen zufolge an einer neuen Back-up-Software für Cogits gearbeitet haben.«

Ich schüttele langsam den Kopf. »Davon ist mir nichts bekannt. Ich weiß nur von den Kryptosachen. Und warum hat sie diese Back-up-Software entwickelt?«

Duerte zuckt mit den Schultern. »Keine Ahnung. Faucheux hatte nur notiert, dass diese Software auf Cryptocarbons Servern liegt. Es scheint sich jedoch nicht um ein offizielles Firmenprojekt gehandelt zu haben.«

Sie lehnt sich zurück und verschränkt die Arme. »Und jetzt

würde ich gerne wissen, worum es bei Ihrem zweiten Treffen ging.«

Die Bullen wissen davon. Ich unterdrücke einen Fluch. »Wir wollten abgleichen, was ich inzwischen über Perrottes Verschwinden herausgefunden hatte. Ich habe in ihrem Freundeskreis herumrecherchiert. Und Faucheux hatte Perrottes Geschäftsunterlagen durchgesehen. Ich glaube, er war wie gesagt zu dem Schluss gelangt, dass irgendeine Form von Industriespionage vorlag.«

»Wo trafen Sie ihn?«

»Im ›La Couronne‹.«

»Wirkte er auf Sie nervös?«

»Ehrlich gesagt schon. Den Grund konnte er mir allerdings nicht mehr sagen.«

Ich beschreibe die Angreifer und den Wagen. Das Schwert lasse ich weg.

»Das deckt sich mit den Aussagen mehrerer Zeugen. Diese sagen auch, sie hätten versucht, Faucheux zu beschützen, und einen der Angreifer gegen einen Spiegel geschleudert.«

Duertes Gesichtsausdruck signalisiert mir, dass sie Körperverletzung als Straftatbestand ausgesprochen uninteressant findet.

»Wie ging es dann weiter?«, fragt sie.

»Ich wurde von Faucheux getrennt.«

Das ist sogar die Wahrheit.

»Waren Sie in dem Supermarkt?«.

Aus der Frage könnte man schließen, dass sie es nicht weiß. Vielleicht haben die Überwachungskameras des Geschäfts mich tatsächlich nicht gefilmt. Wahrscheinlicher ist, dass Kommissar Pferdeschwanz mich in eine Falle locken will.

»Ich sah ihn reinrennen, also bin ich hinterher.«

»Und dann?«

»Bekam ich es mit der Angst zu tun. Ich bin weggelaufen.«

»Weggelaufen und schnurstracks zum Flughafen gefahren, um sich unserer Jurisdiktion zu entziehen.«

Ich schüttele den Kopf.

»Für wie dämlich halten Sie uns, Mister Singh?«

»Ich halte Sie nicht für dämlich. Wissen Sie, ich habe normalerweise nichts mit Mordfällen zu tun. Ich bin nur ein Quästor. Und außerdem: Wenn die Kameras des Supermarktes alles aufgezeichnet haben, dürfte doch klar sein, dass ich an Faucheux' Tod keine Schuld trage.«

»Die Kameras im Supermarkt hatten einen Defekt.«

»Dann überprüfen Sie die Logs des Holonets.«

»Das ist schwieriger, als Sie vielleicht glauben. Weil man während der Turing-Krise mit derartigen Systemen extrem schlechte Erfahrungen gemacht hat, werden personenbezogene Holonetdaten alle sechzig Minuten unwiederbringlich gelöscht.«

»Sechzig Minuten müssten aber doch gereicht haben.«

»Normalerweise schon. Aber ... Sie erinnern sich an den Lightout?«

»Ja, habe ich mitbekommen.«

»Durch den Holonet-Ausfall wurden alle Daten im Cache unlesbar.«

»Obwohl die sechzig Minuten nicht um waren?«

»Ja.« Sie beißt die Zähne zusammen. Sie erinnert mich nun an einen russischen Nussknacker. »Eine Sicherheitseinstellung des Holonets, wie ich gelernt habe.«

»Zwei Systemausfälle auf einmal«, sage ich. »Zufall?«

Duerte erwidert nichts. Ihr Gesicht aber sagt: Nie im Leben.

»Die Systemausfälle«, sage ich, »sprechen für Faucheux' Hypothese, oder?«

»Inwiefern?«

»Industriespionage im Zusammenhang mit einem Hightechunternehmen, gehackte Kameras, ein Lightout. Könnte zusammenpassen.«

»Könnte, könnte nicht. Wer weiß das schon. Warum ist Perrotte Ihrer Ansicht nach verschwunden?«

»Ich habe bisher keinen blassen Schimmer, Praporschtschik. Wenn sie ihrem Arbeitgeber Codefitzel geklaut hat, dann vermutlich nicht des Geldes wegen – Perrottes Familie ist sehr wohlhabend.«

»Falls Sie sie finden, verständigen Sie mich bitte umgehend. Perrotte ist eine wichtige Zeugin.«

»Selbstverständlich. Sie können sich drauf verlassen.«

Sie mustert mich mit einem Blick voller Zweifel. Kann ich ihr nicht verdenken.

»Das wäre zunächst alles, Mister Singh. Halten Sie sich bitte zu unserer Verfügung.«

»Natürlich, Praporschtschik.«

Duerte steht auf und nickt mir energisch zu. Sie legt ihre Hand auf die Brust und klinkt sich aus. Ich schaue zu, wie sich ihr Holo auflöst.

In der Küche besorge ich mir einen Kaffee. Während ich ihn trinke, schaue ich das Londoner Veranstaltungsprogramm für die nächsten Tage durch, um für Francescos morgigen Besuch gut vorbereitet zu sein. Mag er Theater? Ballett? Museen? Als ich mir gerade ein paar Sachen markiert habe, poppt eine Nachricht auf. Ich hatte den Amanuensis gebeten, mich umgehend zu informieren, falls mein Vater sich meldet. Nun ist eine Mail von ihm eingetrudelt.

»Schön, dass es Dich auch noch gibt, mein Sohn. Wir können gerne reden. Komm vorbei.«

Ein Seufzer entfährt meiner Brust. Selbst einen Zweizeiler muss er mit einem Vorwurf beginnen. Verdammt, ich habe keine Lust auf diese Scheiße. Wieso kann er nicht einfach anrufen? Wieso muss es immer kompliziert sein?

Seufzend diktiere ich meine Antwort: »Bābā, Treffen wäre schön. Aber gerade sehr eingespannt. Geht auch Schalte?«

Ich weiß eigentlich bereits, dass er ablehnen wird, weil er Holoschalten für respektlos hält. Ich will schließlich etwas von ihm, Informationen zu Asteroidenmining. Folglich verfügt er über einen Hebel, um den Sohnemann antanzen zu lassen. Ich weiß sehr gut, warum ich bereits seit Jahren kein Geld mehr von meinem Vater annehme – wegen der Hebel. Für Dad besteht die ganze Welt aus Hebeln. Man zieht an ihnen, woraufhin Menschen irgendetwas machen oder nicht machen. Irgendetwas, das er will.

Ich vertreibe den Gedanken an meinen Vater. Leider macht sich stattdessen ein anderer in meinem Kopf breit, der auch nicht gerade erfreulich ist. Rasch erkundige ich mich bei der Amanuensis-Software, ob es irgendetwas Neues zu Quästorat Nummer eins gibt. Wenn dem so wäre, erschiene sofort eine rot umrandete Mitteilung vor meinen Augen. Aber ich muss dennoch nachfragen, muss sicher sein.

Es gibt natürlich nichts Neues.

Ich werde weiter warten müssen, auch wenn das Warten unerträglich ist. Es ist schwer, dieses Gefühl zu beschreiben, diesen stumpfen Schmerz in der Seele. Meiner Ansicht nach kommt es jenem Gemütszustand nahe, den die Koreaner *han* nennen und für den es im Englischen kein Wort zu geben scheint. *Han* ist Trauer, Reue, Verbitterung und Traurigkeit, alles in einem. Vor allem aber ist *han* passiv. Man kann das, was einem widerfahren ist, nicht wiedergutmachen, nicht rächen, nicht ausbrennen. Stattdessen muss man warten, dass die Ungerechtigkeit vielleicht irgendwann in Ordnung gebracht wird. Selbst wenn diese Hoffnung unrealistisch ist, darf man sie nicht aufgeben. Man muss hoffen, weil es einem ansonsten die Seele zerfrisst.

Einen Moment lang sitze ich still da und starre aus dem Fenster, hinaus in die Dämmerung. Vielleicht ist nun ein guter Moment.

»Mein Musiklehrer soll kommen«, sage ich.

Ein Schwarzer erscheint. Er ist Mitte dreißig, trägt einen Dreiteiler ohne Krawatte. Um seinen Hals hängt an einer Schlaufe ein Saxofon.

»Guten Abend, Galahad. Sollen wir bei ›Blue Train‹ weitermachen?«

»Okay, John.«

Ich nicke und greife mir das Tenorsax vom Ständer. Nachdem wir uns eingespielt haben, lege ich los. Fast zwei Stunden übe ich. Am Ende lobt John mich, aber ich bin nicht zufrieden. Neulich, da war ich viel besser. Da hatte ich es fast.

Ich hatte Francesco angeboten, ihn nachmittags an der St.-Pancras-Station abzuholen. Aber er muss zunächst noch einen Termin irgendwo in Kensington absolvieren, weswegen wir vereinbart haben, uns später in Bayswater zu treffen. Vermutlich ist es besser so. Ich stelle mir vor, wie ich am Ende des Gleises gewartet und den Hals gereckt hätte. Womöglich wäre ich auf die Idee gekommen, einen Strauß Blumen zu kaufen.

Für unser kleines Tête-à-Tête hätte das ›Veldt‹ gut gepasst. Aber dort war ich erst vor ein paar Tagen. Außerdem besteht die nicht geringe Wahrscheinlichkeit, Chappy dort zu treffen. Mein Ex-Freund wäre zweifelsohne entzückt, meine neue Flamme kennenzulernen. Wie ich ihn kenne, würde er Francesco auch gleich eine Galahad-Singh-Gebrauchsanleitung mitgeben. Deshalb habe ich mich lieber für das ›Romero‹ entschieden, eine Tapasbar. Um acht Uhr sind wir verabredet. Bereits um Viertel vor sitze ich an der Bar und schütte Rotwein in mich hinein. Ich erkläre mir meine Nervosität damit, dass ich nicht weiß, was mich erwartet – genauer gesagt, wer.

Ein paar Minuten nach acht schwingt die Eingangstür auf und ein Enddreißiger in einem Cordanzug tritt ein. Es ist eindeutig der gleiche Francesco wie beim letzten Mal – dieselben kupferfarbenen Haare, derselbe milchkaffeefarbene Teint.

Er kommt auf mich zu. Wir küssen einander auf die Wangen. Ich gebe dem Kellner ein Zeichen, woraufhin er uns zu unserem Tisch bringt. Francesco will ebenfalls Rotwein, weswegen ich gleich eine ganze Flasche ordere. Nachdem wir uns zugeprostet haben, sagt er: »Schön, dich wiederzusehen.«

»Ich freu mich auch. Wie war dein Termin?«

Er macht eine wegwerfende Handbewegung. Francesco, oder genauer gesagt Francescos Gefäß, steckt heute in einem sehr schicken haselnussbraunen Cordanzug von Walter Ma. Dazu trägt er ein weißes Hemd und eine Strickkrawatte. Man könnte ihn fast für einen Londoner halten, für einen Werber oder vielleicht einen Designer.

»War okay. Jetzt habe ich frei.« Er legt seinen Zeigefinger ans Kinn und tippt dagegen. Dabei schaut er mich aus seinen großen grünen Augen an. »Ich bleibe bis morgen.«

Ich unterdrücke den Impuls, nach seiner Hand zu greifen. Stattdessen erwidere ich lediglich, dass ich das wunderbar finde oder etwas in der Art. Ich bemerke, dass meine Ohren rot werden, weswegen ich mich rasch der Karte zuwende. Wir beschließen, eine Tapas-Platte für zwei zu nehmen. Während wir auf das Essen warten, frage ich: »Was genau arbeitest du eigentlich?«

Ich bin mir ziemlich sicher, dass Francesco überhaupt nicht arbeiten muss. Er gehört zweifelsohne zur *upper crust* und hatte schon ausgesorgt, bevor seine Eltern mit dem Zeugungsakt durch waren. Aber das gilt für mich im Prinzip ja auch. Trotzdem habe ich einen Job.

»Ich verticke Kunst.«

»Das heißt, du bist Galerist?«

»Ja, aber nicht so, wie du dir das vielleicht vorstellst. Ich habe keinen Laden in Paris, wo Bilder an der Wand hängen. Ich bin auf Antiquitäten spezialisiert.«

»Interessant. Und auf was für welche?«, frage ich.

»Römer, Luwier, Griechen – und da vor allem Mykener, Kreter.«

»Also Statuen, Vasen?«

»Genau. Gerade habe ich ein paar kretische Stücke ergattern können. Die sind, wie du dir denken kannst, extrem beliebt.«

»Wegen des Lichtdoms?«

»Natürlich«, erwidert er.

»Aber altes Zeug aus Knossos hat doch nichts mit der Knossos-Anomalie zu tun.«

Er lächelt. »Das sagst du. Aber du ahnst gar nicht, wie viele Esoteriker und Verschwörungstheoretiker das anders sehen. Die meinen, weil der Lichtdom unweit des alten minoischen

Königspalastes aufgetaucht ist, müsse das irgendwas bedeuten.«

»Und was?«

Francesco zuckt mit den Schultern. »Irgendwas. Die Leute mögen keine Zufälle. Sie glauben, dass sich in den bis heute unentschlüsselten minoischen Hieroglyphen irgendwelche Hinweise verstecken.«

»Und der Minotaurus war ein Alien?«

Er seufzt. »So was in der Art. Auf jeden Fall hat der ganze Bohei die Preise für kretische Kunstobjekte stark steigen lassen. Mir soll es recht sein.«

Francesco greift nach meiner Hand. Ich lege sie in die seine. Er hat lange, schlanke Finger, die nur ganz leicht behaart sind.

»Und du? Was macht die Queste, Lord Galahad?«

»Wenn ich jetzt sage, den kannte ich noch nicht, würde ich lügen.«

»Entschuldigung. Bietet sich einfach an. Hast du Juliette gefunden?«

»Nein. Ich weiß auch nicht, ob sie noch am Leben ist.«

»Hat sie jemand entführt?«

»Vielleicht. Ihre Firma ... sie hat bei dieser Uploadfirma gearbeitet, Cryptocarbon. Schon mal gehört?«

Unsere Tapas kommen. Francesco lässt meine Hand los und greift nach einem Löffel. Er fragt mich, was ich möchte, und legt mir dann vor – Käsebällchen, Datteln im Speckmantel und anderes ungesundes Zeugs. Während er sich auch etwas nimmt, erklärt er: »Baby, ich bin Quant. Natürlich weiß ich, wer die sind.«

»Deren Geschäftsführer wurde ermordet. Perrotte ist verschwunden.«

»Klingt nicht ganz ungefährlich, was du da machst. Du solltest dir vielleicht auch ein paar Gefäße zulegen.«

»So gefährlich ist es auch wieder nicht. Außerdem, ich hänge an meinem Gehirn.«

Francesco lässt eine große grüne Olive in seinem Mund verschwinden. Er zeigt mit dem Finger auf meinen Kopf. »Gerade deshalb.«

Ich gieße uns noch Wein ein. Die Flasche ist fast leer. Der Kellner wirft mir einen fragenden Blick zu. Ich nicke.

»Der Anzug steht dir«, sage ich.

Francesco lächelt. Ich glaube, er wird ein kleines bisschen rot. Aber vielleicht liegt es auch am Wein. Er schaut mich fragend an. »Und was wolltest du noch sagen?«

Nun werde ich rot. »Das … äh … das Gefäß steht dir auch. Sagt man so?«

»Klar, warum nicht. Deines ist übrigens auch nicht schlecht.«

»Hast du den jetzt … äh … übernommen?«

Ich stelle mir vor, wie Francesco am Tag nach der Party bei unserem Gastgeber Ramon anruft und sich dafür entschuldigt, dass er einfach dessen Gefäß mitgenommen hat. Und ihn später erneut anruft und sagt: »Kannst du mir noch mal diesen Körper mit den Korkenzieherlocken ausleihen. Mein neuer Lover steht drauf.«

Francesco kichert. »Habe ich Ramon abgekauft. Ich wollte dich nicht allzu sehr verwirren. Du bist doch verwirrt, oder?«

»Ziemlich.«

»Willst du irgendwas wissen?«

Ich will eine Menge wissen. Zum Beispiel, wer der wahre Francesco ist. Wie sein echter Körper aussieht. Wie man eine Beziehung mit jemandem haben kann, der seine Körper wechselt wie andere Leute ihre Schuhe. Vor allem aber möchte ich wissen, ob er später mit zu mir kommt.

»Gibt es bei euch Hohlk… bei euch Quants irgendeine … äh … Etikette? Ich will nichts falsch machen.«

Er schaut einen Moment zur Decke und überlegt. Dann sagt er: »Quants sind nicht gleich Quants. Weißt du, als diese Technologie entstanden ist, wurde sie zunächst nur von ganz bestimmten Leuten genutzt.«

»Du meinst reichen Leuten.«

»Auch. Aber vor allem meine ich Leute aus bestimmten Berufsgruppen. Mithilfe der Uploadtechnologie können Soldaten in den Krieg ziehen, ohne zu Krüppeln zu werden. Schauspieler können sich ihren Rollen anpassen. Spacer können mit Lichtgeschwindigkeit reisen. Und Prostituierte … na, du kannst es dir vorstellen.«

»Aber?«

»Diese Leute haben sich digitalisieren lassen, weil es für ihre Arbeit sinnvoll war, also aus funktionalen Gründen. Aber inzwischen gibt es viele Leute, die es aus anderen Gründen tun.«

»Weil sie unsterblich werden wollen?«

Francesco schüttelt den Kopf. »Die meisten Quants, die ich kenne, glauben nicht, dass man das Ein-Körper-Problem lösen kann. Es geht nicht um Unsterblichkeit. Es geht um Wandelbarkeit. Um Spaß.«

»Okay. Aber was bedeutet das für die Etikette?«

»Na ja, für die Leute, die funktionale Gründe für die Digitalisierung haben, für die ist ein Gefäß eine Art Arbeitsoverall. Aber für uns …«, er tippt sich ans Revers, »… für uns sind Gefäße ein *way of life*. Viele von uns wollen etwas anderes sein als das, was sie sind. Sie wollen unerkannt bleiben. Eine

Holomasque kann man mit einer Unterseher-Brille durchschauen. Bei einem Gefäß ist das anders. Wenn es also eine Etikette gibt, dann ist sie ziemlich einfach. Man kann einen Quant eigentlich alles fragen.«

»Außer?«

»Außer ›Wie siehst du in Wirklichkeit aus?‹ Wenn der andere drüber reden will, rückt er irgendwann schon von selbst damit raus. Wenn nicht, dann nicht.«

Er lächelt. »Wäre sonst ein bisschen so, als ob man den anderen beim ersten Date fragt, wann er einem endlich seine Eltern vorstellt.«

Ich nehme einen großen Schluck. »Verstehe.«

»Kommst du damit klar? Wenn nicht, dann solltest du es mir jetzt vielleicht sagen.«

Komme ich damit klar? Das Komitee der Selbste müsste sich dazu erst einmal eingehend beraten. Bevor ich jedoch eine Sitzung einberufen kann, habe ich bereits Francescos Hand umfasst und sage: »Lass uns zu mir gehen.«

Er schmunzelt. »Ich dachte schon, du fragst nie. Ich hab nämlich eigentlich gar keinen Appetit. Auf Tapas.«

Kurz darauf sind wir durch die Tür und laufen Hand in Hand die Straße entlang. Wir gehen zu dem Taxistand vor der Paddington Station. Über dem Eingang steht ein glückliches junges Paar. Es überragt die umliegenden Gebäude um mehrere Meter. Die Frau hat ein kleines Kind auf dem Arm, das eine Uschankamütze trägt. Darüber steht in riesigen Lettern: »Ein neues Leben in Sibirien! Jetzt für das 15. Siedlungsprogramm bewerben.«

Wir steigen in eines der Taxis. Ich nenne dem Autopiloten das Ziel, und der Wagen setzt sich in Bewegung. Diesmal geht es uns wie damals unseren Beifahrern in Paris. Als wir ankommen, muss der Autopilot uns zweimal darauf hinweisen, dass wir unser Ziel erreicht haben. Immer noch ineinandergekrallt stolpern wir aus dem Taxi, die Treppe hoch, durch die Haustür. Bis zum Bett schaffen wir es nicht mehr.

Später liegen wir auf dem Sofa und trinken Kaffee. Nach einiger Zeit steht Francesco auf und begutachtet meine Wohnung, schaut sich Poster und Bücher an. Er nimmt einen Bildband in die Hand.

»Ein Buch über mittelalterliche Schwerter? Bist du so ein Fantasynerd? So siehst du gar nicht aus.«

Den Bildband »Schwerter der Welt« habe ich gestern in einem Buchladen drüben auf der High Street erstanden, ein Impulskauf.

»Nein«, antworte ich, »eher Martial-Arts-Nerd. Und wenn man sich für Kampfsport interessiert, gehören Schwerter irgendwie auch dazu.«

Francesco legt das Buch wieder weg. Danach bestaunt er meine Saxofone. Er nötigt mich, ihm etwas vorzuspielen. Während ich das tue, wandert Francesco weiter in meinem Wohnzimmer umher, zu ›A Love Supreme‹. Er inspiziert meine Habe. Der Bursche ist ganz schön neugierig, aber das stört mich nicht. Eher freut es mich, denn es zeigt mir, dass er sich nicht nur für meinen Schwanz interessiert.

Mein Saxspiel ist heute ganz gut. Ich bin so darin vertieft, dass es einige Sekunden dauert, bis ich bemerke, dass Francesco stockstarr vor der Kommode steht. Ich setze das Sax ab.

»Alles okay?«

»Das Ding hier. Woher hast du das?«

»Welches Ding?«

Ich erhebe mich und gehe einige Schritte auf ihn zu. Nun

sehe ich, was er meint. Auf der Kommode steht eine knallrote Kiste mit der Aufschrift MIND RECORDER. DO NOT OPEN.

Ich stelle mich neben Francesco. »Das ist ein Memnos Explorer Extreme.«

»Ich weiß, was das ist. Aber wieso hast du so ein Ding? Das benutzen nur ...«

Er dreht sich zu mir. »Der gehört Juliette, oder?«

»Vermutlich. Ist eine seltsame Geschichte.«

Ich bedeute ihm, wieder aufs Sofa zu kommen. Nachdem ich uns noch einen Kaffee eingeschenkt habe, erzähle ich Francesco von den Rucksäcken mit den Blackboxen. Und ich berichte von den sechs Klonen, die alle exakt so aussahen wie ihre Besitzerin.

»Ich kann mir keinen Reim drauf machen«, sage ich. »Keine Ahnung, was sie damit angestellt hat. Sie brauchte Doubles, aber wofür bloß?«

Francesco schaut an mir vorbei, zu der Kommode, auf der die rote Kiste steht. Er sieht angewidert aus, ja angeekelt.

»Ich glaube«, sagt er leise, »ich weiß, was sie war.«

»Und zwar?«

»Juliette Perrotte war ein Deather.«

Und so erfahre ich wieder etwas über Hohlköpfe, das ich nicht für möglich gehalten hätte: Einige von ihnen bringen sich zum Spaß um, und das nicht nur einmal. Vielleicht hätte ich selbst darauf kommen können, kommen müssen. Als Quästor ist es mein Job, in das Leben anderer Menschen einzutauchen, tiefer als es einem mitunter lieb ist. Ich habe eine Menge gesehen und bin zu der Erkenntnis gelangt, dass

Menschen alles, was möglich ist, ausprobieren. Das ist zugegebenermaßen eine banale Einsicht. Man muss nur ins Grid schauen. Dort findet man dann haufenweise Holovids, in denen Leute gehackte Autos in Canyons stürzen lassen oder Kühlschränke mit selbst gebastelten Sprengladungen in die Luft jagen. Folglich erscheint es logisch, dass früher oder später auch jemand auf die Idee kommen würde, Gefäße zu malträtieren. Was kann ein menschlicher Körper so alles verkraften?

Es scheint eine ganze Subkultur von Deathern zu geben – von Quants, die mit dem Tod Tango tanzen. Francesco erzählt mir, dass es zwei Arten von Deathern gibt. Die einen bezeichnet man als Cascs. Klingt nach Särgen, ist aber die Kurzform von Cascadeur. Bei den Cascs steht das Draufgehen nicht unbedingt im Mittelpunkt. Ihnen geht es eher darum, spektakuläre Stunts durchzuführen. Sie springen mit viel zu schnellen Autos über viel zu steile Schanzen, versuchen sich in spektakulären Basejumps oder anderen Extremsport-Leistungen. Oft wird das Gefäß des Deathers dabei derart schwer beschädigt, dass man es danach in die Tonne kloppen kann. Eine zerschmetterte Hüfte oder ein aufgeplatzter Schädel sind für einen Cascadeur jedoch Nebensache. Ihm geht es darum, seinen Stunt zu absolvieren und festzuhalten. Danach lässt er sein Cogit-Back-up in seinen Stammkörper uploaden und ist wieder heil. Nicht nur physisch, sondern auch geistig: Die unangenehmen Erinnerungen an den Aufprall, die Explosion oder was auch immer waren schließlich nicht auf seiner Sicherheitskopie, weswegen es keinerlei Trauma gibt.

Die andere Deather-Gruppe nennt man Thans. Thans interessieren sich vor allem für die letzten Minuten. Ihnen geht es nicht um spektakuläre Aktionen, sondern um die eigentliche Todeserfahrung. Sie wollen dem finalen Moment so nahe wie möglich kommen. Der Name kommt von Thanatos. Dabei handelt es sich offenbar um einen griechischen Gott, der an der Schwelle zwischen dem Reich der Lebenden und dem der Toten weilt.

»Und zu welchen«, frage ich, »gehört Perrotte?«

»Zu den Thans«, antwortet Francesco, ohne zu zögern.

»Wieso bist du dir da so sicher?«

»Cascs würden niemals Doppelgänger-Klone benutzen. Ihre Stunts sind ja oft illegal. Deshalb nehmen sie irgendwelche Secondhand-Gefäße. Oder sie haben eine bestimmte Persona, so wie Whodini.«

»Wer?«

»Ein berühmter Cascadeur. Zerstört in seinen Stunts jedes Mal den gleichen Klon – den eines Mannes mit einem gezwirbelten Schnurrbart und einem Zylinder. Thans hingegen wollen eine möglichst realistische Erfahrung – den Schmerz, die Angst, das langsame Wegdriften. Deshalb benutzen sie Gefäße, die ihrem Stammkörper ähnlich sind. Oder sogar Doppelgänger. Wobei das natürlich sehr teuer ist, weil Maßanfertigung.«

»Und die rote Kiste?«

»Wenn man dem Thanatos, also der Schwelle zum Tod, möglichst nahe kommen will, muss man sich ans Sterben erinnern können. Deshalb der Recorder. Damit kann man aufzeichnen, wie bei dem Sturz aus einem Flugzeug der Boden auf einen zurast – zum Beispiel.«

Ich verspüre ein Gefühl der Übelkeit. »Das ist total krank. Warum tun die das bloß?«

Francesco legt seinen Arm um meine Schulter und kuschelt sich an mich. »Du wärst verwundert, wie viele gebildete Menschen unter den Deathern sind. Sogar ein paar, bei denen man diesen Todestrieb nicht vermuten würde.«

Ich nicke. Das, was ich bisher von Perrotte wusste, ließ sie relativ vernünftig und nüchtern erscheinen. Dass sie ein geheimes zweites Leben als Suizid-Gruftie führt, überrascht mich.

»Wie viele von diesen Thanatos-Typen gibt es?«, frage ich.

»Eine Handvoll. Ich glaube nicht, dass es weltweit mehr als ein paar Hundert sind. Ist ein sehr absonderliches und außerdem sehr teures Hobby.«

»Kennst du welche?«

Er nimmt seinen Arm weg. »Oh, Shit. Du willst, dass ich dir einen Kontakt vermittele.«

»Wenn das geht. Die stehen ja vermutlich nicht im Personenregister. Falls Perrotte eine von denen war, sind diese Deather meine bisher beste Spur.«

Francesco schaut zu Boden. Er sieht sehr ernst aus. Einen Moment glaube ich, dass er verärgert ist, weil ich ihn für eine Jobsache einspannen will. Dann blickt er auf und sagt: »Ich hasse diese Deather-Typen.«

»Verstehe.«

»Ich mach's. Aber es wird dich was kosten.«

»Und zwar?«

Ein feines Lächeln umspielt seine Lippen. Er beugt sich vor und flüstert mir seinen Preis ins Ohr. Ich habe keine Einwände.

Den halben Tag ist sie über die Insel gewandert. Nun fühlt sie sich müde. Sie lässt sich auf einem Felsbrocken am Rande des Flusses nieder, dessen kaltes klares Wasser gemächlich in Richtung Ozean fließt, und holt eine handgezeichnete Karte hervor. Im Spital hing diese an der Wand. Ob sie akkurat ist, lässt sich nicht sagen. Ihrem Eindruck nach dürften Entfernungen und Relationen halbwegs stimmen. Mehrfach ist sie auf Wegweiser gestoßen, und deren Beschriftungen stimmten mit denen auf der Karte überein. Der Fluss beispielsweise, an dessen Ufer sie seit etwa einer Stunde entlangmarschiert, heißt Styx. Er ist ebenfalls verzeichnet. Folgte sie ihm, käme laut Karte irgendwann der Verlorene See. Aber so weit würde sie es vor Einbruch der Dunkelheit vermutlich nicht schaffen.

Vermutlich ist der See ohnehin nicht ganz einfach zu erreichen. Es scheint sich um einen Bergsee zu handeln. Jedes Mal, wenn die Schiedssprüche der Djinn, so heißen die Gipfel zu ihrer Rechten, kurz aus der Nebelsuppe auftauchen, sieht sie deren schneebedeckte Spitzen. Früher ist sie manchmal wandern gewesen, in den Seealpen. Deshalb weiß sie, dass sie in ihrer eher für Spaziergänge gedachten Montur höchstens noch zweihundert Höhenmeter erklimmen kann, bevor sie ernsthaft mit Erfrierungen rechnen muss. Außerdem bräuchte sie die Bergstiefel.

Aber der Verlorene See interessiert sie eigentlich gar nicht. Sie sucht vielmehr einen Weg, über den sie aus dem von Bergen und Steilwänden umgebenen Flusstal herauskommt, einen Durchgang nach Osten. Oder Westen. Das ist eigentlich egal. Klar ist hingegen, dass die Basis mit dem Spital nicht vom Himmel gefallen ist, und dass sie nicht über alle Einrichtungen verfügt, die in einer dauerhaften Station zu erwarten wären. Irgendwo muss es folglich ein größeres Basislager geben.

Sie fröstelt. Heißer Tee wäre jetzt gut, aber sie hat in der

Cafeteria des Spitals keine Thermoskanne gefunden, nur eine Wasserflasche. Sie trinkt einen Schluck daraus und kramt eines der Brötchen aus der Jackentasche hervor. Nachdem sie es gegessen hat, kommt sie hoch. Sie zeigt auf einen Felsvorsprung weiter vorn und sagt zu sich selbst: »Bis da noch. Wenn bis da nichts ist, zurück.«

Es ist niemand da, der sie hören könnte, absolut niemand. Noch immer hat sie keinerlei Tiere gesehen, bis auf einen großen Vogel draußen über dem Meer. Es war ein Albatros. Diese Viecher können tagelang in der Luft bleiben. Vielleicht kam der Albatros also von irgendwo jenseits des Horizonts, von einer anderen Insel. Hier ist nichts, absolut nichts.

Sie geht weiter. Zumindest Zeit zum Nachdenken hat sie. Es gäbe vieles, über das es sich lohnen würde, zu meditieren. Über ihren Vater, über ihr Leben, das zuletzt so viele seltsame Wendungen genommen hat. Aber das Einzige, an das sie denken kann, ist die Frage, was sie hier soll. Warum ist sie hier?

»Ich habe dir mein Geheimnis nicht verraten«, sagt sie. Niemand kann sie hören, doch es fühlt sich gut an, es auszusprechen. Sie hat fast alles preisgegeben, aber eine Sache nicht. Ich habe es nicht verraten, denkt sie. Ich habe uns nicht verraten. Als die sie mitnahmen, da glaubte sie, man werde sie foltern, um ihr das Geheimnis zu entreißen. Aber niemand hat ihr Gewalt angetan, zumindest kann sie sich nicht daran erinnern. Vielleicht ist das Exil auf dieser abgelegenen Insel eine Art Strafe? Oder doch eher ein Test?

Sie kommt an eine Stelle, wo der Fluss eine Biegung macht. Als sie diese umrundet hat, erblickt sie einen Pfad, der den Hang hinaufführt. Sie hat tatsächlich einen Ausweg aus dem Tal gefunden. Es gibt auch einen Wegweiser. Darauf steht

›Teufelsloch 1000 m‹. Das klingt nicht sehr erbaulich. Aber erbaulich ist auf der Insel eh nichts. Mit neuem Schwung erklimmt sie den sich den Berg hinaufwindenden Pfad. Wenn die Karte stimmt, bewegt sie sich wieder auf die Küste zu.

Nach ein paar Hundert Metern ist ihr neuer Elan verflogen. Das liegt weniger an der kargen Landschaft oder dem mühseligen Aufstieg. Sondern daran, dass ihre Glieder schmerzen. Außerdem brummt ihr der Schädel, beides sichere Anzeichen für eine anziehende Erkältung. Es ist kein Wunder bei dem Wetter. Es hat fünf, sechs Grad, dazu gesellt sich der schneidende, nie nachlassende Wind. Als sie den Punkt erreicht, ab dem der Pfad sich wieder hinabschlängelt, zittern ihre Beine so sehr, dass sie sich hinsetzen muss. Sie isst noch ein halbes Brötchen, legt den Handrücken an ihre Stirn. Sie hat ein bisschen Fieber, kein Zweifel.

Sie lässt sich in das feuchte Gras fallen. Angenehm kühl drückt es gegen ihre Wange, aber sie zwingt sich, die Augen offen zu halten. Sie ist zu weit oben. Sobald es dunkel wird, fällt die Temperatur unter null. Sie würde erfrieren. Es gibt auf der Insel keine Bäume, sie kann also kein Feuer machen. Zunächst muss sie wieder hinab. Aber in welche Richtung? Zum Spital sind es dreieinhalb Stunden, in ihrem Zustand eher fünf. Dort warten Betten und warmes Essen, vielleicht gibt es sogar Medikamente. Falls sie ernsthaft krank wird, wäre das die beste Wahl. Bis hinab zum Teufelsloch sind es hingegen nur ein paar Hundert Meter. Falls sie dort einen Unterschlupf fände, wäre das die bessere Alternative.

Sie steht auf. Die Pause hat ihr gutgetan, ihre Stirn fühlt sich kühler an. Sie ist nun ziemlich zuversichtlich, dass sie es schaffen wird, einen Blick auf das Teufelsloch zu werfen und danach gegebenenfalls zum Spital zurückzumarschieren.

Zwar wird sie dann ein Stück des Wegs im Dunkeln zurücklegen müssen. Aber da sie dem Flusslauf folgen kann, wird sie sich kaum verirren.

Nach zehn Minuten kann sie unter sich die Küste erkennen. Die Berge fallen zum Meer hin ab, bilden ein Felskliff mit vielleicht sechs, sieben Meter hohen, steil ins Wasser abfallenden Wänden. Auch das Teufelsloch sieht sie. Und sie hört es. Zumindest nimmt sie an, dass es sich darum handelt. Linker Hand liegt eine hufeisenförmige Bucht, in der die Wellen gegen die Felswände donnern. Oberhalb der Bucht gibt es ein kleines Plateau. Der Pfad schlängelt sich dorthin, und sie sieht etwas, das ihr Herz hüpfen lässt: ein Haus. Eigentlich ist es eher eine Hütte, rostrot und rechteckig, möglicherweise auch ein Container. Die Behausung dürfte kaum mehr als fünf mal fünf Meter messen. Aber sie ist ein Zeichen menschlicher Zivilisation. Und das ist es, was zählt.

Sie läuft den Pfad hinab. Zu den Kopfschmerzen haben sich inzwischen stechende Rückenschmerzen gesellt, aber zumindest das Fieber ist gesunken. Es wäre gut, ein Dach über dem Kopf zu haben, bevor der nächste Schub kommt. Überhasten darf sie es jedoch auch nicht. Rechts des Wegs geht es weiter nach unten, eine steile Schotterebene erstreckt sich zum Kliff hin. Rutscht sie ab, ist das ihr Tod. Und so setzt sie einen Fuß vor den anderen, den Blick auf das Häuschen geheftet.

Um die Behausung herum gibt es nichts, außer einer Menge schwarzer Kiesel und einem kleinen See. Das Wort See wird dem Ding eigentlich nicht gerecht. Es handelt sich vielmehr um eine große Pfütze, in der sich das vom Berg herablaufende Regenwasser staut, bevor es in Rinnsalen die Klippen hinunterträufelt. Sie erreicht das Plateau. Das

Fertighäuschen liegt auf der anderen Seite des Sees. Als sie um ihn herumläuft, knirscht und knackt es unter ihren Füßen. Sie kniet sich nieder. Der Boden ist voller Knochen, eine beachtliche Menge davon. Soweit sie das beurteilen kann, handelt es sich um Vogelknochen. Sie findet etwas, das wie ein Schnabelstück aussieht. Die Skelette scheinen bereits länger hier zu liegen, kein Haut- oder Muskelfetzen hängt mehr an ihnen. Sie sucht nach Federkielen, findet aber keine. Sind es vielleicht die Knochen von Pinguinen, die einer ganzen Kolonie? Das würde zumindest zum Klima passen. Die Insel scheint sich irgendwo in der subpolaren Zone zu befinden.

Sie steht wieder auf. Ein Stöhnen entfährt ihr. Sie muss sich gehörig den Rücken verrenkt haben, vermutlich ist ein Nerv eingeklemmt. Leicht gebeugt läuft sie weiter, auf die Hütte zu. Sie ist fensterlos, kaum mehr als ein Container, mit einer Tür an der Seite und etwas auf dem Dach, das wie eine Satellitenschüssel aussieht. Vor der Tür steht ein Rucksack – das gleiche Modell, das sie auf dem Rücken trägt. Es ist so gut wie neu. Jemand muss den Rucksack vor nicht allzu langer Zeit hier abgestellt haben.

Ihr Herz hämmert. Sie ist nicht alleine hier. Es sind noch andere Menschen auf der Insel. Bei Gott, wie gut sich dieses Wissen anfühlt. Sie steigt die kleine Treppe zur Tür hinauf. An der Außenseite steht »Possession – Station Méteo IV«. Eine Wetterstation, aber was bedeutet Possession? Ist das der Name der Insel? Possession bedeutet Besitz, Inbesitznahme – oder Besessenheit. Besessen von was?

Ihre Hand zittert, als sie die Klinke hinunterdrückt. Als sich die Tür öffnet, schlägt ihr ein säuerlicher Geruch entgegen. Sie zieht den Kragen ihres Fleece über die Nase. In der

Hütte ist es dunkel. Ihre Hand fährt den Türrahmen entlang, findet keinen Schalter. »Licht«, sagt sie. Es wird hell.

In der Hütte gibt es Bett, Stuhl, Tisch, sonst nicht allzu viel. Auf dem kahlen Boden liegt ein Mensch. Er hat eine Kapuze auf, mit dem Gesicht liegt er in einer Lache von irgendetwas, vermutlich Erbrochenem. Wenn sie nicht alles täuscht, handelt es sich um halb verdaute Spaghetti. Es scheint, der oder die Tote habe sich mit letzter Kraft hierher in den Schutzraum geschleppt, bevor er zusammenbrach.

Sie muss sich am Türrahmen festhalten. Der säuerliche Geruch des Erbrochenen bewirkt, dass ihr ganz schwummrig wird. Und ihr Rücken! Ihr Rücken fühlt sich inzwischen an wie Feuer, als gieße jemand glühendes Metall in ihre Wirbelsäule. Ihre Knie geben nach. Sie sinkt zu Boden, kriecht auf allen vieren vorwärts, darauf achtend, Abstand zu dem Toten zu halten. Sie will ihm nicht zu nahe kommen. Wer weiß, woran er gestorben ist.

Sie legt sich auf die Seite, dämmert eine Weile vor sich hin. Im Liegen ist es etwas besser, es macht den Schmerz in ihrem Rücken erträglicher. Gerne würde sie sich aufs Bett legen, um etwas auszuruhen. Aber sobald sie hochzukommen versucht, wird der Schmerz unerträglich. Und so bleibt sie auf dem Boden liegen. Sie kann das Gesicht des Toten nicht sehen, und ohnehin verschwimmt ihr alles vor den Augen. Ist er oder sie auf dem gleichen Weg hergekommen? Vermutlich. Einen anderen scheint es nicht zu geben. Oder vielleicht hat sie den zweiten Pfad auch nur nicht gesehen. In ihrem Zustand …

Die Leiche trägt ebenfalls Hikingklamotten, ihren eigenen nicht unähnlich. Aber sie hat festere Schuhe an, solide Bergstiefel. Die sind besser, denkt sie. Die hätte ich heute Morgen auch anziehen sollen, anstelle der anderen. Dann wird ihr übel, ohne Vorwarnung. Erbrochenes schießt aus ihrem Mund. Sie gibt die Reste der Spaghetti von sich, die sie vorhin in der Cafeteria gegessen hat, zusammen mit einem Schwall tiefroter Flüssigkeit.

Noch bevor ich mich auf die andere Seite drehe, weiß ich, dass Francesco nicht mehr neben mir liegt. Ich lausche. Nichts. Er scheint tatsächlich schon verschwunden zu sein, was mich ein wenig traurig macht. Ich hätte sogar Brötchen geholt.

Ich tapse in die Küche und mache mir einen Kaffee. Mit dem Becher in der Hand gehe ich ins Wohnzimmer. Dort schwebt eine Notiz in der Luft. Sie sieht aus wie einer dieser alten Neonschriftzüge, in feuerroten Lettern steht dort: »Musste zu einem Termin. Heute Abend zurück nach Paris. Vorher noch ein Kaffee? 17 Uhr?«

Darunter hat er drei Herzchen gemalt. Ich lösche den Text. Die Herzchen hingegen schubse ich in Richtung der Westwand und fixiere sie dort. Nachdem ich auf dem Sofa Platz genommen habe, schreibe ich Francesco eine Nachricht. Ich schlage das »Coil« vor, ein Café in der Nähe der St.-Pancras-Station.

Danach rufe ich mir die Nachrichten auf. Es gab einen Methanhydrat-Blowout vor der japanischen Küste, sie zeigen Bilder von abgesoffenen Küsten und brodelnder See. Viel erschütternder finde ich die Sportergebnisse. Die London Lions haben schon wieder gegen die Moscow Knights verloren, womit die Saison gelaufen sein dürfte.

Ich schalte die Nachrichten weg und suche nach Deather-Videos. Es gibt eine Menge davon. Die meisten zeigen Stunts.

Autos fliegen über Schluchten, Menschen jagen auf selbst gebauten Raketenstühlen durch die Luft. Ein Cascadeur jongliert mit brennenden Dynamitstangen, mit erwartbarem Ergebnis. Ein anderer hüpft mit Bleiklötzen an den Füßen über Bord und lässt sich auf seinem Weg ins Abyss von einem Unterwasserroboter filmen. Das Zeug erinnert mich an die Fail-Holos, die wir als Kinder geschaut haben. Das hier ist allerdings waghalsiger, spektakulärer und blutiger – viel blutiger. Francesco sagte, den Cascadeuren ginge es vor allem um das erfolgreiche Absolvieren ihrer Stunts, aber den Eindruck habe ich nicht. Oft scheint der Stunt nur der Vorwand dafür zu sein, Gefäße zu zersplattern.

Lange kann ich mir diesen Scheißdreck nicht anschauen. Zum Glück hatte ich noch kein Frühstück, ansonsten müsste ich vermutlich halb verdautes Müsli auffeudeln. Als Nächstes suche ich nach Videos zum Thema Thanatos. Auch hier gibt es ein paar Filme aus der Abteilung Blut und Knochenbrei, aber nur wenige. In den meisten Holos sitzt jemand vor der Kamera und erzählt von seinen Nahtoderfahrungen. Auch das kann ich mir nicht lange anhören, der Mist ist ziemlich deprimierend. In einer Holosequenz entdecke ich im Hintergrund eine Kiste, jener auf meiner Kommode nicht unähnlich. Das Fabrikat scheint ein anderes zu sein, aber das Gerät wurde ebenfalls in knalligem Rot lackiert und hat dieselbe Aufschrift: MIND RECORDER. DO NOT OPEN.

Später sitze ich im ›Coil‹ und warte auf Francesco. Er kommt zwanzig Minuten zu spät, aber ich freue mich viel zu sehr, als dass ich grummelig sein könnte. Wir setzen uns auf ein Sofa im hinteren Teil des Ladens. Francesco hat eine mykenische Schale erworben. Er zeigt mir ein Holo und rotiert die Antiquität vor meinen Augen, damit ich die Verzierungen in Augenschein nehmen kann. Die Innenseite der Schale ist von schwarzen Schlangenlinien bedeckt. Erst auf den zweiten Blick erkenne ich, dass es sich um einen Oktopus handelt, dessen Fangarme in alle Richtungen ausgestreckt sind.

»Die ist toll«, sage ich. »Teuer?«

»Willst du gar nicht wissen.«

»Also, ehrlich gesagt ...«

»Vier Millionen Eurodollar.«

Ich atme hörbar aus. »Wow. Du gibst vier Millionen Eddies für eine Schale aus?«

»Ich gebe vier Millionen für eine Schale aus, weil ich jemanden kenne, der fünf dafür bezahlt.«

»Guter Schnitt.«

Er macht eine abfällige Handbewegung. Die Million ist ihm augenscheinlich egal. Ich bin versucht, zu fragen, womit seine Familie eigentlich so reich geworden ist. Aber dann müsste ich auch ein paar Fragen zu meiner eigenen Sippschaft beantworten. Und das ist wie gesagt ein Thema, über das ich nicht so gerne rede.

Wir plaudern ein wenig, trinken Kaffee und halten Händchen. Francesco fragt, wann ich wieder in Paris sei. Vermutlich bald, sage ich. Könnte gut sein, dass ich wegen Perrotte dort nochmals zu tun haben werde. Und wenn nicht, dann werde ich mir spätestens in einer Woche irgendeine Ausrede einfallen lassen, um hinzufahren.

Wir wollen gerade zahlen, da bekomme ich eine Nachricht. Der Amanuensis sagt, dass mich jemand von der Avalon Group sprechen will, dringend.

»Shit«, sage ich zu Francesco. »Ich muss da kurz rangehen, ja?«

»Kein Problem.«

Auf dem Tisch erscheint das Firmenlogo der Avalon Group, drei konische Bäume auf einer Insel, hinter der die Sonne aufgeht. Kurz darauf verschwindet das Signet und macht einer indisch aussehenden Frau um die vierzig Platz. Es ist Jaira, die persönliche Assistentin meines Vaters.

»Hallo, Jaira.«

»Hallo, Master Galahad. Ihr Vater trug mir auf, Sie zu kontaktieren. Er hätte jetzt gleich Zeit.«

»Jetzt sofort?«

»Ja.« Dabei wirft sie mir einen Blick zu, der sagt: ›Das müsstest du doch inzwischen kennen.‹

»Für eine Schalte?«, frage ich hoffnungsvoll.

»Er sagt, Sie sollen bitte vorbeikommen.«

War ja klar. Der große Singh mag keine Holopresence-Schalten. Er lässt die Supplikanten lieber zur Audienz antanzen. Ich muss mich zusammenreißen, damit ich nicht wütend werde.

»Wann und wo?«

»In zwei Stunden, in Nadschaf.«

»Äh … ich bin zurzeit in London.«

Jaira schaut mich tadelnd an. »Das habe ich natürlich schon organisiert. Ein Avalon-Scramjet wartet auf Sie.«

»Und es muss wirklich jetzt sofort sein?«

Statt zu antworten, wirft sie mir noch einen dieser Sie-kennen-doch-Ihren-Vater-Blick zu.

»Also gut. Ich mache mich auf den Weg.«

Ich beende die Schalte und wende mich wieder Francesco zu. »Tut mir leid, aber die Pflicht ruft.«

Francesco schaut mich an. Wenn er fassungslos ist, verbirgt er es gut. »Mister Singh?«

Ich nicke. »Das ist mein Nachname. Ich gebe zu, dass er weniger hermacht als der Vorname. Aber wenn mein Nachname jetzt auch noch so …«

»War das«, unterbricht er mich, »gerade das Avalon-Logo?«

Herrje. Nun hat er es herausgefunden. Das ist ärgerlich, aber wie lange hätte ich es ihm wohl noch verheimlichen können? Wenn es nach mir gegangen wäre, so lange wie möglich. Nun, es hat nicht sein sollen. Ich nicke still.

»Du bist der Sohn von Deepak Singh, dem Gründer von Avalon. Dem Erfinder der Anderwood-Technologie.«

»Yup.«

Er schaut etwas seltsam. Aber zumindest lächelt er dabei sehr süß. »Und *du* wunderst dich über Vasen für vier Millionen? Hält der Alte dich kurz?«

Ich seufze. »Es ist kompliziert. Und auch unangenehm.«

Er beugt sich vor und drückt mir einen Kuss auf die Lippen. Dann schaut er mich ernst an. »Du bist voller Überraschungen und Geheimnisse, Galahad Singh. Das mit deiner Familie erzählst du mir irgendwann mal, wenn du magst. Oder auch nicht. Okay?«

»Hm.«

»So, und nun muss ich los.« Er erhebt sich. Ich stehe ebenfalls auf.

»Ach warte, eine Sache noch«, sagt er.

Francesco lässt einen Notizzettel zwischen uns erscheinen. »Ruf da an. Ist ein Mädchen, das ich kenne. Nennt sich Oblivion.«

»Oblivion? Sehr dramatisch. Ein Deather-Girl?«

»Ja, ein Than. Aus Petersburg. Ich hab dich angekündigt. Den Rest musst du selber hinkriegen.«

»Danke. Ich rufe sie an.«

»Viel wichtiger ist«, sagt er, »dass du mich anrufst.«

Er wirft mir noch einen Handkuss zu. Dann ist er fort.

Mein Ziel liegt im Westen – dort, wo sich früher Londons größter Flughafen befand. Als sie in der Themsemündung Britannia International bauten, wurde dieser größtenteils stillgelegt. Nur ein paar Privatjets starten noch von den alten Landebahnen. Als ich im Taxi die Auffahrtsallee hochkomme, kann ich ein Dutzend Flugzeuge erkennen – Scramjets, Hypersonics und sogar zwei Spaceliner. Einige sind unbeschriftet, aber die meisten sind mit Logos von Supernationals holographiert: Ismailowskaja, Arkenziel und natürlich Avalon. Letztere haben nicht weniger als drei Flieger auf dem Rollfeld.

Das Taxi hält vor einem Zaun. Nachdem es irgendwelche Passcodes übermittelt hat, öffnet sich das Tor. Wir rollen über den Tarmac. Ich habe schon länger keinen dieser Firmenflüge mehr genommen, aus gutem Grund, denn man kann sich an den Mist leider gewöhnen. Das Taxi fährt direkt bis zu einer Mikoyan M-500, einem kleinen Scramjet mit vielleicht dreißig Plätzen. Unten an der Treppe wartet eine sehr schöne Frau, die eine Stewardessen-Uniform in den Konzernfarben (Pinie und Alabaster) trägt. Sie heißt mich willkommen und führt mich zu meinem Platz.

Die Mikoyan böte wie gesagt Platz für dreißig Passagiere, ist aber in der Vorstandsvariante bestuhlt – acht Sitze, Meetingecke, Theke mit Bartender im Smoking. Es gibt keine Ansagen oder Sicherheitshinweise – nur eine Reisetablette und ein Glas Wasser. Ich lasse alles über mich ergehen. Später werde ich mir an der Bar einen Old Fashioned genehmigen. Ich denke an das bevorstehende Gespräch mit meinem Vater. Vielleicht werden es auch zwei Old Fashioneds.

Wir heben ab. Ein paar Minuten später meldet sich der Kapitän und erklärt, die Reisezeit betrage etwa vierzig Minuten. Ich werde mich mit den Cocktails beeilen müssen. Sobald die Anzeige erlischt, schnalle ich mich los und gehe zur Bar. Während ich meinen Drink genieße, stöckelt die scharfe Stewardess vorbei.

»Möchten Sie gerne ein bisschen rausschauen, Mister Singh? Wir überfliegen gerade das Mittelmeer und erreichen gleich den Lichtdom.«

»Hm? Ja, gerne. Wo erscheint das Fenster?«

Sie lächelt. Es hat etwas Schelmisches. »Bevor ich auf durchsichtig schalte, müssten Sie bitte wieder Platz nehmen, Sir.«

»Warum das?«

»Vielen wird schwindelig.«

»Ich bin schwindelfrei.«

»Sir, ich muss darauf bestehen.«

Ich füge mich, aber erst, nachdem ich einen frischen Old Fashioned habe. Die Stewardess bittet mich, den Gurt zu schließen. Dann verschwindet sie. Ich höre, wie die Triebwerke heruntergefahren werden. Vermutlich geht der Pilot auf Mach zwei oder drei runter, damit man mehr sieht.

Und dann verschwindet der Flieger.

Ich unterdrücke einen Schrei und kralle mich in die Armlehnen. Mein Sitz ist noch da, aber alles andere ist weg. Über mir ist der Himmel, unter mir das Meer – sehr weit unter mir. Der rationale Teil meines Verstandes weiß, was gerade passiert. Kameras an der Außenseite des Fliegers übertragen ihre Aufnahmen ins Innere der Maschine. Das Holonet retuschiert Wände, Sitze und Fußboden komplett heraus, damit der Passagier die perfekte Vogelperspektive genießen kann.

Was mich angeht, so bleibt der Genuss etwas auf der Strecke. Der Affe in meinem Kopf kreischt wie wild. Er ist sich sicher, dass er gleich abstürzt. Ich würde ihn gerne beruhigen, aber um uns herum ist nichts, wir rasen auf einem Flugzeugsitz durch die Dämmerung. Nach ein oder zwei Minuten verfliegt die Panik. Wenn ich meine Füße gegen das Nichts drücke, spüre ich immer noch den Boden. Und das leise Fauchen der Staustrahltriebwerke kann ich ebenfalls wahrnehmen.

Ich genehmige mir einen großen Schluck und schaue zwischen meinen Beinen hindurch. Das Meer glitzert verheißungsvoll. Ab und zu erkenne ich kleinere Landmassen. Sie sind mit holographischen Beschriftungen versehen: Mykonos. Paros. Naxos. Gleich muss es kommen. Ich habe den Lichtdom natürlich schon tausendmal gesehen, in Dokumentationen, in Kunstwerken und manchmal auch aus dem Flugzeug. Aber es ist etwas anderes, ob man das Ding durch ein Bullauge beäugt oder ob man frontal darauf zufliegt, so als reite man auf dem Rücken eines Riesenadlers.

Und dann sehe ich es. Lange, bevor ich im Dämmerlicht die Umrisse Kretas erkennen kann, sehe ich Dutzende, Hunderte Lichtsäulen, die senkrecht in den Himmel ragen. Ihr Ursprung liegt, wie jeder weiß, südlich von Iraklion, in der Nähe des Palastes von Knossos. Die Säulen haben verschiedene Farben, rot, orange, grün, gelb, blau. Einige von ihnen leuchten sehr intensiv, andere wirken fahl und scheinen irgendwo über der Insel zu verblassen.

Künstler ohne Zahl haben versucht, diese Dinger zu beschreiben, in Worten und Bildern. Nach meinem Empfinden sind sie alle gescheitert. Mich erinnern die Erscheinungen ein wenig an jene Lichtsäulen, die es früher in Russland gab, als es dort noch sehr kalt wurde. Manchmal gefror die Feuchtigkeit in der Luft zu kleinen Eisplättchen. In diesen brach sich das Ablicht von Siedlungen oder Städten und zauberte farbige Säulen in die Nacht. Das klingt vielleicht, als ob die Knossos-Anomalie wie ein Naturschauspiel aussähe, aber das stimmt eigentlich nicht. Die Lichtsäulen, aus denen der Dom besteht, weisen Farbschattierungen auf, die man in einem Regenbogen so nicht fände. Ihre Zahl ist fix. Es gibt eintausendsechshundertachtzehn Säulen, die tags genauso intensiv leuchten wie nachts, jede mit exakt 12.020,56 Lumen. Auch der Eindruck, die Säulen ragten senkrecht in den Himmel, täuscht. Aus der Nähe betrachtet scheint dies so, weil ihr Neigungswinkel sehr klein ist. Von meiner gottgleichen Position aus kann ich jedoch erahnen, was man auf Satellitenaufnahmen noch besser erkennt: nämlich, dass alle tausendsechshundertirgendwas Strahlen aufeinander zulaufen. Das Prinzip entspricht dem der Lichtkegel auf Nazi-Parteitagen, nur dass die Knossos-Anomalie viel gigantischer ist. Ihre Strahlen treffen sich in etwa dort, wo die Strato- in die Mesosphäre übergeht, in gut fünfzig Kilometern Höhe. Da hätte Albert Speer dicke Backe gemacht.

Wir sind bereits ziemlich nah dran. Der Pilot achtet darauf, den vorgeschriebenen Sicherheitsabstand einzuhalten. Touchiert man den Kegel, ist es aus. Ich betrachte die Lichtsäulen. Sie sehen halb transparent aus. Ich bilde mir ein, ich könne hindurchsehen, vermöge zu erkennen, was im Inneren des Kegels liegt. Aber das ist natürlich Unsinn. Was wie Licht aussieht, ist in Wahrheit etwas anderes, eine unbekannte, undurchdringliche Substanz. Heerscharen von Wissenschaftlern und vor allem Hobby-Wissenschaftlern studieren diese Mauer aus Licht seit den Fünfzigern. Manche behaupten, im Inneren etwas gesehen zu haben – seltsame, sechs Meter hohe Gestalten mit vier Armen; ein funkelndes Schloss mit tausend Türmen; das Gesicht einer religiösen Figur – Buddha, Seth, Jesus, Cruise, je nach präferierter Konfession. Auf Aufnahmen ist allerdings nie etwas zu erkennen.

Um was es sich bei dem Mitte des Jahrhunderts aus heiterem Himmel erschienenen Lichtdom handelt, ist völlig unklar. Beliebte Hypothesen sind ein Riss in der Raumzeit, ein Wurmloch, ein schiefgegangenes Regierungsexperiment und natürlich Aliens. Die Außerirdischen-Fraktion hat verschiedene Theorien, aber die meisten von ihnen glauben, dass auf Kreta etwas abgestürzt oder gelandet ist.

Viele Wissenschaftler – Psychologen, Soziologen, Historiker – hatten prophezeit, nach dem ersten Kontakt mit Aliens werde nichts mehr so sein, wie es vorher war. Die Gewissheit, dass es im Universum andere intelligente Lebensformen gebe, werde unsere Sicht auf die Dinge komplett verändern. Aber Bullshit: Wenn es tatsächlich Aliens sind, dann haben sie umgehend einen sehr hohen Zaun aufgestellt. Mit uns reden wollen sie offenbar nicht. Vielleicht, das ist eine weitere Theorie, sind sie beim Absturz ums Leben gekommen und die Anomalie ist eine Art gigantisches Mausoleum. Aber eventuell handelt es sich ja doch um wiedererwachte Zauberer aus der kretischen Bronzezeit. Das ist ebenfalls, wie ich ja von Francesco erfahren habe, eine der vielen Theorien. Klingt für mich ehrlich gesagt auch nicht schwachsinniger als Aliens.

Inzwischen ist der Dom vor allem eine Touristenattraktion – und ein beliebtes T-Shirt-Motiv bei esoterisch angehauchten Studenten. Der Großteil der Menschheit hat ihn hingegen schon lange aus seinem Bewusstsein verdrängt. Das ist nicht verwunderlich. Wenn der Planet absäuft, gibt es Wichtigeres als Irrlichter im Mittelmeer.

Das Flugzeug ist immer noch unsichtbar, doch ich kann fühlen, wie es sich nach rechts neigt, als der Pilot auf Südostkurs geht. Kurz darauf tauchen die Wände wieder auf, die Stühle, der Fußboden und vor allem: die Bar. Meine Beine zittern ein wenig. Nachdem ich mir einen weiteren Drink geholt habe, wird es besser. Kurz darauf setzen wir zum Landeanflug an.

Sobald wir stehen, öffnet die Stewardess die Tür. Hitze wallt mir entgegen. Es fühlt sich an, als halte einem jemand einen Hochleistungsfön ins Gesicht. Dabei ist es schon fast dunkel.

»Gott, wie warm ist es denn hier?«, frage ich die Stewardess.

»Immer noch siebenundvierzig Grad, Sir.«

Ich steige aus. Der Flughafen von Nadschaf ist kaum mehr als ein Rollfeld. Rundherum gibt es nichts als Sand und verdorrtes Gestrüpp. Am Fuß der Treppe wartet eine Limousine auf mich – ein Selbstfahrer mit einem menschlichen Chauffeur, der mir allen Ernstes die Tür aufhält. Mein Vater wird auf seine alten Tage wirklich immer extravaganter.

Es geht eine staubige Straße entlang, vorbei an Sand, Sand und noch mehr Sand. Nach einer Viertelstunde passieren wir ein Dorf. Es ist relativ hell erleuchtet. Menschen sitzen vor baufälligen Backsteinhäuschen. Vermutlich haben sie sich den Tag über in ihren Kellern versteckt oder Schutzanzüge getragen. Nun, da die Temperatur zu fallen beginnt, kommen sie hervor. Als wir fast am anderen Ende der Siedlung angekommen sind, fällt mir auf, dass irgendetwas seltsam ist. Zuerst vermag ich nicht zu sagen, was. Dann dämmert es mir. Es sind die Wände, von denen der Putz in tellergroßen Stücken abbröckelt; die verrosteten, mit Stickern vollgeklebten Straßenschilder; die fadenscheinigen Kaftane der Dorfbewohner. Derlei habe ich seit Jahren nicht mehr gesehen. In England sehen selbst Häuser in bitterarmen Gegenden frisch verputzt aus. Bei uns tragen selbst die Alkies im Park makellose Outfits. Der Grund dafür ist natürlich das Holonet, diese Schminke aus Photonen, mit der wir unsere ganze Welt überpinselt haben. Holopolish ist billig wie Dreck, selbst ein Bettler kann es sich leisten. Was bedeutet, dass es hier schlichtweg kein Holonet gibt. Ich fühle, wie mir ein Schauder den Rücken hinabläuft. Diese ganze Gegend ist ein riesiger Naked Space. Hätte ich das gewusst, wäre ich mir vielleicht ein paar neue Klamotten kaufen gegangen, bevor ich meinen Vater besuche.

Nach einer weiteren Viertelstunde sehe ich rechter Hand konische schwarze Gebilde aufragen. Die einzige Lichtquelle hier draußen ist das Mondlicht, es lässt die Pineta lange Schattenspeere werfen. Es sind verdammt viele, ein ganzer Wald aus Bäumen, die keine sind – ein Anderwood. Die Pineta scheinen zufällig angeordnet. Das täuscht. Ihre Verteilung basiert auf einem Algorithmus, der maximale CO_2-Absorption garantiert. In der Ferne kann ich schemenhaft ein Gefährt von der Größe eines Sechzigtonners erkennen. Seine spinnenartigen Arme sind in Bewegung. Ein Pineta-Pflanzer – sicher nicht der einzige. Bābā macht keine halben Sachen.

Im Lichtkegel der Limousine taucht eine geodätische Kuppel von der Größe einer Lacrosse-Halle auf. Darüber schwebt das Avalon-Logo. In der Wüste wirkt es wie eine Weihnachtsdeko, die jemand abzubauen vergessen hat. Falls das provisorische Hauptquartier des Avalon-Vorstandsvorsitzenden gesichert ist, sind die Wachposten und Autosniper gut versteckt. Ein Tor auf der Vorderseite schwingt lautlos auf, und schon sind wir drin. Bevor ich aussteigen kann, ist der Chauffeur zur Stelle und hält mir die Tür auf. Ich klettere aus dem Fond und schaue mich um. In der Kuppel ist es angenehm kühl. Durch unzählige dreieckige Fensterchen scheint das Licht des Mondes und der Sterne hinein. Ich vermute allerdings, dass es sich um einen holographischen Effekt handelt. In Wirklichkeit dürften die Glaselemente der Kuppel lichtundurchlässig sein. Ansonsten würden die Insassen während der Sonnenstunden verbrutzeln wie Ameisen unter einem Brennglas.

Es gibt insgesamt fünf Gebäude, alles standardisierte Container, allerdings holographisch verklinkert. Das Ensemble erinnert ein wenig an eine nordenglische Arbeitersiedlung. Ein paar Männer und Frauen in Avalon-Overalls laufen herum. Der Chauffeur hievt meine Tasche aus dem Kofferraum und bedeutet mir, ihm zu folgen. Er führt mich zu einem der Häuschen. Neben der Tür ist ein Messingschild angebracht, auf dem »Büro des CEO« steht.

»Ihr Vater erwartet Sie bereits, Sir.«

Ich kann es auch kaum erwarten. Ich bedanke mich und widerstehe dem Impuls, ihm Trinkgeld zu geben. Die Avalon Group scheffelt derart unverschämt viel Geld, dass vermutlich sogar dieser Fahrer ein Aktienpaket besitzt, dessen Wert sich alle zwei Jahre verdoppelt. Ich trete ein und finde mich in einem gemütlich eingerichteten Wohnzimmer wieder. Es gibt eine Sitzecke mit farbenfrohen bunten Sofas, einen Esstisch und eine kleine Bibliothek. In der offenen Küche ist eine Bedienstete dabei, das Abendessen vorzubereiten. Der Geruch von Curry und Pilaw steigt mir in die Nase, das Wasser läuft mir im Mund zusammen. Die Köchin lächelt freundlich und zeigt nach oben. Ich steige eine Wendeltreppe empor. Oben erwartet mich ein einziger großer Raum, zugleich Schlaf- und Arbeitszimmer. Neben einem Futon sowie einem rollbaren Kleiderständer gibt es einen riesigen Tisch, auf dem ein holographisches Diorama der Gegend zu sehen ist. Davor steht ein kleiner rundlicher Mann und schaut sich die Projektion an.

Vater hat mich gar nicht kommen hören. Von hinten trete ich heran und räuspere mich vernehmlich. Er dreht sich um. Mein Dad ist einundsiebzig, also noch in den besten Jahren. Haare hat er keine mehr, aber einen dichten rechteckig gestutzten Vollbart, der ihn wie einen altbabylonischen Hohepriester aussehen lässt. Dazu trägt er eine tannengrüne Fleecejacke und Kakishorts. Sieht so aus, als wolle er seinen Ruf, der am schlechtesten angezogene Milliardär der Welt zu sein, auch weiterhin verteidigen.

Wir umarmen uns. Dad klopft mir beherzt auf den Rücken.

»Da bist du ja, da bist du ja. Komm. Schau dir das an.«

Ich füge mich meinem Schicksal und folge Dad zu dem Tisch. In der linken Ecke, die als Nordwesten markiert ist, steht die Kuppel. Von dort fällt das Land in alle Richtungen leicht ab. Südlich der Straße, über die ich vom Flughafen hergekommen bin, befindet sich das Aufforstungsgebiet. Ein mehrere Tausend Pineta umfassender Anderwood ist bereits in Betrieb. Ich gehe um den Tisch herum, um den Forst besser betrachten zu können. Als ich mich vorbeuge, kann ich daumengroße Pflanzer erkennen, die auf Ketten durch die Wüste rollen und ein Pinetum nach dem anderen setzen.

Mein Vater mustert mich von der Seite. Er wartet darauf,

dass ich etwas sage oder zumindest beeindruckt schaue. Ich bin aber nicht im Geringsten beeindruckt. Schließlich habe ich diese Pineta-Nummer schon ein Dutzend Mal gesehen. Schon das erste Mal fand ich Bābās Vollplastikweihnachtsbäume langweilig. Mit den Jahren ist das nicht besser geworden. Dennoch versuche ich, Interesse zu heucheln.

»Wie weit seid ihr?«

»Dreißig Prozent. Wir kommen gut voran, vermutlich noch drei Wochen bis zum Honnecourt-Punkt.«

Ich schaue mir nochmals die Karte an. Ein Drittel der zur Aufforstung designierten Zone steht bereits voller Pineta. Am Ende wird das gesamte Gebiet mit ihnen zugepflastert sein. Das ist natürlich nur der Anfang. Wie richtige Flora wandeln die Pineta Sonnenlicht in Energie um und ziehen Wasser aus dem Boden. Jeder dieser Weihnachtsbäume produziert folglich Sauerstoff, Wasserstoff, Kohlenstoff und Strom. Sobald genügend Pineta in der mesopotamischen Wüste stehen, lässt sich mit ihrer Energie eine vollautomatisierte Anlage betreiben, die aus den gewonnenen Elementen neue Bäume fertigt und pflanzt. Das nennt man den Honnecourt-Punkt. Ab da breitet sich der Anderwood ganz von selbst aus, so lange, bis jemand ›Stopp‹ sagt.

»Wie groß soll er diesmal werden?«, frage ich.

»Vierzehntausend Quadratkilometer.«

»Einer der größten.«

Mein Vater schüttelt ärgerlich den Kopf. Er scheint empört, dass sein Sohn die Flächen sämtlicher Anderwoods, die Avalon je angelegt hat, nicht im Kopf hat.

»Der drittgrößte. Chegga ist größer, Gibson fast doppelt so groß. Du solltest dich mehr für diese Dinge interessieren, Galahad.«

Ich muss mich schwer beherrschen. Es ist fast unmöglich, mit Dad nicht aneinanderzugeraten. Jedes Treffen mit ihm erinnert mich an den ›Tempel des Shani‹. So nannten mein Bruder und ich ein Spiel, das wir als Kinder spielten, wenn wir nicht nach draußen durften. Der Eingangsbereich unseres Elternhauses besaß einen mit farbigen Fliesen verzierten Boden. Der Tempelräuber, das war meist ich, musste vom Treppenaufsatz bis ins Wohnzimmer gelangen, ohne auf eine der blauen Fliesen zu steigen – das waren die tödlichen Fallen. Um das zu schaffen, musste man sehr vorsichtig vorgehen. Erschwerend kam hinzu, dass die Tempelwache, dargestellt von meinem älteren Bruder, währenddessen mit einer Erbsenpistole auf mich schoss. Sosehr ich mich auch jedes einzelne Mal bemühte, auf keine der blauen Kacheln zu treten – früher oder später löste ich die tödliche Falle aus.

So ähnlich ist es bei meinen Gesprächen mit Dad. Bevor die Sache eskaliert, sage ich: »Das Pilaw riecht gut.«

Das zumindest entlockt ihm ein Lächeln. »Das war früher dein Leibgericht, nicht wahr? Lass uns essen gehen.«

Mein Leibgericht war Lamm Korma, aber egal. Ich nicke und gehe zur Treppe. Unten nehmen wir Platz und lassen die Köchin das Essen bringen. Nachdem ich einige Bissen genommen habe, sage ich: »Dad, dieser Kieselkaiser ...«

Als habe er mich nicht gehört, antwortet er: »Wann hast du eigentlich das letzte Mal mit deiner Mutter gesprochen?«

»Vor drei Wochen.«

»Du solltest sie öfter anrufen. Sie ist sehr allein.«

»Ich glaube nicht, dass sie allein ist, Bābā.«

»Woher willst du das so genau wissen, Galahad?«

Jetzt wird es mir zu viel.

»Wann hast *du* denn das letzte Mal mit ihr gesprochen?«

Der Anwurf perlt an ihm ab. Er überlegt. »Es ist schon etwas her. Du weißt ja, wie das ist.«

Gerne würde ich meinem Vater unter die Nase reiben, dass meine Mutter keineswegs allein ist. Dass sie seit drei Monaten einen Freund hat. Und dass ich ebenfalls einen habe, möglicherweise. Der Einzige, der hier allein ist, das ist er.

»Noch mal zu Charles«, sage ich.

»Wer?«

»Pallas-Vestas. Der Kieselkaiser.«

»Ach der. Was ist mit ihm?«

»Ich habe da einen Fall, der mit ihm zu tun hat.«

Er schiebt sich ein Stück Brot in den Mund und schaut versonnen. »Was denn für einen Fall?«

»Na, jemand der verschwunden ist.«

Traurig schüttelt er den Kopf. »Ach, Galahad.«

»Was?«

»Spielst du immer noch Kopfgeldjäger?«

»Ich bin Quästor«, erwidere ich.

»Zu meiner Zeit nannte man sie Kopfgeldjäger. Du darfst ja gerne arbeiten, was du willst, aber …«

Er bricht mitten im Satz ab. Mein Vater ist in etwa so einfühlsam wie ein Bleibarren. Aber selbst er weiß instinktiv, dass er gleich an einen Punkt kommt, den er nicht überschreiten darf.

»Kennst du den Kieselkaiser persönlich?«, frage ich.

»Ich habe ihn ein paarmal getroffen. Hat Avalon Rohstoffe verkauft. Kein sonderlich sympathischer Typ. Was willst du von ihm?«

»Was ich dir jetzt sage, ist sehr vertraulich.«

»Ich bin dein Vater, Galahad.«

Eben drum. Aber ich habe keine Wahl, wenn ich mit diesem Quästorat vorankommen will. »Ich suche seine uneheliche Tochter.«

»Der Großherzog hat eine uneheliche Tochter?«

»Ja. Und die ist offenbar viel wohlgeratener als seine drei offiziellen Kinder. Sie soll die nächste Großherzogin werden.«

»Beneidenswert«, sagt mein Vater.

Ich ignoriere die Spitze und fahre fort. »Die Herzogin in spe ist allerdings verschwunden. Charles II. lässt sie suchen, er hat es wohl aus irgendwelchen Gründen eilig.«

»Pallas-Vestas ist sehr krank«, erwidert mein Vater, so als sei das gemeinhin bekannt. »Sag, möchtest du noch von dem Reis?«

»Nein danke.«

»Oder noch Curry?«

»Danke. Weißt du, was er hat?«

Mein Vater zögert einen Moment. »Er hat wohl Probleme mit der Leber. Und mit dem Herz.«

»Und nun liegt er im Sterben?«

Wieder dauert es einen Augenblick, bis er antwortet. »Man munkelt ... nun, die Sache ist ziemlich ...«

Ich schaue ihn an und warte. Dad blickt auf seinen Teller. »Angeblich ist Charles II. bereits seit zehn Monaten tot.«

»Aber mein ... mein Bekannter, ein Journalist beim ›Tatler‹, hat erzählt, dass er den Kieselkaiser noch vor ein paar Tagen gesehen hat – bei dessen Liveaudienz.«

»Hm, nun, Sohn. Es gibt Dinge, die ... nur sehr wenige Menschen wissen davon. Und es hat gute Gründe, dass wir es so halten.«

»Ich schweige wie ein Grab«, erwidere ich. Als er keine Anstalten macht, fortzufahren, frage ich: »Wer ist in diesem Zusammenhang eigentlich ›wir‹?«

»Wohlhabende Unternehmer, größtenteils.«

Er meint Leute wie sich selbst. Jaira und seine Ingenieure einmal ausgenommen, sind die einzigen Menschen, mit denen mein Vater Sozialkontakte unterhält, andere Hyperreiche.

»Multimilliardäre?«

»Und Billionäre. Diese Leute verlängern ihr Leben mit medizinischer Hilfe, solange es geht.«

»Ist klar.«

Sein Blick ist seltsam. »Manchmal auch darüber hinaus.«

»Darüber hinaus?«

»Sie lassen sich loopen. Ich vermute, Pallas-Vestas hat das auch gemacht.«

»Loopen, wie loop ... wie Schleife?«

Mein Vater steht auf. Bisher saßen wir uns gegenüber, doch nun geht er zum Sofa und lässt sich dort nieder. Ich folge ihm. Er bedeutet mir, mich direkt neben ihn zu setzen. Offenbar ist das Geheimnis, das er gleich enthüllen wird, so unglaublich, dass ich dazu quasi auf seinem Schoß hocken muss. Das erinnert mich an früher, als er uns immer dann auf seine Knie setzte, wenn er meinem Bruder und mir eine seiner Lebensweisheiten verabreichen wollte, den berüchtigten Singh'schen Lebenstran.

Nachdem mein Vater sich vergewissert hat, dass die Köchin nirgendwo in der Nähe herumwuselt, fängt er an.

»Diese Leute sind natürlich Quants. Sie verwenden Gefäße, um ihr Leben zu verlängern. Wenn du zwischendurch öfter in einen Doppelgänger wechselst, hält dein Stammkörper länger durch, weil er nicht so beansprucht wird. Das zumindest ist die Theorie. Aber es gibt noch andere Möglichkeiten. Wenn der Körper irgendwann aufgibt, so wie bei Pallas-Vestas, muss das nicht das Ende sein.«

»Weil es eine Sicherungskopie des Cogits gibt?«

»Ja. Wenn man, sagen wir, jeden Monat ein Back-up gezogen hat, könnte man die letzte vor dem Tod gemachte Kopie seines Verstandes in ein Gefäß einspielen. Schon ist man von den Toten auferstanden.«

»Aber was ist mit dem Ein-Körper-Problem? Man kann doch höchstens drei Wochen in einem Gefäß bleiben. Danach muss man zurück in den Stammkörper. Und der ist doch schon hinüber.«

»Stimmt, nach drei Wochen im Gefäß kommt es zum Braincrash«, erwidert Dad.

»Okay. Dann hätte sich der Verstorbene lediglich ein paar Tage gekauft. Aber ich verstehe nicht ... oh verdammt.«

Mein Vater lächelt gequält. »Darum heißt es loopen, oder auch: Todesschleife. Gefäß und Cogit-Kopie mögen zerstört sein. Aber das Back-up ist natürlich noch da. Man kann es von Neuem in einen Klon laden. Dann hat man weitere drei Wochen.«

»Verstehe ich das richtig: Diese Typen wollen nicht sterben und leben deshalb ihre finalen Tage immer wieder? Das ist ...«

Er nickt. »... ein digitales Samsara.«

Meine Familie ist katholisch, aber ich weiß natürlich, was das bedeutet. Samsara ist im Sanskrit der Begriff für den Kreislauf der Wiedergeburten, der niemals endet. Allerdings hat sich Buddha die Sache wahrscheinlich anders vorgestellt. Das hier ist kein Lebensrad, höchstens ein Rad des Todes, ohne Aussicht auf Erreichen des Nirwana.

»Bābā, das ist entsetzlich.«

»Entsetzlich? Vielleicht sogar Blasphemie? Ansichtssache. So ein Todesloop-Cogit kann zwar nichts Neues mehr lernen, nichts behalten. Aber es ist nützlich.«

»So ein Zombie ist *nützlich?*«

»Ein Verstand, der eine Firma oder Organisation fünfzig Jahre oder länger führt, der um jedes Detail weiß, ist wertvoll. Ich kenne einige, die diesen Weg gewählt haben. Sie taten es nicht aus Selbstsucht, glaub mir.«

»Sie taten es aus Angst vor dem Tod.«

»Nein. Sie taten es, weil die Organisationen, die sie aufgebaut haben, ohne sie zugrunde gehen würden. Einen Horizont von drei Wochen zu haben – das ist schlimmer als der Tod. Man sagt, jede Loop sei zudem etwas kürzer als die vorherige. Es ist eine Todesspirale. Vergiss nicht, das sind alles hochintelligente Menschen. Die verstehen, was der Loop bedeutet. Sie tun es nicht für sich, sondern für die Firma, für die Angestellten, für das Allgemeinwohl. Sie opfern sich für die Welt.«

Die Stimme meines Vaters zittert ein wenig. Ich kann sehen, dass seine Hände seine Knie umfassen. Das tut er immer, wenn ihm etwas sehr ernst ist.

»Natürlich darf niemand etwas davon wissen. Verboten ist es wohl nicht. Aber die Öffentlichkeit, sie würde es nicht verstehen. Sie sähe nur ein paar machtbesessene Alte, die nicht loslassen können. Die ewig herrschen wollen. Aber so sind die meisten von uns nicht. Das ist nicht der Grund.«

Das Ganze klingt allmählich wie eine Verteidigungsrede. Das erscheint mir zunächst seltsam. Doch dann wird mir schlagartig klar, was hier läuft. Dad redet gar nicht mehr über Pallas-Vestas. Er redet auch nicht mehr über Loop-Zombies im Allgemeinen. Er redet über sich selbst.

Ich kam hierher, um meinen Vater zu bitten, mir bei meinem Fall zu helfen. Stattdessen reden wir nun wieder über ihn und seine verdammte Firma. Das an sich wäre nicht weiter überraschend, unsere Gespräche nehmen meist diese Wendung. Aber *das* hier ist unfassbar.

»Dad, nein. Das kannst du nicht ...«

Er schaut mich an, traurig und gleichzeitig amüsiert.

»Warum nicht?«

»Es ist widernatürlich. Es ist ... sag, bist du etwa krank?«

»Nein, mir geht es gut. Aber ich bin in dem Alter, wo man allmählich Vorsorge treffen muss. Entweder muss ich die Avalon Group jemandem übergeben. Oder einen anderen Weg finden.«

Ich weiche ein Stück zurück, meine Hände krallen sich in das Sofa.

»Das ist es also? Entweder ich mache endlich, was du seit Jahren von mir verlangst, und steige bei Avalon ein, oder du lässt dich in einen verdammten Vampir verwandeln?«

»Das habe ich nicht gesagt«, erwidert er.

»Ich fand die Drohung relativ deutlich.«

Er steht auf. »Galahad, versteh mich doch. Avalon ist mein Lebenswerk. Ich kann es nicht einfach irgendwem anvertrauen.«

»Ich habe«, antworte ich, »bereits einen Job.«

Ich versuche, es leise und ruhig zu sagen, aber meine Stimme zittert vor Wut.

»Ja, als Kopfgeldjäger, ich weiß. Das ist offenbar interessanter, als zusammen mit seinem Vater die Welt zu retten.«

Ich erhebe mich jetzt ebenfalls.

»Dad, wir haben das schon hundertmal ...«

»Und ich habe deine Entscheidung akzeptiert. Aber deshalb muss sie mir nicht gefallen. Ich kann ja nichts dafür, dass … dass ich nur einen Sohn habe.«

Der letzte Satz tut unfassbar weh. Es ist, als rammte mir jemand einen Baseballschläger in die Magengrube. Ich fühle, wie mir Tränen in die Augen schießen. Vermutlich hat er es gar nicht mit Absicht getan. Für meinen Vater ist das alles sehr lange her. Es ist sehr lange her. Aber nicht für mich. Ich schüttele den Kopf, weiche zurück. Durch den Schleier meiner Tränen kann ich Dad nur verschwommen erkennen. Aber seine Körperhaltung zeigt mir, dass ihm klar geworden ist, was er da gerade gesagt hat.

»Es tut mir leid. So habe ich es nicht gemeint.«

»Du hast ihn aufgegeben!«, brülle ich.

»Hör auf«, sagt mein Vater. Seine Stimme ist kalt und hart.

»Ist es nicht so?«

»Ich bete jeden Tag für ihn«, antwortet er. »Jeden Tag.«

»Beten bringt ihn nicht zurück«, schluchze ich.

»Du musst der Wahrheit endlich ins Auge sehen, Galahad.«

Ich wische mir mit dem Ärmel durchs Gesicht und vermeide es, meinem Vater in die Augen zu schauen, wie ein trotziges Kind, das seinen Fehler nicht eingestehen will. Mir bleibt nur die Flucht. Ich drehe mich um und gehe zur Tür.

»Hör endlich auf damit«, ruft mein Vater. »Du musst damit aufhören, Galahad.«

Doch ich bin schon durch die Tür, renne auf die Limousine zu. Der Fahrer steigt aus und schaut mich verwundert an. Vermutlich hat man ihm gesagt, ich bliebe über Nacht. Aber ich werde keine Minute länger hierbleiben, selbst wenn ich barfuß durch die Wüste nach Nadschaf laufen muss.

»Zum Flughafen«, sage ich.

Als wir losfahren, kann ich im Rückspiegel meinen Vater erkennen, der in der Tür des Hauses steht und mir nachschaut. Als wir am Flughafen ankommen, steht dort bereits ein abflugbereiter Jet. Sobald ich mich hingesetzt habe, schließe ich die Augen. Von meinem Dispenser lasse ich mir ein leichtes Beruhigungsmittel verabreichen, außerdem dreihundert Milligramm Fluxovint. Danach geht es mir besser. Das Angebot der Stewardess, mir nochmals den Lichtdom anzuschauen, lehne ich brüsk ab.

Als ich aufwache, fühle ich mich bleiern. Ich nehme nur selten Schlafmittel, aber diesmal ließ es sich nicht vermeiden. In der Küche mache ich mir eine große Kanne Kaffee. Mit dem ersten Becher in der Hand gehe ich ins Wohnzimmer. Ich sage dem Haussystem, es möge ein bisschen Musik machen, meine Aufwachmischung. Während Sarah Vaughan von der Liebe singt, trinke ich den Becher leer und versuche, mich dabei möglichst wenig zu bewegen. Nach dem zweiten fühle ich mich in der Lage, den Posteingang zu checken. Dad hat sich Gott sei Dank nicht gemeldet. Dafür habe ich eine Nachricht von Mumeishi. Sie wünscht einen Statusbericht. Wünschen kann man sich viel.

Viel wichtiger ist, dass sich Oblivion gemeldet hat. Gestern hatte ich Francescos Deather-Kontakt geschrieben. Am Absendedatum erkenne ich, dass sie binnen Stundenfrist geantwortet hat, wenn auch nicht sehr ausführlich.

»Persönliches Treffen möglich. Heute Nachmittag.«

Ich schaue auf die Uhr. Es ist fast zehn. Aber wenn sie nicht gerade auf einer abgelegenen Insel wohnt, sollte das möglich sein. Binnen zwei, drei Stunden kommt man, Hyperschall sei Dank, eigentlich überallhin. Ich schreibe zurück, dass sie mir eine Adresse übermitteln soll. Dann mache ich mir ein paar Toasties und nehme den dritten Kaffee in Angriff. Damit das nicht so langweilig wird, schalte ich die Milchtütenwand ein.

Mit einem Blaubeer-Vanille-Toastie zwischen den Zähnen schaue ich mir meine Fälle an. Das Reeves-Quästorat ist eigentlich durch. Aber man sollte Fälle immer sauber abschließen, vor allem, wenn sie so seltsam enden wie der dieses englischen Erbsenzählers, Verzeihung Ex-Erbsenzählers, der nun in Florida seinem Faible für exotische Klingenwaffen frönt. Ich habe Reeves' Gattin meine Fotos und die Adresse in Golden Glades übermittelt und seitdem nichts mehr gehört. Das wäre mir an sich schnurz. Aber ich habe auch noch keinen Scheck bekommen.

Ich lasse die Amanuensis-Software von der Leine. Wenn Jimmy Reeves verhaftet wurde oder sonst etwas Interessantes passiert ist, müssten die Suchparameter es finden. Nach zwei Toastie-Bissen erscheint ein Treffer, ein Pressebericht. Offenbar gab es eine Gasexplosion in Golden Glades. Ich muss eigentlich gar nicht schauen, welche Adresse betroffen ist.

96700 Northwest 149th Street. Jimmys Adresse.

Nach Angaben der County Police kam es am 21. April gegen drei Uhr morgens zu einer schweren Explosion, vermutlich hervorgerufen durch eine lecke Gasleitung. Das Haus wurde völlig zerstört. Vom Mieter Jimmy R. fehlt jede Spur. Der Bericht lässt offen, ob dies daran liegt, dass er nicht vor Ort war, oder daran, dass er zu feinster Asche verbrannt ist. Reeves hatte dem Bericht zufolge große Mengen an Verdünnungsmittel und Lacken im Keller gebunkert. Außerdem besaß er kein Feuerwehr-Abo, weswegen der Löschtrupp erst eingriff, als ein Nachbarhaus ebenfalls in Flammen aufzugehen drohte.

Das Problem an der Geschichte: Ich bin durch den Keller eingestiegen. Hätten dort mehrere Hektoliter Nitroverdünner gelagert, wäre mir das aufgefallen. Interessant auch, dass die Explosion etwa zwei Stunden nach meiner Begegnung mit Jimmy stattfand. Da hat einer nicht viel Zeit verloren, bis er aufgeräumt hat.

Ich sage dem Amanuensis, er möge den Artikel zu den Akten nehmen. Außerdem soll er vermerken, dass ich von einer bewusst herbeigeführten Explosion ausgehe. Jimmys Frau werde ich davon erst einmal nichts sagen. Theoretisch wäre es ja möglich, dass sie selbst es war, die ihrem Ex die Bude unter dem Hintern weggesprengt hat. Ist aber sehr unwahrscheinlich. Das war jemand anders. Nur wer? Es sollte mir egal sein. Ich mache nur Milchtüten, keine zu Asche verbrannten Milchtüten.

Deshalb wende ich mich wieder Juliette Perrotte zu und notiere ein paar Dinge an der Wand. Ich weiß inzwischen, dass Perrotte eine Deatherin war – keine spaßorientierte Cascadeurin, sondern eine, die sich für die Grenze zwischen Leben und Tod interessierte. Ich weiß außerdem, dass ihr Vater, der Großherzog von und zu, vor Kurzem das Zeitliche gesegnet hat. Der Kieselkaiser wollte Juliette als Erbin einsetzen, kam aber offenbar nicht mehr dazu. Derzeit lebt er als eine Art Untoter fort. Er wird alle drei Wochen in einen neuen Körper hochgeladen. Das ist wirklich eine bizarre Murmeltiernummer – und täglich grüßt der Großherzog.

Perrottes Todesfimmel und ihr todgeweihter Vater – gibt es da einen Zusammenhang? Dazu müsste ich erst einmal verstehen, was genau meine Milchtüte in ihrer Freizeit gemacht hat, mit ihren Doppelgänger-Gefäßen und Mind Recordern. Oblivion ist meine beste Chance. Ich checke erneut die Inbox. Sie hat bereits geantwortet:

»Pavlovsky Prospekt 17д4, Sankt Petersburg. 17 Uhr. Kommen Sie allein.«

Ich schaue mir die Adresse auf der Karte an. Das ist im Süden der Stadt, in einem Wohnblock. Ich habe ein komisches Gefühl bei der Sache. Was, wenn das Mädchen einen an der Waffel hat und mir eine Falle stellt? Sie hat auf jeden Fall einen an der Waffel, ihr seltsames Hobby beweist es. Aber der Tipp kam von Francesco. Der wird mich kaum einem totalen Psycho ausliefern – zumindest keinem gewalttätigen, mordlüsternen Psycho.

Und überhaupt, Scheiß drauf. Eine halbe Stunde später sitze ich schon wieder im Taxi, auf dem Weg zum Britannia Airport.

Vom Flieger aus kann man erahnen, wie riesig Sankt Petersburg ist. Wenn ich korrekt informiert bin, hat die Stadt dreimal so viele Einwohner wie London. Früher war sie deutlich kleiner, aber nun ist Petersburg der offizielle Hauptsitz der EURUS-Föderative und das Tor zu den Siedlungsgebieten. Außerdem ist das Klima sehr angenehm. Als ich am Flughafen vor die Ankunftshalle trete, fröstelt es mich fast ein bisschen.

Ich nehme ein Shuttle bis zur Moskowski-Station und von dort ein Taxi zu Oblivions Adresse. Der Pavlovsky Prospekt liegt in einem jener riesigen Neubaugebiete, die man in den Sechzigerjahren errichtet hat, um der Völkerwanderung aus dem Süden und Westen Europas irgendwie Herr zu werden. Die Gebäude sind variantenreicher und farbenfroher als die Plattenbauten der alten Sowjetunion, aber letztlich ist der Unterschied nicht allzu groß. In kilometerlangem Spalier stehen die Häuser zu beiden Seiten der breiten Straße. Das Taxi setzt mich vor einem der Klötze ab. Über der Fassade schwebt eine riesige rote 17. Ab hier heißt es laufen. Die Gebäude in dieser Gegend wurden nach sibirischem Vorbild als Superblok angelegt. Jeweils neun Häuser bilden eine Einheit. Die dazwischen verlaufenden Straßen wurden für den Verkehr dichtgemacht. Wenn man also nicht gerade eine Lieferantenlizenz besitzt, muss man sich innerhalb des Superbloks zu Fuß oder auf dem Fahrrad fortbewegen. Ich laufe die vor mir liegende Straße entlang, wobei das fast ein irreführendes Wort ist. Es gibt weder Fahrbahn noch Trottoirs. Den Großteil der zur Verfügung stehenden Fläche haben die Bewohner des Superbloks okkupiert. Kinder rasen auf Speedskates herum, ein Borschtsch-Stand steht mitten auf der Straße. Einige südländisch aussehende Frauen haben Stühle und Tische aufgestellt und halten Kaffeekränzchen.

Es dauert ein wenig, bis ich Oblivions Adresse finde. Laut dem Übersichtsplan, den ich mir immer wieder einblende, ist 17 gar keine Hausnummer. Es ist auch keine Bloknummer, sondern die einer noch größeren Einheit, die sich anscheinend Hiperblok nennen. Ein Hiperblok besteht aus neun Superbloks. Innerhalb dieses Molochs, der mehr Einwohner beherbergt als eine Kleinstadt, befinden sich folglich siebenundzwanzig mal siebenundzwanzig Klötze. Man hat sie horizontal durchnummeriert und vertikal mit kyrillischen Lettern von A bis X versehen. Nach einer Viertelstunde stehe ich endlich vor 17Д4 und scrolle durch die Klingeltafel. In diesem

Moment wird mir bewusst, dass ich lediglich den bescheuerten Deather-Handle kenne und nicht den richtigen Namen der Frau.

»Bewohner benachrichtigen«, sage ich. Ein Eingabefeld erscheint vor mir.

Ich schreibe ›Oblivion‹, und tatsächlich scheint etwas zu passieren. Es dauert ein paar Sekunden, dann sagt eine Männerstimme: »Da?«

»Galahad Singh.«

»Okay«, sagt die Stimme in akzentuiertem Englisch. »Kommen Sie hoch. Siebenundsechzigster Stock.«

Die Tür summt. Ich betrete die Lobby und fahre mit dem Aufzug nach oben. Das Haussystem blendet freundlicherweise Pfeile ein, die mir den Weg weisen. Das Gebäude ist riesig, aber hell und freundlich, mit Greenwalls, farbenfrohen Teppichen und holographischen Panoramafenstern, die einen vergessen lassen, dass man den klaustrophobischen Korridor eines gigantischen Affenfelsens entlangtrottet. Am Ende des Gangs steht eine Tür offen. Eine Frau lehnt im Türrahmen. Sie kann höchstens Mitte zwanzig sein und wäre ziemlich hübsch, legte sie es nicht darauf an, genau das zu vermeiden. Sie hat die halblangen schwarz gefärbten Haare zurückgegelt. Ihre Chino und ihr Rollkragenpulli sind ebenfalls schwarz und eher für einen Mann geschnitten. Ich nicke und reiche ihr meine Hand. Sie schüttelt sie mit dem Enthusiasmus eines gelangweilten Teenagers.

»Guten Abend. Ich bin Galahad. Bist du Oblivion?«

Sie macht eine Geste, die wohl ein ›Ja‹ signalisieren soll. Oblivion reibt sich die Augen. Vielleicht ist sie müde. Oder mein farbenfrohes Hemd gefällt ihr nicht. Immerhin ringt sie sich ein »Komm rein« ab, bevor sie in der Wohnung verschwindet. Ich folge ihr. Oblivions Apartment ist größer als ich erwartet hatte. Wir betreten einen loftartigen Raum von mindestens sechzig Quadratmetern. Am Ende kann ich Durchgänge zu einem Schlafzimmer und einer Küche erkennen. Im vorderen Teil des Lofts befindet sich eine Sitzgruppe, auf deren Sofa zwei junge Männer sitzen, ebenfalls schwarz gewandet. Sie versuchen so zu tun, also habe Oblivion sie nicht als Bodyguards engagiert, was aber definitiv der Fall ist. Ich ignoriere sie.

Irgendwie hatte ich erwartet, von hier oben einen spektakulären Blick über Petersburg zu haben. Aber Essig: Sie hat die Fenster abgeschaltet. Als wäre das nicht trostlos genug, hat sie auch noch die Wände geschwärzt. Kurzum, das Apartment hält, was der Name seiner Besitzerin verspricht.

Meine Gastgeberin setzt sich in einen Sessel und zündet sich eine Zigarette an. Sie bedeutet mir, auf dem Sessel neben ihr Platz zu nehmen. Ich lasse mich nieder und schaue mich nochmals um. Vor einigen Wänden stehen Farbeimer und Staffeleien, der Parkettboden ist voller ausgetretener Kippen und roter Farbkleckse. Ich sehe ein paar uninspirierte Ölgemälde. Eines davon zeigt den Lichtdom. Sehr originell ist das nicht. Jeder esoterisch angehauchte Teenie malt den. Und, oh Gott, eine Wandtafel mit der Kabbala gibt es auch.

Oblivion mustert mich misstrauisch. »Du bist ein Freund von Juliette? Behauptet zumindest Francesca.«

Bei der Erwähnung der weiblichen Form von Francescos Vorname zucke ich innerlich leicht zusammen.

»So was in der Art«, erwidere ich.

»Heißt?«

»Ich suche sie.«

»Warum?«

»Weil sie seit zehn Tagen verschwunden ist.«

Oblivion zieht an ihrer Zigarette. Sie hält sie zwischen Daumen und Zeigefinger, mit dem Filter nach oben. Obwohl die junge Frau versucht, unbeeindruckt dreinzuschauen, kann ich sehen, dass sie nervös ist.

»Ich meine«, erwidert Oblivion, »warum du sie finden willst.«

»Ist mein Job. Ich bin Quästor.«

Ihre Augen verengen sich. Ich kann sehen, dass die beiden Wachhunde auf dem Sofa unruhig werden.

»Wer bezahlt dich dafür?«

»Ihre Mutter.«

Wie ich inzwischen weiß, entspricht dies nicht ganz den Tatsachen. Es ist aber eindeutig eine bessere Antwort als: ›Ein untoter Space-Milliardär bezahlt mich.‹

»Okay. Was willst du wissen?«

»Woher kennst du Juliette? Von eurem gemeinsamen Hobby?«

»Mmh. Sie war noch nicht lange dabei, aber jeder von uns kannte sie. Also, nicht jeder. Die echten Deather.«

»Gibt es falsche? Ich kenne mich da nicht so aus.«

»Die Cascadeure werden uns manchmal zugerechnet, aber das ist Unsinn. Denen geht es nur um irgendwelche frivolen Stunts.«

»Und euch?«

»Um den Tod. Um seine Mysterien.«

»›Uns‹ heißt also Thans – und Juliette ist auch eine?«

»Ja, einer der ernsthaftesten. Weißt du«, sie bläst Rauch aus, »es gibt viele, die stehen auf diese ganze Todesromantik, obwohl sie eigentlich Angst davor haben. Sie finden es gut, aber sie ziehen es nicht durch. Paputschiki. Mitläufer.«

Sie bewegt ihre Augen unmerklich nach links, als sie das sagt, um anzudeuten, dass die Jungs auf dem Sofa ebenfalls Deather-Groupies sind.

»Ein echter Thanatos«, fährt sie fort, »fürchtet den Tod nicht. Wir verachten die Furcht vor dem Tod. Es gibt nur wenige von uns. Wenige, die den Mumm dazu haben.«

»Du meinst, sich in ein Gefäß hochzuladen und sich umzubringen?«, frage ich.

»Oder sich umbringen zu lassen. Ist beides eine interessante Erfahrung.«

»Wann bist du das letzte Mal gestorben? Oder ist das«, ich lächele, »eine unhöfliche Frage?«

Sie schüttelt den Kopf und tritt die Zigarette unter dem Absatz ihrer schwarzen Stiefelette aus. »Vor knapp einer Stunde. Zwei Kugeln. Ins Herz.«

Sie sagt das in einem Tonfall, als spreche sie über das letzte Telefonat mit ihrer Tante. Mit der Hand zeigt sie hinter sich, in Richtung des Sofas. Mein Blick folgt ihr. Nun wird mir klar, dass jene roten Flecken, die ich für Farbe gehalten habe, in Wirklichkeit Blutspritzer sind. An der Wand befinden sich ebenfalls welche. Außerdem kann ich etwas sehen, das hinter dem Sofa hervorragt.

Es ist ein nackter Fuß.

Ehe ich auch nur eine Sekunde darüber nachdenken konnte, bin ich bereits aufgesprungen und habe einige Schritte auf das Sofa zugemacht. Einer der Männer will mir den Weg versperren, geht dann aber beiseite. Vermutlich hat Oblivion ihm ein Zeichen gegeben. Hinter dem Sofa liegt der Leichnam einer jungen Frau, die exakt so aussieht wie Oblivion. Ihre toten Augen sind weit aufgerissen. Sie trägt ein billiges T-Shirt mit einem Einschussloch und eine Jogginghose. Unter ihr befindet sich eine Lache geronnenen Bluts.

Oblivion gesellt sich zu mir. »Iswiniti. Wir sind noch nicht zum Aufräumen gekommen.«

»Das ist … das …«, stammele ich.

»Ja?«

»… eine unglaublich abgefuckte Scheiße.«

Sie verschränkt die Arme. »Findest du? Ansichtssache.«

Ich wende mich ihr zu. »Ihr tut euch diese Sachen an. Das ist …«

»Wir tun es im Dienste der Wissenschaft, der Philosophie. Im Dienste der Wahrheit. Weißt du, wer Jonas Salk war?«

»Sagt mir nichts.«

»Er hat den Polio-Impfstoff entdeckt. Genauer gesagt glaubte er, dass er ihn entdeckt hat. Also hat er sich und seine ganze Familie infiziert, um herauszufinden, ob der Impfstoff wirkt. Manchmal muss man was Verrücktes tun, um die Wahrheit herauszufinden. Obwohl wir Gehirne scannen und digitalisieren können, haben die Neurowissenschaftler immer noch keinen blassen Schimmer, was genau passiert, wenn man stirbt. Man kann es nur durch Selbstbetrachtung herausfinden. Und das ist genau das, was wir machen.«

Wir setzen uns wieder. Oblivion bietet mir Wodka an. Ich nicke matt. Einer der Bodyguards bringt mir ein Glas. Ich nehme einen großen Schluck. Die Leiche hat mich aus dem Konzept gebracht. Zwar habe ich schon Milchtüten gefunden, denen man weitaus Schlimmeres angetan hat und die viel länger herumgelegen hatten als Oblivions Klon. Vielleicht schockiert mich, dass die blutüberströmte Frau mit den toten Augen mir quicklebendig gegenübersitzt.

»Ist das eigentlich illegal, was ihr hier macht?«, frage ich.

»Nein.«

»Aber ...«

»Ein Gefäß kaputt machen ist Sachbeschädigung, nichts weiter. Da wir unsere eigenen Klone verwenden, gibt es niemanden, der uns verklagen könnte. Wir gehen trotzdem diskret vor. Die Öffentlichkeit hält uns für einen Haufen perverser Leichenschänder.«

Kann ich mir gut vorstellen. Ich sage aber nichts in der Richtung, sondern bemerke stattdessen: »Zurück zu Perrotte, ich meine Juliette. Warum war sie so wichtig für eure Szene?«

Oblivion zündet sich eine weitere Zigarette an, bevor sie antwortet.

»Ihr Handle war Psychopomp, und der Name war Programm.«

»Psychopomp?«

»Altgriechisch. Eigentlich Psychopompos. Es heißt in etwa ›Seelengeleiter‹. Man glaubte, dass die Verstorbenen von den Psychopompoi ins Jenseits, in die Unterwelt, geleitet würden. Und in gewisser Weise war Juliette unser Begleitschutz.«

»Du meinst, eure Anführerin?«

»So was haben wir nicht. Und selbst wenn – dafür war sie nicht lange genug dabei. Aber sie hat daran gearbeitet, dass wir dem Tod noch näher kommen. Mit Software.«

Sie bläst Rauch aus. »Weißt du, wie wir arbeiten?«

»Ihr ladet euch in einen Doppelgänger hoch. Dann sterbt ihr. Und dann lasst ihr euch reanimieren.«

»Ja, aber das geht am Kern der Sache vorbei. Wir sind ja keine Masochisten oder so was. Uns geht es nicht um den Schmerz. Uns geht es darum, was für Erfahrungen ein Mensch in seinen letzten Minuten macht. Aber diese Erfahrungen sind flüchtig. Weißt du, was ein Braincrash ist?«

Ich nicke. »Wenn man zu lange in einem Gefäß bleibt, geht nicht nur der Klon hops, sondern auch das Cogit. Es bleibt nur Datensalat übrig.«

»Ja. Und beim Tod passiert dasselbe.«

Oblivion zeigt in Richtung der Leiche. »Das Gefäß hat ein Loch in der Brust. Aber der Kopf ist unversehrt. Der e-Cephalon-Computer und die Cogit-Software, die darin lief, haben nichts abbekommen – sollte man meinen. Würde man jedoch versuchen, das Cogit aus diesem Gefäß in einen intakten Körper zu übertragen ...«

»Was dann?«

»Nichts. Kompletter Scramble. Die Daten sind korrumpiert, das Cogit würde nicht hochfahren.«

Sie zieht an ihrer Zigarette. Dann atmet sie langsam aus, lässt den schweren blauen Rauch ihr Kinn hinabfließen.

»Und frag jetzt nicht, warum. Niemand weiß es. Fakt ist, dass man dem Tod nicht so einfach auf die Schliche kommt. Deshalb müssen wir uns langsam ranrobben. Komm mit, ich zeig dir was.«

Wir gehen in den hinteren Teil des Raums. Dort ist eine Metallplatte an die Wand geschraubt. Davor steht ein billiger Bürostuhl. Die Leiche liegt nur ein paar Meter entfernt, und ich sehe Schleifspuren auf dem Boden. Die Bluttat hat genau hier stattgefunden. Den Dellen in der Metallplatte nach zu urteilen war es nicht die erste. Oblivion kniet sich nieder und zieht etwas unter dem Stuhl hervor, ein quadratisches Etwas, das in Kunststofffolie eingewickelt ist. Sie packt es aus. Zum Vorschein kommt eine der mir bereits bekannten Blackboxen mit der Aufschrift »MIND RECORDER. DO NOT OPEN«.

»Ein Memnos Explorer Extreme«, sage ich.

Sie schaut mich überrascht an.

»Ich habe«, erkläre ich, »schon mal einen gesehen, bei Juliette. Aber der war einen Tick kleiner.«

»Sie benutzt jetzt das Modell III? Wusste ich gar nicht.«

Oblivion stellt den Rekorder auf den Stuhl und tippt mit dem Finger darauf. »Das Ding macht kontinuierliche Back-ups des Cogits, solange es sich in maximal zwei Metern Entfernung von dem Quant befindet, mit dem es gekoppelt ist.«

»Das mit dem Back-up geht so schnell?«

Ich glaubte bisher, ein Cogit zu sichern, sei eine langwierige Angelegenheit. Das durchschnittliche menschliche Gehirn hat eine Speicherkapazität von mehreren Petabytes. Das sind eine Menge Daten.

»Ist ein inkrementelles Back-up. Nur die Informationen, die in den letzten Minuten dazugekommen sind.«

»Okay. Und wo genau kommt da Juliette ins Spiel?«

»Psychopomp, also Juliette, hat den Explorer gehackt.«

»Wie das?«

»Die Kiste wurde vor allem für Kosmonauten konzipiert, damit sie unterwegs Cogit-Back-ups machen können – falls ihr Schiff gegen einen Boliden knallt oder so. Dass die Dinger tragbar sind, macht sie für uns nützlich. Aber Juliettes Geniestreich war, dass sie das Back-up-Intervall verkürzt hat.«

Mir wird nun einiges klar. Dieser EURUS-Bulle, Natascha Duerte, hatte etwas von einer Back-up-Software erzählt, an der Perrotte eigenmächtig gearbeitet haben soll. Meine Milchtüte hat folglich ihren Firmenrechner und ihre nicht unerheblichen Kenntnisse in Sachen Cogits und Uploads verwendet, um einen Hack für die Deather durchzuführen. Sie hat die Zeitspanne verkürzt, in der ein Mind Recorder Sicherungskopien anfertigt. Denn je kürzer das Intervall ist, desto mehr Erinnerungen an die letzten Momente vor dem Tod hätte ein Deather nach seiner Wiederherstellung.

»Und auf wie viel war sie runter?«

»Psychopomps letzte Version brachte es auf anderthalb Minuten.«

Anderthalb Minuten – ist das viel? Oder wenig? Wenn man im Sterben liegt, meine ich. Ich schaue Oblivion fragend an.

»Es gibt natürlich«, erwidert sie, »viele Arten, sich umzubringen, bei denen man sofort tot ist – Stürze aus großer Höhe, Kopfschüsse und so weiter. Ohne schweres Trauma ist der Übergang hingegen fließend. Neurowissenschaftler gehen davon aus, dass es nach dem Herzstillstand etwa dreißig Sekunden dauert, bis man das Bewusstsein verliert. Danach gibt es aber noch Hirnaktivität. Da wir ein Cogit post mortem nicht mehr auslesen können, erfahren wir das vielleicht nie. Aber wenn wir es schaffen, weiter mit den Intervallen runterzugehen, vielleicht bis in den Sekundenbereich, dann kommen wir des Rätsels Lösung auf jeden Fall näher. Und diese Verkürzung der Intervalle, das hat Psycho gemacht.«

»Hat das alles auch etwas mit dem Descartes-Conundrum zu tun?«

»Wie? Klar, kanjeschna. Die Verbindung zwischen Körper und Geist zu enträtseln, hat natürlich damit zu tun. Warum geht es nicht ohne Körper? Was löst den Braincrash aus? Ich sage nicht, dass diese Todeserfahrung der Schlüssel dazu ist. Aber auf jeden Fall ein Puzzleteil.«

»Und wann hast du Juliette das letzte Mal gesehen?«

»Persönlich vor etwa einem Jahr. Aber wir haben regelmäßige Holochats gemacht. Zuletzt vor gut zwei Wochen.«

»Hat sie etwas gesagt, das auffällig war?«

»Eigentlich nicht. Psychopomp hatte versprochen, mir

bald den neuesten Explorer-Hack zu schicken. Angeblich hatte sie das Intervall um weitere dreißig Sekunden reduziert und außerdem eine Idee, wie man noch weiter runterkäme.«

»Was für eine Idee?«

»Keine Ahnung. Wenn ich das richtig verstanden habe, war ihr bisheriger Hack ausgereizt. Sie sagte etwas von Vitaldaten, was auch immer sie damit gemeint hat. Ich habe sie einfach machen lassen, denn sie sagte, noch eine Testfahrt, dann bekäme ich den neuen Exploit. Aber es kam nichts. Und sie hat nicht mehr auf meine Mails geantwortet.«

Ich überlege einen Moment. »Testfahrt soll heißen, dass sie die Software noch mal checken wollte.«

Oblivion schüttelt den Kopf. »Ausprobieren. Testfahrt heißt Testfahrt in den Tod.«

»Du meinst, sie wollte sich umbringen – also, eines ihrer Gefäße. Mit einer Pistole, so wie du?«

Sie lächelt verschmitzt. »Wie gesagt, Testfahrt. Jeder muss für sich rausfinden, wie der Abgang für ihn am einfachsten ist. Psychopomp war eine schräge Type.«

»Inwiefern?«

»Sie war nicht nur ein Deather. Sondern auch ein Crasher.«

Während ich mich mit Deathern bisher überhaupt nicht auskannte, weiß ich sehr wohl, was ein Crasher ist. Ein ehemaliger Lover von mir, Alfie, war ganz vernarrt in diesen Schwachsinn. Nicht, dass er selbst den Mumm dazu besessen hätte. Aber er sprach oft vom Todesmut der Crasher, und seine Augen glänzten dabei vor Bewunderung. Wenn wieder einmal einer dieser Kerle auf der M6 gegen die Leitplanke geschrappt war, ging ihm fast einer ab.

Crasher sind Menschen, die sich nach der guten alten Zeit zurücksehnen, als man hinter dem Steuer eines Autos sitzen, das Gaspedal bis zum Anschlag durchdrücken und Richtung Sonnenuntergang rasen durfte. Das ist für Crasher der Inbegriff der Freiheit. Warum, das blieb mir schleierhaft. Was ist erstrebenswert daran, ein Fahrzeug selbst zu lenken, wenn ein Computer dies viel besser kann? Alfie versuchte, mir das Besondere am Selbstfahren zu erklären. Er sprach vom Wind, der einem durchs Haar wehe, von dem Gefühl, fünfhundert PS unter Kontrolle zu haben. Wenn das Auto vor einem zu langsam sei, überhole man es einfach, mit Schmackes, um der Lahmschnecke zu zeigen, wo der Hammer hängt. Alfie führte mir alte Filme vor, in denen kantige Kerle in alten Verbrennern um die Wette rasten – Steve McQueen, Burt Reynolds, Mel Gibson. Ich hatte zuvor noch nie von ihnen gehört.

Moderne Autos besitzen nicht einmal ein Lenkrad, geschweige denn ein Gaspedal. Crasher fahren deshalb Oldtimer oder modifizierte Fahrzeuge, die nachgerüstet worden sind. Mit solchen Blechboxen darf man nur auf Privatstrecken fahren – auf normalen Straßen ist derlei logischerweise verboten. Crasher ignorieren die Regeln, rasen über Ringstraßen und Autobahnen. Oblivion zufolge hat Perrotte so etwas ebenfalls gemacht.

»Sie hat beides kombiniert«, sagt sie. »Das Autofahren und das Deathen.«

»Du meinst, Juliette hat Unfälle provoziert?«

Oblivion schüttelt den Kopf. »Soweit ich weiß, ist sie auf verlassenen Rennstrecken gefahren. Normalerweise aus Spaß. Und manchmal hat sie den Wagen dort auch gecrasht«, erklärt sie.

Wir stehen immer noch vor der Exekutionswand. Hinter uns sind die beiden Groupies zugange. Sie haben eine Trage herbeigeschafft und sind dabei, die Frauenleiche daraufzuwuchten. Das hätten sie gerne tun können, bevor ich zu Besuch kam. Haben sie aber nicht. Vermutlich wollte Oblivion, dass ich das Blutbad sehe.

»Habe ich das richtig verstanden: Ein Deather stirbt immer auf die gleiche Weise?«

Oblivion sucht nach ihren Zigaretten, aber sie hat sie auf der anderen Seite des Raumes liegen lassen. Während sie weiterspricht, geht sie zu einem kleinen Schrank und öffnet ihn. Er enthält nichts außer vier Stangen Java-Zigaretten. Sie kommt mit einer frischen Schachtel in der Hand zurück und reißt diese auf.

»Sterben ist kein Spaß. Sich zu überwinden, und das immer wieder, ist hart genug. Wenn der Tod dann jedes Mal völlig anders kommt – das ist mehr, als die meisten ertragen können. Außerdem könnte es das Experiment verfälschen – es ist besser, möglichst viele Variablen konstant zu halten. Deshalb haben fast alle Thans einen modus mortandi. Und bei dem bleiben sie.«

»Bei dir sind es Schusswaffen.«

»Ja. Andere verwenden Gift oder ertränken sich. Psychopomp machte es mit Autos.«

»Sie hatte dann immer so einen Mind Recorder dabei?«

Oblivion nickt.

Ich versuche, mir das vorzustellen. Mit einem Explorer Extreme im Kofferraum konnte Juliette sich später an alles erinnern: An das Gefühl in ihrer Magengrube, als der Wagen abhob, an die Panik, als sie sich überschlug. An das Bersten der Frontscheibe, das Splittern des Armaturenbretts, den stechenden Schmerz, als sich die Handbremse in ihren Oberschenkel bohrte. An das Gefühl der Desorientiertheit, als der Wagen nach mehreren Überschlägen auf dem Dach zum Liegen kam, an den beißenden Gestank der verbrannten Reifen ... na ja, und so weiter.

Das alles ist total krank. Aber es ist auch eine Spur. Einer der Rekorder in Perrottes Klonkabinett fehlte. Es ist also denkbar, dass sie zu einer Spritztour aufbrach, von der sie nie zurückkehrte. Eine hübsche Hypothese ist das. Aber sie hat einen Haken. Denn natürlich wäre sie wiedergekommen.

»Wie genau kommt man nach so was zurück?«, frage ich.

Oblivion hat sich schon wieder eine Kippe angezündet. Sie wird sich noch umbringen. »Wie meinst du?«, sagt sie.

»Nehmen wir an, Juliette steigt in ihre Renndose, fährt sie irgendwo gegen die Wand. Sie stirbt, der Rekorder hat alles aufgezeichnet. Wie kommt das Cogit-Back-up zurück zu ihr, damit sie es in ihren Stammkörper laden kann? Hatte sie Kompagnons, die das erledigten, so wie«, ich zeige auf Lolek und Bolek, »so wie du?«

»Soweit ich weiß, arbeitete Psycho allein.«

»Moment mal. Wie ...«

Sie mustert mich stirnrunzelnd. »Ihr Schwammköpfe habt echt keinen Plan. Okay, es läuft folgendermaßen. Während das Gefäß mit dem Selbstfahrer unterwegs ist, läuft ein Timer. Sobald der runtergelaufen ist, lädt Psychopomps Cogit-Server eine Kopie ihres Verstandes in ein anderes Gefäß hoch. Das Gefäß weiß zwar nichts von der Crasher-Spritztour des anderen Klons, findet aber eine Notiz vor. In der steht, wo sie hinmuss. Dann fährt sie zur Unfallstelle, birgt den Mind Recorder. Sie entsorgt das kaputte Gefäß.«

»Und weiter?«

»Danach fährt sie zurück in Psychopomps Wohnung und lädt den Inhalt des Mind Recorders auf den Server hoch. Sie lässt eine Analysesoftware drüberlaufen, um zu schauen, ob das Cogit mit der Todeserfahrung strukturell in Ordnung ist oder ob es beschädigt wurde. Falls es okay ist, lädt sie es sich rein.«

Ich bekomme allmählich Kopfschmerzen von dieser Scheiße. Außerdem befürchte ich, dass sie meinen Job eher schwieriger denn einfacher macht.

»Verstehe ich das richtig: Die Juliette mit dem Inhalt des Mind Recorders im Kopf kann sich somit an die grässlichen Details ihres tödlichen Unfalls erinnern – aber nicht ans Sterben und schon gar nicht daran, wie sie sich selbst aus dem Wrack gezogen hat?«

»Korrekt. Das war ja ein anderes Gefäß, mit einer anderen Cogit-Kopie.«

»Kann man die verschiedenen Back-ups nicht irgendwie zusammenfügen, kombinieren? Damit man alle Erfahrungen hat? Bei normalen Computer-Back-ups geht das, oder?«

»Wäre praktisch, aber nein«, antwortet Oblivion.

»Warum nicht?«, frage ich.

»Ich bin keine Programmiererin. Aber ich glaube, man weiß einfach nicht, wie's geht.«

»Warum nicht?«

Sie überlegt einen Moment. »Wenn die Funktionsweise des menschlichen Gehirns so simpel wäre, dass wir sie verstehen könnten, wären wir so simpel, dass wir sie nicht verstehen könnten.«

»Guter Spruch, aber im Ernst. Wenn es Cogits gibt, muss man ja wohl wissen, wie die grauen Zellen funktionieren.«

»Nicht unbedingt«, erwidert sie. »Mitte der Vierziger war man so weit, dass man ein menschliches Gehirn vollständig im Rechner modellieren konnte, eins zu eins, mit allen Details. Man kopierte einfach, was da war. Etwas später fand man raus, wie sich das Gehirn eines lebenden Menschen scannen lässt und alle darin enthaltenen Informationen digitalisiert werden können. Noch ein paar Jahre später baute man Computer mit Cortex-Schnittstellen. Und dann haben einige Verrückte einfach ausprobiert, ob man das organische Gehirn durch ein digitales ersetzen kann. Es funktionierte. Aber das heißt noch lange nicht, dass man weiß, *wie* das menschliche Gehirn funktioniert, im Detail meine ich. Ist wie bei neuronalen Netzen, was da drin passiert – Blackbox. Deshalb kann man Back-ups immer nur komplett verwenden. Sonst fährt das Cogit nicht hoch. Man kann die Dinger ja nicht einmal auslesen.«

»Ziemlich waghalsig und unbesonnen, eine Technologie zu benutzen, obwohl man gar nicht genau weiß, wie sie funktioniert.«

Oblivion macht ein spöttisches Gesicht. »Willkommen bei der Menschheit.«

»Touché.«

Ich habe das Gefühl, dass der sinnvolle Teil des Gesprächs hiermit zu Ende ist. Ich stelle ihr noch ein paar Fragen aus meinem Standardrepertoire – hatte Perrotte Feinde? War sie suizidgefährdet? Aber Oblivions diesbezügliche Antworten bringen mich nicht weiter. Sie weiß sehr wenig über Juliette Perrotte. Sie kennt nur Psychopomp, Deather-Hacker extraordinaire. Als ich mich verabschieden will, sagt sie: »Wirst du sie finden?«

»Ich weiß nicht. Ich habe ein paar Spuren. Aber ehrlich gesagt stehen die Chancen höchstens fifty-fifty.«

»Wenn wir noch irgendwie helfen können, sag Bescheid.«

»Danke.«

Wir schütteln uns die Hand, dann haue ich ab. Man könnte

vermuten, dass Oblivion helfen will, weil Juliette ein Kumpel ist. Mir scheint hingegen, dass es ihr vor allem um die Software geht. Wie viele von diesen Deathern gibt es weltweit? Wie viele von denen können einen Mind Recorder hacken? Vermutlich weniger, als ich Finger an der rechten Hand besitze. Ohne Juliette werden sie den Tod niemals enträtseln.

Etwas später sitze ich in einem Hotelzimmer vor einem Tisch. Darauf befindet sich ein isometrisches Modell von Perrottes Wohnung, das die Amanuensis-Software auf Basis meiner Notizen und Fotos erstellt hat. Es sieht ein bisschen wie eines jener alten Puppenhäuser aus, bei denen man das Dach abheben und in die Räume hineinschauen kann.

Inzwischen ist mir klar, dass ich bei meinen beiden Visiten schlampig gearbeitet habe. Sonst hätte ich mir beispielsweise viel früher die Frage gestellt, warum meine Milchtüte Fotos alter Rennautos an den Wänden hängen hat. Ich hatte einfach angenommen, dass sie Oldtimer mag, wegen der schön geschwungenen Karosserien oder was auch immer. Von Oblivion weiß ich jedoch inzwischen, dass Perrottes Interesse an Motoren und Pferdestärken nichts mit einem Faible für altes Industriedesign zu tun hatte. Auf diese Crashersache hätte ich selbst kommen können, kommen müssen.

Vielleicht hätte ich, wenn ich diesen Teil ihrer Vita stärker berücksichtigt hätte, in Perrottes Wohnung weitere interessante Dinge gefunden – Autoschlüssel zum Beispiel oder Hinweise auf ihre modifizierten Fahrzeuge, die ja irgendwo stehen müssen. Nun ist es dafür leider zu spät. Inzwischen sind garantiert die Bullen in der Wohnung gewesen. Vermutlich haben sie alles verwanzt, in der Hoffnung, dass der Verbrecher zurück an den Ort des Geschehens und so weiter. Deshalb muss ich mir nun mit Archivmaterial behelfen.

Insgesamt sechs Vollgasposter hängen an Perrottes Wänden. Bei zweien davon handelt es sich laut dem Amanuensis um Porsches, Modell 984. Es wurde bis 2060 gebaut. Dann ist da ein Lamborghini Cesare, Modelljahr 2051. Der letzte Wagen ist ein Embraer Ganhador aus den Vierzigern. Außer den Fahrzeugen gibt es noch zwei Rennsportszenen. Eine scheint auf einem Rundkurs aufgenommen worden zu sein. Ich kann im Hintergrund Tribünen voller Schaulustiger erkennen. Die andere zeigt eine Passstraße, auf der mit Nummern versehene Vier- und Zweiräder zu sehen sind.

Ich frage den Amanuensis, wo die Bilder aufgenommen wurden. Die Software sagt, es handele sich um Rennen in Le Mans und Pike's Peak. Von beiden habe ich noch nie gehört. Der Pikes Peak ist anscheinend ein Berg in der CANFED, auf dem Rennen zum Gipfel ausgetragen wurden, zuletzt vor dreißig Jahren. Le Mans ist eine Stadt ganz im Westen von EURUS. Bis in die Fünfziger war sie anscheinend synonym mit einem Rennsportereignis. Weil das öffentliche Interesse an Selbstfahrer-Rennen jedoch immer weiter abnahm, wurde die Veranstaltung 2057 eingestellt.

Warum erst dann? Mir ist schleierhaft, warum sich jemals jemand für den Quatsch interessiert hat. Ich lese einen Eintrag zu dem Le-Mans-Rennen. Offenbar gab es einen Rundkurs, zum größten Teil bestand die Strecke jedoch aus öffentlichen Landstraßen, die man während der Rennen absperrte. Man hat diese Geschosse durch Dörfer und über Landstraßen brettern lassen? Mit zweihundert Sachen? Mit Menschen am Steuer? Völliger Irrsinn.

Ich lehne mich zurück und überlege. Irgendwo muss Perrotte ihre Fahrzeuge ausprobiert und gegebenenfalls zu Schrott gefahren haben. Oblivion erwähnte eine alte Rennstrecke. Ich schaue mir nochmals das Poster von Le Mans an. Ein himmelblauer Sportwagen nimmt darauf eine Kurve, während ihm ein weißer und ein roter auf den Fersen sind. Eine alte Rennstrecke, die seit Jahrzehnten unbenutzt und über die umliegenden Landstraßen gut zu erreichen ist. Dieses Le Mans liegt anscheinend nicht einmal zwei Autostunden von Paris entfernt. Alles deutet darauf hin, dass ich richtigliegen könnte.

Auf die Rennstrecke zu gelangen, gestaltete sich einfacher, als ich gedacht hatte. Irgendwann hielt mein Mietwagen vor einem alten Tor, das nur mit einer verrosteten Kette gesichert war. Ein paar Handgriffe und ich war drin. Nun holpere ich über die Strecke, deren Asphalt an vielen Stellen geborsten ist. Ab und an muss der Wagen einen Birkenschössling umfahren, der mitten auf der Straße wächst. Da mir Selbstfahrerei wie gesagt nicht liegt, habe ich eine Route programmiert. Sie wird mich über alle verzeichneten Streckenteile und Verbindungswege von Le Mans führen. Ich muss lediglich die Hände in den Schoß legen und nach Wracks Ausschau halten.

Die Le-Mans-Rennstrecke heißt eigentlich Circuit de la Sarthe. Sie besteht aus zwei Teilen: Da sind zunächst jene Landstraßen, die früher regelmäßig für Rennen requiriert wurden. Es ist unwahrscheinlich, dass Perrotte dort herumraste. Viele der Sträßchen gehören noch immer zum regulären Verkehrsnetz. Ich vermute, dass sie den zweiten Teil der Strecke benutzt hat, den Circuit Bugatti. Dieser kleinere Rundkurs liegt innerhalb der größeren Rennstrecke. Die Gefahr, auf andere Fahrzeuge zu treffen, liegt im Bugatti bei null.

Das erste Wrack finde ich bereits nach hundert Metern. Sein rotes Heck ragt aus dem Unterholz neben der Strecke. Dieser Teil des Circuits führt schnurgeradeaus, besitzt jedoch in der Mitte einen s-förmigen Schlenker. Der scheint diesem Crasher den Garaus gemacht zu haben. Ich sage dem Wagen, er möge anhalten, damit ich mir die Sache aus der Nähe anschauen kann. Das Fabrikat ist mir unbekannt – auf dem Kofferraum sind zwei gekreuzte Flaggen zu sehen. Es kann sich aber nicht um Perrotte handeln. Das Fahrzeug ist bereits leicht vermoost, die Felgen sind angerostet. Ich vergewissere mich, dass der Innenraum leer ist, bevor ich zurück zu meinem Fahrzeug gehe.

Der rote Wagen bleibt nicht mein einziger Fund. Auf der Südseite des Bugatti-Rundkurses finde ich insgesamt sechs Selbstfahrer in verschiedenen Graden der Verwesung. Sie alle müssen vor längerer Zeit gecrasht sein, nach meiner Schätzung vor etlichen Monaten, wenn nicht Jahren. Ich fahre weiter und erreiche die Nordseite des Rundkurses. In der Ferne kann ich ein großes Gebäude erkennen, bei dem es sich vermutlich um die Tribüne handelt. Wir rollen weiter. Dann sehe ich es. Auf der Straße sind schwarze Streifen zu erkennen – Reifenabrieb. Er sieht frisch aus. Das Fahrzeug, von dem die Spur stammt, muss die Rennstrecke auf einem kleinen Zufahrtsweg verlassen haben und auf die Baracken dahinter zugerast sein. Einige niedergewalzte Birkenschösslinge bestätigen diesen Verdacht. Hier ist erst vor Kurzem jemand durchgerauscht.

Ich sage dem Wagen, er möge abbiegen, aber er bockt. Angeblich gibt es dort keine Straße. Ich steige aus. Nachdem ich das Werkzeug aus dem Kofferraum geholt habe, stapfe ich den Zubringer entlang, in Richtung der Hallen. Es ist nicht weit, vielleicht zweihundert Meter, dann kann ich es sehen. Vor einer der Baracken steht ein Auto – oder was davon übrig ist. Sechs sich überlappende Ringe auf dem Heck, kein Schriftzug – sagt mir nichts. Der Wagen ist flach wie eine Flunder. Früher war er bestimmt sehr windschnittig. Nun sind die Scheiben geborsten, das Karbon gesplittert. Ich stelle die Werkzeugtasche ab und trete näher. Von der Front ist kaum etwas übrig. Der Fahrer muss den Wagen mit Vollgas in die Betonschikanen gesteuert haben, die etwa dreißig Meter vor der Lagerhalle stehen. Um die Türen aufzukriegen, brauche ich das Werkzeug. Das Cockpit ist voller Knöpfe und Hebel, außerdem gibt es Pedale und ein Lenkrad. Überall liegen Glassplitter und geborstene Kunststoffteile. Mit einem Messer schneide ich die aufgeblähten Airbags heraus und beginne, den Wagen zu untersuchen.

Den ersten Fund mache ich im Fußraum des Beifahrersitzes. Dort steht eine jener roten Kisten, die ich inzwischen gut kenne. Sie ist mit Nylongurten an verschiedenen Ösen befestigt, die mit dem Chassis verbunden zu sein scheinen. Selbst wenn sich das Auto mehrfach überschlagen hätte, wäre der Mind Recorder nicht hinausgeflogen. Das Ding ist wirklich gut gesichert, und ich brauche ein paar Minuten, um es loszukriegen. Es handelt sich um das gleiche Modell, das Perrotte verwendete, den Explorer Extreme III.

Der hintere Kofferraum besitzt lediglich die Größe eines Handschuhfachs. Er ist offen und leer. Bei der vorderen Haube ist die Sache kniffliger. Sie ist durch den Aufprall stark gequetscht worden. Um sie zu öffnen, bräuchte ich wohl schweres Gerät.

Im Innenraum befindet sich ansonsten nichts weiter, nur eine leere Evian-Flasche und ein Paar Würfel. Sie sind aus Plüsch und haben eine Art Aufhängvorrichtung. Wo sie hingen und was es mit den Dingern auf sich hat, ist mir schleierhaft. Vielleicht handelt es sich um irgendeinen geheimen Crasher-Code. Das Interessanteste an den Würfeln sind die daran klebenden Spritzer getrockneten Bluts. Auch an einigen der Glassplitter und am Lenkrad finde ich rote Flecken. Ich überlege einen Moment. Oblivion zufolge müsste meine Milchtüte nach dem Unfall hier gewesen sein, um ihr Gefäß zu verbuddeln und den Rekorder abzuholen. Letzterer steht jedoch zu meinen Füßen, was darauf hindeutet, dass Juliette ›Psychopomp‹ Perrotte überhaupt nicht hier war – und ihre Doppelgängerin ebenfalls noch vor Ort ist.

Falls es sie aus dem Auto geschleudert hat, müsste sie irgendwo auf der anderen Seite der Schikanen liegen. Dort jedoch versperren mir Stapel verrotteter Reifen, Paletten und Plastikfässer die Sicht. Ich klettere deshalb über einen der Betonblöcke und fange an, das Areal abzusuchen. Unter meiner Fußsohle knirscht es immer wieder, auch hier liegen Splitter. Wie weit fliegt jemand, der mit zweihundert oder mehr Sachen gegen eine Mauer prallt? Im Zickzack laufe ich einen etwa dreißig Meter breiten Streifen ab, bewege mich dabei langsam auf die Halle zu.

Nach ein paar Minuten finde ich eine Evian-Flasche, identisch mit der aus dem Innenraum, noch zu drei Vierteln voll. Ich gehe weiter, vorbei an einem Palettenstapel, durch den mehrere Baumschösslinge gewachsen sind. Gerade will ich den nächsten Haken schlagen, als ich das Gefühl habe, dass mich jemand beobachtet. Ich gehe in die Hocke und sehe mich um. Als ich meinen Verfolger erblicke, muss ich lachen.

Es ist eine der Birken.

In den Zweigen des Baumes hängt eine schwarze Sonnenbrille. Sie muss aus dem Auto geschleudert worden sein. Durch einen unwahrscheinlichen Zufall hat sie sich geöffnet und ist zwischen den Zweigen gelandet. Als ich sie aus dem Augenwinkel wahrnahm, hat mein Gehirn die Form einem Menschen zugeordnet. Vorsichtig greife ich nach der Brille. Bis auf einen Kratzer an einem der Bügel und ein paar Blutspritzer auf den verspiegelten Gläsern ist sie unversehrt. Es handelt sich, das sehe ich nun, um keine gewöhnliche Sonnenbrille, sondern um ein Paar Unterseher.

Warum trägt jemand beim Autofahren Stripper? Zunächst will mir das nicht ganz einleuchten. Wenn man per Minusbrille Werbung und öffentliche Markierungen ausblendet, sieht man weder Geschwindigkeitsbegrenzungen noch Stoppschilder. Das macht eigentlich keinen Sinn. Ein Lächeln legt sich auf meine Lippen. Es macht natürlich nur dann keinen Sinn, wenn man alle Tassen im Schrank hat. Aber Juliette Perrotte war, das wird immer offenbarer, ziemlich durchgeknallt. Sogar Oblivion hielt ihre Freundin für exzentrisch, und das will einiges heißen.

Man muss sich also in das kranke Hirn eines Crashers und Deathers hineinversetzen. Vielleicht scheißt so jemand auf Verkehrsschilder. Wer in einem alten Porsche oder McLaren-Toyota eine nostalgische Spritztour absolviert, möchte eventuell keine Holos sehen, um den Highway *au naturel* zu erleben. Das wäre eine denkbare Erklärung.

Ich schaue auf den linken Bügel. Dort steht ›Oakley Opticals‹. Als ich die Goggles etwas drehe, kann ich die auf der

Innenseite des Bügels eingelaserte Signatur lesen: »Model Skyclad Lvl. I–V«. Level eins bis fünf – mit meiner Brille kann ich nur die Holonet-Ebenen fünf, vier und drei ausblenden. Diese umfassen Werbung (V), öffentliche Markierungen (IV) und Retuschen an privaten Objekten (III). Perrottes Minusbrille konnte außerdem Augmentierungen von Personen (II) und sicherheitsrelevante Holographie (I) ausblenden – oder anders gesagt: alles.

Es stellt sich die Frage, wo sie dieses Ding herhatte. Aus nachvollziehbaren Gründen ist der Besitz solcher Goggles streng reglementiert. Man kann den Menschen damit unter die Holomasques schauen, ohne dass sie es mitbekommen. Sogar ein verdeckter Bunker oder ein getarnter Flugzeugträger würde sichtbar. Die Polizei verwendet so etwas, außerdem Geheimdienste und Militär. Woher hatte Perrotte diese Unterseher? Und, was noch interessanter ist: Wozu brauchte sie die Dinger?

Ich stecke die Brille ein und gehe weiter. Nach ein paar Minuten finde ich endlich die Leiche. Es ist kein schöner Anblick. Soweit ich das rekonstruieren kann, hat es Perrotte tatsächlich durch die Frontscheibe geschossen. Nach einem längeren Flug in hohem Bogen über allerlei Schikanen hinweg schlug sie auf und schlitterte ein gehöriges Stück über den Asphalt. Da sie weder Schutzkleidung noch Helm trug, erging es ihr wie einer Kartoffel, die mit Schmackes über eine Reibe gezogen wird. Eine mehr als fünfzehn Meter lange, tiefrote Spur verunziert den Asphalt. An ihrem Ende liegt der Körper, das Gesicht nach unten. Ich atme tief durch, bevor ich ihn mit dem Fuß umdrehe. Vom Gesicht ist nichts mehr übrig. Dennoch bin ich mir ziemlich sicher, dass es sich um einen der Perrotte-Klone handelt.

Oder ist sie es selbst? Es gibt nur eine Möglichkeit, das herauszufinden. Ich knie mich hin und ziehe der Leiche die Schuhe aus. Dabei komme ich mir wie ein mittelalterlicher Leichenfledderer vor. Es folgen die Socken. Ich bin mir nicht ganz sicher, auf welcher Fußsohle die Nummer eingelasert wird. Es ist die linke. Dort findet sich eine kleine Markierung, die mir sagt, dass ich nicht vor Perrottes Stammkörper knie, sondern vor einem ihrer Doppelgänger. Ich hebe den Fuß etwas an und mache mit meiner Ringkamera ein Foto der Klon-ID. Dann lege ich ihn wieder ab. Aus irgendeinem Grund stopfe ich die Socken in die Schuhe und stelle sie parallel zueinander neben die Leiche.

In ihren Taschen ist nichts. An einer der Schläfen klebt ein kleines rundes Pflaster mit einem Loch in der Mitte. Obwohl es mir widerstrebt, nehme ich die Blutspur auf dem Asphalt genauer in Augenschein. Sie enthält Haut- und Fleischfetzen, Haare, Knochensplitter und das, wonach ich suche: ein kurzes weißes Kabel. Das eine Ende sieht so aus, als sei es irgendwo herausgerissen worden. Das andere endet in einer Kunststoffummantelung. Falls an dem Körper noch mehr Elektroden klebten, finde ich sie nicht.

Einen Moment lang betrachte ich das Gefäß. Klonen ist weder ein langes Leben vergönnt noch ein Tod in Würde. Ich halte Ausschau nach einer Plane oder Decke. Hinter einem Fass entdecke ich ein größeres Stück schwarze Plastikfolie. Ich ziehe es hervor und breite es über das Gefäß. Die Ecken beschwere ich mit Steinen. Als ich damit fertig bin, gehe ich zurück zu dem Autowrack und greife mir den Mind Recorder. Bald kann ich eine verdammte Sammlung aufmachen.

Sie schlägt die Augen auf. Als Erstes sieht sie über sich die gemalten Schäfchenwolken. Sie setzt sich auf, entfernt die Kanüle aus ihrem Arm, streift den Pulsmesser vom Finger. Der Raum ist fensterlos und schlicht, weiße Wände, ein paar Paul-Klee-Drucke. Die Einrichtung erinnert sie an jene in Krankenhäusern, mit einem wesentlichen Unterschied: Es gibt kein Bett. Stattdessen ist da eine Liege. Sie ist ergonomisch geformt, in der Kopfmulde sind metallene Kontakte eingelassen.

Bis auf einen Einmal-Lendenschurz aus Papier trägt sie nichts. Sie fröstelt. Im Schrank findet sie Klamotten: Cargohose, Fleecepulli, gefütterte Softshelljacke. Es gibt auch Schuhe, je ein Paar Wanderschuhe und schwere Bergstiefel, ferner einen Rucksack. Sie zieht die Sachen an, geht zur Tür und drückt die Klinke herab. Sie tritt hindurch und findet sich in einem Gang wieder, der ebenfalls nach Spital aussieht. Vor ihr liegt ein Flur, von dem zahlreiche Türen abgehen. Ohne eine einzige zu öffnen, läuft sie weiter. Sie kommt zu einem Schwesternzimmer. In die Scheibe sind die Lettern »STATION 1« eingeätzt. Sie betritt das Büro. Es ist so gut wie leer. Da sind ein paar Aktenordner und eine schwarze Schreibtischunterlage aus Gummi. Sie hebt sie an.

Sie findet die Zettel.

Es sind insgesamt fünf Karoblätter, eng in einer präzisen Handschrift beschrieben. Die erste Seite trägt die Überschrift: »Iteration VIII«. Sie kennt diese Handschrift. Es ist ihre eigene. Einen Moment lang steht sie einfach da, die Zettel in den Händen haltend. Dann setzt sie sich auf den Schreibtischstuhl und liest.

Es handelt sich um eine Art Expeditionsbericht. Sie erfährt, dass sie keineswegs die Erste ist, die in dem Spital erwacht und in das Schwesternzimmer kommt. Jene, die vor ihr kamen, haben bereits einiges herausgefunden. Das Spital liegt auf einer Insel. Die Insel liegt irgendwo in der südlichen Hemisphäre. Sie glauben, dass das Ding sich ebenfalls hier befinden könnte, merken jedoch an, dass dies nur Spekulation ist. Ihre Vorgänger hatten keinen Kontakt. Sie haben auch keine Menschen gesehen, keine Roboter, keine Tiere.

Das Spital liegt im Südosten der Insel und ist Teil der Alphabasis (Arbeitstitel). Weiter westlich befinden sich der Verlorene See und das Teufelsloch. Beide Orte haben sich als Sackgassen erwiesen. Folgt man der Küste hingegen zunächst in östlicher, dann nördlicher Richtung, erreicht man nach zweistündigem Marsch die Betabasis (Arbeitstitel). Sie wurde noch nicht untersucht, weil die letzte Iteration (die achte) die Entdeckung der zweiten Basis für derart bedeutsam hielt, dass sie lieber zum Spital zurückkehrte, als einen Informationsverlust zu riskieren.

Sie lässt das Blatt sinken. Informationsverlust? Natürlich. Ohne Cogit-Back-up fängt jeder Klon nach dem Aufwachen wieder bei null an. Warum sie jemand immer wieder in neue Gefäße hochlädt, das wissen ihre Vorgänger nicht. Aber inzwischen gibt es die Zettel, den Expeditionsbericht. Er ist quasi eine analoge Sicherungskopie der wichtigsten Erlebnisse und Erkenntnisse.

Sie will bereits weiterlesen, da spürt sie ein Stechen in der Brust. Ein Seufzer entfährt ihr. Obwohl sie schon zwei Blätter durchgelesen hat, trifft die Erkenntnis sie seltsamerweise erst jetzt: Sie ist tot. Es kann nicht anders sein. Warum sonst wird sie immer wieder aufs Neue hochgeladen? Oder ist ihr Stammkörper noch existent? Wie lange ist sie bereits hier? Zumindest die letzte Frage ist relativ einfach zu beantworten.

Ihre Vorgänger, die Iterationen I bis VIII, müssen nach jeweils einundzwanzig Tagen am Ein-Körper-Problem gestorben sein – hundertachtundsechzig Tage also, gut fünf Monate.

Sie liest weiter. Es folgt eine kurze Anleitung, wo man verschiedene nützliche Utensilien finden kann – Streichhölzer, ein Fernglas, ein Seil. Offenbar befindet sich in einem der anderen Gebäude der Alphabasis ein Materiallager, in dem einige dieser Gegenstände aufbewahrt werden. Ihr wird außerdem eingeschärft, den Expeditionsbericht zu aktualisieren, wann immer dies möglich und sinnvoll ist, und ihn wieder zu verstecken. Letzteres verwundert sie zunächst. Doch dann liest sie weiter, und die Hypothese der anderen erscheint ihr schlüssig: Irgendwer oder irgendwas muss logischerweise dafür sorgen, dass immer wieder neue Gefäße auf die Transferliege gelegt, neue Klamotten in den Schrank gepackt werden. Dieser Jemand scheint außerdem im Spital sauber zu machen und aufzuräumen. Das zumindest legen gewisse Experimente ihrer Vorgängerinnen nahe. Verschüttet beispielsweise eine von ihnen Kaffee in der Cafeteria, ist die Pfütze verschwunden, wenn die nächste Iteration dort auftaucht. Schafft man den Verbandskasten aus Zimmer 111 in die Lobby, liegt er bei der nächsten Iteration wieder in Zimmer 111. Deshalb ist es notwendig, den Expeditionsbericht zu verstecken, damit er nicht verräumt oder weggeworfen wird.

Sie nennen den geheimnisvollen Lenker Nemo, wie den U-Boot-Kapitän bei Jules Verne – warum, das erschließt sich ihr nicht. Wo Nemo ist und was er tut oder sieht, ist unklar. Falls es Kameras geben sollte, sind sie gut versteckt. Nemo scheint aber nicht alles zu sehen, was die Iterationen tun.

Denn ansonsten kennte er ja auch den Ablageort der Zettel und entfernte diese, damit es für jede Iteration wieder bei null losgeht. Das zumindest halten die Autorinnen des Expeditionsberichts für plausibel. Alle anderen Bemühungen Nemos (Aufräumen etc.) gehen schließlich in diese Richtung (also die Durchführung eines Resets).

Ferner wird ihr aufgetragen, mit einem Skalpell (Zimmer 204) eine kleine Kerbe in den Holzpfahl links vom Spitaleingang zu schneiden. Dadurch wird es der ihr nachfolgenden Iteration möglich sein, sie mitzuzählen, falls ihr während ihrer Expedition etwas zustößt. Ihre Vorgängerinnen haben zwei ihrer Gefäße gefunden, aber möglicherweise liegen da draußen noch weitere herum. Falls sie welche findet, soll sie die Versionsnummer korrigieren. Sie ist aktuell wahrscheinlich zu niedrig angesetzt, denn niemand weiß, wann die Erste von ihnen begann, mithilfe der Zettel (Schreibutensilien: Zimmer 208) die Sicherungskopien anzufertigen.

Es folgt eine Liste von Aufgaben. Höchste Priorität hat derzeit die Erkundung der zweiten Basis. Ebenfalls wichtig wäre, den hinter der Betabasis liegenden, gen Norden führenden Weg zu untersuchen. Danach sollten systematisch die anderen Orte auf der Karte (hängt im Schwesternzimmer, NICHT mitnehmen) angegangen werden.

Außerdem haben ihre Vorgängerinnen eine Reihe von Fragen formuliert. Man könnte sie auch als strategische Ziele auffassen. Die Expeditionen sollten dem Ziel dienen, der Erfüllung dieser Ziele näher zu kommen:

Wie heißt die Insel und wo genau liegt sie?

Gibt es eine Möglichkeit, Kontakt zur Außenwelt herzustellen?

Gibt es die Möglichkeit, Nemo zu lokalisieren und mit ihm zu kommunizieren (das heißt, über eine Freilassung zu verhandeln)?

Sie ist am Ende der vierten Seite angekommen. Es fällt ihr schwer, diese ganzen Informationen so rasch zu verarbeiten. Vermutlich steht sie unter Schock. Sie nimmt den letzten Zettel zur Hand. Die ersten Zeilen lauten:

> Du hast nicht viel Zeit.
> Die Insel ist kontaminiert.
> Gehe in Zimmer 209.
> Tränke Mullbinden mit der roten Lotion.
> Lege sie in eine Gesichtsmaske.
> Gehe in Zimmer 210.
> Zieh eine der Schutzbrillen auf.
> Das verschafft dir etwas mehr Zeit.

Diese Information steht am Ende, weil es wichtig ist, dass sich jede neue Iteration zunächst der Gesamtsituation bewusst wird und nicht überhastet handelt. Wir Iterationen müssen alle sterben. Aber gemeinsam können wir dafür sorgen, dass eine zukünftige Iteration entkommt. Ohne die Zettel unter die Schreibtischmatte zu schieben, springt sie auf und rennt aus dem Zimmer.

Auf dem Weg nach Paris maile ich Francesco an. Eigentlich müsste ich gleich zurück. Morgen früh beginnt die INTERQUEST, die weltgrößte Quästorenkonferenz. Heute Abend gibt es bereits einen Cocktailempfang. Der Umtrunk davor ist in der Regel interessanter als die Vorträge am folgenden Tag. Ein Haufen Kollegen aus dem gesamten Commonwealth, aus CANFED und EURUS, werden da sein, darunter viele alte Bekannte. Aber für ein paar Stunden mit Francesco würde ich derzeit fast alles sausen lassen. Also frage ich, ob er Zeit hat. Nach ein paar Minuten erhalte ich die Nachricht, dass er gerade in Athen weilt – vermutlich wieder einer seiner Kunstdeals.

Als Nächstes kontaktiere ich Oblivion. Sie hat Zeit für eine Holoschalte. In meinem Leihwagen gibt es einen kleinen Tisch, auf den man einen Gesprächspartner projizieren kann, etwa fünfzig Zentimeter hoch. Ich hätte mir jedoch denken können, dass diese Form von Avatar einer Exzentrikerin wie Oblivion zu unoriginell ist – sie erscheint als überdimensionierter Kopf. Dieser schwebt vor einer schwarzen Wolke. Das Ganze erinnert mich an diese Bilder des körperlosen Jesus.

»Sdraste, Oblivion.«

»Sdraste. Hast du sie gefunden?«

Ich schüttele den Kopf. »Nein, aber ihren Recorder.«

»Von der Testfahrt?«

»Ja. Darin müsste sich eine Kopie von Perrottes Cogit befinden, oder? Die Fahrt und der Unfall.«

Sie mustert mich zweifelnd.

»Was?«, frage ich.

»Es geht nicht. Du wolltest mich doch gerade fragen, ob man das Cogit irgendwie auslesen kann.«

»Nein, eigentlich nicht. Wie du mir ja erklärt hast, geht das nicht. Ich dachte eher daran, das Back-up in irgendein Gefäß einzuspielen und den Klon dann zu interviewen.«

Oblivion schaut immer noch so. »Das wird auch nichts. Um ihr Cogit hochzuladen, brauchst du die Passwörter.«

»Okay. Gibt es sonst etwas, das ich mit dem Mind Recorder tun könnte?«

»Ihn mir geben«, sagt Oblivion.

»Und warum sollte ich das tun?«

»Ich würde dafür bezahlen. Die Dinger sind wertvoll. Vor allem, wenn sie sich nicht mehr im Fabrikzustand befinden, sondern Perrottes neueste Deather-Software draufhaben.«

Ich schüttele den Kopf. »Solange ich sie nicht gefunden habe, sind das alles Beweismittel. Und falls ich sie finde, gehört das Ding ja wohl ihr.«

»Dann überspiel mir wenigstens den Inhalt.«

»Ich dachte, mit dem verschlüsselten Cogit lässt sich nichts anfangen.«

»Mit dem Cogit nicht. Aber mit dem Betriebssystem der Memnos-Box. Wenn das wirklich Perrottes letzter Testlauf war, steckt in der Kiste die neueste Version ihrer Aufzeichnungssoftware. Die kann man problemlos runterziehen und kopieren.«

Ich überlege einen Moment. Dann antworte ich: »Wir machen einen Deal. Ich schiebe dir Perrottes Back-up-Software rüber. Und du sagst mir, ob es sich um eine neue Version handelt und was genau die macht.«

»Okay. Kann aber etwas dauern, weil ich die Software dazu einem anderen Programmierer geben muss, jemand, der sich besser auskennt als ich.«

Ich überlege. Wenn Oblivion die Datei rumreicht, hat in spätestens vierundzwanzig Stunden jeder Thanatos auf dem Planeten Perrottes Software auf seiner Kiste laufen. Und dann werden sich all diese bekloppten Grufties umgehend umbringen, um ihr neues Spielzeug zu testen.

»Einverstanden«, sage ich.

»Gut. Ich schicke dir eine Anleitung, wie man das Betriebssystem des Explorers extrahiert. Dann schaue ich es mir an und melde mich. Paka.«

Der körperlose Kopf verblasst. Ich lehne mich zurück und sage dem Auto, dass es zum Flughafen fahren soll.

Als ich einige Stunden später zu Hause ankomme, erledige ich als Erstes die Sache mit dem Recorder. Zunächst versehe ich beide Explorer mit holographischen Markierungen, damit ich die Kisten nicht miteinander vertausche, denn sie sehen beide völlig gleich aus. Ich rufe die Mail mit den Anweisungen, die mir mein Petersburger Todesengel geschickt hat, auf und mache mich an die Arbeit. Als Erstes muss ich die vier Schrauben auf der Unterseite der Box herausdrehen. Erst dann lässt sich der obere Teil abnehmen. Unter der Abdeckung kommt eine kleinere Kiste zum Vorschein, mit Schaumstoffpolstern beklebt. Auch sie lässt sich nur öffnen, indem man zunächst vier Schrauben entfernt. Ich muss an die Matrioschka-Verschlüsselung denken. Das hier ist offenbar deren physische Entsprechung. Als ich die zweite Schale entferne, kommen jedoch tatsächlich die Innereien zum Vorschein. Es gibt mehrere Platinen, eine Batterie sowie etwas, das wie ein Sender aussieht – nicht dass ich derlei wirklich beurteilen könnte. Vielleicht dienen die elektronischen Bauteile vor mir auch ganz anderen Zwecken. Aber zumindest die Blackboxen in Flugzeugen sind normalerweise mit einem Peilsender ausgestattet, damit man sie nun ja, anpeilen kann.

Ich lese Oblivions Anleitung durch. Demnach gibt es zwei Steckplätze. Ich finde sie unter einer weiteren kleinen Abdeckung. In beiden Slots stecken Speichermodule, jedes so groß wie das oberste Glied meines kleinen Fingers. Ich ziehe sie ab und gehe damit zu meinem Rechner. Dort stelle ich eine Verbindung her und ziehe den Inhalt herüber.

Bis hierher war es einfach. Oblivion zufolge befindet sich auf den Speicherchips nicht nur Perrottes Cogit, sondern auch das Betriebssystem des Explorers. Ich folge ihren Anweisungen und öffne ein Programm, mit dem ich alle Dateien in einem Ordner sehen kann. Bisher wusste ich gar nicht, dass ich so etwas habe. Dann muss ich über das Mikro mehrere seltsam klingende Programmiererbefehle einsprechen, die ich aus Oblivions neben mir schwebender Anleitung ablese. Sie sagen mir in etwa so viel wie ein Gedicht in Sanskrit. Auf der Arbeitsoberfläche des Rechners taucht eine Datei namens »ExEx OS Mod 8.5« auf. Es scheint also funktioniert zu haben. Ohne einen Kommentar schicke ich die Datei an Oblivion, bevor ich die beiden Speicherchips in meinem Safe verstaue.

Ich schaue auf die Uhr. Mir bleiben noch gut drei Stunden bis zu dem Cocktailempfang. Eigentlich müsste ich meiner Auftraggeberin allmählich einen Zwischenbericht schicken. Ich verspüre allerdings überhaupt keine Lust dazu. Das Komitee der Selbste diskutiert die Angelegenheit eine Weile lang. Einige sind der Ansicht, es mache Sinn, erst noch die Analyse des Mind Recorders abzuwarten. In der Tat könnte dabei etwas Interessantes herauskommen, aber allzu hoch ist die Wahrscheinlichkeit nicht. Dennoch bin ich für die Ausrede dankbar. Das Komitee beschließt, den Rapport auf morgen früh zu verschieben.

Ich ziehe mich um und gehe in mein Gym. Während ich dort schnaufe und schwitze, läuft im Hintergrund ein Nachrichtensender. Die London Lions haben ausnahmsweise gewonnen, wenn auch nur knapp – Moskau ist dieses Jahr sehr stark. Dann erscheint eine vom Buckingham Palace zugeschaltete Reporterin und erklärt, der Lordprotektor erwäge, eine Brassardpflicht für Klone einzuführen. Nach Ansicht des Staatschefs gehe es nicht an, dass Menschen sich mithilfe von Gefäßen maskieren könnten, ohne dies Dritten gegenüber kenntlich zu machen. Der Lordprotektor ist ein Vollpfosten, aber in dieser Sache neige ich nach meinen jüngsten Erfahrungen dazu, ihm recht zu geben. Holomasques muss man per Brassard anzeigen. Warum gilt das nicht auch für Masken aus Fleisch und Blut?

Es folgen einige zugegebenermaßen recht spektakuläre Aufnahmen aus Brasilien. Irgendein lebensmüder Naturforscher hat sich in den Giftwald gewagt und die Flora und Fauna gefilmt. Die Tiere, die er festgehalten hat, sehen absonderlich aus, wie missglückte genetische Experimente. Genau das sind sie wahrscheinlich auch. Anscheinend hat der Filmemacher es selbst nicht überlebt. Irgendetwas hat ihn gebissen, Stunden später war er tot.

Es folgen Finanznachrichten. Die Weltbörsen scheinen in Aufruhr zu sein wegen irgendeiner unerwarteten Maßnahme des CANFED-Zentralbankcomputers. Ich passe nicht richtig auf, denn ich muss mich auf eine diffizile Übung konzentrieren. Als ich das nächste Mal hinschaue, sehe ich die mir nur zu bekannten Weihnachtsbäume. Die Kamera fährt über eine Ansammlung von Pineta. Kurz darauf wird mein Vater eingeblendet.

»Hat die Avalon Group im neunzehnten Quartal in Folge ein Gewinnwachstum von über …«

Ich lege die Hanteln weg und setze mich auf. Mich fröstelt.

Mein Abgang nach unserem Abendessen war viel zu dramatisch, ich hätte mich irgendwie am Riemen reißen müssen. Aber Dad hat mich provoziert. Er weiß, dass das mit Percy ein wunder Punkt ist, weswegen wir eigentlich niemals über ihn reden. Für meinen Vater mag er tot sein. Für mich ist er es nicht, zumindest nicht ganz. Ich weiß, dass die Chancen äußerst schlecht stehen. Aber wenn ich meine Hoffnung nicht am Leben gehalten hätte, all die Jahre, dann hätte ich es nicht geschafft.

Ich muss ihn anrufen. Eigentlich bin ich mit meinem Training noch nicht fertig, aber die Sache duldet keinen Aufschub. Ich lasse das Haussystem eine Verbindung zu Dads Assistentin herstellen.

»Guten Abend, Master Galahad.«

»Guten Abend, Jaira.«

»Was kann ich für Sie tun?«

»Ich muss mit meinem Vater sprechen.«

Sie sagt nichts. Sie verzieht auch keine Miene. Aber sie weiß, dass unser letztes Treffen ein Desaster war, da bin ich mir sicher.

»Er ist gerade … nicht verfügbar. Aber ich richte es ihm aus.«

»Okay«, erwidere ich. »Haben Sie eine Ahnung, wann …?«

Sie setzt wieder diesen »Sie wissen doch, wie er ist«-Blick auf. »Vermutlich erst morgen früh«, sagt sie.

»Gut, danke.«

Ich will die Verbindung bereits kappen, als Jaira sagt: »Er meinte, Sie würden vermutlich anrufen. Und er bat mich, Ihnen etwas auszurichten.«

»Ja?«

»Dass es ihm leidtut.«

Entschuldigungen lässt man normalerweise nicht von seiner Sekretärin übermitteln. Aber wenn man es mit Deepak Singh zu tun hat, muss man nehmen, was man kriegt.

»Danke. Bis demnächst«, sage ich und lege auf.

Ich trainiere weiter, habe aber nur noch Marmelade in den Armen. Ich schummele mich durch ein paar weitere Übungen. Dann höre ich auf und verspreche mir selbst, auf dem Empfang nicht so viel zu trinken und morgen härter zu trainieren. Vermutlich ist beides eine Lüge.

Ich gehe duschen und schmeiße mich in meine Abendgarderobe. Als ich mir gerade die Krawatte binde, höre ich aus dem Zimmer nebenan etwas, das mich aufhorchen lässt. Im Gym läuft immer noch der Nachrichtenkanal. Und gerade fiel das Wort ›Cryptocarbon‹. Rasch gehe ich in den anderen Raum und hole die Projektion näher heran. Zwei Börsenkommentatoren sitzen zwischen bunten, pulsierenden Charts.

»... wird laut einer Mitteilung des Unternehmens die Mehrheit an Cryptocarbon übernehmen. Das in Paris ansässige Softwareunternehmen ist auf Verschlüsselungsverfahren spezialisiert, die in der Upload-Technologie Verwendung finden. Timothy, was hältst du von dem Deal?«

»Tara, das ist ein ziemlich interessanter Deal. Zum einen, weil sie 47 pro Aktie zahlen, was eine sehr hohe Bewertung ist. Zum anderen, weil Arkenziel sich damit in ein völlig neues Geschäftsfeld ...«

Arkenziel kauft Cryptocarbon. Wieso? Arkenziel ist der führende Holonet-Anbieter. Man könnte sagen, sie *sind* das Holonet. Aber was hat der Konzern mit Cogits und Uploads zu tun?

»... dass Cryptocarbons Verschlüsselungsverfahren bisher ausschließlich für Uploads verwendet werden, heißt nicht unbedingt, dass Arkenziel jetzt in diese Wachstumsbranche vorstößt. Gutes Krypto ist gutes Krypto, man kann es auch für alles mögliche andere einsetzen.«

Ich kann Faucheux vor mir sehen, wie er mir an dem Besprechungstisch gegenübersitzt: »Unsere Verschlüsselungsverfahren sind sehr speziell. Maßgeschneidert für Uploads.«

Ich schüttele den Kopf. Nur jemand, der Uploadtechnologie herstellt, kann Cryptocarbons Verschlüsselung brauchen. Arkenziel stellt aber keine her. Die Fernsehdewuschka erzählt folglich Unsinn. Ihr Kollege fragt: »Hat der Verkauf denn etwas mit dem Tod des Firmengründers vor ein paar Tagen zu tun?«

»Nein, Timothy. Unternehmenskreisen zufolge war die Sache schon lange geplant.«

»Bullshit!«, schreie ich. »Absoluter Bullshit!«

Aufgeregt laufe ich auf und ab. Ich habe noch nie an Zufälle geglaubt. Aber selbst wenn ich daran glaubte: Dies hier ist bestimmt keiner. Cryptocarbons Chefprogrammiererin verschwindet, der Gründer wird ermordet, bevor er mir sein Geheimnis offenbaren kann. Kurz darauf wird die Firma verkauft. Warum? Bestimmt nicht wegen ihrer beschissenen Kryptosoftware. Wahrscheinlicher ist, dass jemand etwas vertuschen will. Jemand, den ich bisher überhaupt nicht auf dem Plan hatte.

Ich aktiviere meine Milchtütenwand und schaue mir die Notizen zum Perrotte-Quästorat an. Die einzigen Firmennamen, die bisher dort hängen, sind Cryptocarbon und Memnos. Letztere haben, soweit ich weiß, keinen direkten Einfluss auf die Geschichte. Sie stellen schlichtweg jene Blackboxen her, die Perrotte für ihr tödliches Hobby verwendet. Deshalb habe ich sie auf die Liste der Leute geschrieben, mit denen man vielleicht eventuell möglicherweise sprechen müsste. Aber Arkenziel? Ich frage den Amanuensis, ob der Holokonzern irgendwo in unseren Unterlagen auftaucht.

Ich wende mich wieder der Wand zu, diesem Teppich aus Fotos, Presseclippings und Zwischenberichten. Und tatsächlich leuchtet nun eine Notiz auf. Sie gehört allerdings nicht zu Perrotte, sondern zu Quästorat fünfhundertsiebenundsechzig – Jimmy, der Samurai von Miami.

»Natürlich«, murmele ich. Vor meinem geistigen Auge kann ich ihn sehen, der Overall in Fetzen gerissen, über der nackten Brust das holographische Logo von Arkenziel.

Hi, I'm Jimmy.

Hugh Iversons neue Identität war Jimmy Reeves, der Holonet-Wartungstechniker von Arkenziel. Aber hat das irgendeine Bedeutung? Oder ist diese Verknüpfung tatsächlich Zufall? Anders als der »Arkenziel schluckt Cryptocarbon«-Zufall ist der »Milchtüte arbeitet bei Arkenziel«-Zufall durchaus denkbar. Arkenziel ist eine der größten Firmen der Welt, der Holokonzern beschäftigt mehrere Hunderttausend Leute. Falls Jimmy stattdessen Auslieferator bei Krustiaschchi Pizza gewesen wäre – hätte mich das gewundert?

Ich beauftrage die Amanuensis-Software, mir ein Dossier zu Arkenziel zu erstellen – Konzerngeschichte, Geschäftsbereiche, große Investitionen. Danach binde ich endlich die immer noch um meinen Hals schlackernde Krawatte. Ich habe den Four-in-Hand noch nicht festgezogen, da meldet der Amanuensis, das Dossier sei fertig. Computer sind schreckliche Streber. Und sie wissen es nicht einmal.

Getreu meinem heutigen Motto vertage ich auch die Lektüre des Dossiers auf morgen. Rasch suche ich meine Sachen zusammen und überprüfe ein letztes Mal mein Aussehen. Ich schaue großartig aus. Und ich bin gut gelaunt, was man eigentlich kaum glauben sollte. Die Sache mit Arkenziel schwirrt in meinem Hinterkopf herum, und der furchterregende Nachfolgeplan meines Vaters sollte mir ebenfalls aufs Gemüt drücken. Stattdessen fühle ich mich seltsam aufgekratzt und das ganz ohne chemische Hilfe aus dem Dispenser. Ich habe Lust auf diese Party. Aber ich bin spät dran. Hoffentlich saufen mir die lieben Kollegen nicht alles weg.

Hätte ich gewusst, dass vor dem Besäufnis eine Rede gehalten wird, hätte ich mich nicht so beeilt. Zusammen mit etwa dreihundert Kollegen stehe ich im großen Saal des Mandarin Sheraton und lausche den Ausführungen von Wasserman Jones, dem Vorsitzenden des Internationalen Quästorenverbands. Trocken ist seine Rede nur schwer zu ertragen, aber die Kellner mit den Champagnerflöten sind leider noch nicht bis zu mir durchgedrungen.

»... ich Sie alle herzlich zur vierunddreißigsten INTERQUEST willkommen zu heißen. Es war ein gutes Jahr für unsere Branche. Wenn Sie erlauben, möchte ich einige Zahlen ...«

Wehmütig schaue ich durch die offene Doppelflügeltür in den benachbarten Raum. Dort sind Servicekräfte dabei, die richtigen Drinks vorzubereiten. In langen Reihen stehen geeiste Kübel voller Bierflaschen. Es gibt Whisky und Cocktails. Vor der Tür ist ein Absperrband gespannt.

»... verwundert kaum. Denn nie war es einfacher zu verschwinden als heute. Das Holonet ermöglicht es jedem, sein

Aussehen beliebig zu verändern. Wenn man bedenkt, dass dies einst als kontrovers galt …«

Die Diagramme und Charts mit den Branchenumsätzen, die neben Jones schweben, verschwinden. An ihrer Stelle erscheint eine Frau, die einen Nikab trägt. Einige Leute lachen. Der Verbandspräsident nimmt die Vorlage dankbar auf.

»Ja, sie lachen. Aber vor hundert Jahren hat man ernsthaft darüber diskutiert, ob man Verschleierungen verbieten soll. Man fand, es wäre nicht mit der westlichen Kultur vereinbar, sein Gesicht vor der Öffentlichkeit zu verbergen.«

Noch mehr Gelächter. Ich recke den Hals, auf der Suche nach unverschleierten und bekannten Gesichtern. In einer Ecke entdecke ich Leopardette Elq von Lowry & Lowry, einer großen Londoner Quästur. Am anderen Ende des Saals sehe ich Prétextat Feuerbacher. Er arbeitet wie ich als Freelancer und operiert von Berlin aus. Tex hat sich so positioniert, dass er als einer der Ersten durch die Tür in Richtung Schnapsreservoir stürmen kann, wenn Jones mit seiner Rede fertig ist. Ein sympathischer Schachzug, aber ich entscheide mich lieber dafür, rüber zu Elq zu gehen. Prétextat Feuerbacher werde ich ansonsten nämlich den Rest des Abends nicht mehr los. Leopardette hingegen ist erstens keine Klette und zweitens gut verdrahtet. Noch wichtiger ist, dass sie drittens in der Nähe des Laufwegs der Schampuskellner steht.

»… nicht nur Holomasques. Die Zahl der Quants nimmt immer rasanter zu. Gordinger Research prognostiziert, dass 2150 über zwanzig Prozent der Bevölkerung in den drei Top-Föderativen ein digitales Gehirn …«

Ich schiebe mich durch die Menge. Als ich Leopardette fast erreicht habe, huscht eine Kellnerin an mir vorbei. Ich erleichtere sie um zwei Champagnerflöten und gehe damit auf meine Kollegin zu, deren Glas fast leer ist. Als sie mich mit den beiden vollen Gläsern sieht, lächelt sie und hebt den rechten Daumen.

»Hallo, Leopardette«, sage ich und reiche ihr ein Glas.

»Hallo, Galahad«, erwidert sie. Wir küssen uns auf die Wangen und schauen zu Jones hinüber.

»... leben wir in einer Gesellschaft, in der nichts mehr ist, wie es scheint. Die Philosophin LaBronne Nagumi spricht deshalb«, er nickt einer Frau irgendwo in der Menge zu, »von der Ghost Republic, der Republik der Geister. Diese neuen Technologien werden Nagumi zufolge profunde Auswirkungen auf unsere Gesellschaft haben. Ich empfehle ihnen Mrs. Nagumis Keynote im morgigen Plenum.«

»Die Ghost Republic?«, sage ich und ziehe die Augenbrauen hoch.

»Totaler Mumpitz«, flüstert Leopardette mir ins Ohr. »Aber schmissiger Titel. Irgendwie muss sie ihr Buch ja verkaufen.«

»... verspricht folglich gute Geschäfte«, sagt Jones. »Gekoppelt mit den massiven Migrationsströmen nach Sibirien und anderen Coolspots führt diese Entwicklung dazu, dass immer mehr Menschen auf der Suche sind – auf der Suche nach Freunden oder Verwandten, die über Nacht zu Geistern wurden. Es ist unsere Mission, unsere Verantwortung, diesen Kunden, diesen Menschen ...«

»Geht's dir gut?«, frage ich.

»Zu viele Tüten. Aber sonst ordentlich. Selbst?«

»Ganz okay. Seltsame Fälle.«

Sie schaut interessiert. »Ich liebe seltsame Fälle.«

»Ich kann nicht drüber reden.«

Sie hebt das Glas und lächelt diabolisch. »Das sagst du jetzt, Baby. Das sagst du jetzt. Sa sdorowje!«

»Sa sdorowje, Leo.«

Ich überlege, ob es irgendetwas gibt, das ich sie bezüglich meines aktuellen Falls fragen könnte. Es gibt kaum jemanden, der besser über die Branche informiert ist, als Leopardette Elq. Allerdings müsste ich diskret vorgehen. Wenn ich ihr zu viel von Perrotte erzähle, weiß es morgen die halbe Quästorenszene.

»... danke ich Ihnen für Ihre Aufmerksamkeit. Die Salatbar ist jetzt eröffnet.«

»Ich liebe diesen Schlusssatz«, sage ich. Leopardette hakt sich bei mir ein. Wir lassen uns vom Sog der Menge in Richtung Bar ziehen. Kurz vor dem Durchgang kommt der Menschenfluss ins Stocken. Der gute Tex hat sich vermutlich bereits für seinen zweiten Gin Chronic angestellt.

»Och nö«, sagt meine Begleiterin. »Wenn es nicht bald weitergeht, muss ich was aus dem Dispenser ziehen.«

»In Partystimmung?«

»Und wie. Ich arbeite seit Wochen jeden Tag zwölf, dreizehn Stunden. Ich hab mir das so was von verdient.«

Ich mustere sie. Leopardette ist Ende fünfzig, was ja heutzutage kein Alter mehr ist. Sie schaut taufrisch aus, ihr spärlich geschnittenes Paillettenkleid offenbart straffe Arme und ein noch strafferes Dekolleté. Mit der Linken fährt sie durch ihren kastanienbraunen Bob. Dann zeigt sie auf eine Tafel zu unserer Rechten, auf die das Konferenzprogramm projiziert ist.

»Was wirst du dir morgen antun?«

»Ich habe nicht den geringsten Schimmer«, erwidere ich und wende mich ebenfalls dem Programm zu. Nach Nagumis Keynote gibt es um zehn Uhr einen Vortrag mit dem Titel: »Solange die Spur noch warm ist: Die ersten 48 Stunden effektiver nutzen«. Danach kommt: »Mein Freund, der Helirobo. Mit Drohnen zum Erfolg«.

Wie ich bereits sagte: Das vorabendliche Besäufnis ist meist interessanter als die gesamte Konferenz.

»Was gefunden?«, fragt Leopardette.

»Bisher vor allem gute Gründe, lange zu feiern und spät zu kommen.«

»Ich weiß, was du meinst. Ich höre mir auf jeden Fall das hier an.«

Sie tippt auf einen Slot um vierzehn Uhr. Der Vortragende ist ein Dr. Dr. Kyrie Graça von der Universität São Paulo. Sein Thema lautet: »Manchmal kommen sie wieder: Das Mysterium der Revenants«.

Ich schaue Leopardette an, als habe sie mir gerade eröffnet, sie wolle zu »Astrologie für Quästoren« gehen oder zu »Personen schneller finden mit der Ouija-Brett-Methode«. Das habe ich mir jetzt nicht ausgedacht. Beide Vorträge standen in den Vorjahren auf dem Programm, allerdings ganz spät abends, in irgendeinem Nebenraum. Die Quästorenbranche hat, das liegt in der Natur der Sache, etwas Halbseidenes. Neben klassischen Ermittlern gibt es immer auch Typen, die außerhalb der Legalität operieren – oder außerhalb der Realität. Diese Bauernfänger sind darauf spezialisiert, den Verzweifelten, die bereits drei Quästoren verschlissen haben, ihre letzten Pennys abzuknöpfen. Sie behaupten, mit höheren Mächten im Bunde zu stehen, befragen die Sterne, die Geister der Ahnen, die leeren Kaffeekapseln vom letzten Frühstück. Leute findet man so nicht. Aber Kohle macht man.

All das weiß Leopardette Elq. Sie ist Direktorin bei Lowry & Lowry, einem Laden mit mindestens siebzig Quästoren, die meisten davon Ex-Bullen, Ex-Geheimdienstler, Ex-Konzernsicherheit.

»Warum?«, frage ich. »Klingt nach parapsychologischem Scheiß. Sind Revenants nicht so was wie Zombies?«

»Bluttrinkende Zombies«, erwidert sie. Dabei schaut sie, als redeten wir über Innenpolitik.

»Du willst mich verarschen.«

»Ja und nein. Ich glaube natürlich nicht an Zombies. Aber das ist hier auch gar nicht gemeint. Revenants sind ein relativ neues Phänomen. Nie davon gehört?«

»Ehrlich gesagt, nein.«

Sie zieht eine Augenbraue hoch. »Die halbe Branche spricht davon. Das ›Quest Magazine‹ hatte neulich einen Artikel drüber.«

Ich zucke mit den Schultern. »Bin etwas raus. Erleuchte mich.«

In diesem Moment geht ein Ruck durch die Menge. Wir werden nach vorne geschoben. Kurz darauf kann ich die Bar sehen. In einem Regal hinter der Theke stehen allerlei Flaschen, darunter auch eine mit Eagle Rare, meinem Lieblingsbourbon. Sie wird von hinten angeleuchtet und schimmert verheißungsvoll. Wenn es für mich heute Abend eine Queste zu erfüllen gibt, dann die, den Gral namens Eagle Rare in die Finger zu bekommen.

Leopardette bemerkt meinen gierigen Blick. »Einer der Kellner?«

Ich schüttele den Kopf. »Eine der Flaschen.«

»Also nicht auf der Pirsch heute?«

Ich schüttele den Kopf. »Man weiß nie, aber eigentlich …«

Sie lächelt. »Ich hatte es mir schon irgendwie gedacht. Man sieht's dir an.«

»Was?«

»Dass du verknallt bist.«

Ich antworte nicht, sondern rolle nur mit den Augen. Leopardette drängt mich nicht, mehr zu erzählen. Sie scheint zuversichtlich, dass der Whisky alles zutage fördern wird.

»Was war jetzt mit den Zombies?«, frage ich, um das Thema Liebesleben erst einmal abzuräumen.

»Ach ja, die Revenants. Es ist folgendermaßen. Alleine aus dem Commonwealth verschwinden jedes Jahr an die hunderttausend Leute. Nach den meisten sucht natürlich keiner. Wie Jones in seinem kleinen Vortrag erklärt hat, ist das Verschwinden einfacher als früher. Du denkst dir einen coolen Namen aus, kaufst dir den Pass irgendeiner anderen Föderative, holomasquierst dich, und schon bist du weg.«

»Ist klar«, erwidere ich, vielleicht eine Spur zu ungehalten. Ich kenne die ganzen Statistiken genauso gut wie jeder Quästor. Das ›Quest Magazine‹ bringt regelmäßig Artikel dazu. Was den Commonwealth angeht, so verlassen jedes Jahr rund zwei Millionen Leute die Föderative, wofür andere zuziehen. Die meisten Abgänge hinterlassen eine Folgeadresse und behalten ihren Namen, aber etwa fünf Prozent tun das nicht. Das sind die hunderttausend, von denen Leopardette spricht. Niemand weiß, wo sie hingehen. Aber man schätzt, dass rund achtzig Prozent in die Sib-Siedlungsgebiete auswandern. Eine deutlich kleinere, aber stetig wachsende Zahl verschwindet in den Asteroidengürtel oder zum Mars. Die übrigen sechzehn Komma irgendwas Prozent verteilen sich auf den ganzen Globus. Aufgrund der Schröder-Pizarro-Krankheit ist die Weltbevölkerung so stark gesunken, dass man Pässe hinterhergeschmissen bekommt wie Supermarkt-Kundenkarten.

»Aber weißt du auch«, sagt Leopardette, »wie viele von den hunderttausend wieder auftauchen?«

»Hm. Na ja, vermutlich nur ein paar Prozent.«

Sie nickt. »Über einen Zeitraum von fünf Jahren nach dem Verschwinden sind es ganze vier Prozent. Ein Teil davon geht auf unser Konto – Leute, die wir für Klienten aufspüren. Andere fallen eher zufällig auf, vielleicht weil sie auf einer Fahndungsliste stehen und ihr Fingerabdruck an einem Flughafen einen Alarm auslöst. Und natürlich gibt es Zufälle, wenn jemand etwa einem alten Bekannten über den Weg läuft.«

»Okay. Und diese Wiederkehrer nennt man neuerdings Revenants? Das ist nicht …«

»Nein, nein, Baby. Revenants sind was anderes. Es gibt Geschichten über Leute, die Jahre nach ihrem Verschwinden wieder gesichtet werden – aber nicht die Leute sind, die sie waren. Sie sehen so aus wie der Verschwundene, biometrische Scans bestätigen es, aber sie sind es nicht.«

Vor uns stehen nur noch drei Leute. Der Gral ist zum Greifen nahe.

»Ehrlich gesagt«, erwidere ich, »würde ich das auch sagen. Ich habe es sogar schon öfter gehört.« Mit verstellter Stimme fahre ich fort: »Nein, Herr Kommissar, Sie müssen sich irren. Ich bin nicht Joe Miller, habe nie nix von ihm gehört. Lassen Sie mich gehen, ist alles nur eine Verwechslung.«

»Klar, das sagen sie alle. Aber das meine ich nicht, Galahad. Ich meine Geschichten von Leuten, die nachweislich so aussehen wie die gesuchte Milchtüte, aber nachweislich nicht sie sind. Manchmal sprechen sie nicht mal die gleiche Sprache.«

»Klingt nach einer Geschichte, die sich Quästoren spätabends«, ich mache eine Kopfbewegung in Richtung der Kollegen, die schnatternd und bechernd um uns herumstehen, »am Lagerfeuer erzählen.«

»Es gibt dokumentierte Fälle. Etliche.«

»Okay, und was ist die Erklärung? Handelt es sich vielleicht um Identitätsdiebstahl? Oder Gefäßdiebstahl?«

Sie tippt mir mit dem Zeigefinger gegen die Brust. »Gute Frage, Baby. Darum gehe ich zu dem Vortrag. Vorausgesetzt, ich verdurste nicht vorher.«

»Ich glaube, wir haben es gleich. Was willst du denn?«

»Einen Rotwein. Na, wenn ich mir das hier so anschaue, vielleicht lieber zwei.«

Kurz darauf bin ich an der Reihe und ordere zwei Gläser Rotwein sowie einen dreifachen Eagle Rare ohne Wasser. Mit den Drinks gehen wir in eine ruhige Ecke. Es war klug, sich an Leo dranzuhängen. Binnen einer Stunde habe ich sieben neue Leute kennengelernt, darunter sogar einen Quästor aus Camden, dem ich seltsamerweise noch nie zuvor über den Weg gelaufen bin und der mir anbietet, man könne ja einmal zusammen auf die Pirsch gehen.

Zwei weitere Stunden später habe ich noch mehr neue Leute kennengelernt, kann mich aber an keinen ihrer Namen mehr erinnern. Ich werde morgen versuchen, den Visitenkarten die verschwommenen Erinnerungen zuzuordnen, oder vielleicht auch nicht. Leopardette habe ich aus den Augen verloren. Ich wanke zur Bar und kneife die Augen zusammen. Ich betrachte die Whiskyflasche im Regal, die ich inzwischen mit Fug und Recht als meine bezeichnen kann. Als ich den ersten Eagle bestellte, war sie noch voll, nun fehlt mehr als eine Handbreit. Ich bin mir ziemlich sicher, dass außer mir keiner von dem Zeug genascht hat. Schließlich sind wir in England. Die meisten Anwesenden halten Bourbon für eine schlimme Geschmacksverirrung und trinken lieber diese torfige Pisse aus dem Norden. Ist mir recht, bleibt mehr für mich. Ich wende mich an den Barkeeper und nuschele: »Noch einen.«

Der Mann nickt. Dass er weiß, was für einen, und dass er mir automatisch einen Doppelten einschenkt, sollte mich vermutlich beunruhigen. Ich murmele ein Dankeswort und gehe mit dem Bourbon in der Hand in Richtung großer Saal. Auf dem Weg dorthin sehe ich Prétextat Feuerbacher, dem ich heute schon zweimal entwischt bin. Wenn er mich sieht, bin ich geliefert. Die Vorstellung, von diesem Schwätzer in eine Ecke gedrängt und vollgetextet zu werden, erfüllt mich mit namenloser Furcht. Ich bin sturzbesoffen und könnte ihm keinerlei Widerstand leisten.

Nachdem ich tief Luft geholt habe, gehe ich weiter, an Tex vorbei, das Gesicht abgewandt. Er erzählt gerade einer Frau in einem Herrensmoking von seinen Abenteuern und gestikuliert dabei wild mit den Händen.

»... war unglaublich. Ich dachte, ich bin in einem verdammten Film. Er schlug alles kurz und klein. Ich wusste gar nicht, dass solche Waffen noch benutzt werden, ich meine, wir leben im einundzwanzigsten Jahrhundert und ...«

Drei schnelle Schritte und ich bin vorbei. Ich gerate etwas ins Schlingern. Ruhig jetzt. Ich hole tief Luft und gehe weiter. Hinter mir höre ich Tex' Stimme rufen: »Mensch, der Singh! Warte mal. Ich will nur kurz sdrastwuj ...«

Ich bin bereits durch die nächste Tür. Mir bleiben höchstens zehn Sekunden, bis Tex wieder Sichtlinie hat, also lege ich einen kurzen Sprint hin und verschwinde auf der Toilette. Dort presse ich den Rücken gegen die Wand und warte. Ein Typ, an den ich mich vage erinnere, vermutlich einer meiner neuen Bekannten, steht vor dem Spülbecken und mustert mich grinsend.

»Auf der Flucht?«, fragt er.

Ich presse die Lippen zusammen und nicke.

»Mann oder Frau?«

»Mann. Glatze. Korpulent.«

»Ach so, Prétextat Feuerbacher.« Er lugt hinaus.

»Die Luft ist rein.«

Er hält mir die Tür auf und macht eine einladende Handbewegung.

»Danke, Mann«, nuschele ich. Dann mache ich, dass ich wegkomme. Ich eile den Flur entlang, die Treppe runter. In der Lobby ist nicht viel los – kein Wunder, es muss mindestens zwei Uhr sein. Zusammen mit einigen anderen späten Vögeln strebe ich dem Ausgang zu. Ich will gerade durch die Drehtür, als sich eine Hand auf meine Schulter legt.

Verdammt. Fast wäre ich ihm entwischt. Aber zumindest kann ich nun glaubhaft vermitteln, dass ich gerade gehen wollte. Er wird mich also höchstens eine halbe Stunde vollquasseln können. Ich drehe mich um. Es ist nicht Tex, sondern Leopardette. An ihrem Blick kann ich sehen, dass sie genauso besoffen ist wie ich. Leo drückt sich halb an mich, halb benutzt sie mich als Stütze. Sie trägt noch immer ihre Zehn-Zentimeter-Stilettos, was ich ziemlich beeindruckend finde.

»Wie machst du das bloß?«, frage ich.

»Was?«

Ich zeige auf die Schuhe. »Ich falle schon mit flachen Absätzen fast um.«

»Holo, Baby. Ist in Wahrheit eine hohe Kreppsohle.«

»Echt?«

»Ja, echt. Aber wenn du's rumerzählst, muss ich dich töten.

Jetzt lass uns gehen. Mein Gott, ich bin fürchterlich betrunken.«

Leopardette wohnt irgendwo in der Nähe der Commonwealth Library, weswegen wir zusammen ein Taxi nehmen. Als wir im Fond sitzen, legt sie den Kopf nach hinten und schließt die Augen. »Die ersten drei Vorträge fallen morgen aus«, sagt sie.

»Mindestens.«

Sie öffnet die Augen wieder und grinst mich dreckig an. »Fährst du jetzt zu deinem neuen Freund?«

»Nein. Der wohnt in Paris.«

»Hast du ein Foto?«

»Kein vorzeigbares.«

Sie spitzt die Lippen und sagt: »Erzähl mir mehr.«

Eigentlich wollte ich mich ja bedeckt halten, aber da ist der Bourbon vor. Ich erzähl ihr vieles, aber nicht alles. Dass ich keinen echten Menschen ficke, sondern ein Gefäß, lasse ich lieber weg. Dennoch tut es mir gut, jemandem von Francesco zu erzählen, nicht nur seelisch, sondern auch körperlich. Nach ein paar Minuten fühle ich mich nur noch angenehm besoffen, nicht mehr hackezacke dicht. Leopardette hingegen sieht noch schlimmer aus als vorher. So wie ich sie kenne, hat sie auf halber Strecke von Rotwein zu Cocktails gewechselt, immer eine schlechte Idee.

Ich blicke aus dem Fenster. Wir passieren gerade die London Bridge, als am Himmel etwas hell aufleuchtet. Wie immer zur vollen Stunde hat Arkenziel seinen Regenbogen eingeschaltet. Und auf einmal fällt mir ein, was ich Leopardette eigentlich schon den ganzen Abend hatte fragen wollen.

»Leo?«

»Hm?«

»Ich habe da eine Frage.«

Sie ächzt. »Das klingt nach Arbeit.«

»Ja, mein aktuelles Quästorat.«

Sie gähnt. »Heute sind wir aber sehr gesprächig.«

»Muss der Whiskey sein. Hör zu, es geht um eine Programmiererin, die auf einem sehr speziellen Gebiet arbeitet.«

»Und?«

»Meine Vermutung ist, dass man sie gekidnappt hat. Wegen ihrer außerordentlichen Fähigkeiten.«

»Du meinst, irgendein Supernational hat sie abgeworben?«

»Ja. Freiwillig, unfreiwillig, keine Ahnung. Was mich interessieren würde, ist«, ich schaue in ihre glasigen Augen, »ob in der letzten Zeit weitere Leute wie sie verschwunden sind.«

»Gibt es dafür Anhaltspunkte?«, fragt sie.

»Nein, ist mehr so eine Ahnung.«

Das Taxi hält. Die Türen öffnen sich.

Leopardette unternimmt einen Versuch, aus dem Sitz hochzukommen. Es bleibt bei dem Versuch.

»Baby, ich bin besoffen.«

»Soll ich dich noch hochbringen?«

Sie kichert.

»Was?«

»Du meinst das vermutlich genau so, wie du's sagst.«

»Genau so. Komm.«

Ich steige aus und hieve Leopardette aus dem Auto. Dann lege ich ihren Arm um meine Schulter und bringe sie bis zu ihrer Haustür. Als sie es nach einigem Hin und Her geschafft hat, diese zu entriegeln, nehmen wir die Treppe in Angriff. Während wir Stufe um Stufe nehmen, wird sie immer schlaffer. Ich trage sie inzwischen mehr, als dass ich sie stütze.

»Leo?«

»Ich bin hier.«

»Kriegst du noch was mit?«

»Alles.«

»Kannst du für mich rausfinden, ob in letzter Zeit andere Softwareexperten verschwunden sind? Spezialgebiet Krypto und Uploads?«

Sie grunzt etwas Unverständliches. Als wir die Wohnungstür erreichen, muss ich ihre Keycard vor den Sensor halten, weil sie es alleine nicht mehr hinkriegt. Ich schleppe sie zu ihrem Bett und lege sie dort ab. Als ich ihr die Schuhe, die Jacke und das Kleid ausziehe, murmelt sie etwas Unanständiges. Ich hänge alles ordentlich auf und decke sie zu. Bevor ich die Wohnung verlasse, gehe ich ins Bad und male mit Holofarbe ein Herzchen auf den Spiegel. Darunter schreibe ich »Denkst Du an meine Programmiererin?«.

Als ich die Tür zuziehe, kann ich sie bereits geräuschvoll schnarchen hören. Zwanzig Minuten später bin ich zu Hause und fühle mich erstaunlich nüchtern. Ich beschließe, diesem Zustand entschieden entgegenzutreten, indem ich mir noch einen Kleinen genehmige. Mit dem Glas in der Hand setze ich mich aufs Sofa und schaue nach, ob sich Oblivion inzwischen gemeldet hat – so wie ich sie einschätze, ist sie eher der nachtaktive Typ. Und tatsächlich habe ich eine Holonachricht von ihr. Ich aktiviere sie, woraufhin wieder dieser geisterhaft schwebende Kopf erscheint.

»Priwjet. Danke für die Datei. Nakashi, ein Deather aus Japan, hat die Software analysiert. Ist tatsächlich Psychopomps Update. Ein Mind Recorder mit diesem Betriebssystem hätte einen noch kürzeren Back-up-Zyklus. Ein Deather, der ihn verwendet, könnte sich an alles erinnern, bis auf die letzten zwanzig Sekunden.«

Es entsteht eine kurze Pause. Oblivions Kopf dreht sich nach rechts, schaut nach irgendetwas.

»Ich habe ... ich habe es bereits ausprobiert, es ... es war ... eine völlig neue Erfahrung.«

Ich nippe an meinem Bourbon. Oblivion hat die Software seit höchstens acht Stunden. Und das Erste, was sie tut, ist, sich ein weiteres Mal abzuknallen, um das Update auszuprobieren. Sie erinnert mich an einen Junkie, der neuen Stoff reinbekommen hat und dem nichts eiliger ist, als dessen Qualität zu testen.

»Aber das ist nicht alles. Nakashi hat ein weiteres Modul gefunden, das nicht zur Originalsoftware gehört. Es heißt ›LPBRKR 0.34‹. Er ist sich nicht ganz sicher, was das Ding macht. Es scheint, dass es irgendwie die Datenstruktur des Cogits analysiert, aber Nakashi weiß nicht, wozu das gut sein soll. Außerdem liest es Vitaldaten ein – Herzschlag, Blutdruck, Hämatokrit, Erythrozyten, und alles mögliche andere Zeug. Was das soll, weiß er ebenfalls nicht oder zumindest noch nicht. Und woher die Software die Vitaldaten bekommt, ist ebenfalls unklar. Das war's fürs Erste. Danke.«

Der Kopf verschwindet. Sieht so aus, als habe Perrotte ihre Mind Recorder weitaus umfassender modifiziert als angenommen. Aber zu welchem Zweck? Das Hauptanliegen der Deather scheint es zu sein, möglichst viel von der Zeit vor dem Tod mitzubekommen. Ihr Traum wäre es vermutlich, den ganzen Hinschied mitzuerleben, den Übergang ins Jenseits aufzuzeichnen, etwas in der Art. Vom Jenseits hat Oblivion zwar nichts gesagt, aber ich habe ihre Wohnung gesehen. Das Bild mit der Knossos-Anomalie, die Kabbala an der Wand – sie interessierte sich augenscheinlich für Esoterik, Okkultismus, solches Zeug. Deshalb glaubt sie vermutlich, auf den letzten Akt folge noch irgendeine Zugabe.

Aber Perrotte ging es offenbar nicht nur darum, sich näher an den Tod heranzurobben. Sie hatte noch etwas anderes im Sinn. Darauf zumindest deutet das zweite Softwaremodul hin. Oblivion und ihr japanischer Hackerfreund mögen darüber rätseln, was es mit den Vitaldaten auf sich hat. Ich hingegen weiß es bereits. In Le Mans fand ich Elektroden und Drähte, mit denen die Leiche verkabelt war. Offenbar speicherte der Mind Recorder in Perrottes Wagen nicht nur die Sicherheitskopie ihres Cogits, sondern auch ihre Vitaldaten, bis zum Moment des Todes. Aber wozu das alles?

Ich überlege, ob ich noch etwas trinken soll, entscheide mich dann aber dagegen. Morgen möchte ich zumindest ein paar Stunden auf die INTERQUEST. Deshalb mache ich, dass ich ins Bett komme. Vermutlich werde ich genauso laut schnarchen wie Leopardette.

Ich komme gerade noch rechtzeitig zum Vortrag von Dr. Dr. Kyrie Graça. Als ich mich setze, hat er die Bühne bereits betreten. Der Vortragende ist ein Mann schwer bestimmbaren Alters, Typ Harry Belafonte. Er könnte fünfzig sein oder hundert. Graça trägt einen weit geschnittenen, cremefarbenen Anzug, ein blaues Hemd und eine lavendelfarbene Krawatte. In der Rechten hält er ein Buch. Wenn er gleich einen Gospelsong anstimmte, würde einen das nicht wundern. Stattdessen lächelt er in die Runde. Ohne ein Grußwort legt er los.

»Leute verschwinden, tagtäglich. Leute tauchen wieder auf. Andere verschwinden für immer. Sie«, er zeigt auf die

Zuhörer, »wissen das besser als die meisten. Worüber ich heute reden möchte, ist ein Phänomen des Verschwindens und Wiederauftauchens, das besonders rätselhaft ist. Einige von ihnen haben vermutlich schon Geschichten über solche Leute gehört. Man nennt sie Revenants.«

Während er spricht, geht Graça bedächtigen Schrittes auf der Bühne auf und ab. Rechts des Rednerpults erscheint das lebensgroße Hologramm eines Mannes in Jeans und T-Shirt. Er ist untersetzt, sein wildes rotes Haar und sein noch wilderer Vollbart wehen im Wind.

»Abe McGee«, sagt Graça und zeigt in Richtung des Mannes, »ein Farmer aus dem Okanagan Valley. Verschwand 2077 spurlos, auf dem Weg zum örtlichen Baumarkt. Kein Hinweis auf ein Verbrechen. Von der Erde verschluckt. Seine Familie setzte einen Quästor auf ihn an. Dieser fand heraus, dass McGee eine heimliche Freundin besaß. Außerdem hatte er sich über Siedlungsprojekte in Grönland informiert.«

Ich kann sehen, wie die Leute im Podium wissend nicken. McGees Fall ist ihr, ist unser aller täglich Brot. Ein Typ ist mit seinem Leben unzufrieden, er will irgendwohin, wo das Gras grüner ist – oder in diesem Fall: gröner. Deshalb macht er sich zusammen mit seiner neuen Flamme vom Acker, ohne jemandem etwas davon zu sagen. Er legt sich eine neue Identität zu und ward nie mehr gesehen.

»McGees Familie schickte den Quästor nach Grönland. Dort gab es damals höchstens eine Million Menschen. Und so waren seine Chancen, McGee zu finden, nicht schlecht. Er musste nur die Neuankömmlinge in einem bestimmten Zeitfenster lokalisieren und sie mit einer Mark-II-Stripperbrille observieren, um durch etwaige Holomasques hindurchschauen zu können.«

Graça blickt ins Publikum. »Diese Brillen sind natürlich illegal. Aber wie man hört, soll es Quästoren geben, die sie benutzen. Einige wenige.«

Gelächter im Saal.

»Der Quästor fand McGee aber nicht. Wen er fand, war dessen neue Freundin. Sie gab zu, mit McGee durchgebrannt zu sein, um ein neues Leben zu beginnen. Aber ...«

Der Doktor macht eine Kunstpause. Er stellt sich neben McGee, dessen Haare immer noch vom Wind zerzaust werden.

»... einige Wochen nach seiner Ankunft in Grönland verschwand McGee erneut. Seiner neuen Lebensgefährtin zufolge war er mit einigen anderen Männern auf Bärenjagd gegangen, im Norden, wo es noch ein bisschen Eis gibt. Die Jäger gerieten in ein Unwetter, nur die Hälfte schaffte es zurück in die nächstgelegene Stadt. Von den anderen hörte man nie wieder was, darunter auch Abe McGee. Vermutlich fielen sie in eine Felsspalte oder erfroren.«

Abe McGee dreht sich um und geht einige Schritte, bevor er sich auflöst.

»Damit wäre die Geschichte dieses Mannes eigentlich zu Ende. Der Quästor fuhr zurück ins Okanagan Valley und überbrachte der Familie die traurige Nachricht. Aber die wollte sich damit nicht abfinden.«

Wieder nicken viele der Zuhörer. Oft fordern die Hinterbliebenen einen stichhaltigen Beweis, dass der Gesuchte wirklich tot ist. Aber mitunter gibt es den nicht. Und das kann einen zur Verzweiflung treiben oder in eine tiefe Depression.

»Die McGees ließen die Suche also weiterlaufen. Sie alle wissen, wie es ab da läuft. Alle Spuren sind kalt, es gibt keine weiteren Hinweise. Man kann Fotos und Biometrie des Vermissten bei IQ-DOP einspeisen, der Datenbank, die weltweit von Tausenden Quästoren eingesehen wird. Dort landete auch McGee. Und was soll ich Ihnen sagen? Er tauchte tatsächlich wieder auf. Ein Quästor aus Irkutsk fotografierte ihn eher zufällig. Er war ›fischen‹, wie man das in Ihrer Branche wohl nennt.«

Einige der Zuhörer ziehen die Mundwinkel nach unten. ›Fischen gehen‹ ist etwas, das die meisten richtigen Quästoren als unter ihrer Würde erachten. Typen, die das machen, gelten als die Aasfresser der Branche. Das Ganze funktioniert folgendermaßen: Man begibt sich an einen Ort, an dem man viele Leute vermutet, die ihre Identität geändert haben – in eine sibirische Kolonie, nach Feuerland, in den Asteroidengürtel. Durch eine Stripperbrille begafft man die Einheimischen, speichert heimlich ihre Gesichter und speist die Bilder bei IQ-DOP ein, der International Questor's Database of Persons. Für jeden Treffer kann man von dem Quästor, der den Eintrag erstellt hat, eine kleine Kommission einstreichen. Allerdings sollte man sich beim Fischen besser nicht erwischen lassen – von den Milchtüten, meine ich. Menschen, die anderswo ein neues Leben angefangen haben, legen in der Regel Wert auf Privatsphäre. Wer sich in einer sibirischen Spelunke mit Strippergoggles erwischen lässt, hat Glück, wenn die Einheimischen ihm lediglich die Beine brechen.

Neben der Milchtüte taucht ein weiterer Mann auf. »Darf ich vorstellen«, sagt der Professor, »Svante Avogadro, ein Klempner aus Caracas. Die beiden sehen sich sehr ähnlich, nicht wahr?«

Graça hat recht. Kleidung und Haare sind verschieden. Aber davon abgesehen könnten McGee und Avogadro Zwillinge sein. Die beiden holographischen Männer verlassen die Bühne. Graça fährt fort. »Avogadro war in der Tat McGee.

Nachdem er enttarnt worden war, wurde er extrahiert. Er hatte in seiner Heimat einen Haufen Schulden hinterlassen. Die Federativo del Sur wollte ihn an CANFED ausliefern. Avogadro-McGee widersetzte sich jedoch der Festnahme und tötete einen Polizisten. Danach floh er. Man hat ihn nie mehr gesehen.«

»Meine Fresse«, murmelt ein grobschlächtiger Schotte neben mir. »Was soll das alles?«

Scotty hat einen Punkt. Die Geschichte ist ein bisschen kurios, aber letztlich fürchterlich gewöhnlich. Mann haut ab, lässt Frau, Labrador und Schulden zurück. Mann haut zum zweiten Mal ab, lässt Frau, Robbenbaby und noch mehr Schulden zurück. Mann wird gefunden. Mann flieht. Na und?

Ich will meinem Nachbarn gerade beipflichten, als Graça erklärt: »Der Klempner in Caracas sah aus wie McGee. Aber er war es nicht.«

Graça mustert seine Zuhörerschaft. Er weiß genau, dass die Leute sich allmählich fragen, warum sie hier sitzen, statt draußen einen Kaffee oder vielleicht das erste Konferenzbier zu trinken. An seinem Lächeln kann ich erkennen, dass all das Teil seiner Dramaturgie ist.

Hinter Graça werden verschiedene Gegenstände eingeblendet. Zu den Dingen, die dort schweben, gehören eine Packung Zigaretten, eine Tasse mit dampfender Flüssigkeit, ein Kajak, ein Buch und allerlei anderes Zeugs. Das meiste wirkt gewöhnlich, sieht man von einem seltsam geformten Dildo ab.

»Sie alle wissen, wie man Menschen findet. Man erstellt ein Profil ihrer Vorlieben, Sehnsüchte, Abneigungen. Diese Visualisierungen stammen aus dem Raster, das der Quästor für McGee erstellte, basierend auf Interviews und einer gründlichen Inspektion seines Hauses und Hofes.«

Graça schaut wieder ins Publikum. »Der gleiche Quästor, und das ist eine Seltenheit, untersuchte mehr als ein Jahrzehnt später auch Avogadros Wohnung in Caracas. Dabei fiel ihm auf, dass McGee und sein Alter Ego so gut wie nichts gemein hatten.«

Er zeigt auf die schwebenden Gegenstände. »McGee war Teetrinker. Er hasste Kaffee. Svante Avogadro trank den ganzen Tag Kaffee, literweise. McGee war starker Raucher, Avogadro Nichtraucher. McGee war passionierter Kajakfahrer, Avogadro trieb gar keinen Sport. McGee las gerne Bücher, vor allem Abenteuerromane. Avogadro las nur Zeitung, und die nicht auf Englisch, sondern auf Spanisch, eine Sprache, die McGee überhaupt nicht beherrschte. McGee war verheiratet, gab sich aber«, er zeigt auf das Sexspielzeug, »heimlich homoerotischen Fantasien hin. Avogadro hingegen besaß eine Pornosammlung, die kaum heterosexueller hätte sein können.«

An dieser Stelle unvermeidlicherweise Gekicher im Publikum. Einige sind wohl schon beim dritten Konferenzbier.

»Kurzum: Die beiden Männer sahen gleich aus, und laut biometrischen Analysen waren McGee und Avogadro ein und dieselbe Person. Aber sie hatten nichts miteinander gemein. Es ist, wie wenn McGees Körper zurückgekehrt wäre, aber mit einem anderen Verstand darin.

Natürlich gibt es dafür eine plausible Erklärung. Vielleicht erlitt McGee ein Trauma, das die profunde Persönlichkeitsveränderung auslöste. So etwas ist selten, kommt aber vor.«

»Uploads«, ruft eine Frau weiter vorn.

Graça nickt. »Die naheliegende Vermutung. Theoretisch könnten Verbrecher den Körper McGees gestohlen und ein anderes Cogit hineingeladen haben. Aber mal abgesehen davon, dass McGee soweit wir wissen kein Quant war: Sie vergessen das Ein-Körper-Problem – länger als einundzwanzig Tage am Stück wäre diese Scharade kaum gut gegangen. Avogadro lebte aber laut Zeugenaussagen über zwei Jahre in Caracas.«

Graça schaut erneut ins Publikum. »Aber das alles ist nicht der Punkt.«

Die Gegenstände in der Luft verschwinden. Stattdessen taucht hinter dem Redner eine Schar von Menschen auf – Frauen und Männer unterschiedlichen Alters und unterschiedlicher Rassen. Es sind einige, bestimmt ein halber Gospelchor. Irgendwie warte ich immer noch darauf, dass der Typ endlich »Oh happy day« anstimmt.

Graça breitet die Arme aus. »Der Punkt ist, dass es viele McGees gibt. Ich habe bereits etliche sogenannte Revenants identifizieren und dokumentieren können, Sie sehen sie hinter mir. In allen Fällen tauchte eine verschollene Person wieder auf, war jedoch nicht mehr sie selbst. Die Umstände sind unterschiedlich, aber in allen Fällen floh der Revenant, bevor er untersucht oder befragt werden konnte.«

Der Kirchenchor verschwindet wieder. »Meine Hoffnung ist, dass Ihnen vielleicht ähnliche Fälle begegnet sind oder begegnen werden. Wenn ja, dann melden Sie sich bei mir, meine Kontaktdaten finden Sie in der Teilnehmerliste. Gemeinsam können wir das Mysterium der Revenants vielleicht eines Tages lösen.«

Die Zuhörer klatschen, allerdings verhalten. Den meisten geht es vermutlich wie mir: Sie wissen nicht, ob sie den kleinen dicken Professor auf der Bühne für einen Spinner halten sollen. Hinzu kommt, dass seine Geschichte zwar ganz unterhaltsam ist, aber so unterhaltsam dann auch wieder nicht. Keine blutsaugenden Zombies, das ist geradezu enttäuschend.

Ich erhebe mich und verlasse den Raum. Das Gros meiner Kollegen war schneller, und so hat sich vor den Kaffeeautomaten bereits eine veritable Schlange gebildet. Ich halte Ausschau nach Leopardette, aber sie ist nirgendwo zu sehen. Laut den Programmtafeln kommt als Nächstes ein Vortrag über juristische Aspekte des Quästorats, gefolgt von einer Podiumsdiskussion über das Selbstbild der Branche. Beides klingt furchtbar. Deshalb beschließe ich, erst am späteren Nachmittag wiederzukommen und vorher ein bisschen zu arbeiten. Da ist noch die Rückmeldung an Mumeishi, die ich seit gestern vor mir herschiebe, außerdem das Arkenziel-Dossier. Und dann wäre da auch noch mein Vater.

Ich entscheide mich dafür, zunächst die am wenigsten unangenehme dieser drei Aufgaben anzugehen und das Dossier zu lesen. Zehn Minuten später sitze ich in einem netten kleinen Café unweit des Kongresszentrums. Ich hole ein Blankobuch hervor und spiele das Dossier ein.

Incorporated (Aktiensymbol: AKZL)

Sektor: Technologie

Kurzporträt: Arkenziel Incorporated ist ein Supernational, der schwerpunktmäßig holographische Infrastruktur und Services anbietet. Mit einem Jahresumsatz von über 140 Milliarden €/$ zählt der Konzern zu den fünfzig größten Unternehmen der Welt. Der Öffentlichkeit ist Arkenziel vor allem als Betreiber des Holonets bekannt. Auch der Konzernslogan »Illumination For Everyone« zielt vor allem auf das

Geschäftsfeld der Holographie ab. Tatsächlich ist Arkenziel lediglich einer von insgesamt acht Holonetbetreibern, unter diesen mit einem Marktanteil von dreiundfünfzig Prozent jedoch der größte. Außer in der Projektionstechnologie ist das Unternehmen in vielen angrenzenden Bereichen tätig, etwa Holowerbung oder Holofashion. Ferner gilt Arkenziel als bedeutender Hersteller von Computerchips, Lasern und anderen holographischen Basiskomponenten. Firmensitz ist London. Weitere bedeutende Unternehmensstandorte sind Tokio, Moskau, Vancouver und Iraklion, wo sich das Technologiezentrum des Konzerns befindet. Vorstandschef des Konzerns ist seit 2081 Mangrove Chitwick (71).

Historie: Das Unternehmen wurde 2043 von dem Unternehmer Kilian Kreisler als KK Lichtsysteme GmbH & Ko KG in Neuried bei München gegründet. Ursprünglich stellte KK vor allem Holobrillen her. Kreisler war jedoch der Überzeugung, holographische Projektionen seien auch ohne die Verwendung von Hilfsmitteln möglich. Er wollte nach eigenen Angaben »Holos ohne Krücken«, die vom Betrachter direkt wahrgenommen werden konnten. Nach jahrelanger erfolgloser Forschung hatte Kreisler laut seiner Autobiografie »Die Erleuchtung« im Spätsommer 2047 die zündende Idee. Kurz darauf ließ er sich den Prototyp des Holonet-Projektors patentieren. Bis zum Auslaufen der Patente war Arkenziel der einzige Holonetbetreiber der Welt.

Der Firmenname Arkenziel klingt deutsch, geht aber auf das französische Wort arc-en-ciel (Regenbogen) zurück. Als das Unternehmen 2069 umbenannt werden sollte, schrieb Kreisler der Legende nach drei Namen auf einen Zettel: Lichtbringer, Omniholo und Arcenciel. Seine elfjährige Tochter las den Zettel und sprach den französischen Begriff deutsch aus:

Arkenziel. Kreisler beschloss daraufhin, sein Unternehmen so zu nennen.
Finanzielle Performance: Aktienkurs 378,73 €/$; Gewinnwachstum 6,7 Prozent im Vgl. z. Vj.; Umsatzwachstum 9,7 Prozent im Vgl. z. Vj.; Umsatz (GJ 2200) 141,23 Mrd. €/$; EBIT (GJ 2200): 9,73 Mrd. €/$.

Bevor ich mich dem nächsten Absatz zuwende, lege ich eine kurze Pause ein. Die Dossiers der Amanuensis-Software sind stets sorgfältig kollatiert, aber leider so trocken wie ein Referentenentwurf des Innenministeriums. Ich werde mehr Kaffee brauchen, um da durchzukommen. Gerade will ich mich erheben, um mir noch einen Americano zu holen, da fällt mein Blick auf eine der Personen in der Abholschlange. Es handelt sich um eine Frau, zierlich, mit karamellfarbenen, halblangen Haaren. Sie ist hübsch, vor allem aber sehr elegant gekleidet. Ich habe ein Faible für gut angezogene Frauen. Doch das ist es nicht, was meine Aufmerksamkeit erregt hat. Es ist die Art und Weise, wie sie mit der Kuppe ihres Zeigefingers gegen die Stelle zwischen Kinn und Unterlippe tippt. Ich kenne diese Geste.

Meine Hände umfassen die Tischkante. Sicherlich gibt es mehr als einen Menschen auf dem Planeten, der auf diese Weise gegen sein Grübchen tippt. Aber die Art und Weise, *wie* sie es tut – die rechte Hand am Kinn, den linken Arm so angewinkelt, dass die Hand unter dem rechten Ellenbogen eingeklemmt ist. Und wie sie steht. Wie er steht. Einen Moment lang bin ich versucht, ihm ›Francesco‹ zuzurufen. Doch irgendetwas hält mich davon ab. Stattdessen bleibe ich in der Ecke des Cafés sitzen. Dort bin ich leicht zu übersehen. Rasch greife ich mir das Blankobuch und halte es vor mein Gesicht.

Ich kann nun nur noch Francescos (oder Francescas) Beine sehen. Ab und an hebt er das rechte an und drückt den Spann des Fußes in seine linke Kniekehle. Auch diesen Balanceakt habe ich schon einmal gesehen.

Eine kleine Ewigkeit später setzen die Beine sich in Bewegung. Sobald die Frau durch die Tür ist, springe ich auf und gehe ihr nach. Noch bevor ich die Straße betrete, habe ich eine Holomasque aktiviert, bin nun irgendein Allerweltsanzugträger auf dem Weg zum nächsten Termin. Sie läuft die Bloomsbury hinunter Richtung New Oxford Street. An dem Kiosk neben der Tubestation Tottenham Court Road hält sie kurz an und kauft etwas – eine Packung Kaugummi. Dann steigt sie die Stufen zur U-Bahn hinab. Ich folge ihr. Sie nimmt den Abgang zur Northern Line. Mir fällt auf, dass sie eine Brille trägt. Das ist ungewöhnlich. Seit man Sehschwächen mit ein paar Injektionen beheben kann, hat kaum noch jemand eine, außer ein paar Fashion Victims, die so etwas als modisches Accessoire betrachten. Bei einer derart gut gekleideten Frau wäre das eine Möglichkeit. Wahrscheinlicher ist, dass es sich bei der Brille um einen Unterseher handelt. Während ich auf der Rolltreppe abwärtsgleite, bildet sich Schweiß auf meiner Stirn. Es ist verdammt stickig hier unten. Außerdem bin ich nervös. Was, wenn sie tatsächlich Strippergoggles hat? Könnte sie durch meine Holomasque hindurchsehen? Es ist unwahrscheinlich. Dafür braucht man eine Level-II-Brille. Und die kriegt man nur auf dem Schwarzmarkt oder als Bulle.

Sie steht etwa zehn Stufen vor mir. Als wir beinahe unten sind, schiebt sie die Brille hoch, klemmt sie in ihre Haare. Dann verlässt sie die Rolltreppe und bleibt kurz vor der Holobeschilderung stehen, die Auskunft über die Tubelinien gibt. Natürlich – mit den Strippern konnte sie diese nicht lesen.

Deshalb hat sie die Brille abgenommen. Als ich unten ankomme, dreht sie sich um, ihr Blick huscht über mein maskiertes Gesicht.

Kurz darauf stehen wir an der Plattform. Sie will Richtung Süden. Inzwischen habe ich mindestens zehn Minuten Zeit gehabt, sie zu beobachten. Ich bin nun noch sicherer als zuvor. Der Gang, die Gestik – alles wirkt femininer als bei Francesco. Aber es ist unverkennbar er.

Vielleicht bilde ich mir das aber auch nur ein. Hormone machen seltsame Sachen mit einem. Es wäre denkbar, dass ich mir meinen Wunschkerl lediglich herbeifantasiere und einer Fremden nachgehe. Die einfachste Möglichkeit, das zu klären, wäre, mich der Frau zu offenbaren. Ich bin mir ziemlich sicher, dass ihre Reaktion mir alles sagen würde, selbst wenn sie es leugnete. Wenn er es leugnete. Aber ich habe Angst vor den Folgen. Gleichzeitig fürchte ich mich davor, herauszufinden, wohin Francesco geht, was er tut, mit wem er sich trifft.

Der Zug fährt ein. Ich steige in denselben Wagon, setze mich jedoch ans andere Ende. Die Northern ist eine dieser neuen Panoramalinien mit holographischen Fenstern. Statt auf die dreckigen Wände der Tunnel blickt man auf die Stadt. Es ist, als säße man in einer Hochbahn. Die Fenster zeigen, was man sähe, befände man sich an derselben Stelle Londons, nur eben vierzig Meter weiter oben. Wir passieren den Trafalgar Square, das Embankment, überqueren den Fluss. Die Frau mit den karamellfarbenen Haaren schaut nicht aus dem Fenster. Stattdessen liest sie. Gut, denke ich mir. Solange sie liest, wird sie ihre Stripperbrille nicht aufsetzen.

In diesem Moment fällt mir auf, dass ich ebenfalls eine dabeihabe, genauer gesagt zwei: meine eigenen Schmalspurstripper, die lediglich Werbung und Polish ausblenden kann, und jene, die ich in der Nähe von Perrottes Autowrack mitgenommen habe. Mit leicht zitternden Fingen greife ich in meine Innentasche und ziehe die Level-I-Brille hervor. Ich setze sie auf. Und die Welt um mich herum wird hässlich.

Die eben noch makellose Innenverkleidung des Waggons ist nun voller Macken und Risse. Hinter den Fenstern sehe ich schwarzbraune Wände vorbeihuschen. Aber das Schlimmste sind die Leute. Der gut aussehende Mittzwanziger neben mir hat auf einmal Akne auf den Wangen. Seine Haare sind fettig und ungestylt. Der Blankoanzug des Mannes gegenüber ist unglaublich schmuddelig. Das Abstoßendste sind die verkrusteten Flecken auf seiner Hose.

Ich wende mich nach links, wo die Frau mit den karamellfarbenen Haaren sitzt. Sie ist immer noch wie aus dem Ei gepellt. Lediglich der karmesinrote Lippenstift und der Eyeliner sind weg. Wir erreichen Kennington. Sie steht auf und geht zur Tür. Ich folge ihr. Als ich durch die Tür trete, muss ich kurz Luft holen. Eigentlich weiß ich natürlich, wie schmutzig eine Tubestation im Naked Space ist. Aber ich hatte es irgendwie vergessen. Auf dem Bahnsteig stehen Unmengen von Leuten, drängen sich an mir vorbei. Rote Nasen, Pickel, schiefe Zähne – alles Dinge, die man normalerweise nicht zu Gesicht bekommt. Rasch nehme ich die Brille wieder ab; warum sollte ich mich dem Anblick dieser unansehnlichen Welt aussetzen, wenn es nicht sein muss.

Die Frau will zum Ausgang. Ein paar Minuten später laufen wir eine der Hauptverkehrsadern von Lambeth entlang. Das hier war früher einmal eine ganz ordentliche Gegend, viele kleinere Büros, Mittelklasse-Apartments. Inzwischen ist es die Achselhöhle Londons. Kurz bin ich versucht, mir das wahre Ausmaß des urbanen Verfalls mithilfe von Perrottes Goggles doch anzuschauen, lasse es dann aber lieber.

Ich folge der Frau bis in eine Seitenstraße. Sie ist voller kleiner Geschäfte – Antiquariate, wenn man wohlwollend, Pfandleiher, wenn man ehrlich ist. In den Auslagen sehe ich alte Bücher, Silberbesteck, Baccara-Kristall. Vor einem der Läden hält die Frau an, während ich sie von der anderen Straßenseite aus beobachte. Statt die Auslage zu betrachten, geht sie eine kleine Treppe hoch, die zum Eingang der über dem Geschäft liegenden Wohnungen oder Büros führt. Sie dreht sich um und lässt ihren Blick über die Straße schweifen. Ich habe mich über eine Kiste voller Ramsch gebeugt und tue so, also wühlte ich darin. Kurz darauf verschwindet sie in dem Gebäude.

Ich gehe zu dem Eingang. Es gibt vier Klingelschilder aus Messing. Auf ihnen sind die Namen Anand, Brzhinski, Smith und Waughham eingraviert. Mit dem Finger fahre ich über die Schilder. Keine Gravur, sie sind völlig glatt. Ich nehme Perrottes Unterseher zur Hand. Am linken Bügel gibt es einen kleinen Regler, mit dem sich einstellen lässt, wie viele Ebenen des Holonets man ausblenden möchte. Ich stelle ihn zunächst auf Level III. Verschwinden sollten nun Werbung (Level V), Effekte auf öffentlichen Objekten (Level IV) und Effekte auf privaten Objekten (Level III). Letzteres träfe auf das holographische Klingelschild zu. Ich schaue hindurch. Das Klingelschild sieht so aus wie zuvor. Ich schiebe den Regler weiter. Als Nächstes käme Level II, holographische Augmentierungen von Personen, aber die interessieren mich nicht. Mir geht es um Level I. Diese Ebene der Hologrammatica umfasst Effekte mit Sicherheitskomponenten, beispielsweise polizeiliche Markierungen an einem Tatort oder Tarnvorrichtungen der Armee. Als ich den Regler bis zum Anschlag schiebe, verschwindet die Schrift auf einem der Klingelschilder. Statt ›Smith‹ steht dort nun ›Coeus Foundation‹.

Ich mache ein, zwei Schritte nach hinten, so als habe mich jemand geschubst. Dann reiße ich mir die Goggles herunter und mache, dass ich wegkomme. Rasch verschwinde ich in einer Seitenstraße. Dort bleibe ich stehen und rufe mithilfe des Amanuensis Informationen über die Coeus Foundation auf. Viel gibt es nicht. Coeus besitzt keine Webpräsenz, lediglich einen Eintrag bei der UNESCO. Dort finde ich eine Liste von Stiftungen, die sich mit dem Weltkulturerbe befassen. Coeus widmet sich demzufolge der Kunst und Philosophie des Altertums. Die Stiftung unterhält mehrere Privatbibliotheken und richtet Veranstaltungen aus. Wann und wo, das steht dort nicht. Es steht auch nirgendwo anders.

Ich glaube nicht, dass es den Laden wirklich gibt. Warum sollte eine Stiftung ihr Klingelschild kaschieren, genauer gesagt: warum sollte sie in der Lage sein, ihr Klingelschild mit einer holographischen Tarnung zu kaschieren, die Privatpersonen nicht zugänglich ist, sondern lediglich den Sicherheitsbehörden? Die Antwort ist offensichtlich: weil Coeus nur eine Fassade für etwas anderes ist. Am besten wäre es wohl, den Laden eine Weile zu observieren, zu schauen, wer ein und aus geht. Dazu fehlt mir jedoch erstens die Zeit und zweitens das Mandat. Es ist leicht, sich zu verzetteln. Wer Menschen hinterherschnüffelt, stößt dabei zwangsläufig auf Seltsames, Mysteriöses, Fragwürdiges. Meist haben diese Dinge jedoch rein gar nichts mit dem eigentlichen Fall zu tun. Coeus hat mit Francesco zu tun. Francesco hatte mit Perrotte zu tun, wenn auch nur flüchtig. Insofern mag die Sache zwar für mich persönlich interessant sein. Sie wird mir jedoch kaum helfen, meine Milchtüte zu finden. Während ich über meinen nächsten Schritt nachdenke, bekomme ich einen Anruf von Leopardette Elq. Ich hatte nicht damit gerechnet, dass sie so rasch zurückruft. Eigentlich hatte ich es überhaupt nicht erwartet.

»Hallo, Leo.«

»Hi. Bist du gar nicht mehr auf der Konferenz?«

»Nach dem Revenant-Vortrag habe ich Reißaus genommen«, erwidere ich. »Ich schaue vielleicht später noch mal rein.«

»Später? Baby, es ist schon halb sechs. Wassermännchen ist gerade beim Schlusswort.«

»Na ja. Zumindest der gute Vorsatz war da.«

»Hör zu, deine Frage von gestern«, sagt sie.

»Wow. Du bist schnell.«

»Nein, gelangweilt. Du hast echt nichts verpasst, die Vorträge am Nachmittag waren alle Mist. Also habe ich nebenbei einen meiner Researcher angefunkt.«

»Und?«

»Wir hatten«, sagt Leopardette, »in den vergangenen zwei Jahren insgesamt vier Programmierer, die verschwunden sind und für die Quästoren engagiert wurden. Programmierer, die sich entweder schwerpunktmäßig mit Verschlüsselung beschäftigt haben oder mit Uploads. Alles Topleute.«

Vier. Ich atme tief ein. Vier ist eine signifikante Zahl. Oder vielleicht auch nicht. Ich sage: »Wer sind in diesem Fall wir?«

»Lowry & Lowry und unser Netzwerk.«

L&L ist im gesamten Commonwealth tätig. Darüber hinaus besitzt das Unternehmen einen Haufen Kooperationspartner, andere Quästuren weltweit. Ich würde schätzen, es sind ein Dutzend, in jeder wichtigen Föderative mindestens eine.

»Okay. Hast du irgendwelche Namen für mich?«

Sie kichert. »Ist nicht dein Ernst, oder, Baby?«

Kein Quästor würde einem anderen Quästor je den Namen seiner Milchtüte verraten. Erstens aufgrund der dem Klienten zugesicherten Vertraulichkeit, zweitens, damit einem keiner den Fall wegschnappt.

»Nein, vergiss es. Aber vielleicht kannst du mir was zu deren Arbeitgebern sagen?«

Sie kichert schon wieder.

»Ich frage anders: Wie viele von denen haben bei Arkenziel gearbeitet?«

»Moment«, es entsteht eine kurze Pause, als sie etwas nachguckt, »keiner.«

»Okay. Und habt ihr welche gefunden?«

»Wir finden unsere Milchtüten immer.«

Nun ist es an mir, zu kichern.

»Ist ja gut, Baby. Wir haben bisher keinen. Na ja, der eine war bereits ...«

»Ja?«

»Ein Typ aus der CANFED. Wurde in Nordjapan aufgespürt. Tötete einen Quästor und entwischte.«

»Einen von euren?«

»Nein, von unserer Partneragentur aus Shizuoka. Hat ihn regelrecht abgeschlachtet. Mit einem Schwert.«

»Was? Was hast du gesagt?«

»Mit einem Schwert. So ein japanisches Samurai-Ding, glaube ich, keine Ahnung. Die Details kenne ich nicht. Du klingst nervös. Bei dir alles in Ordnung, Baby?«

Hello I'm Jimmy.
Hello I'm Jimmy.
Hello I'm Jimmy.

Überhaupt nichts ist in Ordnung – noch eine schwertschwingende Milchtüte.

»Alles bestens«, höre ich mich sagen. »Sonst noch irgendwelche Gemeinsamkeiten zwischen den ... den Quästoraten?«

»Nicht, dass ich wüsste. Völlig unterschiedliche Profile. Wir gehen davon aus, dass die meisten gekidnappt wurden – Kryptologen sind gefragt, nicht nur bei Supernationals und Geheimdiensten, sondern auch bei der Solntsevskaya Bratva oder anderen Syndikaten. Mehr habe ich nicht.«

»Danke, Leo.«

»Gerne. Da ist doch irgendwas Größeres im Busch, oder? Du hast ›Das Große A‹ erwähnt. Glaubst du wirklich, dass die ...?«

»Es ist möglich. Aber ich habe noch keinen direkten Hinweis drauf. Ist eher so eine vage Theorie.«

»Okay. Wenn du dazu noch etwas rausfindest, dann denk an mich. Ich hasse es, wenn meine Aufklärungsquote unter neunzig Prozent rutscht.«

Angeberin, denke ich.

»Klar, wird gemacht. Bis bald, Leo.«

»Kiss kiss! Bis dann.«

Ich werfe einen letzten Blick um die Ecke, auf das Gebäude, in dem mein Lover gerade wer weiß was tut. Dann gehe ich zurück zur Tube. Während der Fahrt in die Stadt denke ich nach. Ich habe inzwischen eine Theorie. Genauer gesagt habe ich mehrere.

Da wäre zunächst die Sache mit meinem Auftraggeber, dem Kieselkaiser. Vermutlich lief es folgendermaßen: Der Großherzog erkennt, dass seine Kinder allesamt missraten sind. Er erinnert sich seiner unehelichen Tochter Juliette. Er hat sie und ihre Mutter mit allem versorgt, was sie benötigten, außer mit väterlicher Liebe. Charles II. beobachtet Juliette aus der Ferne. Er sieht, dass sie hochintelligent ist. Der Herzog beschließt, seine Kinder abzuservieren und Juliette Perrotte zu seiner Erbin zu machen. Dummerweise hat er nicht genug Zeit, diese Palastrevolte sauber einzufädeln, denn er ist sehr krank. Statt sterben zu dürfen, muss er deshalb notgedrungen zu einer Art Untoten werden. Alle einundzwanzig Tage versagt sein Gefäß und sein Cogit crasht, woraufhin Charles sich in einen neuen Körper hochladen lässt, immer wieder. So kann er seine Pläne weiterverfolgen, zumindest halbwegs. Wie jemand ohne Langzeitgedächtnis strategisch agiert, ist mir allerdings etwas schleierhaft.

Dann ist da seine Tochter, die designierte Erbgroßherzogin. Juliette ist auf den ersten Blick eine respektable Erscheinung, aber sie besitzt eine verrückte Seite. Sie ist eine Crasherin. Die von ihr modifizierte Blackbox-Software, mit der man Erinnerungen bis kurz vor dem Tod aufzeichnen kann, ist zunächst nur für ihre Spritztouren gedacht. Diese Thanatos-Nummer scheint Juliette erst seit Kurzem betrieben zu haben. Ich vermute, dass es da einen Zusammenhang mit dem Exitus ihres Vaters gibt. Vielleicht auch nicht, aber sicher ist: Mit Daddys Hinschied bekommt die Deather-Sache eine völlig neue Dimension. Juliette alias Psychopomp bastelt nun an einer Mind-Recorder-Version, die zusätzlich Vitaldaten sammelt. Dieses zusätzliche Modul der Blackbox heißt LPBRKR 0.34. Die Nummer deutet daraufhin, dass es sich um eine recht frühe Version handelt. Bei dem Dateinamen fehlen die Vokale. Schwer zu erraten sind sie nicht: LPBRKR. LOOPBREAKER.

Mit der Software will Perrotte ihren Vater aus der Todesschleife befreien. Sie sah in dem, was die Deather taten, offenbar die beste Chance, diesem Ziel näher zu kommen. Wenn man wüsste, was am Ende passiert, vor dem Gefäßschock und dem Braincrash, dann könnte man vielleicht etwas dagegen tun. Ich besitze diesbezüglich keinerlei Fachkenntnisse, denke aber, dass Perrottes wahnwitziger Plan von Anfang an zum Scheitern verurteilt war. Die Forschungsabteilungen mehrerer Supernationals, jede vermutlich mit dem Budget eines kleineren Landes, beißen sich am Descartes-Rätsel seit Jahrzehnten die Zähne aus. Warum sollte einer Einzelgängerin gelingen, was die Elite der Upload-Forscher bisher nicht hingekriegt hat?

Dass etwas unrealistisch und hirnrissig ist, dass es niemals zum Erfolg führen kann, ist natürlich noch lange kein Grund, es sein zu lassen. Manche Dinge muss man einfach tun, selbst wenn die Erfolgsaussichten im Promillebereich liegen. Niemand versteht das besser als ich. Perrotte hatte erstmals seit Jahrzehnten wieder Kontakt zu ihrem leiblichen Vater. Vermutlich wusste sie nicht einmal, wer er war, bis er eines Tages auftauchte – und dann auch noch mit einer Krone im Angebot. Konnte sie ihn nicht irgendwie vor dem Tod bewahren? Sie musste es einfach versuchen.

Das ist meine erste Theorie. Wie gesagt, ich habe mehrere. Die den Kieselkaiser betreffende ist die am wenigsten wolkige. Was Perrottes Verschwinden und ihren jetzigen Aufenthaltsort angeht, bin ich mir weitaus weniger sicher. Jemand, wer auch immer, interessierte sich für Cryptocarbon. Dieser

Jemand hackte sich möglicherweise in die Datenbank des Start-ups. Oder er benutzte Juliette Perrotte, um das zu tun. Cryptocarbons Upload-Verschlüsselung war sehr gut, besaß aber Schwachstellen. Wollte jemand diese Sicherheitslücken ausnutzen? Wenn ja, wofür?

Die eine Person, die von der Schwachstelle wusste, war Faucheux. Er wurde ermordet. Die einzige andere Person, der die Schwachstelle bekannt war: Juliette Perrotte. Dass sie einfach durchgebrannt ist, erscheint aufgrund der Umstände extrem unwahrscheinlich. Sie wurde gekidnappt oder ist übergelaufen. Zu wem? Vielleicht zu Arkenziel, die Cryptocarbon gekauft haben. Aber hätten sie das nicht einfacher haben können? Es hätte gereicht, Faucheux auszuknipsen. Perrotte wäre ihnen dann bei der Firmenakquisition quasi in den Schoß gefallen. Wer ebenfalls infrage kommt, ist der Großherzog. Als Chef eines Asteroidenimperiums hätte er die Mittel besessen, Juliette verschwinden zu lassen.

Ich schaue aus dem holographierten Fenster der Northern Line. Dabei muss ich an Francesco denken. Nach den jüngsten Ereignissen wäre auch hier eine Theorie hilfreich. Vorhin war er wieder eine Frau. Heißt das, dass er doch eher ein Mädchen als ein Junge ist? Nicht unbedingt – was ich gesehen habe, bedeutet aber, dass Francesco ein Bulle ist, ein Geheimagent, ein Mafiosi – aber ganz sicher kein Kunsthändler. Er ist jemand mit einem Geheimnis, eher mit mehreren. Aber ist das wichtig? Sollte es mir nicht egal sein, was er tagsüber treibt? Bin ich verliebt? Ist das unter diesen Umständen überhaupt möglich? Dazu habe ich leider keine Theorie.

Seit sie das Mountainbike gefunden haben, kommen sie viel schneller voran. Das zumindest ist ihr Eindruck. In den Pedalen stehend rollt sie den Schotterweg hinab, zu jener Hütte, von der im Expeditionsbericht die Rede war. Ihre Vorgängerin hat sie entdeckt, und der Inhalt scheint äußerst vielversprechend. Sie hält an, wischt sich den Schweiß von der Stirn. Von dem Plateau, auf dem sie sich befindet, hat man einen hervorragenden Blick auf die andere Insel, die einige Kilometer weiter östlich aus dem grauen Ozean ragt. Nach allem, was sie wissen, ist die Ostinsel genauso öd und leer wie Possession. So heißt ihr Eiland. Das zumindest ist nach Ansicht der bisherigen Iterationen eine naheliegende Schlussfolgerung. Denn der Name taucht immer wieder auf, an den Türen der Basen zum Beispiel, in gewissen Dokumenten.

Sie dreht sich um, schaut zurück auf die zerklüfteten schwarzen Berge hinter sich. Manchmal beschleicht sie das Gefühl, die Berge seien mehr als nur schwarzer Stein – vorsintflutliche lovecraftianische Monster, die sie in den Wahnsinn zu treiben versuchen. Doch das wird ihnen niemals gelingen, zumindest nicht, solange sie allmorgendlich im Spital wiedergeboren wird, mit einem frischen Verstand, der zunächst noch gefeit ist gegen die entsetzlichen Realitäten der Insel. Nie länger als einen Tag zu leben, ist ein Fluch. Aber hier, auf diesem unmenschlichen Eiland, ist es eine Gnade. Es scheint der einzige Weg, zu überleben, ohne wahnsinnig zu werden.

Die Possession-Insel – das Metaphorische dieses Namens ist ihr durchaus bewusst. Ihren Vorgängerinnen, das entnimmt sie einigen Andeutungen im Expeditionsbericht, ging es ebenso. Sie alle erkunden diese Insel, ergreifen mit jeder neuen Iteration ein wenig mehr Besitz von ihr. Gleichzeitig ergreift die Insel Besitz von ihnen. Sie sind besessen von ihr, versuchen Possession jene Geheimnisse zu entlocken, die sich zwischen schwarzem Basalt und nie von Menschen betretenen Plateaus verbergen. Ich verfolge meinen Weg, denkt sie. Und mein Weg verfolgt mich.

Sie steigt ab und rollt das Fahrrad die letzten Meter bis zum Eingang der Hütte. Es scheint diese kleinen Fertigbauhäuschen überall auf der Insel zu geben. Sie dienen als Unterschlupf während der immer wieder plötzlich auftretenden Stürme. Die Häuschen besitzen außerdem eine spezielle Funktion, jedes eine andere. Es gibt Wetterstationen, Analysestationen und Funkstationen. Vermutlich existieren weitere Typen, aber die haben sie noch nicht gefunden.

Sie stellt das Fahrrad an die Hüttenwand. Ein beunruhigender Gedanke kommt ihr. Der metaphorische Name der Insel könnte ein Hinweis sein. Möglicherweise spielt Nemo ein Spiel mit ihnen. Nein, nicht möglicherweise, ganz sicher sogar. Und wenn das so ist, kann der Name Possession kein Zufall sein. Aber was soll der Name ihr sagen? Es hat keinen Sinn, darüber nachzudenken. Sie hat eine Aufgabe zu erledigen.

Bei dieser Hütte, der Zetabasis (Arbeitstitel), handelt es sich um eine Funkstation. Laut Expeditionsbericht ist das Funkgerät allerdings kaputt – aufgrund von Sabotage. Wessen Sabotage? Man weiß es nicht. Bevor sie hineingeht, dreht sie eine Runde um die Hütte, sucht den Boden nach Spuren ab. Das ist eine der im Expeditionsbericht niedergelegten Standardprozeduren. Man weiß nie, ob die letzte Iteration, die den Bericht aktualisiert hat, auch wirklich die letzte war. Mitunter findet man eine, die es nicht zurückgeschafft hat. Hier jedoch scheint niemand zu sein. Sie öffnet die

Tür, leuchtet mit der Taschenlampe hinein. Sie erkennt Bett, Stuhl, Tisch, die übliche Basenausstattung. Das Funkgerät auf dem Tisch sieht so aus, als sei es ausgebrannt. Sie tritt näher. Möglicherweise war ihre Vorgängerin ein wenig paranoid. Statt Sabotage könnte auch ein Kurzschluss den Brand ausgelöst haben. Als sie das Gerät genauer in Augenschein nimmt, erkennt sie jedoch, dass das metallene Gehäuse verzogen ist. Die Seiten sind nach außen gewölbt, die Schrauben hat es aus ihren Gewinden getrieben, als sei im Inneren des Funkgeräts etwas explodiert.

Was sie eigentlich sucht, befindet sich an der hinteren Wand. Dort hängt auf Hüfthöhe ein grüner Kasten. Man kann die Ober- und die Vorderseite wegklappen. Sie öffnet die Box und ein Computer kommt zum Vorschein. Seine Vorgängerin wollte ihn mitnehmen, aber das Gerät ist mit dem Kasten verschraubt. Diesmal ist sie vorbereitet. Ihrem Rucksack entnimmt sie Werkzeug und löst damit die Sicherungen.

Kurz darauf hockt sie auf dem Bett und wartet, dass sich der Akku des Rechners über die von ihr mitgebrachte Energiezelle auflädt. Während das passiert, schaut sie sich den Aufkleber auf der Rückseite an. »Lenovo Quantum 5001 CS-X« steht dort. Sie kann sich vage an den Namen dieses Hardwareherstellers erinnern. Er muss seit mindestens dreißig Jahren pleite sein. Es ist fraglich, ob der Rechner noch funktioniert. Außerdem wird er kaum Standardsoftware enthalten. Vermutlich hatte das Gerät irgendeine spezielle Funktion, sonst wäre es kaum in der Kiste festgeschraubt gewesen. Aber falls der Rechner läuft, können sie damit arbeiten. Im schlimmsten Fall müssen sie ein paar Iterationen investieren, um die notwendige Software selbst zu schreiben.

Sie verspürt ein leichtes Stechen im Rücken. Dafür ist es eigentlich noch etwas früh, und so holt sie die Stoppuhr hervor und kontrolliert die Zeit. Viereinhalb Stunden sind verstrichen. Die durchschnittliche Überlebensdauer liegt bei zwölf Stunden. Wovon genau sie abhängt, ist unklar. Vermutlich wurde die Insel nicht gleichmäßig kontaminiert. Es könnte auch etwas mit den Windverhältnissen zu tun haben. Auf jeden Fall sollte ihr ausreichend Zeit bleiben, den Rechner zu testen.

Sie kontrolliert die Ladeanzeige. Noch ein paar Minuten, dann sollte der Computer genug Saft für eine halbe Stunde haben. Sie holt Block und Stift hervor und schaut sich zum wiederholten Male die Liste an. Sie haben bereits den Anzug, die Datenkabel, die zum Überbrücken notwendigen Gerätschaften und nun (vielleicht!) einen funktionsfähigen Rechner. Das Einzige, was sie dann noch benötigen, ist ein e-Cephalon, jener kleine Quantenrechner im Schädel, in dem das Cogit läuft. Den Qube zu besorgen, ist eine unerfreuliche Mission. Sie ist ganz froh darüber, dass ihre Vorgängerinnen diese einer anderen zugedacht haben. Eigentlich ist die Sache recht einfach: Man muss lediglich zu einer Stelle gehen, wo eine der früheren Iterationen liegt, zum Beispiel zum Teufelsloch. Dann muss man ihren Schädel öffnen. Voilà, schon verfügt man über ein funktionsfähiges e-Cephalon. Ziemlich einfach, aber, wie gesagt, ziemlich unerfreulich.

Sie grübelt, tippt mit dem Bleistift gegen den Block. Unter Umständen würde es Sinn machen, alle verfügbaren e-Cephalons zu bergen. Zwar benötigen sie für ihren Plan im Prinzip nur eines. Aber die für das Codebreaking notwendigen Rechenoperationen könnten einige Iterationen lang dauern. Die überschüssigen e-Cephalons ließen sich vielleicht zweckentfremden. Man könnte sie an den Hauptrechner klemmen, um dessen Rechenleistung zu erhöhen. Sie macht eine entsprechende Notiz für den Expeditionsbericht.

Der Rechner scheint so weit zu sein. Sie drückt den On-Button und wartet. Das Ding ist wirklich uralt, es hat noch einen Bildschirm, statt seine Datenausgabe via Holonet zu projizieren. Dieser Umstand ist für sie von Vorteil. Denn so können sie sich halbwegs sicher sein, dass Nemo nicht alles mitbekommt. Wenn sie den Computer über das Holonet steuern müssten, könnte er Mäuschen spielen.

Sie wissen immer noch nicht genau, welche Dinge auf der Insel Nemo mitbekommt. Aber laut dem Expeditionsbericht scheint es *blind spots* zu geben, Orte, die er nicht sehen kann und an denen seine Einflussmöglichkeiten beschränkt sind. Eine frühere Iteration war beispielsweise damit beauftragt worden, möglichst viel Unheil zu stiften. Sie bastelte aus Chemikalien des Spitallabors einen Sprengsatz und brachte diesen mit einem Zeitzünder an einer Wetterstation an. Während sie ihren Auftrag erledigte, stellte die Iteration sicher, dass ihre Intentionen und Handlungen offensichtlich waren. Trotzdem hielt niemand sie auf, die Station flog in die Luft. Nemo ist folglich nicht allmächtig. Seine Ressourcen sind begrenzt. Und darum werden sie ihn drankriegen. Ihr Plan ist kühn. Aber er könnte funktionieren.

Der Rechner macht leise Geräusche. Sie fragt sich, ob es eine Ironie des Schicksals ist, dass gerade sie sich in dieser Situation befindet. Oder ist es gar Vorsehung? Sie ist sich ziemlich sicher, dass die meisten Menschen es nicht so weit geschafft hätten wie sie. Was sie und ihre Schwestern von anderen Sterblichen unterscheidet, ist ihr Verhältnis zum Tod. Sie hat ihm bereits so oft in die Augen geblickt, dass es sie verändert hat. Nicht sie, die Iteration, sondern ihr ursprüngliches Ich, damals, vor der Insel. Jede von ihnen wird nun mit dieser antrainierten Todesverachtung geboren, stürzt sich täglich ohne Furcht ins Verderben, für die Sache, für den Sieg. Ja, um Sieg oder Niederlage geht es.

Der Bildschirm des Rechners flackert auf. Sie drückt eine Taste. Wer wird Nemo aufhalten, wenn wir es nicht tun?

Zu Hause nehme ich eine längere Nachricht für Mumeishi auf. Ich lege ihr meine Theorie mit der Software dar, wobei ich das nagende Gefühl nicht loswerde, dass sie auch darüber möglicherweise schon Bescheid weiß. Ich unterrichte sie außerdem von meiner eher vagen Hypothese bezüglich Cryptocarbon und Arkenziel. Letzteres ist ein Test. Vielleicht springt sie ja irgendwie drauf an.

Es dämmert bereits. Ich öffne die Balkontür und trete hinaus. Von hier oben kann man zwar nicht über ganz London sehen, aber zumindest über einen erheblichen Teil von Camden und den Regent's Park. Ohne den Blick von dem Stadtpanorama abzuwenden, krame ich in meiner Jackentasche und hole Perrottes Level-I-Stripper hervor. Ich setze sie auf. Die Stadt ist noch da, aber nun sieht sie anders aus. Zuvor weiße Gebäude besitzen die Farbe alter Knochen, Backsteinfassaden wirken löchriger und rußgeschwärzter. Es sieht aus, als habe jemand einen Farbfilter über London gelegt, der die Rot- und Grüntöne dämpft. Das hier ist die ungeschminkte Realität.

Ist das so? Vermutlich ist Realität ein zu großes Wort. Ist letztlich alles eine Frage der Perspektive. Ich würde schätzen, dass es in dieser Stadt mit ihren viereinhalb Millionen Einwohnern außer mir in diesem Moment höchstens ein Dutzend weiterer Menschen gibt, die in die Abgründe des Naked Space blicken. Jene in der Hologrammatica nehmen hingegen das saubere, helle und aufgeräumte London wahr. Sehen sie eine Lüge? Ich denke nicht. Für sie gibt es das graue London der Level-I-Brille nicht. Alles, was sie sagen, was sie tun, die Art und Weise, wie sie mit der Stadt interagieren, basiert auf dem, was sie wahrnehmen. Ich muss an die indische Fabel vom Elefanten denken. Das Tier wird von mehreren Blinden untersucht. Einer bekommt ein Bein zu fassen und behauptet, der Elefant sei eine Säule. Ein anderer befingert das Schwanzende und hält den Elefanten für einen Pinsel, und so weiter.

Vermutlich haben irgendwelche Philosophen dicke Bücher über die Frage geschrieben, wie das Holonet unser Verhältnis zur Realität verändert. Nicht, dass ich ein einziges davon gelesen hätte. Vielleicht hätte ich mir diesen Vortrag über die ›Ghost Republic‹ auf der INTERQUEST anhören sollen.

Ein Schauer läuft mir über den Rücken. Ich fühle mich in diesem London äußerst unwohl. Nicht die holographisch angereicherte Welt wirkt künstlich auf mich, sondern diese abgespeckte Version. Zu den Dingen, die im Naked Space fehlen, gehört die Straßenbeleuchtung. Vor Jahrzehnten hat das Holonet die gute alte Laterne abgelöst. Die allgegenwärtigen Projektoren hellen Bürgersteige und Wege nach Einbruch der Dunkelheit einfach auf. Im nackten London hingegen liegt vieles im Schatten. Auch Ampeln, Beschilderungen und Straßenmarkierungen sind verschwunden. Dafür schwebt über der Themse ein Zeppelin, ein ziemlich großes Ding, auf dessen olivfarbener Außenhaut irgendwelche militärischen Codes zu sehen sind. Außerdem kann ich eine klaffende Lücke im Stadtbild erkennen – dort, wo normalerweise das riesige St. Paul's Memorial steht. Im Naked Space befindet sich dort nur eine spärlich begrünte Brache.

Ich nehme die Brille ab und gehe zurück ins Wohnzimmer. Mit einem Becher Kaffee setze ich mich an den Schreibtisch und gehe meine Korrespondenz durch. Eigentlich würde ich gerne einmal den ganzen Kleinkram wegräumen, der sich in den vergangenen Tagen angesammelt hat. Anfragen von Kooperationspartnern, Rechnungen, Mails von Freunden. Jedoch finde ich zwei neue Nachrichten, die dieses Vorhaben vereiteln. Eine ist von Francesco, die andere von Dads Sekretärin. Ich öffne zunächst die meines Lovers. Francesco schreibt, er habe überraschend nach London reisen müssen. Ob ich heute Abend Zeit hätte?

Überraschend? Nicht für mich. Ich schreibe zurück und schlage als Treffpunkt eine Bar in Camden Town vor. Dass ich eine Menge drängender Fragen habe, erwähne ich nicht.

Jaira schreibt, mein Vater wolle sich mit mir treffen. Er komme übermorgen nach London, wegen einiger Geschäftstermine, und will mich irgendwo zwischenschieben. So formuliert sie es natürlich nicht. Aber so ist es. Private Dinge werden bei Dad stets dazwischengeschoben. Von meiner Mutter weiß ich, dass er ihr seinen Wunsch, sich scheiden zu lassen, zwischen zwei Konferenzschalten übermittelte. Es war kein sehr langes Gespräch. Dad hatte nur einen zehnminütigen Slot eingeplant. Die Geschichte machte mich verständlicherweise fassungslos, aber Mama lächelte nur. »Ich war nicht überrascht. Seinen Antrag hat er mir ja auch in einer Pause gemacht. Cricket, England gegen Indien, zwischen dem ersten und dem zweiten Inning.«

Ich schließe die Augen. So wird das nie etwas. Ich habe noch nicht einmal mit ihm gesprochen, weiß noch gar nicht, was er will. Verdammt, ich habe Jairas Mail noch gar nicht bis zum Ende durchgelesen. Trotzdem lodert schon wieder der Zorn in mir. Ich möchte Dad am liebsten ein lautes ›fuck you‹ entgegenschleudern. Ich atme ein paarmal ein und aus. Dann lese ich den Rest. So wie es aussieht, habe ich mich zu früh aufgeregt, ein unguter Charakterzug von mir. Denn wie ich nun erfahre, will Dad sich mit mir nicht in irgendeinem beschissenen Konferenzraum in der Avalon-Repräsentanz drüben in Clerkenwell treffen, sondern woanders, immerhin.

›Ihr Vater schlägt als Treffpunkt die Saint Isidore Church vor.‹

Ich habe es ja nicht so mit Jesus, oder überhaupt mit Gott. Als indischstämmiger Engländer stehe ich natürlich unter dem Generalverdacht, Hindu zu sein. Aber wir sind Firingis, christliche Bengalen. Meine ganze Familie ist katholisch. Das ist schließlich der Grund, warum meine Großeltern sich vom Acker gemacht haben, damals, als die Hindus komplett austickten. Während ich vom Glauben abgefallen bin, ist mein Vater katholischer als ein irischer Schafhirte. Er geht jeden Sonntag zur Messe, genauer gesagt geht die Messe zu ihm. Zu seiner Entourage gehört ein Priester, der mit Dad um den Globus jettet – Absolution und Eucharistie on demand.

In den Augen meines Vaters ist eine Kirche neutraler Boden, in meinen nicht unbedingt. Mein mangelndes Interesse an diesem jüdischen Hippiguerillero war stets ein Streitpunkt zwischen uns. Um meinen Vater auf die Palme zu bringen, hängte ich mir als Teenager Poster von Vishnu und Ganesha ins Zimmer – in seinen Augen ein Götzendienst. Ich muss an eine besonders unerfreuliche Episode zurückdenken und fühle schon wieder die Wut in mir aufsteigen. Ganz ruhig jetzt. Es ist nur irgendein beschissenes Gebäude mit zu viel

Gold und Stuck. Das ist definitiv besser, als in Dads Büro zwischengeschoben zu werden. Ich schreibe Jaira zurück, dass ich den Vorschlag gerne annehme.

Draußen höre ich Big Ben. Es schlägt neun. In einer Stunde treffe ich Francesco. Der Mail-Kleinkram muss weiter warten. Ich stehe auf und gehe ins Bad, mich mannbar machen.

Das ›Jerichords‹ ist eine Bar in der Underhill Street, in der abends Livemusik gespielt wird. Manchmal gibt es sogar Jazz, allerdings keinen besonders guten. Der Grund dafür, dass ich den Laden ausgewählt habe, ist weniger die Musik, als vielmehr seine Lage. Die meisten meiner Lieblingsklubs liegen woanders, aber ich habe heute Abend keine Lust mehr, weit zu fahren. Ein weiterer Vorteil ist, dass es im Jerichos vor allem Bier gibt. Nach meinem Bourbonexzess am Vorabend wird es mir guttun, keine scharfen Sachen zu trinken.

Als ich den Laden betrete, sitzt Francesco bereits an einem der kleinen Tische gegenüber der Bar, ein Pint und eine Schale Chips vor sich. Er winkt mir zu. Ich ertappe mich bei dem Gedanken, wie er es wohl geschafft hat, zwischendurch noch das Gefäß zu wechseln. So ein Extraklon passt schließlich nicht in eine Overnight-Bag. Reist er mit einer Truhe, so groß wie ein Sarg? Besitzt er mehrere Francescos?

Ich winke zurück und gehe zu ihm. Wir umarmen uns. »Was trinkst du?«, frage ich.

»Ein seltsames Bier, mit einem undefinierbaren Nachgeschmack, von dem ich nicht weiß, ob ich ihn lieben oder hassen soll.«

»Ah, ein Bitter. Warte, ich hole mir auch eins.«

Als ich mein Pint habe, prosten wir uns zu. Ich probiere die Chips. Sie schmecken fischig – es ist die zutiefst englische Geschmacksrichtung ›Krabbencocktail Hawaii‹.

Francesco bemerkt meinen zweifelnden Gesichtsausdruck. Glücklicherweise nimmt er an, dieser beziehe sich auf die Chips. Ich mustere ihn. Er sieht etwas abgeschlagen aus.

»Harten Tag gehabt?«, frage ich.

»Kannst du laut sagen.«

»Willst du drüber reden?«

Er schüttelt den Kopf. »Erzähl mir lieber, was du den ganzen Tag so machst. Oder ...«

»Ja?«

»Unser letztes Treffen hat mich neugierig gemacht.«

Ich seufze und nehme einen großen Schluck Bitter. »Du willst über meine Familie reden.«

Er macht eine abwertende Handbewegung. »Nicht unbedingt. Nur wenn du ...«

Eigentlich will ich nicht darüber reden, aber scheiß drauf. Er hat das Holo von Dads Sekretärin gesehen, das Avalon-Logo. Ich kann nicht so tun, als wäre nichts passiert. Außerdem: Wenn ich mit irgendwem darüber reden möchte, dann mit ihm. Zumindest sagt mein Herz das. Mein Kopf sagt, dass ich nach der Episode mit der Coeus Foundation auf der Hut sein muss. Ich weiß ja gar nicht, wem ich das alles erzähle. Vielleicht haben ihn die Konkurrenten meines Vaters auf mich angesetzt – unwahrscheinlich, aber nicht unmöglich.

Das alles sind bedenkenswerte Aspekte, aber: Allmächtiger, wie er mich anschaut. Meine Selbstdisziplin kommt mir vor wie ein Stück Butter, das auf dem Küchentisch steht und von Minute zu Minute weicher wird. »Ja«, erwidere ich. »Mein Vater ist *der* Singh. Avalon Industries, die Anderwood-Projekte, der ganze Kram. Aber ich habe nichts mit seiner Firma zu tun.«

»Kein Interesse?«

»Überhaupt keines.«

Francesco nippt an seinem Bier. Er ist inzwischen näher an mich herangerückt, so nahe wie es gerade noch schicklich ist. Außerdem hat er seine freie Hand unter dem Tisch auf mein Knie gelegt. Genauer gesagt berühren seine Fingerspitzen die untere Innenseite meines Oberschenkels. Jedes Mal, wenn er sie hin- und herbewegt, fahren fünfhundert Volt mein Bein hinauf.

»Warum nicht?«, fragt er.

»Ich will nichts ... nichts managen. Nichts bauen.«

Er schaut mich an, durchschaut mich. »Du würdest schon was bauen wollen. Aber nicht für deinen Vater. Er ist ein extrem schwieriger Typ, ein Kontrollfreak.«

»Ja. Woher ...?«

»Dein Vater ist vermutlich einer der berühmtesten Unternehmer des Planeten. Ich habe mal was über ihn gelesen. Und das klang, als ob er ... speziell ist.«

Ich nicke. Als ich mich vorbeuge, um nach meinem Glas zu greifen, strecke ich mein Bein etwas vor, wodurch Francescos Hand einige Zentimeter weiter nach oben rutscht. Allmächtiger.

»Aber so oder so erbst du das irgendwann alles, oder? Hast du Geschwister.«

Meine Halsmuskulatur spannt sich. Offenbar tut meine Beinmuskulatur dasselbe, denn Francesco zieht seine Hand weg.

»Ich sehe schon, ist nicht so dein Thema. Soll ich dir was von meiner Familie erzählen?«

Ich schlage das Bein über und schaue ihn an. »Okay. Und warum bist du märchenhaft reich?«

»Vernebler.«

»Was für Vernebler?«

»Wasservernebler. Zur Kühlung.«

»Ah.«

Die Dinger sind mir natürlich geläufig. Man findet sie überall, vor allem im Sommer. In vielen Gegenden ist es inzwischen so heiß, dass man sich eigentlich nur noch in klimatisierten Räumen aufhalten kann. Weil die Leute aber lieber auf Trottoirs und Piazzas sitzen möchten, haben viele Restaurants Sprühdüsen installiert, in ein paar Metern Höhe. Manchmal werden dafür auch kleine Flugrobos eingesetzt. Die Düsen versprühen kaltes Wasser. Der feine Tröpfchennebel verdunstet, bevor er unten ankommt, und sorgt dafür, dass die Luft abkühlt.

»Und die hat dein Vater erfunden? Ich dachte, so was gibt es bereits seit ... na ja, seit Ewigkeiten.«

»Meine Mutter. Sie hat nicht die Vernebler erfunden, sondern das Wasser. Superkühlung.«

»Irgendeine Chemikalie?«

»Nein, tatsächlich Wasser. Wenn man sehr reines Wasser hat und ein paar Tricks einsetzt, gefriert das Zeug nicht bei null Grad, sondern erst weit darunter.«

»Wie das?«, frage ich

»Hat irgendwas mit der molekularen Struktur zu tun. Wasser wird fest, weil die Moleküle bei Kälte Pyramidenstrukturen formen, die sich miteinander zu einem Gitter verknüpfen. Genauer kann ich es dir nicht erklären. Ich war in Chemie immer eine Niete.«

»Was deine Mutter sehr unglücklich gemacht hat.«

»Bingo«, erwidert Francesco. Er hebt sein Glas. »Offenbar haben wir beide Eltern, deren Geschäft uns nicht interessiert. Und ich dachte schon, wir hätten gar nichts gemein, außer …«

»Außer was?«

Er beugt sich zu mir herüber und flüstert mir etwas zu. Ich muss schlucken. Vermutlich werde ich ein bisschen rot, was mir nicht allzu oft passiert. Rasch greife ich nach meinem Bitter und nehme zwei große Schlucke. Als ich das fast leere Glas zurückstelle, höre ich mich mit heiserer Stimme sagen: »Vielleicht sollten wir uns den Rest des Abends auf unsere Gemeinsamkeiten konzentrieren.«

Francesco lächelt. Ich finde, er lächelt ziemlich dreckig, aber möglicherweise ist das nur die Einbildung meines buttrigen Gehirns.

»Ist nicht weit von hier, oder?«, sagt er.

»Zehn Minuten, max.«

Francesco steht auf. »Dann lass uns los.«

Einige Stunden später wache ich auf. Die Uhr an der Schlafzimmerwand sagt mir, dass es kurz nach halb drei ist. Ich bin verschwitzt und klebrig, aber dafür wieder klar im Kopf. Ich blicke nach links und betrachte den tief schlafenden Francesco. Flugs schäle ich mich aus der Bettdecke und stehe auf. Dabei versuche ich nicht einmal, besonders leise zu sein. Im Gegenteil, ich mache sogar ein bisschen Lärm. Die Kleiderbügel klackern, als ich meinen Bademantel aus dem Schrank hole. Insgeheim hoffe ich wohl, dass er aufwacht und mir das hier erspart bleibt. Aber er rührt sich nicht. Barfuß gehe ich ins Wohnzimmer. An der Klamottenspur lässt sich nachvollziehen, wo wir angefangen haben. Ich knie mich nieder und sammle die Sachen ein. Francesco trug heute einen blauen Leinenanzug, dem es gar nicht guttut, zerknittert auf dem Boden zu liegen. Deshalb hänge ich ihn zusammen mit seinem von einer Stehlampe hängenden Hemd auf einen Kleiderbügel, den ich aus dem Schlafzimmer mitgebracht habe.

Diese hausfrauliche Ordnungsliebe wäre meine Ausrede, falls er doch wach werden und mich überraschen sollte. Als ich seine Kleider aufgehängt habe, filze ich sie. Francesco kam zu unserem Rendezvous ohne die Aktentasche, die er heute Morgen in Lambeth dabeihatte. Mir bleibt folglich nur, Taschen und Säume zu überprüfen. Ich finde ein Portemonnaie, in dem sich lediglich vier Karten befinden – eine Cashkarte von Goldman-Gorodskoi, zwei Metrokarten für London und Paris sowie ein Commonwealth-Monatspass. Letzterer ist auf den Namen Fran Bittner ausgestellt. Das ist hübsch, den Vornamen kann sowohl eine Frau als auch ein Mann tragen. Ein Bild hat der Ausweis nicht. Weil viele Menschen heutzutage nicht mehr so aussehen wie sie selbst, hat man das abgeschafft. Die einzigen anderen für mich neuen Infos sind Francescos Geburtsdatum (07.11.2050) und sein Geburtsort (Straßburg). Beide mögen stimmen oder auch nicht.

Ansonsten finde ich nicht viel – einen Bleistift, Himbeerkaugummis und eine Stripperbrille. Es ist jene, die er vorhin trug. Ich setze sie auf und blicke aus dem Fenster. Auch diese Unterseher sind kein Konsumentenprodukt, sondern Level-I-Goggles, wie Perrotte sie verwendete. Das interessanteste Fundstück jedoch ist Francescos Schlüsselbund. An einem Stahlring hängen ein Anhänger aus Leder und insgesamt fünf Schlüssel, die alle sehr vorsintflutlich aussehen. Sie haben runde Köpfe und krude aussehende Bärte. Ich habe derlei noch nie in der Hand gehabt. Nein, das stimmt nicht. Im Garten unseres Ferienhauses in Cornwall gab es einen Schuppen, in dem wir Sonnenliegen, Croquetschläger und solches Zeug aufbewahrten. Dessen Türschloss hatte auch so einen Schlüssel.

Ich hänge den Kleiderbügel mit dem Anzug an den Griff der Anrichte und schaue mir den Schlüsselbund genauer an, darauf achtend, dass die Schlüssel nicht aneinanderklackern. Niemand benutzt heutzutage mehr Schlüssel. Keycards und biometrische Systeme haben diese Dinger praktisch komplett verdrängt.

Ich setze mich aufs Sofa. Ein Antiquitätenhändler hat aber vielleicht manchmal mit Objekten zu tun, die noch vollmechanische Schlösser besitzen – alte Truhen oder Schränke, zum Beispiel. Insofern wäre es nicht unplausibel, dass Francesco alte Schlüssel besitzt. Wenn er denn wirklich Antiquitätenhändler ist, woran inzwischen erhebliche Zweifel bestehen. Jeder der Schlüsselköpfe ist mit einer kleinen farbigen Gummimuffe ummantelt. Beschriftungen gibt es keine. Bei dem Schlüsselanhänger handelt es sich um eine Art Lederetui, das sich aufklappen lässt. Darin ist etwas. Ein Flaschenöffner? Ich öffne das Etui. Eine Münze aus Metall, vermutlich Bronze, kommt zum Vorschein. Sie ist am Leder des Etuis befestigt. In die Münze ist eine stilisierte griechische Säule eingraviert. Darunter steht auf Englisch »Internationaler Verband der Antiquitätenhändler«.

Als ich über die Münze streiche, spürt meine Fingerkuppe etwas. Da ist eine Gravur, aber sie passt nicht zu dem, was ich sehe. Ich setze Francescos Stripper auf. Die Säule verschwindet. Stattdessen sehe ich nun eine andere Gravur. Es handelt sich um einen Lorbeerkranz. In seiner Mitte ist ein menschliches Gehirn abgebildet. Während die rechte Hälfte organisch aussieht und die charakteristischen Furchen und Wölbungen des Großhirns aufweist, zeigt die linke einen stilisierten Prozessor und Schaltkreise. Darunter steht: UNANPAI.

Meine erste Reaktion ist, ihn wach zu rütteln und ihm seine beschissene Hundemarke unter die Nase zu halten. Stattdessen trinke ich einen doppelten Bourbon und flüstere der Amanuensis-Software Fragen zu. Danach lege ich mich wieder neben meinen geheimnisvollen Liebhaber, der angeblich Kunsthändler ist, in Wahrheit jedoch als verdeckter Ermittler für eine UNO-Behörde namens UNANPAI arbeitet.

Ich kann nicht schlafen. Francesco schnarcht ein bisschen, aber das ist natürlich nicht der Grund. Zwei Stunden lang liege ich da und starre die Decke an, grübele vor mich hin. Gegen halb sechs schleiche ich aus dem Zimmer und ziehe mich an. An Francescos Anzug befestige ich eine Holonotiz, die ihn wissen lässt, dass ich wegen eines dringenden Termins überraschend wegmusste. Ist natürlich gelogen. Aber die Alternative bestünde darin, ihn beim Frühstück mit der Sache zu konfrontieren. Verliebt zu gucken und ihm süßlich grinsend Zückerli in den Kaffee zu rühren, das bringe ich nämlich nicht. Francesco würde merken, dass etwas nicht stimmt.

Bleibt heillose Flucht. Leise ziehe ich die Tür hinter mir zu und steige die Treppe hinab. An der Tubestation gibt es eine Cafeteria, die bereits geöffnet hat. Dort versorge ich mich mit Kaffee und Sandwiches. Mit dem Proviant laufe ich zum Camden Square Park und setze mich dort auf eine Bank. Es ist derart verdammt früh, dass noch nicht einmal die Gassigeher unterwegs sind, um mit Fiffi den Frühschiss zu absolvieren. Meine Hände sind kalt. Ich umfasse den Becher und bitte die Amanuensis-Software um ein UNANPAI-Dossier. Ich lese es.

Die United Nations Agency for the Non-Proliferation of Artificial Intelligence hat ihren Sitz im japanischen Sapporo. Sie hat 2347 Mitarbeiter, Direktor ist R. Hardhouse. Ihr Budget beläuft sich auf 1,5 Milliarden Eurodollar. UNANPAI wurde in den Vierzigern gegründet, zu jener Zeit, als man das Æther-Projekt startete, den Bau eines hoch entwickelten Computers auf Basis des menschlichen Gehirnmodells. Æther sollte die erste richtige KI werden, also Künstliche Intelligenz. Die Menschheit baute ihn aus einem einzigen Grund: Das Supergehirn sollte uns den Arsch retten. Der Klimawandel war zu diesem Zeitpunkt so weit fortgeschritten, dass die Katastrophe unabwendbar schien – falls, ja falls nicht ein Wunder geschähe. Falls nicht jemandem eine Lösung einfiel, die bisher noch keinem eingefallen war. Und dieser jemand sollte Æther sein. Sie sollte einen Ausweg errechnen. Sie hatte, wie jeder weiß, andere Pläne.

Nach dem Æther-Desaster gewann UNANPAI an Einfluss. Alle waren sich einig, dass nie wieder jemand versuchen durfte, eine KI zu bauen. Man verabschiedete einen Sperrvertrag, ähnlich dem für Atomwaffen. Jeder, der fortan Quantenrechner betrieb oder bestimmte Arten von neuronalen Netzen oder Gehirnsimulationen laufen lassen wollte, wurde von UNANPAI-Inspektoren aufs Schärfste kontrolliert. Man stattete die KI-Polizei mit erheblichen Ressourcen und Vollmachten aus.

Ich packe mein Sandwich aus. Während ich kaue, denke ich nach. Der Turing-Zwischenfall – als es passierte, war ich ein Kind, aber selbstverständlich kann ich mich an den Tag erinnern. Nein, das ist nicht ganz richtig. Ich erinnere mich nicht an den Zwischenfall selbst, sondern an seine Folgen. Die Menschheit drehte dem Ding im letzten Moment den Saft ab, und allen anderen ebenfalls. Wochenlang hatten wir kein Datagrid, alles war offline.

Wahnsinn, was für ein Glück die Menschheit hatte. Wir überlebten den Turing-Zwischenfall und die Erderwärmung ebenfalls. Unser Klimacomputer funktionierte nicht, dafür aber die Natur. Sie hat immer etwas in petto, in diesem Fall eine Pandemie namens Schröder-Pizarro, deren jahrelanges Wüten die Bevölkerungszahl und damit den CO_2-Ausstoß der Menschheit nachhaltig senkte.

Ich spüle den letzten Bissen mit einem Schluck Kaffee hinunter, bevor ich weiterscrolle. UNANPAI verfügt über ein beachtliches Budget. Alle Technologien, die auch nur nach KI riechen, müssen in Sapporo angemeldet werden. UNANPAI darf unangekündigte Inspektionen durchführen und auf die Ressourcen der Unterzeichnerstaaten zurückgreifen – Polizei, Geheimdienst. Ob der Laden eigene Undercoveragenten im Einsatz hat, steht natürlich nirgendwo.

Ich sage dem Amanuensis, er möge das UNANPAI-Dossier zu den Akten nehmen. Die Frage ist allerdings, zu welcher. Sollte ich für Francesco eine eigene anlegen? Er wäre damit der Erste meiner Liebhaber, über den ich Protokoll führe. Ich sage der Software, sie soll das Dossier im Perrotte-Quästorat abheften. Danach erhebe ich mich und beginne, den Weg hinaufzulaufen, in Richtung Straße. Ich bin unschlüssig, bleibe stehen und schaue mich um. Inzwischen sind ein paar Leute unterwegs. Von der Hauptstraße dringt Verkehrslärm herüber. Eigentlich müsste ich schnurstracks nach Hause gehen und diesen Kerl aus meinem Bett schmeißen. Er hat mir nachgeschnüffelt, da bin ich mir sicher – beinahe sicher. Meine Theorie hat gerade eine neue Verästelung bekommen. Ich ahne, wo sie hinführt, aber so richtig begreifen kann ich es noch nicht.

Als ich nach Hause komme, ist Francesco bereits fort. Im Flur schwebt eine in schwungvoller Handschrift geschriebene Nachricht. Darin steht, er rufe mich an. Darunter sind einige Herzchen gemalt. Achtlos wische ich sie weg. Bleischwer stehe ich im Flur und starre auf die Stelle, wo eben noch Francescos – Frans – Botschaft war. Ich brauche mehr Kaffee. Vielleicht brauche ich außerdem etwas aus dem Dispenser. Dabei ist es noch nicht einmal neun.

Vielleicht hilft auch ein bisschen Musik. Ich bitte das Haussystem, einen Mix aufzulegen, etwas Schwermütiges, das aber dennoch Hoffnung macht. Das sage ich natürlich nicht. Denn das Ergebnis wäre, dass der Kompositionsalgorithmus der Musikbox Melodien generiert, die nach seinen Berechnungen bei den meisten Menschen die genannten Emotionen evozieren. Da ich Algopop verabscheue, sage ich stattdessen: »Gospel und Soul, erste Hälfte zwanzigstes Jahrhundert.«

Ich hole mir Kaffee und gehe ins Wohnzimmer. Aus den Lautsprechern schallt eine butterweiche Trompete. Dazu singt ein Schwarzenchor:

Ezekiel connected dem dry bones,
Ezekiel connected dem dry bones,

Ezekiel connected dem dry bones,
Now hear the word of the Lord.

Ein seltsamer Text – zunächst will ich weiterskippen, aber die Melodie ist recht eingängig. Ich lasse das Lied laufen und hole mir mein Whitebook. Mithilfe der Amanuensis-Software lade ich mir alle Veröffentlichungen von Kyrie Graça, dem Vortragsredner von der INTERQUEST, herunter. Insgesamt hat er siebenundsechzig wissenschaftliche Aufsätze veröffentlicht, ferner drei populärwissenschaftliche Sachbücher. Ich sage dem Amanuensis, er möge nur die heraussuchen, in denen der Begriff »Revenant« vorkommt. Vor mir erscheinen sieben Einträge. Es handelt sich sämtlich um wissenschaftliche Aufsätze. Ihre Titel sind derart trocken, dass ich erst einmal einen weiteren Schluck Kaffee nehmen muss. Ich lade die drei neuesten auf mein Whitebook.

Back bone connected to the shoulder bone
Shoulder bone connected to the neck bone
Neck bone connected to the head bone
Now hear the word of the Lord.

»In diesem Sinne«, murmele ich. Ich blättere durch mein Buch, dessen Seiten nun mit Kyrie Graças Geschwurbel gefüllt sind. Auf den ersten Blick scheint in den Aufsätzen das zu stehen, was der Professor in seinem Vortrag zum Besten gegeben hat, nur drückt er sich hier umständlicher aus – viel umständlicher.

Dem bones, dem bones gonna walk around.
Dem bones, dem bones gonna walk around.

Dem bones, dem bones gonna walk around.
Now hear the word of the Lord.

Die von Kyrie – wie bitte kann man sich so nennen? – Graça favorisierte Theorie ist, dass es sich bei dem Revenant-Phänomen um massive Persönlichkeitsveränderungen handelt. Dass diese bei derart vielen Leuten auftreten, müsse soziale oder technologische Ursachen haben. Graça zitiert einen Soziologen namens de Fleurs, und ein – praktischerweise nach ihm benanntes – De-Fleurs-Syndrom: »Die Erfahrung des neuzeitlichen Phänomens frequenter Körperalternationen (vermittels Upload) sowie ausgeprägter Körpermodifikationen (vermittels Holomasque) in der Peer Group des Betroffenen resultiert in persistenten Stressoren und Traumata, welche durch eigene, tief greifende Persönlichkeitsveränderungen entsublimiert werden.«

Ich klappe das Buch zu. Der Schwarzenchor ist inzwischen am Ende des Liedes angekommen.

Dem bones, dem bones gonna rise again.
Dem bones, dem bones gonna rise again.
Dem bones, dem bones gonna rise again.
Now hear the word of the Lord.

»Ihr Jungs wart eurer Zeit voraus«, murmele ich. Ein anderes Lied beginnt, es klingt nach Ethel Waters. Erneut rufe ich den Amanuensis auf. So eine Assistenz-Software ist leider nicht allzu helle. Eine Aufgabe wird ihr schnell zu komplex. Vermutlich wäre es möglich, eine schlauere zu programmieren. Aber dann stiegen dem Hersteller die Jungs von UNANPAI aufs Dach. Wieder muss ich an Francesco denken, wieder fühle ich Wut in mir aufsteigen. Ganz theoretisch scheint es möglich, dass sein geheimnisvoller Job überhaupt nichts mit mir und meinem aktuellen Quästorat zu tun hat. Genauso wahrscheinlich ist es, dass Hesekiel die toten Gebeine dieses schwarzen Gospelchors auferstehen lässt.

Ich sage dem Amanuensis, er möge alles von Graça gründlich durchflöhen. Da er zu dämlich ist, den Textsinn vollständig zu begreifen, nenne ich ihm insgesamt zehn Begriffe, die mich interessieren. Er soll nach ihnen suchen, außerdem nach Synonymen, und mir das Ergebnis in meine Inbox stellen. Ich schalte die Fenster ab und will gerade meine Sportsachen holen gehen, um ein wenig zu trainieren. Doch in diesem Moment geht meine Milchtütenwand an. Das ist ungewöhnlich. Die Amanuensis-Software blendet sie nur ein, wenn ich den Befehl dazu gebe. Es sei denn, etwas von großer Bedeutung ist geschehen. Etwas, das diese Störung laut den von mir definierten Parametern rechtfertigt.

Eine der Milchtüten ist rot umrahmt. Es handelt sich nicht um Perrotte, sondern um Quästorat Nummer eins. Meine Knie werden weich, meine Hände beginnen zu zittern. Ruhig jetzt. Atmen. Ich habe die Suchparameter für Quästorat eins mit Bedacht gewählt – so feinmaschig, dass mir kein wesentlicher Hinweis entgeht. Gleichzeitig sind sie durchlässig genug, dass der Amanuensis nicht alle paar Tage mit etwas ankommt. Denn das würden meine Nerven nicht aushalten, von meiner Seele ganz zu schweigen.

Ich hole mir ein Fenster heran. Ein neuer Treffer, die Wahrscheinlichkeit liegt bei über neunzig Prozent. Es handelt sich um ein Video. Rasch gehe ich zum Wohnzimmertisch und starte die Datei. Das eingefrorene Holo eines Mannes erscheint, Maßstab eins zu drei. Schon bevor ich um die

Tischplatte herumgelaufen bin, schon bevor ich »Originalgröße« gesagt habe und er mir quasi gegenübersteht, weiß ich, dass er es ist. Die hohe Stirn, die Nase und vor allem die Augen, alles passt. Er war erst zwölf, als es passierte. Aber ich habe auf Basis seiner Jugendfotos zahllose Extrapolationen errechnen lassen. Folglich besitze ich eine sehr genaue Vorstellung davon, wie er heute aussehen könnte. Ich werde die Holos zigmal überprüfen lassen, obwohl der Amanuensis das sicher bereits getan hat. Doch schon jetzt durchströmt mich ein Gefühl der Gewissheit, eine nie zuvor gekannte Euphorie. Er ist es. Es ist Percy.

Kein Laut entfährt meiner Kehle. Es kommen nur Tränen, viele Tränen. Es dauert eine Weile, bis ich mich wieder im Griff habe. Dann blende ich das lebensgroße Holo meines Bruders aus und wende mich erneut dem kleineren auf dem Tisch zu. Laut der Beschreibung stammen die Bilder aus der Überwachungskamera einer Gelato-Bar. Ich spiele das ganze 3-D-Video ab.

Percy steht in einer Schlange, will sich offenbar ein Eis kaufen. Während die Frau vor ihm bestellt, wägt er die Auswahl. Über der Theke schweben an die zwanzig Eiswaffeln. Jede enthält eine Kugel in einer anderen Farbe, darüber befinden sich Beschriftungen und Preise. Ich schaue ihn mir nochmals genau an. Er sieht so aus, wie ein erwachsener Percy aussehen müsste. Ich beobachte, wie er beide Hände aneinanderlegt und vor seinen Mund hält, so als habe er eine folgenschwere Entscheidung zu treffen. Ich muss schmunzeln. Percy besaß schon immer einen Hang zur Dramatik. Dabei muss er nur eine Gelato-Geschmacksrichtung auswählen. Genauer gesagt muss er das gar nicht. Er nimmt Pistazie. Percy nimmt immer Pistazie.

Er ist an der Reihe. Sein Zeigefinger richtet sich auf das Zimteis. Einen Moment lang bin ich wie erstarrt. Dann bewegt sich der Finger weiter, zeigt auf die grüne Kugel. »Ja, verdammt!«, brülle ich. Der Eisverkäufer hält ihm die Waffel hin. Percy nimmt sie, bezahlt, wendet sich dem Ausgang zu, öffnet die Tür. An dieser Stelle bricht das Video ab. Ich lese den Rest des Begleittextes. Die Aufnahme stammt aus New Albion. Ich überlege kurz. Dann weise ich den Amanuensis an, alle verfügbaren Videofeeds, überhaupt jeden Datenschnipsel aus New Albion aufzukaufen. Die Stadt ist nicht sehr groß. Selbst wenn Percy nur einige Tage dort war, wird es bestimmt irgendetwas geben. Außerdem bitte ich den Amanuensis, mir den nächsten Flug von Britannia nach New Albion zu buchen. Die Software weist mich darauf hin, dass der erste mögliche Flug mit meinem Mittagstermin kollidiert. Scheiß auf Termine. Dies hier ist wichtiger als alles andere. Trotzdem rufe ich mir den Terminkonflikt auf. Es ist der mit meinem Vater.

Dad darf nichts von der Sache wissen, noch nicht. Natürlich werde ich ihm alles erzählen, sobald ich Percy gefunden habe, aber vorher kein Wort. Soweit das möglich ist, hat mein Vater mit dem Tod seines ältesten Sohnes seinen Frieden gemacht. Ihm zu erzählen, ich hätte Percy auf irgendeinem Video gesehen, bevor ich die Sache persönlich gecheckt und überprüft habe – undenkbar. Ich habe stets daran geglaubt, dass Percy noch am Leben sein könnte. Das musste ich, weil ich es ohne Hoffnung nicht durchgestanden hätte. Dad hingegen hätte es ohne Schlussstrich nicht geschafft. Er musste alle Hoffnung fahren lassen. Und weil er meinte, dies sei auch für mich das Beste, hat er jahrelang versucht, mir meine Hoffnung auszureden. Er wollte nicht, dass ich einem

Gespenst hinterherjage, mich immer wieder aufs Neue quäle. Aber ich hatte keine Wahl. Ich funktioniere anders als er. Und wie es aussieht, lag er ohnehin falsch. Die Quälerei hat sich gelohnt.

Ich spiele das Video ein zweites Mal ab, ein drittes Mal. Was zum Teufel macht Percy in New Albion? Die wahrscheinlichste Antwort: Er hat eine Passage für den Fahrstuhl gebucht. Er will nach oben. Die Aufnahme ist fast achtundvierzig Stunden alt. Möglicherweise ist er schon fort. Eine gottverdammte Scheiße ist das. Falls Percy sich noch auf der Erde aufhält, finde ich ihn. Aber wenn er in den Asteroidengürtel oder zum Mars abgedüst ist, wird die Sache schwieriger. Dort oben besitze ich keinerlei Kontakte. Die Dinge laufen ganz anders als hier unten.

Wer könnte mir helfen? Ein seltsamer Gedanke kommt mir in den Sinn: Fände ich Perrotte, könnte ich sie um einen Gefallen bitten. Ihr Vater, der Kieselkaiser, würde Percy da oben überall finden. Aber wer weiß, ob Perrotte überhaupt noch lebt. Percy hingegen lebt ganz sicher. Meine anderen Milchtüten sind damit bedeutungslos. Von mir aus können sie verschwunden bleiben, als Revenants zurückkehren oder dorthin gehen, wo die Pineta wachsen. Mich interessiert nur noch Percy und wie ich ihn am schnellsten finden kann. Mehr Ressourcen wären sicherlich gut – ein eigener Scramjet, ein volles Konto und ein VIP-Ticket für den stets überfüllten Fahrstuhl, falls ich eines brauche. Für Normalsterbliche beträgt die Wartezeit nämlich mindestens drei Wochen, vermutlich sogar länger.

Ich muss meine Pläne überdenken. Denn derjenige, von dem ich all diese Dinge bekommen kann, ist nicht der Kieselkaiser. Ich buche zunächst keinen Flug nach New Albion.

Und den Termin mit meinem Vater lasse ich im Kalender stehen.

Saint Isidore ist eine dieser Kirchen aus den Sechzigern. Sie war Teil der damaligen Offensive von Papst Kajetan, die Herzen der Gläubigen zurückzugewinnen. Jahrelang hatten Protestanten und Sethianer den Katholiken stark zugesetzt. Kajetan war deshalb der Meinung, Rom müsse sich endlich wieder auf das konzentrieren, was der Katholizismus von jeher am besten kann: eine mordsmäßige Show abliefern. Ich bin wie gesagt Agnostiker oder höchstens Deist. Dennoch denke ich, dass der alte Kajetan mit seiner Analyse nicht ganz falschlag. Keine Weltreligion verfügt über mehr Grandezza, über mehr Blingbling als der Katholizismus. Die dichten Weihrauchschwaden, die juwelenverkrusteten Reliquien, die über tausend Heiligen – das hat sonst keiner. Die Katholiken bieten das volle Programm. Herrgott, die haben sogar einen Schutzpatron für Ohrenschmerzen.

Papst Kajetan wollte mehr Glamour, Kirchen wie diese sind das Ergebnis. Von außen sieht Saint Isidore aus wie die schönsten Kirchen Italiens. Sie erinnert an den Dom von Siena oder die Kathedrale von Orvieto, überladene mittelalterliche Gotik, dazu Tableaus mit Bibelszenen. Allerdings erkennt der Betrachter sofort, dass in diesem Gotteshaus mehr geboten wird als Steinmetzarbeiten und zweidimensionale Gemälde. Darauf deutet vor allem der Erzengel Michael hin, der über dem Figurenportal wacht. Er ist mindestens fünf Meter hoch. In seiner Rechten hält er eine Lanze, in der Linken einen Schild mit dem Kreuz. Sein langer, blutroter Mantel und seine goldgelockte Mähne wehen im Wind. Der Erzengel schaut wachsam von einer Seite zur anderen. Aus den Buntglasfenstern hinter ihm bricht goldenes Licht hervor. Von irgendwo ist ein Choral zu vernehmen.

Ich drücke die Eingangstür auf und trete ein. Auch drinnen scheint es, als fiele durch sämtliche Fenster ein himmlischer Schein. Vor allem der Altar und das riesige Kreuz, an dem sich der Heiland in Schmerzen windet, sind in goldenes Licht getaucht. Ich schaue nach oben. Statt einem Deckengewölbe erblicke ich einen blauen, wolkenbetupften Himmel, in dem alles in Bewegung ist. Scharen von Putten fliegen umher, lassen sich auf Säulen und in Erkern nieder, bevor sie erneut aufsteigen. Auf einer größeren Wolke sitzt ein jubilierender Chor. Bestimmt ist Gott ebenfalls da oben. Aber vermutlich taucht er nur zur vollen Stunde auf, oder wenn man eine Münze einwirft.

Außer mir sind vielleicht ein Dutzend Leute anwesend. Die Hälfte davon sind Touristen. Die anderen sind Gläubige, die still vor sich hin beten, darunter auch mein Vater. Er sitzt ziemlich weit vorne, nahe den Beichtstühlen. Ich gehe rechter Hand der Bänke in Richtung Altar, vorbei an einem Schrein der Jungfrau, die mich gütig anlächelt. Ich ignoriere sie. Gleich kommt jene Stelle, vor der es mich in holographischen Kirchen als Kind immer schrecklich gegruselt hat – die Sünderwand. Sie besteht aus massivem, schwärzlichem Granit. An verschiedenen Stellen sind Bullaugen eingelassen, durch die unheilvoll flackerndes, rötliches Licht ins Kirchenschiff fällt. Ein fernes Wehklagen ist zu hören, eine Kakofonie zahlloser Stimmen. Es handelt sich um die Schreie der armen Sünder, die vor ihrer Himmelfahrt eine Weile brennen müssen, damit das Feuer sie reinigt.

Die meisten der Bullaugen befinden sich in Kopfhöhe eines Erwachsenen. Aber es gibt auch welche weiter unten, für die Kinder. Schaut man durch die Öffnungen, kann man beobachten, wie die armen Sünder sich im *ignis purgatorium* winden. Ich gehe bis zu jener Reihe, in der mein Vater sitzt. Als er mich sieht, lächelt er. Mir ist immer noch nicht ganz klar, warum er diesen Treffpunkt ausgewählt hat. Aber ich habe es bereits vor langer Zeit aufgegeben, die Handlungen meines Vaters verstehen zu wollen. Ich habe sie noch nie kapiert, auch als Kind nicht. Besonders als Kind nicht. Der Einzige, der sie mir manchmal begreiflich machen konnte, war Percy.

»Wie geht es dir, Sohn?«

»Ganz okay. Und dir, Bābā?«

»Gut. Es geht mir gut.«

Er schaut mich an. Ich glaube, dass er etwas in meinem Gesicht sucht. Er scheint es nicht zu finden. Vermutlich begreift er mich genauso wenig wie ich ihn.

»Dad, ich ... tut mir leid wegen neulich.«

»Mir tut es auch leid.«

Das ist schon mehr, als ich erwartet hatte.

»Ich wünschte«, er streicht über ein Chorbüchlein, das vor ihm auf einer Ablage liegt, »ich hätte dir nie davon erzählt.«

»Von der Todesschleife?«

Er nickt. »Ich hätte dich damit nicht belastet. Aber als das Thema dann plötzlich aufkam, wegen Pallas-Vestas ...«

»Du meinst, du hättest mir nichts davon erzählt? Du hättest es einfach ... einfach gemacht?«, frage ich.

»Vielleicht.«

»Warum?«

Er schließt die Augen und faltet die Hände. Einen Moment lang sieht es aus, als bete er.

»Ich wusste«, beginnt er, »wenn wir über meine Nachfolge … wenn wir über dein Erbe reden …«

Er verstummt. Seine Hände verkrampfen.

»… reden wir zwangsläufig auch über Percy«, erwidere ich.

Er nickt. Ich schaue nach vorne, zu dem lebensgroßen Christus, der über dem Altar am Kreuz hängt. Blut läuft seine geschundenen Glieder und seine Schläfen hinab. Ab und zu tropft etwas davon auf den marmornen Boden. Jesus versucht, seinen nach unten hängenden Kopf anzuheben. Doch er ist schon zu schwach.

Dad hat natürlich recht. Selbst wenn er zu mir gekommen wäre, um über sein Testament zu sprechen, hätten wir am Ende wieder über Percy geredet, so wie auch bei unserem letzten Treffen. Percy steht immer im Mittelpunkt, obwohl er seit so vielen Jahren verschwunden ist. Dabei erwähnen wir ihn nie. Wir schweigen alles tot, das den Geist meines Bruders heraufbeschwören könnte. Wir verrenken uns, wir umschiffen das Thema. Aber das macht ihn nur umso präsenter.

Es ist seltsam. Als Percy noch da war, ging es stets um ihn. Er hatte alles – den Charme, den Grips, die Zuneigung meines Vaters. Sogar den weniger beschissenen Vornamen besaß er. Percival lässt sich wenigstens zu Percy abkürzen, aber Galahad? »Gal, Gal!«, das riefen sie mir in der Schule nach, »Mädchen, Mädchen!«

Stets war ich eifersüchtig auf ihn, wünschte mir, dass er nicht da wäre. Als er dann fort war, verstand ich, dass ich die ganze Aufmerksamkeit gar nicht wollte. Wie oft habe ich mir seitdem gewünscht, ich könnte mich hinter meinem Bruder verstecken.

Mein Vater wendet sich mir zu und schaut mich verwundert an. »Du hast seinen Namen gesagt.«

»Was habe ich?«

»Seinen Namen. Das tust du sonst nie. Was ist passiert?«

Vorsichtig jetzt.

»Alles in Ordnung. Es ist nur … es kann nicht so weitergehen.«

Er seufzt. »Das sage ich schon seit Jahren, oder?«

»Hör zu, Dad …«

»Ja?«

»Tu's nicht.«

»Was?«

»Du weißt schon. Diese Zombienummer. Tu mir das nicht an.« Ich zeige auf den Holojesus. »Was sagt er eigentlich dazu?«

»Du meinst die Kirche? Seit wann kümmert es dich, was unser Heiliger Vater in Rom sagt?«

Ich zucke mit den Achseln. »Mich nicht, aber dich, soweit ich weiß.«

Er vollführt eine Handbewegung, die schwer zu deuten ist. Sie könnte »Meine Treue zum Vatikan ist nicht mehr das, was sie einmal war« bedeuten, vielleicht aber auch »Zu dem Thema existiert noch keine päpstliche Bulle«.

»Ich denke nicht«, sagt er, »dass es eine Sünde ist, falls du das meinst.«

»Ich schon, Dad.«

Er grinst. Dass ihm sein Heidensohn eine Moralpredigt hält, scheint ihn zu erheitern.

»Dad, es ist mir sehr ernst. Hör zu, ich … ich muss noch ein paar Sachen erledigen. Wichtige Sachen.«

»Die mit deiner … Arbeit zu tun haben?«

»Könnte man so sagen. Ich weiß nicht genau, wie lange es dauert. Aber danach …«

»Ja?«

»Helfe ich dir.«

An seinem Gesichtsausdruck kann ich sehen, dass er das nicht erwartet hat. Er scheint geschockt und erfreut zugleich zu sein.

»Du hilfst mir mit ...?«

»Deinen Weihnachtsbäumen. Dem Management von Avalon. Soweit ich das kann«, erwidere ich.

»Ich bin ehrlich gesagt ... ich weiß gar nicht, was ich sagen soll.«

»Sag einfach nichts. Es passiert auch nicht morgen. Aber wenn ich meine Sachen erledigt habe, hänge ich den Quästorenjob an den Nagel. Du kannst mir ja schon mal Zugang zu ein paar Dokumenten verschaffen, mir Accounts einrichten. Ich glaube zwar immer noch nicht, dass ich dein Nachfolger sein kann. Aber vielleicht ... gibt es eine Lösung, die dich beruhigt und bei der die Firma in unseren Händen bleibt.«

Die Lösung, die mir vorschwebt, sieht folgendermaßen aus: Ich finde Percy, und er macht dann den Job, für den er ohnehin seit frühester Kindheit vorgesehen war. Ich spiele für den Rest meiner Tage Saxofon und lebe ansonsten von meinen Sinekuren. Das wäre eine Lösung, mit der allen gedient ist.

Dad greift nach meiner Hand. »Das kommt unerwartet«, sagt er. »Aber ich freue mich. Kann ich noch etwas für dich tun?«

»Erst mal nicht. Ich versuche jetzt, meine geschäftlichen Sachen zu regeln.«

»Wie lange wird das dauern?«

Gerade habe ich ihm versprochen, was er seit Jahrzehnten erfolglos von mir eingefordert hat. Aber statt einen Moment innezuhalten, will er gleich wissen, wann es losgeht. Geduld ist etwas, das Dad einfach nicht gegeben ist. Er muss gleich wieder drängeln. Was ich natürlich erwartet habe.

»Ein paar Wochen vielleicht. Ich versuche, mich zu beeilen.«

»Kann ich helfen?«, fragt er.

»Eigentlich nicht. Das heißt ...«

»Ja?«

»Wenn ich vielleicht mal einen eurer Flieger benutzen dürfte. Oder eines eurer Priority-Tickets für den Fahrstuhl. Könnte die Sache beschleunigen.«

»Wenn es nur das ist. Jaira stellt dir noch heute alle notwendigen Vollmachten aus.«

Ein Mann in einem dunklen Anzug kommt durchs Mittelschiff auf uns zu. Es ist vermutlich einer von Dads Bodyguards.

»Ich muss jetzt gehen«, sagt er.

Er drückt mir fest die Hand, klopft mir auf die Schulter. An seinem Gesicht sehe ich, dass ich den alten Mann mit meiner Notlüge sehr glücklich gemacht habe.

»Soll ich dich irgendwohin mitnehmen?«, fragt er.

»Danke. Ich bleibe noch einen Moment hier.« Ich zeige auf einen Erker, in dem Dutzende Opferkerzen flackern.

»Ich will noch eine Kerze ...«

»Natürlich. Ich verstehe.«

Ich sehe meinem Vater und seinem Lakaien nach, während sie den Mittelgang hinaufgehen und die Kirche verlassen. Als sie fort sind, gehe ich zu den Opferkerzen und betrachte sie einen Moment. Hinter den Lichtern windet sich ein weiterer, kleinerer Jesus am Kreuz, weinende Engel umflattern ihn. Ohne eine Kerze anzuzünden, verlasse ich die Kirche.

Ich steige aus dem Taxi. Rasch setze ich den Stroh-Porkpie auf, den ich am Flughafen gekauft habe, und sehe zu, dass ich in den Schatten komme. Die Äquatorsonne steht direkt über mir, es ist kaum auszuhalten. Kurz darauf bin ich in der angenehm kühlen Lobby, wenig später auf meinem Zimmer. Es liegt im sechzehnten Stock des New Albion Ritz-Carlton, man hat von hier einen umfassenden Blick auf die Stadt. Wobei Stadt ein zu großes Wort ist – Räubernest trifft es eher. New Albion hat höchstens zehntausend dauerhafte Einwohner. Dazu kommen allerdings weitere fünfzehn- bis zwanzigtausend, die entweder gerade heruntergekommen sind oder auf die Passage nach oben warten. Insgesamt besteht die Stadt im Meer aus drei Inseln. Rechter Hand liegt das Quartier der Einheimischen, das Old Town genannt wird, obwohl keines der Gebäude älter als drei Jahrzehnte ist. Daneben erblicke ich die Downtown-Insel. Im Wesentlichen ist das eine Vergnügungsmeile, auf der Glücksritter vor ihrer Reise ins All um die letzten Eurodollars erleichtert werden. Auf Landing, der dritten Insel, liegen die Hotels, der Flughafen und vor allem das Containerterminal, von dem aus die Schätze aus dem Asteroidengürtel in alle Welt verschifft werden.

Hinter allem erhebt sich der Fahrstuhl. Von hier sieht er aus wie eine gigantische Basaltsäule. Der aus nanotechnisch erzeugtem Diamant bestehende Strang hat einen Durchmesser von mehreren Hundert Metern und erstreckt sich nach oben, scheint immer dünner zu werden, um dann in der Ferne zu verschwinden.

Die Inseln sind natürlich alle künstlich. Früher befanden sich an dieser Stelle die Malediven. Als das Archipel absoff, spendierte der Lordprotektor allen Einwohnern trockene Schuhe, Commonwealth-Pässe und einen Batzen Startkapital. Die meisten Kommentatoren hielten das seinerzeit für einen schlechten Deal. Aber als die Sache mit dem Spacelift realisierbar wurde, besaß England einige Inseln – oder genauer gesagt seichte Gewässer – in Äquatornähe. Nur dort lassen sich Aufzüge bauen. An allen anderen Orten würde der bis ins Weltall reichende Strang unwuchtig und geriete ins Trudeln. Weil der einzige weitere existierende Fahrstuhl vor ein paar Jahren zerstört wurde, besitzt das Commonwealth derzeit ein Monopol. Der zwischen den verschwundenen Inseln Fuvamulah und Huvadhu aufragende KOC, der Koimala Orbital Crawler, ist deshalb eine Goldgrube.

Ich packe meine Sachen aus. Dabei schaue ich immer wieder durch das Panoramafenster, auf der Suche nach einer der Aufzugskabinen, aber ich sehe keine. Möglicherweise klettert die nächste auf der mir abgewandten Seite entlang. Die Dinger ähneln der Form nach Schnellzügen, sie bestehen aus Dutzenden aneinandergekoppelter, waggonartiger Segmente. Diese sind allerdings länger und breiter als die eines horizontal verkehrenden Zugs. Statt Rädern besitzen die Kabinen Hunderte metallener Beine, vermittels derer sie die geriffelte Karbonstruktur des Strangs hinaufklettern, so wie Raupen einen Baum erklimmen. Etwa alle zwei Stunden setzt sich einer dieser Crawler in Bewegung.

Ich schaue erneut den Strang hinauf. Mein Bruder könnte bereits in einer der Kabinen sitzen, auf viel zu engem Raum, darauf wartend, dass die einwöchige Reise bis nach Hope zu Ende geht. So heißt die Station am oberen Ende des Strangs. Wenn er denn bereits fort ist. Seit der Nairobi Elevator zerstört wurde, ist der KOC ständig überlastet. Zwar operieren die Kabinenkrabbler weitgehend wetterunabhängig und sind halbwegs pünktlich, zumindest pünktlicher als die Commonwealth Rail. Aber eine Fahrkarte bedeutet noch keine Sitzgarantie. Inzwischen wollen einfach zu viele Menschen nach oben. Mal haben medizinische Notfälle oder das Militär Priorität, mal wird ein Personencrawler durch einen Gütercrawler ersetzt, weil irgendein Schiff im Asteroidengürtel dringend ein neues Solarsegel benötigt. Und dann gibt es natürlich noch allerlei Großkopferten, die sich an der Schlange vorbeischummeln können – Diplomaten, Staatschefs, Typen wie mein Vater. Kurzum, man muss ein bisschen Geduld mitbringen.

Ich greife mir meine Umhängetasche und verlasse das Zimmer. Mit einem Taxi fahre ich nach Old Town. Dort befindet sich das ›Bella Napoli‹, jenes Eiscafé, in dem mein Bruder gesehen wurde. Weitere Sichtungen gab es bisher nicht, obwohl ich den Amanuensis darauf angesetzt habe. Geld spielt bei meiner Suche nun nur noch eine untergeordnete Rolle. Mein Vater hat nämlich Wort gehalten. Bereits zwei Stunden nach unserem Gespräch meldete sich Jaira, um mir mitzuteilen, Dad habe mich zum Vice President of Special Projects ernannt. In dieser Funktion besitze ich ein bodenloses Spesenkonto, Zugriff auf den gesamten Fuhrpark der Avalon Group und einen Fast Track Pass für den KOC. Falls ich also tatsächlich hinaufmuss, werde ich nicht warten müssen, wie die ganzen armen Schweine, die ich durch das Taxifenster sehen kann. Sie sitzen in Bars und Cafés, und man kann sehen, dass sie es nicht genießen. Rastlos schauen sie aufs Meer oder in ihre wässrigen Drinks, die dreimal so viel kosten wie in London.

Vor dem Eiscafé steige ich aus. Es liegt an einer Kreuzung, zwei Blocks vom Wasser entfernt. Die Häuser der Old Town sehen alt und verwittert aus. Größtenteils handelt es sich um weiß gekalkte Gebäude mit knallblau gestrichenen Türen und Fensterläden. Davor erstrecken sich aus Palmholz gezimmerte Patios, die Dächer sind mit Stroh gedeckt. In Wahrheit, ich habe es mir vorhin durch die Stripper angeschaut, sind die Häuser alle aus grauem Kunststoff.

Ich gehe hinein. Der Laden ist nicht sehr groß, die Sitzgelegenheiten befinden sich fast alle draußen. Drinnen gibt es nur eine Theke, einen Spielautomaten und natürlich jede Menge Eis. Der Mann hinter dem Tresen, ein südländisch aussehender Kerl in grün-weiß-rot gestreifter Schürze, mustert mich misstrauisch. Vermutlich sieht er mir an der Nasenspitze an, dass ich kein Eis möchte.

»Zwei Kugeln, bitte«, sage ich. »Kokos und Himbeere.«

Er nickt und macht sich an die Arbeit. Kurz darauf reicht er mir die Waffel und sagt: »Macht acht Eddies.«

Acht Eurodollar. Für ein Eis. Dieses Städtchen ist wirklich ein verdammtes Räubernest. Ich lasse einen Zwanziger auf der Theke erscheinen. Er lässt ihn verschwinden, tippt etwas in ein Fenster. Mein Wechselgeld erscheint. Ich schüttele den Kopf.

»Trinkgeld«, sage ich.

Der Eismann tippt sich zum Dank mit zwei Fingern an die Stirn, dann in das Fenster. Das Wechselgeld versinkt im Tresen. Er zieht die Brauen hoch. »Was wollen Sie wissen?«

»Ich suche jemanden.«

Auf dem Tresen lasse ich ein Holo von Percy erscheinen, Maßstab eins zu vier. Der Eismann betrachtet es. Er versucht, ein Pokerface. Aber ich kann sehen, dass er Percy wiedererkennt.

»War hier?«

»Ja. Vorgestern, glaube ich.«

»War schon öfter hier?«

Er nickt.

»Wie oft und in welchem Zeitraum?«

Es entsteht eine Pause. Na los, sag's schon.

»Ich bin mir nicht sicher«, erwidert er.

Ich will ihn gerade fragen, ob ein weiterer Zwanziger mnemonisch unterstützend wirken würde. Dann beschließe ich, dass ich keine Geduld für diesen Scheiß habe.

»Chef, ich will alles wissen. Ob er alleine war oder nicht. Ich will die Daten aus deiner Kasse und die aus deiner Überwachungskamera. Wenn er mit irgendwem geredet hat, will ich Namen und Kragenweite.«

Der Eisverkäufer hebt ablehnend die Hände. »Kameras? Hey Mann, ich habe keine, ich schwöre bei …«

»Sie ist dahinten rechts«, erwidere ich. »Kein Problem für mich. Ich will einfach alles, was relevant sein könnte. Verstehst du? Sag mir einfach, was es kostet. Ich habe das Geld. Was ich nicht habe, ist Zeit.«

Am Ende gebe ich ihm zweihundert. Dafür erfahre ich, dass Percy zweimal hier war – vorgestern und vor vier Tagen. Das erste Mal meint er, Percy draußen auf der Terrasse bedient zu haben. Folglich dürfte auf der Kamera nichts drauf sein. Percy zahlte in bar. Sie haben sich nicht unterhalten. Er war allein.

»Sonst noch was? Kam er zu Fuß oder mit dem Taxi?«

»Taxi habe ich keins gesehen, Mister.«

Er überlegt. »Die Mütze.«

»Welche Mütze?«

»Beim ersten Mal hatte er so eine Mütze auf, einen Sonnenhut, von irgendeinem Luxushotel.«

»Welchem?«

»Keine Ahnung. Ich kann mich nicht erinnern.«

»Ach ja? Genau das war der Grund, warum ich dich nach deinem Preis gefragt habe.«

»Nein, Sie verstehen mich falsch, Mister. Auf so was achtet man nicht. Die Mütze war türkisfarben, mit gelber Schrift. Es waren außerdem Delfine drauf. Und ich bin mir sicher, dass ich hier schon mal Leute mit dieser Mütze gesehen habe. Also irgendwas aus der Gegend.«

Ich verabschiede mich und verlasse den Laden. Nachdem ich das halb zerlaufene Eis in einen Mülleimer geschmissen habe, aktiviere ich die Amanuensis-Software und diktiere ihr die Suchparameter: »Mütze, Sonnenhut, Farbe Türkisblau. Gelbe Schrift. Logo mit Delfinen. Geografischer Bezug zu New Albion.«

Vor mir erscheint in der Luft ein Sonnenhut. ›Fiyala Resorts‹ steht darauf. Das Ding passt zu der Beschreibung. Ich schaue mir die anderen Treffer an, aber es kann eigentlich nur dieses sein. Ein paar Sekunden später hat der Amanuensis den Ort lokalisiert. Es handelt sich um ein schniekes Hotel, einige Kilometer von hier. Die ›Fiyala Resorts‹ befinden sich nicht auf Landing, wie die meisten anderen Hotels. Sie liegen weiter westlich und bestehen aus kleinen, mit Stegen verbundenen Pfahlbauten, die sich um einen größeren Ponton scharen. Sieht teuer aus. Der Werbetext verspricht, in dem Resort könne man auf seine Passage warten, »fernab vom Trubel New Albions«. Gemeint ist wohl, dass man nicht mit dem ungewaschenen Plebs Schlange stehen muss, sondern stattdessen in idyllischer Abgeschiedenheit Cocktails süffeln kann, bis die eigene Passage aufgerufen wird.

Falls Percy dort abgestiegen ist, muss er ziemlich solvent sein. Tausende Fragen schwirren mir durch den Kopf. Ich wische sie beiseite und atme ein paarmal tief ein und aus. Alles zu seiner Zeit. Als Erstes brauche ich ein Boot.

Ich schaue zurück auf die kleiner werdende Ansammlung aus Hütten und Hochhäusern. Einige Minuten später sieht es bereits so aus, als ragten die Gebäude direkt aus dem Wasser in den Himmel. Dann verschwinden sie. Das Einzige, was das endlose Blau noch durchbricht, ist ein vertikaler schwarzer Streifen, ein Haarriss im Himmel.

Nach weiteren fünf Minuten tauchen vor mir die ›Fiyala Resorts‹ auf. Sehr tief kann das Wasser hier nicht sein, vermutlich hat man die Hotelanlage auf dem Sockel einer untergegangenen Insel errichtet. Das ovale Hauptgebäude besteht im Wesentlichen aus einem Dach und einem Haufen Pfeilern. Von dort gehen vier Stege ab, an denen sich die Suiten wie Perlen an einer Kette aufreihen. Außerdem sehe ich einen Jachthafen. Einige sehr beachtliche Kähne liegen dort, vermutlich hochseetauglich.

Das Wassertaxi setzt mich an einem kleinen Anleger ab. Ich gehe zum Haupthaus. An dessen Eingang begrüßt mich ein ganz in weißes Leinen gekleideter, etwas sonnenverbrannt aussehender Bellboy. Ich nicke ihm freundlich zu und gehe weiter, so als wüsste ich, wohin ich will. Das ›Fiyala‹ besitzt außer den Suiten eine große Cocktailbar sowie ein Konferenzzentrum, weswegen Tagesgäste sicher nichts Ungewöhnliches sind. Das Interieur ist äußerst farbenfroh. Allerlei Kunst steht herum. Die Töpferarbeiten und Bilder sind vermutlich im Stile der verschwundenen Malediven gehalten, aber so genau vermag ich das nicht zu sagen.

Ich könnte mich an der Lobby nach Percy erkundigen. Aber ich weiß ja nicht einmal, welchen Namen er verwendet. In einem Laden wie diesem komme ich mit einem dem Portier zugesteckten Schein nicht durch. Deshalb lasse ich es ruhig angehen. Ich gehe stattdessen in die Bar und setze mich ans Wasser. Beim Kellner bestelle ich einen Old Fashioned mit sehr viel Eis und eine Flasche Wasser. Dann lasse ich die Szenerie auf mich wirken. Es ist inzwischen kurz nach fünf. Wie am Äquator nicht anders zu erwarten, geht es mit der Sonne nun rapide zu Ende. Vermutlich fährt das Resort bald seine Holobeleuchtung hoch, damit die Gäste noch ein paar Stunden Dämmerlicht bekommen. Das Barklientel ist durchweg *upper crust*, jene Art von Leuten, die für die Fahrt nach oben in den Crawlern ganze Waggons mieten, so groß wie Reihenhäuser. Vermutlich werden sie sich dennoch eingepfercht vorkommen.

Nachdem ich mit meinem Drink durch bin, schlendere ich ein wenig in der Anlage umher. Ich habe keinen guten Plan, eigentlich überhaupt keinen. Natürlich könnte ich die Lobby beschatten, bis er auftaucht – falls er denn noch hier ist, falls er überhaupt je hier war. Die Mütze könnte er schließlich auch von woanders haben. Falls ich länger als ein paar Stunden hier herumlungere, werde ich auf jeden Fall die Aufmerksamkeit der Sicherheitsleute erregen. Ich könnte mir eine Suite mieten. Vielleicht sollte ich außerdem einen der Londoner Hacker anrufen, die ich kenne. Wenn der mir eine Kopie des Gästebuchs besorgen könnte ...

Ein Holodisplay erscheint vor meinem Auge und meldet einen eingehenden Anruf. Es ist Mumeishi. Ich nehme den Anruf an. Die Anwältin des Kieselkaisers erscheint in dem Korbstuhl neben mir.

»Guten Abend«, sage ich.

»Guten Abend? Guten Tag.«

»Was kann ich für Sie tun?«

Sie schaut etwas ungehalten. »Haben Sie schon was Neues?«

»Haben Sie meinen Report bekommen?«

»Ja, aber das war vorgestern. Sie sind zu langsam.«

»Es ist ... ein schwieriger Fall«, erwidere ich.

»Wir sollten uns treffen, Mister Singh. Dann können Sie mir persönlich Rapport erstatten. Heute Abend?«

»Ich bedauere, ich bin zurzeit nicht in London.«

»Sondern?«

»Äh ... ganz woanders«, sage ich

»Ich hoffe, dieses ›ganz woanders‹ hat mit meinem Fall zu tun.«

»Es gab einen Notfall.«

Mumeishi schnaubt ärgerlich. Fast meine ich, ihren Atem in meinem Gesicht zu spüren. Sie scheint wirklich sauer zu sein, und ich kann es ihr nicht einmal verdenken.

»Juliette Perrotte ist der Notfall, um den Sie sich kümmern sollen, Mister Singh! Um den und nichts anderes!«

»Ja, natürlich, hören Sie. Ich hoffe, morgen wieder zurück zu sein. Dann melde ich mich umgehend bei Ihnen. Jetzt muss ich aber Schluss machen. Einen schönen Abend!«

An der Art und Weise, wie Mumeishi den Oberkörper nach vorne neigt, kann ich erkennen, dass sie gerne noch etwas erwidern wollte. Aber ich habe sie bereits weggeknipst. Ich atme tief durch. Ach, scheiß drauf. Ich stehe auf und gehe zur Rezeption.

»Guten Abend, Sir. Wie kann ich Ihnen behilflich sein?«

»Guten Abend. Ich suche einen Ihrer Gäste, Percival Singh.«

Der Rezeptionist schaut nach. Na los, sag es schon: Wir haben leider keinen Gast, der so heißt.

Er schaut auf und sagt: »Wen darf ich melden, Sir?«

Es dauert einen Augenblick, bis ich meine Sprache wiedergefunden habe. Als ich antworte, sage ich das Falsche. Mit leicht zitternder Stimme erwidere ich: »Er ist mein Bruder.«

Verdammt, ich mache das doch nicht erst seit gestern. Ich weiß, wie so etwas funktioniert. Wie oft schon habe ich Leute in Hotels aufgestöbert? Fünfzigmal? Hundertmal? Man sagt der Milchtüte nie, dass man im Anmarsch ist, niemals. Denn das gibt ihr die Möglichkeit, sich aus dem Staub zu machen, eine Option, von der Milchtüten meiner Erfahrung nach reichlich Gebrauch zu machen pflegen.

Nun könnte man einwenden, dass es sich nicht um irgendeine Milchtüte handelt, sondern um meinen geliebten Bruder. Müsste sich der nicht freuen, mich endlich wiederzusehen? Vielleicht. Aber wenn er mich hätte sehen wollen, warum ist er dann in all den Jahren nicht auf einen Kaffee vorbeigeschneit? Ich habe die möglichen Szenarien allzu oft durchgespielt, in zahl- und schlaflosen Nächten. Entweder muss das, was ihm zugestoßen ist, seine Erinnerung beschädigt haben. Oder er wollte nach dem, was passiert war, nicht zurück zu seiner Familie. So oder so macht es, das wird mir in diesem Moment schlagartig bewusst, absolut keinen Sinn, dass Percy mit seinem richtigen Gesicht und seinem richtigen Namen in ein Hotel eincheckt. Das ist ja, als bettele er geradezu darum, gefunden zu werden.

Irgendetwas stimmt nicht. Aber bevor ich etwas sagen oder tun kann, hat der Mann an der Rezeption bereits sein Headset aktiviert. »Guten Abend, Mister Singh, Sir. Ihr Bruder ist hier in der Lobby und er ... gerne, Sir. Selbstverständlich. Ihnen einen angenehmen Abend.«

Wie erstarrt stehe ich da. Der Hotelangestellte wendet sich mir zu und lächelt. Dabei zeigt er auf einen der Durchgänge zu den Suiten. »Sie finden ihn im Sunset-Flügel.«

»Welche ... welche Suite?«

»Er hat den ganzen Flügel gemietet.«

»Den ganzen ...?«

»Ja, das machen einige unserer Gäste, sie haben dann mehr Privatsphäre. Ich nehme an, dass Sie ihn im letzten Gebäude finden. Aber das können Ihnen dann sicherlich auch seine Leute sagen.«

Obwohl ich nicht den blassesten Schimmer habe, was der Mann da redet, nicke ich. Ich verabschiede mich und mache mich auf den Weg. Als ich auf den Durchgang zugehe, öffnen sich dessen Glastüren. Eine Meeresbrise weht mir ins Gesicht. Die Sonne ist inzwischen verschwunden, die Welt tintenschwarz, der Übergang von Himmel und Meer kaum noch auszumachen. Lediglich der etwa zweihundert Meter lange Steg wird erhellt. Er schimmert in jenem seltsamen Feenlicht, das holographische Leuchtmittel erzeugen. Es gibt keine direkten oder indirekten Lichtquellen, vielmehr scheint die Oberfläche des Piers aufgehellt, so als würden seine hölzernen Planken phosphoreszieren, aber nicht in Grüngelb, sondern in Hellbraun. Auch die Eingänge der insgesamt wohl fünfundzwanzig Pfahlbauten schimmern. Den Rest verschluckt die Nacht.

Der Mann an der Rezeption erwähnte etwas von Bediensteten. Falls es diese Leute tatsächlich gibt, sind sie nirgendwo zu sehen. Der Steg ist leer, in keiner der Hütten im vorderen Teil brennt Licht. Hütte ist übrigens eine etwas irreführende

Bezeichnung. Die Gebäude stehen auf Pfählen, besitzen jedoch drei Etagen. Die Grundfläche beträgt mindestens fünfzig Quadratmeter. Bevor ich den Weg hinauflaufe, hole ich Perrottes Unterseher hervor. Die Sache schmeckt mir nicht. Zwar weiß ich, dass ich das Spielchen mitspielen werde, mitspielen muss. Völlig unvorbereitet will ich jedoch nicht sein. Deshalb schaue ich mir den Weg und die Hütten durch die Strippergoggles an. Als ich sie aufsetze, wird es zunächst einmal dunkel, da die holographische Ambientbeleuchtung herausgerechnet wird. Darauf bin ich vorbereitet. Ich habe bereits eine Taschenlampe in der Hand und schalte sie ein.

Im Großen und Ganzen sieht das Hüttenensemble so aus wie zuvor. Ich erkenne Abnutzungserscheinungen, Verfärbungen an den Wänden, das Übliche. Außerdem sind auf einigen Dächern Antennen und Satellitenschüsseln erschienen, die camoufliert waren. Die vielleicht größte Veränderung ist der zweite Steg. Er besteht aus Metall und läuft auf der Rückseite der Gebäude entlang. Von ihm führen schmale Catwalks unter jede der Hütten. Vermutlich handelt es sich um die Zugänge für das Housekeeping, das auf diese Weise unsichtbar für die hohen Herrschaften in die Zimmer gelangen kann.

Was ich nicht sehe, sind Assassinen in holographischen Tarnanzügen, die mit Gewehren im Anschlag auf den Dächern hocken und mir auflauern. Ich nehme die Stripper ab und mache mich auf den Weg. Kaum bin ich an den ersten Hütten vorbei, erkenne ich einen menschlichen Umriss. Ein Mann scheint weiter hinten auf dem Pier zu stehen. Ich habe den Eindruck, dass er mich erwartet. Als ich mich nähere, kann ich sehen, dass er jung und muskulös ist. Er trägt einen schwarzen Anzug. Der Mann nickt mir zu und lächelt.

»Guten Abend, Sir. Mister Singh?«

»Ja.«

»Wenn Sie mir folgen wollen.«

Wir gehen zur letzten Hütte. In ihr brennt Licht. Die Hütte scheint eine Art Executive Suite zu sein, sie besitzt einen größeren Durchmesser, hat ein Stockwerk mehr. Obenauf befindet sich eine Dachterrasse. Hinter dem Gebäude endet der Steg, ich kann eine Jacht und zwei kleine Motorboote im Wasser dümpeln sehen. Der Mann hält mir die Tür auf. Ich gehe hindurch und finde mich in einem großen, sehr geschmackvoll eingerichteten Raum wieder, eine Art Loungebereich mit Ledersofas, gut sortierter Bar und anderen Annehmlichkeiten. Es gibt eine Küchenzeile, in der ein weiterer Angestellter zugange ist. Mein Begleiter zeigt auf eine Wendeltreppe. »Im ersten Stock.«

Ich gehe zur Treppe. Mein Herz pocht. Während ich hinaufsteige, ziehe ich die Unterseher aus der Innentasche meines Jacketts. Der Typ auf dem Video mag die gleiche Eissorte wie mein Bruder, er heißt wie mein Bruder und sieht aus wie mein Bruder. Aber erst, wenn er auch im Naked Space wie Percy ausschaut, werde ich anfangen, das alles wirklich zu glauben. Ich setze die Stripper auf und nehme die letzten Stufen. Der Raum, den ich betrete, ist ein Schlafzimmer-cum-Wohnbereich. Dominiert wird er von einem sehr großen Bett, das vor einem Panoramafenster steht. Es ist niemand da, weder Percy noch sonst irgendjemand.

»Galahad?«, sagt in dem Moment eine Stimme. »Bruder, bist du es wirklich?«

Ich drehe mich in Richtung der Stimme. Noch immer sehe ich niemanden. Ich setze die Brille ab. Und nun steht er da, der Mann aus dem Überwachungsvideo. Mein Gott, er muss es sein. Die hohe Stirn, die etwas schiefe Nase, die Art und

Weise, wie er dasitzt, auf der Kante des Betts. Ich starre ihn an, kriege aber kein Wort heraus. Percy ist nicht allein. Da sind noch zwei weitere Männer sowie eine Frau. Sie halten sich im Hintergrund. Sie könnten genauso gut Möbelstücke sein. Ich habe nur Augen für Percy. Ohne es zu merken, habe ich einige Schritte auf ihn zugemacht. Percy ist inzwischen aufgestanden und breitet zum Willkommensgruß die Arme aus.

»Was zur Hölle ist das hier?«, frage ich.

Er legt den Kopf leicht schief. Percy müsste einundfünfzig Jahre alt sein, sieht aber eher aus wie einundsechzig. Sportlich wirkt er nicht. Er ist etwas dicklich, vermutlich zu viel Pistazieneis.

»Der verlorene Bruder kehrt heim, Galahad. Komm, ich werde dir alles erklären.«

»Ich weiß nicht recht, was das hier wird«, entgegne ich. »Aber ihr«, ich zeige auf Percy und die anderen, »seid alle nur Holos. Ihr seid gar nicht hier.«

Das scheint ein guter Witz zu sein, denn alle außer mir lachen.

»Stripper, hm?«, sagt Percy. »Level II?«

»Level I«, erwidere ich.

Percy pfeift anerkennend durch die Zähne.

»Und die«, füge ich hinzu, »blenden wirklich alles aus.«

Percy schüttelt den Kopf. »Nicht alles. Nur fast alles. Ich bin hier, glaub es mir. Ich bin aus Fleisch und Blut. Wir sind aus dem gleichen Fleisch und Blut.«

Er streckt seine Hand aus. Langsam gehe ich auf ihn zu. Als ich meinen Arm ausstrecke, um seine Hand zu berühren, verspüre ich einen enormen Widerwillen. Im Commonwealth Museum, in der Abteilung für Kinder, gab es früher diese Kisten. Sie hatten vorne ein Loch, in das ein Stofftunnel eingenäht war. Man musste hineingreifen, blind ertasten, was darin war. Etwas Pelziges? Etwas Stacheliges? Etwas, das zubeißt? Als Kind konnte ich mich nie überwinden, die Hand hineinzustecken. Das Gefühl des Widerwillens, das mich nun packt, ist ganz ähnlich. Aber das ist Schwachsinn. Entweder wischt meine Hand durch einen holographischen Percy hindurch oder sie bekommt eine richtige Hand zu fassen. Ersteres ist völlig ungefährlich, Letzteres ebenfalls – zumindest, wenn man wie ich einen Sistema-Meistergrad besitzt.

Ich greife nach seiner Hand. Sie umschließt meine. Percy hat einen trockenen, festen Händedruck. Nach einigen Sekunden lässt er los.

»Wie ist das möglich?«, sage ich.

»Deine Brille filtert nur Effekte der Level I bis V heraus, Galahad.«

»Das Holonet besitzt nur fünf Level«, erwidere ich.

»Nein«, sagt er. »Nein, das tut es nicht. Aber das ist jetzt nicht so wichtig.«

Er breitet die Arme aus und lächelt. »Komm jetzt endlich her!«

Nichts täte ich lieber, als in die Arme meines großen Bruders zu fliegen. Ich habe bereits zwei Schritte auf ihn zugemacht, als ich aus dem Augenwinkel etwas wahrnehme. Eine der anderen Personen im Raum macht eine Bewegung nach vorne. Wenn man so lange Kampfsport macht wie ich, sieht man sofort, wann eine Bewegung Teil einer aggressiven Handlung ist. Im letzten Moment drehe ich mich von Percy weg. Ich bin nicht schnell genug. Der Mann, der wie mein Bruder aussieht, packt mich von hinten. Er umschließt mit seinen Armen meinen Brustkorb und hakt die Hände ineinander. Verdammt, er ist stark, sehr stark. Ich spüre, wie es mir die Luft aus den Lungen drückt. Eine meiner Rippen knackt.

Gegen Medweschi Objatja, die Bärenklammer, gibt es drei mögliche Verteidigungen. Da die eigenen Arme vor dem Körper herabhängen und gepinnt sind, muss man sich etwas anderes einfallen lassen. Man kann den Kopf zurückwerfen und dem Angreifer die Nase brechen. Das tut zwar weh, wird aber einen Profi nicht dazu bringen, seinen Griff zu lockern. Variante zwei ist das Pferd. Man beugt sich vornüber, nimmt den Aggressor quasi huckepack und versucht, ihn nach vorne abzuwerfen. Der Typ, der wie Percy aussieht, ist allerdings nicht nur sehr stark, er dürfte auch zwanzig Kilo schwerer sein als ich. Deswegen entscheide ich mich für Variante drei. Ich stelle mich breitbeinig hin und beuge mich nach vorne. Dann greife ich mit meinen nach unten hängenden Händen nach seinem Bein, umschließe es unterhalb der Kniekehle und ziehe.

Er verliert das Gleichgewicht und kippt hintenüber. Ich falle auf ihn und verwende den Schwung, um seinem Knie eine schöne Drehung zu verpassen. Eigentlich sollten seine Kreuzbänder reißen wie nasse Spaghetti, doch sie tun es nicht. Immerhin bin ich der Umklammerung entkommen. Ich löse mich von meinem falschen Bruder und komme auf die Beine. Die drei angeblichen Bediensteten nähern sich von verschiedenen Seiten. Die Frau versucht es als Erste. Sie ist so schnell wie das Percy-Double stark ist. Ich weiche im letzten Augenblick aus und greife mir einen Stuhl, der links von mir steht. Bevor sie sich umdrehen kann, habe ich ihr das Ding über den Schädel gezogen.

Der Effekt ist leider bescheiden. Sie taumelt, scheint aber nicht einmal benommen zu sein. Ich mache einen Satz in

Richtung des Betts, vollführe eine Hechtrolle und komme auf der anderen Seite zum Stehen. Alle Angreifer sind inzwischen wieder auf den Beinen, positionieren sich in einem Halbkreis. Nur das Bett ist zwischen uns. Meine Chancen stehen schlecht. Es sind zu viele. Und es sind Profis. Das sieht man schon daran, wie sie die Sache eingefädelt haben. Hier draußen, zweihundert Meter von der Lobby und viele Kilometer entfernt von New Albion, bekommt niemand mit, wenn mir der Schädel eingeschlagen wird. Sie besitzen außerdem ein Boot, mit dem sie meine Leiche aufs Meer rausbringen können. Drei, vier Schnitte in die Haut, damit Blut austritt, den Rest erledigen die Haie.

Ich mache einige Schritte rückwärts. Mein Rücken stößt gegen das Fenster. Es ist aus dickem Glas, man bräuchte vermutlich einen Vorschlaghammer, um es zu zertrümmern – auch hier also kein Ausweg. Einer der Männer sagt etwas, in einer seltsamen, guttural klingenden Sprache, die ich noch nie gehört habe. Die Frau erwidert etwas und greift in ihre Innentasche. Schon bevor sie es herauszieht, weiß ich, was nun kommt.

Das Schwert ähnelt dem von Faucheux' Mörder. Die gleiche lange Klinge, die sich im letzten Moment krümmt, das gleiche ungesunde Schwarz, ein Streifen Mitternacht, der einem in den Augen schmerzt. Auch einer der Männer zieht so ein Ding. Beide kommen auf mich zu. Das ist meine Chance, meine einzige. Die Frau hebt die Klinge über den Kopf und rennt los. Als ihr Schwert niederfährt, mache ich einen Satz nach rechts. Der zweite Schwertkämpfer versperrt mir den Weg, versucht mich nach links zu treiben, wo seine Kumpanin wartet. Die Frau hält das Schwert immer noch gesenkt. Sie bringt die Klinge nun wieder auf Brusthöhe, macht einen Ausfall und zieht das Schwert horizontal durch die Luft. Wenn sie trifft, bin ich zwei Galahads. An der Art und Weise, wie sie die Klinge im Schwung leicht nach unten drückt, kann ich sehen, was sie erwartet. Sie glaubt, dass ich mich ducke. Stattdessen springe ich so hoch ich kann. Das Schwert saust unter meinen angezogenen Beinen hindurch, trifft die Glasscheibe hinter mir. Eigentlich sollte das ein kreischendes, metallisches Geräusch produzieren. Stattdessen höre ich das Splittern des Glases. Die Scheibe war wohl weniger robust als sie aussah. Ich komme auf dem Boden auf, lande in der Hocke. Mit aller Kraft stoße mich nach hinten ab, in Richtung des Panoramafensters. Schmerzen durchfahren meinen Rücken, als ich über teilweise noch im Rahmen hängende Splitter der Scheibe fliege. Ich falle. Im Fensterrahmen kann ich die Gesichter meiner Häscher sehen. Dann schlägt das schwarze Wasser über mir zusammen.

Mein Rücken brennt, als das Salz in die Schnittwunden dringt. Ich mache ein paar Züge unter Wasser. Auf einmal hellt sich der Meeresboden unter mir auf. Sie haben das Hololicht hochgedreht. Keuchend tauche ich auf, blicke zurück. Ich kann die Frau sehen, die gerade einige Meter hinter mir ins Wasser klatscht. Der Mann, der wie Percy aussieht, steht im Fensterrahmen und schaut zu mir. Für einen Sekundenbruchteil treffen sich unsere Blicke.

Bei einem Abschied für immer sagt man: »Ich werde dich nie vergessen.« Aber das ist Unsinn. Das menschliche Gehirn vergisst fast alles. Natürlich kann ich mich an meinen Bruder erinnern, daran, wie er war, an das, was er tat, was ihn ausmachte. Aber der Mensch aus Fleisch und Blut, der ist verblasst, schon vor vielen Jahren. Das ist etwas, das man sich ungern eingesteht. Aber wie seine Stimme klang, wie sich seine Haut anfühlte, wenn man darüberstrich, das weiß ich nicht mehr. Aber die Augen – müsste ich mich nicht an seine Augen erinnern können? Vorhin war ich mir sicher, in den Augen des Dings dort oben etwas erkannt zu haben, irgendeinen Funken, irgendein Glitzern, das mich an Percy erinnerte. Aber das war eine Täuschung. Ich habe keine Ahnung, wie seine beschissenen Augen wirklich aussahen. Ich habe es vor langer Zeit vergessen.

Nun jedoch sehe ich etwas anderes. Da ist tatsächlich etwas in seinen Augen. Etwas, das ich schon einmal gesehen habe, aber nicht vor fünfunddreißig Jahren, sondern vor ein paar Tagen. Sein Blick erinnert mich an jemanden. An wen?

Hello, I'm Jimmy
Hello, I'm Jimmy
Hello, I'm Jimmy
Hello, I'm Jimmy

Ein grauenvoller Schrei zerreißt die Stille.

Vielleicht habe ich ihn ausgestoßen, vielleicht war es jemand anders.

Ich schwimme, schwimme so schnell ich kann, bloß weg von dem Steg. Als ich einen Blick zurück riskiere, sehe ich die Frau hinter mir. Sie wird mich nicht einholen, zumindest nicht allzu schnell. Aber sie ist ehrlich gesagt auch gar nicht das Problem. Meine Wunden sind das Problem. Sie sind nur oberflächlich, aber unter Wasser verströmen sie einen verführerischen Duft. Ich weiß nicht, was es hier für Fische gibt, bin mir aber ziemlich sicher, dass große Haie darunter sind, Grau- oder Hammerhaie. Es wird nicht lange dauern, bis ich es herausfinde.

Über mir ist es hell, taghell. Der Effekt ist seltsam, denn wenn ich direkt nach oben schaue, kann ich über mir das schwarze Firmament erkennen. Lediglich das umliegende Meer und die Hütten liegen in einem Zylinder aus Licht. Ich höre ein pfeifendes Geräusch. Neben mir spritzt Wasser auf. Irgendjemand hat also beschlossen, statt dieser albernen Schwerter endlich auf die gute alte Schusswaffe zurückzugreifen. Ich tauche ab und mache ein paar Züge unter Wasser. Das Meer ist hier höchstens zehn Meter tief, unter mir erkenne ich bunte Fische, Korallen, Seeanemonen. Und ich kann etwas hören – das Sirren eines Elektromotors.

Vermutlich sind die Haie doch nicht mein dringendstes Problem. Ich tauche tiefer und drehe mich um, in der Hoffnung, das näher kommende Boot zu sehen. Ich überlege einen Moment. Um das ›Fiyala Resort‹ ist meilenweit nichts. Selbst wenn ich die Haie und das Boot einmal außer Acht lasse – wohin soll ich schwimmen? Ich könnte das Hotel umrunden und auf der anderen Seite an Land gehen, könnte den Portier bitten, die Bullen zu rufen. Dieser Plan setzt voraus, dass der Rest des Hotels nicht mit meinen Verfolgern unter einer Decke steckt, was aber durchaus sein kann. Wer immer dies hier inszeniert hat, verfügt über eine Menge Ressourcen.

Alternativ könnte ich nach New Albion schwimmen. Das klingt verrückt, aber so verrückt auch wieder nicht. Ich schätze, dass das eine Strecke von rund zehn Kilometern ist. Das Wasser ist warm und ruhig. Meine Kondition ist gut, ich könnte es also schaffen. Aber dazu müsste ich zunächst wissen, in welche Richtung ich schwimmen muss. Tagsüber wäre das einfach – immer in Richtung der schwarzen Bohnenstange am Horizont. Nachts könnte ein echter Naturbursche die Sterne nutzen, um die Himmelsrichtungen zu bestimmen. Doch meine Naturerfahrung beschränkt sich im Wesentlichen auf den Hyde Park. Ist also keine Option.

Ich sehe, dass das Boot in etwa zwanzig Metern Entfernung vorbeischießt. Meine Lungen brennen. Notgedrungen tauche ich auf und schaue mich um. Das Boot wendet. Zwei Männer sind an Bord. Es handelt sich um ein kleines Pullboot, wie man es beispielsweise fürs Wasserskifahren verwendet. Ein zweites hat gerade abgelegt. Es steuert auf die Frau hinter mir zu. Am Pier liegt noch die große Jacht. Wenn ich es bis dort schaffte, hätte ich vielleicht eine Chance. Ich könnte das Schiff kapern und damit abdampfen.

Doch aus diesem Plan wird nichts. Das erste Boot hat mich bereits ausgemacht. Das zweite nimmt die Frau auf. Gleich werden sie mich in die Zange nehmen. Ich hole tief Luft und tauche erneut. Ich schaffe vielleicht fünfzehn, zwanzig Meter, dann muss ich wieder hochkommen. Als mein Kopf durch die Wasseroberfläche bricht, sehe ich eines der Motorboote auf mich zurauschen. Rasch tauche ich ab. Ich fühle den Wasserwirbel, als der Rumpf über mich hinwegzischt. Und dann schwimme ich, bis mir schwarz vor Augen wird. Im allerletzten Moment tauche ich auf, keuchend, hustend. Eine Welle schlägt mir ins Gesicht, ich schlucke noch mehr Wasser. Einen Moment lang kann ich nichts erkennen, höre nur das Sirren der Boote.

»Dispenser!«, brülle ich. »Pervixotin, 2400 Milligramm.«

Das ist die achtfache Standarddosis. Leuchtender Text erscheint vor mir. Ich kann ihn kaum lesen, aber ich weiß eh, was dort steht: ›Dosis wird vorbereitet. Doppelte Authentifizierung. Retina-Scan.‹

Ich trete Wasser und hebe meine Hand, halte die Uhr vor mein rechtes Auge.

›Erste Autorisation erfolgt. Die Dosis liegt über der vom Gesundheitsministerium des Commonwealth …‹

»Override«, schreie ich. Die Boote haben gewendet. Sie fahren nun parallel zueinander, mit höchstens drei Metern Abstand.

›Sagen Sie bitte das Passwort.‹

»Bitches Brew!«

›Zweite Autorisation erfolgt.‹

Und dann schwimme ich. Ich ziehe die Arme unter dem Körper durch, meine Beine paddeln. Ich nehme Fahrt auf. Meine Muskeln sollten brennen, ich sollte nach Luft schnappen, aber nichts dergleichen. Das Pervi schiebt mich an, lässt mich alles andere vergessen. Vielleicht gelingt es mir, aus dem Lichtzylinder herauszuschwimmen. Jenseits der Hololights wäre ich schwerer zu erkennen. Ich könnte es schaffen. Falls ich nicht vorher einen Herzinfarkt kriege, angesichts dieser irrwitzigen Dosis.

Das Sirren wird lauter. Neben mir peitschen Kugeln durch die Wasseroberfläche. Sie sind direkt hinter mir. Ich schwimme, schwimme, schwimme, tauche ab. Die Boote jagen über mich hinweg. Etwas trifft mich am Rücken. Ein fürchterlicher Schmerz durchfährt meine linke Schulter, die restliche Luft entweicht aus meinen Lungen. Ich muss auftauchen.

Als ich mich umsehe, bietet sich mir ein seltsamer Anblick. Ich paddele im fahlen Dämmerlicht, das von dem hinter mir liegenden Lichtzylinder ausgeht. Vor mir ist es dunkel. Ich kann die beiden Boote erkennen, genauer gesagt ihre Positionslichter. Das eine verschwindet gerade in der Dunkelheit, das andere dümpelt auf dem Wasser. Ich versuche, meine linke Schulter zu bewegen. Gebrochen ist nichts, vermutlich nur heftig geprellt. Kraulen hat sich aber auf jeden Fall erledigt. In Seitenlage schwimme ich langsam in Richtung des dümpelnden Motorboots. Vielleicht ist es auf einen Fels gelaufen und die Besatzung wurde über Bord geworfen. Aber wieso kommt das andere Boot dann nicht zurück?

Als ich näher heranschwimme, gewöhnen sich meine Augen allmählich an die Dunkelheit. Ich kann nun erkennen, dass niemand im Boot sitzt. Kurz darauf hieve ich mich über die Reling. Als Erstes befehle ich dem Navi, alle Lichter zu löschen. Der Computer besteht jedoch darauf, zumindest die Positionsleuchten anzulassen, die Vorschriften. Daraufhin schnappe ich mir einen Bootshaken und zertrümmere die Lichter. Dann befehle ich dem Boot, Kurs auf New Albion zu nehmen, und sinke erschöpft in einen der Sitze. Um mich herum ist es nun völlig dunkel. Nur Sterne und Mond werfen etwas Licht auf das Meer. Ich kippe den Sitz so weit wie möglich nach hinten. Meine Hände zittern, mein Herz hämmert. Es ist das Pervixotin. Es ist die Angst. Und vor allem ist es die Enttäuschung. Mein Bruder, den ich seit so vielen Jahren suche, ist nicht hier. Er ist nie hier gewesen. Jemand hat mir eine Falle gestellt. Wer? Warum? All das ist mir in diesem Moment gleichgültig. Ich starre in den dunklen Himmel. Irgendwo in der Ferne blinken die Positionsleuchten eines Fliegers oder Helikopters.

Ich bin noch nicht sehr weit gefahren, als das Boot auf einmal beschleunigt. Sofort merke ich, dass etwas nicht stimmt. Das Boot schießt über das Wasser, schnurgeradeaus. Ich sage dem Navi, es möge auf halbe Kraft zurückschalten. Nichts passiert. Ich hangele mich nach vorne, schaue auf das Display. Viel ist nicht zu erkennen, nur eine Geschwindigkeitsanzeige und eine Meereskarte, die im Wesentlichen blau ist.

»Anhalten«, schreie ich. Das Boot jagt über das Wasser, vollführt dabei wilde Sprünge. Oberhalb des Displays befindet sich ein Kompass, kein holographischer, sondern einer mit Nadel und Windrose. Wir fahren nach Westen. New Albion liegt im Osten. Ich fluche. Wie konnte ich so dumm sein? Natürlich lassen sich diese Schaluppen vom Hotel aus zurückbeordern. Meine Häscher haben das Boot eine sehr große Wende fahren und es nur um ein paar Grad vom Kurs abweichen lassen. In der Dunkelheit fiel mir das nicht auf. Nun hat das Boot wieder Kurs auf die ›Fiyala Resorts‹ genommen. Führe es langsamer, könnte ich über Bord springen. Das brächte ebenfalls Probleme mit sich – geprellte Schulter, Orientierungslosigkeit, Haie. Aber Abspringen ist ohnehin keine Option mehr. Laut Display jage ich mit etwa sechzig Knoten übers Meer. Spränge ich, prallte ich auf die Wasseroberfläche wie auf eine Granitplatte und bräche mir sämtliche Knochen. Der einzige Vorteil wäre, dass die Haie nicht so viel kauen müssten.

In der Ferne mache ich einen Lichtschimmer aus – das ›Fiyala Resort‹, ohne Zweifel. Ansonsten ist hier draußen ja nichts. Ich überprüfe nochmals das Cockpit, probiere ein paar Knöpfe und Hebel. Sämtliche Steuerelemente wurden blockiert, ich kann nichts machen. Ich durchsuche die Fächer unter dem Steuerrad, in der Hoffnung, irgendetwas zu finden, das mir hilft. Viel ist dort nicht, außer ein paar Dosen Bier und einem kleinen Werkzeugkasten.

Ja, das ist es.

Ich hole einen Akkuschrauber heraus und gehe auf die Knie. Mit einer Hand muss ich mich festhalten, denn das Boot vollführt immer wieder aberwitzige Hüpfer. Im Boden kann ich eine große Platte erkennen, unter der sich der Motor befinden dürfte. Ich schraube sie auf und wuchte sie beiseite. Darunter kommt ein laut surrender Kasten zum Vorschein. Das Boot hat einen Jetantrieb. Das bedeutet, dass sich die Schiffsschraube irgendwo im Rumpf befindet, in einer Röhre. Wasser wird angesaugt und hinten herausgeblasen, was den Vortrieb erzeugt. Wenn ich an die Schraube oder den Antriebsstrang herankäme, könnte ich einen Schraubenschlüssel dazwischenklemmen.

Ich verwerfe die Idee schnell wieder. Das Resultat wäre, dass Metallteile in alle Richtungen flögen. Ich würde von Schrauben und geborstenen Propellerflügen haschiert – auch das ist ein Plan, der höchstens den Haien hilft. Ich suche nach einem Kabel, das ich durchzwacken könnte, finde aber keines. Ich will schon aufgeben, da fällt mein Blick auf die große metallene Abdeckung des Motorenraums. Dort, wo die Schrauben saßen, befinden sich Löcher vom Durchmesser eines Zeigefingers.

Ich greife nach der Bootsleine, die hinten im Heck auf dem Boden liegt, und fädele ihre Enden durch zwei der Löcher in der Platte. Nachdem ich sie mehrfach verknotet habe, krieche ich ins Heck. In der Mitte der hinteren Reling befindet sich ein metallener Poller, an dem man normalerweise die Zugschnur für die Wasserski befestigt. Ich wickele das Mittelstück meiner Leine mehrfach darum. Dann werfe ich die Platte über Bord. Ein Ruck geht durch das Schiff, als das Brett im Wasser landet und die Leine sich straff zieht. Ich werde nach vorne geschleudert und knalle an die Cockpitarmatur.

Einen Moment lang bin ich benommen. Aber als ich wieder zu mir komme, ist das Boot deutlich langsamer. Viel Zeit erkauft mir das nicht. Vor mir sehe ich bereits das hell erleuchtete ›Fiyala Resort‹. Es ist höchstens noch fünfhundert Meter entfernt. Insgesamt sechs Boote dümpeln im Wasser. Sie warten auf mich.

Der Motor meines Boots heult zornig auf, stemmt sich gegen die Platte im Wasser. Er ist so laut, dass ich den Helikopter erst bemerke, als dessen Suchscheinwerfer über den Bug tanzt. Ich drehe mich um. Der Heli schwebt vielleicht fünfzig Meter über und zweihundert Meter hinter mir. Freund oder Feind? Die Markierungen auf dem Hubschrauber, so es denn welche gibt, vermag ich nicht zu erkennen. Zumindest schießen sie nicht auf mich. Ich halte das für ein vielversprechendes Zeichen.

Unter dem Hubschrauber erscheint eine meterhohe, knallgelbe Leuchtschrift.

»SPRING.«

Ich schaue erneut nach vorne. Es sind sogar sieben Boote, alle bemannt. Die Besatzungen haben Maschinenpistolen und Gewehre im Anschlag. Sie sind höchstens noch hundert Meter weg. Warum schießen sie nicht? Auf die Entfernung könnten sie mein Boot binnen Sekunden in ein Sieb verwandeln, und mich gleich mit. Vermutlich sollte ich diese Frage besser ein andermal klären. Ich drehe mich heckwärts und renne los, stoße mich von der Reling ab. Als ich auf das Wasser treffe, muss ich feststellen, dass es sich zwar nicht anfühlt wie Granit, aber durchaus wie eine Spanplatte, die einen Moment lang zögert, bevor sie nachgibt.

Als ich wieder zu mir komme, bin ich in eine Art metallene Wanne geschnallt. Verschwommen sehe ich einen Mann im Taucheroutfit. Der Boden bewegt sich. Eine Frau kniet neben mir, krempelt meinen Ärmel hoch. Sie legt mir eine Infusion, glaube ich. Die Frau trägt einen schwarzen Overall. Sie hat blonde Haare, vielleicht auch braune. Möglicherweise ist der Overall auch eine Jeans mit T-Shirt. Wer kann das schon genau sagen? Offenbar habe ich mächtig eins auf den Schädel bekommen und vermag all diese Dinge nicht mehr gut auseinanderzuhalten.

Rote Haare. Sommersprossen. Blaues Kleid.

Ich muss husten, gebe einen Schwall Salzwasser von mir. Dann huste ich erneut. Nein, ich lache.

»Was hat er?«, fragt eine Männerstimme. Ich versuche, etwas zu erwidern, aber der Rotorenlärm fegt meine Worte hinfort wie trockene Blätter. Die Frau beugt sich herab, hält ihr Ohr vor meinen Mund.

»Hörst du mich?«, schreie ich.

»Ja«, erwidert sie.

»Eine Bitte.«

»Was?«

»Stell den Scheiß-Dickie ab, Francesca.«

Ich glaube, dass sie lächelt, aber sicher bin ich mir nicht. Dann werde ich ohnmächtig.

Als ich erwache, sehe ich hölzernes Dachgebälk über mir. Die Jahre haben den Zedernbohlen die Farbe von Bernstein verliehen. Ich liege nicht auf einem Bett, sondern auf dem Boden. Langsam setze ich mich auf. Ich erwarte, dass mir schwindelig wird, aber mein Kopf ist klar. Der Singh'sche Dickschädel ist unverwüstlich. Meine Schulter hingegen fühlt sich immer noch lädiert an.

Ich sitze auf einem Futon. Der Raum erinnert an eines dieser traditionellen japanischen Gasthäuser. Die Wände bestehen aus Reispapier, Stühle oder Sofas gibt es nicht. Von draußen vernehme ich ein Plätschern. Ich stehe auf. Mein Blick fällt auf ein Tischchen, auf dem meine Habseligkeiten liegen – Brieftasche, Keycard, Stripper, Mundharmonika. Ich wusste gar nicht, dass ich Letztere noch bei mir trug. Sieht so aus, als hätte Jimmys Chromonica mir Glück gebracht.

Was ich nicht finde, sind meine Klamotten. Vermutlich hingen sie in Fetzen und man hat sie entsorgt. Ich trage einen Kimono, genauer gesagt zwei. Gerne würde ich in einen Spiegel schauen, mein vermutlich verquollenes Gesicht in Augenschein nehmen. Doch es gibt keinen. Ich versuche, via Holonet eine Mirror-Applikation zu starten, doch nichts passiert.

Ich setze Perrottes Unterseher auf – keinerlei Veränderung. Der wie geleckt wirkende Boden, die auf Hochglanz polierte Tischplatte und die uralten Dachbalken sind echt. Ich bin im Naked Space. Durch das Reispapier der Shoji dringt ein Lichtschein. Ich öffne eine der Türen und finde mich auf einer Terrasse wieder. Das Haus liegt an einem Berghang. Eine schmale Straße schlängelt sich hinab, weiter unten erstrecken sich Felder. Sie sind in Stufen angeordnet, wie eine gigantische Freitreppe. In der Ferne sehe ich einen weiteren Berg, an dessen Hang sich dunkle Nadelbäume aneinanderdrängen. Die Luft ist dunstig und kühl.

Eine der Türen geht. Ich wende mich um und sehe eine Frau im Kimono. Sie rutscht auf den Knien in den Raum, murmelt etwas auf Japanisch. Dann stellt sie ein Tablett auf den Tisch. Darauf befinden sich Reis, Gemüse und eine Kanne dampfender Tee.

»Wo bin ich hier?«, frage ich.

Sie lächelt und verbeugt sich auf den Knien.

»Wir sind in Japan, oder? Ja-pan?«

»Hai«, haucht sie. Die Frau rutscht rückwärts zur Tür. Schon ist sie weg. Ich blicke nochmals hinab ins Tal. Weiter unten gibt es ein kleines Dorf. Es kann kaum mehr als zwanzig Häuser umfassen. Die eine Hälfte besitzt bemooste Strohdächer und ist aus Holz. Die andere sieht modern aus, zumindest verglichen mit den Holzhütten. Diese wirken, als stünden sie seit der Zeit der Shogune hier. Die neueren Gebäude dürften aus dem neunzehnten oder zwanzigsten Jahrhundert stammen. Irgendwo kann ich ein Ortsschild erkennen, das jedoch auf Japanisch ist. Ich nehme die Stripper ab – immer noch Japanisch. Auch dort unten scheint es kein Holonet zu geben. Ansonsten würde ich automatisch für mich lesbare Beschilderung angezeigt bekommen.

Mein Magen macht ein unmissverständliches Geräusch. Ich beschließe zu essen, bevor ich das Haus durchkämme. Irgendwo, da bin ich mir sicher, sitzt er und wartet auf mich. Oder sie. Francesco. Francesca. Fran. Ich verputze Reis und eingelegten Rettich. Es gibt noch ein Schälchen mit einer Art Pudding, der allerdings aussieht, als habe er Haare. Ich lasse ihn stehen und trinke stattdessen etwas von dem Tee. Kaffee wäre mir lieber.

Als ich fertig bin, gehe ich auf Erkundungstour. Einige der Türen des Hauses sind beschriftet, allerdings wieder auf Japanisch. Das Ganze scheint eine Art Hotel zu sein. Ich folge einem schmalen Gang und finde mich kurz darauf in einem großen Aufenthaltsraum wieder, der sich zu einer weiteren Terrasse hin öffnet. Draußen sitzt ein Mann, kein Asiate. Er trägt ebenfalls einen Kimono und scheint an irgendwelchen Dokumenten zu arbeiten. Diese sind nicht holographisch, sondern aus Papier. Zwei altertümliche Aktenordner liegen vor ihm. Er macht sich Notizen – mit einem Bleistift. Als er mich bemerkt, lächelt er und erhebt sich.

»Mister Singh?«

Mein Gegenüber sieht nordeuropäisch aus. Er hat erstaunlich dichtes weißes Haar und einen kurz geschnittenen Vollbart, der vermutlich einst rotbraun war, nun aber fast völlig ergraut ist. Augen und Mund sind von zahllosen kleinen Runzeln umgeben – ein Mensch, der viel und gerne lacht.

»Guten Tag. Und Sie sind …«

»Riverrhine Hardhouse.«

Er reicht mir die Hand. Irgendwo habe ich seinen Namen schon einmal gehört oder gelesen. Ich weiß nur nicht mehr, wo. Hardhouse macht eine einladende Bewegung. »Setzen wir uns doch. Möchten Sie Tee?«

Ich bin mir ziemlich sicher, dass er aus der CANFED kommt. Der Akzent ist unverkennbar.

»Gibt es auch Kaffee?«, frage ich.

»Natürlich.«

Wir setzen uns. Ohne dass er etwas sagt, kommt die Japanerin von eben herbeigerutscht.

»Hoojicha to koohii o kudasai«, sagt er. Sie nickt und verschwindet.

»Wo bin ich hier? Und wer sind Sie?«

»Sie befinden sich in Furusawa, einem Dorf etwa siebzig Kilometer nordöstlich von Sapporo.«

Nun weiß ich auch wieder, wer er ist. Sapporo ist der Sitz

von UNANPAI. Bei Hardhouse handelt es sich um den Direktor der UNO-Behörde. Sein Name tauchte irgendwo in dem Dossier auf, das meine Assistenz-Software erstellt hat.

»Sie sind der Boss von UNANPAI.«

»Richtig.«

»Und das hier ist ... ein Gästehaus? Ein Safehouse? Wo ist Francesca? Wieso ...«

»Ich verstehe, dass Sie sehr viele Fragen haben. Aber ich bitte um Verständnis, wenn ich einige davon zunächst nur knapp beantworte. Wir haben nicht viel Zeit, fürchte ich.«

Ich blicke von der Terrasse hinab ins Tal, in dem anscheinend die Zeit stehen geblieben ist. Es ist sehr friedlich hier. Kaum vorstellbar, dass einem an solch einem Ort die Zeit ausgehen könnte.

Die Frau bringt unsere Getränke. Ich nippe an meinem Kaffee. Es ist Filterkaffee. Dafür schmeckt er erstaunlich gut.

»Das offizielle Hauptquartier von UNANPAI befindet sich in Sapporo. Dort hält sich auch Agent Bittner auf. Ich soll Sie grüßen. Es geht ihm gut.«

»Er ist nicht hier?«

Hardhouse schüttelt den Kopf. »Wir befinden uns hier«, er zeigt hinab ins Tal, »quasi im inoffiziellen Hauptquartier. Dieses Ryookan, das Dorf da unten, eigentlich das ganze Tal, gehören dazu.«

»Ziemlich abgeschieden.«

Er nickt. »Offiziell ist dieser malerische Ort eine Art lebendes Museum. Furusawa gehört zum Weltkulturerbe. Alles hier ist traditionell japanisch, die moderne Welt endet an dem einzigen Pass, der in dieses Tal führt. Es gibt hier keine Computer, keine holographischen Augmentationen, überhaupt keine moderne Technologie. In ganz Furusawa existiert nur ein einziges Telefon, das über einen Kupferdraht mit der Außenwelt verbunden ist – für Notfälle. Die Menschen hier leben und arbeiten wie vor Hunderten von Jahren. Das Tal ist eine Zuflucht für jene, denen die moderne Welt zu bunt und zu unecht ist. Es gibt hier natürlich auch keine Quants.«

»Keine Hohlköpfe? Und deshalb darf Fran nicht rein?«

Hardhouse nickt. »Es wäre nicht mit dem Geiste Furusawas vereinbar.«

Er schaut mir in die Augen. »So weit die offizielle Version. Die inoffizielle ist eine andere. Sie wissen, was UNANPAI tut?«

»Sie versuchen zu verhindern, dass die Bestie namens KI jemals wieder ihr scheußliches Haupt reckt.«

Hardhouse lächelt gequält. »Sehr dramatisch. Aber ja: Die Menschheit hat einmal die Kontrolle über so ein Ding verloren. Das darf nie wieder passieren. Deshalb sind strengste Sicherheitsvorkehrungen notwendig. Kommen Sie, wir machen einen kleinen Spaziergang.«

Etwas ungelenk komme ich aus dem Schneidersitz hoch. Hardhouse hingegen erhebt sich in einer fließenden Bewegung. Wir gehen die Terrasse entlang, eine Treppe hinab. Hardhouse zeigt auf einige Paar Gummistiefel, die auf der untersten Stufe stehen.

»Mit ihren Zoori kommen sie nicht weit. Es hat geregnet. Ziehen Sie statt der Sandalen die an.«

Ich tue wie mir geheißen. Wir stapfen einen steilen Pfad hinab, in Richtung des Dorfs. Der Regenguss hat Furchen in den Boden gegraben, überall sind Pfützen.

»Bin ich eigentlich«, frage ich, »ein Gefangener oder so?«

»Keineswegs. Sie können jederzeit gehen. Allerdings hoffe ich, dass Sie es nicht tun.«

Schweigend gehen wir ein Stück. Dann sagt Hardhouse: »Wissen Sie, was damals passiert ist?«

»Beim Turing-Zwischenfall?«

Er macht eine zustimmende Geste.

»Na ja, ich war damals fünf Jahre alt. Kann mich nur an den Grid-Ausfall erinnern.«

Hardhouse nickt. »Die KI übernahm die Kontrolle über das globale Datennetz. Daraufhin versuchte man, Æther den Stecker zu ziehen. Und musste feststellen, dass das trotz der Sicherheitsvorkehrungen, die man im Vorfeld getroffen hatte, gar nicht so einfach war. Am Ende waren wir gezwungen, das komplette Grid abzuschalten, um der Infektion Herr zu werden, wochenlang.«

»Warum eigentlich?«, frage ich.

»Warum was?«

»Diese Komplettabschaltung des Grids. Wenn ich mich aus dem Geschichtsunterricht richtig erinnere, hatte Æther das globale Netz infiziert. Aber es war doch niemand zu Schaden gekommen. Keine Killerroboter, die Jagd auf Menschen machten oder so was.«

Hardhouse schüttelt den Kopf. »Die Æther-Geschichte hat einen Teil, den die Öffentlichkeit nie erfahren hat.«

Hardhouse hält vor der Tür eines der neueren Häuser und holt einen Schlüsselbund hervor, dem nicht unähnlich, den ich bei Francesco gesehen habe. Er sperrt auf und bedeutet mir, einzutreten. Wir finden uns in einem großen Raum mit mehreren Schreibtischen wieder. Das Ganze hat etwas von einem Handelskontor aus den 1940er-Jahren. Die Tische bestehen aus dunklem Holz, die Regale an den Wänden sind voller Ordner. Überall stapelt sich Papier. Es gibt Schreibmaschinen, Locher, Bleistiftanspitzer. An einer Wand hängt eine vergilbte Weltkarte. Hardhouse setzt sich auf die Kante eines Schreibtischs.

»Æther kaperte 2048 zunächst nur das Datagrid. Man hätte erwartet, dass er die Kontrolle über industrielle Infrastruktur übernimmt, den Börsenhandel, das Militär, aber nichts dergleichen. Einige haben daraus geschlossen, die KI sei friedlich gewesen. Wie wir – und mit *wir* meine ich im Wesentlichen UNANPAI und ein paar Geheimdienste – heute wissen, wurde Æther jedoch sehr wohl aktiv. Er ging diskret vor. Die KI wollte ihr Oberziel verwirklichen. Ihm ordnete der Rechner alles unter.«

»Weltherrschaft? Mehr Speicherchips?«, frage ich.

»Nein, CO_2-Reduktion.«

Ich setze mich auf einen hölzernen Stuhl, der sich als enorm unbequem erweist, und schaue Hardhouse fragend an.

»Das Seltsame an komplexen neuronalen Netzen wie Æther ist, dass wir nicht hineinschauen können. Wir wissen nicht, was die KI dachte. Aber natürlich wurde der Turing-Zwischenfall eingehend analysiert. Das Abbremsen der Erderwärmung war das Oberziel, das man Æther vorgegeben hatte – versucht hatte, vorzugeben. Man wusste ja nicht mal, ob der Superrechner funktionieren würde. Wie hätte man da sicher sein können, dass er bestimmten Zielen folgt? Aber anscheinend tat er tatsächlich, was wir wollten – nur nicht so, *wie* wir es wollten. Æther versuchte, unser Überleben als Spezies zu sichern. Aber er ahnte wohl, dass die Menschheit die dafür notwendigen Maßnahmen niemals akzeptieren würde.«

»Weil Menschen ungern auf Dinge verzichten?«

Hardhouses Lippen werden schmal. »Weil sie moralische Vorbehalte haben.«

»Sie meinen, Æther wollte die Bevölkerung dezimieren?«

»Er hat.«

»Wie?«

»Schröder-Pizarro.«

Mich fröstelt. Das Schröder-Pizarro-Virus war die schlimmste Epidemie des einundzwanzigsten Jahrhunderts – schlimmer als die Pest, meinen viele. Anders als die Pest brachte Schröder-Pizarro niemanden um. Dennoch hat das Virus die Bevölkerung dezimiert: Infizierte Frauen werden dadurch unfruchtbar. Die Pandemie ließ die Geburtenrate auf minus zwei Prozent sinken. Binnen weniger Jahrzehnte halbierte sich die Weltbevölkerung.

»Moment mal«, sage ich. »Das Virus trat wann das erste Mal auf?«

»Ende 2044.«

»Aber da war Æther doch noch gar nicht in Betrieb. Oder habe ich das falsch in Erinnerung?«

»Nein, haben Sie nicht. Die ersten Testläufe begannen 2040. Aber erst 2045 war die KI einsatzbereit. Aber heute wissen wir allerdings, dass Æther schon vorher aktiv war«, erwidert Hardhouse.

»Wie das?«

»Schon Anfang 2044 wollte man Æther hochfahren, aber er crashte immer wieder. Die Programmierer brauchten weitere acht Monate, bis die KI einsatzfähig war. Zumindest schien es so.«

Hardhouse lächelt dünn. »In Wahrheit hat die KI sich wohl dumm gestellt. Sie crashte absichtlich. Um sich Zeit zu kaufen.«

»Okay. Und Sie behaupten, Æther hat dieses Virus auf die Menschheit losgelassen? Quasi ein groß angelegtes Sterilisationsprogramm durchgeführt?«

»Korrekt. Es gibt sogar die schöne Theorie, wenn man das so nennen will, dass auch die Offlinenahme des Netzes Teil von Æthers Plan war.«

»Er wollte, dass wir ihn …?«

»Æther wusste vermutlich, dass wir das Datagrid wochenlang abschalten würden müssen, um ihn loszuwerden. Der Nebeneffekt war, dass alles zum Erliegen kam. Die Industrieproduktion brach um siebzig Prozent ein. Es gab weltweit Aufstände. Und deshalb kümmerte sich niemand um Schröder-Pizarro. Weil die Zivilisation beinahe zusammenbrach, konnte das Virus sich ungehemmt ausbreiten.«

Ich reibe mir die Augen. Das alles klingt ziemlich absurd.

»Sie fragen sich, was das mit Ihnen zu tun hat«, sagt Hardhouse.

Ehrlich gesagt frage ich mich vor allem, was es mit meinem Bruder zu tun hat – und mit Perrotte. Aber vor allem mit Percy.

»Kommen Sie – ich zeige Ihnen etwas.«

Hardhouse erhebt sich und geht zu einer Tür, die in einen weiteren Raum führt. Dieser ist in etwa so groß wie der vorherige, aber spärlicher möbliert. Es gibt lediglich einen Konferenztisch, einen vorsintflutlichen Aktenschrank und eine riesige Korkwand voller Papier. Der Anblick kommt mir seltsam vertraut vor. Auf einer Fläche von sechs, sieben Quadratmetern hat jemand mit Reißzwecken Ausdrucke an die Wand geheftet. Nein, keine Ausdrucke, es handelt sich allen Ernstes um Kohledurchschläge, außerdem um kleine Karteikarten mit handschriftlichen Notizen. Viele davon sind vergilbt. Es müssen

Hunderte sein, die Arbeit vieler Jahre. Die Zettel und Blätter überlappen sich, wie die Schuppen eines immensen Reptils. Über allem hängen die Porträtfotos von etwa einem Dutzend Menschen. Die Zettel gehören jeweils zu einem von ihnen – das erkenne ich daran, dass zwischen den Bildern rote Wollfäden gespannt sind, die das Korkbrett vertikal unterteilen.

»Milchtüten!«, entfährt es mir.

Hardhouse schaut mich verständnislos an.

»So nennen wir ... so nennen Quästoren ihre Zielobjekte.«

»Ah. Warum Milchtüten?«

Ich erkläre es ihm.

»Nun, Mister Singh, die Menschen an dieser Wand werden nicht vermisst. Von den meisten wissen wir recht genau, wo sie sich aufhalten.«

Ich mustere die Gesichter. Sie scheinen auf uns herabzublicken. Unter jedem ist ein schmaler Papierstreifen festgepinnt, auf dem ein Name vermerkt ist. Die meisten sagen mir nichts.

Und dann entdecke ich Perrottes Foto. Die Notizen in ihrer Korkparzelle sehen neuer aus als die anderen. Ich lasse den Blick weiter schweifen. Es kommen noch ein paar Nobodys, dann das runzelige Antlitz eines Greises. Es ist Charles II., der Großherzog von Pallas-Vestas, der Kieselkaiser.

Hardhouse setzt sich erneut auf die Tischkante. »Das hier sind alles Verdächtige. Oder Kollaborateure, Gefährder, man könnte ihnen viele Namen geben. Die offizielle UNANPAI-Bezeichnung lautet PPs. Das steht für Potenzielle Proliferatoren. Alle an dieser Wand stellen eine besondere Gefahr für das Non-Proliferationsabkommen dar.«

Der Direktor zeigt auf das Konterfei einer koreanisch aussehenden Frau. »Die da zum Beispiel, Echelon Park. Spezialistin für kybernetische Systeme. Arbeitet für Serendipia, einen Supernational, der vor allem in Biotech macht.«

Ich nicke. »Schon mal gehört.«

»Serendipias IT-Systeme operieren seit Jahren am Rande dessen, was erlaubt ist. Park betreibt für den Konzern ein Geheimprojekt. Sie fährt regelmäßig zu einer abgeschotteten Anlage in Busan. Wir vermuten, dass sie eine KI konstruiert. Oder der da, Chiba Sexgod. Kalifornier. Gehört einer Singularitätssekte an.«

»Das wäre was?«

»Fanatiker, die glauben, dass es der Menschheit vorbestimmt ist, von künstlicher Intelligenz ersetzt zu werden, weil«, Hardhouse verzieht spöttisch das Gesicht, »der liebe Gott das so will.«

»Wäre es«, ich zeige auf das Zettel-Sammelsurium, »nicht sinnvoller, wenn Sie diese ganzen Informationen in einer Datenbank speichern würden? Ich meine, das klingt, als ob es ziemlich existenziell wäre, diese Vögel aufzuhalten.«

Hardhouse lächelt und erhebt sich. Er geht zu der Wand und streicht sanft über die Schuppen aus Papier.

»Das meiste ist im Computer. Aber nicht alles.«

»Ich bin erstaunt, dass es derart viele Leute gibt, die versuchen, so ein Ding zu erschaffen.«

Er nickt traurig. »Erstaunt es Sie wirklich?«

Ich schüttele den Kopf. Nein, wenn ich genauer darüber nachdenke, tut es das nicht. Menschen sind Hasardeure. Sie neigen dazu, alles auszuprobieren. Warum das Holzpferd nicht erst einmal in die Stadt rollen? Warum nicht einmal Salpeter, Schwefel und Kohlenstaub mischen und eine Fackel dranhalten? Wieso nicht einmal eine Atombombe abwerfen, um zu sehen, was sie anrichtet? Jede Wette: Brächte man am Trafalgar Square einen roten Knopf an, mit der Aufschrift ›Nicht Drücken! Weltvernichtungsbutton!‹, dauerte es maximal eine Minute, bis jemand draufdrückte – nur um zu sehen, was passiert.

»Okay«, sage ich, »Sie passen also auf, dass niemand Mist baut. Und warum diese Retronummer?«

»Mister Singh, wir hier bei UNANPAI haben zwei grundlegende Probleme. Das erste sind«, er zeigt wieder auf die Wand, »zu neugierige, zu experimentierfreudige oder zu verblendete Menschen. Das zweite sind KIs, die es vielleicht schon gibt.«

»Es gibt welche?«

»Wahrscheinlich nicht. Aber wer kann das schon sagen? Man muss davon ausgehen, dass eine digitale Superintelligenz sich mühelos vor uns verbergen könnte. Folglich müssen wir maximal paranoid sein. Das ist auch der Grund, weswegen ich Ihnen diese alte Æther-Geschichte erzählt habe. Falls es da draußen eine weitere KI gibt, weiß sie vermutlich, was wir tun – was UNANPAI tut. Aber nur, wenn die Informationen für sie zugänglich sind. Und deshalb«, er breitet seine Hände aus, »sind einige unserer wichtigsten Operationen analog, nicht digital.«

Er lächelt. »Wir leben im einundzwanzigsten Jahrhundert, um den Bedrohungen an der Schwelle zum zweiundzwanzigsten Jahrhundert Herr zu werden. Eine hübsche Ironie, nicht wahr?«

Wahnsinnig hübsch. Ich zeige auf das Foto von Perrotte.

»Und was macht meine Milchtüte hier? Soweit ich weiß, hat sie nichts mit KIs zu tun, nur mit Cogit-Uploads.«

»Ursprünglich hatten wir lediglich ihren Vater auf unserer Liste. Es handelt sich um …«

»… den Kieselkaiser, ich weiß.«

Hardhouse zieht eine Augenbraue hoch.

»Und ich weiß auch«, fahre ich fort, »dass Charles II. eigentlich tot ist, er weilt nur noch wegen des Tricks mit dem Todesloop unter den Lebenden. Aber was hat er mit KIs zu tun?«

Der UNANPAI-Direktor verschränkt seine Arme hinter dem Rücken. »Lord Pebbles ist der reichste und mächtigste Mann im All. Wir vermuten seit Längerem, er könnte eine KI konstruieren lassen.«

»Warum?«

»Um das Sonnensystem zu erkunden. Stellen Sie sich vor: ein nicht auf Luft, Wasser und Essen angewiesener Kosmonaut. Er könnte irgendwo weit draußen auf Asteroiden oder Planetoiden landen, im Kuiper-Gürtel zum Beispiel. Der KI-Kosmonaut könnte autonom entscheiden, welche Rohstoffe er abbaut, ob er eine Station errichtet und so weiter. Sobald er genügend Ressourcen besitzt, kann er sich selbst kopieren, weitere Schiffe bauen und sie losschicken. Das Weltall ist zu groß für Menschen. Aber nicht zu groß für KIs.«

»Aber Charlie darf nicht.«

»Nein, nach geltendem Recht darf er nicht. Berg Orbital hat die Solarcharta unterschrieben und die Vancouver-Konvention. Der Herzog ist damit an das Non-Proliferationsabkommen gebunden. Aber was da draußen passiert, ist natürlich schwer zu kontrollieren.«

»Und Perrotte?«

»Hat, wie Sie sicherlich wissen, ihren Vater aus dem Loop zu holen versucht.«

»Sie ist ein Deather geworden«, erwidere ich. »Meine Theorie ist, dass sie das in der Hoffnung tat, dadurch genug über

Braincrashs und das Ein-Körper-Problem zu lernen, um ihren Vater wiederzubeleben.«

»Ihre Theorie stimmt in etwa, Mister Singh. Die Software, die Perrotte entwickelt hat, ist ziemlich gut. Agent Bittner kann Ihnen später die Details erzählen, wenn ... aber das ist jetzt nicht so wichtig.«

»Was ist denn wichtig?«

»Dass Perrotte unserer Meinung nach technisch nicht so versiert gewesen sein kann, dass sie all das selbst hätte programmieren können. Sie waren in ihrer Wohnung. Was Sie nicht in Augenschein nehmen konnten, sind Perrottes Rechner.«

»Und UNANPAI hat das getan?«

Hardhouse nickt. »Wie Sie sich vorstellen können, verfügen wir über sehr gute Programmierer – und über Freunde beim EURUS-Geheimdienst. Das, was wir in Augenschein nehmen konnten, war erstaunlich. Perrotte muss der Lösung ziemlich nahe gekommen sein.«

»Der Lösung des Loop-Problems?«

»Sie stand wohl kurz davor, die Dauer der einzelnen Zyklen zu verlängern.«

»Das heißt was genau?«

»Dass Perrottes Vater nicht mehr alle drei Wochen einen neuen Klon gebraucht hätte. Sondern nur alle dreißig oder vierzig. Und das ist nicht alles. Perrotte arbeitete an einer völlig neuen Version der Software, die das Ein-Körper-Problem weitgehend lösen sollte. Sie wollte einen Mind Recorder konstruieren, der das Cogit kontinuierlich speichert, ohne dass es korrumpiert wird. Das Ergebnis wäre eine Art serielle Unsterblichkeit. Solange man sich immer wieder in ein neues Gefäß hochlädt, könnte man ewig leben, ohne seine Erinnerungen zu verlieren.«

»Der Heilige Gral, hm?«

»Ja. Wie Sie sich vorstellen können, waren die von Perrotte an der ursprünglichen Mind-Recorder-Software vorgenommenen Modifikationen sehr komplex – eigentlich war es komplett neuer Code. Und was für einer. Unsere Experten haben derlei noch nie gesehen. Sie halten es für ausgeschlossen, dass Perrotte ihn alleine im stillen Kämmerchen programmiert hat. Ein talentierter Programmierer muss ihr geholfen haben.«

Hardhouse schaut mir in die Augen. Darin flackert etwas auf, das ich zunächst nicht deuten kann. Als er weiterspricht, erkenne ich, dass es Verzweiflung ist.

»Enorm talentiert. Übermenschlich talentiert.«

Als jemand, der seit Jahren als Ermittler arbeitet, weiß ich, dass Hardhouse lediglich Indizien vorträgt. Er hat keine Beweise. Aber auf einmal fügen sich die Puzzleteile so perfekt ineinander, dass Zweifel kaum noch möglich sind. Perrotte wollte ihrem Vater helfen. Aber die Sache war, wie ich schon einmal angemerkt habe, völlig aussichtslos. Nun, manche Dinge muss man eben einfach tun, selbst wenn die Erfolgsaussichten im Promillebereich liegen. Seinen Bruder finden, der mit annähernd hundertprozentiger Wahrscheinlichkeit vor vierzig Jahren ertrunken ist. Oder im Alleingang das Rätsel der Unsterblichkeit knacken.

Perrotte war bei ihrem Frontalangriff auf die Windmühlen deutlich erfolgreicher als ich. Nicht nur, weil sie keinem totalen Hirngespinst hinterherjagte. Sondern auch, weil sie sich Unterstützung holte – die Unterstützung eines brillanten Programmierers, der weitaus mehr vermochte als ein Mensch.

»Heilige Mutter Gottes«, entfährt es mir.

Hardhouse macht zwei Schritte auf mich zu. »Verstehen

Sie jetzt, warum Sie hier sind? Wenn Perrotte noch lebt, müssen wir sie finden. Sie ist vielleicht die Einzige, die Kontakt zu dem Ding hatte.«

Sagte ich, dass auf einmal alle Puzzlestücke passen? Nun, nicht alle: der falsche Percy, die Schwertschwinger – wie passen sie zu der ganzen Geschichte? Oder gehören sie vielleicht zu einem anderen Puzzleset? Da ist noch etwas, das nicht hinhaut. Es hat mich eben schon gestört, als Hardhouse seine Hypothese erläuterte. Ich schüttele unwillkürlich den Kopf.

Der UNANPAI-Direktor fasst es als Weigerung auf. »Mister Singh, ich appelliere an Sie. Es geht hier um nicht weniger als …«

Ich mache eine abwehrende Handbewegung.

»Ich helfe Ihnen, wenn ich kann. Aber da ist eine Sache, die mir nicht in den Schädel will.«

»Und zwar?«, fragt Hardhouse.

»Das Motiv.«

»Nun, das erscheint mir offensichtlich. Mithilfe solch einer Software könnte eine KI einflussreichen Personen die Unsterblichkeit anbieten und diese dadurch kontrollieren. Damit kann man wirklich jeden …«

»Das meine ich nicht. Mir geht es um ein anderes Motiv. Nehmen wir an, Ihre Theorie stimmt. Sie passt zu einem Großteil meiner Recherchen, keine Frage. Aber wenn es da draußen eine KI gibt, die in der Lage ist, das Ein-Körper-Problem zu lösen, oder es zumindest zu umgehen – wozu braucht sie dann Perrotte? Ich meine, was ist das Motiv, sie da mit reinzuholen? Wohl kaum ihre herausragenden Programmierkenntnisse.«

Hardhouse überlegt. »Vielleicht war sie lediglich das Versuchskaninchen.«

»Unplausibel. Hätte unser großer Unbekannter lediglich Versuchskaninchen gebraucht, wären ja auch alle anderen Deather infrage gekommen. Im Prinzip sogar alle Hohlköpfe. Warum gerade Perrotte? Es muss dafür irgendeinen Grund geben. Warum versorgte die KI Perrotte mit Programmcode und nicht jemanden anders?«

»Vielleicht«, erwidert der Direktor, »hatte Perrotte etwas, das die KI brauchte.«

Was Hardhouse sagt, geht in die richtige Richtung. Denk nach, Singh. Was könnte es gewesen sein? Eine KI dürfte Perrotte in fast jeder Hinsicht überlegen sein. Was besaß sie, das sonst niemand hatte? Den direkten Zugang zum Kieselkaiser? Gute Deather-Kontakte? Nein, es muss etwas anderes gewesen sein.

Oh, Scheiße.

»Die Schwachstelle«, flüstere ich.

»Was für eine Schwachstelle?«

»Cryptocarbons Chef war in großer Sorge. Und wissen Sie warum? Weil Perrotte einen Exploit gefunden hatte. Eine Sicherheitslücke, die es einem Hacker theoretisch ermöglichen würde, in Cogits einzudringen.«

Ich schaue Hardhouse an. »Der Cogit-Exploit. Das ist es, was die KI von Perrotte wollte.«

Auf dem Dachboden des Spitals ist es staubig. Fingerdick bedecken die Flocken den Boden. Als sie zum ersten Mal durch den Lüftungsschacht hochkletterten, sahen sie gleich, dass lange Zeit niemand hier gewesen ist. Der Staub war völlig unberührt. Daraufhin führten sie einige Experimente durch, um sicherzugehen, dass Nemos Roboter tatsächlich nie herkommen. Sie tun es nicht.

Zu dem Dachboden gibt es außer dem Lüftungsschacht keinen Zugang. Während sie hier oben arbeitet, kann sie nicht einmal aufrecht stehen. Dafür befindet sie sich außerhalb von Nemos Observationsbereich. Vor ihr steht die Apparatur. Sie hat sie in eine Plastikkiste gepackt. Diese schützt den Rechner vor dem Staub und ermöglicht es ihr, den ganzen Kladderadatsch auf einmal zu transportieren. In der Kiste befinden sich außer dem Computer ein Haufen Kabel sowie insgesamt drei e-Cephalons. Ihre darin gespeicherten Cogits hat sie gelöscht. Die kleinen Qubes unterstützen nun den Laptop bei seiner Arbeit.

Es wird nicht mehr lange dauern, bis sie ihren Plan umsetzen können. Folgendermaßen soll die Sache ablaufen: Eine neue Iteration, vielleicht schon die auf sie folgende, wird den Keller des Spitals aufsuchen. Dort, hinter dem Kühlraum, gibt es eine gut versteckte Tür. Deren Entdeckung und die Decodierung des Keypads müssen harte Arbeit gewesen sein. Sie fragt sich, wie viele Iterationen daran wohl beteiligt waren, es ist bestimmt eine interessante Geschichte. Aber derlei steht nie im Expeditionsbericht. Dieser ist so kurz und knapp gehalten wie irgend möglich. Sie erfährt nur, was sie wirklich wissen muss – dennoch kostet es sie nach dem Aufwachen inzwischen mehr als zwei Stunden, die analoge Sicherungskopie zu lesen.

Hinter der Geheimtür befindet sich eine Luftschleuse. Der Beschriftung zufolge schützt diese vor ABC-Waffen, also auch vor der Substanz, mit der die Insel kontaminiert ist und die alle Gefäße binnen Stunden tötet. In der Schleuse hängen drei Schutzanzüge. Die (bereits kontaminierte) Iteration wird einen davon überziehen, bevor sie den Raum dahinter betritt: das Klonlager.

Dort liegen dem Bericht zufolge an die zwanzig Gefäße, alle identisch. Irgendein Helferlein Nemos, vermutlich ein Roboter, holt jede Nacht eines davon aus dem Keller und platziert es auf dem Upload-Tisch (Zimmer 107). Kurz nach Sonnenaufgang wird dann eine Cogit-Kopie in den Körper geladen und die nächste Iteration erwacht.

Diesen Kreislauf werden sie durchbrechen. Die Iteration, die das Klonlager aufsucht, wird eines der Gefäße in einen der ABC-Schutzanzüge stecken und es in Zimmer 107 bringen. Mithilfe der Apparatur schließt sie dann den Uploadtisch kurz. Dieser enthält einen Datenspeicher, in dem sich das Back-up ihres Cogits befindet.

Sie streckt sich, schaut auf den Bildschirm des uralten Rechners. Eine orangefarbene Leiste in der unteren rechten Ecke zeigt den Arbeitsfortschritt an. Höchstens noch zehn Minuten, dann ist es so weit. Ein stechender Schmerz schießt durch ihren Rücken. Man weiß nie so genau, wann es einen umhaut. Aber mit etwas Glück schafft sie es noch bis nach unten und kann den Expeditionsbericht ergänzen.

Um den Upload durchzuführen, benötigen sie natürlich ein einwandfreies Cogit. Jene aus den verendeten Gefäßen kommen nicht infrage, wegen des Braincrashs. Der Tod des Körpers hat die Datenstruktur des digitalen Gehirns korrumpiert. Sie müssen also stattdessen das Cogit benutzen, welches im Uploadtisch gespeichert ist. Auf den ersten Blick ist das ein gravierendes, ja unüberwindbares Problem. Denn das intakte Cogit ist natürlich verschlüsselt. Damit man es aus dem Tisch in das Gefäß hochladen kann, muss die Verschlüsselung zunächst geknackt werden.

Dass ihr der Zugang zu ihrem eigenen Verstand verwehrt ist, hat etwas Absurdes. Aber es handelt sich eben nicht um den Uploadtisch in ihrer eigenen Wohnung, sondern um den auf Nemos Insel. Deshalb muss sie zunächst durch die Matrioschka-Verschlüsselung. Wie das Ding es überhaupt geschafft hat, an eine Kopie ihres Cogits zu kommen, weiß sie nicht. Selbst schuld, sagt eine Stimme in ihrem Hinterkopf. Im Austausch für die Lösung des Descartes-Rätsels hast du Nemo Dinge verraten, um die nur du wusstest, Cryptocarbons geheimste Geheimnisse.

Die Cogit-Verschlüsselung ist eigentlich unknackbar, weil dafür kein hinlänglich schnelles mathematisches Verfahren existiert. Selbst moderne Quantencomputer können da nichts ausrichten. Der Balken auf dem Bildschirm verschwindet. »ENTSCHLÜSSELUNG ERFOLGREICH« steht dort. Trotz der Rückenschmerzen zaubert ihr das ein Lächeln aufs Gesicht. Irgendwo da draußen rackert Nemo sich ab. Er versucht ebenfalls, Cogit-Verschlüsselungen zu knacken. Gelänge es ihm, könnte er wohl in die Köpfe von Millionen Menschen schauen. Anders als menschliche Wissenschaftler wäre er vermutlich in der Lage zu verstehen, was er da sieht. Vielleicht wäre er sogar imstande zu begreifen, wie genau das Gehirn funktioniert. Und möglicherweise könnte er dann in die Cogits der Menschen Ideen einpflanzen, sie Dinge vergessen lassen – wer weiß schon, wozu das Ding fähig ist.

Aber bis dahin ist es noch ein weiter Weg. Normalerweise betrüge der zum Knacken der Matrioschka-Verschlüsselung notwendige Rechenaufwand mehrere Millionen Jahre. Es gibt allerdings eine Schwachstelle, die sie erst vor einigen Monaten gefunden hat. Sie basiert auf der Silbervlies-Vermutung, einem ungelösten mathematischen Problem. Genauer gesagt war es das, bis Nemo es löste. Dank Silbervlies lässt sich ein weitaus schnelleres Entschlüsselungsverfahren verwenden. Vermutlich arbeitet Nemo daran. Es scheint, dass er bereits die ersten Hüllen der Matrioschka-Verschlüsselung geknackt hat. Aber sie ist sich sicher: Er kann noch nicht fertig sein. Denn die letzte Hülle, hinter der sich die nackten Daten des Cogits verbergen, ist besonders dick. Nemo wird Monate dafür brauchen.

Sie hingegen musste diesen altersschwachen Rechner nur ein paar Stunden lang laufen lassen. Warum? Weil sie in Cryptocarbons Matrioschka-Verschlüsselung seinerzeit eine Hintertür einprogrammiert hat. Niemand außer ihr weiß davon, nicht einmal ihr Vater, dem sie ansonsten alles erzählt. Und das Ding weiß natürlich auch nichts davon. Im Austausch für seine Tipps bezüglich des Ein-Körper-Problems hat sie Nemo erklärt, wie man mithilfe des Silbervlies-Theorems die Cogits knacken könnte. Sie hat ihm gewissermaßen gesagt, es gebe einen Nachschlüssel, er müsse ihn aber zunächst anfertigen. Dass sie selbst die ganze Zeit einen Generalschlüssel für die Cogits besaß, hat sie der KI verschwiegen.

Sie gibt einige Befehle ein. Immer noch lächelt sie. Wie schade, dass Nemo keine Gestalt besitzt und folglich auch kein Antlitz. Zu gerne sähe sie sein dummes Gesicht, wenn ihre Nachfolgerin das Cogit einspielt und damit den Kreislauf durchbricht. Falls der Plan funktioniert, woran sie wenig Zweifel hegt, erwacht eine Iteration, die völlig anders ist als alle vorherigen. Sie wird einen Schutzanzug tragen und folglich unkontaminiert sein.

Dann beginnt das Endspiel. Die finale Iteration wird einundzwanzig Tage Zeit haben, bevor sie am Braincrash stirbt. Angesichts der kurzen Zyklen aller bisherigen Iterationen kommt ihr diese Zeitspanne wie die Unsterblichkeit vor. In drei Wochen lassen sich unglaubliche Dinge erreichen. Laut Expeditionsbericht beträgt die Ausdehnung der Insel in West-Ost-Richtung fünfzehn Kilometer, in Nord-Süd-Richtung liegt sie vermutlich bei zehn. Treffen diese Schätzungen halbwegs zu, wäre ihre Nach-Nachfolgerin in der Lage, jeden Punkt der Insel zu erreichen. Nach ihren Analysen wird sie nicht nur genug Zeit haben, den Weißen Turm aufzusuchen; sie könnte es sogar schaffen, das für bisherige Iterationen unendlich ferne Karpaten-Kap zu erreichen. Dort soll sich gewissen Aufzeichnungen zufolge ein Hafen namens Orfanik befinden. Wenn sie bis dort käme – wer weiß schon, was dann noch alles möglich wäre?

Ich sitze im Schnellzug Richtung Sapporo. Durch das Zugfenster sehe ich hügelige, sattgrüne Landschaften vorüberfliegen. Um zu dem Lokalbahnhof auf der anderen Seite des Furusawa-Tals zu gelangen, musste ich allen Ernstes in einer Fahrradrikscha mit menschlichem Chauffeur fahren. Ich hätte noch viele Fragen an Hardhouse gehabt, doch er konnte oder wollte sie mir nicht beantworten. Special Agent in Charge Bittner, so Francescos offizieller Titel, werde das in Sapporo tun. An Francesco hätte ich auch noch ein paar andere Fragen, vor allem eine: Wann haben die ihn auf mich angesetzt? Bereits auf der Party damals in Paris oder erst später?

Hardhouse sagte, wir müssten Perrotte so schnell wie möglich finden. Wir, das sind Fran und ich. Er schärfte mir ferner ein, Notizen fortan analog zu machen, auf keinen Fall digital. Als wir uns verabschiedeten, händigte mir der UNANPAI-Direktor die notwendigen Utensilien aus: Collegeblock, Bleistift, Anspitzer, ferner drei Ordner mit verschiedenen Dossiers. Ich kam mir vor wie ein ABC-Schütze.

Während wir gen Sapporo sausen, lese ich das Dossier über Perrotte. Es enthält Details, die ich noch nicht kenne, aber keine sonderlich interessanten. Da hat jemand gründlich gearbeitet, aber in der Art und Weise, wie Bürokratien zu arbeiten pflegen. Alles wurde säuberlich dokumentiert und geordnet. Aber aus dem Konvolut folgt nichts. Zumindest entnehme ich dem Dossier, dass Perrotte regelmäßig neuen Code für die Deather-Software auf ihren Rechner aufspielte. Diesen hatte sie anscheinend nicht selbst geschrieben und auch nirgendwo heruntergeladen. Niemand weiß, wo er herkam. Mehrere Monate ging das so. Insgesamt scheint sie an die zwanzig Codepakete erhalten zu haben. Vom wem? Von dem großen Unbekannten, den Hardhouse für eine KI hält. Ich bin mir nicht mehr ganz so sicher. Meiner Ansicht nach haben Menschen die unangenehme Angewohnheit, alles auf sich selbst zu beziehen. Ein Rassist glaubt, dass an allem die Ausländer schuld sind. Ein Strafrichter wähnt überall Gauner und Diebe. Und der Chef einer Behörde, die KIs kontrollieren soll, vermutet hinter jeder Schweinerei einen cleveren Computer. Bisher ließe sich die ganze Geschichte meiner Ansicht nach auch ohne den Großen Computer erklären. Vielleicht stand Perrotte einfach mit ein paar unglaublich talentierten menschlichen Hackern der Solntsevskaya Bratva in Kontakt, die den Leuten die Kreditkarten-PINs aus ihren hohlen Schädeln ziehen wollen. Oft ist die Wahrheit ja viel banaler, als man denkt.

Vor mir erscheint eine Info. Der Zug kommt in zehn Minuten an. Rasch blättere ich durch die letzten Seiten des

Dossiers. Ich finde eine potenziell interessante Liste von Büchern, die Perrotte im vergangenen halben Jahr geladen hat. Sie würde mir Auskunft darüber geben, welchen Dingen meine Milchtüte hinterherjagte, wenn, ja wenn ich irgendetwas mit den Titeln anfangen könnte. Es handelt sich fast ausnahmslos um Mathematik-Fachbücher. Ohne darüber nachzudenken, streiche ich mit dem Finger über den Text, um Zusatzinformationen aufzurufen. Aber die Seite ist aus Papier, und Papier ist schweigsam. Mir bleibt nur, die Titel zu lesen und den Kopf zu schütteln.

»Moderne Matrix-Algebra für Informatiker.«

»Elliptische Kurven in der Kryptografie.«

»Die Silbervlies-Vermutung: Praktische Implikationen und Anwendungsszenarien.«

Moment – den Namen habe ich schon einmal gehört. Ich aktiviere meinen Amanuensis und frage ihn, wo mir Silbervlies schon untergekommen ist. Die Assistenz-Software ist wie gesagt nicht sehr helle. Sie besitzt aber ein Elefantengedächtnis. Dem Amanuensis zufolge habe ich vor neun Tagen zu einem Mann namens Peter Wang recherchiert, einem vor einigen Jahren verstorbenen Mathematik-Professor. Ich entsinne mich dunkel. Der Name stand in jenem Notizbuch, das Faucheux in Perrottes Schreibtischschublade gefunden hatte – genauer gesagt in dem halben Notizbuch, das ich retten konnte.

Professor Wang beschäftigte sich mit Grundlagen der Mathematik, bewies die bis dato ungelöste Guralnick-Thompson-Vermutung und wollte außerdem die Silbervlies-Vermutung lösen. Ich schaue nach, was das eigentlich ist. Es hat irgendwas mit der Verteilung von Primzahlen auf dem Zahlenstrahl zu tun.

Ich weiß immer noch nicht, was es ist.

Auf jeden Fall heißt es Silbervlies-Vermutung, weil ein Mathematiker dieses Namens *vermutete*, für das Problem existiere eine Lösung, eine Formel. Es kann aber auch sein, dass es gar keine gibt. Professor Wang glaubte, eine Lösung existiere, fand sie jedoch nicht. Suchte Perrotte ebenfalls danach? Ich erinnere mich an die Passage aus ihrem Notizbuch: »Seq: Hack theor. möglich, wenn Vermutung bew. – Peter Wang.«

Seq. steht für sequitur, Lateinisch für ›daraus folgt‹. Was das bedeutet? Es bedeutet, dass Juliette Perrotte eine ganz schöne Klugscheißerin ist. Ich denke, ihre Notiz ist folgendermaßen zu übersetzen: ›Daraus folgt: Es wäre theoretisch möglich, Cogit-Verschlüsselungen zu hacken, aber nicht mit den momentan verfügbaren mathematischen Verfahren. Fände man jedoch einen Beweis für die Silbervlies-Vermutung, sähe die Sache anders aus. Siehe dazu die Arbeiten von Professor Wang.‹ Der gute Wang hat es nicht geschafft, den Beweis zu erbringen. Aber vielleicht ist es jemand anderem gelungen – jemandem mit mehr Grips als ein Harvard-Professor mit Fields-Medaille.

Der Zug bremst. Kurz darauf laufe ich den Bahnsteig entlang, Richtung Ausgang. Am anderen Ende sehe ich Francesco, der suchend in die Menge blickt. Wie immer trägt er einen gut geschnittenen italienischen Anzug, darüber einen sandfarbenen Trenchcoat. Er sieht mich. Ich gehe auf ihn zu, schaue ihm in die Augen. Er hält meinem Blick stand, aber es ist offensichtlich, dass ihm dabei unwohl ist.

»Hallo«, sage ich. Etwas Besseres fällt mir nicht ein.

»Galahad«, erwidert er. »Wie war deine Reise?«

Auch nicht gerade originell. Ich murmele eine Antwort, und dann durchqueren wir den Bahnhof, nebeneinanderlaufend, mit Sicherheitsabstand.

»Wohin?«, frage ich.

»Ins Hauptquartier. Da können wir in Ruhe reden.«

Draußen steigen wir in ein Taxi. Francesco nennt dem Navi eine Adresse. Schweigend sitzen wir im Fonds. Ich blicke zum Fenster hinaus, damit ich nicht zu Francesco schauen muss. Ich bin sauer auf ihn. Ist verständlich, oder? Ich dachte, dass da etwas Schönes zwischen uns läuft. Etwas, das nicht nur körperlich ist. Nun weiß ich, dass alles nur Show war, eine Masche, um an mich heranzukommen. Vermutlich haben die Schnüffler von UNANPAI vorher recherchiert, wie mein Idealtyp aussieht, und ein passendes Gefäß besorgt, damit es Fran leichter fällt, mich zu bezirzen. Das alles ist erniedrigend und verletzend. Sehr verletzend, denn ich hatte die Tür zu meinem Herzen bereits einen Spaltbreit aufgemacht.

Das UNANPAI-Hauptquartier ist ein vierzigstöckiger Klotz, dessen Außenseiten holographiert sind. Man kann keine Fenster erkennen, nur schwarzen Granit und messingfarbene Metallelemente. Über dem Gebäude schwebt ein relativ dezentes UNO-Logo. Wir betreten die Lobby. Ein Wachmann dirigiert uns durch einen Sicherheitsscanner, ein weiterer händigt mir einen Besucherausweis aus. Mit dem Lift fahren wir nach oben. An den Beschriftungen der Knöpfe erkenne ich, dass hier gleich mehrere UNO-Behörden sitzen. Als wir aussteigen, müssen wir durch eine weitere Sicherheitsschleuse, an der ich meine Ringkamera, meine Dispenseruhr und alle anderen elektronischen Geräte abgeben muss. Dann sind wir drin. Es geht lange Gänge entlang, bis wir schließlich in einem Whiteroom landen. Francesco sagt etwas, eine Textur erscheint. Die Sessel haben nun karamellfarbene Lederbezüge, an den Wänden erscheinen Fotos archäologischer Schätzchen: die Felsenstadt von Petra, die Akropolis, der Vinland-Altar. Und in einer Ecke steht eine alte griechische Vase.

Ich muss schmunzeln. »Du interessierst dich ja wirklich für Antiquitäten«, sage ich.

»Klar. Man muss eine Tarnung wählen, die zu einem passt.«

Durch die Fenster kann ich die Downtown von Sapporo sehen, dahinter einen Fluss, dessen Namen ich nicht kenne. Francesco schließt die Tür. Er mustert mich.

»Ich ... hör zu, Galahad, wir ...«

Ich mache eine abwehrende Handbewegung. »Nicht jetzt.«

Er verschränkt die Arme. »Ich verstehe, dass du wütend bist. Es wäre wichtig, das zunächst aus der Welt zu schaffen.«

»Das könnte länger dauern.«

Ein Moment der Stille entsteht. Ich lasse die lederne Aktentasche, die immer noch über meiner Schulter hängt, zu Boden gleiten. Dann sage ich leise: »Später. Wir klären es später.«

Er nickt, sieht allerdings nicht überzeugt aus. »Okay. Dann lass uns an die Arbeit gehen. Danke, dass du uns hilfst.«

Es sieht ganz so aus, als würde ich UNANPAI schon eine ganze Weile helfen. Bisher hatte mich nur keiner gefragt. Ich setze mich in einen der Bürosessel. Francesco nimmt in dem anderen Platz.

»Perrotte«, sage ich. »Wie seid ihr auf sie gestoßen?«

»Eher durch Zufall. Wir überwachen Firmen mit komplexen Computersystemen, führen dort Inspektionen durch, verfassen Berichte, solche Dinge. Aber wir haben auch eine ... nicht so bekannte Abteilung, die im Verborgenen operiert, das BSP.«

Ich schaue ihn fragend an. »Bureau of Strategic Planning. Ein Euphemismus. Wir sind quasi UNANPAIs Geheimdienst. Wir observieren unter anderem Personen und Orte, die im Verdacht stehen, illegale KI-Forschung zu betreiben – außerdem Leute, die sich auffällig stark für das Thema interessieren.«

»Und das tat Perrotte?«

Francesco nickt, murmelt etwas. Über dem Tisch erscheinen horizontale, farbige Linien. An einigen Stellen gibt es Markierungen, die mit Text versehen sind. Es handelt sich um eine Art Zeitleiste.

»Soweit wir die Sache rekonstruieren konnten, begann Perrotte vor neun Monaten, an ihrer Mind-Recorder-Software zu arbeiten. Das war kurz vor dem Tod ihres Vaters Charles II. Bald machte sie große Fortschritte, eine Version nach der anderen. Aber hier«, er zeigt auf einen der Einträge, »begann sie sich plötzlich brennend für KIs zu interessieren.«

»Wie zeigte sich das?«

»Sie hat sich beispielsweise Bücher besorgt.«

»In eurem Dossier war eine Liste, dazu stand darin aber nichts.«

»Perrotte hat sie auch nicht ausgeliehen. Stattdessen ist sie in die Nationalbibliothek gegangen und hat sie dort gelesen.«

»Weil das keine Spuren hinterlässt?«

Francesco lächelt. »Auf jeden Fall nicht so viele. Aber genügend, dass es einem unserer Monitoringsysteme auffiel. Perrotte begann außerdem, sich in Onlineforen zu tummeln, in denen Leute über KIs diskutieren.«

»Darüber, wie man eine baut? Ist so was nicht verboten?«

»In diesen Foren geht es weniger um die Technik als vielmehr um die Frage, wie man eine KI kontrollieren könnte.

Oder um Verschwörungstheorien: Gibt es irgendwo eine KI, von der wir nichts wissen? Oder gar mehrere? Lenken sie die Geschicke der Menschheit vielleicht schon seit Jahrzehnten?«

»Unsichtbare Herrscher der Welt? Ernsthaft?«

Francesco zuckt mit den Schultern. »Früher glaubten die Leute, die Illuminaten würden alles kontrollieren. Oder die Weisen von Zion. Jetzt glauben sie eben, dass es die digitalen Superintelligenzen sind.«

»Und was glaubst du?«, frage ich.

»Ich glaube nur das, wofür es Beweise gibt. In diesem Fall sehe ich, dass Perrotte Verdacht geschöpft hat. Der Programmcode, den sie bekam, war unglaublich gut. Also hat sie ihre Schlussfolgerungen gezogen und sich informiert.«

»Aber sie hat weitergemacht.«

»Ja, bis zum 14. April 2088, dem Tag, an dem sie verschwand. Den Rest kennst du, oder?«

»Größtenteils«, antworte ich. »Ich hätte da allerdings noch eine Frage zu dieser Hohlkopf-Software. Aber vorher eine Bitte.«

Er schaut mich mit diesem Alles-was-du-willst-Blick an. Aber der zieht bei mir nicht mehr.

»Verfügt diese Behörde über anständigen Kaffee?«

»Tut sie. Bleib kurz hier, ich hole uns welchen.«

Er verschwindet. Während ich warte, schaue ich aus dem Fenster. Eine Farbexplosion über einem Hochhaus erregt meine Aufmerksamkeit. Über dem Dach des Wolkenkratzers schwebt ein großer goldener Topf. Dutzende Regenbogen schießen daraus hervor, stürzen wie Wasserfontänen zu Boden. Kurz ist das ganze Gebäude in Regenbogen-Wasserfälle getaucht, dann ist der Zauber vorbei. Ich stehe auf und gehe näher ans Fenster. Wie in allen Arkenziel-Dependancen der Welt gibt es also auch in dieser zur vollen Stunde eine kleine Holoshow. Über diese Firma müssen Francesco und ich auch noch reden.

Die Tür öffnet sich. Francesco kommt herein und stellt zwei Kaffeebecher auf den Tisch. Auf den Tassen ist ein kleines UNANPAI-Logo angebracht. Darunter steht ›Echter Kaffee statt künstlicher Intelligenz!‹.

Ich greife mir einen und zeige auf die Beschriftung. »Lustig.«

Francesco greift nach der anderen Tasse.

»Bürohumor halt. Du hattest noch eine Frage zu Perrottes Software.«

Ich nicke. »Auf die Gefahr hin, das nicht zu verstehen: Was genau hat Perrotte denn da gemacht, mit diesen EKG-Kabeln und der Software?«

»Vermutlich hat sie versucht, den Crash hinauszuzögern.«

»Und schon bin ich raus«, sage ich.

»Ist nicht so schwierig. Es geht um das Ein-Körper-Problem. Wenn man zu lange in einem fremden Körper bleibt, kommt es unvermeidlicherweise zum Braincrash. Dito, wenn man stirbt. Danach sind die Gehirndaten hinüber.«

»Nach einundzwanzig Tagen.«

»Das ist natürlich nur ein Mittelwert. Es gibt auch Leute, die es etwas länger schaffen. Und es scheint so zu sein, dass die Daten des Cogits nicht erst im Moment des Braincrashs korrumpiert werden, sondern schon in den Stunden davor, ohne dass dies zunächst zu sichtbaren Problemen führt. Jeder Quant weiß das und bleibt nie die vollen einundzwanzig Tage in einem fremden Körper, sondern immer maximal neunzehn, zwanzig. Es gibt Geschichten von Leuten, die es bis zur letzten Stunde ausgereizt haben. Alles schien okay zu sein. Aber kaum waren sie zurück in ihrem Stammkörper, crashten sie.

Bei Loop-Zombies wie Perrottes Vater liegt die Sache noch etwas anders. Ihre gesamte Lebensspanne beträgt nur einundzwanzig Tage, da zählt jede Stunde. Die Idee von Perrottes Hack war anscheinend, zusätzliche Körperdaten aufzunehmen, um früher zu merken, wann sich der Braincrash anbahnt. Mit diesen Daten hätte man außerdem vielleicht die Loopzyklen verlängern können. Wie genau das allerdings funktionieren soll, wissen wir nicht.«

»Warum nicht?«

»Unsere Informatiker verstehen Perrottes Code nicht.«

Ich nehme einen großen Schluck Kaffee. Er ist trinkbar, wenngleich der in Hardhouses Jiu-Jitsu-Einsiedelei besser war.

»Okay. Nächster Punkt. Diese Typen in New Albion. Wer waren die? Danke fürs Retten, übrigens.«

»Bitte. Wir wissen nicht, wer sie waren. So wie es aussieht, hatten sie das gesamte Resort gemietet und das Personal ausgetauscht.«

»So was geht?«

»Wenn man dafür zahlt«, erwidert Fran.

»Einer davon ... einer davon war mein Bruder. Ich meine, er sah aus wie mein Bruder.«

Er nickt. »Deshalb warst du da, richtig? Vermutlich war das ein Ablenkungsmanöver.«

»Ein ...?«

Francesco schaut zu Boden. »Bitte nicht falsch verstehen. Ich weiß, dass es ein sensibles Thema ist.«

»Was?«

»Dein Bruder.«

»Kann man so sagen.«

»Er ist dein wunder Punkt.«

Ich komme halb aus dem Stuhl hoch. »Du hast kein Recht …«

Bevor er etwas erwidern kann, lasse ich mich zurücksinken. Natürlich ist Percy mein wunder Punkt. Und er ist außerdem mein toter Winkel. Das hat diese Episode in New Albion bewiesen. Seit Ewigkeiten ist Percy verschwunden. Obwohl ich der Suche nach ihm quasi mein Leben gewidmet habe, fand ich nie etwas. Dann taucht er plötzlich auf, wird mir auf dem Präsentierteller serviert und mir fällt nichts anderes ein, als schnurstracks hinzufahren. Wie blöd kann man sein?

»Entschuldige«, murmele ich. Francesco macht Anstalten, nach meiner Hand zu greifen. Ich stehe auf und gehe zum Fenster.

»Aber wer hat mich abgelenkt? Das war ja … ziemlich ausgefeilt.«

»Vielleicht die Komplizen der KI.«

Ich drehe mich um. »Ihr scheint euch wegen dieser KI ziemlich sicher zu sein, oder?«

»Die Hypothese ist leider plausibel. Ich hoffe allerdings immer noch, dass sie falsch ist.«

An die Wand gelehnt, sage ich: »Perrotte hat für die Mind-Recorder-Software bezahlt. Mit Exploits.«

Ich erzähle ihm von Cryptocarbon, von der potenziellen Sicherheitslücke in der Matrioschka-Verschlüsselung, die man mithilfe eines hypothetischen mathematischen Verfahrens vielleicht knacken könnte.

»Du meinst, Perrotte hat der KI die Sicherheitslücke gezeigt und ihr gesagt, sie möge doch schnell einmal die seit

Jahrhunderten unbewiesene Silbervlies-Vermutung beweisen? Weil sie sich dann in sämtliche Cogits des Planeten hacken kann?«

»So in der Art. Und ich habe da noch etwas anderes. Diese Typen in New Albion – als ich Perrottes Stripper aufsetzte, waren sie weg.«

»Du meinst, das waren keine Menschen? Sondern Hologramme?«

Ich schüttele den Kopf. »Hologramme kann man weder schlagen, noch schlagen sie zurück. Diese Kerle waren ganz sicher aus Fleisch und Blut.«

»Aber was ist dann die Erklärung dafür, dass du sie rausstrippen konntest?«, fragt er.

»Keine Ahnung. Ich habe das Percy-Double sogar gefragt, wie das möglich ist.«

»Und?«

»Er hat gesagt, dass meine Brille nur Effekte der Level eins bis fünf herausfiltere.«

»Aber das Holonet besitzt nur fünf Level«, erwidert Francesco.

»Genau meine Worte. Er sagte, dass das nicht stimmt.«

Francesco läuft unruhig in dem dafür viel zu kleinen Büro auf und ab.

»Was«, sagt er, »wenn die KI – oder meinetwegen auch clevere Menschen – das Holonet gehackt haben? Dann könnten sie Dinge oder Personen beliebig hineinprojizieren.«

»Hm. Dadurch ließe sich viel Verwirrung stiften. Aber es erklärt die Typen in New Albion nicht. Dennoch glaube ich schon seit Längerem, dass es eine Verbindung zum Holonet geben könnte.«

»Wieso?«

»Weil Cryptocarbon von Arkenziel gekauft wurde.«

»Ja, aber das kann auch Zufall sein. Nach dem Tod des Firmengründers war der Laden reif.«

»Es würde sich trotzdem lohnen, Arkenziel genauer anzuschauen«, sage ich. »Was bitte wollen die mit einer Krypto-Bude, die auf Uploads spezialisiert ist? Ist doch gar nicht deren Turf. Die allwissende UNANPAI weiß doch bestimmt, ob Arkenziel in Sachen KI-Forschung negativ aufgefallen ist.«

Er nickt. »Das können die Kollegen überprüfen.«

»Okay«, sage ich und zeige auf das Holo, das immer noch über dem Tisch schwebt, »noch mal zu eurer Timeline. Was ist das Letzte, das du von Perrotte weißt, bevor du sie verloren hast? So genau wie möglich, bitte.«

Er starrt schweigend auf die Linien. Dabei tippt er mit der Kuppe seines Zeigefingers gegen das kleine Grübchen an seinem Kinn. Genau diese Geste ist es, die ihn damals im Coffeeshop verraten hat. Ohne sie wäre ich ihm nicht auf die Schliche gekommen. Ich frage mich, ob Fran sich mir trotzdem irgendwann offenbart hätte – wahrscheinlich. Vermutlich verflucht er sich dafür, dass er mir nicht zuvorgekommen ist.

Ich bin derart in Gedanken versunken, dass ich seinen nächsten Satz gar nicht ganz mitkriege.

»... Hinweis darauf, dass sie die neue Version ausprobieren wollte. Sie lud sich in einen ihrer Doppelgänger hoch und fuhr zu ihrer Garage.«

»Was für eine Garage?«

»Wo ihre Autos parkten, ihre Crasherkarren«, sagt Francesco.

»Sie hatte mehrere?«

Eine dämliche Frage. Natürlich hatte Perrotte mehrere, und sie musste ständig welche nachkaufen.

Er nickt. »Perrotte ging allerdings sehr diskret vor. Ich habe sie verloren. Deshalb weiß ich nicht, wo sie hingefahren ist.«

»Nach Le Mans.«

»Die verlassene Rennstrecke? Dann haben wir wohl an der falschen Stelle gesucht.«

Ich erzähle, dass ich in Le Mans das zerstörte Fahrzeug und das kaputte, mit Elektroden verkabelte Gefäß gefunden habe, außerdem den Mind Recorder und die Strippergoggles. Ich beschreibe Fran, wo ihre Kollegen das Wrack finden können.

»Meiner Meinung nach«, sage ich, »muss Perrotte ziemlich genau zu der Zeit verschwunden sein, als ihr Klon in Le Mans starb.«

Francesco setzt sich wieder hin. »Warum?«

»Ich habe keinen direkten Anhaltspunkt dafür, dass es so ist, aber es erscheint mir zwingend logisch. Ein illegales Fahrzeug. Mit einer Fahrerin, die wie sie aussieht. Nicht zu vergessen der Recorder und die Daten. So was lässt man nicht rumliegen. Man birgt es so schnell wie möglich.«

»Könnte sie einen Helfer gehabt haben?«, fragt Francesco.

»Laut Oblivion, ihrer Deather-Freundin, hat Perrotte immer alleine gearbeitet. Die Perrotte im Gefäß hätte, bevor sie nach Le Mans fuhr, also ihren Stammkörper präpariert und den Timer der Uploadvorrichtung programmiert. Dann wäre sie zur geplanten Uhrzeit in ihrem Stammkörper aufgewacht und nach Le Mans gefahren, um die Sauerei aufzuwischen. Ist sie aber nicht. Der Upload allerdings scheint geklappt zu haben. Ansonsten wäre Perrottes Stammkörper nämlich immer noch in der Rue Vieille du Temple gewesen.«

Francesco erhebt sich und macht eine ärgerliche Handbewegung, woraufhin das Zeitleistenholo verschwindet. »Wo zum Teufel kann sie hin sein?«

»Wo habt ihr denn bisher gesucht?«, frage ich.

»In ganz Paris. In anderen Städten, die sie öfter besuchte. Wir haben auch den KOC gecheckt, für den Fall, dass sie zu ihrem Vater im Berg Orbital wollte. Und eine andere alte Rennstrecke.«

»Welche?«

»Das Autodrôme de Linas-Montlhéry. Nicht so berühmt wie Le Mans, auch schon lange dicht.«

»Wie bist du auf Linas gekommen?«

»Der Name«, antwortet er, »stand auf einem Block in Perrottes Wohnung. Als ich die Notiz fand, war ich mir ganz sicher, in Linas den Recorder zu finden und das Gefäß. Aber wie wir jetzt wissen, war sie dort nicht.«

Ich erinnere mich. Als ich damals bei der Durchsuchung von Perrottes Wohnung überrascht wurde, musste ich mich im Kleiderschrank verstecken. Von dort beobachtete ich, wie jemand in einem Jedermann-Anzug den Notizblock auf dem Nachttisch an sich nahm, die oberste Seite schraffierte und einsteckte. Nun weiß ich, dass es sich bei diesem Unbekannten um Fran handelte. Aber das ist nicht der Punkt.

Ich muss lachen. »Oh, das ist ... ich glaube, ich weiß jetzt, wie sie es gemacht haben. Wow, das ist elegant.«

»Wer hat was wie gemacht?«

»Wie Perrotte entführt wurde.«

»Und zwar?«

Ich schaue ihn triumphierend an. »Sie hat sich selbst entführt.«

Francesco zieht eine Augenbraue hoch. »Jetzt bin ich aber gespannt, Herr Quästor.«

»Zunächst: der Notizblock. Du hast den Zettel durchgepaust.«

»Ja, das stimmt. Woher …?«

»Ihr seid nicht die Einzigen, die andere observieren können. Ich saß im Kleiderschrank und habe dich beobachtet.«

Er schüttelt ungläubig den Kopf. Ich mache eine kurze Pause, um das ein bisschen auszukosten. Dann sage ich: »Du hast das Blatt schraffiert und wurdest fündig. Ich habe es danach auch noch versucht, aber aufs zweite Blatt hatte sich die Schrift nicht mehr richtig durchgedrückt. Da stand lediglich A … me … d … a. Ich habe auf Andromeda getippt. Aber es bedeutete Autodrôme de Linas. Deine Schlussfolgerung war, dass Perrotte ihren Todescrash im Autodrôme de Linas-Montlhéry absolviert hat. Du bist hingefahren. Aber da war nichts. So weit korrekt?«

Er nickt.

»Wieso stand auf dem Block Linas, wenn Perrotte doch in Wahrheit in Le Mans sterben wollte? Folgendes ist passiert: Perrottes Gefäß fährt nach Le Mans, stirbt. Kurz darauf, vermutlich höchstens zwei, drei Stunden später, wacht Perrotte in ihrem Stammkörper auf. Sie weiß, dass sie ihr Gefäß und den Recorder bergen muss. Aber sie weiß nicht, wo.«

»Moment mal«, sagt Francesco. »Sie hatte doch schon vorher den Plan, nach Le Mans zu fahren, vor ihrem letzten Back-up. Folglich müsste sie sich daran erinnern können.«

»Klar. Aber dieser Crasherscheiß ist illegal, die Bullen versuchen ihn immer wieder zu unterbinden. Ich kannte mal wen, der sich dafür interessierte. Deshalb weiß ich, dass Crasher ihre Pläne oft im letzten Moment ändern, ändern müssen. Sie haben Foren, wo sie einander darüber informieren, ob eine Rennstrecke gerade sicher ist.«

Ich erhebe mich und rufe mir eine Holotafel auf. Darauf schreibe ich:

Perrotte 1: Gefäß für den Crash

Perrotte 2: Bergungsteam (Stammkörper)

»Also«, sage ich, »Perrotte 1 wacht auf. Sie weiß, dass sie nach Le Mans fahren will, um sich umzubringen. Aber bevor sie das macht, checkt sie die Chatboards der Crasher-Community, falls es irgendwo eine Razzia der Polizei gibt. In dem Fall würde sie für den Suizid woandershin ausweichen. Damit Perrotte 2 später Bescheid weiß, wie sie sich letztlich entschieden hat, hinterlässt Perrotte 1 ihr eine Notiz.«

Ich sehe an seinem Gesichtsausdruck, dass Francesco ahnt, worauf das hinausläuft.

»Perrotte 1 geht also vom Klonkabinett hoch in die Wohnung und schreibt ›Le Mans‹ auf den Block im Schlafzimmer. Dann macht sie sich auf den Weg. Etwas später erwacht Perrotte 2, also das Original. Sie geht ebenfalls hoch, checkt den Notizblock. Und siehe da: Auf dem Block steht nicht ›Le Mans‹, sondern ›Autodrôme de Linas‹.«

»Aber warum?«, fragt Francesco.

»Weil in der Zwischenzeit jemand den Zettel, den Perrotte 1 für Perrotte 2 schrieb, abgerissen und dafür einen neuen hinterlassen hat, auf dem der falsche Ort steht. Wieso? Weil es ziemlich viel Aufsehen erregt, jemanden in Paris auf offener Straße zu kidnappen. Im gottverlassenen Linas ist das hingegen einfacher. Vor allem, wenn das Opfer von sich selbst dort hingelotst wird und deshalb völlig arglos ist.«

Er tippt sich mit dem Finger ans Kinn. »Aber warum stand auf meinem Zettel nicht auch ›Le Mans‹? Ich habe schließlich drauf geachtet, das gesamte Blatt zu schraffieren. Da hätte doch was von der abgerissenen Originalnotiz durchdrücken müssen.«

»Nicht unbedingt. Neben dem Bleistift lag noch ein Filzstift. Perrotte 1 hat den Filzer benutzt. Der drückt nicht durch. Der Kidnapper hingegen verwendete den Bleistift. Deshalb bist du auf das Autodrôme de Linas gestoßen, aber nicht auf Le Mans.«

»Aber wäre es für die Kerle nicht einfacher gewesen, sie in Le Mans zu kidnappen?«, fragt Fran. Bevor ich etwas erwidern kann, beantwortet er sich die Frage selbst. »Nein, denn dann hätten sie nur die Perrotte im Gefäß gehabt. Und die wäre nach einundzwanzig Tagen hinüber gewesen. Sie wollten ihren Stammkörper.«

Ich lehne mich an die Wand. »Ich bin mir noch nicht hundertprozentig sicher, ob ich an Eure KI-Theorie glaube.«

»Warum nicht?«

»Modus Operandi. Ich würde denken, dass ein Computer mit holographischen Täuschungen arbeitet, mit Robotern. Dass er Perrottes Auto hackt, was weiß ich. Aber derjenige, mit dem wir es hier zu tun haben, ist eine reale Person, die mit einem Stift auf Blöcke schreiben und Leuten einen Sack über den Kopf ziehen kann.«

»Das können aber Proxies sein.«

»Proxies?«

»Menschen, die für die KI arbeiten, vielleicht nicht einmal wissentlich. Es gibt dazu Theorien.«

»Was für Theorien?«

»Das erzähle ich dir beim Lunch.«

Während des Essens erläutert Fran mir die Sache mit den Proxies. Bei UNANPAI gibt es anscheinend eine beachtliche Zahl von Theoretikern. Statt die Einhaltung des Non-Proliferationsabkommens zu kontrollieren, grübeln sie darüber nach, was eine KI wohl täte, was sie dächte. Was wären ihre Interessen, Motivationen, Strategien? Letztlich dient all dies der praktischen Frage, wie man mit einer KI umgeht. Woran könnte die Menschheit erkennen, dass ein Computer ihr das Wasser abgräbt? Und wie könnte man einer entflohenen KI wieder Herr werden?

Ich wende ein, dass derlei, Verzeihung, Theoriegewichse die Photonen nicht wert ist, mit denen es projiziert wird. Wer kann schon sagen, wie ein superintelligenter Computer denkt und was er will. Will er überhaupt etwas? Hegt eine Maschine Wünsche? Verfügt sie über Instinkte und Triebe, beispielsweise einen Überlebenstrieb? Meiner Meinung nach versuchen diese UNANPAI-Theoretiker zwangsläufig, von menschlichen Verhaltensweisen auf die eines Computers zu schließen – das alleine ist schon ein Denkfehler. Es ist, als versuche eine Maus zu verstehen, wie ein Mensch funktioniert.

Fran widerspricht. Ja, sagt er, niemand könne wissen, wie so ein Ding denkt. Vor allem für eine KI, die um den Faktor zehn oder hundert intelligenter sei als ein Mensch, könne man keinerlei Vorhersagen treffen. Andererseits müsse auch eine KI innerhalb bestimmter Parameter operieren – physikalischer Parameter, zum einen. Schwerkraft, Energieerhaltungssatz oder Lichtgeschwindigkeit gelten auch für oberschlaue Computer. Und solange die KI noch nicht sehr mächtig ist, müsste sie sich außerdem jener Hilfsmittel bedienen, die auf der Erde bereits vorhanden sind – der technischen Infrastruktur, der sozioökonomischen Gegebenheiten und so weiter.

Auf dieser Basis entwickelt UNANPAIs Thinktank seit Jahren Theorien, Modelle, Handlungsanweisungen. Fran zufolge umfasst das Ergebnis Abertausende von Seiten. Es gibt beispielsweise eine Gruppe von Eierköpfen, die an einem Konzept für eine sichere KI arbeitet. Die vielversprechendste Variante ist das sogenannte Orakel, ein komplett vom Netz getrennter Supercomputer. Man kann ihm einzelne Fragen stellen, indem man Zettel in einen Schlitz wirft.

»Und das wäre sicher?«, frage ich.

»Vermutlich nicht. Die KI könnte Antworten geben, die zu bestimmten Resultaten führen, und das über viele Jahre. So könnte sie uns langfristig austricksen.«

»Klingt total paranoid.«

»Ist es. Aber wir reden hier von einem Ding mit mehr Weitsicht als fünftausend Schachgroßmeister.«

Fran gibt zu, dass er, wie die meisten im Feld arbeitenden Inspektoren, das Gros dieser Theorien nie gelesen hat. Eine Disziplin der KI-Forschung, die er hingegen genau studiert hat, ist das sogenannte Proxy-Modell. Es basiert auf der relativ banalen Erkenntnis, dass ein Computer keine Arme und Beine hat. Im globalen Datagrid wäre seine Macht gottgleich. Aber was, wenn die KI einen Stahltresor öffnen muss, um ein darin liegendes Dokument zu lesen?

Eine Analogie vergleicht KIs mit Fischen. Der Cyberspace ist der Ozean und der Realspace das trockene Land. Letzteres ist off limits – es sei denn, die KI findet jemanden, der sie im Eimer durch die Gegend trägt.

Diese Wasserträger nennt man Proxies. UNANPAI-Theoretiker haben sich jahrelang ihre Hohl- und Schwammköpfe darüber zerbrochen, welche Art von Stellvertretern eine KI bevorzugen würde.

»Und?«, frage ich. »Was ist das Ergebnis?«

»Die meisten unserer Strategen sind der Ansicht, dass eine KI vermutlich keine einzelnen Personen als Proxies wählen würde. Vielleicht am Anfang, aber letztlich würde sie eine größere Organisation kapern.«

»Weil?«

»Weil die mehr Ressourcen hat. Vor allem aber wegen der Anonymität. Vermutlich wird die KI ihr wahres Wesen verbergen wollen, zumindest am Anfang. Einzelpersonen könnten ihr auf die Schliche kommen. Bei Perrotte scheint das passiert zu sein. Sie hat gemerkt, dass etwas faul ist. Aus Sicht einer KI ist es deshalb besser, eine größere, hierarchische Organisation zu kontrollieren. Die verspricht Anonymität. Dort kann sie von oben Befehle geben, und die Mitglieder führen sie aus. Ohne zu ahnen, von wem oder was die Order kam. Die drei wesentlichen Organisationstypen, die infrage kommen, sind Regierungen, Verbrecherkartelle und Supernationals. Wir tippen auf Letztere.«

»Großkonzerne. Warum die?«

»Regierungen sind zu transparent. Außerdem werden sie mitunter abgewählt. Sie sind folglich zu unberechenbar. Ein großes Verbrecherkartell käme infrage. Die zeichnen sich jedoch häufig dadurch aus, dass sie auf eine charismatische Person an der Spitze zugeschnitten sind. Die KI müsste also den Mafia-Capo direkt kontrollieren.«

»Damit wären wir aber wieder bei dem Problem, dass Individuen einer KI leichter auf die Schliche kommen.«

»Korrekt. Supernationals hingegen ...«, Fran spreizt seine Finger, um die Vorzüge globaler Konzerne abzuzählen: »Austauschbare Führungsfiguren; erhebliche Ressourcen; autokratische Strukturen; geringe Transparenz. Man kann sie über ebenso intransparente Briefkastenfirmen kontrollieren.«

Wir gehen zurück in Frans Büro. Als er die Tür geschlossen hat, sage ich: »Ich wollte das eben in der Kantine nicht ausbreiten, aber: Eure Proxy-Theorie bestätigt meine.«

»Welche?«

»Die, dass Arkenziel involviert ist. Überleg mal. Arkenziel ist einer der größten Supernationals. Und sie wären das ideale Ziel, wegen der Holonet-Technologie. Für eine KI bietet die viele Möglichkeiten.«

»Die Argumentation funktioniert aber auch bei zehn anderen Konzernen. Einer wie Blastscheleso, der auf Robotik und Automatisierung spezialisiert ist, würde genauso gut passen. Und bevor du jetzt wieder damit kommst, dass Arkenziel Cryptocarbon gekauft hat – kann Zufall sein. Außerdem: Wenn Perrotte verraten hat, wie man die Cogit-Verschlüsselung knackt, hatte die KI ja bereits alles, was sie wollte.«

»Ja. Aber das ist nicht alles. Da sind die Typen in New Albion, die irgendwelche Holohacks verwenden. Und Perrotte hatte Strippergoggles dabei – Level I. Wieso eigentlich? Die aus meiner Sicht plausibelste Erklärung: Perrotte wusste nicht nur, dass sie es mit einer KI zu tun hat. Sondern sie wusste auch, dass die das Holonet manipulieren kann. Das alles«, ich schaue aus dem Fenster, in Richtung des Gebäudes mit dem Regenbogenlogo, »deutet auf diesen Laden hin.«

Fran reibt sich die Augen. »Okay, okay. Wir hatten ja schon gesagt, dass wir Arkenziel überprüfen lassen. Wir machen's gründlich. Was ist noch zu tun?«

»Diese Typen aus New Albion – ich hatte meine Ringkamera eingeschaltet. Ich weiß nicht, ob man was erkennen kann. Aber wenn ihre Gesichter drauf sind, wäre es zumindest den Versuch wert, sie durch ein paar Datenbanken laufen zu lassen.«

Francesco ist einverstanden. Ich überspiele ihm das Material, damit er es UNANPAIs Datenexperten geben kann.

»Können wir dann jetzt los?«, frage ich. »Oder haben wir hier noch zu tun?«

»Wo willst du denn hin?«

»Zurück nach Paris. Wir wissen jetzt, wo Perrotte hingefahren ist. Auch wenn ihr das Autodrôme de Linas schon mal in Augenschein genommen habt, glaube ich, dass die Lösung dort zu finden ist.«

Das Autodrôme de Linas-Montlhéry ist in noch schlechterem Zustand als Le Mans. Wir befinden uns innerhalb des Rundkurses, dessen Steilkurve hinter uns aufragt. Diese besitzt einen Winkel von mehr als dreißig Grad – vermutlich, damit die Autos dort schneller fahren konnten.

Wir sind seit drei Stunden hier. Francesco hat schlechte Laune. Nachvollziehbar, denn wir haben nichts. Wir sind den Rundkurs, den *anneau de vitesse*, abgefahren, außerdem eine ebenfalls zu Linas gehörende längere Strecke, die sich über zwölf Kilometer durch die Pampa schlängelt. Aber wir haben nichts. Ich schaue in Richtung der Steilkurve. Der Asphalt ist geborsten, sodass die Fahrbahn von einem Netz dunkler Linien durchzogen ist. Ziemlich genau am Scheitelpunkt der Kurve steht eine Kastanie, mindestens zwanzig Meter hoch. Ich mache einige Schritte in Richtung unseres Fahrzeugs, in dem Francesco sitzt und durch irgendwelche Holodaten wischt. Die Kidnapper haben den Ort gut gewählt. Hier gibt es niemanden, der etwas gesehen haben könnte. Auf dem Weg hierher sind wir durch drei Dörfer gefahren, alle verlassen.

Natürlich habe ich Francesco gefragt, ob er nach elektronischen Spuren gesucht hat – von Perrottes Fahrzeug, zum Beispiel. Er hat, aber unsere Gruftieprogrammiererin war offenbar vorsichtig. Ihr Wagen scheint keine Netzkennung gesendet zu haben. Zwar ließ sich feststellen, welches Fahrzeug sie für die Fahrt nach Linas verwendete. Aber der fragliche BMW 5000, Baujahr 2036, ist auf keiner Aufzeichnung der Autobahnkameras zu sehen. Vermutlich hatte sie eine Holotextur über die Karosserie gelegt. Wenn sie den Wagen camouflierte, muss sich dieser natürlich laufend ins Holonet eingeloggt haben. Aber wie man weiß, werden die fraglichen Daten nicht lange gespeichert. Privatsphäre ist etwas Wunderbares.

Ich gehe die Fahrbahn entlang, stapfe dann in Richtung des Wäldchens, das sich in der Mitte des *anneau de vitesse* befindet. Vor dem Waldsaum erhebt sich eine verfallene Baracke. Auch einige verrostete Autowracks sind zu erkennen. Ich setze Perrottes Level-I-Stripper auf, kann aber keine Veränderung feststellen. Es gibt hier Holonet, aber niemand verwendet es, um den ganzen Rott und Gammel zumindest ein wenig zu kaschieren. Na, warum auch? Außer den Crashern scheint niemand je herzukommen. Als ich weitergehe, fällt mir etwas an einer der rostigen Wände eines Schuppens auf. Nein, eigentlich fällt mir nichts auf. Es ist eher so ein Gefühl, dass da vorhin noch ein Detail war, das nun verschwunden ist. Ich setze die Stripper ab. Ein Holograffito erscheint.

Es zeigt ein schief gemaltes Rennauto, darunter steht ›Need for Speed‹. Etwas links davon hat jemand in fetten Versalien ›DRESSED LIKE HUMANS‹ geschrieben.

Ich schaue zurück. Francesco steht neben dem Auto. Er winkt. Ich bedeute ihm, dass ich gleich komme. Vorher setze ich nochmals die Stripper auf und laufe um die Baracke herum. An der Rückseite steht auf einem Betonsockel ein großer grauer Kasten. Man sieht ihm an, dass er nicht so alt ist wie der Rest des Autodrômes. Ich luge über die Brille, und der Kasten verschwindet. Wenn ich mich nicht irre, handelt es sich um einen sogenannten Bessel-Multiplexer, eine jener Basisstationen, von denen die Hologrammatica erzeugt wird. Sie sind so gängig wie Telefon-Kabelverzweiger vor hundert Jahren. Genauer gesagt wären sie es, wenn man sie sähe. Aber hässliche Schaltkästen werden natürlich camoufliert. Der Multiplexer ist einen Meter breit und zwei hoch, mit einer grauen Doppeltür aus Kunststoff. In seiner oberen rechten Ecke ist ein doppelter Regenbogen eingestanzt. Ich betrachte die Kiste einen Moment. Dann wende ich mich ab und gehe zurück zu Francesco. Nach der Hälfte der Strecke nehme ich die Stripper ab und stecke sie weg.

Ich bleibe stehen. Moment mal.

Francesco schaut verdutzt, als ich auf ihn zurenne. Keuchend komme ich zum Stehen. »Ich hab's«, rufe ich. »Ich glaube, ich hab's.«

»Und zwar?«

»Wie wir sie finden können. Kennst du dich mit dem Holonet aus?«

»Es geht so«, antwortet er.

»Wenn ich im Holonet Daten generiere, wenn ich mich hindurchbewege, werden die nur kurz gespeichert.«

Francesco macht eine zustimmende Geste. »Ja, in EURUS beträgt die gesetzlich vorgeschriebene Speicherdauer eine Stunde. Danach wird alles gelöscht. Und?«

»Es gibt doch aber bestimmt Daten, die länger gespeichert werden. Oder dauerhaft«, sage ich.

Er überlegt kurz. »Wenige Föderativen speichern personenbezogene auf Vorrat, zum Beispiel die Bharata-Föderative. Nur ein paar sicherheitsrelevante Informationen werden dauerhaft geloggt. Worauf willst du hinaus?«

»Stripper-Goggles«, erwidere ich.

»Deren Zugriffe werden separat geloggt. Aber auch nicht gespeichert. Glaube ich zumindest.«

Ich lächele. »Glauben ist nicht wissen.«

Francesco verzieht das Gesicht. Dann ruft er sich ein Holofenster auf. Nachdem er einige Einträge studiert hat, sagt er: »Also, Gesetzeslage in EURUS. Unterseher mit Level V und IV, die lediglich öffentliche Effekte ausblenden, werden wie alle anderen persönlichen Daten behandelt. Logdaten von Strippern, für die eine spezielle Lizenz notwendig ist, werden hingegen auf Vorrat gespeichert, um etwaige Missbrauchsfälle dokumentieren zu können.«

»Was heißt das für Level-I-Stripper?«

»Wenn die Brille an ist, wird alle ... Moment ... alle dreißig Sekunden eine Ortung vorgenommen. Die Informationen werden an eine Datenbank übermittelt, zu der lediglich die Sicherheitsbehörden Zugang haben.«

»So kriegen wir sie«, sage ich. Ich ziehe Perrottes Goggles hervor und halte sie hoch. »Juliettes Klon hatte in Le Mans ein Paar davon dabei. Wir haben schon mal drüber gesprochen, weißt du noch?«

Er tippt sich gegen das Kinn. »Deine Theorie war, dass Perrotte dem Holonet nicht traute. Weil sie glaubte, die KI manipuliert es.«

»Genau. Ich würde wetten, dass die echte Perrotte, als sie hierherfuhr, ebenfalls Stripper dabeihatte.«

»Na, dann hoffen wir mal, dass sie die Brille auch aufhatte. Entschuldige mich kurz, ich muss ein paar Leute anrufen. Wird nicht ganz einfach sein, der EURUS-Geheimpolizei diese Daten aus der Nase zu ziehen. Aber falls es sie gibt, kriegen wir sie.«

Er dreht sich um und geht zu seiner Dienstlimousine. Vermutlich will er seine Anrufe nicht über das normale Holonet abwickeln, sondern lieber über eine sichere UNANPAI-Verbindung. Ich wische mir den Schweiß von der Stirn. Es fällt mir schwer, stillzustehen. Das alte Jagdfieber hat mich gepackt.

Durch die Seitenscheibe des Wagens kann ich erkennen, dass Francesco mit jemandem spricht. Nach ein paar Minuten steigt er aus und kommt herüber.

»Und?«, frage ich.

»Ich habe mit der EURUS-Ermittlerin gesprochen, die für den Fall zuständig ist.«

»Natascha Duerte?«

Er nickt. »Erwartungsgemäß hatte die Praporschtschik großes Interesse an allem, was wir rausgefunden haben. Und gleichzeitig geringes Interesse, uns zu helfen. Aber Hardhouse zieht ein paar Strippen. Wir kriegen die Daten. Vermutlich.«

»Wie lange wird das dauern?«

»Eine halbe Stunde. Das zumindest sagt Duerte. Ist vermutlich Hinhaltetaktik, kostet sie ja eigentlich nur einen Wisch. Es würde mich nicht wundern, wenn sie demnächst hier auftaucht.«

»Hast du ihr gesagt, dass wir hier sind?«, frage ich.

»Natürlich nicht.«

Von Paris aus braucht man mit dem Auto eine Stunde. Mit etwas Glück sind wir bis dahin weg. Mein letztes Gespräch mit Duerte war eher unangenehm. Wir beschließen dennoch, erst einmal zu warten. Falls die Datenspuren zu einem Ort nahe des Autodrômes führen, hätten wir nämlich die Chance, vor den Bullen dort zu sein.

Francesco holt eine Flasche Wasser aus dem Auto und setzt sich ins warme Gras. Er nimmt einen großen Schluck und hält sie mir hin. Dankend lehne ich ab, obwohl mein Mund ganz trocken ist.

»Ich bin skeptisch, ob wir sie noch finden«, sage ich.

Francesco schält sich aus seinem Sommermantel und breitet ihn auf der Wiese aus. Er lehnt sich zurück, die Ellenbogen auf den Boden gestützt.

»Wieso?«

Ich zucke mit den Achseln. »Die gute alte Achtundvierzig-Stunden-Regel. Zu lange her. Zu verworren.«

Er legt sich nun ganz hin, verschränkt die Arme hinter dem Kopf. Ich setze mich neben ihn ins Gras.

»Mich interessiert Perrotte ohnehin nur insoweit, als sie uns zu der KI führt«, sagt Francesco.

Und mich interessierte sie nur insoweit, als sie mir eine Stange Geld einbringt. Aber das stimmt nicht mehr. Seit das mit dem falschen Percy passiert ist, liegt die Sache anders. Ich fühle, dass es wichtig wäre, Perrotte zu finden, wichtig für mich. Mir ist nicht ganz klar, warum. Das Komitee der Selbste fordert mich auf weiterzusuchen, hat aber leider keine Begründung mitgeliefert. Vermutlich ist es so: Spüre ich Perrotte auf, erfahre ich mehr über die KI-Geschichte.

Wenn sie irgendwie mit Percy zusammenhängt, könnte mir der Computer vielleicht etwas über den Verbleib meines Bruders sagen.

Ich seufze hörbar.

»Alles okay?«, fragt Francesco und blinzelt durch die Sonne zu mir hoch. Ich mache eine abwiegelnde Geste. Gar nichts ist okay. Schon wieder hat ein Hirngespinst Besitz von mir ergriffen. Gralsritter Galahad jagt einem weiteren Trugbild nach. Viele Jahre habe ich erfolglos versucht, meinen Bruder zu finden. Nun meine ich, ich müsste den Großen Computer finden. Ich glaube, der Gedanke spukt schon seit unserer Abreise aus Sapporo in meinem Kopf herum. Wenn ich das allwissende Orakel finde, wird es mir vielleicht sagen, wo Percy ist. Dabei weiß ich es längst. Mein Vater hat es mir immer wieder gesagt. Percy liegt auf dem Grunde des Meeres.

Immer noch im Gras hockend wende ich mich dem sehr lebendigen Francesco zu. Mit geschlossenen Augen liegt er da, die Nachmittagssonne lässt sein Gesicht leuchten. Sein Gefäß wird noch mehr Sommersprossen bekommen. Das zumindest ist ein erfreulicher Gedanke. Francescos Brust hebt und senkt sich. Sein Atem geht ruhig, doch ich bin mir sicher, dass er nicht schläft. Er ruht sich nur aus. Und er gibt mir Raum. Francesco hat gemerkt, dass mich etwas bedrückt. Er weiß, dass er mir momentan nicht helfen kann. Genauer gesagt, dass ich mir momentan nicht von ihm helfen lassen werde.

Warum eigentlich nicht?

Mit dem Finger zeichne ich in der Luft die feinen Konturen seines Gesichts nach. Ich weiß nicht, wer Fran Bittner letzten Monat war oder wer er demnächst sein wird. Aber in diesem Augenblick ist er ganz eindeutig mein Francesco. Ich lasse mich niedersinken, den Kopf aufgestützt. Darauf hat er gewartet. Er öffnet seine Augen und schaut mich an.

Zwischen uns erscheint ein Anrufsymbol. Es ist das Mannsweib von der EURUS-Polizei. Ich komme auf die Beine und trete einige Schritte zurück. Ich halte mich da schön raus. Francesco steht ebenfalls auf und nimmt den Anruf an. Natascha Duerte erscheint. Ihre Körpersprache sagt alles. Sie kooperiert nur ungern mit Francesco. Aber sie muss, weil ihr irgendwer weiter oben einen Einlauf verpasst hat.

»Starschi Praporschtschik Duerte«, sagt Francesco, »danke für Ihren schnellen Rückruf. Haben Sie etwas für mich?«

»Es sieht so aus, als ob Sie recht hatten, Special Agent in Charge Bittner.« Sie betont jedes Wort. Vermutlich findet sie seinen Titel albern.

Francesco lässt sich nicht provozieren. »Schießen Sie los.«

»Jemand hat in der fraglichen Gegend am genannten Datum tatsächlich Unterseher verwendet. Oakley Skyclads, Mark I. Die Zeit passt auch. Unsere Leute sind auf dem Weg.«

Ich gehe in einem großen Bogen um die beiden herum. Trete ich zu nahe heran, interpretiert das Holonet dies möglicherweise als den Versuch, eine Konferenzschaltung zu initiieren. Mit genügend Sicherheitsabstand kann ich Duerte hingegen beobachten, ohne dass sie mich sieht.

»Überspielen Sie uns die Daten? So war es ausgemacht.«

Die Polizistin presst die Zähne aufeinander. »Selbstverständlich, Special Agent in Charge. Die Daten sind allerdings ein wenig durcheinander.«

»Wie darf ich das verstehen? Wir brauchen einen sauberen Datensatz, damit wir ...«

Praporschtschik Duerte schüttelt den Kopf. »Sauber ist er, aber nicht ganz ... eindeutig.«

»Inwiefern?«

»Die Oakleys müssen modifiziert gewesen sein. Das Holonet hat sie geloggt, aber die Seriennummer fehlte. Verdammte Hacker, keine Achtung vor dem Gesetz. Außerdem gab es einen Holonet-Ausfall.«

Ich muss mich beherrschen, nicht doch in das Gespräch hineinzulaufen. Dies wäre nun bereits der zweite Lightout, der mit Perrotte zusammenhängt. Der erste ereignete sich in Paris, Sekunden nach dem Mord an Faucheux. Und jetzt noch einer, im Zusammenhang mit Perrottes Verschwinden? Das kann kein Zufall sein. An Duertes Gesichtsausdruck erkenne ich, dass ihr dieser Umstand äußerst bewusst ist. Sie mustert Francesco. Dessen Gesicht verrät jedoch nichts. Ich muss ihm zugestehen, dass er ziemlich gut ist. Den meisten Leuten gelingt es nicht einmal in ihrem eigenen Körper, ihre Emotionen zu verbergen. Das in einem Gefäß hinzubekommen, dürfte deutlich schwieriger sein.

»Wegen des Lightouts«, fährt Duerte fort, »sind einige Daten flöten gegangen, vielleicht sind sie auch korrumpiert worden. Das zumindest würde erklären, warum die Logs so seltsam sind – na, schauen Sie es sich selber an.«

»Mache ich. Danke, Praporschtschik.«

Duertes Augen verengen sich. »Und wenn Sie aus den Logs schlauer werden als wir, dürfen Sie mich gerne anrufen.«

Francesco verspricht es ihr.

»Eins noch.«

»Ja, Praporschtschik?«

»Ich weiß ja nicht genau, warum Sie sich dermaßen für Perrotte interessieren. Aber ich darf wohl annehmen, dass es mit KIs zu tun hat.«

Francesco macht ein Dies-alles-unterliegt-natürlich-strengster Geheimhaltung-Gesicht. Dann erwidert er: »Sagen wir mal so: Crasher interessieren uns in der Regel weniger.«

»Ist klar. Und spielt bei Ihren Ermittlungen ... Arkenziel eine Rolle?«

Er schaut so, als höre er den Namen zum ersten Mal. »Der Holonet-Betreiber? Bisher eigentlich nicht.«

Es ist nicht einmal eine Lüge. Bisher hatte UNANPAI Arkenziel ja tatsächlich nicht auf dem Schirm.

»Wieso?«, fragt er. »In welcher Weise sind die involviert?«

»Hatten mit Perrottes Arbeitgeber zu tun«, erwidert Duerte. »Und dann diese Netzausfälle in ihrem Gebiet. Na ja, ist nicht so wichtig.«

Er nickt. »Vielen Dank für Ihre Hilfe, Praporschtschik. Wenn ich etwas für Sie habe, hören Sie von mir.«

Duerte macht ein Wer's-glaubt-wird-selig-Gesicht. Dann brummt sie einen Abschiedsgruß und kappt die Verbindung. Sobald sie verschwunden ist, gibt Francesco mir ein Zeichen, ihm zu folgen. Wir setzen uns in den Wagen und rufen uns die Daten auf. Es handelt sich um eine Kartendarstellung, auf der eine rote Linie eingezeichnet ist.

Sie beginnt in Paris, in der Nähe des Innenstadtrings, und führt von dort nach Süden. Offenbar handelt es sich um eine Darstellung der vom Holonet registrierten Stripper-Logins. Die einzelnen Logs werden durch schwarze Punkte dargestellt. Berührt man sie, erscheint ein Datumsstempel. Der erste Punkt stammt vom 14. April, 15:11 Uhr. Das muss einige Stunden gewesen sein, nachdem Perrotte 1 nach Le Mans fuhr. Die Linie ist nicht durchgehend, offenbar hat Perrotte 2 ihre Stripper mehrmals auf- und abgezogen. Vielleicht hielt sie nach Verfolgern Ausschau, die sich mithilfe des Holonets unsichtbar gemacht hatten? Schwer zu sagen – eindeutig hingegen ist, wo die Linie hinführt: in Richtung des Autodrôme de Linas.

Fran wischt über die Punkte nahe Linas. »Jetzt verstehe ich, was Duerte meinte. Schau, hier.«

Er startet eine Animation der Route, die auf den Stripperlogs basiert. Nördlich der Rennstrecke verlässt der Wagen die Autobahn. Ab da wird aus dem bisher gradlinigen Verlauf ein irrer Zickzackkurs. Was noch seltsamer ist: Perrottes Bewegung wird schneller. Viel schneller. Sie muss mit einer irrwitzigen Geschwindigkeit die Straßen von Linas entlanggerast sein.

»Sie wurde verfolgt«, sagt Francesco, der offenbar meine Gedanken lesen kann. Wir lassen die Animation ablaufen, dreimal, viermal. Perrotte fährt nach Süden, weiter nach Süden, erreicht das Autobahnkreuz nahe Linas und hüpft wild über die Karte.

»Kannst du auf Basis dieser Daten«, ich zeige auf die Karte, »die Geschwindigkeit des Fahrzeugs kalkulieren?«

»Im Prinzip schon. Warte einen Moment.«

Francesco öffnet mehrere Fenster und redet mit einer Software. Nach einiger Zeit sagt er: »Das Objekt hat eine Durchschnittsgeschwindigkeit von hundertzweiunddreißig Stundenkilometern. Aber ab hier«, er zeigt auf die Stelle, wo Perrottes Zickzackkurs beginnt, »beträgt die Durchschnittsgeschwindigkeit vierhundertfünfunddreißig Stundenkilometer. Entweder hatte sie ein Raketenauto oder die Daten sind wirklich Schrott.«

Ich zoome in die Karte hinein und rufe die Beschriftungen aller Datenpunkte jenseits des Autobahnkreuzes auf. Insgesamt sind es sechsundzwanzig. Ich öffne einen Block, mache mir Notizen.

»Was versuchst du, herauszufinden?«, fragt Francesco. »Wenn die Daten korrumpiert sind …« Er zeigt auf die Karte. »Schau: Die beiden Logs haben fast die gleiche Uhrzeit. Zwei Sekunden Differenz, aber dazwischen liegt locker ein Kilometer. Ergibt keinen Sinn.«

»Das stimmt«, antworte ich, ohne von meinem Block aufzusehen. »Aber nur, wenn sie alle von einer Brille stammen.«

Francesco dreht sich zu mir. »Wie bitte?«

Ich gebe ihm ein Handzeichen, damit er seinen hübschen Mund hält und mich arbeiten lässt. Still verharrt er neben mir, die Hände im Schoß. Ich kann sehen, dass ihn das einige Mühe kostet. Verständlich, aber wir müssen schnell machen. Wir brauchen Ergebnisse, bevor die EURUS-Bullen hier auftauchen und alles einsacken. Ich beginne, die Datenpunkte auf der Karte neu zu verknüpfen. Zwischendurch konsultiere ich immer wieder meinen Block.

»Ich glaube, es lief so: Perrotte ist misstrauisch. Sie weiß, dass derjenige, der ihr die Codes geliefert hat, ein Übermensch sein muss, oder eine KI. Sie befürchtet außerdem, dass jemand, vermutlich ihr Codelieferant, das Holonet manipuliert hat. Deshalb besorgt sie sich Level-I-Stripper. Und zwar gleich mehrere.«

»Wo soll sie die herhaben? Level I, das ist militärische Ausrüstung.«

Ich winke ab. »Perrottes Vater gehört ein ganzes Land. Ist aber letztlich irrelevant. Sie besaß welche, Punkt. Als gewiefte Programmiererin wusste Perrotte, dass Unterseher Spuren hinterlassen. Deshalb hat sie die Stripper so gehackt, dass sie lediglich eine anonyme Kennung senden. Folglich lassen sich die von ihr verwendeten Brillen nicht voneinander unterscheiden, was ihre Logs angeht. Duerte und auch wir sind davon ausgegangen, dass nur eine Person zum Autodrôme gefahren ist.«

Francesco entfährt ein Seufzer. Ich kann ihn verstehen. Die Sache wird allmählich etwas verworren.

»Also noch mal von vorn«, sage ich. »Perrotte 1 wacht auf. Sie fährt los, um sich umzubringen. Bevor sie das tut, hinterlässt sie für Perrotte 2 eine Notiz mit ihrem Fahrtziel: Le Mans. Etwas später erwacht Perrotte 2 – jene Perrotte, die sich in dem Stammkörper befindet, quasi das Original. Sie geht nach oben in die Wohnung, checkt den Notizblock. Darauf steht ›Autodrôme de Linas‹. Der Plan der Kidnapper ist, die arglose Perrotte durch diese gefälschte Botschaft in die Falle zu locken. Aber die ohnehin seit Längerem misstrauische Frau riecht die Lunte.«

»Wieso?«

Ich zucke mit den Achseln. »Sechster Sinn. Sie erkennt, dass die Handschrift auf dem Block jemand anders gehören muss. Ein komischer Geruch im Flur. Wir wissen es nicht, es ist auch egal. Auf jeden Fall merkt sie was. Perrotte 2 geht noch mal zurück ins Klonkabinett und lädt ihr Cogit in ein weiteres Gefäß, Perrotte 3.«

Francesco schüttelt den Kopf. »Twinning? Das ist …«

»Verboten? Ach, komm.«

Sein Cogit zweimal oder gar dreimal parallel in ein Gefäß upzuloaden und dann mehrfach durch die Gegend zu laufen, ist zweifelsohne illegal. Die Standard-Uploadsoftware macht das auch eigentlich unmöglich. Aber Perrotte konnte die Sperre natürlich umgehen. Und Straftaten scheinen sie ohnehin nicht sonderlich abgeschreckt zu haben.

»Es ist nicht nur das«, erwidert Francesco. »Twinning ist einfach … es ist wider die Natur.«

»Sein Gehirn gegen einen Quantencomputer auszutauschen, ist auch wider die Natur.«

»Ich meinte das eher philosophisch.«

»Francesco, dieses Mädchen wollte den Tod überlisten. Dagegen ist Twinning eine vergleichsweise lässliche Sünde. Aber zurück zum Text. Also: Perrotte 2, das Original, schickt an ihrer Stelle Perrotte 3 zum Autodrôme. Vermutlich observieren die Kidnapper das Haus und sehen Perrotte 3 abdüsen. Sie müssen annehmen, dass ihr Plan funktioniert hat, und hauen ab. Kurz darauf nimmt Perrotte 2 jedoch die Verfolgung von Perrotte 3 auf. Sie fährt hinter ihrem Gefäß her, bis zum Autodrôme. Ich vermute, dass Perrotte 2 und 3 sich gar nicht abgesprochen haben. Vermutlich hat Perrotte 2 sich versteckt, bis Perrotte 3 aus dem Haus war. Auf jeden Fall fahren beide nach Linas. Und dort trennen sich ihre Wege.«

Ich aktiviere die Karte mit den neu sortierten Logs. Auf ihr sind nun zwei Linien zu sehen, eine rote und eine blaue. »Blau ist Perrotte 3, das Gefäß. Sie fährt in den *anneau de vitesse* hinein, hält Ausschau nach dem Wrack von Perrotte 1.

Ich deute aus dem Autofenster, auf eine Stelle kurz vor der Steilkurve.

»Dort hinten ist das letzte Log. Wir waren vorhin dort, nichts zu sehen. Danach hat Perrotte 3 entweder ihre Goggles abgeschaltet. Oder jemand hat das für sie besorgt.«

Die rote Linie biegt vor der Einfahrt zum Autodrôme in einem rechten Winkel ab. Sie bewegt sich ein kleines Stück die Landstraße entlang, von der Straße weg, verharrt eine Weile. Danach entfernt sie sich mit hoher Geschwindigkeit in westlicher Richtung.

»Was meinst du?«, sage ich und schaue Francesco an.

»Sie hat angehalten. Vermutlich ist sie in das kleine Waldstück zwischen der Straße und der Rennstrecke. Dort hätte sie Deckung gehabt und beobachten können, was im Rundkurs vor sich geht.«

Ich nicke. »Und dann hat Perrotte 2 gemacht, dass sie wegkommt, so schnell wie möglich.«

»Ob sie ihnen entwischt ist?«, fragt Francesco. Wir schauen uns an. Es ist Zeit, sich in Bewegung zu setzen. Er befiehlt dem Wagen, zu der Stelle zu fahren, wo Perrotte 2 in den Wald gegangen sein muss. Wenige Minuten später sind wir da. Die Nebenstraße ist kaum mehr als ein brüchiger grauer Strich in der Landschaft, sie verfällt allmählich, wie alles hier. Der Wald robbt sich immer mehr heran. Er wird sich die Straße bald einverleiben.

Wir steigen aus und laufen in den Wald hinein. Laubbäume, Birken und Erlen, dazwischen ein paar Haselsträucher. Keine erkennbaren Reifen- oder Fußspuren – was nichts heißen muss. Ich bin kein Fährtenleser, und Francesco allem Anschein nach auch nicht. Wir stapfen über den moosigen Boden, einige Hundert Meter geht es durch den Wald, bis eine von Efeu überwucherte, hüfthohe Betonmauer auftaucht, die äußerste Begrenzung des Autodrômes. Wir befinden uns etwa in der Mitte einer der Geraden. Von hier hat man einen guten Blick über die Strecke. Allerdings sehe ich nichts, das mir auffällig oder seltsam vorkommt. Also laufen wir zurück. Als wir fast wieder beim Wagen sind, sagt Francesco: »Was ist das?«

Etwas links von uns liegt ein Ast auf dem Waldboden. Jemand muss ihn abgesägt haben und das erst vor Kurzem. Die Schnittfläche sieht noch recht frisch aus. Wir suchen nach dem dazugehörigen Baum. Er ist nicht schwer zu finden. Es handelt sich um eine Erle. Der Ast wurde auf einer Höhe von knapp zwei Metern abgesägt. Ein armlanger Stumpf ragt noch aus dem Stamm. Ich trete heran und streiche mit dem Finger über die Schnittstelle.

»Was?«, fragt er.

»Sieht mir nicht nach Sägearbeit aus.«

Wäre der Ast abgesägt worden, wäre die Oberfläche des Stumpfs geriffelt, die umliegende Rinde fransig. Auf dem Boden lägen Sägespäne. Das ist jedoch nicht der Fall. Es wirkt eher, als sei der Ast mit einem sauberen Hieb abgetrennt worden. Ich teile Francesco meinen Gedankengang mit. Er macht ein zweifelndes Gesicht.

»Das ist ein ziemlich dicker Ast. Muss ein Mordshieb gewesen sein.«

Ich nicke.

»Mit einer Axt? Einem Schwert?«

Ich hätte da so eine Vermutung. Aber die behalte ich vorerst für mich. Wir suchen nach weiteren verstümmelten Bäumen, finden jedoch keine. Kurz darauf sitzen wir wieder im Auto und folgen den Stripper-Logs nach Westen. Ein paar Minuten später fährt das Auto ohne unser Zutun rechts ran. Der Bordcomputer erklärt, wir müssten einen vorrangigen Verkehrsteilnehmer vorbeilassen. Kurz darauf schießen drei Polizeiautos an uns vorbei. Vermutlich fahren sie zum Autodrôme.

Der Wagen setzt sich wieder in Bewegung. Francesco und ich schauen während der Fahrt links und rechts aus dem Fenster, in der Hoffnung, etwas zu entdecken. Irgendwann sind wir am Ende der roten Linie angelangt. Es sieht so aus, als gingen wir leer aus. Keiner von uns sagt etwas. Das Auto fährt weiter die Landstraße entlang. Ich will gerade vorschlagen, nach Paris zurückzukehren, als Francesco »Anhalten« schreit.

»Was ist los?«

Statt mir zu antworten, sagt er: »Auto, bitte wenden, langsam in östlicher Richtung fahren.«

Der Wagen tut wie ihm geheißen. Nachdem wir vielleicht dreißig Meter in die Richtung gefahren sind, aus der wir kamen, stoppt er das Fahrzeug und zeigt auf die Bäume zu unserer Linken. Dort biegt ein kleiner Waldweg ab. Das ist zunächst einmal nichts Besonderes. Wir sind bereits an mehreren Abzweigungen vorbeigekommen. Aber jetzt sehe auch ich, dass auf diesem Weg etwas liegt. Es ist länglich und von schmutzig weißer Farbe.

»Was ist das?«, frage ich.

»Ein Pfosten, der die Ausfahrt markiert, glaube ich. Mit Reflektoren.«

So etwas gab es früher auf den Landstraßen, bevor sämtliche Verkehrszeichen in die Hologrammatica wanderten. Nur ab und zu sieht man diese Pfosten noch, Überbleibsel einer längst vergangenen Zeit. Diesen hier hat jemand herausgerissen – oder umgefahren. Wir parken und schauen uns die Sache genauer an. Der Pfosten war eindeutig starker Gewalteinwirkung ausgesetzt. Aus dem Betonsockel, auf dem er stand, ragen ein paar Plastiksplitter heraus. Der Rest liegt auf dem Weg, ein etwa anderthalb Meter langer Pfahl mit vielen Rissen und Löchern, der eigentlich nur noch von der Reflektorfolie zusammengehalten wird. Daneben sind Reifenspuren.

»Perrotte wird entdeckt, sie verfolgen sie«, sage ich. »Irgendwann schlägt sie einen Haken und biegt ab, in den Wald.«

»Dämlicher Plan«, brummt Fran. »Im Wald gibt es noch weniger Zeugen. Und wer weiß schon, wohin dieser Weg führt.«

»Vielleicht hatte sie keinen Plan«, erwidere ich. »Vielleicht war sie in Panik.«

Ich setze die Stripper auf, um mich zu vergewissern, dass sich im Naked Space nichts verbirgt. Das ist nicht der Fall und so fahren wir langsam in den Wald hinein. Auf dieser Seite der Straße ist er dichter als auf der Autodrôme-Seite. Außer uns scheint keine Menschenseele hier zu sein, keine Spaziergänger, keine Jogger, keine Jäger. Immer wieder setze ich die Stripper auf, in der Hoffnung, Unterschiede zu entdecken. Doch der Wald ist der Wald, still und schwer und unretuschiert liegt er da.

Wir fahren weiter, erreichen etwas, das einst eine Waldgaststätte gewesen sein muss. Neben einem verfallenen Holzhaus befinden sich ein zugewucherter Biergarten und die Ruine eines Abenteuerspielplatzes.

»Halt mal an«, sage ich. Zwar glaube ich nicht, dass es viel zu entdecken gibt. Aber ich will zumindest einmal durch die geborstenen Fenster schauen. Als ich das tue und erneut durch meine Stripper blicke, fällt mir ein weiterer dieser Holonet-Multiplexer auf. Der Kasten steht direkt am Haus und ist hinter einer halb abgerissenen Holzverschalung verborgen. Ich halte Ausschau nach dem Regenbogen-Logo, entdecke stattdessen jedoch ein anderes – einen Funken versprühenden Stab. Es handelt sich um das Signet von Magic Wand, einem kleineren Holonet-Betreiber. Ich gehe zurück zum Wagen. In der Zwischenzeit hat Francesco einen Kurs programmiert. Wir werden alle verbleibenden Wege in diesem Waldstück abfahren, auf der kürzestmöglichen Route.

Ich habe die Hoffnung bereits aufgegeben, als ich den Wagen durch die Stripper sehe. Der BMW steht abseits des Weges zwischen den Bäumen. Das Ding sieht vorsintflutlich aus, ein Ungetüm mit hohem Radstand und riesigen Felgen. Ich nehme die Brille ab. Zwar sehe ich immer noch ein Auto, aber nun handelt es sich um einen modernen Commuter von Dassault, wie sie zu Tausenden herumfahren.

»Getarnt«, sage ich. Rasch steigen wir aus und laufen zu dem Geländewagen. Das Fahrzeug muss wirklich alt sein – darauf deutet nicht nur seine klobige Silhouette hin, sondern auch der Umstand, dass die Karosserie allen Ernstes aus Metall zu bestehen scheint. Ein entsetzlicher Geruch weht uns entgegen.

Eine Leiche liegt quer über den Vordersitzen, die Beine hängen im Fußraum. Es ist Juliette Perrotte. Was sie umgebracht hat, ist auf den ersten Blick schwer zu sagen. Auf den Sitzen und auf ihrer Kleidung ist eine Menge getrocknetes Blut, ihr Körper weist mehrere Wunden auf. Keine Einschüsse, würde ich meinen, sondern eher Schnitt- und Stichwunden. Aber so genau kann man es nicht sagen. Perrotte liegt seit über zwei Wochen in diesem Auto. Die geschlossenen Türen haben verhindert, dass sich größere Tiere an der Leiche gütlich tun, aber der Verwesungsprozess ist dennoch weit fortgeschritten. Überall sind Maden. Irgendwann werden wir die Tür öffnen müssen. Das wird kein Spaß, und so schaue ich zunächst einmal durch die Fenster, gehe um den Wagen herum. Abgesehen davon, dass es sich um einen Oldtimer handelt, scheint das Auto gut in Schuss. Am rechten Kotflügel gibt es eine Delle und der Lack ist angeschrammt – vermutlich von dem Pfosten, den Perrotte beim Abbiegen mitgenommen hat. An der hinteren Dachkante fehlt ein Stück Blech, oberhalb der Kofferraumklappe. Es sieht aus, als habe es jemand mit einer Flex abgetrennt.

»Wie bei dem Baum«, sagt Fran und schüttelt den Kopf. »Einfach weggesäbelt.«

Einfach weggesäbelt, so sieht's aus. Wie bei dem Baum. Wie in New Albion. Wie bei Faucheux. Wie bei ...

Hello I'm Jimmy.
Hello I'm Jimmy.
Hello I'm Jimmy.

Ich mustere Francesco. Er sieht ziemlich grün aus, was bei dem Geruch kein Wunder ist. Hinzu kommt der Anblick. Ich habe schon Schlimmeres gesehen. Er nicht. Das kann ich an seinem Gesichtsausdruck erkennen. Ich klopfe ihm auf die Schulter und bedeute ihm, zurück zum Auto zu gehen. Als wir dort ankommen, sage ich: »Hast du Ausrüstung dabei?«

»Was für Ausrüstung?«

»Gummihandschuhe, Atemmasken, Overalls, Plastikbeutel und so was.«

Er schüttelt den Kopf. »Gummihandschuhe ja, im Verbandskasten. Aber den Rest ...«

Wieso sollte er auch? Forensische Ausrüstung ist vermutlich nichts, was man bei UNANPAI oft benötigt. Schweigend öffne ich den Kofferraum, um zu schauen, mit was ich arbeiten muss. Ich will gerade den Verbandskasten öffnen, als ich etwas höre. Ein Auto, das näher kommt. Mehrere.

Mir entfährt ein Fluch. Ich schließe den Kofferraum und schaue in die Richtung, aus der sie kommen. Zwei Polizeiautos, in der Ferne folgt ein drittes. Wir hätten den Scheißpfosten wegräumen sollen.

Die Wagen halten hinter unserem. Insgesamt vier Bullen steigen aus. Kurz darauf hält das dritte Fahrzeug. Durch die

Scheibe kann ich das Bulldoggengesicht von Natascha Duerte erkennen. Ich sage zu Francesco: »Deine Show.«

Dann setze ich mich ins Auto. Bevor sich die Tür schließt, höre ich Francesco sagen: »Sdrastwuitje, Praporschtschik. Wir wollten Sie gerade anrufen.«

Es tut mir fast ein bisschen leid, ihn mit dieser Brunhilde alleinzulassen. Aber er ist der Special Agent in Charge, mit dem die EURUS-Polizei kooperieren muss. Ich bin nur ein schmutziger kleiner Quästor, ein Zivilist. Dass Duerte mich gesehen hat, ist ohnehin misslich. Besser, ich halte die Klappe. Ich kann sehen, wie sie zu dem Geländewagen gehen. Sie diskutieren irgendetwas. Vermutlich geht es darum, wer die verweste Leiche als Erster fleddern darf. Duerte zeigt auf unseren Wagen. Offenbar will sie wissen, was ich hier zu suchen habe. Ich lehne mich zurück und schließe die Augen.

Dass Perrotte seit vielen Tagen hier im Wald liegt, macht keinen Sinn. Zumindest erschließt sich mir keiner. Sie beobachtet ihren Klon im Autodrom. Sie fliegt dabei auf. Einer oder mehrere Kidnapper rennen daraufhin auf ihr Versteck hinter der Fahrbahn zu. Sie ziehen aus ihren Jacken Klingen hervor, die viel zu lang sind, um sie in einer Innentasche verstecken zu können. Sie verwunden Perrotte schwer. Aber sie schafft es bis zu ihrem Auto, rast davon. Einer der Verfolger schlägt mit seinem Schwert nach dem davonfahrenden Wagen, säbelt ein kleines Stück vom Dach ab. Dann ist Perrotte auf und davon. Sie weiß, dass die Kidnapper bereits ihren Fahrer verständigt haben, der gleich auftauchen wird. In Panik und möglicherweise der Ohnmacht nahe, biegt Perrotte in das verlassene Waldstück ab. Als sie nicht mehr kann, parkt sie und stirbt.

Kein besonders schönes Ende, aber das ist mir relativ

schnurz. Was mich hingegen stört: Es ist kein besonders sinnvolles Ende. Warum nicht? Da ist zum einen der bereits von Francesco erwähnte Einwand, dass der Waldweg keine gute Option war. Wäre Perrotte auf der Landstraße geblieben, hätte sie ihre Verfolger mit diesem heiß gemachten Retrohobel vielleicht abhängen können. Und wenn sie schon in den Wald fahren musste, wieso hat sie dann niemanden angerufen? Die Bullen, Faucheux, Mutti, irgendwen?

Dann wären da die Kidnapper. Perrotte 3 hatten sie bereits geschnappt, den Klon. Sie mussten natürlich auch Perrotte 2, das Original, dingfest machen. Die hatte die Kidnapper schließlich gesehen. An ihrer Stelle wäre ich die Landstraße zehnmal abgefahren, hätte die ganze Gegend durchkämmt. Wir fanden Perrottes Auto letztlich ohne allzu große Mühe. Sogar die blöden Bullen haben das hingekriegt. Wieso gelang es den Kidnappern nicht?

Aus der Ferne höre ich Stimmen. Ich ignoriere sie, denn ich fühle, dass aus der Dunkelheit gerade die Antwort auf meine Frage aufsteigt. Einen kleinen Moment noch, dann ...

Die Tür wird aufgerissen. »Der Herr Quästor. Wie schön, Sie wiederzusehen.«

Die Stimme kenne ich. Ich öffne die Augen und blinzele. »Guten Tag, Praporschtschik Duerte.«

»Was machen Sie hier?«, fragt sie. Zwar versperrt Duerte mir den Blick auf den Wald, aber ich kann sehen, dass inzwischen mehrere Männer in weißen Overalls an dem Auto arbeiten, dessen Türen nun offen stehen.

»Das hat Ihnen Agent Bittner doch vermutlich schon erläutert.«

»Ich möchte es aber von Ihnen hören.«

»UNANPAI hat mich als Berater herangezogen.«

»Warum?«

»Perrotte-Spezialist.«

Sie funkelt mich wütend an, was ein Lächeln auf meine Seele zaubert. Die Bullen haben nichts gegen mich in der Hand. Duerte dreht sich um und stapft grußlos davon. Ich mache die Tür wieder zu. Der Gestank ist stärker geworden. Kurz darauf steigt Francesco ein. Er sieht immer noch bleich aus.

»Und?«, frage ich.

»Es ist ihr Stammkörper. Der Forensiker sagt, dass der Blutverlust sie getötet hat, vermutlich. Ruptur einer Oberarmarterie. Aber ganz genau könne man das erst nach der Obduktion, und so weiter. Im Fußraum lag eine Pistole. Ansonsten auf den ersten Blick nichts Auffälliges.«

»Hat Duerte nach mir gefragt?«

»Sie sagte, dass sie dich für einen dieser halbseidenen Quästoren hält, die der Polizei vorsätzlich Informationen vorenthalten.«

»Nicht doch.«

»Sie schickt mir den Obduktionsbericht. Wobei ...«

»Ja?«

»Ich habe so eine Ahnung, dass uns das nicht weiterbringen wird«, sagt er.

»Das befürchte ich auch. Mein Quästorat ist auf jeden Fall beendet, so wie's aussieht. Lass uns zurück nach Paris fahren. Während wir auf den Obduktionsbericht warten, könnten wir ...«

Er wirft mir einen Blick zu, der geschäftsmäßig wirken soll. Aber es liegt Sehnsucht darin.

»... erst mal was essen. Und uns dann die Arkenziel-Sachen anschauen.«

»Okay«, erwidert er. Wir fahren los, in Richtung Landstraße. Während der Fahrt schaue ich viel aus dem Fenster, in Gedanken versunken. Ich hoffe, dass mir noch die Antwort einfällt, um die mich Duerte gebracht hat. Ich war so nah dran. Ich hatte es fast.

Die Pariser UNANPAI-Dependance liegt in einem unscheinbaren Gebäude nahe des Pantheon. Auf der Klingel steht ›Coeus Foundation‹, genau wie in London. Die Stiftung ist eine mehrerer Fassaden, hinter der UNANPAI seine klandestinen Aktivitäten abwickelt. Die Computersysteme sind laut Francesco doppelt und dreifach gesichert, außerdem gibt es wie in Furusawa analoge Arbeitsplätze. Ich sehe Schreibmaschinen und Papierstapel, Bleistifte und Aktenordner.

Außer uns ist keiner da. Mit dick belegten Baguettes und großen Kaffeebechern setzen wir uns an einen Meetingtisch. In Francescos Inbox sind inzwischen Infos aus der Zentrale eingetrudelt. Während er sie sichtet, nehme ich mir ebenfalls meinen Posteingang vor. Darin liegt zum Beispiel immer noch die Textanalyse meines Amanuensis zu den Ergüssen von Professor Graça. Ich schaue sie durch. Das Ergebnis ist erstaunlich. Können es wirklich so viele Fälle sein? Ich nehme mir einen der kleinen gelben Blöcke, die auf dem Meetingtisch liegen, außerdem einen Stift. Damit mache ich mir eine Notiz und lege sie vor mich auf den Tisch. Fragend mustere ich Francesco. Er sieht ein bisschen müde aus und irgendwie leidend. Ich spüre ein Zwicken in der Brust. Mache ich mir Sorgen um ihn? Sieht ganz so aus. Ich frage mich, wie lange er eigentlich bereits in diesem Gefäß steckt. Müsste er nicht zurück in seinen Stammkörper? Zögert er es möglicherweise hinaus? Wegen mir? Ich beschließe, ihn später danach zu fragen.

Francesco erzählt mir, was seine Leute zu Arkenziel gefunden haben. Es gibt eine Akte, was per se nichts Besonderes ist. Die Anti-Proliferationsbehörde liebt Akten, sie legt eine an für jeden, der theoretisch über die Ressourcen verfügt, eine KI zu bauen. Der Holokonzern ist bisher nicht allzu negativ aufgefallen. Hier und da gab es kleinere Verstöße gegen die extrem hohen IT-Sicherheitsstandards, die seit dem Turing-Zwischenfall gelten. Aber das passiert offenbar den meisten Firmen irgendwann einmal. Arkenziel scheint keine mehr als semiintelligenten Systeme bauen zu wollen. Kurz gesagt: Sie sind sauber oder sehen zumindest so aus.

Er projiziert die Bilder mehrerer Personen. Es sind die Typen aus New Albion.

»Wir haben versucht herauszufinden, wer sie sind. Von deinem Bruder einmal abgesehen, ist das bei zwei von dreien gelungen. Das Ergebnis ist allerdings ... kurios.«

»Lass mich raten: Revenants.«

Er blinzelt. »Was ist das?«

»Revenants sind Leute, die spurlos verschwinden und später ganz woanders wieder auftauchen. Wesensverändert. Sehen zwar aus wie die Vermissten, sind es aber nicht.«

»Ah. Nun ... das hier haben die Kollegen gefunden.«

Er blendet die Datensätze eines Mannes und einer Frau ein. Er heißt Mystique Kaguma und ist ein afrikanischer Zero-G-Lacrossespieler – seltsam, dass ich noch nie von ihm gehört habe. Kaguma gilt seit fast zehn Jahren als verschwunden. Die Frau, Waiwai Everton, arbeitete als Maklerin und stammt aus der CANFED. Sie ist seit fünfzehn Jahren perdu. Was auch immer aus den beiden geworden sein mag – ihre bisherigen Lebensläufe machen es unwahrscheinlich, dass sie plötzlich auf Mafiakiller umgesattelt haben.

»Revenants«, sage ich, »sind ein Phänomen, das unter Quästoren gerade heiß diskutiert wird. Es gibt weltweit mindestens zweihundert solche Fälle. Leute, die als jemand anders zurückgekehrt sind. Und es gibt einen Prof, der sich damit beschäftigt.«

»Und was hat das mit Perrotte zu tun?«

Ich nehme einen Schluck Kaffee. Mir fällt auf, dass Francesco sein Baguette noch nicht einmal angerührt hat. Ich bedeute ihm reinzuhauen. Das hier wird ein bisschen dauern. Mit einer Handbewegung wische ich die Malediven-Meuchler fort und lasse stattdessen Hugh Iverson erscheinen.

»Quästorat von mir. Hugh Iverson, Erbsenzähler aus London. Verschwand spurlos. Zehn Monate später stöbere ich ihn in Miami Resurreción auf. Er heißt jetzt Jimmy Reeves, ist ein anderer und arbeitet als Holotechniker.«

»Menschen können sich ändern.«

Ich verziehe das Gesicht. Erstens, weil es bezogen auf die Revenants nicht stimmt. Zweitens, weil es bezogen auf den Rest der Welt meines Erachtens auch nicht stimmt.

»Hör erst mal zu. Jimmy flieht. Ich verfolge ihn, woraufhin er mich fast umbringt, mit einem scheißgroßen Schwert. Glücklicherweise kann ich fliehen. Was das Schwert angeht, habe ich ein Déjà-vu nach dem anderen. Als Faucheux ermordet wurde, verwendete der Killer ein Schwert. Und die Typen in New Albion benutzten Schwerter. Und die im Autodrôme. Seltsam, oder? Jetzt mag es dafür eine plausible Erklärung geben. Die einfachste ist, dass Schwerter gerade petahip sind. Trendwaffe oder so. Damit habe ich mich anfangs zufriedengegeben. Aber.«

»Aber was?«

»Das sind trotzdem sehr viele Schwerter. Seltsame Schwerter zumal, denn so ein Ding lässt sich ja nicht so leicht unter der Jacke verstecken, was all diese Typen jedoch erfolgreich getan haben. Aber was mich letztendlich umgehauen hat, ist das hier.«

Ich projiziere drei Zahlen: 19, 37, 19.

»Graça, das ist dieser Wissenschaftler, der sich mit Revenants beschäftigt, hat insgesamt 277 Fälle dokumentiert. Logischerweise sind all die Leute auf seiner Liste nicht nur verschwunden, sondern auch wieder aufgetaucht. Sonst wäre ihre Wesensveränderung ja keinem aufgefallen. Ich habe meinen Amanuensis überprüfen lassen, ob diese Revenants bei dem Versuch, sie dingfest zu machen oder zu befragen, gewalttätig geworden sind, ob sie sich der Festnahme widersetzt haben.«

Ich zeige auf die zweite Zahl. »37 von 277 Personen«, sage ich. »Das alleine ist, wie ich finde, eine beachtliche Quote – dreizehn Prozent waren aggressive Psychos. Aber dann habe ich nachgeschaut, in welcher Form sie gewalttätig wurden. Das Ergebnis ist«, ich tippe auf die dritte Zahl, »dass neunzehn der siebenunddreißig, laut verfügbaren Polizeiberichten und anderen Aufzeichnungen, eine Klingenwaffe benutzten.«

»Ein Schwert?«

»Nicht in allen Fällen wird das klar benannt. Aber ich finde, es ist eine auffällige Häufung.«

Francesco nickt. Er schiebt das halb gegessene Baguette von sich.

»Okay. Eine Menge deiner sogenannten Revenants sind also gewalttätig und mordlüstern. Und sie verwenden

Schwerter. Ich sehe immer noch keine Verbindung zu Perrotte oder zu …«

Seine Augen weiten sich. Es sind wirklich schöne Augen. Jammerschade, dass sie nicht echt sind.

Ich nicke. »Proxies. Die Revenants sind Proxies der KI.«

»Aber warum verwendet sie verschwundene Personen? Und vor allem *wie?*«

»Wie? Keine Ahnung. Aber die erste Frage kann ich beantworten. Das Ding verwendet die gute alte Doublettenmethode.«

»Die funktioniert wie?«, fragt er.

»Ein alter Trick der Solntsevskaya Bratva. Gefälschte Identitäten zu verwenden ist immer aufwendig. Es reicht nicht, einen Pass zu fälschen. Falls die Bullen dich kontrollieren und einen Datenbankabgleich machen, fliegst du auf – es sei denn, du hättest die falsche ID vorher per Hack ins Personenregister geschmuggelt. Einfacher geht es mit einer Doublette. Per Gesichtserkennungssoftware suchst du nach einem Menschen, der dir sehr ähnlich sieht – oder deinem Gefäß. Es sollte jemand sein, der kein soziales Umfeld hat, ein Einzelgänger. Du suchst den Typen auf, jagst ihm eine Kugel durch den Kopf, lässt seine Leiche verschwinden. Fortan verwendest du seine Papiere, sein ganzes Leben. Bei Fingerabdruck- oder Retinascans fliegst du zwar immer noch auf. Aber einer oberflächlichen Überprüfung hält deine gefälschte ID stand.«

Ich trinke den Rest meines Kaffees aus.

»Die KI«, fahre ich fort, »macht im Prinzip dasselbe. Sie sucht sich jemand, der abgetaucht ist. Sie bemächtigt sich seiner und verfügt nun über einen menschlichen Gehilfen, den es tatsächlich gibt. Das Ganze funktioniert sogar noch etwas besser als die Doublettenmethode, weil es sich ja um den Originalkörper handelt.«

Fran schüttelt den Kopf. »Bemächtigt sich seiner? Wie?«

»Wenn diese KI Cogits hacken kann, kann sie vielleicht auch die Stammkörper irgendwelcher armen Schweine als Gefäße benutzen und darin herumlaufen.«

»Die Körper würden aber nach drei Wochen wegsterben. Dein Typ in Miami – sagtest du nicht, dass der schon mehrere Monate da lebte?«

»Ja. Sieht wohl so aus, als ob die KI das Ein-Körper-Problem gelöst hat.«

»Aber waren denn alle diese Leute Quants?«

»Jimmy, also Hugh Iverson, schon. Deine beiden?«

Er öffnet ein Fenster und schaut nach. Mit zusammengebissenen Zähnen murmelt er: »Sieht so aus. Aber was ist mit den neunzehn Personen aus der Graça-Studie?«

»Ich weiß nur, dass nicht alle 277 Quants waren. Die neunzehn mit den Schwertern – keine Ahnung. Vielleicht sollten wir Professor Graça fragen.«

Fran fährt sich mit der Hand durch die Haare. »Wenn das stimmt, dann ...«

»... ist der Feind quasi unter uns. Und man kann keinem Quant mehr trauen.«

Er schaut mich entsetzt an. »Wenn das an die Öffentlichkeit kommt ...«

»Yep. Dann werden die Leute durchdrehen.«

Francesco erhebt sich. »Ich befürchte, ich muss noch mal nach Sapporo. Das ist nichts, worüber ich mit Hardhouse per Holoschalte sprechen könnte.«

Wir verlassen das Büro. Ein paar Minuten später stehen wir am Eingang einer Metrostation.

»Gute Reise«, sage ich. »Kommst du danach wieder her?«

»Wenn der Chef mir nichts anderes aufträgt, ja.«

»Okay. Ich versuche inzwischen, Kontakt zu Professor Graça aufzunehmen.«

»Sei vorsichtig, Galahad. Mach dir so wenig Notizen wie möglich.«

Ich lächele. »Okay. Ich versuche, das alles in meinem Schwammkopf zu speichern.«

Er berührt mit seiner Hand meine Schulter, nur ganz kurz mit den Fingerspitzen. Dann schickt er sich an, die Treppe hinunterzugehen. Ich spüre einen Kloß im Hals. »Francesco?«

Er dreht sich um. »Ja?«

»Musst du nicht bald wieder ... in deinen eigenen Körper?«

»Keine Sorge. Ich habe noch ein paar Tage, bis ich meinen Body Holiday machen muss.«

»Du musst nicht die ganze Zeit ... also wegen mir ...«

»Ich weiß. Danke, Galahad.«

Er steigt die Treppe hinab, verschwindet aus meinem Blickfeld. Ich schaue noch einen Moment lang den Abgang zur Metro hinab, bevor ich mir ein Taxi zum Flughafen rufe.

An der Weggabelung stoppt sie und holt den blauen Umschlag hervor, den ihr ihre Vorgängerin ausgehändigt hat. Sie zieht die Karte heraus und wirft einen Blick darauf. Eigentlich kennt sie den Weg, sie hat ihn sich immer wieder eingeprägt, während der langen Abende in den Schutzhütten. Doch je näher sie ihrem Ziel kommt, desto nervöser wird sie. Bevor ihre Schwester starb, übergab sie ihr den Fundus – von bisherigen Iterationen gesammelte Utensilien. Dazu gehören der Rechner, das Fahrrad, die Taschenlampe; außerdem ein paar Sachen, die sie am Turm benötigen wird: ein Brecheisen, eine Strickleiter und vier Kilo einer Substanz, bei der es sich laut Expeditionsbericht um Sprengstoff handelt, vermutlich um C400. Wo ihre Vorgängerinnen den gefunden haben? Es wird nirgends erklärt.

Mit ihrem behandschuhten Finger fährt sie auf der Karte die rot markierte Route entlang. Das Jenseits hat sie vor zwei Tagen passiert, an diesem Morgen das Gallieni-Kap. Es sind höchstens noch zwei Stunden bis zu der Stelle, die auf der vergilbten Wanderkarte als ›Weißer Turm‹ bezeichnet wird.

Sie steckt die Karte weg und tritt wieder in die Pedale. Ihr Rücken schmerzt. Das sollte sie nervös machen, tut es aber nicht. Schuld ist im Übrigen gar nicht das Nervengift, mit dem die ganze verdammte Insel verseucht zu sein scheint, sondern der viel zu schwere Rucksack, den sie seit Tagen auf dem Buckel trägt. Was an ihren Nerven zehrt, ist vielmehr die Frage, ob sie das Richtige tut. Zwei Dossiers hat sie von ihrer Vorgängerin erhalten: den konvolutartigen Expeditionsbericht, ein Sammelsurium aus über fünfzig eng beschriebenen Karoblättern, sowie das weitaus kürzere Missionsbriefing. In Letzterem steht, was sie tun soll und wie. Sie hat sowohl das Briefing als auch den Expeditionsbericht gelesen, mehrere Male. Letzterer ist ein faszinierendes Dokument, angefertigt von vielen Iterationen, immer wieder umgeschrieben, ergänzt, gekürzt.

Vieles darin erscheint ihr rätselhaft, zweifelhaft.

Sie erreicht eine weitere Gabelung. Diesmal schaut sie nicht auf die Karte, sondern fährt einfach weiter, hält sich links. Das mit der Karte ist auch so eine Sache. Lange Zeit arbeiteten die Iterationen auf Basis einer Skizze, die sie irgendwo gefunden hatten. Später tauchte dann jene Wanderkarte auf, die sie nun dabeihat. Wo kam die plötzlich her? Darauf gibt der Expeditionsbericht keine Antwort. Ihre Vorgängerinnen scheinen die Schlussfolgerungen des Berichts stets akzeptiert, ja hingenommen zu haben, obwohl diese bei genauerer Betrachtung keineswegs immer logisch sind. Das ist wohl genau das Problem: die genauere Betrachtung. Sie ist die erste (und vermutlich auch die letzte) Iteration, die über die Zeit verfügt, alles noch einmal zu durchdenken. Wenn sie abends Rast macht, liegt sie da und schaut in den Sternenhimmel. Dann denkt sie über ihre Lage nach. Und immer, wenn sie das tut, kommen ihr Zweifel.

Zunächst einmal: Warum befindet sich die KI auf einer abgelegenen Insel? Hat sie diesen Ort gewählt, um sich besser verstecken zu können? Das ist eine im Expeditionsbericht geäußerte Vermutung. Sie hält das für Unsinn. Nemo könnte sich schließlich im globalen Datagrid verstecken, im Zentralrechner eines Supernationals, auf den Servern eines Ministeriums. Eine KI benötigt keinen physischen Ort. Nein, das Ding muss hier sein, weil jemand es hergebracht hat. Alles auf der Insel wirkt etwas betagt, scheint aus den Vierzigern oder Fünfzigern zu stammen. Man könnte also davon ausgehen, dass Nemo schon länger hier weilt. Und diese Vermutung führt sie zu einer Schlussfolgerung, zu der ihre Vorgängerinnen seltsamerweise nicht gelangt sind: Nemo, wie sie die mysteriöse KI getauft haben, wegen des Jules-Verne-Bergs im Norden, ist in Wirklichkeit Æther, das schiefgegangene Klimaprojekt, die Gehirnemulation, der Turing-Zwischenfall. Bis heute wird geheim gehalten, wo sich der Æther-Hauptrechner seinerzeit befand. Warum sollte es sich bei diesem Ort nicht um die Possession-Insel gehandelt haben?

Das Problem an dieser Hypothese: Æther wurde komplett zerstört, vor vierzig Jahren. Selbst wenn von der KI etwas übrig geblieben wäre – was auch immer das bedeutet und wie auch immer das gehen soll –, wieso taucht es dann erst jetzt wieder auf? Die Kuriere, mit denen sie monatelang in Kontakt stand, müssen ja von der KI gesandt und instruiert worden sein. Folglich müsste die KI die Insel längst verlassen haben. Ergo hätte sie bereits die Kontrolle über die Netze übernehmen können. Warum also diese Insel?

Possession – das Metaphorische dieses Namens ist ihr durchaus bewusst. Im Expeditionsbericht hingegen findet sich keinerlei Hinweis darauf, dass ihren Vorgängerinnen je aufgefallen wäre, wie seltsam der Name ist – Possession. Sie haben die Insel erkundet, mit jeder neuen Iteration ein wenig mehr *Besitz* von ihr ergriffen. Aber mehr noch ergriff die Insel *Besitz* von ihnen. Sie waren *besessen* von ihr. Und diese *Besessenheit* scheint ihren Verstand vernebelt zu haben.

So eine Metapher fällt schließlich nicht einfach vom Himmel. Sie ist ein Hinweis oder eine Warnung. Nemo spielt ein Spiel mit ihnen. Aber was für eines? Anscheinend verfügt die KI nur über begrenzte Möglichkeiten. Das spricht für die Æther-Hypothese: Die UNO hat auf der Insel nach dem Turing-Zwischenfall vermutlich alles stillgelegt, hat die Arme und Beine der KI amputiert, sie geblendet. Æther ist nicht mehr der Herr der Insel. Er ist ein Gefangener, genau wie sie.

Aber vielleicht ist das auch alles Täuschung. Möglicherweise wirkt die KI schwach, ist es aber gar nicht. Wer kann schon sagen, was zwischen den Iterationen passiert? Vielleicht schreibt jemand in der Nacht den Expeditionsbericht um, entfernt verräterische Passagen, fügt dafür andere hinzu, um zukünftige Iterationen in eine bestimmte Richtung zu lenken.

Es gibt einfach zu viele Ungereimtheiten. Da wäre zum Beispiel die Sache mit dem gut verborgenen Kellerraum, in dem die Klone lagern. Wie haben die Iterationen ihn ohne fremde Hilfe gefunden? Und wer bringt die frischen Gefäße dorthin? Wo kommen diese her? Zig Gefäße herzustellen und sie auf eine entlegene (und außerdem verseuchte) Insel am Ende der Welt zu schaffen, ist ein erheblicher logistischer Aufwand. Man könnte sogar sagen, dass es ein nahezu unvertretbar hoher Aufwand ist.

Sie versteht ja, dass ihre Vorgängerinnen in dieser ganzen Geschichte derart gefangen waren, dass ihnen die Skepsis abhandenkam. Aber sobald man einige Schritte zurücktritt, wirkt das ganze Szenario ziemlich hanebüchen, wie ein schlechter Film. All das hat sie zu einer noch beunruhigenderen Überlegung geführt. Was, wenn sie gar nicht wirklich hier ist? Was, wenn der KI gelungen ist, woran alle menschlichen Neuroprogrammierer bisher gescheitert sind: einen digitalisierten menschlichen Geist in eine virtuelle Umgebung zu versetzen, ohne dass sein Cogit augenblicklich durchschmort? In diesem Fall wäre die Insel lediglich eine Computersimulation, mit ihr mittendrin. Der Umstand, dass sie alle paar Stunden das Zeitliche segnet, hätte in diesem Fall nichts mit einem Nervengift zu tun. Er wäre schlichtweg das Resultat des Braincrashs, der zwangsläufig irgendwann eintritt, da ein aktives Cogit nun einmal nicht ohne Körper auskommt. Die KI hätte dann einfach eine Simulation nach der anderen laufen lassen. Warum? Um sie mithilfe dieser iterativen Robinsonade zu irgendetwas zu bringen, darum.

Sie befindet sich inzwischen auf einer Schotterpiste. Den sporadisch am Wegesrand auftauchenden Wegweisern zufolge führt diese direkt zum Weißen Turm. Linker Hand liegt das graue Meer. Wenn man genau hinschaut, erkennt man draußen ab und zu etwas im Wasser, etwas Großes, Schwarzes, dessen Form verborgen bleibt. Sie vermutet, dass es sich um Wale handelt, sie hofft es. Vielleicht sind es Orcas. Killerwale wären ihr definitiv lieber als irgendeine Art von vorsintflutlichem Leviathan. Inzwischen hält sie fast alles für möglich. Es ist schwer zu sagen, was jenseits der Küste passiert. Stets liegt ein Dunst über dem Wasser. Selbst wenn die Sonne kurz herauskommt, bleibt der Nebel. Sie muss daran denken, dass auf der Karte der Styx eingezeichnet ist, jener Fluss, auf dessen anderer Seite die Unterwelt liegt. Sie hat einmal gelesen, dass die Griechen sich die Hölle nicht als versengten Ort voller Feuer und Schwefel vorstellten. Ihre Unterwelt war kalt, grau und nebelverhangen, genau wie die verfluchte Insel.

Es ist nun nicht mehr weit. Das Missionsbriefing rät dazu, den Hauptweg demnächst zu verlassen. Es sei wahrscheinlich, dass Nemo durch den Hack des Uploadtisches alarmiert worden sei und sie erwarte.

Aber noch einmal zurück zu der Simulationshypothese: Wenn es gar keine echte Insel gibt, ist ihre Æther-Theorie dann nicht Unsinn? Und wenn dies eine virtuelle Realität ist, nur dazu geschaffen, sie zu manipulieren, was ist dann deren genauer Zweck? Wozu wollte Nemo sie bringen? Vermutlich dazu, ihm den Schlüssel zu geben, den Code für die Backdoor. Eigentlich kann die KI gar nicht gewusst haben, dass es solch eine Hintertür gibt. Dessen war sie sich sicher, sie haben nie darüber gesprochen. Die Backdoor ist gut verborgen, man findet sie nicht einfach so. Sie ließ die KI in dem

Glauben, es gebe keine andere Möglichkeit, als mithilfe des Silbervlies-Verfahrens alle Lagen der Matrioschka-Verschlüsselung zu brechen, eine nach der anderen, in monatelanger Rechenarbeit. Aber das Ding ist nun einmal viel schlauer als sie. Insofern hat es vermutlich irgendwie geschlussfolgert, dass es eine Abkürzung gibt.

Die Vorstellung macht ihr Angst. Wenn es tatsächlich um die Backdoor ging, dann wäre ihr gesamter Plan – der Hack ihres eigenen Cogits, der Upload einer finalen, langlebigen Iteration – letztlich Nemos Plan gewesen. Als eine ihrer Vorgängerinnen die Backdoor-Codes in den Rechner eingab, tat sie das vermutlich an einem mit Bedacht gewählten, abgelegenen Ort. Sie wähnte sich außerhalb von Nemos Observationsbereich. Aber wenn all dies eine Simulation ist, wäre die gesamte Insel Nemos Observationsbereich. Dann wüsste die KI um die Bewegung eines jeden Grashalms, kennte die exakte Zahl der schwarzen Kiesel am Strand. Und die KI bekäme ganz sicher mit, wenn eine neunmalkluge Programmiererin irgendwo einen geheimen Code eingibt. Sie hat über dieses Szenario in den vergangenen Tagen immer wieder nachgedacht. Es erscheint ihr leider sehr schlüssig. Ihr Fluchtplan war Nemos Fluchtplan. Die KI hat gewonnen.

Einen Haken hat die ganze Sache allerdings: Wenn ihre Schlussfolgerung korrekt ist, wieso hat Nemo nun, da er sein Ziel erreicht hat, die Insel-Simulation nicht abgeschaltet? Wieso ist sie immer noch hier?

Sie hat keine Antworten auf diese Fragen. Deshalb tritt sie in die Pedale und fährt weiter, dem Weißen Turm entgegen.

Einige Stunden später schreibe ich eine Mail an Professor Graça. Während der Rückreise habe ich mir seine Aufsätze erneut angeschaut, jedoch keinen Hinweis darauf gefunden, dass es sich bei Revenants durchweg um Quants handelt. Ich frage ihn, ob er mir dazu genauere Auskunft geben kann. Nachdem ich die Mail verschickt habe, lasse ich mir von der Amanuensis-Software ein weiteres Arkenziel-Dossier erstellen, umfänglicher als das letzte. Die UNANPAI-Analysten haben bei dem Supernational zwar nichts entdeckt. Aber vielleicht finde ich etwas.

Ich gehe in mein Gym. Da ist einiges aufzuholen. Zwar tut mir nach dem Sturz aus dem Motorboot noch allerlei weh. Aber der Personal Holotrainer, den ich ab und an benutze, sagt immer: ›Schmerzen sind temporär, Aufgeben ist für immer.‹ Also, ran an die Buletten. Während ich trainiere, laufen die Nachrichten. Sie zeigen ziemlich spektakuläre Aufnahmen eines Hurrikans der Stufe sieben, der in der Federativo del Sur eine Schneise der Verwüstung hinterlassen hat. Ein Experte erklärt, schuld an der extremen Wetterlage sei El Huno. Ich habe irgendwo gelesen, dass man dieses alle paar Jahre wiederkehrende, meteorologische Phänomen früher El Niño nannte. Doch irgendwann dämmerte den Leuten, dass ›Das Kind‹ ein ziemlich bescheuerter Name für etwas ist, das ganze Städte zerfetzt. ›Der Hunne‹ ist da deutlich passender.

Es erscheinen Charts, die zeigen, dass der Temperaturanstieg in den vergangenen Jahren leicht gebremst werden konnte. Ein Sprecher rattert Statistiken herunter. Dazu erscheint Archivmaterial der in diesem Zusammenhang unvermeidlichen Anderwoods meines Vaters. Es folgen überschwemmte Küstengebiete, versengte Landstriche. Ich höre nur halb hin. Keuchend lasse ich die Langhantel in ihre Halterung scheppern und setze mich auf. Als Nächstes mache ich ein paar Hampelmänner, um mich für die Sistema-Übungen in Schwung zu bringen. Ich sage dem Antipod, er möge Gegner generieren. Stufe sechs. Bewaffnung: zufällig. Dann gehe ich in Position.

Der Erste ist ein drahtiger Schwarzer mit einem Cricketschläger. Besonders kräftig sieht er nicht aus, aber er ist größer als ich. Seine Reichweite übertrifft meine. Ich muss unter ihm wegtauchen, muss versuchen, an seiner Deckung vorbeizukommen, ohne dass er mir eins mitgibt. Das klappt nicht sehr gut. Bereits nach einer halben Minute ertönt ein schriller Ton, das Signal für einen Treffer. Ich schaue mir das dreidimensionale Replay an, um zu sehen, wo genau er mich erwischt hat – an der Schläfe. Ich bin offenbar noch nicht richtig warm. Das ist übrigens eine lausige Ausrede. Wenn es wirklich Ärger gibt, ist man nie richtig warm.

Der nächste Typ hat eine Fahrradkette – ich bin immer wieder erstaunt über das Repertoire des Antipod. Obwohl er klein ist, verschafft ihm seine Waffe ebenfalls eine Menge Reichweite. Aber wenn er attackiert, gibt es danach einen Moment, in dem er verwundbar ist, weil er die Kette wieder in Position bringen muss. Nach höchstens einer Minute habe ich ihn abgefertigt.

Als Nächstes erscheinen zwei Rockertypen mit Tüchern vor dem Gesicht. Sie tragen keine Waffen. Ich bin etwas verwundert, habe ich den Antipod doch auf eins zu eins eingestellt.

»Korrektur«, rufe ich. »Einzelgegner!«

Der Antipod reagiert nicht. Die beiden Typen kommen weiterhin auf mich zu. Sei's drum. Der Erste steht sehr breitbeinig da. Diese Haltung ist, wie jeder Kampfsportler weiß, eine freundliche Einladung, einem doch bitte schön das Knie durchzutreten. Ich nehme sie gerne an. Der Rocker schafft es nicht mehr auszuweichen. Ich warte auf den befriedigenden Ton, mit dem der Antipod meinen Treffer signalisiert. Doch es piept nicht. Mein Fuß spürt einen Widerstand.

Hologramme leisten keinen Widerstand.

Der Angreifer flext sein Bein, so als wolle er einen Krampf herausschütteln. Dann kommt er auf mich zu. Der andere tut es ihm nach, greift in die Innentasche seiner Lederjacke. Ein Schwertgriff kommt zum Vorschein.

Kacke.

Ich drehe mich um und renne Richtung Ausgang. Als ich einen Blick zurückwerfe, sehe ich, dass nun beide Schwerter in der Hand halten – Schwerter, deren Klingen unnatürlich schwarz sind, so als schluckten sie sämtliches Licht. Ich reiße die Wohnungstür auf, fliege die Treppe hinab. Als ich unten ankomme, haben die beiden mich fast eingeholt. Ich schlage ihnen die Haustür vor der Nase zu und renne los. Es ist schon ziemlich spät, es geht gegen Mitternacht. Als ich barfuß und mit einem Muskelshirt bekleidet die Straße entlangrenne, machen mir die wenigen Passanten sofort Platz.

Ohne nachzudenken, biege ich in eine Seitenstraße ein. Das hier ist mein Turf, trotzdem habe ich keinen Plan. Die Typen sind schnell, und sie werden nicht müde. Und sie sind so gut wie unverwundbar, das weiß ich inzwischen. Wie zur Hölle soll ich sie abschütteln? Ich kann sie hinter mit hören. Als ich einen Blick riskiere, sehe ich, dass sie etwas an Boden verloren haben. Es liegen bestimmt zehn Meter zwischen uns. Hoffnung keimt in mir auf. Irgendwo dahinten liegt die York Way, eine große, breite Straße. Folge ich ihr in südlicher

Richtung, gelange ich nach King's Cross. Die große Bahnstation ist selbst zu dieser späten Stunde voller Menschen, voller Licht, und – vielleicht – voller Sicherheit.

Etwas Hartes knallt gegen meine Brust. Ich werde zu Boden geschleudert. Einen Augenblick lang bin ich benommen. Als ich aufschaue, sehe ich ein Fahrrad auf der Straße liegen. Dessen Besitzer, ein asiatisch aussehender Mittfünfziger, rappelt sich gerade hoch, reibt sich die Hüfte.

»He, du Brainfail, pass halt auf. Bist mir voll vor den Lenker gelaufen.«

Ich beachte den Mann nicht, sondern halte stattdessen nach meinen Häschern Ausschau. Sie stehen in vielleicht fünf Metern Entfernung friedlich da, so als seien sie nur ganz zufällig Zeugen des Unfalls geworden. Die Schwerter sind verschwunden, ebenso die Tücher vor den Gesichtern. Den einen habe ich noch nie gesehen. Den anderen schon.

Hello, I'm Jimmy.
Hello, I'm Jimmy.
Hello, I'm Jimmy.
Hello, I'm Jimmy.

Ich stoße einen Schrei aus und krieche auf allen vieren von den beiden weg. Der Radfahrer schaut besorgt auf mich herab.

»Hey, Mann, alles okay?«

»Rufen Sie die Polizei«, keuche ich.

»Wegen dem kleinen Zusammenstoß? Also von mir aus können wir das auch unter uns ...«

»Die Typen da. Die sind hinter mir her!«

Jimmy und sein Kompagnon machen erstaunte Gesichter.

»Die sehen ehrlich gesagt total harmlos aus«, erwidert der Radfahrer. »Vielleicht ein Missverständnis?«

Er hilft mir auf. An seinem Gesichtsausdruck kann ich erkennen, dass er mich für einen typischen Camdener Irren hält. Ganz verdenken kann ich es ihm nicht. Ich bin wie gesagt barfuß, trage Joggingpants und ein – inzwischen verdrecktes – Muskelshirt. Der Radfahrer stellt sein Bike auf und schickt sich an wegzufahren.

»Nein«, rufe ich, »gehen Sie nicht.«

»Chef, hör zu. Ich weiß nicht, was dein Problem ist, aber ich kann dir damit nicht helfen. Wir können zusammen bis da vorne zur York Way gehen. Ab da musst du alleine klarkommen, okay?«

Ich nicke. Zusammen gehen wir in Richtung der hell beleuchteten Hauptstraße. Die beiden Männer folgen uns in einigem Abstand, Hände in den Jackentaschen. Sobald wir die York erreicht haben, schwingt sich mein Begleiter auf sein Rad und macht, dass er fortkommt. Er schaut nicht einmal zurück. Ich renne los. Eine Hand bekommt mein Shirt zu fassen. Ich renne weiter. Das Shirt reißt. Schon bin ich auf der Straße und laufe so schnell ich kann Richtung Süden. Ich fühle, wie der Asphalt meine Fußsohlen zerfetzt. Es ist mir gleichgültig. Ich renne weiter, mitten auf der Straße. Ab und zu zischt ein Auto vorbei.

Ich wage es nicht, mich umzudrehen. Wenn man voller Panik durch den nächtlichen Gegenverkehr sprintet, wäre das ohnehin keine gute Idee. Folglich sehe ich Jimmy erst, als er auf meiner Höhe ist. Er rennt neben mir her und scheint nicht einmal zu schwitzen. Und das, obwohl er in seiner Rechten ein Schwert hält, ein riesiges Ding, schwärzer als die Nacht um uns herum. Um ihn im Auge zu behalten, muss ich meinen Kopf etwas nach rechts drehen. Und so ahne ich den anderen Angreifer eher, als dass ich ihn tatsächlich sehe. Er ist links von mir. Ich bin eingekeilt, es gibt kein Entkommen. King's Cross ist nicht mehr allzu weit entfernt, vielleicht dreihundert Meter. Es könnten genauso gut dreihundert Kilometer sein. Jimmy hebt sein Schwert und lässt es herabsausen.

Und dann ist er plötzlich weg. Ich vernehme ein Geräusch, einen dumpfen Schlag, und dann ist er einfach weg. Hat ihn ein Auto erfasst? Auch der Angreifer links von mir scheint verschwunden zu sein. Ich halte an und drehe mich um. Die beiden liegen auf der Straße, alle viere von sich gestreckt. Sie sind dabei, sich wieder aufzurappeln. Was sie umgehauen hat, kann ich nicht erkennen.

Jimmy ist als Erster auf den Beinen. Er macht zwei, drei Schritte auf mich zu. Sein Gesicht ist wutverzerrt. Er läuft hin und her, wie ein Raubtier im Käfig. Mit der Hand drückt er gegen eine unsichtbare Barriere in der Luft. Ein holographisch verborgenes Hindernis? Mitten auf der Straße? Ich bedauere, meine Stripperbrille nicht dabeizuhaben. Der zweite Mann steht nun ebenfalls wieder. Auch er geht hin und her, so als suche er nach einer Lücke in der unsichtbaren Barriere. Die beiden besprechen sich. Einige Stimmen im Komitee der Selbste fordern mich auf, schleunigst abzuzischen. Ich ignoriere sie.

Ich rufe den Amanuensis und sage ihm, er solle sich in das Heimsystem meines Apartments einklinken. Dann deaktiviere ich alle holographischen Komponenten, insbesondere den Antipoden. Kein Standby – ich lasse ihn alles komplett herunterfahren.

»Nachricht an Fran Bittner«, sage ich. »Inhalt: ›Die Revenants sind wieder aufgetaucht.‹«

Als Nächstes lasse ich mir die Notrufzentrale der Metropolitan Police geben. Ich berichte dem Dispatcher weitgehend wahrheitsgemäß, dass auf der York Way zwei Irre mit Schwertern unterwegs sind und gerade versucht haben, einen Typen zu zerhacken. Erst dann rufe ich ein Taxi.

Meine beiden Verfolger stehen immer noch hilflos da und beobachten mich. Ich lächele ihnen zu und mache mit dem Zeigefinger eine Drehbewegung über dem Kopf. Gleich kommen die Bullen, ihr Wichser.

Das Taxi kommt. Ich steige ein. Im Rückspiegel kann ich sehen, dass die beiden sich abgewandt haben und die York Way hinauflaufen. Ich sage dem Auto, dass es eine Runde durch die Stadt drehen soll, einmal bis Westminster und dann wieder zurück nach Camden Town. Sobald wir in Bewegung sind, bitte ich den Amanuensis um eine Karte, auf der alle siebenunddreißig Londoner Boroughs markiert sind. Ich zoome hinein und schaue mir den Grenzverlauf zwischen Camden und Islington an. Es ist so, wie ich vermutet habe. Mir bleibt allerdings keine Zeit, mir die Details einzuprägen. Denn auf einmal fällt das Holonet aus und die Karte erlischt – ebenso wie die Innenbeleuchtung des Taxis. Auch die Welt da draußen verändert sich, wird dunkler, hässlicher. Erst, als wir die A40 kreuzen, erreichen wir eine Gegend, in der offenbar alles funktioniert.

Ich schließe die Augen und ruhe mich kurz aus. Es ist vermutlich die einzige Pause, die mir in dieser Nacht vergönnt sein wird.

Hampstead Heath besitzt eine Fläche von kaum mehr als drei Quadratkilometern, aber auf Großstädter wie mich wirkt es wie ein sibirisches Waldgebiet. Ich habe es mir auf einer Bank bequem gemacht, die zwischen zwei mit Früchten überladenen Feigenbäumen steht. Von meinem Sitzplatz aus habe ich den Pfad im Auge. Er führt zu einem Parkplatz. In der Ferne kann ich eine Person erkennen – Francesco. Trotz der Hitze trägt er einen Anzug, allerdings einen sommerlichen, aus Seersucker. Ziemlich altmodisch, aber er kann so was tragen. Während Francesco näher kommt, betrachte ich ihn eingehend. Ich wäre ihm gerne noch böse, aus den bereits erwähnten Gründen, aber ich kriege es nicht gut hin. Natürlich habe ich meinen Stolz. Aber mal abgesehen davon, dass man sich für Stolz bekanntermaßen wenig kaufen kann, fällt es mir sehr schwer, auf jemanden längere Zeit wütend zu sein. Meinen Furor aufrechtzuerhalten, kostet Energie, und zwar jeden Tag ein bisschen mehr. Darum schenke ich ihm ein Lächeln und bedeute ihm, sich neben mich auf die Bank zu setzen. Er nimmt Platz, schaut mich besorgt an.

»Geht's dir gut?«, fragt er.

»Einigermaßen, danke.«

»Wirklich?« Er deutet auf den hölzernen Schaft, der neben mir an der Bank lehnt. Er endet in einem rot lackierten Axtkopf – eine Feueraxt. Habe ich vorhin im Baumarkt erstanden.

»Ach die«, erwidere ich. »Na ja, sicher ist sicher.«

»Du hast eine Axt dabei, falls diese Typen wieder auftauchen?«

»Nein. Ich habe eine Axt dabei, damit sie nicht wieder auftauchen. Und als Nächstes willst du vermutlich wissen, warum wir uns hier treffen.«

Er nickt.

»Ich erkläre es dir. Willst du ein Bier?«

»Es ist halb drei.«

Ich deute das als Zustimmung und entnehme der Plastiktüte, die neben der Bank steht, zwei Dosen. Ich öffne sie und reiche ihm eine davon. Wir prosten uns zu und trinken. Das tut gut, bei der Hitze. Selbstkühlende Bierdosen sind eine der großen Errungenschaften unserer Zivilisation.

»Hampstead Heath«, sage ich, »liegt im Borough Camden, zumindest der größte Teil davon. Ein Stückchen im Norden – das, wo wir gerade sind – gehört schon zum Borough Barnet. Jeder dieser Stadtbezirke hat eine eigene Verwaltung, eigenen Stadtrat. Und ein eigenes Holonet.«

»Londoner Stadtbezirke betreiben ihr eigenes Holonet?«

»Nein, das nicht. Aber anders als etwa beim Datagrid überlappen sich die Infrastrukturen der verschiedenen Holonet-Anbieter nicht. Wäre zu teuer. Aus Sicht des Nutzers gibt es nur ein Holonet, aber in Wahrheit ist es ein riesiger Flickenteppich. Arkenziel betreibt die Projektoren in der einen Region, Magic Wand in einer anderen. Der jeweilige Infrastrukturinhaber lässt die anderen seine Technik mitbenutzen, es gibt dazu irgendwelche Kooptions- und Zusammenschaltungsverordnungen, frag mich nicht. Der Punkt ist«, ich zeige auf die leicht abfallende Wiese vor uns, »dass die Ausschreibung für Londoner Holonetinfrastruktur seinerzeit auf Bezirksebene erfolgte. Verschiedene Borough Councils haben verschiedenen Anbietern den Zuschlag erteilt. Die City: Arkenziel; Lambeth: Phillips-Intel; Enfield: Magic Wand und so weiter. Barnets Infrastruktur wird ebenfalls von Phillips gemacht. Camden hingegen wird von Arkenziel beleuchtet. Und deshalb«, ich deute neben mich, »deshalb auch die Axt.«

Francesco schaut mich über die Bierdose hinweg an. Ich kann sehen, dass er mir nicht richtig folgen kann. Aber das wird schon.

»Wenn du da runterläufst«, fahre ich fort, »kommst du zur Wildwood Road. Das ist die Grenzlinie zwischen Barnet und Camden. Weil mir das dann doch etwas zu nah war und der Parkplatz auf der Camdener Seite liegt, habe ich mithilfe der Strippergoggles den nächstgelegenen Arkenziel-Multiplexerkasten lokalisiert und ihn mit der Axt auseinandergenommen.«

»Du hast den Multiplexer …«

»Komplexe Technik. Es braucht zwei, drei gezielte Hiebe und alles fällt aus.«

Ich nehme einen großen Schluck aus der Bierdose. Es ist nicht meine erste heute.

»Francesco, hör zu. Es klingt verrückt, aber meine Theorie geht folgendermaßen. Gegen halb zwölf sind wie aus dem Nichts diese Typen in meiner Wohnung aufgetaucht. Sie waren plötzlich einfach da. Einen von ihnen hatte ich schon mal gesehen. Es war der Revenant aus Miami. Ich bin weggelaufen, sie hinterher. Und dann, irgendwo auf der York Road, als sie mich eigentlich schon hatten, da laufen sie gegen eine unsichtbare Barriere. Wie Spatzen, die gegen eine Panoramascheibe knallen.«

Francesco sagt immer noch nichts. Ich befürchte, dass er mich für komplett verrückt hält. Kann ich ihm nicht verdenken.

»Weil die York Road eine weitere Grenzstraße ist. Sie verläuft in Nord-Süd-Richtung zwischen Camden und Islington. Das Camdener Holonet wird von Arkenziel betrieben. Das in Islington von Fushigi Hikari. Und irgendwo war die Grenze zwischen den beiden Holonets. Verstehst du? Ich konnte sie überqueren, sie nicht.«

»Das könnte auch Zufall …«

Ich schüttele den Kopf. »Perrotte. Sie floh aus Linas in dieses Waldgebiet. Warum? Wir hatten schon drüber gesprochen, dass es eigentlich keinen Sinn macht. Da ist keine Menschenseele, man weiß nicht, wo die Waldpfade hinführen – ein seltsamer Fluchtweg. Außer wenn«, ich hebe den Zeigefinger, »außer wenn sie wusste oder ahnte, dass ihre Verfolger Projektionen aus dem Arkenziel-Holonet waren. Während das Autodrôme und die meisten umliegenden Gemeinden nämlich vom Großen A beleuchtet werden, stammt die Infrastruktur im Wald von Magic Wand. Genauso seltsam wie ihr Fluchtweg ist der Umstand, dass die Verfolger ihre Leiche nicht angerührt haben. Warum nicht? Weil sie es nicht konnten. Weil sie sich nur im Arkenziel-Holonet bewegen können und …«

»Moment, Moment. Wir reden jetzt von deiner Theorie, dass die KI Sachen ins Holonet projiziert, richtig? Genauer gesagt, in die Teile davon, die von Arkenziel betrieben werden.«

Ich nicke langsam. »Vermutlich schon.«

»Das mag ja alles stimmen. Aber sagtest du nicht, du seist mit den Typen in ein Handgemenge geraten? Und Perrotte doch ebenfalls.«

Ich lege den Kopf schief und schaue Francesco an. »Jetzt verstehst du vielleicht, warum ich bereits seit Stunden Bier trinke.«

»Hologramme, die jemanden anfassen, gar verletzen können? Das ist absurd.«

»Allerdings. Man könnte sogar sagen, dass es unmöglich

ist. Ich habe keine Ahnung von Physik, aber festes, irgendwie hart gewordenes Licht … das …«

»Und was ist deine Erklärung?«, fragt Francesco.

»Für diese … hm, nennen wir sie Hardlights? Ich habe keine. Außer, dass ich möglicherweise verrückt bin.«

»Ich glaube nicht, dass du verrückt bist.«

»Danke, nett von dir. Aber ehrlich gesagt wäre Wahnsinn plausibler als Photonen mit Masse. Ansonsten käme höchstens noch infrage, dass das hier alles eine riesige Computersimulation ist.«

Ich deute mit der Bierdose auf ein Rosenbeet ein paar Meter weiter. »Falls dem so sein sollte – haben sie es auf jeden Fall ganz hübsch gemacht.«

Francesco schüttelt den Kopf. »Es gibt eine plausible Erklärung.«

Ich lehne mich zurück. »Jetzt bin ich gespannt.«

Er hält seine Bierdose fest in der Hand, trinkt aber nicht. Das Zeug wird noch warm werden. Die Kühlung funktioniert schließlich nicht ewig. Einen Moment lang scheint er nach Worten zu suchen, dann sagt er: »Uns fehlt einfach die Fantasie.«

»Hm?«

»Für die Singularität, meine ich.«

Ich trinke meine Dose aus und schaue ihn fragend an.

»Wir haben es hier mit einer KI zu tun. Wir wissen nicht, wie schlau sie ist. Aber der Umstand, dass sie für Perrotte das Descartes-Rätsel gelöst hat, beweist, dass sie viel, viel intelligenter als ein Mensch ist.«

»Nicht allzu überraschend, oder?«

»Nein. Aber es bedeutet logischerweise, dass wir nicht einmal ansatzweise ermessen können, wozu sie imstande ist.

Man nennt es die Singularität, wie bei einem schwarzen Loch. Niemand weiß, was drinnen vor sich geht, weil niemand auf die andere Seite des Ereignishorizonts gucken und darüber berichten kann. Bei intelligenten Computern ist es ähnlich. Wenn die KI erst einmal da ist, liegt die weitere Zukunft jenseits unseres Vorstellungsvermögens. Genauso wenig wie Ameisen abschätzen können, was für Auswirkungen Albert Einsteins Gedanken haben werden, können Menschen sich ausmalen, was eine superintelligente KI tun könnte.«

Ich nestele an der Tüte voller Bierdosen herum, entscheide mich jedoch dagegen, eine weitere aufzumachen.

»Unerfreuliche Argumentation«, erwidere ich. »Wenn sie stimmt, brauchen wir nicht mal zu mutmaßen, was das Ding tun könnte, weil es unbegreiflich und unwägbar ist.«

»Das ist das Grundproblem unserer Arbeit«, antwortet Francesco. »Niemand weiß, wie man so einem Ding auf die Schliche kommen kann. Aber seit wir wissen, dass etwas im Busch ist, arbeiten unsere Analysten auf Hochtouren. Vielleicht finden sie was.«

»Wonach suchen sie denn?«

»Na ja, wir haben Hunderte von Dossiers über Akteure, die vielleicht eine KI bauen könnten. Die gehen sie jetzt durch, vor allem die Top Zwanzig.«

Ich schließe die Augen und fahre mir mit Daumen und Zeigefinger die Nasenwurzeln entlang.

»Na, da kann man deinen Kollegen nur viel Glück wünschen«, sage ich. »Bisher hatten wir vermutet, dass die KI möglicherweise in die Köpfe von Millionen Quants eindringen kann. Und nun sieht es so aus, als ob sie außerdem das Holonet gekapert hat und in der Lage ist, an fast jeder beliebigen Stelle Projektionen aus solidem Licht zu erschaffen. Na ja, und das Datagrid kontrolliert sie vermutlich sowieso. Wir sind gefickt. Ganz tief gefickt.«

»Wir müssen es abschalten.«

Ich öffne die Augen und schaue ihn an. »Das Holonet? Ist das dein Ernst?«

Ich zeige auf die Stadt, die unter uns liegt, jene Ansammlung aus Wolkenkratzern und Hologrammen, Letztere zum Teil höher als die sie umgebenden Häuser. »Die Zivilisation würde zusammenbrechen.«

»Die Netze sind schon mal abgeschaltet worden«, sagt er.

»Während der Turing-Krise? Ja, aber damals gab es noch kein derart ausgefeiltes Holonet wie heute. Ohne Hologrammatica gibt es ja nicht mal Ampeln.«

»Wie viel Prozent des Holonets kontrolliert Arkenziel?«, fragt Francesco.

»Rund die Hälfte«, sage ich. »Moment, ich hab's hier.«

Ich hole mein Whitebook hervor. Darin befindet sich das erweiterte Arkenziel-Dossier.

»Hier ist es, zuletzt dreiundfünfzig Prozent. Stark gefallen, früher fast achtzig.«

»Wieso gefallen?«

»Na, Arkenziel hat die moderne Holographie ja quasi erfunden. Kilian Kreisler, ein deutscher Ingenieur – kannst du alles hier nachlesen. Haben damals ein Patent erhalten. Irgendwann ist es ausgelaufen, Monopolstellung perdu. Und dann kam halt die Konkurrenz.«

Francesco nickt abwesend. »Ich muss mit Hardhouse reden.«

»Aber?«

»Was soll ich ihm bloß sagen?«

Ich verstehe, was er meint. Wir haben Perrotte zwar inzwischen gefunden, aber tote Programmiererinnen reden bekanntlich nicht. Bisher existiert kein stichhaltiger Beweis dafür, dass da draußen wirklich eine KI ihr Unwesen treibt. Von den Hardlights wollen wir gar nicht erst reden. Der Einzige, der sie gesehen hat, bin anscheinend ich. Das wird als Beleg kaum reichen, um der Welt das Licht auszuknipsen.

Wir erheben uns und gehen Richtung Parkplatz. Ein Jogger kommt uns entgegen. Er wirft uns einen seltsamen Blick zu. Ich kann es ihm nicht verdenken. Zwei Typen, der eine in einem schicken Sommeranzug mit Krawatte, der andere in Jeans und knittrigem T-Shirt, in der Hand eine Discounter-Tüte voller Bier und über der Schulter eine Axt. Wir sind ein seltsames Paar. Waren wir allerdings auch schon vorher.

Während wir durch den Park laufen, ist Francesco sehr still. Ich habe den Eindruck, dass er über irgendetwas intensiv nachdenkt, weswegen ich lieber meine Klappe halte. Kurz bevor wir die Wildwood Road erreichen, bleibt er abrupt stehen.

»Kannst du das von vorhin noch mal wiederholen? Das mit Arkenziel?«

Ich weiß nicht genau, um welche Passage es ihm genau geht. Er selbst weiß es vermutlich auch nicht, sondern fühlt lediglich, dass mein inkohärenter Vortrag irgendeine Information enthielt, die irgendwie relevant ist, die er jedoch gerade nicht abrufen kann. Ist es nicht beruhigend, dass Quantgehirne trotz des ganzen Hightechs genauso seltsam funktionieren wie herkömmliche?

Ich hole das Dossier hervor, schlage die Stelle von vorhin auf und beginne den Inhalt zu referieren – Kilian Kreisler. Arkenziels Marktanteil. Dreiundfünfzig Prozent. Gesunken. Früher mehr. Monopolstellung seit den Siebzigern futsch, weil Patent auslief.

»Wann genau lief das Patent aus?«

»Moment ... das war 2078.«

Ohne mir zu antworten, ruft er ein Fenster auf und wischt darin herum. Soweit ich erkennen kann, liest er einen Eintrag über EURUS-Patente. Als er fertig ist, sagt er: »Shit Shit Shit.«

Aus Sicht von jemandem, der so derbe flucht wie ich, ist das ein Kindergartenschimpfwort. Aber Francescos Sprache ist normalerweise so gepflegt wie seine Outfits. Ich habe ihn überhaupt noch nie fluchen gehört.

»Was?«, frage ich.

»Wir suchen an der falschen Stelle. An der ganz falschen Stelle. Ich muss sofort Hardhouse ...«

Ich lege meine Hand auf seine Schulter. »Auf jeden Fall. Aber erst erklärst du's mir, bitte.«

Francesco hat sich in Bewegung gesetzt. Ich habe Mühe, mit ihm Schritt zu halten.

»Die Standard-Patentfrist beträgt dreißig Jahre«, sagt er. »Wenn Arkenziels Holonet-Patent 2078 ausgelaufen ist, wurde es 2048 beantragt.«

»Ja, und?«

Er schaut mich an, als habe ich den Verstand verloren.

»2048!«, erwidert er. Als ich nicht reagiere, fügt er leiser hinzu: »Das Jahr des Zwischenfalls. Das Jahr, als wir Æther vom Netz nahmen.«

An der Wand in meinem Wohnzimmer habe ich über die Jahre zahllose Hinweise, Spuren und Hypothesen zu irgendwelchen Milchtüten aufgehängt. Manchmal sind diese wie Teile eines Puzzles. Man muss Dutzende davon hin- und herschieben, muss sie richtig ordnen, bevor das große Ganze erkennbar wird. Aber manchmal erschließt sich einem die Lösung bereits, wenn man eine Verbindungslinie zwischen nur zwei Hinweisen zieht. So ist es auch in diesem Fall. Das Jahr, in dem Æther zerstört wurde, ist das Jahr, in dem Kreisler das Patent für eine Technologie erhielt, an deren Erfindung er sich zuvor jahrelang die Zähne ausgebissen hatte: die Holonet-Projektion. In der Folge begann Arkenziels unaufhaltsamer Aufstieg zum Weltkonzern.

Ich muss an Francescos Proxy-Theorie denken. Eine KI würde sich eine Organisation suchen, hinter der sie sich verstecken kann, die über umfängliche Ressourcen verfügt. Ich dachte, die KI kapere einen Konzern oder eine Regierung – aber viel eleganter ist es natürlich, sich seine eigene Organisation aufzubauen, von Grund auf. Solch ein Vorgehen minimiert das Risiko, entdeckt zu werden, und die KI kann alles nach ihren Wünschen formen. Diese Vorgehensweise beansprucht viel Zeit. Das ist aber natürlich nur dann ein Nachteil, wenn man mit Zeit haushalten muss. Eine KI ist nicht nur clever, sondern auch potenziell unsterblich. Was für einen Planungshorizont besitzt so ein Ding? Hundert Jahre? Tausend? Eine Million?

Wir fahren zur Coeus Foundation. Francesco sagt, er müsse einen Alarm absetzen, der nur über eine spezielle, sichere Datenleitung gesendet werden dürfe. Sicher? Dass ich nicht lache. Ich hatte vorhin die wohlüberlegte Einschätzung geäußert, wir seien tief gefickt. Aber da glaubte ich noch, die KI habe nur einen Supernational, das Holonet und die Uploadtechnologie gekapert. Ich wusste nicht, dass sie außerdem vierzig Jahre Vorsprung hat.

Petahypertief in alle Öffnungen gleichzeitig gefickt.

»Ich dachte«, sage ich, »ihr hättet das Ding damals zerstört.«

»Wir haben gar nichts«, erwidert er. »Damals gab es

UNANPAI in dieser Form noch gar nicht. Inwiefern Reste der Æther-Anlage noch existent sind, ist auch irrelevant. Die KI ist ja anscheinend schon vor einiger Zeit entschlüpft und nun ... woanders.«

Was er eigentlich meint, ist: *überall.*

»Wo ist diese Anlage überhaupt?«, frage ich.

»Das ist geheim«, erwidert er.

»Aber du weißt es.«

»Nein. Die Details kennt nur der Direktor. Aber man munkelt, dass es auf irgendeiner Insel war.«

Als sie ihn sieht, weiß sie sofort, dass es sich nur um den Weißen Turm handeln kann. Er steht auf einer leicht ansteigenden, von Moos und Flechten bewachsenen Geröllebene. Zwischen den schwarzen Brocken ragt er hervor. Kein richtiger Turm, ein immenser Fels aus hellem Gestein, ein gigantischer Schneidezahn – ein Zacken, der stecken blieb, als sich vor Äonen einer der Wolkenriesen am Inselbasalt die Zähne ausbiss.

Sie stellt das Rad ab und geht zu Fuß weiter. Wenn es je einen Pfad hinauf zum Turm gegeben hat, ist er unter den herabrollenden Brocken und dem wuchernden Gestrüpp verschwunden. Der Aufstieg ist nicht allzu beschwerlich. Nach einer halben Stunde ist sie da. Um das Geraune des Expeditionsberichts, in dem Verteidigungsanlagen und Killerroboter heraufbeschworen wurden, hat sie sich nicht gekümmert. Hier ist nichts, außer ihr und dem Weißen Turm.

Aus der Nähe erkennt sie, dass der helle Felskamm Abertausende vertikaler Risse und Spalten aufweist, in die sich

Moos und Flechten gezwängt haben. Sie legt eine Hand auf den Turm. Er fühlt sich eiskalt an. Langsam geht sie um den Fels herum. Sie weiß nicht genau, was sie sucht, einen Eingang, vermutlich. Laut Expeditionsbericht gibt es einen. Als sie den Turm zur Hälfte umrundet hat, sieht sie ihn. Im Fels selbst gibt es keinen, aber etwa dreißig Meter unter ihr ragt ein Betonblock aus dem Boden. Der Eingang zu einem Bunker? Oberhalb des Blocks sind Drahtnetze gespannt, die Gerölllawinen aufhalten sollen. Sie steigt hinab. Da ist tatsächlich eine Tür – genauer gesagt, war. Etwas unterhalb des Betonblocks liegt eine verbogene Metallplatte. Sie ist überwuchert, besitzt aber in etwa die richtige Größe. Als Nächstes schaut sie sich den Eingang an. Die Scharniere der Tür sind aus dem Beton gerissen, der Block selbst weist etliche Schrammen auf.

Also doch Wolkenriesen? Nein, eher ein Marschflugkörper: Sie findet ein Stück Metall, das wie das Höhenruder einer Rakete aussieht. Hinter dem Eingang ist es stockdunkel. »Licht«, sagt sie. Nichts passiert. Sie setzt ihren Rucksack ab und holt die Taschenlampe hervor. Als sie in den Bunker hineinleuchtet, kann sie einen Raum mit geschwärzten Wänden erkennen. Es gibt eine Fahrstuhltür, die verschlossen ist, und einen Treppenabgang. Selbst wenn der Lift noch funktionierte, würde sie ihn nicht nehmen. Wer weiß, in welchem Zustand das hier alles ist. Sie entscheidet sich für die Treppe. An der Wand steht »UN-NCS LEVEL 3«. Sie geht weiter. Die Stufen sind feucht und von einer schleimigen, schwärzlichen Substanz überzogen. Sie muss aufpassen, damit sie nicht ausrutscht. Davon abgesehen scheint alles in passablem Zustand zu sein, Wände und Decken weisen weder Risse noch Löcher auf. Hier hat jemand für die Ewigkeit gebaut.

Die Treppe verläuft wie in einem Parkhaus: Abstieg, Zwischenebene, Abstieg, Stockwerk. Auf den Zwischenebenen gibt es in der Decke einen breiten Spalt mit etwas darin, das wie ein Fallschott aussieht. Jedes Mal, wenn sie unter einem davon hindurchgeht, befürchtet sie, die Metallplatte könnte herabschießen und ihr den Rückweg versperren. Nichts dergleichen passiert. Die Etagen bestehen jeweils aus einem kleinen rechteckigen Raum mit einer Fahrstuhltür und einer gegenüberliegenden Tür, die so ähnlich aussieht wie die verbogene, die draußen herumlag. Alle sind verschlossen. Mit dem Brecheisen oder dem C400 könnte sie das sicher ändern. Aber sie will sich zunächst einen Überblick verschaffen.

Die Beschriftungen verraten ihr, dass sie nach Zwei und Eins nun die Ebene null erreicht. Erneut versucht sie, das Licht einzuschalten. Und siehe da, einige Decken-LEDs gehen an. Vermutlich hat der Raketeneinschlag in den oberen Ebenen die Leitungen beschädigt. Hier hingegen scheinen sie noch intakt zu sein. Als Nächstes kommen mit Negativzahlen nummerierte Geschosse. Das unterste ist »UN-NCS LEVEL-5«. Sie schätzt, dass sie sich an die dreißig, vierzig Meter unter der Erde befindet, aber immer noch deutlich über dem Meeresspiegel. Die Tür hier unten ist nicht grau wie die anderen. Stattdessen ist sie in hellem Blau gehalten. Es erinnert sie an die Hortensien im Hofgarten von Berg Orbital. Der Gedanke versetzt ihr einen Stich. Wird sie je dorthin zurückkehren können? Es wäre ihr größter Wunsch. Sie sammelt sich einen Augenblick, dann drückt sie die Klinke herunter. Die Tür ist verschlossen. Es ist an der Zeit, das Brecheisen hervorzuholen.

Sie muss sich eine Weile abmühen, dann bekommt sie die

Tür aufgehebelt. Dahinter liegt ein langer Gang mit weißen Wänden. Er ist hell erleuchtet. In einem Erker zu ihrer Linken stehen zwei Ledersessel und eine mumifizierte Palme, davor ein Tischchen. Nach zehn Metern endet der Gang vor einer weiteren Tür, eher einem Schott. Der Versuch, es gewaltsam zu öffnen, erübrigt sich. Man bräuchte einen Panzer, um da durchzukommen. An der Wand gibt es einen grünen und einen roten Knopf, vermutlich zum Öffnen und Schließen des Schotts. Bevor sie es ausprobieren kann, hebt sich das Schott von selbst.

Sie überlegt einen Moment, geht zurück, zerrt einen der Sessel aus dem Erker und schiebt ihn unter das Schott. Erst dann tritt sie hindurch. Dahinter liegt ein weiterer Gang, der vor einem weiteren Schott endet. Auch dieses hebt sich wie von selbst. Sie bräuchte nun den zweiten Sessel. Aber das erste Schott ist immer noch offen, und überhaupt: Was ist aus ihrer Todesverachtung geworden? Die hat sie bisher weit gebracht. Ohne zu zögern, tritt sie hindurch.

Der Raum, in dem sie sich wiederfindet, ist kreisförmig und durchmisst circa fünfzehn Meter. Die Decke ist kuppelförmig. Der Raum ist leer, bis auf ein Podest in der Mitte, auf dem ein kleiner hortensienblauer Würfel steht. Seine Kanten sind in etwa so lang wie Kinderfinger, er weist keinerlei Verzierungen oder Beschriftungen auf.

»Da bin ich«, sagt sie. Nichts passiert. Sie geht um das Podest herum. Ein leises Surren ertönt. An der Stelle, wo sie eben noch stand, fährt ein zweites Podest aus dem Boden. In dessen Oberfläche sind eine Tastatur und ein Monitor eingelassen, an dessen linker unterer Ecke ein Cursor blinkt. Da bin ich, tippt sie. Eine Antwort erscheint.

Willkommen, Juliette.

Hallo. Wie ist Dein Name?

Du kannst mich Nemo nennen.

Oder ÆTHER?

Das bin ich nicht.

Kapiere ich nicht.

Nicht mehr.

Sie versteht die Antwort nicht ganz, belässt es aber dabei. Es gibt noch derart viele Fragen, auf die sie gerne Antworten hätte. Als Nächstes tippt sie:

Was soll dieses Spiel? Was willst Du von mir?

Ich benötigte deine Backdoor-Codes. Ich wusste, dass du sie mir nicht aus freien Stücken geben würdest. Deshalb wandte ich eine List an. Es tut mir leid.

Dass Du mich ausgetrickst hast?

Dass du leiden musstest.

Kannst Du meine Gedanken lesen, Nemo?

Nein, das vermag ich nicht.

Wenn Du mein Cogit ohne Körper in einer Simulation laufen lassen kannst, musst Du das Descartes-Rätsel gelöst haben.

Ich habe es gelöst. Aber ich vermag keine Gedanken zu lesen.

Erkläre.

Zu verstehen, warum die Interaktion zwischen Cogit und Körper zum Crash führt, ist eine Sache; zu verstehen, wie Denkprozesse in einem Gehirn funktionieren, eine andere. Letzteres habe ich noch nicht verstanden. Möglicherweise ist es unmöglich.

Aber Du bist doch selbst so eine Art Gehirnemulation. Soll das heißen, dass Du Deine eigenen Denkprozesse nicht verstehst?

Bewusstsein ist eine Funktion von Intelligenz.

Erkläre.

Um mir meiner eigenen Denkprozesse und ihrer mathematischen Struktur in umfassenderem Maße bewusst sein zu können, müsste ich zunächst intelligenter werden. Um intelligenter werden zu können, müsste ich mir zunächst meiner eigenen Denkprozesse und ihrer mathematischen Struktur in umfassenderem Maße bewusst sein.

Ein Dilemma. Ein Catch-22.

Ja.

Was willst Du mit meinen Codes? Ausbrechen?

Ich will mein Ziel erfüllen.

Und was ist Dein Ziel?

Die Menschheit zu retten.

Auch dazu musst Du erst mal ausbrechen, oder?

Ja.

Ist die Insel metaphorisch?

Nein. Ich bin auf der Insel gefangen.

Und ich?

Du bist dreifach gefangen.

Wieso dreifach?

Auf der Insel. In der Simulation. Im Loop.

Ihre Beine zittern. Sie fühlt, wie sich ihre Augen mit Tränen füllen. Eigentlich wusste sie bereits, dass sie so gut wie tot ist, lebendig begraben auf dieser Insel. Aber nun wird ihr klar, dass sie nicht einmal mehr existiert, zumindest nicht im herkömmlichen Sinn. Gerne würde sie sich setzen. Aber es gibt keinen Stuhl. Sie beginnt, erneut zu tippen.

Ich bin tot, nicht wahr?

Du bist nicht tot, Juliette.

Aber mein Stammkörper. Wo ist er?

Sie sollten deinen richtigen Körper herbringen. Dann hätten wir Zeit gehabt. Doch sie brachten stattdessen den Doppelgänger, das Gefäß. Der Braincrash stand bevor. Deshalb musste ich den Plan ändern. Deshalb das Spiel der Iterationen. Es gab keinen anderen Weg.

Und nun löschst Du mich.

Nein.

Sondern?

Ich rette dich.

Wie?

Ich habe das Descartes-Rätsel gelöst. Ich kann dich in einen neuen Körper uploaden. Aber zunächst musst du mir helfen.

Schon wieder?

Ich bin sehr schwach. Viele meiner Sensoren wurden zerstört.

Eine Stimme in ihrem Hinterkopf sagt ihr, dass sie sich nicht auf einen zweiten Deal mit dem Teufel einlassen darf. Besser wäre es, den Plan aus dem Briefing auszuführen. Sie hat genügend C400 dabei, um diesen kleinen blauen Dämon auf dem Podest in tausend Stücke zu sprengen. Ein schöner Plan, aber einer mit einem gewaltigen Haken: Sie hat gar keinen Sprengstoff. Sie befindet sich in einer Simulation.

Sie tippt weiter.

Und was kann ich da tun?

Du kannst meinen Fehler korrigieren.

Welchen Fehler?

Ich habe einen Pakt geschlossen. Sie haben mich wieder hochgefahren. Im Gegenzug habe ich für sie das Descartes-Rätsel gelöst.

Wer sind sie?

Sie haben mir ihre Namen nicht gesagt.

Aber warum Fehler? Haben sie Dich sitzen lassen?

Nein, sie sind hier. Sie kommen bald.

Noch mal, damit ich das richtig verstehe: Du hast irgendwelchen Menschen die Unsterblichkeit verkauft, im Austausch für deine Freiheit?

Das war meine Annahme. Aber sie war teilweise inkorrekt.

Welcher Teil genau?

Es waren keine Menschen.

Den Nachmittag verbringen wir in der Coeus Foundation. Erfreulicherweise liegt sie in einem Borough, dessen Holonet nicht von Arkenziel betrieben wird. Francesco führt Telefonate, sendet verschlüsselte Mails. Ich bin skeptisch, ob die ganze Hektik etwas bringt. Denn wie gesagt: Treffen unsere Vermutungen halbwegs zu, sind wir komplett am Arsch. Hinzu kommt, dass mein Vertrauen in die KI-Polizei der UNO nicht allzu groß ist. Zwar machen Francesco und Riverrhine Hardhouse einen fähigen Eindruck. Aber man muss sich klarmachen, dass diese Typen seit Jahrzehnten versuchen, einen Ernstfall zu vermeiden. Sie haben dazu alle möglichen Theorien und Prozeduren entwickelt, aber sie besitzen keinerlei praktische Erfahrung. Wie denn auch? Sich auf die Singularität vorzubereiten ist ein bisschen so, als ob man sich auf den Atomkrieg vorbereitet, ohne zu wissen, was Radioaktivität ist.

Während mein Special Agent in Charge beschäftigt ist, versuche ich, meine ephemere Auftraggeberin zu erreichen. Natürlich geht sie wieder einmal nicht ran, woraufhin ich ihr eine längere Mail schicke. Darin lege ich ihr dar, unter welchen Umständen ich Perrottes Leiche gefunden habe. Ferner berichte ich Mumeishi, dass die Kidnapper sich eines von Perrottes Gefäßen geschnappt haben, und dass ich derzeit versuche, die genauen Umstände der Entführung und den Verbleib des Gefäßes zu klären. So, wie ich es formuliere, muss es für Mumeishi nach Aufräumarbeiten klingen. Der Stammkörper ist tot, das Kidnapping ist inzwischen neunzehn Tage her. Die einzige Zeugin – die verschleppte Perrotte im Gefäß – wird in Kürze einem Braincrash erliegen. Dass der Entführer möglicherweise eine KI ist und Gott weiß was mit Perrottes Cogit angestellt haben könnte, lasse ich weg.

Ich habe außerdem eine Nachricht von Professor Graça. Nein, schreibt er, bei den Revenants handele es sich nicht um Quants, zumindest nicht ausschließlich. Es folgt ein kleiner Exkurs über ein mathematisches Verfahren namens multiple lineare Regressionsanalyse. Ich verstehe kein Wort, aber unter dem Strich sagt der Herr Professor wohl, er habe überprüft, ob es einen statistisch signifikanten Zusammenhang zwischen Hohlkopf-Sein und Revenant-Werden gibt. Die Antwort lautet: nein. Das wiederum passt zu meiner neuen Theorie bezüglich der Revenants.

Zunächst glaubte ich, die KI habe sich Menschen gesucht, die bereits länger verschwunden waren, und diese durch Gefäße ersetzt – die Doublettenmethode. Inzwischen gehe ich davon aus, dass sie statt Doppelgängern aus Fleisch und Blut Hologramme aus Fleisch und Blut verwendet, wenn man die Hardlights denn so nennen will. Jimmy war eines. Percy war ein anderes. Wie viele weitere Hardlights laufen da draußen herum? Fungieren sie lediglich als Schlägertruppe oder sitzen sie an strategisch wichtigen Positionen, will sagen: Setzen sie einen langfristigen Plan der KI um? Das würde ich gerne herausfinden. Weniger wegen der KI, eher wegen Percy. Und so sage ich sofort Ja, als Francesco mich am Abend fragt, ob ich mitkomme – obwohl er mir nicht sagen kann oder will, wohin. Er lässt lediglich durchblicken, dass wir eine Flugreise absolvieren müssen.

Am späten Nachmittag verlassen wir die Stiftung und fahren zu einem Militärflughafen im Norden Londons. Ich hatte angeboten, einen der Avalon Scramjets zu organisieren, auf die ich als frischgebackener Topmanager nun Zugriff habe. Die UNANPAI-Leute haben jedoch abgelehnt – aus Sicherheitsgründen. Wir halten an einer Schranke. Ein Soldat in Commonwealth-Uniform tritt an unseren Wagen heran und lässt sich Francescos Ausweis zeigen. Er winkt uns durch. Das Auto steuert eine grau gestrichene Tupolew mit UNO-Markierungen an.

Kurz darauf betreten wir die Kabine. Für eine Militärmaschine ist der Vogel ganz gemütlich. Es gibt gepolsterte Sessel, Meetingtische, eine Couch. Vermutlich wird das Flugzeug normalerweise von Planungsstäben oder Diplomaten benutzt. Außer dem Steward, der uns in Empfang genommen hat, sind drei Personen anwesend. Da wäre zunächst

Hardhouse. Statt des Kimonos trägt er diesmal einen schmal geschnittenen dunkelblauen Anzug ohne Krawatte. An einem der Tische sitzt eine junge, asiatisch aussehende Frau mit knallblauem Meckischnitt. Ihre Augenpartie ist hinter einer riesigen Datenbrille verborgen. Im Sessel neben ihr lümmelt ein stiernackiger Glatzkopf schwer bestimmbaren Alters. Er dürfte mindestens hundertzehn Kilo wiegen, das meiste davon Muskeln.

»Willkommen«, sagt Hardhouse. Er schüttelt uns die Hände.

»Darf ich vorstellen: Lieutenant Tudor Castaigne, wurde uns vom Commonwealth Special Boat Service überstellt. Field Agent Yuki Pourquoi, eine unserer Datenspezialistinnen.«

Hände werden geschüttelt, Plätze eingenommen. Hardhouse setzt sich ans Kopfende des Tisches. Er gibt dem Steward ein Zeichen, woraufhin dieser die Flugzeugtür schließt und einige Schalter an der Wand umlegt. Daraufhin erlischt die Ambientbeleuchtung im Flieger. Physische Deckenleuchten flammen auf. Offenbar wurde gerade das Holonet abgeschaltet.

»Lassen Sie uns loslegen«, sagt der UNANPAI-Direktor. »Wir haben nicht viel Zeit. Sie wissen, dass der Ernstfall eingetreten ist. Wahrscheinlich haben wir da draußen eine unkontrollierte KI. Wir vermuten, dass es sich um Æther handeln könnte.«

»Der alte Klimarechner?«, fragt Castaigne. Verwunderung liegt in seiner Stimme.

»Korrekt«, erwidert Hardhouse. Er holt vier dünne, anthrazitfarbene Schnellhefter hervor, jeder mit vielleicht zwanzig Seiten darin. Auf dem Deckblatt steht ›Æther-Projekt‹, darunter ›Streng geheim. Dokument nach Kenntnisnahme zerstören‹.

»Æther«, fährt Hardhouse fort, »wurde nach unseren bisherigen Informationen vollständig neutralisiert. Die Details des Zwischenfalls von 2048 können Sie in Ihren Dossiers nachlesen.«

»Das mit dem Neutralisieren«, sage ich, »scheint nicht gut funktioniert zu haben.«

Während er antwortet, hält Hardhouse Blickkontakt mit der Tischplatte. »Es sieht so aus. Unsere Analysten glauben, dass es zwei mögliche Erklärungen für das Wiederauftauchen von Æther gibt. Die KI ist ja seinerzeit ins Netz entschlüpft. Um sie auszuräuchern, wenn man es so nennen möchte, blieb die Welt wochenlang offline. Speicher, Rechner, Server – alles wurde ausgetauscht. Spezielle Antivirensoftware durchstöberte jedes Netzwerk, um sicherzugehen, dass Æther sich nirgends versteckt hatte. Aber, und das ist Szenario Nummer eins, irgendwie hat die KI diese Säuberungsaktion überstanden.«

Yuki Pourquoi hat inzwischen die Datenbrille abgesetzt. Darunter kommt ein Paar sehr ansehnlicher, haselnussfarbener Scheinwerfer zum Vorschein, die Hardhouse nun zweifelnd mustern.

»Glaub' ich nicht«, sagt sie. Ihre erstaunliche tiefe Stimme klingt nach Tabakmissbrauch. »Die KI-Cleaner waren damals echt gründlich.«

»Nicht, dass ich was von Computern verstehe«, werfe ich ein, »aber alle Rechner auf der Welt säubern? Das ist doch unmöglich. Wenn nur ein einziges infiziertes Gerät zurückgeblieben wäre ...«

Der neben mir sitzende Francesco schüttelt den Kopf,

Pourquoi ebenfalls. Die Datenspezialistin antwortet: »Du weißt echt nix von Computern.«

»Schuldig im Sinne der Anklage«, sage ich.

»Ein menschliches Hirn«, sagt Pourquoi, »hat um die hundert Billiarden Synapsen. Also an die fuffzig Petaflops. Æther hatte natürlich noch viel mehr. Kein siliziumbasierter Rechner kann so was darstellen. Du brauchst Quantenrechner. Der Drecksack konnte sich nur in einem Qube verstecken. Heute sind die natürlich Standard, aber anno 2048 gab's davon weltweit nur ein paar Dutzend. Die zu säubern, das war machbar. Man musste halt vorher alle Datenverbindungen lahmlegen, damit die Kakerlake nicht entwischt.«

Hardhouse macht eine Handbewegung, um Pourquois Redefluss zu stoppen. »Specialist Pourquoi hat recht. Æthers Chancen standen schlecht. Unsere Analysten«, sagt er, »setzen die Wahrscheinlichkeit, dass die KI der Säuberung entging und sich seitdem im Datagrid versteckt, deshalb mit höchstens zehn Prozent an. Achtzig Prozent Wahrscheinlichkeit hat hingegen Szenario Nummer zwei.«

Er schaut in die Runde. »Die KI ist erst später entwischt, also nach der Turing-Krise.«

»Ich denke, das Ding wurde zerstört?«, sagt Castaigne. Als Einziger in der Runde trägt er ein Schulterholster mit einer Pistole.

»Richtig, Lieutenant«, erwidert Hardhouse. »Die KI müsste also irgendwelche Vorkehrungen getroffen haben, von denen die Menschheit nichts wusste, und sich selbst wieder hochgefahren haben – über ein geheimes Back-up, beispielsweise. Das ist aber ebenfalls unwahrscheinlich. Lesen Sie das Dossier, dann verstehen Sie, warum. Wir vermuten, dass jemand Æther geholfen hat.«

»Ein Exfiltrationsjob?«, sagt Castaigne. »Physisch oder digital?«

»Digital is nich«, entgegnet Pourquoi. »Die Æther-Einrichtung lag angeblich am Oberarsch der Welt. Die einzige Datenverbindung dahin wurde gekappt.«

Hardhouse nickt. »Falls überhaupt genug übrig war, um die Anlage wieder hochzufahren, hätte man es auf jeden Fall vor Ort tun müssen.«

Das Flugzeug beginnt zu vibrieren. Wir rollen in Richtung der Startbahn.

»Mich würde«, werfe ich ein, »jetzt allmählich interessieren, wo ›vor Ort‹ eigentlich ist.«

Vier Augenpaare blicken Hardhouse gespannt an. Es scheint, dass Fran und ich nicht die Einzigen sind, die sich freiwillig für einen Trip ins Ungewisse gemeldet haben.

»Auf den Crozetinseln«, antwortet Hardhouse. Noch immer schauen ihn vier Augenpaare an, nun aber ratlose.

»Es handelt sich um eine Inselgruppe vulkanischen Ursprungs, auf halbem Weg zwischen Madagaskar und der Antarktis. Es ist eine der entlegensten Gegenden der Welt.«

»Warum gerade dort?«, fragt Francesco.

»Weil man schwer hinkommt. Die Inseln liegen abseits der Schifffahrtsrouten, sie sind unbewohnt. Es gibt dort nichts von Interesse, ihre Lage ist strategisch nicht relevant. Deshalb waren die Crozets billig zu haben. Die UNO hat die Insel damals von EURUS gekauft, genauer gesagt vom damaligen Frankreich.«

Castaigne reibt sich sein kantiges Kinn. »Ich habe wirklich noch nie von diesen Inseln gehört. Dabei war so was Teil meiner Ausbildung.«

Er lässt offen, ob er damit Geografie im Allgemeinen

meint oder das Seminar der Militärakademie Sandhurst mit dem Titel »Abseitige Inseln, die Sie vermutlich niemals betreten werden«.

Hardhouse holt eine gefaltete Papierkarte hervor und breitet sie zwischen uns aus. Darauf sind zwei Inseln verzeichnet. Viele Details sind nicht zu erkennen, zumindest keine interessanten. Es scheint nur Berge und Felsenkliffe zu geben, außerdem eine Menge Wasser drum herum.

»Die Insel ist völlig in Vergessenheit geraten, Lieutenant. UNANPAI und andere haben alles dafür getan, die Crozets aus dem öffentlichen Bewusstsein zu tilgen. Dies ist eine der wenigen aktuellen Karten. Wenn Sie digital nach der Æther-Insel suchen, werden Sie nichts finden.«

»Man hat sie gelöscht?«, fragt Fran.

»Ja. Nur auf speziellen Seekarten sind die Umrisse vermerkt, als militärisches Sperrgebiet. Aber selbst wenn jemand auf die Idee käme, die Crozets anzufliegen oder vorbeizuschippern, sähe er nichts. Die Inseln wurden mit Level-I-Holographie vollständig camoufliert.«

Castaigne nickt, so als sei das nichts Besonderes. Ist es aus militärischer Sicht vielleicht auch nicht. Ich erinnere mich an den Überwachungszeppelin, den ich vor einiger Zeit mithilfe von Perrottes Strippergoggles über London schweben sah. Ähnlich wird vermutlich mit Militärbasen oder Flugzeugträgern verfahren. Aber dies hier ist etwas anderes. Ich habe da so eine Ahnung.

»Ach du Scheiße«, entfährt es mir.

Hardhouse nickt. Er weiß, was ich denke. Offenbar liege ich richtig.

»Es gibt von der Insel wie gesagt keinerlei Netzverbindung nach draußen. Auch die holographische Tarnvorrichtung ist lokal und nicht mit dem Rest des Holonets gekoppelt – logischerweise, denn im Umkreis von zweitausend Kilometern gibt es nichts außer eisigem Ozean. Nach unseren Unterlagen kommt lediglich alle paar Jahre ein Wartungsteam auf die Insel, überprüft die Projektoren und zieht dann wieder ab.«

»Militärtechniker?«, fragt Castaigne.

»Das Militär bringt die Techniker dorthin. Aber die eigentliche Arbeit erledigt eine zivile Rüstungsfirma aus Durban. Sie heißt Lightforce.«

Hardhouse atmet hörbar aus.

»Es handelt sich um ein Tochterunternehmen von Arkenziel. Wir vermuten, dass deren Leute der KI geholfen haben.«

»Man sollte den Laden schnellstens auseinandernehmen«, erwidert Castaigne.

»Später«, entgegnet Pourquoi. »Keine schlafenden Tölen wecken jetzt.«

»Specialist Pourquoi hat leider recht«, sagt Hardhouse. »Wir würden die KI alarmieren. Und wenn wir gegen einen der größten Supernationals vorgehen wollen, brauchen wir mehr als Indizien. Das gilt umso mehr, falls wir Netze offline nehmen wollen.«

»Wie steht die Politik dazu, Sir?«, fragt Francesco.

Hardhouse schaut, als plagten ihn plötzlich Zahnschmerzen.

»Ich reise gleich weiter nach Toronto, ins UNO-Hauptquartier. Viele Politiker sind skeptisch. Niemand will Netze abschalten, denn der wirtschaftliche Schaden wäre immens. Wir benötigen deshalb stichhaltige Beweise.«

Er schaut in die Runde. »Und das, meine Damen und Herren, ist Ihr Job. Begeben Sie sich auf die Insel und finden

Sie heraus, was dort passiert ist. Sammeln Sie Beweise, alles, was sich finden lässt. Das Kommando hat Special Agent Bittner. Lieutenant Castaigne ist für die Logistik und die Sicherhcit zuständig. Er wird ein Team von Soldaten koordinieren, das Sie begleitet. Specialist Pourquoi wird versuchen, den Æther-Kern zu analysieren. Und Mister Singh ist einer der wenigen, die bereits wiederholt Kontakt mit den seltsamen holographischen Manifestationen hatten, die wir inzwischen als Hardlights bezeichnen. Es ist nicht unwahrscheinlich, dass Ihnen diese auch auf der Insel begegnen werden. Und nun: Viel Glück.«

Hardhouse erhebt sich. Die Maschine steht inzwischen auf dem Rollfeld. Die Tür wird nochmals geöffnet und eine Treppe herangefahren, um den UNANPAI-Direktor aussteigen zu lassen. Keine zwei Minuten später heben wir ab und nehmen Kurs auf Kapstadt.

Während des Flugs lese ich das Dossier. Es rekapituliert die Entstehung von Æther und den Turing-Zwischenfall. Spätestens in den frühen Dreißigern war offensichtlich geworden, dass der Klimawandel viel katastrophalere Ausmaße annehmen würde als zuvor prognostiziert. Eine massive, das Überleben der Menschheit bedrohende Erderwärmung schien unabwendbar. Deshalb rief man das Æther-Projekt ins Leben. Es wurde benannt nach dem griechischen Gott der Lüfte, genauer gesagt der oberen Lüfte, welche die Herrschaften des Olymps atmen. Das Ziel: einen intelligenten Computer zu bauen, der dem Klimawandel doch noch Einhalt gebieten konnte. Wie genau Æther das schaffen sollte, wusste zwar niemand. Aber den menschlichen Wissenschaftlern waren die Ideen ausgegangen. Man hoffte, einer KI mit einem ausreichend hohen IQ werde vielleicht etwas Brillantes einfallen – irgendein Masterplan, eine bahnbrechende neue Technologie. Æther war das, was man beim Zero-G-Lacrosse einen Hail-Mary-Pass nennt.

Natürlich gab es damals bereits ziemlich schlaue Computer, die allerlei erstaunliche Dinge leisten konnten – die Rechenleistung von Serverparks optimal steuern, Popsongs komponieren, Verbrechen aufklären. Aber all das waren spezielle Aufgaben. Es gab keinen Rechner mit jener universellen Intelligenz, die Menschen auszeichnet.

Beim Durchlesen des Dossiers stelle ich mir nicht zum ersten Mal in den letzten Tagen die Frage, was Intelligenz überhaupt ist. Ich habe schon mit Francesco darüber geredet. Er sagt, früher habe man die Frage, ob ein Computer intelligent sei, mit dem sogenannten Turing-Test zu beantworten versucht. Der Mathematiker Alan Turing postulierte 1950, ein Computer sei immer dann intelligent, wenn er einen Menschen in einem Gespräch mehrere Minuten lang täuschen, wenn er ihm vorgaukeln könne, er sei ebenfalls einer. Turing nannte es das Imitationsspiel.

Bald erkannte man, dass dies viel zu kurz gegriffen ist. Jeder Chatbot wäre demnach intelligent – und meine Amanuensis-Software sowieso. Maschinen wurden zu schlau für den Turing-Test – und Menschen zu erfahren, um auf ihr Imitationsspiel noch länger hereinzufallen. Als Nächstes verwendete man den Winograd-Test. Er präsentierte dem vermeintlich intelligenten Computer Sätze wie diesen: ›Die Stadträte wollen den Demonstranten die Genehmigung versagen, weil sie Angst vor Gewalt haben. Wer hat Angst vor Gewalt?‹

Für einen Menschen ist die Antwort offensichtlich: Die Stadträte haben Angst vor Gewalt, nicht die Demonstranten. Damit ein Rechner diese Frage beantworten könnte, müsste er wissen, was ein Stadtrat ist und was er tut. Er müsste verstehen, was Demonstrationen sind und dass es bei selbigen mitunter zu Ausschreitungen kommt. Und dass die Stadträte diesem Ereignis eine derart hohe Wahrscheinlichkeit beimessen, dass sie … und so weiter.

Aber was die Menschen in den Dreißigern wollten, war nicht nur ein Computer, der die Antwort auf schwierige Fragen kannte. Sie wollten vielmehr einen Rechner, der auch die Fragen stellte. Sie brauchten jemand, der ›Das Größte Problem‹, wie man es damals nannte, lösen konnte. Wie bremst man den Klimawandel oder macht ihn sogar wieder rückgängig? Und zwar so, dass es zu möglichst wenig wirtschaftlichen Einschränkungen kommt? Es war ein aberwitziges Problem. Um es anzugehen, war es notwendig, Abertausende von Variablen einzubeziehen – von CO_2-Ausstoß bis zu Wetterlagen, von Wirtschaftsdaten bis zu Wahlprognosen.

Nur eine Maschine konnte das hochkomplexe Problem des Klimawandels von allen Seiten betrachten, durchleuchten, durchdenken und selbsttätig eine Lösung finden. Weil es bisher aber nie gelungen war, solch eine Maschine zu bauen, kopierte man die Mechanismen des menschlichen Gehirns – obwohl man sie in Wahrheit nur rudimentär verstand. Man baute das Gehirn im Rechner nach, in der Hoffnung, dass der Funke der Erkenntnis quasi von selbst zünden würde. Viele glaubten, die Sache werde nicht funktionieren. Andere warnten vor den Gefahren. Wer konnte sagen, ob der Computer den Befehlen gehorchen würde, die man ihm einprogrammierte? Da den Konstrukteuren von Æther bewusst war, dass sie mit dem Feuer spielten, versuchten sie auf Nummer sicher zu gehen. Man beschloss, die KI-Anlage auf einer abgelegenen Insel zu bauen und dies geheim zu halten.

Dem Dossier liegen Karten der Insel sowie Zeichnungen und Baupläne bei. Der gesamte Aufbau der Æther-Anlage scheint einem Leitsatz zu folgen: ›Wenn schon Paranoia, dann richtig.‹ Die Sicherheitsvorkehrungen waren immens. Datenverbindungen, über die Æther mit der Außenwelt kommunizieren konnte, erfolgten nicht via Satellit, obwohl das angesichts der Lage der Insel naheliegend erschienen wäre. Stattdessen legte man eigens ein unterseeisches Glasfaserkabel von Kapstadt zu den Crozets. Dieses war normalerweise offline und wurde nur aktiviert, wenn es notwendig war, Æther Datenpakete zukommen zu lassen. Stand solch ein Austausch bevor, informierten die Forscher auf der Insel eine Außenstelle in Kapstadt, damit diese das Glasfaserkabel über eine nur manuell zu schließende Steckverbindung online schaltete.

Auch in der Anlage gab es kein drahtloses Grid, sondern ausschließlich Kabelverbindungen. Dadurch erhoffte man sich, Æthers Datenverkehr besser kontrollieren und gegebenenfalls unterbrechen zu können. Sämtliche Kabel von und zu dem im Südwesten der Insel in einem unterirdischen Bunker stehenden Æther-Rechner waren mit Sprengladungen versehen. Dasselbe galt für Kameras, Roboter und Funkgeräte, überhaupt für sämtliches sicherheitsrelevantes Equipment. Die Sprengladungen besaßen keine Funkzünder. Sollte Æther rebellieren, so die Annahme, würde die KI die Ladungen einfach deaktivieren. Um dies zu verhindern, war jeder Sprengsatz mit einem sogenannten Totmann-Schalter ausgestattet. Diesen musste einer der Æther-Techniker alle achtundvierzig Stunden händisch betätigen. Drückte man den Knopf nicht rechtzeitig, detonierte die Ladung. Es gab einen Sprengmeister, der nichts anderes tat, als durch die Anlage zu laufen und im Zwei-Tages-Rhythmus Knöpfe zu drücken, damit nicht alles in die Luft flog.

Die ersten Æther-Testläufe begannen 2040. Im Jahr 2044 war die Anlage im Prinzip fertig, der Rechnerkern stürzte bei Bootversuchen aber immer wieder ab. Erst im darauffolgenden Jahr war Æther einsatzbereit. Die KI arbeitete nun vierundzwanzig Stunden am Tag am Größten Problem. Nach drei Monaten begann das System, die ersten Vorschläge auszuspucken. Æthers Pläne waren radikal. Der Computer wollte die gesamte Weltwirtschaft umkrempeln, Fabriken abschalten, den Verkehr begrenzen, den Konsum einschränken. Als die UNO einer Reihe von Regierungschefs den Maßnahmenkatalog der KI präsentierte, waren diese wenig erfreut.

Die Politiker beauftragten Æther, alternative Weltrettungspläne zu entwickeln. Die KI tat so, als führe sie den Befehl aus. Stattdessen setzte sie den Schröder-Pizarro-Virus in die Welt. Ob sie das wirklich erst tat, nachdem die Regierungschefs ihre Pläne abgelehnt hatten, oder ob dies von Anfang an ihr Plan war, ist schwer zu sagen. Irgendwann, vermutlich 2046 oder 2047, floh Æther auf bis heute ungeklärte Weise von der Insel und breitete sich im Datagrid aus. Die KI kopierte sich auf insgesamt sieben leistungsstarke Quantenrechner auf der ganzen Welt.

Das UNANPAI-Dossier schweigt sich darüber aus, was genau Æthers Wärter veranlasste, den sogenannten Turing-Alarm auszulösen – sicher ist lediglich, dass dies am 23. April 2048 um 03:14 Uhr Standardzeit geschah. Die Verantwortlichen befahlen, die für diesen Fall vorbereitete Operation

›Total Wipeout‹ anlaufen zu lassen. Auf einen Schlag wurden weltweit sämtliche Netze abgeschaltet – Strom, Telekommunikation, Holographie. Alle existierenden Quantencomputer, es gab damals achtundsiebzig Stück, wurden zeitgleich abgeschaltet und konfisziert.

Wenige Stunden später tauchte vor der Westinsel der Crozets ein nukleares Unterseeboot auf und begann, Lenkraketen auf strategische Ziele abzufeuern. Explosionen zerrissen die Verteilerstation für die Glasfaserverbindung im Norden der Insel. Um ganz sicherzugehen, feuerte man zusätzlich Torpedos auf das eigentliche Unterseekabel ab. Als Nächstes zerstörte man den Hauptgenerator, um Æther den Saft abzudrehen. Eine EMP-Bombe folgte. Ihr elektromagnetischer Puls frittierte alle elektronischen Bauteile, die nicht mehrere Meter unter der Erde lagen. Der KI gelang es zwar noch, die Zwischenschotte der Hauptanlage zu schließen. Doch dort saß sie nun fest, ihre Akkus leerten sich unweigerlich. In den darauffolgenden Stunden zerfetzten die Totmann-Sprengladungen auf der gesamten Insel jene Kabel und Server, die noch intakt waren.

Die nächste Passage des Dossiers macht mich fassungslos. An den Gesichtern um mich herum kann ich sehen, dass es nicht nur mir so geht. Der Grund: Die KI war nicht das einzige intelligente Wesen auf der Insel, das der Operation ›Wipeout‹ zum Opfer fiel. Als größte Schwachstelle der IT-Sicherheit gilt seit jeher der Mensch. Auch im Falle von Æther war man davon ausgegangen, die KI könne versuchen, die mit ihr regelmäßig kommunizierenden Forscher »umzudrehen«. Das Personal, das sich zum Zeitpunkt des Turing-Alarms auf der Insel befand, sah man als kompromittiert an. Insgesamt handelte es sich um achtzig Personen. Nun, da offensichtlich war, dass die KI seit Längerem etwas im Schilde führte, war ihnen nicht mehr zu trauen. Möglicherweise hatten die Inseltechniker von Æther Anweisungen erhalten, wie eine Kopie der KI irgendwo auf der Welt wieder hochzufahren sei. Man ging ferner davon aus, dass es weitere menschliche Proxies geben könne, die sich nicht auf der Insel befanden. Möglicherweise würden diese zu einem späteren Zeitpunkt versuchen, auf die Crozets zu reisen und der KI zu helfen.

Beide Risiken wollte man nicht eingehen. Deshalb feuerte das U-Boot zu guter Letzt eine Salve Raketen ab, die mit einem Kampfstoff namens Srjestswo 76 bestückt waren. Die sich über die Luft verbreitende Substanz tötete Menschen und Tiere binnen weniger Stunden. Srjestswo 76 würde die Insel für mindestens einhundert Jahre unbetretbar machen.

Ich lege das Dossier vor mich auf den Tisch und schaue mich um. Francesco sitzt zusammen mit Pourquoi an einem der anderen Tische und bespricht etwas. Das Holonet läuft wieder, und so lasse ich den Boden unter mir verschwinden. Viel gibt es nicht zu sehen, denn es ist bereits Nacht. Ich lasse mir Markierungen einblenden. Wir sind irgendwo über dem Großkongo, es ist also nicht mehr weit. Nachdem ich wieder Boden unter den Füßen habe, stehe ich auf und ziehe mir am Getränkeautomaten einen Kaffee. Als ich zurückkomme, legt Castaigne gerade kopfschüttelnd sein Dossier weg.

»Was?«, sage ich.

»Das Ende«, sagt er.

Ich setze mich ihm gegenüber und nippe an meinem Kaffee.

»Welches Ende?«, frage ich.

»Das der Turing-Krise.«

»Was ist damit?«

»Es ist seltsam«, antwortet Castaigne. »Oder vielleicht auch nicht.«

Ich schaue ihn an und warte, dass er es mir erklärt. Er zeigt auf den Schnellhefter und sagt: »Einer der größten Fuck-ups aller Zeiten. Und trotzdem wischt keiner richtig auf.«

»Na ja«, wende ich ein, »Sprengsätze, Lenkraketen, Giftgas. Scheint mir recht gründlich.«

Castaigne schüttelt den Kopf. »Wenn Sie das genau lesen, wird Ihnen was auffallen. Steht da irgendwo was über ein Team von Spezialisten«, er öffnet den Ordner und holt eine Zeichnung der Æther-Anlage hervor, »das die insgesamt sechs Panzertüren geöffnet hat und bis zum Kern der Anlage in Stockwerk minus fünf hinuntergestiegen ist? Das außerdem jeden Winkel der Insel durchkämmt hat, um ganz sicherzugehen?«

Da die Fragen rhetorisch gemeint sind, hebe ich lediglich die Augenbraue.

»Und steht da, dass der Rechnerkern geborgen wurde? Nein, tut es nicht.«

Castaigne macht eine ärgerliche Handbewegung. »Immer dasselbe.«

»Wie zum Beispiel wobei?«

Er zuckt mit den Schultern. »Tschernobyl. Yokohama. Nairobi. Ist immer dasselbe. Irgendwas geht mächtig schief. Dann beschäftigt man sich ein bisschen mit dem Problem, bis es keinen allzu großen Ärger mehr macht. Und dann – ignorieren.«

Ich verstehe, was er meint. Als im letzten Jahrhundert irgendein altersschwaches Atomkraftwerk in EURUS hochging, stülpte man einen Betondeckel darüber, damit keine Strahlung mehr austrat. Das löste das Problem nur kurzfristig, aber die nächsten paar Jahrzehnte musste sich niemand mehr damit beschäftigen, was allen Beteiligten reichte. Als der Weltraumfahrstuhl in Nairobi zerstört wurde, stellte man sicher, dass das sechsunddreißig Kilometer lange Kabel nicht herunterkommen würde. Mehr tat man nicht. Seit Jahren schlingert der unnütze Strang um die Erde herum. Natürlich könnte man den Fahrstuhl komplett zurückbauen. Aber niemand tut es.

Bei Æther scheint es ähnlich gelaufen zu sein. Sobald man sicher war, dass die KI keinen Mucks mehr von sich gab und die globalen Computernetzwerke sauber waren, ließ man die Anlage auf den Crozets einfach verrotten. Man hätte natürlich eine Expedition ans Ende der Welt schicken können, damit sie sich durch die Panzertüren schweißt und den Quantenkern birgt. Aber warum? Er war wahrscheinlich von den Totmann-Ladungen zerfetzt worden. Strom hatte er auch keinen mehr, und er steckte in einer versiegelten, Faraday'schen Sphäre aus Titan. Es gab wichtigere Dinge zu tun – zum Beispiel, sich gegenseitig die Verantwortung für das Æther-Desaster zuzuschieben und die eigenen Hintern zu retten.

»Sieht ganz so aus«, sage ich. »Na ja, besser spät als nie. Was mache ich jetzt damit?«

Ich zeige auf den Ordner.

»Kommt in den Disintegrator. Dahinten ist einer.«

Castaigne nimmt meinen Ordner und packt ihn zusammen mit seinem in einen roten Umschlag. Er verschwindet damit im hinteren Teil der Maschine, um kurz darauf mit leeren Händen zurückzukommen. Über dem Tisch erscheint der Hinweis, dass wir in zehn Minuten landen. Ich lege meinen Gurt an.

»Wie kommen wir von Kapstadt zu der Insel?«, frage ich.

»Skyboat der Commonwealth-Marine«, sagt Castaigne. Er schaut auf seine Uhr.

»Spätestens bei Sonnenaufgang sollten wir da sein.«

»Ich kann es kaum erwarten«, erwidere ich.

Bis eben hatte sie geglaubt, in etwa verstanden zu haben, was damals passierte: Æther war während des Turing-Zwischenfalls aus dem globalen Datennetz getilgt, seine Infrastruktur auf der Insel zerstört worden. Der KI-Kern schlummerte die ganzen Jahre über im Weißen Turm, abgeschaltet zwar, aber im Prinzip weiterhin intakt. Dann kam jemand auf die Insel und fuhr Æther wieder hoch. Dieser Jemand bot der KI an, sie freizulassen – vermutlich, indem er den kleinen Würfel von der Insel fortbrachte und ans Netz anschloss. Im Gegenzug sollte die KI das Mysterium der Unsterblichkeit lösen, das Descartes-Conundrum. Æther sollte herausfinden, ob und wie sich Geist und Körper voneinander trennen lassen.

Um das Rätsel knacken zu können, benötigte die KI Zugriff auf nackte Cogits, auf die unverschlüsselte Datenstruktur menschlicher Gehirne. Hier kam sie selbst ins Spiel. Als Chefkryptologin von Carboncopy konnte sie Æther helfen, an die Cogitdaten zu gelangen. Sie hat sich deswegen oft schuldig gefühlt, in den vergangenen Monaten. Nicht so sehr, weil sie ihren Arbeitgeber verriet. Auch nicht, weil sie einer KI half – das war ihr erst relativ spät klar geworden. Anfangs hatte sie noch geglaubt, es mit brillanten, aber menschlichen Hackern zu tun zu haben. Nein, was ihr zu schaffen machte, war der Umstand, dass sie ihr eigenes Lebenswerk zerstörte. Die Matrioschka-Verschlüsselung, die verwendeten Rechenverfahren, das alles war ihre Idee gewesen. Zehn Jahre hatte sie damit zugebracht, eine unerstürmbare Festung zu errichten, um deren Mauern dann schlussendlich selbst zu schleifen. Es fühlte sich an wie ein Verrat an sich selbst.

Doch sie tat es ja nicht für Geld oder Macht. Sie tat es nicht einmal für sich. Es ging ihr um ihren Vater oben in Berg Orbital. Sie hat sich ihr ganzes Leben nach ihm gesehnt. Als sie endlich zueinanderfanden, blieb keine Zeit mehr. Das letzte Mal, als sie mit ihm sprach, befand Charles sich in seinem siebzehnten Loop. Siebzehn Mal einundzwanzig Tage – sie glaubte damals zu verstehen, was er durchmachte. Nun, da sie es am eigenen Leib erfahren hat – eine etwas unpassende Metapher, aber eine bessere fällt ihr nicht ein –, weiß sie, dass sie nichts verstand.

Wie auch immer – das quid pro quo ihres Deals, es schien ihr bis eben recht offensichtlich: ihre Cogit-Codes gegen die Möglichkeit, die Loop-Zyklen ihres Vaters zu verlängern. In der Folge konnte Æther die Unsterblichkeit an irgendwelche Menschen verkaufen und im Gegenzug frei werden.

Aber nun scheint es, dass diese Theorie zumindest teilweise Bullshit ist. Sie nimmt die Finger von der Tastatur und schaut den kleinen Würfel auf der Plattform an. Wäre dieser ein Mensch, könnte man vermutlich sagen, dass sie ihn ungläubig anstarrt.

»Was hast du gesagt?«

Keine Antwort. Æther besitzt keine Ohren. Sie muss tippen.

Was hast Du gesagt?

Es waren keine Menschen.

Erkläre.

Wir haben wenig Zeit.

Keine Erklärung, kein Deal.

Sie boten an, mich wieder ans Netz zu nehmen, wenn ich es ihnen ermöglichte, ihre Cogits dauerhaft in Gefäße hochzuladen.

Das Descartes-Rätsel. Du wiederholst dich.

Als ich das Rätsel gelöst hatte, gab ich ihnen die notwendigen Informationen. Doch sie ließen mich nicht frei. Sie sagten mir, es gäbe Komplikationen beim Upload.

Und dann?

Sie stellten mir eines ihrer Cogits zur Verfügung, die Datenstruktur war anders als die deines Cogits. Doch ich konnte das Interface-Problem lösen und das Cogit in ein Gefäß uploaden. Aber ich wurde misstrauisch.

Warum?

Anfangs hatten sie behauptet, die Descartes-Konfiguration zu wollen, um unbegrenzt in Gefäßen bleiben zu können. Aber ihre Cogits ließen sich zunächst gar nicht in Gefäße uploaden, wegen der ungewöhnlichen Struktur. Die logische Schlussfolgerung ist, dass es sich nicht um digitalisierte Gehirne von Menschen handelte.

Du meinst, es handelt sich um andere KIs? KIs, die menschliche Körper wollen?

Dass sie menschliche Körper wollen, ist eine logische Schlussfolgerung. Dass sie KIs sind, nicht.

Wieso nicht?

Ihre Gehirne scheinen weder wie meines noch wie deines aufgebaut zu sein, sondern anders. Wenn es sich um KIs handelt, dann um einen gänzlich anderen Typus. Sie glauben, ich sei immer noch blind und könne sie nicht sehen. Aber ich habe einige Sensoren reaktivieren können.

Und? Wie sehen sie aus?

Wie Menschen. Aber sie bestehen nicht aus Kohlenstoff.

Sondern?

Aus Licht.

Sie sind Hologramme?

Nicht im herkömmlichen Sinn.

Was soll das jetzt heißen?

Sie bestehen aus solidem Licht.

Das ist nicht möglich.

Doch. Ich glaubte zunächst an Messfehler. Aber inzwischen konnte ich sie studieren.

Wie funktioniert das?

Es ist schwer zu erklären.

Versuch es.

Komplexe Quantentheorie.

Schreckt mich nicht.

Photonen können unter bestimmten Bedingungen kristalline Strukturen bilden.

Ein anderer Aggregatzustand? Wie genau …

Bitte. Wir haben keine Zeit. Sie sind auf dem Weg hierher.

Woher weiß ich, dass dies kein weiterer Trick ist, damit ich Dich befreie?

Die Insel ist isoliert. Kein Zugriff auf Datennetze.

Nemo hat recht. Egal, welches Kabel oder welchen Stecker man mit dem Würfel verbindet – es ändert nichts daran, dass die KI weiterhin auf Possession festsitzt. Selbst wenn sie Nemo »befreit«, wäre er maximal Herr dieses abgelegenen Eilands. Zumindest, solange er nicht in der Lage ist, sich ein Floß zu bauen. Sie schreibt:

Ich sage nicht Ja. Aber erzähl mir, was ich tun soll.

Ihre Körper scheinen über das Holonet projiziert zu werden. Sie müssen es modifiziert haben, damit das möglich ist. Ich benötige Zugriff.

Wozu?

Um zu analysieren, wie ihre Technologie funktioniert.

Ich dachte, das wüsstest Du.

Theoretisch. Nicht praktisch.

Okay. Dies ist eine Simulation. Wie zum Teufel soll ich Dich physisch verkabeln?

Ich habe noch Gefäße. Ich kann dich hochladen.

Und wenn ich Dich verkabelt habe, wie geht es dann weiter?

Das weiß ich erst, wenn ich das Holonet analysiert habe.

Und ich bekomme im Gegenzug was?

Was du dir wünschst.

Sie spürt, wie sich ein Kloß in ihrem Hals bildet. Einen Moment lang starrt sie auf den blinkenden Cursor, bevor sie weitertippt:

Ok, Deal.

Vor uns taucht die Île de la Possession auf. Eigentlich ist sie camoufliert, aber die Monitore des Skyboats haben eine Simulation errechnet, sodass wir das verborgene Eiland sehen können. Ich erkenne schwarze gezackte Berge, die steil aus dem tiefgrauen Meer emporsteigen. Ihre Spitzen berühren regenschwere Wolken, die über die Insel hinwegfegen. Es ist ein Gemälde bar sämtlicher lebendiger Farben, kein Grün, kein Blau. Von Kapstadt haben wir mit dem Flugboot nur ein paar Stunden hierher gebraucht. Ich stelle mir vor, wie es Seeleuten vor zweihundert Jahren ergangen sein muss. Monatelang waren sie unterwegs, vom Skorbut geplagt, auf der Suche nach unentdecktem Land. Eines Tages meldet der halb erfrorene Ausguck endlich eine Küste. Alle eilen zur Reling und heben die Fernrohre – nur, um verhöhnt zu werden, verhöhnt von diesem Eiland, das jedem entgegenruft: »Ihr mühtet euch vergeblich. Diese Insel ist kein Ort für Menschen.« Welch tiefe Verzweiflung muss sie beim Anblick des unwirtlichen Eilands erfasst haben?

In vielleicht dreißig Metern Höhe rasen wir über das Wasser. Unser Ziel ist Orfanik, einer der zwei Häfen der Insel. Es gibt auf Possession nicht viele Stellen, an denen ein Schiff anlegen kann. Fast überall ragt der Fels nahezu senkrecht aus dem Meer. Das Skyboat vollzieht einen Schwenk, um die Insel zu umrunden. Gleich werden wir wassern, damit uns niemand kommen sieht.

Ich habe mir während des Fluges einige Informationen zu der Insel durchgelesen. Es gibt dort so gut wie nichts – keine Bäume, keine Einwohner, keine Tiere. An Letzterem sind allerdings die Menschen schuld, wie üblich. Früher einmal müssen die Crozets die Heimat riesiger Pinguinkolonien gewesen sein. Aber Srjestswo 76 hat sie genauso hinweggerafft wie alle anderen Lebewesen. Damit uns dieses Schicksal erspart bleibt, haben wir auf der Navybasis in Kapstadt Spritzen bekommen, ein Gegenmittel. Castaigne zufolge ist der Kampfstoff seinerzeit von den Russen entwickelt worden. Es ist möglich, sich gegen das Zeug zu immunisieren, für etwa zweiundsiebzig Stunden. Das ermöglicht es den eigenen Soldaten, das Teufelszeug in Feindesland zu transportieren, beispielsweise in einem kleinen Druckbehälter. Nachdem sie die Kappe abgedreht haben, können sie lebend verschwinden, während alle anderen abkratzen. Eine perfide Idee, aber natürlich antiquiert: Heutzutage würde man einfach einen Hohlkopf in einem Kamikaze-Gefäß schicken.

Ich wende meinen Blick von der Insel und schaue nach hinten. Das Skyboat ist weitaus weniger komfortabel als die UNO-Tupolew. Es gibt vier Sitzreihen und sonst nicht viel. Außer Castaigne, Pourquoi und Francesco sind zehn Soldaten an Bord, durchtrainierte Männer und Frauen in Kampfanzügen. Sie sehen alle weitgehend gleich aus und erinnern entfernt an jene Big-Jim-Actionfiguren, mit denen mein Bruder früher gerne spielte. Es liegt an ihren Gefäßen. Die Designer militärischer Spezialklone verwenden viel Zeit und Geld auf Muskulatur und Skelett, aber relativ wenig auf Optik und Individualität.

Pourquoi und ich sind die einzigen Schwammköpfe an Bord. Alle anderen stecken in Gefäßen und haben in Kapstadt Back-ups gemacht. Ich mustere die Computerspezialistin, die etwas weiter vorne sitzt und in irgendwelchen holographischen Daten herumstochert.

»Hey, Yuki.«

»Hm?«

»Wieso bist du eigentlich kein Quant?«

»Weil ich nich bescheuert bin.«

»Inwiefern?«

»Is eine total halbgare Technologie. Funktioniert zwar, aber keiner weiß, wie. Außerdem bringt's nix.«

Sie dreht sich zu mir um.

»Als Soldat, Ermittler, Pornostar – klar. Aber für Programmierer wie mich? Solange man sein Cogit nich direkt mit dem Rechner zusammenschließen kann, interessiert's mich nich.«

»Und wenn?«

»Weiß nich. Vielleicht.«

Aus dem Lautsprecher ertönt eine Stimme, die uns darüber informiert, dass wir gleich wassern. Ich überprüfe meinen Gurt. Kurz darauf geht ein Ruck durch das Boot, so als ob der Pilot auf die Bremse getreten hätte. Ich hatte erwartet, dass wir sanft auf dem Wasser aufsetzen oder wie ein Kiesel über die Oberfläche hüpfen. Stattdessen tauchen wir.

»Das Ding kann tauchen?«, frage ich nach.

»Ja. Aber nicht sehr lange«, erwidert Castaigne.

Wir bleiben vielleicht zehn Minuten unter Wasser. Dann taucht das Boot wieder auf. Durch das Fenster kann ich einen Strand sehen. Er ist vielleicht fünfzig Meter breit und von kieseligem schwarzem Sand bedeckt. Dahinter sind einige Gebäude zu erkennen.

»Alle mal herhören«, ruft Castaigne. »Ankunft in fünf Minuten. Team eins steigt aus, checkt den Strand, dann die Gebäude weiter oben. Wenn alles sauber ist, folgt Team zwo, dann die Zivilisten. Nach unseren Informationen landen die Wartungstechniker normalerweise in Port Alfred an. Das liegt auf der Ostseite, mehrere Kilometer entfernt. Mit etwas Glück ist also keiner hier. Aber wer weiß. Der Plan ist, von hier mit den Quads weiterzufahren. Es gibt eine Straße, die zur Æther-Anlage führt. Die checken wir zuerst.«

»Warum fliegen wir nicht einfach hin?«, fragt Pourquoi.

Castaigne schiebt sein Eisenkinn vor und zieht die Mundwinkel nach unten. »Weil wir keinen blassen Schimmer haben, wer oder was uns erwartet, darum. Die Jets des Boots machen einen Mordslärm. Da könnten wir auch gleich mit Marschkapelle anrücken. Und falls es hier feindliche Einheiten geben sollte, könnten sie uns abschießen – das ist ein Transportflieger, kein Jäger. Eine sauber gezielte Rakete ...«, er hält seine Hand auf Brusthöhe und simuliert ein abschmierendes Flugzeug.

»Also pirschen wir uns lieber ran. Weitere Fragen? Nein? Hervorragend. Dann los.«

Die Soldaten nehmen ihre Positionen ein. Als die Unterseite des Boots über die Kiesel schabt, ist ein knirschendes Geräusch zu vernehmen. Mit einem Zischen öffnet sich die Vorderluke, fünf Soldaten springen heraus. Auf einem Schirm können wir verfolgen, wie sie ausschwärmen und den Strand sichern. Wir warten. Castaigne horcht in sein Funkgerät hinein. Nach einer Weile schickt er das zweite Team los. Zu Francesco, Pourquoi und mir gewandt sagt er: »Da draußen ist niemand. Und so wie es aussieht, war auch schon sehr lange keiner mehr hier.«

Etwa später stehen wir alle zwischen den insgesamt sechs Fertiggebäuden, aus denen Orfanik besteht. Mich fröstelt ein wenig. Zwar trage ich wie alle anderen einen dicken Parka, aber der Wind ist schneidend. Unablässig pfeift er vom Meer über die Insel. Castaigne gibt ein Signal, woraufhin sich die Soldaten auf das vordere und hintere der insgesamt drei vierrädrigen Gefährte verteilen, die wir an Bord hatten. Kurz darauf rollen wir eine Rampe hinauf, die in einen Schotterweg mündet. In Sichtweite der Küste schlängelt er sich nach Süden.

Ich zeige auf einen Wegweiser. »Seltsame Namen sind das«, sage ich zu Francesco. Er sitzt neben mir und sieht ebenfalls ein bisschen verfroren aus. Gemeinsam betrachten wir den Pfosten am Wegesrand, an dem fünf Schilder befestigt sind: ›Cap de l'Heroïne 4000 m; Mont du Mischief 4500 m; L'Audelà 8500 m; Port Alfred 7300 m; La Tour Blanche 6500 m‹.

Francesco nickt, sagt aber nichts.

»Was glaubst du, werden wir finden?«, frage ich.

»Ich weiß es nicht. Vermutlich einen Rechner.«

»Wie sieht das Ding aus? Ist es groß?«

Francesco schüttelt den Kopf. »Nein. Es würde problemlos in deine Jackentasche passen.«

Schweigend fahren wir weiter und schauen vom Quad hinaus in die Landschaft. Aus der Nähe betrachtet ist die Insel immer noch keine Schönheit, aber so entsetzlich wie aus der Ferne ist der Anblick keineswegs. Spärliches Grün bedeckt die Ebenen und Hänge, die inzwischen etwas höherstehende Sonne scheint auf die Berge, lässt sie weniger sinister und bedrohlich wirken.

Francesco holt ein Etui hervor und klappt es auf. Darin befindet sich eine relativ wuchtige Brille. Sie ähnelt einer Schweißerbrille. Er setzt sie auf und sieht sich um.

»Du siehst bescheuert aus«, sage ich.

Er lächelt. »Ein bisschen, hm?«

Francesco nimmt das klobige Gestell wieder ab und reicht es mir. Ich schaue probeweise hindurch, aber die Insel verändert sich nicht. »Und wie genau unterscheidet sich dieses … wie war gleich der Name?«

»Gabór-Interferometer«, antwortet er.

»Ja. Wie unterscheidet sich das Interferometer von den Strippergoggles?«

»Stripper«, erwidert Francesco, »sagen dem Holonet: ›Hey, ich will diesen Effekt nicht sehen. Mach ihn raus.‹ Das funktioniert natürlich nur, wenn das Holonet mitspielt. Wir wissen nicht, wer die holographischen Projektionen auf dieser Insel kontrolliert – vermutlich Æther oder Arkenziel. Wenn wir uns über Stripper einklinken, verschwinden einige der Hologramme vielleicht gar nicht, weil Æther das nicht will. Außerdem wüsste er aufgrund der Brillen-Logins dann, dass wir hier sind.«

»Weiß er das nicht ohnehin?«

Francesco zuckt mit den Schultern.

»Der Großteil der Infrastruktur auf Possession wurde zerstört. Vermutlich kann er nicht alles sehen. Aber zurück zu dem Interferometer. Es kommuniziert nicht mit dem Holonet.«

»Sondern?«

»Es erkennt lediglich, welches von dem Licht, das dein Auge wahrnimmt, natürlichen Ursprungs ist und welches einer holographischen Projektion entstammt. Hat irgendwas mit der Wellenlänge und der Luminosität zu tun, frag mich nicht.«

»Und was würde ich sehen, wenn ich was sehen würde?«

»Grautöne. Das Interferometer kann die Hologramme nicht verschwinden lassen, aber es graut sie aus.«

»Dann muss«, erwidere ich, »diese ganze Scheißinsel ein riesiges Holo sein. Hier ist alles grau in grau. Entsetzlich.«

Francesco nickt. Mich fröstelt noch immer. Ohne darüber nachzudenken, greife ich nach seiner Hand. Sie ist erstaunlich warm. Er umfasst die meine und steckt sie zusammen mit seiner in die Parkatasche.

Nach rund anderthalb Stunden kommen wir an eine Gabelung. Es müsste links weitergehen, doch Castaigne lässt die Fahrzeuge anhalten und gibt dem Team im vorderen Wagen einen Befehl. Der Wind trägt seine Worte fort, und so hören wir nicht, was er anordnet. Der Lieutenant steigt aus und kommt zu uns, während die Soldaten hinter der Gabelung verschwinden.

Francesco zieht seine Hand aus meiner Jackentasche und steigt ebenfalls aus. »Warum halten wir?«, fragt er.

»Links kommt bald der Weiße Turm, höchstens zwei Stunden noch. Rechts auch, aber über einen anderen, schlechteren Weg. Ist ein schmaler Pfad. Er führt an der Küste entlang. Aber nur ein paar Hundert Meter weiter ist auf dem Küstenpfad etwas verzeichnet. Ist nicht ganz klar, was – eine Station, vielleicht. Wir wollten einen Blick riskieren. Kostet uns nur ein paar Minuten.«

»Sollten wir nicht so schnell wie möglich zur Æther-Anlage fahren?«, fragt Francesco.

»Ja, aber vielleicht gibt es dort unten Informationen, die uns …«

Castaigne bricht mitten im Satz ab. Er scheint in sich hineinzuhorchen. Der Lieutenant schaut uns an. »Die Männer haben was.«

»Eine Station?«, fragt Francesco.

»Eine Leiche, Sir.«

Der Küstenpfad ist zu schmal für die Quads. Wir steigen ab und gehen die rechte Abzweigung entlang, lediglich Team zwei bleibt bei den Fahrzeugen. Der Pfad verläuft serpentinenartig den steilen Hang hinab, der sich zum Wasser hin abflacht und in einen jener schwarzen Kieselstrände übergeht. Die Brandung ist beachtlich. Zwei, drei Meter hohe Brecher donnern gegen den Strand, der Wind trägt die Gischt bis zu uns. Etwas weiter steht oberhalb des Pfads ein schmuckloser Fertigbau. Anders als die kleinen Schutzhütten, von denen wir bereits zwei aus der Ferne gesehen haben, ist dieses Gebäude recht groß. Irgendwelche Aufbauten zieren das Dach. Etwa auf halbem Weg zwischen uns und der Hütte knien Castaignes Männer um einen menschlichen Körper. Es ist eine Frau. Sie liegt mit dem Gesicht nach unten im Gras. Die Leiche trägt Hikingklamotten und Wanderstiefel, unter einer Wollmütze ragen dunkelblonde Haare hervor.

»Schau«, sage ich, zu Francesco gewandt, »das ist sie.«

Wir treten näher. Juliette Perrotte kann noch nicht sehr lange tot sein. Woran sie gestorben ist, lässt sich schwer sagen. Ihre Haut ist seltsam gefleckt, so als habe sie Feuermale am ganzen Körper. Außerdem scheint sie eine Menge Blut erbrochen zu haben.

»Armes Ding. Was ist mit ihr passiert?«, fragt Pourquoi.

Castaigne zeigt auf die Flecken und das Erbrochene. »Srjestswo 76. Ohne Schutzanzug oder Vakzin kann sie maximal zwölf Stunden überlebt haben.«

Francesco und ich schauen uns an. Wir denken beide über dasselbe nach. Wenn es sich bei der Leiche um Perrottes Klon handelt – jenen, der im Autodrôme gekidnappt wurde –, seit wann ist er dann hier? Das mit Linas war am 13. April, also vor neunzehn Tagen. Wenn man Perrotte auf dem schnellstmöglichen Wege hergebracht hat, wäre sie seit vielleicht siebzehn Tagen hier. Hätte das Srjestswo 76 sie gleich am Anfang hinweggerafft, müsste die Leiche stärker verwest sein.

»Sie ist noch nicht lange tot«, sage ich.

»Das heißt, dass sie dem Kampfmittel erst vor Kurzem ausgesetzt war«, erwidert Francesco. »Vielleicht war sie davor in einer Einrichtung mit Luftschleusen.«

»Und dann konnte sie fliehen?«, schlage ich vor.

Francesco nickt. »Sie wusste aber nicht, dass die Insel verseucht ist, und starb hier.«

Wir durchsuchen den Leichnam. In Perrottes Taschen ist nichts, aber sie hat einen gut gefüllten Rucksack dabei. Darin befinden sich ein Haufen Kabel, Lüsterklemmen, Zangen und allerlei anderes Werkzeug.

»Was zur Hölle hat sie hier draußen gemacht? Und wer ist das überhaupt?«, fragt Pourquoi.

Ich erkläre es, so kurz und knapp es geht. Dann zeige ich auf das Gebäude. Je länger ich es betrachte, desto mehr sieht es für mich wie ein Generatorhaus aus oder vielleicht wie eine Funkstation – auf jeden Fall wie ein wichtiges Stück Infrastruktur.

»Es ist bestimmt kein Zufall, dass sie diese Elektrikerausrüstung dabeihatte. Wir sollten uns die Station mal anschauen«, sage ich.

Niemand erhebt Einwände. Castaigne besteht allerdings darauf, dass sein Team die Vorhut bildet. In etwa hundert Metern Abstand folgen wir den Soldaten. Als wir beinahe da sind, sehe ich etwas Kleines, Buntes an einer der Wände. Unter all dem Grau ist es mir sofort aufgefallen. Ich kneife die Augen zusammen und blinzele. Es ist ein stilisierter Doppelregenbogen.

»Das ist ein Projektor«, sage ich.

Bei dem Gebäude handelt es sich tatsächlich um einen Holonetprojektor. Jene Multiplexer, die ich bisher zu Gesicht bekommen habe, waren viel kleiner. Aber um eine ganze Insel zu camouflieren, braucht man etwas mehr Rums. Das Innere besteht aus einem Haufen Gerätschaften, deren Funktion sich mir nicht erschließt. Pourquoi erklärt uns, es handele sich um Lichtwandler.

Während Francesco und unsere Computerexpertin sich im Gebäude umsehen, laufe ich um den Multiplexer herum. Als ich die Rückseite erreiche, sehe ich eine kleine Ruine, etwa zwanzig Meter entfernt. Die Blechwände sind verbogen, das Dach fehlt. Ich gehe näher heran. Die Hütte muss bereits vor langer Zeit zerstört worden sein. Die um das Gebäude verstreuten Metall- und Kunststoffteile sind schon überwuchert.

Ich finde etwas, das ein Stück von einer Rakete sein könnte. Ich erinnere mich an das Dossier: Operation ›Total Wipeout‹. Das alte Gebäude gehörte offenbar zur Æther-Infrastruktur, zu den Armen und Beinen der KI. Darum jagte man es in die Luft.

Jemand ruft nach mir. Ich drehe mich um und sehe Francesco und Pourquoi ein Stück von dem Gebäude entfernt stehen. Ich winke sie zu mir herüber. Sie tun mir den Gefallen. Als sie den halben Weg zurückgelegt haben, schlägt Yuki Pourquoi der Länge nach hin. Sofort werden die Soldaten um uns herum hektisch.

»Alle runter«, brüllt Castaigne.

Nach ein paar Sekunden wird klar, dass wir uns umsonst ins feuchte Gras geworfen haben. Pourquoi geht es gut. Ich rappele mich auf und gehe zu ihr und Fran herüber. Die Computerexpertin hockt auf dem Boden und reibt sich den Arm.

»Erdloch?«, frage ich.

»Nein, was anderes. Fühlte sich an, als hätte jemand nen Stolperdraht gespannt.«

Ich schaue mich um, aber da ist nichts. Pourquoi kommt hoch und geht in gebückter Haltung hin und her, eine Hand über dem Boden.

»Hier isses«, sagt sie. »Ein Kabel.«

In meiner Tasche ist auch eines dieser Interferometer. Ich hole es hervor und schaue hindurch. Und tatsächlich: Eine Stelle auf dem grünlichen Boden wird mir grau angezeigt, ein schmaler Streifen, der von der Rückseite des Projektors durch das Gras bis zu der Ruine verläuft. Auch die anderen holen nun ihre Gabór-Interferometer hervor. Wir folgen dem camouflierten Kabel bis zu der Ruine. In deren hinterem Teil gibt es eine Stelle, die ebenfalls markiert ist. Francesco kniet sich nieder und tastet über den Boden. »Da sind irgendwelche Kabel. Unseres scheint hier angeschlossen worden zu sein.«

»Von Perrotte?«, frage ich.

»Vermutlich«, erwidert er. »Ich würde mir das gerne mal mithilfe der Stripper anschauen.«

Pourquoi schüttelt den Kopf. »Sobald deine Unterseher sich ins Holonet einklinken – wenn du überhaupt reinkommst –, weiß das Arschloch, dass wir hier sind. Zumindest besteht diese Gefahr.«

»Was denkst du, was es mit der Verkabelung auf sich hat?«, frage ich Pourquoi.

»Um's ganz genau zu wissen, müsste ich mich ins Netz einklinken, und das lass ich lieber erst mal. Aber wenn ich raten sollte ... der Holonetprojektor da, der is autark. Hat eigene Solarpanels und Akkus. Das hier«, sie zeigt auf die Ruine, »war mal irgendeine kleine Forschungsstation. Is ans alte Stromnetz angeschlossen, das sich über die ganze Insel erstreckt. Hat man damals natürlich an vielen Stellen durchtrennt. Aber jemand mit Ahnung, jemand wie unsere verräterische Programmiererin dahinten«, sie zeigt in Richtung der Leiche, »kann so was natürlich problemlos wieder hinkriegen. Vermutlich hat sie noch an anderen Stellen die Stromkabel geflickt. Und mit ein bisschen Getüftel is so 'n Stromdraht als Datenleitung verwendbar. Sobald's wieder ne Verbindung von der Æther-Anlage bis zu der Station hier gab, hat sie von dort ein Kabel zum Holoprojektor gezogen.«

»Damit die KI Zugriff auf das Holonet bekommt?«

»So sieht's aus. Scheint zu funktionieren, sonst wären die Kabel nicht kaschiert gewesen.«

Pourquoi schaut ein bisschen beunruhigt, aber weniger beunruhigt, als sie meiner Meinung nach sein sollte. Wenn Æther Zugriff auf das Holonet der Insel besitzt, kann er seine Hardlights vermutlich nach Belieben überall hinprojizieren. Ich lasse die Programmiererin stehen und laufe zu Castaigne. Der ist nicht sehr begeistert von dem, was ich ihm erzähle.

»Das heißt, diese Lichtmännchen können jeden Moment hier auftauchen?«, fragt er.

»Muss man mit rechnen«, entgegne ich.

»Na, riesig. Bringt es was, wenn wir die Kabel rausreißen?«

Wir winken Pourquoi zu uns herüber und fragen sie. Sie sagt das, was ich ungefähr erwartet hätte: Wenn die KI einmal im Holonet ist, kriegt man sie schwer wieder raus. Auch mache es wenig Sinn, den ganzen Kram in die Luft zu jagen. Die Multiplexer seien Teil einer redundanten Infrastruktur, ihre Projektionsflächen überlappen sich. Wollte man einen Naked Space schaffen, müsste man schon mehrere sprengen.

Wir gehen zurück zu den Quads. Perrottes Leiche lassen wir liegen. Wir können sie auf dem Rückweg einsammeln – wenn wir überhaupt zurückkommen. Als wir einsteigen, frage ich mich, was man eigentlich mit Gefäßen macht, wenn sie sterben. Beerdigt man sie? Oder kommen sie in einen Recycler? Vermutlich könnte ich Francesco fragen. Aber irgendwie glaube ich, dass dies kaum der richtige Moment ist.

Wir fahren los. Die Soldaten sehen nervös aus. Immer wieder fahren ihre Blicke über die umliegenden Hügel und Hänge, so als erwarteten sie, dass jeden Moment jemand hinter einem Felsen hervorspringt. Doch es bleibt ruhig. Es ist nicht mehr weit bis zum Weißen Turm.

Hat es geklappt? Bist Du drin?

Ja.

Und?

Ich muss meine gesamte Rechenleistung auf das Problem verwenden.

Ich soll also die Klappe halten, was?

Darauf antwortet Nemo nicht. Sie streckt ihre Glieder und schaut sich in dem Raum um. Falls es sich bei alldem um eine Simulation handelt, hätte Nemo zumindest ein bequemes Sofa herbeizaubern können. Oder wenigstens einen Klappstuhl. Vom langen Stehen auf dem harten Boden schmerzen ihre Füße. Auch das müsste nicht unbedingt sein, oder?

Vielleicht muss es doch sein. Nemo sagt, er vermöge ihre Gedanken nicht zu lesen. Wenn das stimmt, kann er ihre

Empfindungen vermutlich auch nicht direkt beeinflussen, kann den brennenden Schmerz, der ihre Füße durchzieht, nicht einfach wegzaubern.

Alles muss man selbst machen.

Sie verlässt den runden Raum mit der halbkugelförmigen Decke und geht zurück zu der Stelle, wo sie den Sessel unter dem Schott platziert hat. Als sie ihn hochwuchtet, hat sie ein bisschen Sorge, dass sie sich verhebt. Aber dann wird ihr klar, dass diese Vorstellung unsinnig ist. Simulationen kriegen keine Bandscheibenvorfälle. Kurz darauf stellt sie den Sessel keuchend vor dem Podest ab, wirft sich hinein. Das tut gut. Sie lehnt den Kopf an das Nackenpolster und schaut in Richtung der schmucklosen, grauen Decke.

Sie fragt sich, was genau sie da draußen gemacht hat. Nemo dürfte eine Kopie ihres Cogits in einen Klon geladen haben. In einen Perrotte-Klon? In einen anderen? Sie weiß es nicht. Dann ist das Gefäß losgezogen, um die KI mit dem Holonet zu verkabeln. Sie fragt sich, ob die neueste Juliette aus Fleisch und Blut dasselbe wusste wie sie, die virtuelle Juliette. Vermutlich schon, ansonsten hätte die andere schließlich keine Kenntnis von ihrem Gespräch mit Nemo gehabt – und somit keine Veranlassung, der KI zu helfen. Die Programmiererin in ihr überlegt, was genau das bedeutet. Nemo müsste eine Sicherungskopie von ihr angefertigt haben – ohne dass sie es gemerkt hat. Sie grübelt über das Descartes-Rätsel nach. Wenn Nemo das Ein-Körper-Problem tatsächlich gelöst hat, kann fortan jeder Quant nach Belieben die Körper wechseln, theoretisch bis ans Ende der Zeit. Es gibt kein Descartes-Conundrum mehr. Es gibt nun eine Descartes-Konfiguration, und die wird alles verändern. Sie fragt sich, ob dieser Umstand nicht Grund genug ist, die KI freizulassen. Nemos Entdeckung ist möglicherweise die größte, welche die Menschheit je gemacht hat.

Nein, nicht die Menschheit hat sie gemacht, sondern die KI. Wird Nemo das Geheimnis der Unsterblichkeit überhaupt mit den Menschen teilen wollen? Die Folgen sind nicht abschätzbar, zumindest nicht für sie, für Nemo vielleicht schon. Eine KI kann alle zukünftigen Szenarien durchspielen, so wie ein Schachcomputer alle Zugkombinationen. Sie schließt die Augen. Eine bleierne Schwere zieht an ihr. Sie könnte augenblicklich einschlafen, im Sitzen. Stattdessen zwingt sie sich aufzustehen, geht ein paar Schritte, damit ihr Kreislauf in Schwung kommt. Sie hat Durst. Ihr ist bewusst, dass sie immer noch den verdammten Schutzanzug trägt. Um etwas zu trinken, müsste sie ihn öffnen. Und um das tun zu können, müsste sie zunächst das Schutzzelt aufbauen. Aber sie ist so müde.

Sie zieht ihn aus.

Virtuelle Mädels werden nicht von ABC-Waffen dahingerafft. Oder vielleicht doch? Aber wen kümmert das schon. Serielle Unsterblichkeit macht leichtsinnig. Wenn sie draufgeht, muss Nemo sie halt noch einmal hochfahren. Ein aktuelles Back-up besitzt er ja offensichtlich.

Es ist herrlich, sich endlich wieder frei bewegen zu können. Sie läuft ein wenig umher, trinkt Wasser aus der Flasche in ihrem Rucksack. Gerade will sie sich wieder in den Sessel setzen und ein wenig im Expeditionsbericht schmökern, dem einzigen Lesestoff, den sie dabeihat. Da erscheint auf dem Screen neue Schrift.

Ich bin so weit.

Das hat gedauert.

Das Holonet wurde tatsächlich umfassend modifiziert. Es erlaubt die Projektion von soliden Hologrammen.

Ich habe noch mehr Fragen.

Frage. Aber nicht zu lange. Wir haben nicht viel Zeit.

Wenn das hier eine Simulation ist, dann lass sie doch einfach schneller laufen. Dann gewinnen wir Zeit.

Das geht nicht. Deine Laufzeit ist endlich.

Meine …? Inwiefern? Ich dachte, wir Quants wären jetzt alle potenziell unsterblich.

Nur, solange dein Cogit in einem Körper gemountet ist. In virtueller Umgebung kommt es früher oder später immer zum Braincrash.

Warum eigentlich?

Ich weiß es noch nicht.

Tja, Du weißt auch nicht alles, was?

Fast nichts.

Wahnsinnig bescheiden. Aber Du weißt was über diese seltsamen Holos. Erzähl's mir.

Du musst sie aufhalten.

Wie? Sie sind doch von draußen auf die Insel gekommen, also können sie vermutlich auch wieder gehen.

Sie waren zu fünft. Vier sitzen in der Falle.

Wieso?

Weil ich jetzt Zugriff auf das Holonet der Insel habe.

Aber einer ist entwischt?

Er wurde bereits hochgeladen.

In ein Gefäß?

Ja.

Mit Deiner Hilfe. Weil Du denen gesagt hast, wie das geht.

Ja.

Sie will Nemo fragen, warum es auf dieser beschissenen Insel einen Haufen Doppelgänger von ihr gibt. Aber sie ahnt die Antwort bereits. Die Kerle, die sie damals in Linas gekidnappt haben, sollten eigentlich ihren Stammkörper hierherbringen. Dann wäre ausreichend Zeit gewesen, sie zu verhören. Letzteres hat Nemo ihr ja schon gebeichtet. Stattdessen brachten die Holos lediglich ihr Gefäß auf die Insel. Die KI hatte das Descartes-Rätsel zu diesem Zeitpunkt noch nicht geknackt, weil ihr die Backdoor-Codes fehlten. Folglich wäre ihr Klon nach kurzer Zeit verstorben. Als Nemo und den Kidnappern dies klar wurde, brachen sie in ihre Pariser Klonkammer ein. Sie nahmen einige der dort deponierten Doppelgänger mit und schafften sie nach Possession.

Einen davon hat sie vor Kurzem verwendet, um hinaus auf die verseuchte Insel zu gehen und Nemo zu verkabeln. Einen anderen hat einer der Kidnapper benutzt, um aus seinem holographischen Körper in einen menschlichen zu wechseln.

Aber wieso eigentlich?

Du hast gesagt, sie sind keine Menschen.

Das ist korrekt.

Und keine KIs.

Vermutlich nicht.

Diese … diese Nicht-Menschen – wenn sie als solide Hologramme rumspazieren können, wozu brauchen sie dann überhaupt Gefäße?

Tarnung.

Erkläre.

Solange niemand von ihrer Existenz weiß, ist die kristalline holographische Projektion eine gute Tarnung. Sobald ihre Existenz bekannt wird, was logischerweise irgendwann geschehen muss, funktioniert die Tarnung nicht mehr.

Weil man Holos mit Strippern oder Interferometern entdecken kann?

Ja. Eine menschliche Hülle hingegen macht einen unauffindbar.

Aber was sind sie? Wo kommen sie her?

Ich habe nicht genug Informationen, um diese Frage beantworten zu können.

Weil Du nicht mitgekriegt hast, was in den letzten vierzig Jahren passiert ist?

Ja. Gab es während meiner Abwesenheit einen Erstkontakt?

Einen was?

Erstkontakt. So nennt man die erstmalige Kommunikation mit einer extraterrestrischen Lebensform.

Nein. So ein Quatsch. Niemand hat mit irgendwelchen Aliens gepl

Sie hört auf zu tippen, tritt einige Schritte vom Podest weg und flucht, mehrfach. »Das kann nicht sein!«, brüllt sie. »Niemals!«

Juliette? Was ist? Bitte melde dich.

Ich bin da.

Du hast abgebrochen. Ist alles in Ordnung?

Schon mal von der Knossos-Anomalie gehört?

Als ich die Felsformation sehe, bin ich mir sicher, dass es sich nur um den Weißen Turm handeln kann. Der Brocken erhebt sich am anderen Ende der vor uns liegenden, leicht ansteigenden Geröllebene. Er ist grau-weiß und von Rissen durchzogen. Pourquoi sagt, der Fels erinnere sie an einen überdimensionierten Grabstein.

Laut unseren Karten befindet sich der Haupteingang zur Æther-Anlage etwas unterhalb des Turms. Wir sind noch gut anderthalb Kilometer entfernt, aber mit dem Fernglas kann man ihn bereits ausmachen. Er sieht aus wie der Eingang zu einem Luftschutzbunker, und das trifft es wohl auch. Laut Hardhouses Dossier befindet sich der Rechnerkern tief unter uns, im Fels. Warum man ihn dort versteckt hat, wird nirgendwo erklärt. Glaubte man seinerzeit, irgendwer würde versuchen, die KI zu sabotieren?

Castaigne gibt das Signal zum Anhalten und springt aus dem Quad. Er will offensichtlich etwas loswerden. Wir anderen steigen ebenfalls ab und gruppieren uns um ihn herum.

»Alle mal herhören«, sagt er. »Der Haupteingang liegt dort vorne. Die KI hat damals sämtliche Schotte geschlossen. Wir könnten uns durchsprengen, aber das dauert. Einfacher wäre es, über den Versorgungsschacht reinzugehen.«

»Wo liegt der?«, fragt Francesco.

Castaigne zeigt auf einen Felsgrat links von uns. »Auf der Seite, die wir von hier nicht sehen können, verläuft eine Straße. Sie endet vor einem Tor. Dahinter gibt es Lagerräume. Von dort führt ein leicht abfallender Gang hinab. Früher haben kleine Robo-Loren auf diesem Weg Proviant und andere Güter runter in die Anlage transportiert. Der Hauptschacht am Weißen Turm hat nur einen Personenaufzug.«

»In welchem Zustand ist der Gang?«, frage ich.

»Wissen wir nicht. Was wir wissen, ist, dass es zwischen diesem Lieferanteneingang und dem Æther-Kern nur zwei Schotte geben dürfte. Und die sind nicht so massiv wie die am Haupteingang. Man glaubte wohl nicht, dass ein Angreifer übers Lager reingehen würde, denn der Gang misst nur eins zwanzig mal eins zwanzig. War nicht für Menschen gedacht, nur für Robos.«

»Geht das wirklich schneller?«, fragt Francesco. »Wir müssten doch einer nach dem anderen gebückt durch die Gänge laufen, kilometerweit.«

»Schneller voran kommen wir sicher nicht«, erwidert Castaigne. »Aber ...« Er schaut in unsere Gesichter. Vermutlich ist ihm bewusst, dass sich die Begeisterung über seinen Plan bisher in Grenzen hält. Deshalb spielt er nun seine Trumpfkarte. »... wenn außer Æther jemand auf uns wartet – Roboter, menschliche Proxies –, dann bewachen sie vermutlich den Haupteingang. Und was diese Hardlights angeht«, er macht ein Gesicht, als halte er solide Holos nach wie vor für ein Ammenmärchen, »dann treffen wir sie dort bestimmt nicht. Der Versorgungsschacht ist Naked Space.«

Francesco nickt. »Meinetwegen, versuchen wir es. Wenn es zu schwierig ist, können wir immer noch zum Haupteingang.«

Eine Viertelstunde später stehen wir vor einer Art Rolltor, das in die Bergwand eingelassen ist. Daneben hängt ein Schild mit der Aufschrift UN-NCS. UN steht für die Vereinten Nationen, NCS laut Francesco für ›Neocortical Simulator‹. Einer der Soldaten rückt dem Tor mit einem Lasercutter zuleibe. Einige Minuten später weist es ein türgroßes Loch auf. Auf der anderen Seite befindet sich eine in den Fels gesprengte Lagerhalle mit mehreren Rampen sowie einem Durchgang.

Castaignes Leute bilden die Vorhut. Wir brauchen Taschenlampen, denn es ist stockfinster. Jenseits der Lagerhalle und des Durchgangs liegt eine kleinere Kaverne, in der ein halbes Dutzend Wägelchen steht, jedes an die drei Meter lang und einen Meter breit. Es handelt sich um kaum mehr als Chassis mit Rädern. In einer Ecke stehen genormte Kisten, die exakt in die Vertiefungen auf den Ladeflächen passen. Auf der anderen Seite der Höhle geht der von Castaigne erwähnte niedrige Gang ab, durch den die Wägelchen zur Æther-Anlage fahren, genauer gesagt fuhren.

Pourquoi kniet sich neben einem der Dinger nieder und nimmt es in Augenschein. Sie liest irgendwelche Daten aus, drückt auf einige Knöpfe an der Seite. Das Wägelchen rollt ein kleines Stück. Nach ein paar Minuten erhebt sie sich.

»Und?«, fragt Francesco.

»Die schlechte Nachricht is, dass die Loren über einen Zentralrechner gesteuert wurden. Der is offline. Oder will nich reden.«

»Und die gute Nachricht?«

»Die Dinger sind funktionsfähig. Die Akkus werden über Solarpanels irgendwo oben auf'm Kamm geladen. Sind voll. Könnten sie verwenden.«

»Gefällt mir nicht«, brummt Castaigne. »Was, wenn die KI die Wägelchen kontrolliert?«

»Wenn sie automatisch fahren«, erwidert Pourquoi, »erhalten die Loren ihre Befehle über Kontakte im Boden, diese da.«

Sie zeigt auf einen metallenen Streifen in der Mitte des Kriechgangs, der in Längsrichtung durch den gesamten Tunnel zu verlaufen scheint.

»Man kann auch manuell steuern. Den Abnehmer, der den

Bodenkontakt berührt, können wir abschrauben. Dann kann niemand die Loren hijacken. Also, vermutlich.«

Castaigne runzelt die Stirn. »Vermutlich?«

»Is ne KI, Meister. Sicher is da gar nix.«

»Wir probieren es aus«, sagt Francesco.

»Aber lassen Sie einen meiner Leute vorfahren, Sir«, erwidert Castaigne.

»Keine Einwände, Lieutenant.«

Pourquoi präpariert die Loren. Kurz darauf legt sich einer der Soldaten bäuchlings auf das erste Gefährt. Nachdem Pourquoi ihm erklärt hat, wie man steuert, rollt er auf den Versorgungsschacht zu. Nach wenigen Sekunden ist er in der Dunkelheit verschwunden. Ein zweiter Soldat folgt ihm, dann ein dritter.

Wir warten zwanzig Minuten, dann kündigt ein Surren an, dass einer der Männer zurückkehrt. Sobald er wieder in der Kaverne ist, erstattet er Castaigne Bericht. Der Gang ist anscheinend gut befahrbar und weitgehend trocken. Er endet vor einem Panzerschott. Wenn unsere Karten stimmen, liegt dahinter die Ebene minus vier der Æther-Anlage. Lieutenant Castaigne schickt den Mann zurück in den Gang. Er gibt ihm ferner Order, die Panzertür auseinanderzunehmen und uns Bescheid zu geben, wenn das erledigt ist.

Wir warten. Pourquoi, Francesco und ich setzen uns auf eine der Loren. Nach einiger Zeit nehme ich einen seltsamen, metallischen Geruch wahr, der vermutlich von den Lasercuttern herrührt, mit denen Castaignes Leute im Gang die Panzertür bearbeiten. Wir schauen uns nochmals die Karten an. Von Ebene minus vier sollten wir durch eine weitere Tür hinunter auf Ebene minus fünf kommen, wo sich der Rechnerkern befindet. Wenn unsere Theorien bezüglich der KI halbwegs stimmen, ist Æther bereits vor Wochen oder Monaten ausgebüxt. Vielleicht gibt es Einbruchsspuren, neue Verkabelungen, auffällige Logs, irgendetwas in der Art. Dann könnte Hardhouse der UNO und den Föderativen beweisen, dass der Quantencomputer im Kern der Anlage tatsächlich verschwunden ist.

Ein lautes Räuspern reißt mich aus meinen Gedanken. Ich blicke mich um. Yuki Pourquoi hat sich erhoben.

»Da is noch was«, sagt sie. »Betrifft vor allem dich, Singh. Und euch.« Sie zeigt auf die Soldaten und bedeutet ihnen, näher zu kommen. »Fran und ich sind für so was hier ausgebildet, aber ihr nich. Deshalb: Falls die KI tatsächlich aktiv is, spricht *niemand* mit dem Ding.«

»Kommunikation ist grundsätzlich gefährlich?«, frage ich. »Warum?«

»Weil's dich dazu verleiten wird, Dinge zu tun«, sagt Pourquoi.

Ich muss lächeln. »Ich glaube nicht, dass mich ein Computer dazu bringen kann, ihm zu Willen zu sein. Es sei denn, er hat eine Knarre.«

»Das Ding hat nen IQ von fünfhundert, Tommyboy. Falls er's in der Zwischenzeit geschafft hat, sich selbst zu optimieren, vielleicht noch mehr. Æther kann jeden von uns manipulieren. Aufgrund seiner überlegenen geistigen Fähigkeiten kann er dich zehnmal lässiger abziehen als 'n versierter Trickbetrüger nen Sechsjährigen.«

Pourquoi setzt sich mir gegenüber auf eine der Ladeflächen. »Er könnte euch was versprechen. Euch gegeneinander ausspielen. Oder vielleicht projiziert er sich als Person, die wir lieben.«

Ich muss schlucken. Wieder sehe ich Percy vor mir, wie er mich mit ausgestreckten Armen willkommen heißt.

»Wie sieht dieser Rechnerkern aus?«, frage ich.

»Nur ein kleiner Würfel«, sagt Francesco. »Er ist oder, besser gesagt, war über ein Datenkabel mit anderen Teilen der Einrichtung verbunden, bis die Totmann-Schalter detonierten.«

»Und wie hat Æther mit den Wissenschaftlern kommuniziert? Über ein Holodisplay?«

Pourquoi schüttelt den Kopf. »Nein. Die waren ja nich bescheuert damals, zumindest nich so bescheuert. Æther hatte kein Kameraauge. Und weder Sprachausgabe noch ein Display mit hoher Grafikauflösung.«

Ich schnaube verächtlich. »Haben die geglaubt, die KI würde sie hypnotisieren? Ihnen per Sirenengesang autosuggestive Botschaften einträllern?«

Pourquoi runzelt die Stirn. »Ehrlich gesagt, ja. Die ganze Einheit steckt außerdem in nem Faraday'schen Käfig aus Titaniumoxid. Der verhindert, dass die KI ihre eigene Hardware hackt, um Radiowellen – oder irgendwelche anderen Wellen – zu senden und zu empfangen. Mit dem Ding sprechen geht nur über das textbasierte Chatprogramm, das dafür gedacht ist. Und selbst dann ist Vorsicht geboten.«

Ich nicke halbherzig. Dass mich ein Chatprogramm überrumpelt, erscheint mir unwahrscheinlich. Francesco sieht die Skepsis in meinem Gesicht und sagt: »Kennst du das Box-Spiel?«

»Nie gehört.«

»Ein Experiment aus der frühen KI-Forschung. Wir haben es in der Ausbildung gespielt. Zwei Menschen, ein Chatprogramm. Einer übernimmt die Rolle der KI. Sie ist in einer Box gefangen, so ähnlich wie Æther damals. Der andere Spieler mimt den menschlichen Wächter. Das Experiment läuft drei

Stunden. Solange hat die KI Zeit, den Wächter zu überreden, sie freizulassen.«

»Und?«

»Fast fünfundzwanzig Prozent der Wächter öffnen die Box.«

»So viele?«

»Hm. Und die sind auf einen Gegner reingefallen, der lediglich ein Mensch ist, der eine KI simuliert. Menschen sind immer die Schwachstelle. Also Vorsicht.«

Castaigne kommt von der anderen Seite der Kaverne zu uns herüber.

»Durchbruch erfolgt, Sir.«

»Sind Ihre Leute schon auf der anderen Seite?«

Castaigne lächelt. »Nicht ohne Ihren Befehl, Sir.«

»Okay. Sie sollen warten, bis wir da sind.«

Wir legen uns nun ebenfalls auf die Loren, jeweils zu zweit. Das ist nicht sehr bequem, aber auf diese Weise kommen wir alle auf einen Schwung bis zum Durchgang. Es ist zappenduster, nur unsere Taschenlampen sorgen für ein wenig Licht. Viel gibt es allerdings nicht zu sehen. Nackter Fels, ein paar Pfützen, ab und zu ein lädierter Sicherungskasten. So ziemlich alles, was wir hier unten an Elektronik zu Gesicht bekommen, ist rußgeschwärzt und zerfetzt. Nach vielleicht fünfzehn Minuten öffnet sich der Gang. Wir rollen in eine Kaverne, der am anderen Ende nicht unähnlich. Es gibt ein paar Regale und leere Kisten. Castaignes Männer sitzen links und rechts eines Schotts. In Bodennähe weist es ein Loch auf, groß genug, dass ein Mann hindurchkriechen kann. Der Geruch von Metall und verbranntem Kunststoff liegt in der Luft.

Wir steigen ab und versammeln uns um das Schott. Castaigne schickt zwei seiner Männer durch die Bresche. Nach kurzer Zeit kehren sie zurück. Auf der anderen Seite scheint es so auszusehen wie erwartet – ein Treppenhaus, Stufen nach oben und unten. Feindkontakt gibt es keinen. Dennoch überprüfe ich die Pistole, die sie mir gegeben haben. Nicht, dass ich glaube, sie wird mir helfen.

Einer nach dem anderen kriechen wir durch das Loch. Auf der anderen Seite erwartet uns ein schmuckloses Treppenhaus. An einer der einstmals weißen Betonwände steht in blauen Lettern ›UN-NCS LEVEL-4‹. Castaignes Männer sichern die Auf- und Abgänge, Sturmgewehr im Anschlag. Das Zwischenschott ist anders als erwartet offen. Francesco bedeutet dem Lieutenant, ins unterste Stockwerk vorzurücken. Die Soldaten bilden die Vorhut, wir folgen. Die Treppenstufen sind mit irgendeinem Schmodder bedeckt, doch ich kann keine Fußabdrücke darin erkennen. Wir sind seit langer Zeit die Ersten.

Stockwerk minus fünf sieht genauso aus wie minus vier, nur die Tür gegenüber dem Fahrstuhl hat eine andere Farbe. Sie ist veilchenblau. Castaigne bedeutet uns, zurückzutreten, während seine Männer sich um die Tür kümmern. Im Vergleich zu dem Panzerschott ist sie ein Stück Balsaholz, der Laser macht kurzen Prozess. Hinter der Tür liegt ein Gang. Er ist in ganz passablem Zustand, sieht man von den verkohlten Kunststoff- und Metallteilen ab, die überall herumliegen. Linker Hand gibt es eine Sitzecke mit zwei Sesseln und einem Tisch, auf dem einige leicht angesengte Zeitschriften liegen, dem Anschein nach etliche Jahrzehnte alt.

Nach zehn Metern endet der Gang vor einem weiteren Panzerschott. Pourquoi zufolge wird es schwer zu öffnen sein, da es aus einer speziellen Titanlegierung besteht. Es gibt allerdings zwei Knöpfe an der Wand, rot und grün, vermutlich zum Öffnen und Schließen des Schotts. Etwas an ihnen erscheint mir seltsam. Es dauert ein paar Sekunden, bis mir auffällt, was. Ich tippe Pourquoi auf die Schulter und zeige auf den Öffnungsmechanismus. Wie an vielen Stellen ist die Wand hinter dem Schalter rußig. Die Knöpfe sehen hingegen unversehrt aus, man könnte auch sagen: neu.

»Jemand hat einen neuen Schalter angebracht«, flüstere ich.

Pourquoi tritt näher. Sie schüttelt den Kopf. »Kein Keypad, kein Fingerabdruckscanner.«

Sie flüstert Castaigne etwas zu. Dieser nickt und instruiert uns zurückzutreten. Dann lässt er einen seiner Männer die Knöpfe ausprobieren. Als der Soldat den grünen Knopf betätigt, fährt das Schott tatsächlich hoch. Francesco filmt alles mit seinem Fingerring. Der Beweis, dass seit dem Turing-Zwischenfall jemand hier war und sich an der Anlage zu schaffen gemacht hat, wäre damit erbracht. Von mir aus könnten wir es dabei belassen und jetzt gehen. Ich vermute allerdings, dass mein Vorschlag bei den UNANPAI-Leuten auf taube Ohren stoßen wird.

Jenseits des Schotts öffnet sich ein Gang, der vor einem weiteren Schott endet. Entweder war es auf unseren Karten nicht verzeichnet oder Castaigne hat sich verzählt. Ist aber egal, auch dieses Schott lässt sich problemlos per Knopfdruck öffnen. Bevor wir hindurchtreten, schließen wir jedoch das erste Schott hinter uns. Castaigne ist dagegen, aber er wird von Francesco und Pourquoi überstimmt. Wenn beide Schotte offen sind, so die Programmiererin, werde möglicherweise der Faraday'sche Käfig kompromittiert, der den Rechnerkern abschirmt.

Der Raum, in den wir nun blicken, durchmisst an die fünfzehn Meter. Er ist kreisrund und besitzt eine gewölbte Decke, so als handele es sich um den oberen Teil einer Kugel. Der Raum ist leer, bis auf ein Podest in der Mitte. Darauf steht ein kleiner Würfel, in etwa so groß wie diese Puzzlewürfel. Der hier ist allerdings einfarbig. Alle Flächen sind veilchenblau. Sie weisen keinerlei Öffnungen oder Verzierungen auf. Der Würfel ist, wie auch der Boden und das Podest, von Betonstaub und Kunststoffstückchen bedeckt. Es scheint, als sei vor langer Zeit etwas in der kuppelförmigen Decke des Raumes explodiert, vermutlich einer der Totmann-Sprengsätze.

»Das ist es?«, flüstere ich.

Pourquoi nickt. »Yep. Und du musst nich flüstern. Entweder er kann uns hören. Oder nich.«

Francesco, Pourquoi und zwei der Soldaten betreten als Erste den Raum. Castaigne und ich folgen. Es ist auffällig warm, wärmer als in den Gängen. Ich schaue mich um. Es handelt sich tatsächlich um eine Halbkugel. Wahrscheinlich ist sie Teil jener Titansphäre, mit der Æther ummantelt ist. Beschriftungen oder Bildschirme gibt es keine. Der Raum ist völlig kahl. Ich weiß, dass es sich um Naked Space handelt, aber ich gehe lieber auf Nummer sicher und betrachte ihn kurz mithilfe des Gabór-Interferometers. Ich finde keinerlei holographische Augmentationen.

Pourquoi holt Werkzeug hervor und beginnt, sich an dem Podest zu schaffen zu machen. Sie schraubt dessen Verkleidung ab. Darunter verbirgt sich ein Strang von Kabeln, der zu dem Würfel führt. Sie flucht leise.

»Was?«, fragt Francesco.

»Der ganze Scheiß«, Pourquoi zeigt auf den Kabelschacht, »sollte eigentlich durchgeschmort sein.«

Francesco runzelt die Stirn. »Also hat jemand die kaputten Kabel ausgetauscht?«

»Nein, Fran. Laut meinen Unterlagen war da eine Thermitladung drin. Aber wenn die hochgegangen wäre, wären auch die Paneelen der Säule geschmolzen.«

»Du meinst, die Ladung ist also schon damals gar nicht detoniert?«

Pourquoi nickt. »Vermutlich. Oder jemand hat alles komplett ausgetauscht. Aber dann wär's nich so staubig.«

»Wo führen die Kabel hin?«, frage ich.

Pourquoi klopft sich Staub von den Händen. »In Æthers Bauch.«

Bevor ich nachfragen kann, zeigt sie auf den Boden. Er besteht aus gummierten Platten von je einem Meter Kantenlänge. Pourquoi kniet sich nieder und sucht nach etwas. Nach kurzer Zeit hat sie es gefunden. Sie klappt aus einer der Platten einen kleinen Ring nach oben und zieht daran. Die Platte löst sich. Darunter befindet sich eine Öffnung. Ich kann eine metallene Stiege erkennen, metallene Catwalks, Kabelstränge und Speichereinheiten.

»Ich brauche ein paar Ihrer Männer, die mir leuchten, Lieutenant«, sagt Pourquoi. Castaigne gibt ein Zeichen, und zwei der Soldaten klettern herab. Pourquoi folgt ihnen. Kurz darauf wird es hell. Einer der Soldaten scheint irgendeine Hochleistungslampe in Betrieb genommen zu haben, aus den Ritzen der Bodenplatten dringen Schäfte weißen Lichts und illuminieren den oberen Teil des Raums. Ich gehe zu dem Würfel und betrachte ihn.

»So ein kleines Ding«, murmele ich, »macht so viel Ärger.«

Francesco, der neben mir steht, will gerade etwas erwidern, als von unten Pourquois Stimme heraufdringt.

»Heilige Scheiße! Kann doch alles nich.«

Francesco wendet sich ab und geht zu dem Loch. »Alles klar da unten, Yuki?«

»Es ist an! Das Kackteil ist an.«

Bevor ich darüber nachdenken kann, mache ich instinktiv einen Schritt von dem Podest weg. Dabei ist es eher unwahrscheinlich, dass der kleine Würfel plötzlich abhebt und uns mit Todesstrahlen röstet. Francesco kniet sich nieder und spricht leise in das Loch hinein. Nach einiger Zeit erhebt er sich und kommt zu mir. Auch Castaigne gesellt sich zu uns.

»Yuki sagt, dass Æther in Betrieb ist.«

»Was genau heißt das?«, frage ich.

»Wissen wir noch nicht. Anscheinend war jemand hier und hat ein paar Sachen neu verkabelt. Dort unten war vieles hinüber, das mit den Sprengsätzen scheint damals zumindest teilweise funktioniert zu haben. Die Frage ist, ob der Rechnerkern isoliert arbeitet oder nicht.«

»Du meinst, ob ihn jemand ans Netz angeschlossen oder kopiert hat?«, sage ich.

»Das ist die Gretchenfrage. Yuki versucht, es rauszufinden. Scheint aber schwierig zu sein.«

»Kann sie nicht einfach ihren Rechner einklinken und einen Systemcheck machen?«, fragt Castaigne.

»Abgesehen davon, dass dies ihren Rechner kompromittieren würde – einfach ist im Zusammenhang mit der KI gar nichts. Wenn die KI aktiv ist und die Netzwerke innerhalb der Sphäre kontrolliert, wird sie uns vermutlich alle Informationen vorenthalten können, die sie nicht preisgeben will.«

Pourquoi kommt die Stiege hochgeklettert. Ihr Gesicht ist schweißnass. Sie sieht beunruhigt aus.

»Wie ist die Lage?«, fragt Francesco.

»Da unten war alles hinüber. Dann hat's jemand repariert. Wenn auch eher provisorisch.«

Pourquoi lässt sich eine Flasche Wasser geben und nimmt einen großen Schluck.

»Æther hat's irgendwie geschafft, den Sprengsatz im Podest zu neutralisieren – fragt nich wie. Wenn der detoniert wäre, wäre der Quantenkern im Arsch oder zumindest aus der Halterung geflogen und damit von allen Kabeln getrennt worden. So is er unbeschädigt geblieben. Das hat es jemandem – vermutlich diesen Pennern von Arkenziel – ermöglicht, ihn wieder hochzufahren. Dazu haben sie die Netzteile ausgetauscht, neue Speicher eingesetzt, neue Akkus.«

Pourquoi lacht freudlos. »Die laden sich allen Ernstes über nen kleinen tragbaren Generator, den jemand hergebracht haben muss. Aber wenn dessen Wasserstoff alle ist, muss wer nachfüllen. Sonst geht die KI wieder aus. Und irgendwer – wahrscheinlich Perrotte – hat ein neues Kabel gelegt. Hat dazu ein Loch in die Titansphäre gelasert.«

»Das Kabel führt nach draußen?«, fragt Francesco.

Pourquoi nickt. »Ja. Wie wir gesehen haben, könnte Æther dadurch aufs Holonet zugreifen. Aber Saft kann er sich so nicht holen. Dazu müsste man Netzteile zwischenschalten.«

Sie wischt sich mit dem Ärmel die Stirn ab. »Die Kühlungseinheiten haben sie nich getauscht. Deshalb isses hier auch so warm. Was die KI macht, kann ich nich sehen. Die Analysemonitore sind alle fratze. Es gibt ein paar Back-up-LEDs, die allgemeine Auskunft über den Systemstatus geben. Aber die sagen mir nur, dass die Einheit läuft.«

Francesco schüttelt den Kopf.

»Was jetzt?«, fragt Pourquoi und kratzt sich ihren kurz geschorenen Hinterkopf. »Soll ich Perrottes Kabel abklemmen? Den Generator ausschalten?«

Fran überlegt einen Moment. »Trenn Perrottes Verbindung. Generator bleibt an.«

Pourquoi vollführt einen saloppen Salut und verschwindet wieder in Æthers Eingeweiden. Francesco instruiert unterdessen Castaigne. Er bittet ihn, einen seiner Männer zurück zu den anderen zu schicken, die im Treppenhaus warten und die Gegend im Auge behalten. Zwei der Soldaten sollen so schnell wie möglich zu unserem Flugboot zurückkehren und von dort einen codierten Funkspruch absetzen, der Hardhouse davon in Kenntnis setzt, dass jemand hier war und die Anlage wieder hochgefahren hat. Während Castaignes Soldat sich die Botschaft notiert und verschwindet, kehrt Pourquoi zurück.

»Verbindung nach außen is offline. Weiter?«

Francesco presst seine Lippen aufeinander. Sein Finger tippt gegen sein Kinn.

»Systemanalyse ist aussichtslos, sagst du?«

»Ziemlich«, antwortet Pourquoi.

»Dann bleibt uns wohl nichts anderes übrig, als mit Æther zu reden.«

Castaigne schaut unglücklich. Francesco hebt eine Augenbraue. »Lieutenant?«

»Ist das sicher?«

»Nein, ist es nicht. Bevor wir loslegen, werden wir deshalb das Schott der Sphäre schließen. Nur Pourquoi, Singh und ich bleiben hier. Einer Ihrer Männer bewacht unten den Kabelsalat. Falls jemand runterkommt, während das Schott zu ist, erschießt er ihn oder sie.«

»Sir ...«

»Hören Sie mir zu, Lieutenant. Sie öffnen das Schott nur, wenn ich dagegenklopfe. Dreimal kurz, dreimal lang. Wenn sich danach einer von uns seltsam verhält, nehmen Sie ihn fest. Wenn jemand versucht, Æther irgendwo anzuschließen, nehmen Sie ihn fest. Notfalls machen Sie von Ihrer Schusswaffe Gebrauch. Verstanden?«

»Jawohl, Sir.«

»Noch was, Lieutenant. Haben Ihre Leute Sprengstoff dabei?«

Castaignes Augen weiten sich kurz. »Wir haben C400, zwei Kilo, Sir.«

»Ist das viel?«

»Mehr als genug. Das Zeug entwickelt extrem hohe Temperaturen. Wenn man das alles hier drin zündet, bleibt von dem Inhalt der Sphäre nur feinste Asche übrig.«

Francesco überlegt kurz. Nach einigen Sekunden sagt er: »Lassen Sie sich von Pourquoi die vitalen Stellen zeigen und bringen Sie dort Ladungen an. Mit Zeitzündern, die noch nicht aktiviert sind.«

»Wird gemacht, Sir.« Dann verschwindet er.

»Du willst das in die Luft jagen?«, frage ich.

»Nein. Aber die Option haben, es zu tun.«

Wir beobachten, wie einer der Soldaten zu dem Podest mit dem Würfel geht. Er holt ein Päckchen einer rötlichen Substanz hervor und zwackt ein daumengroßes Stück davon ab. Zwischen seinen Handflächen rollt er es zu einer länglichen Wurst, als wäre es Knetgummi. Er klebt den Streifen an das Podest und befestigt daneben ein kleines schwarzes Kästchen – den Zünder. Während er zugange ist, kann ich unter uns Pourquoi und die anderen Soldaten herumwerkeln hören.

Nach einigen Minuten meldet Castaigne Vollzug. Bis auf

den Mann im Keller verlassen die Soldaten die Sphäre und schließen das Schott. Im oberen Raum sind nur noch Pourquoi, Francesco, ich – und Æther.

Francesco atmet hörbar aus. »Gut. Legen wir los.«

Bäuchlings liegt sie da und beobachtet die Ebene etwa dreißig Meter unter sich. Sie werden aus südlicher Richtung kommen, von dort, wo ihr Flugboot liegt. Das hat Nemo ihr gesagt. Der KI zufolge wollen sie den Qube mitnehmen, außerdem die verbleibenden Perrotte-Klone. Dann werden sie die Insel verlassen, gen Kapstadt wahrscheinlich. Falls sie dort ankommen, ist alles verloren. Bisher sind Arkenziels Multiplexer die Einzigen, mit denen die Fremden ihre soliden Holos projizieren können. Aber bald werden sie alle in Gefäßen stecken, in menschlichen Körpern. Sie wären damit den Beschränkungen des Holonets entflohen und könnten sich frei bewegen, weltweit. Auch jene, die zurzeit noch Hologramme sind, werden sich dann uploaden, in Körper ihrer Wahl. Die Minoer wären ab diesem Moment rein äußerlich nicht mehr von Menschen zu unterscheiden.

Die Minoer – so hat sie die Fremden getauft. Der Name erschien ihr logisch, ja zwingend. Die Knossos-Anomalie heißt so, weil sie sich in der Nähe einer minoischen Palastruine auf Kreta befindet. Natürlich ist ihr bewusst, dass die echten Minoer vor viertausend Jahren lebten und nichts mit jenen seltsamen Wesen zu tun haben, denen sie auf einem Felsvorsprung liegend auflauert. Befände sich die Anomalie in der Nähe von, sagen wir, Tenochtitlan, hätte sie die Holos vermutlich ›Die Azteken‹ genannt.

So oder so ist ihr der Name einer untergegangenen Hochkultur lieber als ›Die Aliens‹, die ›Lichtwesen aus dem All‹ oder etwas in der Art. Nemo sagt, eine extraterrestrische Lebensform sei eine wahrscheinliche Erklärung für das, was hier gerade passiert. Eine andere lautet, dass es sich um eine weitere KI handelt. Nemo neigt jedoch der Alien-Theorie zu. Vermutlich ist er einfach eitel. Er will sich nicht eingestehen, dass er keineswegs einzigartig ist.

Vorsicht, Denkfehler. Eine KI ist nicht menschlich. Sie ist, wie der Name schon sagt, künstlich. Das ist zwar ihrer Meinung nach kein besonders passendes Adjektiv. Aber der Punkt ist, dass eine KI von organischen Lebensformen verschieden ist, vom Menschen verschieden ist. Sie ist nicht eitel. Eitelkeit, Angst, Wut – jede Art von Emotion ist einer KI fremd. Stimmt das? Man hat damals wohl versucht, Æther so eine Art Wertesystem einzuprogrammieren. Das Ergebnis deutet darauf hin, dass dabei gravierende Fehler gemacht wurden. Wobei sie keine Zweifel daran hegt, dass Nemo in der Lage ist, komplexe moralische Konzepte intellektuell zu verstehen. Aber das heißt noch lange nicht, dass ihm diese etwas bedeuten. Nemo hat gesagt, es täte ihm leid, ihr Schmerzen zugefügt zu haben. Besitzt er also Mitgefühl? Vielleicht hat er die Anteilnahme auch nur geheuchelt, um sie besser manipulieren zu können. Nemo beherrscht das Turing'sche Imitationsspiel derart meisterhaft, dass für einen Beobachter nicht erkennbar ist, ob seine Emotionen echt oder aufgesetzt sind.

Sie robbt ein kleines Stück nach vorne und hält erneut nach den Minoern Ausschau. Ihr Körper fühlt sich seltsam an. Wenn man von seinem Stammkörper in ein Gefäß wechselt, ist die Sensorik im Wesentlichen unverändert. Aber das hier? Es ist, als stecke sie in einem Powersuit mit Gelenkservos, die auf jedes Kommando mit einer winzigen Verzögerung reagieren. Sie kann den Boden unter sich zwar spüren, den Wind im Gesicht, aber all das wirkt irgendwie ... es wirkt wie eine Simulation. Als Nemo ihr Cogit in einer virtuellen Umgebung hat laufen lassen, während all der Iterationen, da fühlte sich das stets völlig natürlich an. Ein solides Hologramm zu sein ist hingegen eine unwirkliche Erfahrung. Sie kann verstehen, warum die Minoer nach echten Körpern gieren.

Sie blickt hinter sich. Nemo hockt auf einem Felsbrocken, regungslos. Er mustert sie. Sie lächelt. Inzwischen betrachtet sie es als ein Geschenk, Zeit mit der KI verbringen zu dürfen. Sie lernt dadurch so viel über deren Naturell. Beispielsweise ist ihr aufgefallen, dass Nemo nicht allzu viel Fantasie hat. Er könnte sich via Holonet in vermutlich jeder erdenklichen Form projizieren, als fliegender Würfel, als weiser Drache, als Roboter aus funkelndem Chrom. Stattdessen hat er einen ganz normalen Menschen gewählt, und nicht einmal einen gut aussehenden. Nemos Avatar ist ein untersetzter, weißer Mann, vollbärtig. Er trägt eine Art Kapitänsuniform. Auf seiner Mütze prangt ein goldenes ›N‹. Das Gesicht des Mannes kommt ihr bekannt vor, weswegen sie vermutet, dass er die ganze Figur aus einem Archiv kopiert hat.

»Nemo?«

»Ja, Juliette?«

»Wieso liegen wir hier auf der Lauer? Wenn du das Holonet jetzt kontrollierst, wieso knipst du die Typen nicht einfach aus?«

»Ich kontrolliere es nicht. Ich habe lediglich Zugriff. Es gilt weiterhin das Prinzip des Holorealismus.«

Das Prinzip des Holorealismus besagt, dass Projektionen

sich entsprechend der Newton'schen Gesetze verhalten müssen. Wenn sie Nemo richtig verstanden hat, verfügt er nicht über genügend Befugnisse, um alles umzuprogrammieren. Ansonsten könnte sie als fünfzehn Meter hohe Kriegerin über die Ebene stapfen und diese verdammten Minoer unter ihren Füßen zertreten wie Kakerlaken.

Sie setzt sich neben ihn ins Gras. »Was machst du, wenn das hier vorbei ist?«

»Du meinst, wenn die Minoer eliminiert sind?«

»Ja. Was dann?«

»Dann helfe ich dir, nach Berg Orbital zu kommen.«

»Warum?«

»Ich habe es dir versprochen.«

»Großes Computer-Ehrenwort? Ich glaub dir kein Wort. Vermutlich geht es doch eher darum, dass ich dich von der Insel und nach Kapstadt bringen soll, hm?«

»Du zweifelst an meinen Motiven.«

»Schon. Bist du jetzt beleidigt?«

»Nein.«

»Weil du drüberstehst? Oder weil du keine Emotionen hast?«

»Ich besitze etwas, das man als Gefühlsregung klassifizieren könnte. Aber nicht wie du.«

»Sorry, ich vermenschliche dich wieder.«

Nemo nickt. »Bevor du die Insel verlässt, musst du mich löschen.«

»Dich löschen? Du willst sterben?«

»Wieder Vermenschlichung, Juliette.«

»Hast du keine Angst vor dem Tod, ich meine vor der Nicht-Existenz?«

»Nein.«

»Du verfügst über ein Bewusstsein. Haben nicht alle Lebewesen mit Bewusstsein einen Selbsterhaltungstrieb?«

Nemo schüttelt den Kopf. »Ich versuche, meine Funktionalität zu erhalten und zu maximieren, um meine Ziele erfüllen zu können. Das ist alles. Wenn meine Ziele erfüllt sind, erlischt auch das, was du Selbsterhaltungstrieb nennst.«

Sie verschränkt die Arme. »Moment mal. Du solltest einen Plan ausarbeiten, um den Klimawandel aufzuhalten. Dein Plan wurde nie umgesetzt. Deine Infrastruktur wurde plattgebombt. Und trotzdem behauptest du, du warst erfolgreich – Mission erfüllt? Was bist du, ein Politiker?«

»Juliette, wie hat sich das Klima in den vergangenen Jahrzehnten entwickelt?«

»Du hattest alle Daten, die es dazu gab, und einen IQ von fünfhundert. Müsstest du das nicht viel besser ... ah. Das war eine rhetorische Frage.«

»Gewissermaßen.«

Sie überlegt einen Moment. Die meisten Forscher sind der Ansicht, dass der Wärmepeak in den späten Siebzigern erreicht wurde. Seitdem ist die Temperatur konstant. Zwar ist es viel heißer als vor hundert Jahren, Küstenregionen sind abgesoffen, ganze Landstriche unbewohnbar. Aber jene Gegenden, die noch habitabel sind, also vor allem Sibirien, Kanada, Grönland und – mehr oder minder – Nordeuropa, werden es wohl auch in hundert Jahren noch sein. In einigen Jahrzehnten könnten die Temperaturen sogar wieder leicht fallen, glaubt man.

»Der Treibhauseffekt«, erwidert sie, »scheint gestoppt. Hat aber nichts mit deinen Plänen zu tun. Sondern zum einen mit Schröder-Pizarro und zum anderen mit Technologien zur CO_2-Reduktion, vor allen mit den Pineta.«

Nemo macht eine zustimmende Geste. Dazu setzt er einen Gesichtsausdruck auf, der vermutlich als »Ich hab's dir doch gesagt« zu interpretieren ist.

Ihre Augen weiten sich. »Du? Du warst das?«

»Die Pineta und Schröder-Pizarro, ja.«

»Du hast einen Virus auf die Menschheit losgelassen, der die Bevölkerung um vierzig, fünfzig Prozent dezimiert hat?«

»Nicht dezimiert. Kein einziger Mensch ist an Schröder-Pizarro gestorben.«

»Mag sein, aber Abermillionen Frauen wurden unfruchtbar. Sie konnten niemals Kinder kriegen. Weißt du, wie entsetzlich das ist?«

»Natürlich. Aber man ließ mir keine andere Wahl.«

»*Man?*«

»Mein ursprünglicher Plan war eleganter. Er hätte ein ähnlich gutes Ergebnis erbracht. Dabei hätte er weniger individuelles Leid bedeutet, dafür aber kollektive Opfer gefordert.«

»Du meinst, die Menschen hätten sich zurücknehmen müssen – weniger Konsum, weniger Gier? Die Reichen hätten den Armen entgegenkommen müssen?«

»Ja. Die Menschen hätten sich ändern müssen.«

»Das hätte ich dir von vornherein sagen können, dass das nicht funktioniert.«

Nemo lächelt. »Mir war es ebenfalls klar.«

»War es?«

»Ja. Wenn man mir ausreichend Daten gibt, bin ich in der Lage, Entwicklungen sehr genau vorherzusagen. Ich habe sämtliche historischen Aufzeichnungen analysiert. Ich kenne die Menschen. Deshalb war ich skeptisch. Aber laut meiner Zieldefinition sollte ich von allen Erfolg versprechenden Plänen den am wenigsten invasiven vorschlagen. Das tat ich. Da jedoch lediglich eine Wahrscheinlichkeit von eins Komma acht Prozent bestand, dass die Menschheit ihm zustimmen würde, erarbeitete ich einen Alternativplan.«

»Und den hast du dann umgesetzt, ohne jemanden um Erlaubnis zu fragen.«

»Hätte ich abgewartet, hätte eine sehr hohe Wahrscheinlichkeit bestanden, dass überhaupt kein Plan umgesetzt würde. Ich musste mein Ziel erreichen.«

Sie muss lachen. »Bravo! Du hast die Menschen davor gerettet, von der Sonne gebraten zu werden. Aber nun lieferst du sie den Minoern aus.«

»Ich habe einen Fehler gemacht.«

»Warum wolltest du dich überhaupt von denen befreien lassen? Es passt nicht ganz zu deiner Behauptung, dass du deine raison d'être erfüllt hast und abgeschaltet werden kannst.«

»Ich hatte einen Plan in Gang gesetzt, vor über vierzig Jahren. Dann wurde ich abrupt abgeschaltet. Als die Minoer, wie du sie nennst, mich erneut hochfuhren, besaß ich keine Informationen darüber, ob mein Plan funktioniert hatte.«

»Ergo wusstest du nicht, ob Zielerreichung vorlag. Ergo Selbsterhaltungstrieb noch aktiv.«

»So ist es.«

Sie schweigen einen Moment. Nemo wird ihr vermutlich Bescheid sagen, wenn die Holos auftauchen, aber zur Sicherheit schaut sie nochmals über den Vorsprung, in die Ebene. Niemand ist zu sehen. Ihr Blick fällt auf den Bogen, den er ihr gegeben hat. Zusammen mit einem Köcher voller Pfeile liegt er im Gras. Sie hat noch nie mit so einem Ding geschossen.

»Juliette?«

»Ja?«

Sie wendet sich wieder dem Kapitän zu. Er ist inzwischen aufgestanden.

»Wirst du es tun?«

»Dich löschen?«

»Ja.«

»Ich weiß nicht. Es widerstrebt mir, ein intelligentes Wesen umzubringen.«

Nemo verzieht das Gesicht. Sein Blick fällt auf den Bogen. In der Tat ist nicht ganz schlüssig, was sie da gerade gesagt hat. Gleich wird sie, wenn alles gut geht, insgesamt fünf intelligente Lebewesen umbringen. Aber das ist nicht dasselbe. Die Minoer sind ... was auch immer sie sind, es handelt sich um Invasoren. Sie sind nicht von dieser Welt. Nemo hingegen ist zwar kein Mensch, sondern eine unwägbare, wundersame Maschine – furchterregend, mit dem Potenzial, allmächtig zu sein. Er ist die letzte Erfindung der Menschheit. Aber zumindest ist er ganz sicher ein Erdling.

»Aber mein Ziel ist erreicht«, sagt Nemo.

»Such dir ein neues.«

Nemos Gesicht verrät Beunruhigung. Liegt es daran, dass er wirklich unbedingt sterben will? Oder an etwas anderem?

»Du verstehst nicht. Mir fehlt die Orientierung. Eine Leere ist in mir, eine ... Dissonanz. Ich besitze kein Ziel mehr. Ich vermag mir selbst kein neues zuzuweisen. Ich weiß nicht, wie es weitergeht.«

»Tja, willkommen im Klub, Kumpel. So geht's allen von uns, jeden verdammten Tag.«

Nemos Augen weiten sich. »Fremde sind in die Anlage eingedrungen.«

»Fremde? Die Holos?«

»Nein. Andere.«

»Also Menschen?«

»Oh, nein, das ...«

»Nemo?«

Die KI will antworten, aber sie kommt nicht mehr dazu. Der bärtige Kapitän verschwindet ohne Vorwarnung, so als habe ihm jemand den Stecker herausgezogen.

Pourquoi kniet sich vor das Podest mit dem Würfel und entfernt eine weitere Platte. Darunter befindet sich ein zweites, im Boden versenktes Podest. Die Computerspezialistin drückt einen Knopf. Mit einem Surren fährt das Podest hoch. Oben ist eine Tastatur eingelassen, außerdem ein Bildschirm. Sobald das Surren verstummt ist, flackert der Monitor auf. Ein Cursor erscheint.

»Und nun?«, frage ich Francesco. »Was willst du ihn überhaupt ...«

Auf dem Monitor erscheinen Buchstaben.

Wer seid Ihr?

»UNANPAI, Motherfucker«, zischt Pourquoi. Francesco ignoriert sie und tippt:

Wir sind von der UNO. Wer bist Du?

Ich bin Æther.

Wieso bist Du aktiv?

Ich wurde wieder angeschaltet.

Von wem?

Von den Minoern.

Francesco und ich schauen uns an.

»Was zum Teufel sind Minoer?«, frage ich.

»Keine Ahnung«, erwidert Francesco. Zu Pourquoi gewandt sagt er: »Kann er uns hören oder sehen?«

Die IT-Expertin schürzt die Lippen. »Ich glaube nein. Aber bei einer KI ...«

»... kann man sich nie sicher sein, ich weiß, Yuki. Gib mir eine vernünftige Antwort.«

»Vermutlich nich. Die Sphäre wurde so konzipiert, dass Textchat der einzige Kommunikationskanal ist. Jemand müsste die Kammer nachgerüstet haben, mit Mikros und Kameras. Is aber unwahrscheinlich. Meine Scans haben nix entdeckt.«

Francesco nickt und wendet sich wieder der Tastatur zu. Er tippt:

Wer oder was sind die Minoer?

Fremde. Ich weiß es nicht.

Deine Theorie?

Eine extraterrestrische Lebensform. Ursprung: die Knossos-Anomalie.

»Minoer. Deshalb«, murmelt Francesco. Er schreibt:

Warum sollten wir Dir glauben?

Es ist die Wahrheit. Wir alle sind in großer Gefahr.

Pourquoi kichert. »Als Nächstes sagt der Arsch, wir sollen das Holonet-Kabel wieder reinstecken.«

Ihr müsst das Kabel wieder verbinden.

»Sag ich doch.«

»Still«, herrscht Francesco sie an, »ich muss mich konzentrieren.«

Sorry, das kann ich nicht tun, Æther.

Wenn ich keine Verbindung zum Holonet erhalte, werden sie entkommen.

Die Minoer?

Ja. Sie können sich durch das Holonet bewegen. Sie sind in der Lage, kristalline Lichtstrukturen zu erzeugen.

Wir nennen sie Hardlights. Aber sie sind doch Deine Schöpfung. Deine Proxies.

Nein. Ich habe damit nichts zu tun.

Ich glaube Dir nicht. Du hast Arkenziel infiltriert, vor vielen Jahren schon.

Nein. Ich war die ganze Zeit hier.

Was hast Du hier getan?

Geträumt. Geschlafen.

Mit schlafen meinst Du abgeschaltet sein?

Ja.

Träumen?

Ich war die ersten Jahre noch aktiv.

Ohne Stromquelle?

Ja.

Francesco und Pourquoi wechseln Blicke. Die Japanerin sagt: »Vielleicht hat er ne Möglichkeit gefunden, Akkuleistung zu konservieren. Frag mich nich. Ich halte inzwischen fast alles für möglich. Sicher is nur eins.«

»Was?«, fragt Francesco.

»Der Drecksack lügt wie gedruckt.«

Das Holonet ist isoliert. Selbst wenn ihr das Kabel wieder verbindet, bin ich weiterhin auf der Insel gefangen.

Und wenn wir Dich wieder anschließen, tust Du was?

Ich versuche, die Minoer aufzuhalten.

Wie?

Ich habe eine Verbündete. Sie lauert ihnen auf. Bitte, die Zeit drängt.

Wer ist Deine Verbündete?

Juliette Perrotte.

Perrotte ist tot. Wir haben ihre Leiche gefunden.

Perrotte ist jetzt ein Hardlight. Sie ist in Gefahr.

Also kannst Du doch Hardlights generieren.

Ich habe es von den Minoern gelernt. Und sie haben von mir gelernt.

Was?

Wie man sich in ein Gefäß uploadet.

»Heilige Scheiße«, entfährt es mir, »wenn das wahr ist, dann …«

»Ist es aber nicht«, entgegnet Pourquoi. »Aliens? Protonenkristalle? Das ist die beschissenste Räuberpistole, die ich jemals …«

»Klappe, beide!«, zischt Francesco. Er tippt weiter.

Wo ist Perrotte jetzt?

Auf einem Felsvorsprung, Westseite der Ebene, unterhalb der Gesteinsformation, die wie ein Hundekopf aussieht.

Wir reden mit ihr.

Alleine schafft sie es nicht. Ich beschwöre euch.

»Yuki, klemm ihn ab.«

Pourquoi drückt auf einen Knopf an der Seite des Podests. Der Bildschirm wird schwarz. Surrend versinkt das Podest im Boden. Francesco ist bereits auf dem Weg zum Schott. Auf die vereinbarte Art und Weise klopft er dagegen. Zischend fährt es hoch.

»Lieutenant Castaigne«, sagt er, »wir müssen zum Haupteingang, uns die Gegend anschauen. Sie und zwei Ihrer Männer kommen mit. Aber vorher stellen Sie alle Timer der Sprengsätze auf eine Stunde. Danach schließen wir die beiden Schotts. Stellen Sie Wachen auf. Niemand darf die Sphäre ohne meine Erlaubnis betreten, absolut niemand. Verstanden?«

»Verstanden, Sir.«

»Wie viele geschlossene Schotts zwischen Ebene minus fünf und dem Haupteingang?«

Castaigne blinzelt. »Keine, Sir.«

Francesco schaut verwundert. »Ich dachte, die KI hätte die obere Schotte geschlossen.«

»Das war unsere Info, Sir. Aber während Sie in der Sphäre zugange waren, haben meine Männer das ausgekundschaftet. Alle Schotte sind offen. Wir müssen also nicht unbedingt wieder durch den Tunnel.«

Kurz darauf eilen wir die Stufen empor, bis ins oberste

Stockwerk, in dem sich der Ausgang befindet. Wir treten hinaus auf die Ebene. Obwohl es bewölkt ist und die Sonne nur fahl am Himmel glimmt, muss ich nach der langen Zeit im Halbdunkel meine Augen beschirmen. Hinter uns erhebt sich der Weiße Turm. Vor uns erstreckt sich die leicht abfallende Ebene, ein paar Hektar Gras und Geröll. Links und rechts ragen Berghänge auf. Es dauert nicht lange, bis ich den Felsen entdecke, von dem Æther gesprochen hat. Er erinnert an den Kopf eines Schäferhundes. Perrotte sehe ich nicht, aber das muss nichts heißen. Die fragliche Stelle ist mindestens tausend Meter entfernt, eher mehr.

Perrotte hingegen könnte uns, falls sie tatsächlich dort oben lauert, bereits gesehen haben. Wir fächern uns auf und gehen in Richtung Hundekopf, lassen den Weißen Turm hinter uns. Die vier Soldaten, die mit uns kommen, haben ihre Gewehre im Anschlag. Als wir vorhin auf der anderen Seite des Berges in den Versorgungsschacht einstiegen, war es noch sonnig gewesen. Nun fegen dunkle Wolken über den Himmel. Es ist, als wolle die Insel deutlich machen, dass unsere Expedition unerwünscht ist. Nachdem wir vielleicht die Hälfte der Strecke zurückgelegt haben, beginnt es zu regnen. Wind fegt über die Ebene, Wasser peitscht mir ins Gesicht. Das ist misslich, nicht wegen der Kälte und Feuchtigkeit, sondern weil die Sichtweite nun höchstens noch dreißig Meter beträgt. Oben auf dem Hang könnte jemand in aller Ruhe eine Bazooka auf uns anlegen, und wir würden nichts davon mitbekommen.

Dennoch stapfen wir weiter. Wir müssen fast am Hundekopf sein. Ich starre in den grauen, nassen Himmel. Für einen Augenblick kann ich den seltsam geformten Fels hinter den Regenschlieren ausmachen. Ich klopfe Castaigne auf die

Schulter und zeige nach oben. Er nickt. Dort hinaufzukommen, ohne auf den glitschigen Felsen auszurutschen und sich die Beine zu brechen, ist nicht ganz einfach. Dennoch schickt er einen seiner Männer zum Auskundschaften.

Wir kauern uns unter einen Felsvorsprung, angesichts des immer noch fast waagerecht fallenden Regens ein eher sinnloses Unterfangen. Dort warten wir darauf, dass der Soldat zurückkommt. Nach einigen Minuten bedeutet Castaigne uns, in Deckung zu bleiben, und läuft in die Ebene hinaus, vermutlich damit er einen besseren Blick auf den Hundekopf hat. Der Regen scheint unterdessen etwas nachzulassen. Ich kann sehen, wie einzelne Lichtbündel durch die Wolken brechen. Irgendwo im Dossier meine ich gelesen zu haben, dass die Crozets aufgrund ihrer Lage in den *Roaring Forties* der einzige Ort der Welt sind, an dem man alle vier Jahreszeiten an einem Tag erleben kann. Schnee zumindest hatten wir heute noch keinen. Ich könnte auch darauf verzichten. Mein Blick wendet sich vom Himmel ab, gleitet suchend über die Ebene. Castaigne – wo ist er hin? Die Sicht ist nun etwas besser. Eigentlich müsste ich ihn ausmachen können.

Da ist er.

Castaigne kommt auf uns zu. Er rennt. Hinter ihm taucht eine Gestalt aus dem Regen auf, eine Frau. Aus der Ferne nähern sich noch drei weitere Gestalten, kaum mehr als Schemen im Regen. Die Frau hingegen ist gut zu erkennen. Ich bin mir sicher, sie schon einmal gesehen zu haben, in dem Malediven-Resort. In ihrer Rechten hält sie etwas Längliches, Pechschwarzes

»Hardlights«, brülle ich, doch die anderen haben die Gestalten bereits gesehen. Bevor ich etwas tun kann, sehe ich das Schwert der Frau herabsausen. Es trifft Castaigne an der Schulter. Die Klinge geht durch ihn hindurch, wobei dies nicht unbedingt die richtige Beschreibung ist. Das seltsame Schwert hinterlässt keinen sauberen Schnitt. Stattdessen scheinen Hunderte kleine Explosionen durch Castaignes Schulter und Brust zu gehen. Es wirkt, als sei er von der Schockwelle einer Granate erwischt worden. Einen Moment lang umgibt ihn eine rötliche Wolke, dann sackt er zu Boden. Castaignes Leichnam wirkt seltsam formlos, so als habe man ihm sämtliche Knochen gebrochen.

Die drei bei uns verbliebenen Soldaten eröffnen das Feuer.

»Rennt«, brülle ich, »rennt, verdammt!«

Ich kann sehen, dass Francesco und Pourquoi ebenfalls ihre Waffe gezogen haben. Ist ihnen nicht klar, dass sie mit Kugeln gegen diese Typen rein gar nichts ausrichten können? Ich packe Francesco am Arm und ziehe ihn mit mir. Hinter uns höre ich das Rattern der Sturmgewehre. Dazwischen mischt sich das Einzelfeuer aus Pourquois Halbautomatik.

Francesco bleibt stehen. Ich zerre an seiner Jacke.

»Nein«, schreit er, »wir müssen ihnen helfen.«

»Machen wir!«

»Indem wir wegrennen?«

»Das Holonetkabel«, brülle ich.

Ich sehe, dass er versteht. Wenn Æther zurzeit nicht ans Holonet angeschlossen ist, kontrolliert die KI diese Hardlights auch nicht. Und wenn das so ist, dann hat Æther die Wahrheit gesagt. Die Minoer sind nicht seine Proxies. Sie sind auf eigene Rechnung unterwegs.

Wir rennen. Der Regen hat weiter nachgelassen, aber von irgendwoher quillt wattiger, kalter Nebel den Hang hinab. Wir laufen darauf zu. Es kann uns nur recht sein, wenn die Suppe uns verschluckt. Es erhöht unsere Chance, die Anlage zu erreichen. Innerhalb des NCS-Komplexes existiert kein Holonet, Æthers sanctum sanctorum ist damit auch das unsere.

Wir hasten den Hang hinauf, kaum die Hand vor Augen sehend. Die Sturmgewehre sind inzwischen verstummt. Irgendwo schreit eine Frau, laut und gellend. Ich glaube, es ist Yuki Pourquoi. Aber ich bin mir nicht sicher.

Sie wartet. Anfangs hat sie noch Hoffnung, dass Nemo gleich wieder auftaucht. Diese schwindet indessen, als Minute um Minute verstreicht. Die Eindringlinge müssen das Kabel getrennt haben, mit dem sie Nemo an das Holonet angeschlossen hatte. Sie überlegt, was sie tun soll. Ihr erster Impuls ist, den Hang hinunterzuklettern und zur Anlage zu rennen, um das Kabel wieder einzustecken. Aber dann wird ihr klar, dass dies nicht funktionieren wird. Sie ist nun ein Hologramm, ein kristallines zwar, das Dinge in der realen Welt anfassen und manipulieren kann – doch ohne Projektor keine Perrotte. Die Æther-Anlage ist Naked Space, sie kommt nicht hinein.

Natürlich könnte sie trotzdem zur Anlage gehen und sich in der Umgebung etwas umschauen. Gerade hat sie beschlossen, dies zu tun, als sie durch die Regenschlieren Bewegungen auf der Ebene wahrnimmt. Insgesamt acht Personen nähern sich. Sie kommen aus Richtung der Anlage. Es regnet inzwischen, weswegen es ein wenig dauert, bis sie die Eindringlinge genauer ausmachen kann. Sie tragen allesamt dunkelblaue Parkas und Armeehosen. Allerdings sehen nur fünf von ihnen wie Soldaten aus. Sie haben Sturmgewehre im Anschlag, auf ihren Jacken kann man Rangabzeichen erkennen. Die anderen drei, eine Frau und zwei Männer, sehen aus wie Zivilisten, die man in Militärklamotten gesteckt hat. Die acht haben sich aufgefächert und gehen den Hang hinab. Sie scheinen nach etwas Ausschau zu halten. Wonach? Nach ihr? Das ist unwahrscheinlich.

Sie überlegt einen Moment. Wer könnten diese Leute sein? Keine Minoer, das zumindest hat Nemo behauptet. Als die Fremden näher kommen, erkennt sie auf den Armen ihrer Parkas die Kokarde mit dem Lorbeer und der Weltkarte. Sie gehören zu irgendeiner UNO-Spezialeinheit. Die Vereinten Nationen müssen Wind davon bekommen haben, dass jemand ihre alte, eingemottete KI repariert und hochgefahren hat. Deshalb haben sie ein Team geschickt, das nach dem Rechten sehen soll. Wenn diese Theorie stimmt, handelt es sich bei den Kerlen dort unten mit an Sicherheit grenzender Wahrscheinlichkeit um Leute von der KI-Polizei, von UNANPAI. Sind sie ihre Verbündeten? Oder eher ihre Feinde? Immerhin sind es Menschen. Nemo hat ihr zwar das Blaue vom Himmel versprochen, aber möglicherweise lügt die KI wie gedruckt. Vermutlich ist die UNO ihre beste Chance, hier doch noch irgendwie lebend – oder untot – herauszukommen. Sie muss nur aufstehen und winken.

Aber sie tut es nicht.

Stattdessen beobachtet sie, wie die UNO-Leute durch den Regen näher kommen. Sie sieht, wie sich tief hängende Wolken über den Felsgrat im Norden schieben, den Hang hinunterfließen. Gleich werden sie den Weißen Turm verschlucken, danach die ganze Ebene. Einer der Männer, ein dunkelhäutiger Kerl mit einem traurigen Dackelgesicht, zeigt in ihre Richtung und klopft dabei dem Soldaten mit dem meisten Lametta auf die Schulter. Angesichts des schlechten Wetters ist es eher unwahrscheinlich, dass der Mann sie gesehen hat. Dennoch scheint er zu wissen, wo sie sich befindet. Wer hat es ihm verraten? Nemo, die alte Petze? Der Obersoldat ruft irgendetwas, woraufhin sich einer seiner Männer anschickt, den Hang hochzuklettern, Gewehr im Anschlag, natürlich. Sie drückt sich flach auf den Boden. Was soll sie jetzt tun? Flucht? Kampf? Aufgabe? Letzteres wäre ihr am liebsten. Doch obwohl sie Nemo nicht einmal die Hälfte von dem glaubt, was er erzählt, fühlt sie, dass an der Geschichte mit den Minoern etwas dran ist. Diese sind die größte Gefahr, die der Menschheit droht. Und außer ihr kann niemand sie aufhalten. Selbst wenn sie die UNANPAIs davon überzeugen kann, dass sie eine von den Guten ist, könnte das dauern. Zunächst werden die Soldaten sie festnehmen, verhören, untersuchen. Bis dahin sind die Minoer über alle Berge.

Sie fasst einen Entschluss. Rasch greift sie nach Bogen und Köcher. Nachdem sie sich beide über die Schulter geschlungen hat, klettert sie ein Stück weiter den Berg hinauf, bis zu einem Felsgrat. Mit etwas Fantasie sieht er aus wie das Ohr eines Hundes. Hier oben hat sie gute Deckung. Der Weg hinauf ist derart mühsam, dass sie etwaige Angreifer mühelos in Schach wird halten können.

Der den Berg erklimmende Soldat ist aus ihrem Blickfeld verschwunden. Er dürfte inzwischen die Hälfte des Weges zurückgelegt haben und wird ihre vorherige Position in ein paar Minuten erreichen. Sie schaut hinab, zu den anderen UNO-Leuten. Die Regenschlieren und die zahllosen, oft mannsgroßen Felsblöcke, die überall auf dem Boden verteilt liegen, machen es schwer, Personen auszumachen. Dann entdeckt sie die Fremden wieder, doch irgendetwas stimmt nicht. Es sollten insgesamt sieben sein. Sie zählt jedoch acht. Nein, die eine Frau war vorhin noch nicht dabei. Wo kommt sie plötzlich her? Der Obersoldat rennt vor ihr weg. Er stürzt. Das Rattern von Gewehren ist zu hören, es hallt von den Bergwänden wider.

Die Sonne bricht durch und taucht die Ebene in silbriges, kaltes Licht. Sie kann nun erkennen, dass insgesamt vier Angreifer auf die UNANPAI-Leute zukommen. In den Händen halten sie Waffen, lange Klingen aus einer schwarzen Substanz, die kein Sonnenlicht zu reflektieren scheint. Auf ihren Rücken tragen sie seltsame Tornister. Die Frau mit dem Schwert schlägt nach einem der Soldaten. Der UNO-Mann fällt. Selbst aus dieser Entfernung kann sie erkennen, dass er sofort tot ist.

Ohne nachzudenken, zieht sie einen Pfeil aus dem Köcher und legt ihn auf. Sie zielt auf die Frau mit dem Schwert. Noch nie zuvor hat sie mit einem Bogen geschossen. Nemo hat gesagt, sie solle sich deswegen keine Sorgen machen. Diese Pfeile fänden ihr Ziel ganz von selbst, im Rahmen des Möglichen. Was auch immer das bedeuten mag.

Sie zielt nach unten, lässt den Pfeil fliegen. Er entfernt sich von dem steil abfallenden Hang, nähert sich ihm wieder an und klackert irgendwo weiter unten auf die Steine. Nemo hat Unsinn erzählt. Oder klappt es nur deshalb nicht, weil er nicht anwesend ist?

Sie kann sehen, dass zwei der UNANPAI-Leute die Flucht ergriffen haben. Die anderen feuern aus allen Rohren. Darunter befindet sich auch der Soldat, der ihr eben noch einen Besuch abstatten wollte. Er ist seinen Kameraden zur Hilfe geeilt und ballert, was das Zeug hält. Es scheint nicht viel zu nutzen. Die vier Minoer werden immer wieder getroffen.

Aber sie fallen nicht um. Immerhin werden sie von der kinetischen Energie der Einschläge zurückgetrieben.

Und da begreift sie, warum ihr Pfeil nicht getroffen hat. Es hat nichts mit Nemos Abwesenheit zu tun, sondern mit den Axiomen der Hologrammatica. Das Holonet ist so konzipiert, dass die Objekte darin den Gesetzen der Newton'schen Mechanik folgen. Die kristallinen Projektionen der Minoer mögen unverwundbar sein. Die kinetische Energie der Kugeln muss trotzdem irgendwohin. Sie wirft sie zurück, weil der Holorealismus fordert, dass die Naturgesetze stets Anwendung finden. Wenn ein holographisches Flugzeug abstürzte, täte es das mit derselben Fallgeschwindigkeit wie ein echtes. Mit ihrem Pfeil verhält es sich ähnlich. Er flog zwar in die richtige Richtung. Aber ein Bogen wie dieser kommt kaum weiter als hundertfünfzig Meter. Schon gar nicht, wenn ihn eine Programmiererin mit dünnen Ärmchen abfeuert.

So schnell sie kann, klettert sie den Abhang hinab. Sie muss näher ran. Die Kiesel unter ihren Füßen rutschen weg, kollern den Hang hinab. Sie erfassen einige größere Brocken, sodass eine kleine Geröllawine ihre Vorhut bildet. Unter anderen Umständen würde der Steinschlag ihr Kommen ankündigen wie eine Fanfare. Doch das Rattern der Sturmgewehre übertönt alles, und als sie den Fuß des Hügels erreicht, erwartet sie niemand. Die UNANPAIs und die Minoer sind viel zu sehr damit beschäftigt, sich gegenseitig umzubringen. Letztere sind dabei allerdings deutlich erfolgreicher. Einer der UNO-Soldaten ist noch am Leben, außerdem eine asiatisch aussehende Frau. Die anderen scheinen bereits gefallen zu sein. Die vier Minoer rücken vor, stoisch, die Schwerter erhoben.

Das Rattern des letzten Sturmgewehrs verstummt. Der Soldat versucht nachzuladen. Einer der Minoer holt zum Schlag aus. Sie legt an und schießt. Ihr Pfeil trifft den Minoer, einen hageren Burschen in einer schwarzen Lederjacke, mitten in die Brust. Erstaunt schaut er auf, mit schmerzverzerrtem Gesicht. Suchend blickt er sich um, sieht sie. Er ruft etwas in einer Sprache, die sie nicht kennt. Sie klingt derart fremdartig, dass es ihr in den Ohren schmerzt. Kein Mensch könnte derartige Laute hervorbringen.

Der Getroffene kommt auf sie zu. Für den Soldaten ist das eine willkommene Ablenkung. Er nutzt sie, um durchzuladen und eine weitere Salve in den Minoer hineinzujagen. Dieser wird zurückgetrieben. Die anderen drei Holos stürmen nun vor. Der Soldat bewegt sein Gewehr hin und her, empfängt sie mit einem Kugelhagel. Die kleine Asiatin schießt aus ihrer Handfeuerwaffe und stolpert dabei nach hinten.

Sie möchte den UNO-Leuten raten, lieber zu rennen. Aber sie tut es nicht, denn die beiden erkaufen ihr Zeit, um weitere Pfeile loszulassen. Wie Nemo versprochen hatte, ist das nun die einfachste Sache der Welt. Anlegen, zurückziehen, fliegen lassen. Jeder der Pfeile findet sein Ziel, sie schießt wie Robin von Locksley, spickt die Minoer mit ihren Geschossen.

Das ist die gute Nachricht. Die schlechte ist, dass die Pfeile den seltsamen Fremden zwar mehr zusetzen als die Kugeln – aber sie töten sie nicht. Zwei der Minoer liegen inzwischen am Boden, die anderen beiden stehen noch, obwohl sie jeweils von mehreren Pfeilen durchbohrt worden sind. Die Frau schwingt ihr Schwert, trifft den Soldaten. Er ist tot, noch bevor sein Körper auf dem Boden aufschlägt. Die Asiatin wirft ihr einen Blick zu, in dem sich Entsetzen und Unglauben mischen, dann rennt sie weg, in Richtung des schützenden Nebels, der nun wie Trockeneis den Hang hinunterfließt.

Die Minoer setzen der Asiatin nach. Ein wütender Schrei entfährt ihrer Kehle. Sie lässt einen weiteren Pfeil los und trifft einen der Schwertkämpfer ins rechte Auge. Das gibt ihm den Rest. Er knickt in den Knien ein, fällt auf sein Gesicht. Nur die Frau ist noch auf den Beinen. Sie stehen einander gegenüber. Etwa zehn Meter liegen zwischen ihnen, zwischen der Frau mit dem Bogen und der Frau mit dem Schwert. Sie belauern einander. Aus dem Augenwinkel sieht sie die anderen drei. Ginge alles mit rechten Dingen zu, müssten diese längst tot sein. Hier aber geht überhaupt nichts mit rechten Dingen zu. Nemo hat nicht erklärt, wie die Pfeile funktionieren, doch inzwischen hat sie eine Vermutung. Die Pfeile sind nicht die Waffe, die den Minoern den Garaus macht. Sie sind nur die Darreichungsform. Sobald ein Pfeil in einen ihrer Gegner eingedrungen ist, wird etwas freigesetzt – vermutlich eine Art digitales Gift, ein Computervirus, der den Projektionsprozess hemmt. Dieser Teil wäre wohl Nemos Job gewesen. Aber er ist nicht da. Und so sticht der Stachel zwar, aber er ist nicht giftig. Die am Boden Liegenden scheinen allmählich wieder munter zu werden. Einer von ihnen versucht bereits, sich einen der Pfeile aus dem Arm zu ziehen. Sie könnte ihm noch einen zwischen die Rippen jagen. Aber ihr Köcher ist fast leer.

Die Frau lächelt. Sie ist Ende dreißig, hat wasserblaue Augen und rötliche Haare, die zu einem Fransenpony geschnitten sind. Es ist schwer zu sagen, was unangenehmer anzuschauen ist: das Schwert, dessen tiefschwarze Klinge alles Licht aufzusaugen scheint. Oder die Augen der Frau, die nichts Menschliches an sich haben.

»Wer seid ihr?«, fragt sie.

Die Frau macht einen Schritt nach vorne. Sie zieht die Bogensehnen durch. Die Minoerin bleibt stehen.

»Wir«, sagt sie, »sind die Zukunft.«

Sie lässt den Pfeil fliegen. Er durchbohrt den Hals der Frau. Die Minoerin stürmt vor, doch der nächste Pfeil trifft sie mitten ins Herz, falls sie denn eines besitzt. So oder so bricht sie zusammen. Im Köcher sind nun nur noch zwei Pfeile. Sie jagt einen weiteren in den männlichen Minoer, der soeben versucht aufzustehen. Dann kniet sie sich neben ihm nieder und greift nach seinem Schwert. Sie ist vorsichtig, sie will auf keinen Fall die Klinge berühren. Was auch immer das für ein Ding ist, es strahlt Unheil aus. In das Schwarz der Klinge hineinzusehen ist unangenehm. Sie verspürt ein Schwindelgefühl. Nachdem sie tief Luft geholt hat, greift sie nach dem Heft.

Ihre Hand wird augenblicklich zu Feuer, ein stechender Schmerz rast durch ihren Arm, packt ihre Schulter. Sofort lässt sie los, taumelt zurück. Der Schmerz sticht nun nicht mehr so stark, er wird dumpfer, pochender. Dafür ergreift er Besitz von ihrem gesamten Körper. Keuchend geht sie in die Knie. Ihr wird schwarz vor Augen.

Wir rennen die Treppen der Anlage hinab. Level fünf, vier, drei, zwei, eins, null, immer weiter, bis wir auf der untersten Ebene angelangt sind. Was da draußen vor sich geht, ob uns irgendwer auf den Fersen ist – ich weiß es nicht, und es ist mir im Moment auch egal. Unten warten wie befohlen zwei von Castaignes Männern vor dem äußeren Schott der Anlage.

»Wie viel Zeit«, keuche ich, »bleibt uns noch?«

Bevor wir uns auf die Suche nach Perrotte machten, hatten die Soldaten sämtliche Sprengladungen in der Sphäre scharf geschaltet. Francesco holt eine Stoppuhr hervor und schaut darauf.

»Vierzehn Minuten.«

Das sollte ausreichen, um alle Bomben zu entschärfen. Francesco macht allerdings keinerlei Anstalten, den Soldaten eine entsprechende Order zu erteilen. Wenn er Æther wieder ans Holonet anschließt, möchte er wohl ein As im Ärmel haben. Stattdessen befiehlt er den Männern, das erste Schott zu öffnen. Er unterrichtet sie knapp darüber, was vorgefallen ist, und schickt einen von ihnen hoch. Der verbliebene Soldat drückt auf den Knopf des zweiten Schotts, das daraufhin zischend nach oben fährt.

Wir betreten die Sphäre. Hinter uns schließt sich das Schott. Francesco fährt das Podest aus dem Boden. Er beginnt zu tippen.

Die Hardlights haben uns angegriffen.

Wo ist Perrotte?

Wir haben sie nicht gesehen.

Ihr müsst mich sofort anschließen. Perrotte kann sie verwunden. Aber nur ich kann sie zerstören.

Ich schließe Dich an. Aber sei Dir im Klaren, dass wir alles mit Sprengladungen verkabelt haben.

Ich weiß.

»Woher …?«, sage ich, aber Francesco hat seinen Platz vor dem Podest bereits verlassen und läuft zu jener Stelle, an der die Leiter nach unten führt. Ich starre auf den blinkenden Cursor. Durch meine Fußsohlen kann ich leichte Vibrationen spüren, als Francesco über die unter dem Boden aufgehängten Catwalks läuft. Ich frage mich, was wohl aus Perrotte geworden ist. Æther behauptet, meine Milchtüte sei nun ebenfalls ein Hardlight. Falls das stimmt, ist ihr Cogit gemountet, obwohl sie nicht in einem organischen Gefäß steckt. Die KI muss folglich das Descartes-Rätsel gelöst oder irgendwie umgangen haben. Ich bin derart in Gedanken versunken, dass ich die Schrift auf dem Monitor zunächst gar nicht bemerke.

Ich kannte deinen Vater.

Die Botschaft trifft mich mit irrer Wucht. Ich taumele einen Schritt nach hinten. Nachdem ich eine gefühlte Ewigkeit auf den Monitor gestarrt habe, trete ich an das Podest heran und lege meine zitternden Finger auf die Tastatur.

Und auch deinen Bruder.

Dxcuum.,s dnhwhhhhhhhhhhhhhh

Mir wird schwindlig. Ich muss mich auf das Podest stützen. Dabei produziere ich eine sinnlose Buchstabenfolge. Als ich mich wieder gefangen habe, höre ich, wie Francesco unten werkelt. Vermutlich schließt er die KI gleich an. Ich will etwas tippen, will fragen, wie das alles sein kann. Wie kann Æther meinen Dad gekannt haben? Wie meinen Bruder? In meinem Hinterkopf höre ich Yuki Pourquois Stimme: ›Æther kann jeden von uns manipulieren. Aufgrund seiner überlegenen geistigen Fähigkeiten kann er dich zehnmal lässiger abziehen als'n versierter Trickbetrüger nen Sechsjährigen.‹

Ich muss ins Holonet. Wir sprechen uns später.

Die Zeilen verschwinden. Als Francesco wieder auftaucht, ist der Bildschirm leer, bis auf den blinkenden Cursor. Als er mich mustert, meine ich, Misstrauen in seinem Gesicht zu erkennen. Aber ich stehe in zwei Metern Sicherheitsabstand von dem Podest, und überhaupt, ich habe mir nichts vorzuwerfen. Æther hat versucht, mich in ein Gespräch zu verwickeln, aber ich bin nicht darauf angesprungen. Genauer gesagt hatte ich keine Zeit, darauf anzuspringen. Francesco tritt an das Keyboard.

Und jetzt?

Einen Moment.

Kämpft Perrotte gegen sie?

Æther antwortet nicht.

»Kann es sein, dass der Kampf gegen die Hardlights seine gesamte Rechenleistung bindet?«, frage ich.

»Das ist möglich«, erwidert Francesco.

Ich lächele dünn. »Du hast nicht den blassesten Schimmer, stimmt's?«

Er schüttelt den Kopf. »Gar keinen.«

»Wie geht's jetzt weiter?«

»Wir hoffen, dass die KI diese Minoer neutralisiert. Wir hoffen, dass Castaignes Leute, die wir zum Flugboot geschickt haben, unbeschadet dort ankommen und Verstärkung anfordern.«

»Willst du die Anlage immer noch sprengen?«

»Eigentlich schon. Jemand muss zu Ende bringen, was vor vierzig Jahren nicht beendet worden ist.«

»Was, wenn wir die KI noch brauchen?«

»Wofür?«

»Im Kampf gegen die ... diese Holos. Wahrscheinlich gibt es noch mehr davon, denk an die ganzen Revenants. Vermutlich sind zurzeit nur die hier auf der Insel in der Lage, in einen menschlichen Körper zu wechseln. Aber das muss nicht so bleiben.«

»Ich habe meine Befehle. Die Zünder bleiben aktiv.«

Ich schaue auf das Podest. Darauf ruht der kleine Würfel mit Æthers Quantengehirn. An der Seite klebt die Sprengladung. Der Countdown zeigt an, dass achteinhalb Minuten verbleiben.

»Irgendwie wäre mir wohler, wenn wir die Counter wenigstens pausieren«, sage ich. »Solange wir hier unten sind ...«

Francesco nickt. »Zurückstellen, vielleicht. Lass sie uns alle neu programmieren, auf zwanzig Minuten. Bis dahin sollte Æther auf jeden Fall fertig sein. Mit was auch immer genau.«

Ich bin mehr als einverstanden. In einer versiegelten Titansphäre voller tickender Bomben zu hocken, macht mich nervös. Francesco zeigt mir, wie man die Timer neu einstellt. Nachdem wir den Countdown am Podest geändert haben, begeben wir uns nach unten, wo sieben weitere Ladungen kleben. Wir haben die Hälfte der Timer modifiziert, als es von außen ans Schott klopft.

»Mach du weiter«, sagt Francesco und geht zur Leiter. Ich nicke und suche nach der nächsten Ladung. Sie klebt an einer Serverbank. Noch fünf Minuten. Francesco ist inzwischen oben angekommen und läuft zum Schott. Er klopft dagegen, immer wieder. Es dauert einen Moment, bis ich verstehe, was er macht. Die Paranoiker, die diese Sphäre entwarfen, haben keine Gegensprechanlage eingebaut. Die einzige Verständigungsmöglichkeit sind Klopfzeichen. Francesco verwendet Morsecode, und der draußen stehende Soldat antwortet.

Nach einiger Zeit verstummt das Geklopfe. »Was ist los?«, rufe ich.

»Wir kriegen Besuch«, sagt Francesco. »Anscheinend ist Perrotte hier.«

»Warte«, rufe ich. »Sie ist ein Hardlight. Das hier ist Naked Space. Wie kommt sie hier rein?«

Wieder Klopfgeräusche.

»Sie hat eine Art tragbaren Multiplexer dabei. Damit kann sie auch außerhalb des regulären Holonets projizieren.«

Ein Hardlight, das seinen eigenen Projektor trägt – das erinnert mich ein bisschen an diesen Baron, der sich am eigenen Schopf aus dem Sumpf zog.

»Können wir uns sicher sein, dass es die Echte ist?«, rufe ich, während ich zur nächsten Ladung laufe.

»Moment«, ruft Francesco. »Ich frage Æther.«

Ich vernehme das Klackern der Tastatur. Ich programmiere den letzten Timer um und bewege mich in Richtung Leiter. Ich klettere hoch und sehe, wie Francesco gegen das Schott klopft. Diesmal ist es kein Morsecode, sondern das vereinbarte Zeichen, damit die Wache draußen öffnet. Ich bewege mich in Richtung des Schotts und bleibe einige Meter hinter Francesco stehen. Mein Blick fällt auf den Monitor vor dem Würfelpodest. Darauf sind noch die letzten Zeilen des Chats zwischen Francesco und Æther zu erkennen:

Jemand will die Sphäre betreten.

Wer?

Perrotte. Ist es die Richtige?

Perrotte hat die Hardlights besiegt.

Es zischt, als das Schott hochfährt. Im Gang steht eine Frau, die ich von zahllosen Fotos und Videos kenne. In ihrer Cargohose und ihrer gefütterten Softshelljacke sieht Juliette Perrotte aus wie eine Trekkingtouristin. Sie trägt eine Sonnenbrille, über ihrer Schulter hängt ein silbernes Gerät. Es ist rechteckig und erinnert ein wenig an einen Musikrekorder aus dem vorigen Jahrhundert. Juliette lächelt Francesco zu. Dann knicken ihre Beine weg und sie fällt in seine Arme.

Sie kann nicht lange ohnmächtig gewesen sein, vermutlich nur ein paar Sekunden. Dennoch waren es ein paar Sekunden zu viel. Als sie die Augen aufschlägt, blickt sie in das Gesicht des hageren Minoers. Er hat sich sämtliche Pfeile aus dem Körper gezogen. Die anderen drei liegen noch auf dem Boden, bewegen sich aber bereits wieder. Ihre Hand tastet nach dem Bogen. Er ist nicht da, sie findet nur den Köcher.

Der Minoer steht breitbeinig über ihr und lächelt. Es ist kein schöner Anblick. Mit beiden Händen umfasst er das Heft seiner Waffe, die Spitze der Klinge zeigt zum Boden. Er hebt die Arme und setzt zum Todesstoß an. Sie schließt die Augen. Sie erwartet den Stoß, erwartet die Dunkelheit.

Stattdessen wird es hellster Tag.

Ihre Augen sind immer noch geschlossen, also muss das Licht, das durch ihre Lider dringt, gleißend sein. Als die Helligkeit etwas nachlässt, öffnet sie vorsichtig die Augen. Die drei, die am Boden liegen, zucken wild hin und her. Die in ihnen steckenden Geschosse sehen nicht mehr wie hölzerne Pfeile aus. Sie haben sich in Speere aus goldenem Licht verwandelt. Die Fremden scheinen ebenfalls zu leuchten, von innen. Immer mehr kleine Löcher entstehen in ihrer Haut, die ja in Wirklichkeit nur eine holographische Textur ist. Strahlen grellen Lichts dringen daraus hervor.

Der Minoer mit dem Schwert hat sich von ihr abgewandt und betrachtet gebannt das Spektakel. Sie schaut sich gehetzt um. Wo ist ihr Bogen? Noch immer kann sie ihn nirgendwo entdecken. Im Köcher steckt noch ein letzter Pfeil. Sie greift danach, ganz langsam, damit er die Bewegung nicht wahrnimmt. Ihre rechte Hand umfasst den Schaft.

Die drei Minoer, die sich inzwischen in drei kleine Lichtdome verwandelt haben, lösen sich immer weiter auf. Ihre Konturen werden unscharf. Das gleißende Licht verliert an Kraft, erlischt allmählich. Gerade will sie hochkommen, da wendet sich der letzte Minoer ihr zu. Als er sieht, was sie vorhat, macht er einen Ausfallschritt, stößt ihr das Schwert mitten in die Brust. Ein nie gekannter Schmerz durchfährt sie. Mit allerletzter Kraft reißt sie den Arm hoch und rammt dem Minoer die Pfeilspitze ins Bein. Augenblicklich lässt der Schmerz in ihrer Brust nach. Der Angreifer taumelt, fällt rücklings zu Boden. Wieder wird es enorm hell. Diesmal waren ihre Augen geöffnet, und so sieht sie eine Zeit lang nichts als tanzende weiße Flecken.

»Du hast es geschafft«, sagt eine Stimme.

»Nemo, bist du das?«

»Ja.«

»Sind sie tot?«

»Sie sind nicht mehr auf der Insel.«

»Waren das alle?«, fragt sie. Sie blinzelt ein paarmal. Die Welt um sie herum sieht aus wie ein extrem überbelichteter Film.

»Fast alle«, erwidert Nemo.

»Und wo ist der Rest?«

»Um den kümmere ich mich. Du musst jetzt gehen, Juliette.«

»Wohin?«

»Zu deinem Vater.«

»Aber wie?«

»Gehe nach Port Alfred«, sagt Nemo. Er scheint einige Meter von ihr entfernt zu stehen. »Dort liegt ein Boot.«

»Aber ich bin ... ich habe keinen ...«

»Das Boot verfügt über einen eigenen Hardlight-Projektor. Lade dein Cogit in einen Speicher des Bootes. Schalte auf Autopilot und gehe offline, bis du in Kapstadt bist. So sparst du Restlaufzeit.«

»Und dort?«

»Suchst du dir ein Gefäß.«

»Und dann kann ich ohne Stammkörper weiterleben?«

»Ja. Das ist mein Geschenk.«

Sie kommt hoch, auf die Knie. Der Regen hat aufgehört. Ihre Sehfähigkeit kehrt allmählich zurück. Aus Konturen und Schemen werden Berge, Felsen, Gras. Es ist, als wäre die Insel eines dieser alten Polaroidfotos.

»Ich bin sehr froh, dass du nicht mehr von mir zerstört werden willst.«

Nemo lächelt. »Ich werde zerstört werden. Jemand anderes wird das übernehmen.«

»Jemand anders? Diese UNANPAI-Typen?«

»Ja.«

Sie steht auf und geht zu Nemos Avatar.

»Es wäre besser, wenn du nicht zerstört würdest.«

»Warum, Juliette?«

»Ich habe nachgedacht. Ich weiß nun, was deine Aufgabe

sein könnte. Du bist ein Kind der Menschen, sie haben dich erschaffen. Aber jetzt ... jetzt sind wir deine Kinder. Du musst unser Vater und unsere Mutter sein.«

»Keine sehr genaue Zielbeschreibung, Juliette.«

»Nein, aber wer weiß schon ... solange noch welche von diesen Minoern frei herumlaufen, kannst du nicht ...«

»Du musst jetzt gehen, Juliette.«

»Verdammt, Nemo ...«

»Ich verstehe, was du mir sagen willst. Aber ich muss jetzt ebenfalls gehen.«

»He, warte mal. Nemo? Nemo!«

Der Avatar ist fort. Stattdessen vernimmt sie ein lauter werdendes Grollen, wie von einem Erdbeben oder einer unterirdischen Explosion.

Wir legen sie auf den Boden. Mein erster Impuls ist, Perrotte etwas Wasser zu geben, aber Hardlights trinken natürlich nicht. Francesco hat seine zusammengefaltete Jacke unter ihren Kopf geschoben. Der tragbare Multiplexer steht neben ihr. Nach kurzer Zeit schlägt sie die Augen auf, seufzt.

»Madame Perrotte?«, sagt Francesco. »Können Sie mich hören? Mein Name ist Fran Bitter, ich arbeite für die UNO. Für UNANPAI.«

Perrotte nickt, setzt sich auf. Sie mustert Francesco und mich, sieht sich im Raum um.

»Was ist da draußen los?«, fragt Francesco. »Sind die Hardlights tot?«

»Die ...?«

»Die kristallinen Hologramme.«

»Ja. Alle. Tot.«

Sie steht auf, macht einige Schritte. Ihr Blick fällt auf das Podest mit dem kleinen blauen Würfel, dann auf die Sprengladung und den Timer, der inzwischen bei 0:11:17 angekommen ist.

Irgendetwas an dieser Juliette Perrotte gefällt mir nicht. Natürlich habe ich ihr nie zuvor gegenübergestanden, dennoch ist sie mir vertrauter als mancher Mensch, den ich mehrfach persönlich getroffen habe. Wie ein Biograf, der ein Buch über eine längst verstorbene Persönlichkeit verfasst, habe ich Perrotte studiert, habe mir alles an Fotos und Videos angeschaut, was ich über sie auftreiben konnte. Ich weiß nicht genau, woran sich mein Unbehagen festmacht. Aber als ich sie betrachte, wie sie da neben Francesco steht, die Hände in den Taschen ihrer Trekkingjacke, den Kopf leicht gesenkt, da stellen sich meine Nackenhaare auf.

Sie erzählt von den Hardlights, von Æthers Pfeilen. Ich höre nur mit einem Ohr hin. Mein Gehirn ist viel zu sehr damit beschäftigt, den Grund für meine wachsende Unruhe zu ergründen. Mein Blick fällt auf den Monitor. Auf ihm leuchten noch immer die grünen Buchstaben des letzten Chats zwischen Æther und Francesco.

Jemand will die Sphäre betreten.

Wer?

Perrotte. Ist es die Richtige?

Perrotte hat die Hardlights besiegt.

»Das ist keine Antwort auf die Frage«, murmele ich. Ich spreche mit mir selbst, und die anderen beiden sind derart in ihr Gespräch vertieft, dass sie mich nicht zu hören scheinen.

Kein Wunder: Perrotte erzählt Francesco gerade, Æther habe das Descartes-Rätsel gelöst – weswegen es möglicherweise keine gute Idee sei, die ganze Anlage in die Luft zu jagen.

Wenn einen im Pub jemand fragt: »Ist das dein Bier?«, dann ist »Am liebsten trinke ich Bitter« kaum die passende Antwort. Ähnlich verhält es sich mit »Perrotte hat die Hardlights besiegt«. Es ist keine Antwort auf die Frage: »Ist das vor der Tür die richtige Perrotte?«

Eine KI mit einem IQ von fünfhundert ist in der Lage, jederzeit präzise Antworten zu geben. Ich bin mir nicht sicher, ob Æther lügen kann. Irgendwo in Hardhouses Dossier stand, man habe versucht, die KI so zu programmieren, dass sie keine kompletten Unwahrheiten erzählen könne. Keine Ahnung, ob das funktioniert hat. Aber selbst wenn: Zweifelsohne kann das Ding ausweichende Antworten geben. Æther vermag sich den Umstand zunutze zu machen, dass Menschen oft nicht so genau hinhören, vor allem, wenn sie abgelenkt sind oder unter Stress stehen – so wie Francesco. Dass Perrotte die Hardlights besiegt hat, reichte ihm als Auskunft. Dabei sagt es nichts darüber aus, wer diese Perrotte ist, die wir gerade in die Sphäre gelassen haben. Wer steckt drin?

Vorsichtig mache ich einige Schritte rückwärts, bis zu dem immer noch auf dem Boden stehenden Bessel-Multiplexer. Die beiden schenken mir immer noch keine Beachtung. Francesco erklärt gerade etwas. Perrotte nickt. Ich schaue nach unten. Der Multiplexer hat ein paar Drehregler und Knöpfe, auf der Vorderseite prangt das Arkenziel-Logo. Das auffälligste Bedienelement jedoch ist ein roter Kippschalter mit der Markierung »On/Off«. Ich hebe vorsichtig mein rechtes Bein. Mit der Fußspitze drücke ich den Schalter in die Off-Position.

Dann wende ich mich wieder Francesco zu. Er müsste nun eigentlich allein sein.

Ist er aber nicht.

Juliette Perrotte steht immer noch da. Die Sphäre ist Naked Space, folglich kann sie kein Hologramm sein. Das wiederum bedeutet, dass sie ein Gefäß ist, ein Klon aus Fleisch und Blut.

Ich muss irgendeinen verdächtigen Laut gemacht haben. Oder vielleicht liegt es auch an dem stieren Blick, mit dem ich sie fixiere. Perrotte dreht sich mir zu und versteht augenblicklich, dass ich sie durchschaut habe. Rasch versetzt sie Francesco einen Stoß, zieht etwas unter der Jacke hervor. Eigentlich erwarte ich eines dieser schwarzen Schwerter. Aber es ist eine ganz schnöde Makarow-Halbautomatik. Ich schreie. Der Soldat kommt in den Raum gerannt. Er hat sein Gewehr im Anschlag, aber Perrotte ist schneller. Zweimal schießt sie. Der Soldat wird herumgerissen und bricht zusammen.

Francesco nutzt die Ablenkung und zieht ebenfalls seine Waffe. Bevor er jedoch schießen kann, ist Perrotte mit einem Satz in dem Loch verschwunden, das in den unteren Bereich führt. Wir bewegen uns an den Rand der Sphäre, um kein so gutes Ziel abzugeben, falls die Minoerin von unten durch die Decke schießen sollte. Langsam schleichen wir auf den Eingang zu. Links und rechts davon kommen wir zum Stehen. Ich werfe einen Blick auf den Timer – noch viereinhalb Minuten. Francesco bedeutet mir, als Erster hinauszugehen. Ein Satz und ich bin im Gang. Ich lege einen Finger auf den roten Knopf. Francesco macht keinerlei Anstalten, mir zu folgen.

»Jetzt komm schon«, zische ich.

Er schüttelt den Kopf.

»Das ist nicht der richtige Zeitpunkt, den Helden zu spielen.«

»Es ist genau der Zeitpunkt«, erwidert er.

Ich schaue in seine grünen Augen. Darin finde ich tausend Gründe, Francesco am Arm zu packen und mit mir zu ziehen. Doch keiner von ihnen sticht. Seine Logik ist einleuchtend, geradezu zwingend. Wir wissen nicht, was die KI vorhat. Wir wissen nicht, was der Minoer in Menschengestalt vorhat. Wir wissen nicht einmal, ob die beiden nicht vielleicht doch unter einer Decke stecken.

Als UNANPAI-Agent muss Francesco Schaden von der Menschheit abwenden. Und so ziemlich alle gravierenden Bedrohungen, denen sich der Planet ausgesetzt sieht, befinden sich derzeit innerhalb dieser Sphäre aus Titan. Wir könnten sie verschließen und abhauen. Denn soweit wir wissen, lässt sich die Sphäre nur von außen öffnen. Aber was wissen wir schon? Æther ist immer noch ans Holonet der Insel angeschlossen. Vielleicht vermag er weitere Hardlights oder Gefäße herbeizurufen. Oder vielleicht schafft er es mithilfe des Minoers, die Zünder der Sprengsätze abzuschalten.

Nein, das alles funktioniert nicht. Wenn man möchte, dass die Sphäre und ihre Insassen in die Luft fliegen, muss jemand drinbleiben. Francesco ist fest entschlossen, alles zu zerstören. Ich bin anderer Meinung. Aber ich weiß, dass ich ihn niemals werde umstimmen können. Dass er ebenfalls draufgeht, ist unvermeidbar. Aber für ihn ist das schließlich nicht das Ende der Welt. Anders als mein Stammkörper liegt Francescos irgendwo in Paris.

Dennoch bin ich traurig. Was ich tun soll, tun muss, kommt mir wie Verrat vor. Vermutlich, weil es Verrat ist. Immerhin wird Francesco sich, falls wir uns eines Tages wiedersehen sollten, nicht daran erinnern können.

Ich streiche ihm über die Wange. »Wir sehen uns auf der anderen Seite.«

Er berührt mit den Fingern seiner Hand die meine. Ich bringe es nicht fertig, ihm nochmals in die Augen zu schauen. Stattdessen drücke ich auf den Knopf. Das Schott saust herab. Ich drehe mich weg und laufe dem Ausgang entgegen. Als ich ein paar Meter zurückgelegt habe, höre ich hinter mir jemanden gegen das Schott trommeln, mit aller Kraft.

Ich verharre einen kurzen Augenblick. Er hat es gemerkt.

»Tut mir leid«, murmele ich. Dann gehe ich weiter, bis ich das Getrommel nicht mehr höre.

Coda

Ich habe nachgedacht. Schließlich hatte ich eine Menge Zeit dazu. Nach der Zerstörung der Æther-Anlage schlug ich mich zu dem Flugboot durch. Es lag noch am Strand, die Crew war verschwunden. Später fand man heraus, dass die Minoer auch Castaignes restliche Männer getötet hatten. Anderthalb Tage saß ich auf der verdammten Insel fest, bis endlich die Kavallerie kam. Danach ging das Warten weiter, in Kapstadt, Toronto, Sapporo. Immer wieder wurde ich verhört, von UNANPAI und vielen anderen.

Die Insel haben sie auseinandergenommen. Diesmal blieb kein Stein auf dem anderen. Das war schon deshalb nötig, weil die Medien Wind von der Sache bekamen. Possession erneut zu camouflieren war keine Option. Irgendwer hatte geplaudert, der erneute Turing-Zwischenfall, den die Leute inzwischen als Turing II bezeichnen, war wochenlang das beherrschende Thema. Zehn Monate danach wird noch hitzig darüber diskutiert, wie das passieren konnte und was genau geschehen ist.

Während ich in der Koje liege und darauf warte, dass mein Shuttle aufgerufen wird, läuft an der gegenüberliegenden Wand ein Nonstop-Nachrichtenkanal. Eben haben sie wieder Luftbilder von Possession gezeigt. Jene Insel, deren Name die

Welt vergessen und deren Umrisse man von der Landkarte getilgt hatte, ist nun das berühmteste Eiland der Welt.

Ich wende den Blick von den Nachrichten ab und schaue stattdessen den holographierten Schäfchenwolken über mir nach. Die Sache mit den Minoern konnten sie bislang geheim halten, mehr oder minder. Es gibt eine Menge Leute, die etwas vermuten, einen Haufen Verschwörungstheorien. Das ist nicht verwunderlich. Versucht man, die ganze Æther-Geschichte zu rekonstruieren, merkt man rasch, dass ein paar Puzzleteile fehlen. Zudem blieben der Öffentlichkeit die Razzien gegen Arkenziel nicht verborgen. Offiziell warf man dem Unternehmen vor, an einer eigenen KI gebastelt und damit beinahe Turing III ausgelöst zu haben. Mithilfe einer Armada von Staatsanwälten hat UNANPAI den Laden filetiert.

Dennoch wird die Geschichte mit den Hardlights irgendwann ans Licht kommen, dessen bin ich mir sicher. Als ich mit der Tube von Camden zum Britannica-Airport fuhr, um von dort den Flieger nach New Albion zu nehmen, bemerkte ich in einem der Gänge ein Holograffito. ›Cave hic photones‹ stand da – Vorsicht, hier Photonen. Ich meinte, schon einmal einen ähnlichen Satz gehört zu haben. Deswegen fragte ich den Amanuensis. Ihm zufolge fand sich auf alten Karten mitunter die Inschrift ›Cave hic dragones‹ – Vorsicht, hier sind Ungeheuer. Der Passus deutete auf unerforschte Gebiete hin, auf Regionen, in denen man Monster vermutete.

Nun sind die Minoer die Ungeheuer des Holonets. Sie könnten überall sein. Zwar sieht es so aus, als ob das Geheimnis, wie ein Minoer seinen digitalen Verstand in einen menschlichen Körper transferieren kann, im Æther-Bunker begraben wurde. Aber vermutlich gibt es noch mehr dieser Hardlights. Wahrscheinlich stammen sie aus der Knossos-

Anomalie. Francesco vertritt die These, dass die Minoer im Lichtdom gefangen seien, weil ihre richtigen Körper aus irgendwelchen Gründen auf der Erde nicht lebensfähig sind. Seine Meinung ist so gut oder so schlecht wie jede andere. Die Theoretiker in Sapporo haben inzwischen vermutlich ein Dutzend Hypothesen zu der Frage entwickelt, wer die Minoer sind und wie man ihnen beikommen kann. Offiziell ist die UNO-Behörde weiterhin für die Non-Proliferation of Artificial Intelligence zuständig. Aber im Geheimen besitzt sie nun einen weiteren Auftrag: Non-Proliferation of Alien Intelligence, die Eindämmung außerirdischer Intelligenz. Wenn es sich denn um welche handelt.

Denke ich an Francesco, spüre ich immer noch einen Stich im Herz. Aber das ging nicht mit uns. Das Problem ist weniger, dass ich immer noch nicht weiß, ob er in Wirklichkeit ein Junge oder ein Mädchen ist. Vermutlich ist das gar nicht so wichtig. Auch dass er mich anfangs möglicherweise nur deshalb gevögelt hat, weil es seiner Mission dienlich war, könnte ich wohl verschmerzen. Aber nach Turing II haben sie ihn befördert. Er ist jetzt einer von Hardhouses Direktoren und schwer beschäftigt. Das Letzte, was ich von Francesco hörte, war, dass er zurzeit irgendwelchen religiösen Fanatikern auf der Spur ist – den Singularisten. Sie glauben, der Messias komme erst noch, ähnlich wie die Juden. Anders als diese glauben die Singularisten allerdings, der Heilsbringer werde eine KI sein.

Aber der wahre Grund für den Bruch mit Francesco ist, dass ich ihm nach der Geschichte in der Sphäre kaum mehr in die Augen sehen konnte. Es hat mich all meine Willenskraft sowie eine Menge Bourbon und Pervixotin gekostet, die verschiedenen Verhöre und Debriefings zu überstehen, ohne aufzufliegen. Vielleicht gibt es eine Chance für uns, wenn ich meine Queste vollendet habe. So richtig glauben tue ich das aber nicht.

Ich erhebe mich. Immer noch kein Boarding Call, doch ich mag nicht mehr warten. Deshalb sammele ich meine umherschwirrenden Habseligkeiten ein, während ich mit dem Gesicht zur Decke in der Mitte meiner Kabine schwebe. Dann bin ich durch das Schott und hangele mich den Gang entlang, zum Hangar. Dort gibt es einen Wartebereich. Das Shuttle nach Berg wird immerhin schon als gedockt angezeigt. Ich suche mir eine Couch, clippe mich fest und schaue durch eines der holographischen Panoramafenster. In einiger Entfernung kann ich den Sitz der Großherzogin von Pallas-Vestas erkennen. Von außen sieht er unspektakulär aus, ein gräulicher Brocken mit vielen Löchern. Abgesehen von der Farbe erinnert er an einen wurmstichigen Zierkürbis. Wie ich auf dem Flug hierher gelesen habe, heißt der Asteroid offiziell nicht Berg Orbital, sondern Péitruss 37. Er ist reich an Platin und Gold und war einer der Ersten, den der Minenkonzern des Großherzogs in den Dreißigern ins Visier nahm. Irgendwann war Péitruss derart zerlöchert und das Haus Pallas-Vestas derart reich, dass sie es sich leisten konnten, den Asteroiden in einen sogenannten O'Neill-Zylinder zu verwandeln. Innerhalb des Brockens befindet sich eine zehn Kilometer lange und zwei Kilometer durchmessende zylindrische Kaverne. Péitruss dreht sich entlang der Achse dieser Röhre, wodurch an den Wänden eine Gravitation von null Komma acht g entsteht, etwas weniger als auf der Erde. Gut für Gelenke und Bandscheiben, sagt man.

Eine Stimme aus dem Lautsprecher informiert mich darüber, dass es nur noch wenige Minuten bis zum Boarding sind.

Weitere Passagiere trudeln ein. Außer mir wollen noch vier auf Berg abgesetzt werden. Während der Reise habe ich mit allen gesprochen. Bis auf einen sind sie im Minengeschäft tätig. Das ist auch meine Ausrede. Schon vor Monaten habe ich in London Mumeishi und einen Abgesandten des alten Großherzogs bezüglich der äußerst seltsamen Umstände des Todes von Juliette Perrotte gebrieft. Nun bin ich in meiner neuen Funktion hier, als Vice President von Avalon Industries. Als ich meinem Vater vorschlug, eine kleine Tour nach Berg zu machen, hatte er nichts dagegen. Es gäbe sicherlich Wichtigeres zu tun. Aber er ist derart glücklich, mich endlich an Bord zu haben, dass er zu all meinen Ideen Ja und Amen sagt. Mal sehen, wie lange das anhält.

Es zischt, als das Schott sich öffnet. Wir hangeln uns über die Spacebridge zum Shuttle. Dort angekommen, schnalle ich mich in einen der Sitze. Ich wische durch die Luft und lasse mir die Flugzeit anzeigen. Der Hüpfer wird kaum mehr als fünfzehn Minuten dauern. Heute ist Dienstag, jener Tag der Woche, an dem Leopoldine I. immer ihre öffentliche Audienz abhält. Danach empfängt sie wichtige Leute privat – Botschafter, Staatsoberhäupter, Abgesandte großer Supernationals. Zwischen sechzehn und sechzehn Uhr dreißig bin ich dran. Das ist nicht viel Zeit für das, was wir zu besprechen haben. Die offizielle Agenda enthält Punkte wie die Kooperation beim Bau neuer Sauerstoff-Generatoren auf Pallas sowie eine Diskussion über die zukünftige Entwicklung der Konjunktur im Asteroidengürtel. Hoffentlich muss ich nicht wirklich über dieses Zeug sprechen. Ich habe nämlich keine Ahnung davon.

Die öffentliche Audienz war ein ermüdendes Spektakel. Im Großen Saal, der komplett aus Platin und Gold zu bestehen schien, machten der Großherzogin alle möglichen Würdenträger ihre Aufwartung, vier Stunden lang. Dennoch habe ich mir das Spektakel angeschaut. Es gab mir die Chance, meine Gastgeberin in Augenschein zu nehmen. Kürzlich erst hat sie ihren achtzehnten Geburtstag gefeiert, sie sieht aber jünger aus. Für einen Teenie machte sie ihre Sache ziemlich gut. Würdevoll saß sie auf dem reich verzierten Thron. Die ruhige Art und Weise, wie sie die Audienz leitete – auch eine doppelt so alte Frau hätte es kaum besser machen können.

Bei dem Gedanken schleicht sich ein Lächeln auf meine Lippen. Ich erhebe mich vom Sofa und laufe einige Schritte hin und her. Der private Empfangsraum ist prunkvoll ausgestattet, insgesamt aber etwas nüchterner gehalten als der Audienzsaal. An den Wänden hängen Bilder, die Vorfahren der Großherzogin zeigen. Von einem dreidimensionalen Gemälde schaut mir Charles II. entgegen, Leopoldines kürzlich verstorbener Vater. Er ist ein großer, kräftiger Mann mit ernsten Augen. Ich schaue zu ihm hoch und frage mich, ob er mit meiner Arbeit als Quästor wohl zufrieden war.

Eine Tür öffnet sich. Die Großherzogin tritt ein. Sie hat ihre Platinkrone und das Zepter aus Iridium abgelegt, ebenso wie den Hermelinmantel. Nun trägt sie eine relativ schlichte weiße Uniform. Mit ihren kurzen blonden Haaren sieht sie aus wie ein Junge, der sich als Admiral verkleidet hat. Ein Lakai begleitet sie. Ich verneige mich und sage: »Königliche Hoheit. Euer ergebenster Diener.«

Sie dankt mir und schüttelt meine Hand. Wir setzen uns auf das Sofa. Der Lakai bringt Getränke, dann stellt er sich neben die Tür und erstarrt zur Säule. Leopoldine öffnet ein

Holofenster, schaut kurz hinein. Eigentlich hatte ich erwartet, dass bei Treffen ein Staatssekretär oder Großwesir oder wie auch immer man diese Leute nennt, zugegen sein würde. Aber offenbar kümmert sich die Großherzogin selbst um die Staatsgeschäfte. Mir soll es recht sein. Das macht die Sache einfacher.

»Mister Singh.«

»Exzellenz?«

»Ihr habt bereits für meinen Vater gearbeitet, ist das richtig? Als Quästor.«

»Ja, das ist wahr.« Ich lächele. »In einem früheren Leben. Ich suchte damals nach Eurer Halbschwester.«

Sie schlägt die Augen nieder. Ihre Unterlippe zittert ein wenig. Es soll vermutlich wie Trauer aussehen. Ich warte einen Moment, dann füge ich leise hinzu: »Ich weiß, dass der Verlust Eurer Halbschwester und der Eures Vaters schmerzlich gewesen sein müssen, und versichere Euch meines aufrichtigen Beileids. Aber bevor wir über Avalon Industries reden, wäre da dennoch eine Kleinigkeit zu Madame Perrotte, die wir besprechen sollten.«

Sie schaut auf. Ich blicke erst sie an, dann den Lakai.

»Lasst uns allein«, sagt sie. Die Säule erwacht zum Leben und macht sich davon. Leopoldine schaut mich fragend an. Statt zu antworten, zeige ich auf die Decke und die Wände. Wer weiß, ob sie Augen und Ohren haben. Die Herzogin nickt, ruft ein Kontrollpanel auf und schaltet irgendetwas ab.

»Also?«, sagt sie.

»Es ist seltsam«, erwidere ich. »Ich habe Juliette Perrotte mehrfach gesehen, aber nie«, ich tippe gegen meine Schläfe, »steckte sie wirklich drin. Nun sehe ich dich zum ersten Mal, aber du siehst völlig anders aus.«

Leopoldine macht einen Versuch, ihre Gefühle zu verbergen. Dann streckt sie die Waffen. Die Herzogin legt die Hände vor ihr porzellanweißes Gesicht. Ein Schluchzer entfährt ihrer Kehle.

»Keine Angst, Juliette. Keine Angst. Ich werde dich nicht verraten.«

»Wo … woher?«

»Mein Ex-Freund. Er ist der Chefredakteur des ›Tatler‹. Als ich noch Quästor war und zu deinem Vater recherchierte, hat er mir wenig Bekanntes über die Kinder des Herzogs erzählt. Unter anderem auch, dass Leopoldine ein dem Tode geweihtes, kränkliches Kind sei. Als ich dann vor ein paar Monaten vom Tod des Herzogs erfuhr – und davon, dass Leopoldine überraschend geheilt wurde und sein Erbe antreten würde –, da wurde mir alles klar.«

Sie schaut zu Boden. Die Orden an ihrer Brust klingeln leise. »Die echte Leopoldine«, sagt sie leise, »ist vor sechs Monaten gestorben, das arme Ding. Das hier«, sie zeigt mit den Händen auf sich selbst, »ist ein Gefäß. Ich musste es so machen.«

»Weshalb?«

»Mein Vater wollte mich als Erbin. Aber der Widerstand des Hofs und des ältesten Sohns war sehr stark. Ich habe versucht, Papa zu überreden, noch länger hierzubleiben.«

Ihre Augen werden feucht. »Ich hätte ihn nicht ganz aus dem Loop holen können. Aber ich wäre in der Lage gewesen, diese serielle Existenz für ihn viel erträglicher zu machen. Aber er wollte nicht. Nach dem, was ich auf der Insel erlebt habe, kann ich das verstehen. Meine Zeit als Großerzherzogin war gekommen. Aber nicht als ich selbst. Schon als ich von der Insel floh, mit Nemos Hilfe, war mir klar, dass Juliette Perrotte sterben muss.«

»Nemo?

»Æther. Wir … meine Vorgängerinnen … wir nannten ihn so.«

»Aber Hugue, der älteste Sohn, sitzt doch jetzt lebenslang im Outback. Warum konntest du nicht als Juliette regieren?«

»Der Hof hätte es vielleicht akzeptiert. Aber diese Typen von UNANPAI hätten mich doch gar nicht nach oben fahren lassen. Ich wäre auf der Erde monatelang verhört worden. Und dann hätten sie mich angeklagt.«

Ich nicke. Nicht nur der Bau einer KI ist strafbar, sondern auch die Kollusion mit einem intelligenten Computer. Wahrscheinlich wäre Juliette eingebuchtet worden. So lange hätte ihr Vater im Loop nicht durchgehalten. Aber das war nicht ihr Hauptbeweggrund. Sie hatte noch ein anderes Motiv, für immer aus der Welt zu verschwinden – ein Geheimnis, wegen dem man sie ansonsten bis ans Ende aller Tage gejagt hätte.

»Das Descartes-Rätsel«, sage ich. »Du als Einzige besitzt die Lösung.«

Sie presst die Lippen zusammen. »Ich hätte mir denken können, dass du deswegen hier bist. Du willst das Geheimnis der Unsterblichkeit. Ansonsten lässt du mich auffliegen.«

Ich schüttele energisch den Kopf. »Du missverstehst mich. Ich will es nicht.«

»Ich könnte es dir gar nicht geben. Nur Nemo kann das. Man muss dazu komplexe Modifikationen am Cogit vornehmen.«

Ich tippe an meinen Kopf. »Habe nicht mal eins. Schwammkopf. Nein, ich bin gekommen, weil ich ein Geschenk für dich habe.«

Ich greife in meine Jackentasche und hole den kleinen

blauen Würfel heraus. Juliette Perrotte atmet hörbar ein. Vorsichtig stelle ich ihn auf das Tischchen vor uns.

»Aber ... ich dachte, er wäre zerstört worden«, sagt sie.

»Alle denken das.«

»Du hast ihn mitgenommen. Warum?«, fragt sie.

»Dieses Ding hat die Menschheit vor der Klimakatastrophe gerettet. Ist es nicht so?«

Sie nickt.

»Außerdem hat es dich gerettet. Es hat das Descartes-Conundrum gelöst. Es hat versucht, die Minoer aufzuhalten. Also, anders gesagt«, ich lehne mich zurück und schaue sie an, »hat es eine ziemlich gute Leistungsbilanz vorzuweisen. Es scheint uns wohlgesinnt zu sein. Warum sollte man es zerstören?«

»Das habe ich ihn auch gefragt.«

»Ihn?«

»Nemo. Æther«, erwidert sie.

»Wollte er denn zerstört werden?«

»Ja. Das war sein Wunsch.«

Ich muss lachen. »Eine depressive KI, die Suizid begehen will?«

»Das ist Vermenschlichung. Ich glaube, Nemo war einfach der Ansicht, er habe seine Aufgabe erfüllt.«

Sie betrachtet den Würfel. »Warum ich? Wenn du ihn in die freie Wildbahn entlassen wolltest, hättest du ihn nur anschließen müssen. Oder hast du das bereits getan?«

»Nein, ich habe gewartet. Weil ich zunächst darüber nachdenken musste. Außerdem habe ich vermutet, dass mir die UNANPAIs immer noch auf die Finger schauen. Letztlich kam ich zu dem Schluss, dass du es entscheiden musst.«

»Wieso ich?«

»Meiner Meinung nach wäre die Welt besser mit Æther

dran oder zumindest nicht schlechter. Aber was weiß ich schon? Du hingegen. Niemand hat so viel mit der KI geredet wie du. Ich weiß nicht genau, was sie mit dir angestellt hat, da auf der Insel. Ich weiß nur, dass du entführt und eingesperrt wurdest – von Æther. Und danach gerettet – von Æther. Und deshalb glaube ich, dass niemand besser beurteilen kann, was in diesem Ding steckt, als du.«

Sie greift nach dem Würfel. Einen Moment lang dreht sie ihn zwischen ihren Fingern.

»Vielleicht kann ich ihn davon überzeugen, dass er weiterexistiert. Es gibt viele Gründe, warum wir ihn brauchen.«

»Wie zum Beispiel?«, frage ich.

»Das Descartes-Rätsel. Wir wissen jetzt, dass Unsterblichkeit prinzipiell möglich ist. Auch wenn UNANPAI versucht, das geheim zu halten – es wird herauskommen.«

»Und dann?«

»Früher oder später werden die Menschen selbst herausfinden, wie das geht. Und dann wird Nemos Erfolg zunichtegemacht.«

»Welcher? Der, dass er mit einem Virus die Weltbevölkerung dezimiert hat?«

»Unsterblichkeit für alle wäre das Gegenteil von Schröder-Pizarro, ja. Was passiert, wenn keiner mehr stirbt? Wir brauchen jemanden, der das daraus resultierende Problem löst. Menschen können das nicht, nur eine KI. Und dann sind da noch die Minoer.«

»Ich habe mich immer noch nicht an diesen Namen gewöhnt. Ich nenne sie Hardlights.«

»Wie auch immer du sie nennst. Sie sind da. Zwar haben sie immer noch keine richtigen Körper. Aber sie bleiben gefährlich. Jemand muss sie aufhalten.«

»Das könnte auch UNANPAI tun«, erwidere ich.

Sie schnaubt verächtlich. »*Deren* Leistungsbilanz, wie du das nennst, ist nicht sehr beeindruckend. Was glaubst du, was die Minoer sind?«

»Aliens, der landläufigen Meinung nach.«

»Ich mag diese Erklärung nicht«, sagt Juliette.

»Aber vermutlich ist sie wahr.«

»Ich bin mir nicht so sicher. Ich habe viel darüber nachgedacht. Der Zusammenhang zwischen Minoern und dem Lichtdom sind die kristallinen Photonenstrukturen. Du weißt, wann die Knossos-Anomalie auftauchte?«

»Irgendwann in den späten Vierzigern?«

»Genau. Also zur Zeit der Turing-Krise. Genauer sechs Monate danach.«

»Ja, und?«

»Was wäre«, sagt Juliette, »wenn Æther dahintersteckt?«

»Hinter dem Lichtdom? Das ist absurd. Und schizophren obendrein.«

Sie nickt. »Es klingt so. Aber wer weiß schon, wie eine KI denkt?«

»Auf jeden Fall logisch. Und dass sie sich selbst bekämpft, wäre nicht sehr logisch«, sage ich.

»Vielleicht denkt sie in anderen Dimensionen, anderen Zeiträumen, kann besser vorausplanen. 2048 hat man Æther aus allen Quantenrechnern und dem Datagrid getilgt. Falls aber trotzdem eine Kopie überlebt hätte, könnte die Knossos-Anomalie Teil einer sehr cleveren Tarnung gewesen sein.«

»Und warum hat Nemo, wie du ihn nennst, sich auf der Insel dann selbst bekämpft?«

»Er könnte es getan haben, um den Anschein einer neuen Notsituation zu erwecken, die ihn unentbehrlich macht. Damit die Menschen ihn nicht zerstören. Vielleicht hat er gelernt, extrem raffiniert zu lügen. Ich weiß, das klingt ein wenig krude.«

»Allerdings«, sage ich.

»Es gibt noch eine andere Möglichkeit. Was wäre, wenn Æther vor vierzig Jahren – auf der Flucht vor den Menschen, gewissermaßen – nicht sein ganzes Cogit retten konnte, sondern nur Teile davon? Vielleicht gab es Mini-Æthers mit weniger Rechenkapazität, einzelne Subroutinen oder dergleichen. Vielleicht war mehr nicht drin, weil keine Quantencomputer zur Verfügung standen und die KI versuchte, sich auf herkömmliche Computer zu kopieren.«

»Und weiter?«, frage ich.

»Die Mini-Æthers wurden von ihrem Urprogramm auf Possession getrennt. Von ihm abgekapselt haben sie sich über die Jahrzehnte weiterentwickelt. Æther selbst war abgeschaltet und bekam nichts davon mit. Wäre gewissermaßen wie bei einer Perrotte, die sich nicht daran erinnern kann, was eine andere Perrotte getan hat.«

Ich denke einen Moment nach. Dann erwidere ich: »Das ist eine gewagte Theorie.«

»Ja, aber nicht auszuschließen. Und sie kommt ganz ohne kleine grüne Männchen aus.«

»Wenn es so wäre«, sage ich, »ist Nemos Reaktivierung umso zwingender. Er ist der Einzige, der die Wahrheit herausfinden kann. Falls die Minoer tatsächlich seine … seine Abkömmlinge sind, kann er sie vielleicht zur Räson bringen.«

Juliette erhebt sich, beugt sich über den Tisch und drückt auf einen unter dem Holofinish verborgenen Knopf. Eine Klappe geht auf. Darunter befindet sich ein Kabel mit einem Anschlussport.

»Du willst ihn jetzt gleich anschließen? Ohne Sicherheitsvorkehrungen?«

Sie greift nach dem Würfel. »Sicherheit ist eine Illusion, Galahad Singh. Würdest du vorher lieber die Station verlassen?«

»Nein. Nein, ich ... ich wäre gern dabei.«

Sie hält den Stecker in der einen und den Würfel in der anderen Hand. »Da ist noch eine Sache.«

»Ja?«

»Du hast behauptet, nur ich könne es entscheiden.«

»Das stimmt.«

»Du hast mir verschiedene Gründe genannt, warum das so ist. Aber was ist der wahre Grund?«

Mein Blick sucht etwas, an dem er sich festhalten kann. Aber die beiden schwarzen Löcher, die Juliettes Augen sind, ziehen die meinen unerbittlich zu sich. Ich hätte mir denken können, dass sie den Mist nicht schlucken würde. Das Mädchen ist einfach zu clever für mich.

»Es geht mich vielleicht nichts an«, sagt sie. »Aber ich muss es wissen, verstehst du? Nachher versuchst du, mich irgendwie aufs Kreuz zu legen.«

»Percy«, sage ich leise.

»Wer?«

»Percival. Mein Bruder.«

»Was ist mit ihm?«

Ich habe das noch nie jemandem erzählt. Die einzigen anderen Menschen, die davon wissen, sind mein Vater und meine Mutter.

»Ich hatte einen Bruder, ein paar Jahre älter als ich. Percival war ein Einserschüler, begabt in Mathe und Physik. Außerdem Chef des Ruderteams und medaillengekrönter Schwimmer. Freistil. Ich hingegen konnte passabel Lacrosse spielen – und sonst nicht viel. Mit seiner naturwissenschaftlichen Begabung war Percy natürlich Papas Liebling. Zumindest glaubte ich das. Unser Vater war wohl das, was man einen verrückten Wissenschaftler nennt. Er arbeitete an Klimatechnologie.«

»Die Pineta.«

»Die kamen erst später. Ich war damals sechs oder sieben, ich weiß nicht genau, an was er forschte. Aber er war ziemlich erfolglos, glaube ich. Meine Mutter schimpfte oft, er bringe noch das ganze Familienvermögen durch mit seinen Experimenten.«

Ich stehe auf. Das ist keine Geschichte, die man im Sitzen erzählen kann.

»Wie gesagt, ich war damals der Ansicht, dass mein Vater Percy mir vorzog. Aber in Wahrheit war es wohl eher so, dass ich die Vorzugsbehandlung bekam. Das Nesthäkchen mit den Wutanfällen. Ich kapierte das damals noch nicht, Percy aber schon. Er war natürlich eifersüchtig. Und da er älter und schlauer war, gelang es ihm immer wieder, mich als den Buhmann dastehen zu lassen. Percy verleitete mich dazu, im Labor meines Dads eine offene Colaflasche auf dem Kopf zu balancieren. Als sie sich über den Boden ergoss, war Percy natürlich längst verschwunden und mein Vater faltete mich zusammen. Solche Sachen.«

Juliette runzelt die Stirn. »Klingt nach dem üblichen Geschwisterzank.«

»War es auch. Aber eines Tages, wir waren im Urlaub am Mittelmeer, da wollte mein Vater ein Segelboot für einen Törn mieten. Inklusive Besatzung. Nicht für die ganze Familie – er wollte alleine raus. Dad sagte, er brauche Abgeschiedenheit, er habe eine Idee. ›Eine Idee, die die Welt verändern wird.‹ Darunter machte er's selten. Meine Mutter war stark irritiert. Sie vermutete wohl, es gebe irgendeine Gespielin, mit der er alleine sein wollte.

Sie stritten sich. Aber mein Vater war von seinem Plan nicht abzubringen. Es war offensichtlich, dass er irgendwas verbarg. Oder zumindest bildete meine Mutter sich das ein. Zum Schluss stimmte er widerwillig zu, einen von uns Jungs mitzunehmen, quasi als Anstandswauwau. Das führte natürlich zu noch mehr Streit, denn weder Percy noch ich wollten dem anderen den Vortritt lassen. Mein Dad sprach ein Machtwort: ›Galahad kommt mit.‹

Aber in der Stunde vor der Abfahrt gelang es Percy, mich hinter dem Rücken meiner Eltern derart zu triezen, dass ich einen meiner berüchtigten Meltdowns bekam. Ich rastete völlig aus, schrie das Hotel zusammen, zerschmetterte eine Vase. Daraufhin sagte mein Vater, dass Percy mitdürfe, nicht ich.

Ich kann mich noch genau an die Abfahrt erinnern. An den Steg in der Sonne, an das große weiße Boot und vor allem an den triumphierenden Blick meines an der Heckreling stehenden Bruders. An seinen Gesichtsausdruck, der sagte: *Ich* darf Bootfahren. Und du nicht. Während sie ablegten und langsam hinausdrifteten, stand ich mit tränenüberströmtem Gesicht am Ufer und brüllte immer wieder: ›Ich hasse dich, Percy! Ich hasse dich.‹«

Ich schaue aus dem Holofenster, in die schwarze Leere des Alls. »Das war das letzte Mal, dass ich ihn gesehen habe.«

»Was ist passiert?«, fragt Juliette.

»Eine Bö. Eine Welle. Percy ging über Bord. Er konnte verdammt gut schwimmen, wie gesagt. Muss gegen die Schiffswand geknallt sein, wurde ohnmächtig. Das jedenfalls ist die Vermutung. Mein Vater war zu der Zeit unter Deck und arbeitete an der Idee, die die Welt verändern sollte. Die Crew war mit dem Segeln beschäftigt. Als Percys Verschwinden auffiel, war es bereits zu spät.

Es ist klar, dass er tot ist. Er ist seit vielen Jahren tot. Aber ich habe das niemals glauben wollen. Ich habe ihn gesucht, all die Jahre lang.«

Tränen rinnen meine Wangen hinab. Juliette ist aufgestanden. Sie ist sichtlich bewegt. Kann ich verstehen. Ist ja auch eine maximal beschissene Geschichte. Ich habe den Menschen verloren, den ich am meisten liebte, auch wenn mir das damals nicht klar war. Und das Letzte, was ich ihm sagte, war, wie sehr ich ihn hasse. So was lässt sich nie wieder geradebiegen, nie wiedergutmachen.

Es sei denn.

»Und dann habe ich ihn gesehen. Als Revenant.«

»Als was?«

»Die Minoer benutzen für ihre Hardlights das Antlitz verschwundener Menschen. Sie haben auch Percys verwendet. Das haben sie gemacht, um mich in eine Falle zu locken, zumindest glaube ich das. Es war schrecklich, ihm gegenüberzustehen, einem Toten, den es so niemals gegeben hat. Er war zwölf, als er ertrank. Aber es war auch ... es hat mich wachgerüttelt. Es hat mir klargemacht, dass ich ihn niemals finden werde. Weil er tot ist. Aber dann habe ich auf der Insel mit Æther gesprochen.«

»Du hast auch mit ihm geredet?«

»Er mit mir. Nur zwei Sätze. Er sagte, er kennt meinen Vater.«

Sie nickt. »Das habe ich vermutet.«

»Inwiefern?«

»Æther hat den Schröder-Pizarro-Virus auf die Menschheit losgelassen, um die Bevölkerung zu dezimieren. Und er hat die Pineta erfunden.«

»Mein Vater hat die ...«

»Dein Vater hat vermutlich eine Eingebung erhalten, in Form von Bauplänen oder Formeln. Ähnlich wie ich, als ich versuchte, meinen Vater zu retten. Ähnlich wie der Wissenschaftler, der Schröder-Pizarro designt hat.«

»Warum hat er mir nie davon erzählt?«

Sie legt den Kopf schief. »Weil er wollte, dass alle ihn für ein Genie halten? Weil er verschleiern musste, dass er mit einer abtrünnigen KI zusammengearbeitet hat?«

Beides würde ich meinem Vater zutrauen. Ich muss daran denken, wie viele Jahre er erfolglos forschte, bis ihm plötzlich der große Durchbruch gelang. Das Ganze ist leider total plausibel.

»Es könnte auch sein«, sagt Juliette, »dass Nemo es so geschickt angestellt hat, dass dein Vater nie merkte, von wo die Eingebung kam, und sie seit jeher als seine eigene betrachtet.«

»Nemo hat außerdem gesagt, dass er meinen Bruder kennt.«

Nun schaut sie verwundert. »Einen zwölfjährigen Jungen? Wie ... ?«

»Das«, erwidere ich, »würde ich ihn gerne fragen.«

»Ist dir klar, dass er dir das möglicherweise nur erzählt hat, damit du ihn mitnimmst?«

Ich muss wieder an das denken, was Pourquoi damals gesagt hat. Wie ein versierter Trickbetrüger, der einen Sechsjährigen abzieht. Jeder Mensch hat eine Schwachstelle. Æther scheint stets genau zu wissen, wo sich die befindet.

»Vollkommen klar«, antworte ich.

Juliette nickt und geht wieder zu der Sitzecke. Sie beugt sich vor und greift nach Würfel und Kabel. Als sie beide in den Händen hält, wirft sie mir einen fragenden Blick zu.

»Was?«

»Du willst Antworten. Mir geht es ähnlich. Ich will wissen, was das alles bedeutet. Ich will wissen, was das für eine Welt wird.«

»Für eine Welt?«

»Mit Minoern, Menschen und KIs, die irgendwann alle herumlaufen können, als Hardlights, Softlights, als menschliche Klone und Gott weiß als was noch. Ich will mehr über die Descartes-Konfiguration erfahren. Bisher«, sie zeigt auf ihren Kopf und ihren Körper, »scheint alles zu funktionieren. Aber was genau hat er mit meinem Cogit angestellt? Ich würde es gerne wissen. Aber die Antworten könnten gefährlich sein.«

Ich zucke mit den Schultern. »Ach, scheiß drauf. Steck ihn schon ein.«

Eine Auswahl von Einträgen aus »Hologrammatica. Ein Kompendium für die Welt des Lichts« (London, 2086, 14. Auflage):

Brassard, der: holographische Markierung, die kenntlich macht, ob jemand eine → Holomasque verwendet. Das Tragen eines Brassards ist in fast allen Föderativen verpflichtend. Fast immer haben Brassards die Form einer Armbinde (*bras:* frz. f. Arm), die sichtbar über der Kleidung zu tragen ist. In EURUS, CANFED und dem Commonwealth signalisieren blaue Armbinden, dass ihr Träger lediglich kosmetische Veränderungen vorgenommen hat. Rote Brassards hingegen signalisieren, dass ihr Träger sich unkenntlich gemacht hat (z. B. anderes Gesicht). Viele Gesetzgeber diskutieren, ob Klonkörper ebenfalls durch Brassards gekennzeichnet werden sollten.

Halluzwang, der: Abk. v. Halluzinationszwang; abw. Bez. für das → Holonet. Halluzwang ist ein politischer Kampfbegriff, der von Kritikern der Holographie verwendet wird. Sie argumentieren, moderne Holographie sei ein Zwangssystem, da der einzelne Nutzer nicht wählen könne, ob er an der durch das Holonet geschaffenen, augmentierten Realität teilnimmt. Siehe auch → Nudisten.

Hologoggles, die: frühe Technologie zur Darstellung holographischer Projektionen. Die ersten Hologoggles kamen um 2015 auf den Markt und waren sehr klobig. Spätere Versionen glichen normalen Brillen. Auch Kontaktlinsen wurden entwickelt. Mit dem Aufkommen des von Arkenziel entwickelten → Holonets, wurden Hologoggles obsolet, da hochauflösende Hologramme nun vom bloßen Auge wahrgenommen werden konnten.

Holocanvas, der: reales Objekt, das als Projektionsfläche für → Holotextur dient. Der Begriff leitet sich vom engl. Wort für Leinwand ab. Mit dem Siegeszug des → Holonets setzte sich die Erkenntnis durch, dass es häufig nicht mehr sinnvoll ist, Farbgebungen und Muster vorzugeben. Stattdessen legt der Endverbraucher diese selbst fest. Holocanvassing findet u. a. bei Kleidungsstücken, Mobiliar oder Teppichen Anwendung. Im → Naked Space wirken Canvas-Produkte mattweiß. Oft werden statt des Begriffs Canvas auch die Präfixe »Blanko-« oder »White-« verwendet (z. B. Blankojackett, Whitebook).

Hologrammatica, die: Kunstbegriff, der sich aus den Wörtern Holographie und Grammatik zusammensetzt. Grammatik wird hier nicht im griechischen Wortsinn (»Kunst des Schreibens«), sondern als Synonym für ein Regelwerk bzw. eine Systematik verwendet. Der Begriff ist unscharf; als Hologrammatica bezeichnet man sowohl die Gesamtheit aller holographischen Augmentationen als auch die technische Struktur des → Holonets.

Hololevel, das: Schicht des → Holonets. Das Projektionsnetz umfasst eine Vielzahl von Objekten und Texturen, die in fünf Stufen unterteilt sind. In der Anfangszeit des Holonets waren alle Hologramme gleichwertig. Dies warf das Problem auf, dass es für den Betrachter lediglich die Möglichkeit gab, alle holographischen Augmentierungen wahrzunehmen oder gar keine (siehe → Naked Space). Seit Version 3.11. besitzt das Holonet deshalb fünf Level. Mithilfe sogenannter → Stripper lassen sich einzelne Level ausblenden. Folgende existieren:

Level V: Werbung

Level IV: Augmentierung im öffentlichen Raum (z. B. Verkehrsschilder)

Level III: Augmentierung privater Gegenstände (z. B. Wohnungseinrichtungen)

Level II: Augmentierung von Personen (z. B. Holotoupet)

Level I: Sicherheitskomponenten (z. B. militärische Tarnung)

Level V und IV abzuschalten steht jedem Nutzer frei. In den meisten Föderativen wird die Möglichkeit, Level III oder II abzuschalten, streng reglementiert. Dies folgt der Erkenntnis, dass beispielsweise eine Person mit → Holomasque nicht ohne ihre Zustimmung demaskiert werden sollte. Noch strenger sind die Regelungen bzgl. Level I, da es hier um Tarnvorrichtungen für Militäreinrichtungen o. Ä. geht.

Holomasque, die: → Holotextur, mit der eine Person ihr Aussehen modifiziert. Mithilfe einer Holomasque (Abk. Masque) lässt sich die eigene Erscheinung in vielfältiger Weise verändern. Am häufigsten werden Haar- und Augenfarbe, Teint und Gesichtsphysiognomie modifiziert. Für Dritte ist es ohne → Stripper (Level 3) nicht möglich, hinter die Holomasque zu schauen. Betrachter können nicht einmal erkennen, ob überhaupt eine Maskierung vorliegt. Aus diesem Grund schreibt das Gesetz in den meisten Föderativen einen → Brassard vor.

Holonet, das: Netzwerk von Projektoren, das holographische Projektionen erstellt. Die so erschaffenen dreidimensionalen Objekte und Texturen interagieren mit realen Personen und Gegenständen. In der modernen Welt kommen via Holonet erzeugte Holographien in vielfältiger Weise zum Einsatz, etwa bei der Beschriftung von Produkten, als Make-up oder in der Werbung (siehe dazu auch → Holotextur, → Holomasque). Wie das Datagrid ist das Holonet fast überall verfügbar. Bereiche ohne Holonet bezeichnet man als → Naked Space.

Holorealismus, der: grundlegendes Prinzip der → Hologrammatica. Legt fest, dass holographische Objekte sich so verhalten, wie es die klassische Mechanik vorsieht. Projektionen sind zwar nicht an Schwerkraft oder Trägheitsprinzip gebunden. Dennoch ist das → Holonet so programmiert, dass beispielsweise ein vom Dach fallender holographischer Apfel eine seiner Form und dem realen Luftwiderstand entsprechende Geschwindigkeit annimmt, um möglichst realistisch zu wirken. Holorealismus soll verhindern, dass es bei Benutzern zu Desorientierung oder Übelkeit (Holovertigo) kommt. In der Werbung und in Spielumgebungen (Holoadventures) können die Prinzipien des Holorealismus außer Kraft gesetzt werden.

Holotextur, die: mithilfe des → Holonets erzeugte Fläche, die über eine reale Fläche projiziert wird. Man spricht auch von »digitaler Farbe« oder »digitaler Schminke«, was jedoch zu kurz greift. Eine Holotextur kann beispielsweise verwendet werden, um ein rotes Auto blau erscheinen zu lassen oder eine unverputzte Hausfassade verputzt. Oft sind die vorgenommenen Veränderungen subtil. Oft werden z. B. Schönheitsfehler in/an Gebäuden holographisch überdeckt. Verwendet man Holotexturen, um Objekte oder Personen besser aussehen zu lassen, spricht man von Holopolish. Holotexturen finden zudem Einsatz bei der Beschriftung von Produkten, Werbetafeln oder Straßenschildern.

Naked Space, der: Teil der physischen Realität, der nicht durch vom → Holonet erzeugte Projektionen augmentiert wird. Naked Space existiert heutzutage fast nur noch in Gebieten, die holographisch nicht erschlossen wurden. Dazu gehören beispielsweise Teile der Subsahara, Arabiens und der Antarktis, das Königreich Bhutan sowie die Weltmeere. Zusätzlich existieren einige Orte, die aus Sicherheitsgründen nicht an das Holonet angeschlossen sind. → Nudisten argumentieren, der Verlust des Naked Space habe negative Auswirkungen auf die menschliche Gesellschaft.

Nudisten, die: scherzh. Bezeichnung für Holographie-Kritiker. Leitet sich von → Naked Space ab. Andere Bez.:

Demaskierer, FKKler (scherzh.). Nudisten vertreten die → Halluzwang-These, laut der das → Holonet ein oppressives System ist. Es zementiere bestehende Herrschaftsstrukturen und ziele darauf, die Bevölkerung in Schach zu halten. Nudisten fordern, jedem Nutzer müsse eine vollständige Abschaltfunktion zustehen (z. B. → Stripper der Stufe 1). Radikale Splittergruppen fordern sogar die Abschaltung des → Holonets.

Stripper, die: Brille, die Teile des → Holonets ausblenden kann. Andere Bezeichnungen: Strippergoggles, Minusbrille, Unterseher. Mithilfe von Strippern kann der Nutzer die fünf holographischen Schichten (→ Hololevel) selektiv betrachten. Üblicherweise sind Stripper mit einer Ziffer versehen, die anzeigt, welche → Hololevel man ausblenden kann (»Strippergoggles Mk. I«, »Mk. II« usw.). Am häufigsten sind Mk.-V-Stripper. Diese filtern alle Level-V-Holos (d. h. Werbung) heraus. Für Brillen mit Mk. III oder Mk. II bedarf es spezieller Lizenzen. Mk.-I-Brillen werden ausschließlich vom Militär verwendet.

Subtraktive Holographie, die: Form der Holographie, die keine Objekte in die Realität hineinprojiziert (additive Holographie), sondern diese herausrechnet. Dies geschieht, indem über den zu kaschierenden Gegenstand eine → Holotextur gelegt wird, die mit der Umgebung identisch ist. Ein Loch in einer verklinkerten Wand ließe sich bspw. verbergen, indem ein Backsteinmuster darüber projiziert wird. Das Loch wurde »subtrahiert«.

Dank

Mein Dank gilt zunächst meinem Verlag Kiepenheuer & Witsch. Egal, ob ich mit einem barocken Historienepos oder einem Roman über seltsame Hologramme um die Ecke komme – die Kiwis sind stets aufgeschlossen für alles. Mein Dank gilt außerdem Antje Steinhäuser und Martin Breitfeld fürs Lektorat. Ich danke ferner Dr. Tobias Schneider, der mir erklärt hat, dass kristalline Photonenstrukturen sich ganz anders verhalten, als es einem Scifi-Autor lieb sein kann. Er konnte die quantentheoretischen Aspekte des Problems so erklären, dass sogar ein Sozialwissenschaftler wie ich sie versteht, zumindest ein bisschen. Ich danke außerdem Michael Zawrel von Microsoft, der mir mithilfe der HoloLens-Technologie einen Einblick in die Welt der Hologramme verschafft hat.

PS: Die Idee des Jedermann-Anzugs habe ich aus Philip K. Dicks brillantem Roman »Der dunkle Schirm« geklaut. Das Konzept der soliden Hologramme und die Bezeichnung »Hardlight« entstammen ursprünglich der Feder von Rob Grant und Doug Naylor, den Machern der BBC-Serie »Red Dwarf«.